# 大清王朝1860

## ①惊天变

张鸿福 著

长江出版传媒 | 长江文艺出版社

图书在版编目（CIP）数据

大清王朝 1860 : 全二册 / 张鸿福著. --武汉 : 长江文艺出版社，2022.7
ISBN 978-7-5702-2585-9

Ⅰ. ① 大… Ⅱ. ① 张… Ⅲ. ① 长篇历史小说－中国－当代 Ⅵ. ①I247.5

中国版本图书馆 CIP 数据核字(2022)第 049060 号

大清王朝 1860
DAQINGWANGCHAO 1860

责任编辑：田敦国　　责任校对：毛季慧
封面设计：颜森设计　　责任印制：邱 莉　王光兴

出版：长江出版传媒 | 长江文艺出版社
地址：武汉市雄楚大街 268 号　　邮编：430070
发行：长江文艺出版社
http://www.cjlap.com
印刷：长沙鸿发印务实业有限公司

开本：730 毫米×1040 毫米　1/16　印张：50.125　插页：2 页
版次：2022 年 7 月第 1 版　　2022 年 7 月第 1 次印刷
字数：763 千字

定价：108.00 元（全二册）

世界进入近代,最重大的历史事件就是工业革命的兴起与传播,它催生的工业文明强悍而又野蛮地超越了农耕文明。近代的中国没有跟上工业革命的步伐,因此倍受欺凌,这是中国的不幸;中国没有走上西方式的工业化之路,中国的工业化成就因此没有带着侵略、扩张的原罪,这是中国之幸。幸与不幸,都与深厚、坚韧、顽强的中国传统文化有着密切的关系。

——张鸿福

# 目　录

## 第一章　总理衙门



## 第二章　政　变

## 第三章 海上洋器



## 第四章 福州船政局

# 第一章　总理衙门

## 皇上秋狝热河，恭亲王留京办抚局

早晨，薄雾正在散去。通州城西八里桥南，英法联军阵地上，火炮已做好了轰击准备。步兵列成三排战列线，前排踞地，中排半蹲，后排屹立，火枪已经上膛，只等将官一声令下。

法军第二旅指挥官科林诺准将正持单管望远镜向清军阵地观察。数里外的通惠河上，一片安静，明媚的阳光正在驱散淡淡的雾气，远近乡里，沐浴着橙黄的朝阳。

他一边观察，一边口述。他的秘书则飞快地记录："公元1860年9月21日，清晨，晴朗，略感凉爽，令人快活；河面上，田野上，飘浮着朦胧的薄雾。明媚的阳光驱散晨雾，照耀远近乡野，大地多么让人陶醉……"

他的秘书说："将军，这不像战地记录。"

科林诺说："我没说这是战地记录。继续做好你的记录——河边有茂密的树林，田野里，高粱、玉米长得十分茂盛，可以肯定，那里面一定埋伏着大批敌军。河上那座古老的石桥上空无一人，周围也非常安静。但我确信，这座桥是敌军防守的重点。我的侦察兵已经对附近的地形进行了侦察，侦察到的情况实在有限，但关于这座桥，还是得到了一些重要的信息。这座叫八里桥的石桥，因为在通州城西八里而得名，它是清国前一个王朝修筑的，已经有几百年了，是通州到清国都城的必经之地。据说，这里到京城只有二十余里了。突破这道防线，清国的都城就如中国成语所说，如'探囊取物'了。敌军一定会拼死作战。但，那又有什么呢？三天前的张家湾之战，联军很轻松地就打垮了数倍于己的敌军,尤其是法兰西的小伙子们,打得都很勇敢。当然,还得益于我们的武器,在猛烈炮火和火枪的打击下,那些持着大刀长矛的对手,不过是行走的活靶子。不能不承认,敌人也很勇敢,但他们的武器实在太简陋了,简陋得有些可笑。他们是来自另一个时代。的确,敌我双方已经不在一个时代。冷兵器时代早就结束了,勇敢,已经不是决定胜负的关键……"

八里桥西的于家围,蒙古科尔沁亲王僧格林沁的大帐内,他正在向将领们部署作战方案:"夷军分为东、南、西三路,我军亦是三路迎敌。大学士瑞麟率八千步军牵制东路之敌,并侧应中路;中路由光禄寺卿胜保率步军及炮队共一万人马,防守八里桥。八里桥易守难攻,又有炮队驻守,夷军不会硬攻。从夷军规模看,我们对面的西路之敌人数最多,必是夷军的主攻部队。按照皇上制定的战略,本次作战仍然先以我部蒙古马队为先锋,冲击敌军前锋部队,趁敌混乱之际,埋伏于树林、村庄和庄稼地的步兵同时杀出,以鸟枪、刀矛等与敌短兵相接。夷人所长在枪炮火器,只要近身格斗,夷人绝非对手。夷军总数不过五六千人,我军马步各军共三万余众,六倍于敌,我居绝对优势。夷性多疑,军心一乱,我必大获全胜。"

他扫视众将一眼,众人皆嚓一声。他正式下令:"传我将令,看本王旗号,三军同时发起进攻,有畏葸怯战者,军法惩之!"

传令兵领命而去。

僧格林沁对部下将官说:"诸位随我征战多年,今天必是一番恶战,有胆寒者可明言,我不勉强。"

众人几乎是异口同声:"我等谨遵王爷军令,有进无退!"

"好!不愧是成吉思汗的子孙!"僧格林沁说,"我等身后就是京城,我辈肩上负着社稷存亡、皇上的安危!本王誓与丑虏血战到底,决不后退半步,他们要想进京,除非踏过本王的尸体!"

众将都表示,要与丑虏血战到底。

"本次作战,胜败关键就在我蒙古铁骑,我胜,则胜寺卿、瑞大学士所部必可锦上添花;我败,中东两路必然先溃。今日一战,有胜无败。若败,不必皇上开口,本王先行自裁,而诸位继之!"

他的亲信部下说:"王爷,大战在即,何必长夷人威风!王爷放心好了,我等早将脑袋别在腰带上,非与丑虏见个高低不可!"

僧格林沁说："好，诸位各归本队，等本王军令一下，同时进攻，杀出我蒙古铁骑的威风来！"

科林诺的望远镜中，出现了清军马队，人数非常多，从西而东，绵延数里，几乎同时向联军阵地冲来。他从容下令："英勇的小伙子们，不必惊慌，先以火炮轰击马队，等他们近前，进入火枪的射程，再让他们尝尝火枪的味道。"

联军火炮开始轰鸣，落地开花弹在数里外爆炸，弹着点附近清军骑兵纷纷坠地，战马开肠破肚，骑兵血污满面。但清军马队依然冒着炮火冲锋，毫无后退的迹象。这时联军炮火开始沉寂，清军骑兵更加勇猛，人呼马嘶，呼啸而来。科林诺愤怒地吼叫："为什么停止炮击？"

参谋向他报告："将军，炮弹已经用尽。道路泥泞，运输队还未赶到！"

科林诺气急败坏地吼道："命令步兵立即开火，要把敌军压制在阵前！"

步兵轮番有序开火，火力异常凶猛，一阵排枪过去，清军骑兵纷纷坠地。但清军依然拼命策马狂奔，而且向两翼包抄，跑得最快的骑兵已经将箭射到了联军步兵阵前。联军开始惊慌，有的士兵手抖得厉害，无法顺利装弹，有的中箭倒地。这时，科林诺的参谋惊喜地报告："报告将军，我们的弹药已经运到了，而且英军还有一个火箭炮队前来支援。"

科林诺吼道："为什么向我报告！立即开炮！"

火炮重新轰鸣。炮弹落到数里外，对已经近前的骑兵没有杀伤力，但巨大的轰鸣声使战马受惊。英军的火箭炮队也开始开火，烟尘四起，火光冲天，一排排火箭弹拖着红色的尾焰，呼啸着飞向清军。这些火箭落地爆炸，燃起了熊熊大火，蒙古骑兵脚下的草地顿时成了一片火海。受惊的战马载着惊慌失措的骑手四处逃散，有的回头冲进了步兵阵中。步兵阵型大乱，人马互相践踏，死伤惨重。联军还有一种霰弹炮，炮弹在半空爆炸，弹体中的钢珠四散，杀伤力巨大。清军开始全线溃退。

联军三路开始攻击，重点就是八里桥。驻守八里桥的光禄寺卿胜保，此前本是镶黄旗蒙古都统、钦差大臣，督办安徽军务，因与捻军作战连吃败仗，被人讽为"败保"，遭御史弹劾，夺去钦差大臣之职，降为光禄寺卿，驻扎八里桥，听命僧格林沁。不过，对新上司僧格林沁，胜保有些不服气。数年前太平军北伐，僧格林沁率蒙古马队连获胜仗，前年驻守天津，又指挥大沽炮台重创英法联军,因此被誉为国之柱石。但在胜保看来,僧格林沁不过是运气好而已。

如今胜保憋着一口气,要证明自己不是“败保”。他亲自打着将旗,站在八里桥上督率所部,一次次反复冲锋,无奈手里的弓箭射不到远处的敌军,而敌军的火枪又快又准,死伤累累。通惠河北岸的炮兵奉命开炮,无奈几百年前铸的铁炮,根本无法与联军的火炮相比,炮口不能调整转动,炮弹大都掠过树梢,根本打不到敌人。有一两颗落到敌群中,实心弹丸,不能像敌军炮弹落地开花,杀伤力实在有限。而联军的火炮不但打得远,而且精度高,落在炮台附近,杀伤力惊人。为了防止炮兵逃跑,他们的双脚都被铁链与大炮拴在了一起,此时全成了活靶子。没过多久,四十几门炮全哑了。

联军的炮火集中倾泻到八里桥上,桥栏上的石狮子被炸得碎石飞迸。胜保屹立桥上,身边的亲兵不断倒下,无论亲信怎么劝,他都不肯下桥。桥头附近已经堆满伤亡的清军士兵,这时一发炮弹在他身边爆炸,他被气浪推倒,满面血污。亲兵趁机架起他向北逃走,联军前锋已经追到桥头。

僧格林沁没想到联军主力是南路军,更没想到他们的进攻重点是八里桥。他命令逃回的骑兵向八里桥方向进攻,计划与胜保两面夹击,无奈骑兵目标太大,全成了活靶子。如今见八里桥失守,军心大乱,各自奔逃。而联军西路军也绕向他的后路,反而要将他堵在通惠河南。亲信部下劝他说:“王爷,势不可为,赶紧西撤,不然全军覆没!”

“上谕令我部阻挡夷兵进京!”

“王爷暂且西撤,收拢溃兵,尚有可为;如果全军覆没,京师可就无一兵一卒了!”

僧格林沁想撤,但面子上不好看。他的亲兵没那么多顾虑,不由分说把他架到马上,拍一巴掌,战马驮着他的主子狂奔而去。马步各军,也都只顾逃命了。

僧格林沁一路狂奔,一直逃到黄木厂,才勒住了马缰。此地离广渠门只有三里地了,城门楼子已经赫然在望。他跳下马来,吩咐文案:“快,快,我要上密折,请皇上赶紧秋狝木兰。”

圆明园南是万泉河,由西而东;万泉河南,一河之隔的朗润园,本是圆明园的附园，原名春和园。嘉庆朝是庆亲王的园子。到了咸丰朝，皇上将这个园子赐给了他的六弟，也就是恭亲王奕訢。

恭亲王奕訢与咸丰帝奕詝是同父异母的兄弟，奕訢是老六，奕詝是老四。兄弟两人自幼感情很好，老四奕詝很小生母就去世，是由老六奕訢的生母静贵妃抚养成人。老六文武双全，要论才能，比老四要强不少。老六和老四，到底选谁为皇储？道光帝也一再犹豫。老四最终胜出，不是胜在才能上，是胜在他有一个老谋深算的老师杜受田。有一年春猎，老六收获最多；老四一只也没打到，他按老师杜受田的嘱咐回奏道光帝，说春天动物正在受孕，他不忍杀生伤和。道光帝病重时，分别召见两兄弟，说他寿将不久，问两兄弟对治国的见解。老六侃侃而谈，文韬武略，很有见地；老四还是根据老师杜受田的交代，闭口不谈治国，只叩头痛哭，涕泗交流，让道光帝大受感动，认为老四有仁君的性情。道光帝驾崩前，召十重臣当面开启立储锦匣，里面有两道上谕，一道是立奕詝为皇太子，一道是封奕訢为和硕恭亲王。

老四登基，是为咸丰皇帝，他没亏待六弟恭亲王，除了赐给朗润园，还把庆亲王府赐作府邸。这座坐落在后海南畔的王府，最初是乾隆朝宠臣和珅营建的府邸，是所有王府中最宽敞气派的。不仅如此，太平军北伐进入直隶后，咸丰又让恭亲王进了军机处，并且统领京师巡防部队，破了皇子不干预政务的祖规。大家都觉得，皇帝对这位六弟够可以的了。兄弟失和，是在咸丰五年(1855 年)，那年恭亲王母亲静太妃病重，恭亲王极力为母妃争取皇太后的封号，并一再提醒当今皇上是由静太妃拉扯大的。咸丰不得已答应，却以恭亲王办理太后丧仪粗疏为由把他逐出军机，革去一切职务，让他回上书房读书，去年才勉强给了镶红旗蒙古都统的闲职。

此时，恭亲王正在朗润园中，如热锅上的蚂蚁。朗润园四面环水，殿宇奇伟，前后河岸，密排垂杨，殿院后墙之外，修竹万竿，幽篁之下，可垂钓，可听蝉，本是极清凉悠闲的去处。然而，此时园子的主人丝毫没有闲情逸致。听说官军在通州又打了败仗，溃兵已经拥到城外。可是，他偏偏没有确切的消息。这也难怪，那些炙手可热的权臣是顾不上他这个闲散亲王的。

还好，总算有人拜访来了。是他的老岳父——大学士桂良。瓜尔佳·桂良属满洲正红旗，从嘉庆朝外放做道台，之后仕途风顺，按察使、布政使，河南巡抚、湖广总督、闽浙总督、云贵总督，回京后又历兵部尚书、吏部尚书、东阁大学士，前年，已位居本朝大学士之首——文华殿大学士。在道光朝，桂良是颇有建树的大员，很得道光帝的器重，所以将他的女儿指婚给恭亲王做嫡福晋。在咸丰朝，仍然为朝廷倚重。太平军北伐，咸丰又起用他为直隶总督，配合僧格林沁作战；英法联军北上，又任他为钦差大臣，到天津与英法和谈。今年联军再次北上，危急关头再授他为钦差，到天津去安抚夷人。内政外交，绝非等闲之辈，他的意见恭亲王也乐意一听。

恭亲王将老岳丈请进书房，屏退下人，急切地问道："听说僧王在通州吃了大败仗？"

"意料之中的事。"桂良说，"我早就说过，与夷人见仗没有胜算，所以我力主和谈。"

和谈不得人心，二十天前，桂良被咸丰撤了钦差大臣之职，改派怡亲王载垣接差，桂良才回到京城没几天。

"我本来已经和夷人谈得差不多，好不容易安抚下去了，可是京中的一帮大老爷视事太易，撺掇着皇上把我撤差，派怡亲王去。怡亲王倒是有骨气，还把谈判使团扣押了，可是结果呢？先是通州丢了，接着张家湾大败，如今八里桥又大败。据说僧王的蒙古铁骑伤亡一半，溃逃一半，如今他几乎成了光杆王爷！"

"僧王被倚为国之柱石，惨败如此，那可怎么办？"恭亲王一脸急躁。

"怎么办？皇上肯定要秋狝木兰了。"桂良说。

"木兰"是满语，意为"哨鹿"，亦即捕鹿。康熙年间，在蒙古设了木兰围场，几乎每年秋天都带皇子及亲贵文武前往举行围猎，一则是为军事训练，保持八旗官兵骁勇善战的本色，二则在此会见蒙古诸王，以示笼络，当然，也含有军事警告的意思。为了方便出行，在京城到木兰围场途中设了多处行宫，其中最具规模的就是热河行宫，又称为避暑山庄。皇上到避暑山庄去度夏，也称木兰秋狝。

"这种时候，皇上会弃京师于不顾？"恭亲王有些不相信，"再说，皇上几天前还下旨，要坐镇京北，指挥剿夷。"

"热河也是京北，北狝木兰与上谕并不冲突。"桂良说，"王爷，如果皇上北狝，这里面透着你的机会呢，你要准备担当大任。"

恭亲王不解地望着老岳丈。

“皇上走了，京城总要留下人来收拾残局。”桂良说，“这个人，最有可能就是王爷你了。”

“这怎么可能？”恭亲王连连摇头。

皇上对恭亲王多方提防，这是人所共知。在恭亲王看来，就是皇上真的秋狝热河，也绝对不会让他出来主持大局。

“可能性极大。”桂良有他的理由，“近支亲贵，惠亲王年纪大了，从来没参与过大政；惇亲王是有名的荒唐王爷，鲁莽少文，更不行；醇郡王也未得历练，钟郡王、孚郡王还都是孩子。至于肃亲王、豫亲王，精力尚可，但均非近支，难膺重寄。唯有王爷你，做过军机领袖，又是皇上的亲兄弟。俗话说，打虎亲兄弟，上阵父子兵。上次长毛北犯，京师危急，皇上以重任相托，这次兵临城下，舍你其谁？”

“我没与夷人打过交道。”恭亲王心里没底。

“别人更没打过交道。”桂良说，“没打过交道可以学。再说，我可以从旁辅佐，这一点，皇上一定能想得到。还有，当初英法闹事，先是由两广总督与之交涉，后来他们北上，朝廷两次派我这大学士去与他们交涉，半月前，又派怡亲王与他们交涉，如今又崩了，朝廷当然要派更亲贵的大臣出面。王爷贵为亲王，又是皇上同父异母的亲兄弟，最合适不过了。”

“就是皇上想，肃六也会极力反对。”恭亲王仍然不太相信。

恭亲王说的肃六，是协办大学士、户部尚书肃顺，满洲镶蓝旗人，郑亲王济尔哈朗七世孙。因是侧室所生，闲散不得志，分府自立后家境窘迫，终日提鹰遛狗，与街上混混为伍。不料这段混街经历，却在后来成就了他——后来他入职刑部督捕司，因为对街面情形极熟，又肯学习，很快成了司里能员，深得堂官赏识。他的飞黄腾达，又与恭亲王奕訢退出军机有直接关系。恭亲王退出军机后，继任首辅军机彭蕴彰才具平庸，人称彭葫芦——只会依样画葫芦。军机不称手，咸丰引入郑亲王端华、怡亲王载垣辅政，无奈两王才具也平常，尤其汉文底子太差。郑亲王端华是肃顺的亲三哥，他极力向咸丰引荐肃顺，肃顺本非池中物，行事果决，肃贪反腐，深得咸丰倚重，仅仅四年时间，由四品郎中升协办大学士、户部尚书，超擢之速，令廷臣侧目。他虽未入军机，但人人皆知大政出于肃府，军机画诺而已。肃顺对恭亲王颇多提防，也是人所共知。在恭亲王看来，他不得重用，一直是肃顺捣鬼。

“就是皇上相托我重任，有肃六在，必百般阻挠。”恭亲王这样认为。

“不见得。”桂良说，“站在肃六的角度看，他也许认为正是把你们两兄弟隔离的好机会。再说，与夷人打交道，无论文武，倒霉的居多，肃六也许正想借机要你难看。”

桂良说得不错，自从二十年前林则徐南下禁烟开始，与夷人打交道的大都跌了大跟头。强硬主剿的，像林则徐、邓廷桢，被发配新疆，主战的武职，要么战死沙场，要么兵败自裁。主和的也没好果子吃。琦善被抄家，差一点问斩；伊里布以七十二岁老翁出任广州将军与英国人交涉，忧惧而死。桂良两次被任命钦差大臣，两次与英法签订和约，结果朝廷两次反悔，惹得英法两次动兵，他被咸丰夺职、被清流视为卖国贼。

恭亲王说：“那这个差使更不能接。再说，对付逆夷，除了痛剿，何来他法？”

“不不不，王爷，你不要被我说的吓住了，这个差使，你得接。”桂良说，“从大处说，国家有难，你贵为亲王，理当为皇上分忧。从个人来说，此时出来，容易见功。现在和从前不一样，从前谈判，都是在京外，远的在广州，最近的也在天津，京中诸公，均是站着说话不腰疼。可是，这次不一样，倚为国之柱石的僧王惨败，夷人兵临城下，京中诸公都已经惶惶不可终日。从前一味说硬话的，口风都已经变了。所以，这时候与夷人议和成功，京师得以转危为安，必大获人心。非常之时，必待非常之人，建非常之功。王爷，我不会把你往火坑里推的。”

“我堂堂和硕亲王，皇上的亲兄弟，战死可，乞和不可。”恭亲王向来是主剿的，老岳父第一次与洋人天津议和后，他还六亲不认参了一本。他总觉得是前线将士不够得力的原因，否则，泱泱天朝，怎么可能败给海上来的夷鬼？让他出来与夷人谈判，他实在想不出与仇敌面对面，该怎么谈，谈什么。

“咳！此时还说这些硬话何益？”桂良说，“俗话说大丈夫能屈能伸，君忧臣辱，君辱臣死，你这个皇上的亲弟弟，为皇上受点委屈，不也是应该的吗？”

这帽子扣得太大，恭亲王无以反驳，他缓了缓语气说：“我们且不必争了，皇上怎么决断还不一定呢。”

正在这时，家仆飞奔而来：“王爷，王爷，皇上有旨意，请您快去接旨。”

恭亲王连忙整肃衣冠，赶到正殿，太监已经面南而立：“八月初一日内阁奉上谕:载垣、穆荫办理和局不善,着撤去钦差大臣。恭亲王奕訢着授为钦差便宜行事全权大臣,督办和局。”

真被老岳丈说准了!

奕訢磕头接旨。

太监说:“王爷,还有一道密旨,您自己看吧。”

赏了太监十两银子,太监欢天喜地而去。桂良一看恭亲王的脸色,说:“王爷,我猜得不错吧?”

恭亲王说:“不错,全让您老猜着了。皇上授我为钦差督办和局。”

再看密旨,是皇上亲笔朱谕:

现在抚局难成,人所共晓,派汝出名与该夷照会,不过暂缓一步。将来往返面商,自有恒祺等,汝不值与该夷见面。若抚仍不成,即在军营后路督剿;若实在不支,即全身而退,速赴行在。

皇上还是体谅他这位六弟的,连退路都给他谋划好了。恭亲王眼角一热,感觉从前误会皇上了。

顷刻之间,闲散亲王成了钦差大臣,一时间竟有些手足无措,问老岳丈道:“第一件事,先办什么?”

桂良说:“当然是给英法两夷一个照会,告诉他们立即停止进兵,赶紧议和。”

“对对对,起草照会。”可谁来起草?恭亲王身边竟无得力的人手。

桂良自告奋勇道:“我来捉笔吧——王爷,当务之急是先把钦差行辕建起来,最要紧的,得找几个文笔好的侍候。”

次日辰初,太监传旨,着恭亲王到圆明园勤政殿见驾。恭亲王立即乘轿前往,出朗润园西门,不用多远就到了圆明园大宫门。门外朝房附近聚集了大批官员。一位老臣涕泗交流地对恭亲王说:“六爷,您是皇上的至亲,请您务必劝说皇上,不能秋狝啊,不能弃京城不顾啊。京师楼橹森严,拱卫周密,若以为不能守,木兰平川大野,毫无捍卫,又何以为御?乘舆一动,则大势涣散,国将不国!我泱泱天朝,四万万众,举袂成幕,挥汗成雨,掷鞭就可断流,民心可用。只要朝廷一意主剿,小小逆夷有何可惧?”

恭亲王急于见驾,敷衍道:“您老放心好了,我一定会把您的谏言上达天听。”

老臣说:“不是老臣一人的意思，是大多数朝臣的意见，请六爷务必代奏！”

恭亲王到了勤政殿,一同被召见的有惠亲王绵愉、惇亲王奕誴、豫亲王义道等。咸丰帝一脸憔悴,显然夜里没有睡好,或者根本没睡。他说:“朕已决意秋狝木兰,咱们这些家里人今天见一面,随后朕就起驾了。国家危难时刻,只有咱们这些家里人多担当,与朕共度时艰。”

众位王爷都“嗻”了一声,人人都在心里犯嘀咕,不知自己是留下来还是随驾。人人所盼,当然是随驾北去。

已经明确留京的只有恭亲王。

咸丰叫了一声:“老六！”

恭亲王“嗻”一声,抬头的瞬间,看到咸丰脸颊消瘦,眼角松弛,额头上几条堆叠的皱纹特别刺眼。皇上才比他大两岁,三十岁还不到!

咸丰说:“你留下来与夷人议抚,这是一件难办的差使,朕也深知。可是,难办也要办,俗话说,打虎亲兄弟,上阵父子兵,你就勉为其难吧。”

皇上肯以这样的语气说话,完全是兄长交代弟弟。恭亲王眼角一热,哽咽有声:“臣弟万死不辞。皇上曾经说过,我二人虽为君臣,情原一体,如此深情臣弟刻骨铭心。皇上既已决断,臣弟绝无二话,君忧臣死,国难当头,臣弟当肝脑涂地,以纾九重之忧！”

咸丰点点头说:“朕不要你肝脑涂地。你办抚局,还是在城外方便。你就把抚夷局设在园子里吧,朕看缘善庵就不错,在东便门外,离朗润园也近。”

恭亲王“嗻”一声。

咸丰又补充说:“你先尽力办着,看看办理情形,到时候你按旨意办就是了。”

所谓的旨意,就是指那件密旨,抚局办不下去了,就到热河去。

于是再召军机大臣、御前大臣,皇上宣布了秋狝的决定,由太监宣旨:

谕内阁:着派豫亲王义道、大学士桂良、协办大学士户部尚书周祖培、吏部尚书全庆为留京办事王大臣。义道、全庆着驻禁城；大学士贾桢、协办大学士周祖培、兵部尚书陈孚恩、刑部尚书赵光在外城办事；大学士桂良着仍在城外，以工部右侍郎文祥署步军统领，随桂良暂住城外办事。

果然，郑亲王端华、怡亲王载垣、户部尚书肃顺及军机大臣匡源、穆荫、杜翰等亲信都随驾秋狝热河。惠亲王绵愉、惇亲王奕誴没派差使，但也不随驾。咸丰说："你们俩暂留京师，到时候看情形再说。"

宣旨完毕，咸丰下旨令肃顺等人护送后宫妃嫔先行起驾，他则率恭亲王等家人到安佑宫。安佑宫在圆明园西北隅，供奉着圣祖康熙、世宗雍正、高宗乾隆等祖宗神牌。咸丰跪下，哽咽道："臣爱新觉罗·奕詝，前来向祖宗谢罪。臣继承大统以来，以列祖列宗为鉴，立志再创大清盛世。谁料臣继位不久，逆贼洪秀全就占据金陵，蛊惑天下，朝廷连发大兵痛剿，谁料剿不胜剿，于今十载，依然猖獗！内忧未靖，外患再起，逆夷法兰西、逆夷英吉利联合发难，舰炮迫胁立约，竟至京师难保。奕詝无能，竟要抛下祖宗陵寝，抛下京师子民！"咸丰跪倒在地，双肩耸动，悲情大恸。

怡亲王载垣、郑亲王端华，一左一右，扶起咸丰，劝道："皇上该起驾了。"

皇上仓皇走了，留京的众人一时不知所措。豫亲王义道是守城王大臣，他不能不开口："老六，你是钦差，接下来差使怎么办，你发句话。"

恭亲王说："怎么办？按上谕办呢，你们诸位，该守禁城的守禁城，该守外城的守外城。我是专办抚局，在城外办事。"

义道说："老六，如今办抚局是一等一的大事，皇上让你办抚局，就是让你揽总，你可不能躲清闲。"

"按上谕办。"这话恭亲王不能接，因为上谕并没有让他揽总。

义道叹口气说："都这时候了，你还这么谨小慎微。"

众人散去，恭亲王先回朗润园，随后桂良就到了，商量在缘善庵设抚夷局的事。留京王大臣实际分为三拨人，一拨守禁城，也就是内城，一拨守外城，还有一拨上谕所说是在城外办事。这三拨人，按理说应该有一人揽总，但上谕没说，而且皇上口谕，特别点明恭亲王在城外办事。细细一想，皇上还是有顾虑，不愿让恭亲王总揽全局。

"我两手空空，既不能管军，亦不能管民，让我拿什么去抚夷？就凭空口白话吗？这算什么全权！”在桂良面前，恭亲王口无遮拦。

“王爷不必苦恼，我朝的全权，从来没有真正的全权。咸丰八年我到天津议和，名头是全权大臣，结果签订的和约朝廷照样不认账；英法联军北上，再让我前往天津议和，名头仍然是全权大臣，夷人要求进京换约，我就答应了，结果京中一片骂声，皇上还要拿我明正典刑，以饬纲纪。王爷也不必太拿全权当回事，更不能落个擅许的罪名。”

“那这抚局可真是难办了。”恭亲王说。

“让大家帮着王爷来办。”桂良说，“到时候形势危急，守城的人比你还急着求抚。”

“依我看，还是要振作士气，先打一个胜仗，再和夷酋坐下来谈才是正办。”恭亲王心有不甘，“僧格林沁的蒙古铁骑与长毛打得不是很好吗？怎么与夷人一交手，就一败再败？我看他是大沽一战吓破胆子了。”

“连这位蒙古王爷也吓破了胆子，可见夷兵不可等闲视之。”桂良说，“要想打一个胜仗再和夷人谈，恐怕很难。”

巧得很，正说到僧格林沁的时候，他就来见恭亲王了。昨天恭亲王给夷人的照会，就是托他派人转交，他是来复命的。

“六爷放心好了，我已经派妥当的人交给了英夷。”

恭亲王问：“他们怎么说？回话了吗？”

僧格林沁说：“没那么快，我想，最快也要明天才有回复。”

桂良也附和说：“夷人办事很周密，他们要仔细考虑了才回复。”

恭亲王说：“能剿才能抚，能战才能谈和，没有武力为后盾的抚局是没法办的。王爷，我奉钦命办抚局，还要多多仰仗你们能在前线打胜仗。”

僧格林沁说：“六爷，在你面前，我得说实话，咱们的军队，摆摆门面还行，要打胜仗，难。”

恭亲王说：“都知道你是能征善战的蒙古王爷，你带的蒙古马队向称铁骑，当年咱们入关，那是所向无敌，前几年长毛北犯，也是你率蒙古铁骑把他们剿了个片甲不留，怎么如今如此泄气？”

“王爷，今非昔比！”僧格林沁说，“当年的满蒙八旗，马上能百步穿杨的比比皆是，可是如今的铁骑，徒有虚名，不要说百步穿杨，能拉硬弓的已寥寥无几，能射个五六十步已经不错了。对付长毛还勉强，可是夷兵就不一样了，他们的洋枪能射五六百丈远，而且准头又好，咱们到不了跟前就被打死了。”

恭亲王觉得僧格林沁是夸大其词：“我们不是也有铁铳巨炮吗？！”

“是，咱们是有鸟枪、铁铳，可是在夷兵面前没用！”僧格林沁说，“咱们最厉害的铁铳，射程也没法与洋枪比。再说咱们的红衣大炮，好多还是前明时候铸造的，动辄数千斤，在战场上根本不能机动，太轻的，射程又太近。最关键的，咱们打出的是实心弹丸，运气好，打到夷兵，当然是能要命，运气不好，不过是在地上砸个坑。而夷人的火炮，放的全是落地开花弹，方圆十数丈内，不死即伤。还有一种弹能在半空爆炸，下面的人躲无可躲。更有一种火箭，腾空而起，喷着尾焰，落地爆炸，还噼噼啪啪燃烧。人能咬着牙往前冲，可是马不行，牲畜都怕火，火箭在它们头上飞，早都受惊了，四散狂奔，勒也勒不住，更糟糕的是冲进步队中，把自己人踩踏伤亡不在少数，蒙古铁骑算是遇上克星了。”

恭亲王有些疑惑：“夷人火器真有那么厉害？”

“王爷可以找几个溃兵来问问。”僧格林沁说，“兵败如山倒，如今无论步队还是骑兵，都是心无战志，没接仗勉强还成营伍，如果再接一仗，如有疏失，怕是人马都逃光了。”

恭亲王说：“王爷，照你这么说，京城一无可恃喽？”

僧格林沁说：“反正只剩空架子了。六爷，你是全权主办抚局，我劝你趁着夷人还没看透底蕴，能和快和，不然，将来损失更大。”

前脚送走僧格林沁，留京的军机大臣、刚署理步军统领文祥前来拜访。文祥时年四十余岁，双目炯炯，透着精明干练。他先见过恭亲王，再向桂良见礼，他也是瓜尔佳氏，因此执礼甚恭，称“本家老中堂”。恭亲王对文祥也算了解，当年太平军威逼京城，他总揽巡防局，文祥就在局中办差，精明干练，印象不坏；他生母的葬礼文祥是襄办之一，办事稳重有章法。可惜去年十月，文祥受肃顺赏识入军机处，眼见成了肃党，恭亲王不能不多了一份小心和见外。

步军统领全称是提督九门步军巡捕五营统领，就是俗称的九门提督，掌内城治安和九门护卫。步军统领已经随驾北行，文祥这时候署理九门提督，不是件轻松差使。

“王爷，城内治安坏透了，人心惶惶，痞棍趁机明抢暗盗，我已经安排左右翼总兵严加弹压,如果还镇不住,怕是要采取霹雳手段,到时候,王爷得帮着我担待。”

所谓霹雳手段,就是杀人立威。

“博川,你是九门提督,城内治安怎么办,你说了算,要采取什么手段,也不必向我说。我只管抚局,其他事情,概不能与闻,我是按上谕办差。”恭亲王依然是客气得有些冷淡。

“我理当随时禀报王爷。”文祥说,“我与老中堂都是驻城外办事,王爷也是驻城外办事,上谕很明确,我与中堂都受王爷节制。”

恭亲王说:“博川千万别这么说,上谕可没说你受我节制。”

桂良说:“博川,王爷是和你客气呢。你放心吧,能帮你承担的,绝无二话。你有什么想法,大胆办就是了,非常时候,非采取霹雳手段不可。”

九门提督还管城防,因此他也登城视察了一番。

“城防也十分可虑。勉强有万把兵,都是老弱病残不说,守城的器械根本没有,就靠手里几把弱弓、刀矛,怎么守？而且他们已经数月没关饷了,人心浮动,都打算夷兵一旦攻城,就脚底抹油。豫亲王负责内城守卫,可至今连城也没登上去看一眼,一门心思等着王爷与夷人和谈。”

城防竟然如此薄弱,出乎恭亲王的预料。他问:“博川,守城营伍怎么如此不堪？”

文祥说:“几年前长毛直逼京师,去年以来英法夷兵又在海口闹事,年轻力壮的都调出去了,死的死,伤的伤。没有及时招募,可不就只剩老弱病残了嘛！”

“那你是什么想法？”恭亲王问。

“第一步先把现有步军稳住,首要的就是得设法关饷。重赏之下才有勇夫,现在连饷也不关,那兵还怎么带？”文祥说,“难的是没银子。南边长毛闹,海口英法闹,户部真是一贫如洗。”

“这事,你去找周中堂商议。”恭亲王提议。

周中堂就是协办大学士户部尚书周祖培。六部尚书都是满汉各一,大都是汉尚书掌实权,满尚书画诺,但户部例外,满尚书肃顺一言堂,周祖培只挂个名。

“周中堂您又不是不了解,芝麻粒的责任也不敢担。”文祥说。

桂良说:“此一时彼一时,从前肃六在京,一手遮天;如今周中堂坐镇京城,有些话他可说,有些事他也能做得了主。比如,再有各省协饷到京,不妨先用一用再说。如今守住京城是一等一的大事,京城不守,皇上也不安是不是?”

文祥说:“老中堂指点得好,我这就找周中堂去商议。”

等文祥走了,桂良说:“王爷,博川虽是肃六赏识,但他并非是死心塌地的肃党。他是靠德才入值,不论是谁,这样的人才都要用。你不必过于提防他。再说,人家来靠拢,不能拒人于门外。”

缘善庵到下午就收拾好了,恭亲王过去视察一番,抚夷局算是正式成立。缘善庵就在圆明园如意门内。如意门还有个说法,当年乾隆皇帝下江南,邂逅一个女子,后来女子找到京城,乾隆为避耳目,着人在此开便门,方便私会。缘善庵传说就是后来安置江南女子的地方。庵很小,只有两进院子,好在抚夷局也没有多少人,足够。好处是与朗润园只有一路之隔,恭亲王不必长驻,有事过来也不迟。

傍晚,恭亲王正打算回朗润园,顺天府尹董恂来了。顺天府是天下首府,侍候京中权贵是第一要务,与恭亲王当然相熟,见面先行大礼赔罪:“王爷,我只顾办理御驾,忙糊涂了,没来得及侍候王爷,还请王爷担待。”

恭亲王连忙把他扶起来,叫着他的字说:“忱甫,不必行此大礼。御驾秋狝,够你忙活的,你今天其实不必过来。”

“那怎么行,这样晚过来,我已经十分不安。”董恂说,“昨天晚上才得到圣驾秋狝的消息,连夜准备车马、御膳,忙得天昏地暗,还是漏洞百出。今晚皇上驻跸南石槽行宫,恐怕只能吃碗粳米粥了。”

恭亲王说:“匆忙之间,又那么多人随驾,万事都要你来张罗,来不及讲究,皇上会体谅的。还有好几处行宫都在你的地盘上,有你好忙的,你先忙这件事,我这边不必亟亟。”

董恂说:“谢王爷体谅。我哪里侍候不到,请王爷多担待。等我忙过了,立即过来侍候。”

次日上午,终于等来英国全权公使额尔金、法国全权公使葛罗的回复,两国都要求释放被俘的巴夏礼使团全部人员,在被俘人员全部释回前,绝不停止干戈,更不会与大清谈和。

巴夏礼是英国人,二十年前就到中国来了,正是第一次鸦片战争期间。此后二十年间,在上海、福州、广州、厦门等通商口岸任翻译或领事。第二次鸦片战争爆发的时候,他任广州领事,与广州官方打交道的主要是他,炮轰广州并带兵进广州城抓走两广总督叶名琛的也正是他。所以英法联军北上,他成了必不可少的中国通。后来联军占领了通州,英国全权大臣额尔金就派他作为代表,在通州与载垣谈判。载垣像桂良一样,也全盘同意了英法的要求,但咸丰帝接受不了夷人面递国书又不肯下跪的要求,下令扣押巴夏礼等英法人员三十九人,想以人质胁迫英法就范。

"两国交战,不斩来使。扣押谈判人员这件事,我是不能苟同的。"桂良说。

恭亲王却有不同的意见:"据说巴夏礼十分傲慢无礼,专会挑弄是非,许多馊主意都是他出的。甚至有人说,他是联军的狗头师爷,抓了他,联军就不会打仗了。"

"王爷,这可真是无稽之谈!夷人军队有统领也有军师人员,巴夏礼是文官,捉了他联军就不会打仗,那也太小看联军了。捉拿巴夏礼在前,八里桥大败在后,不就是最好的证明吗?"桂良说,"京中的这帮老爷们,对夷情一无所知,只知道胡出主意。"

恭亲王说:"把他们扣下来,我们手上总算还有点筹码。"

"王爷说得有道理。"桂良说,"现在的问题是,如果不放,夷人继续进军怎么办?"

"那就好好和他们打一仗!"恭亲王毕竟年轻气盛。

桂良直摇头。恭亲王虽是女婿,但毕竟是王爷,又是钦差大臣,便说:"王爷,我同意你的看法,和不成,当然要打。现在不妨把夷人的要求放出风去,听听大家的意见。"

恭亲王明白老岳丈的用心,说:"这件事,让博川去办比较合适。"

说曹操,曹操到。文祥到缘善庵来了。他说:"王爷,城中治安堪忧,步军衙门人手有限,抢掠成风。我准备通知各铺户,如有歹人放火抢劫,准予商铺格杀勿论,也可扭送到官府,由官府斩首示众。不但内城应如此办理,外城、城外及附近州县,我听说溃兵土匪,无法无天,都应严厉镇压,不然夷人未到，我们先乱成一锅粥。这件事，还得顺天府也能配合，请王爷示下顺天府，一体办理。”

恭亲王不再像昨天那样推托了，说：“好，你先在内城发个文告，到时候我让顺天府也参照办理。”

文祥说：“谢王爷成全，我立马回内城办理。”

桂良说：“博川，还有件事得劳驾你。”

于是让文祥看了英法的照会。

“王爷的意思是坚决不能放回巴夏礼，可是如果夷兵因此开战，也是个大麻烦。你回城去，也听听大家的意见，内城外城，劳你都走一遍。”桂良交代文祥，“此事十万火急，最好下午就能有个回音。”

文祥“嗻”一声领命而去。

下午文祥又到朗润园来了，他带回消息，负责守城的王公大臣，大多赞同释回巴夏礼，以成抚局，但其他官员特别是言官们极力主张立即将巴夏礼等人正法。

桂良说：“正法巴夏礼容易，可是，如何抵御夷兵，大家有何见教？”

“泛泛而谈。”文祥说，“也有具体建议，但恐怕未必顶用。”

有人建议起用天津富商张文锦，让他发动民团，袭击联军后路；也有人建议让僧格林沁督率大队人马逼近大沽联军老巢，围魏救赵；还有人建议，头上顶湿棉被，可抵御夷人枪炮……

桂良说：“真是书生之见。天津富商张文锦我知道，他组织了几百人看家护院，让他带人去袭击联军后路，形同儿戏；僧王几乎成了光杆王爷，而且他本人极力主抚，让他督大队到大沽去，更是纸上谈兵；湿棉被如能抵挡枪炮与英夷交战就不会屡屡败北。”

文祥说：“现在各部人马如惊弓之鸟，更需要有个能征善战的来统领。僧王已经被吓破了胆，实在指望不上。”

僧王都不行，那还能指望谁呢？

胜保受伤，已经获准在城内养伤，如今在前线统兵的大员只有僧格林沁和瑞麟。桂良自告奋勇，明天设法见瑞麟一面，听听他的意思。

军事上无人可托，巴夏礼又不能释回，又该如何阻止联军进攻？几个人绞尽脑汁，束手无策。姜还是老的辣，最后桂良献一策：“王爷，夷人这样看重巴夏礼，想必他的话也有点分量。我看派恒祺去劝劝他，让他给英酋额尔金写封信，也许事有转圜。”

恒祺是满洲正白旗人，现任武备院卿，此前任过两年粤海关监督，与巴夏礼认识。桂良两次与英法谈判，都带恒祺做助手。

恭亲王叹道：“只有死马当活马医了。”

立即着人找恒祺来，由恭亲王亲自交代。恒祺当即返回，趁内城关门前进城，连夜去刑部大牢劝说巴夏礼。

次日一早，恒祺前来复命：“王爷，臣没办好差使。巴夏礼是油盐不进。”

恒祺劝说巴夏礼半夜，巴夏礼坚决不同意写信为清廷说好话，还怒道：“你们虐待使团，是极其野蛮的犯罪！你们必须把我们送回，并向我和我的同伴们道歉！”

恒祺说：“他不但不答应给额尔金写信，而且还开始绝食抗议。”

恭亲王说：“真是可恶！饿死他活该！本来皇上已经打算斩了他，让他活，现在已经便宜了他。”

桂良说：“王爷说气话呢，千万不能饿死他。有他在手里，还是一张对付夷人的牌，他要是饿死了，百弊无利。”

恒祺说：“臣也是这样想的。巴夏礼倔强，与他吃了不少苦头有关。如果好好待他，也许他会松口。”

巴夏礼的确吃了不少苦，通州一仗，清军死伤惨重，尤其京营八旗，几乎家家有人阵亡，刑部的狱卒听说巴夏礼是夷人高参，恨不得活剥了他，各种苦头让他吃了个遍。巴夏礼还算幸运的，他和法国全权大臣葛罗的秘书关在一起，只受狱卒的折磨。而其他的人和死囚关在一起，那可就不是吃一点苦头了。

“王爷，我听说人质死伤不少，有的受刑极其残酷！”恒祺说，“王爷，我多少了解点儿夷人的规矩，这样对待使团在他们看来是很野蛮的行为。”

“哼，只许州官放火，不许百姓点灯？”恭亲王说，“他们三四年前就把我们的两广总督捉走了，至今活不见人死不见尸！他们一路北上，犯下的罪行不野蛮吗？”

恒祺连忙说：“王爷，都是臣口不择言。”

桂良说：“王爷，不怪恒祺，谁让咱们打不过人家呢？俗话说，人在屋檐下，不能不低头。巴夏礼和那十几个活着的人，必须好好照料，千万不能再有死伤。”

恒祺说：“在刑部大牢里，没法特别关照。大家都一肚子火。”

桂良说：“你说得不错——王爷，我看就把巴夏礼挪个地方，单独关押，将来万一局势不可控制，可随时处决。”

这件事恒祺办不了，必须交给文祥去与刑部交涉。关押的地方，则可以请顺天府尹董恂参谋。

接下来商量该怎么回复夷人。

“只有先含混过去再说。”桂良所说的含混，就是欺骗额尔金，巴夏礼在双方谈判后，负气出走，在双方交战中冲散，下落不明。中国捉获了部分人员，但其中并无巴夏礼。要送还被获人员也不难，只要联军将兵船退出大沽海口，双方商定各款后，就全员送还。

桂良要去城东见瑞麟，他让恒祺与他同行，负责把照会交给英国人。

快中午时，文祥来了，说：“王爷，内城的治安总算好了些。就是军饷一项把大家都愁坏了。更可气的是今天行营还派来专差，要提二十万两库银，说是修葺热河行营。宝佩衡真是好样的，一口给回绝了。”

宝佩衡是总管内务府大臣宝鋆，佩衡是他的字。他以“果敢自命”闻名。咸丰八年他到浙江主持乡试，自作主张多录一名举人，被降一级留任。今年他奉命去天津验收海运漕粮，发现了不少问题，一口气弹劾了十几名官员，还上了《海运漕粮杜弊章程》。咸丰称赞说，也只有宝鋆这样果敢自命的人办理如此利索，当即升他为总管内务府大臣，同时署理户部三库事务——户部三库是银库、缎匹库、颜料库，热河要提银子用，正归宝鋆现管。

“宝佩衡‘果敢自命’名不虚传，也只有他敢顶一顶肃六。”恭亲王称赞道，“夷人兵临城下，正是花银子的时候，却要提银子去修宫室，这种馊主意也只有肃六想得出。”

文祥说：“王爷，宝佩衡找我说，与其让肃六惦记，还不如先提用部分库银用于关饷，他还激我，敢不敢开仓放粮。现在城内城外的兵再不关饷，怕不用夷人来打，就先自溃散了。”

私提库银和私放粮米，那可是重罪。恭亲王说：“博川，这种事可不是闹着玩的，还是先请旨吧。”

中午恭亲王留文祥在朗润园用饭。还没上桌,胜保就包着半面脸、吊着胳膊来了,见面还要见礼,早被恭亲王拦住了:“克斋,你不好好在家养伤,怎么跑出来了。”

“憋气,在家待不住!”胜保说,“王爷,我听说您奉钦命办理抚局,有人以为办抚局就是不必打仗了。错!有战才有抚,能战才能和,没有军事做后盾,只能是澶渊之盟。”

恭亲王说:“谁说不是!克斋,我就问你一句话,如果与夷人打一仗,有没有胜的可能?”

“怎么没有可能?”胜保说,“八里桥之战败就败在马队上。还没见到夷兵呢,僧王的马队一听炮响,拨马就跑,跑了也就罢了,还把后面的步队都冲乱了,自相践踏,岂有不败之理?通州之战死伤惨重,一半倒是自己误伤。”

恭亲王说:“我可听说,夷人的枪炮很厉害,咱们没办法对付。”

“夷人的枪炮是厉害,可是并非没有克敌之策。”胜保说,“两军交战,贵以长击短。逆夷专以火器见长,而我军则以近身搏击见长,若我军能奋身扑进,兵刃相接,夷人枪炮近无所施,此时再以马队从两翼包抄,必能大捷。”

“你的意思是,通州之战,我军战略有误?不该先以马队冲击?”恭亲王问道。

“正是。”胜保说,“僧王的部署,马队在前,先向敌阵正面冲击,后面步队跟进。马队目标太大,很容易成人家的活靶子,而且战马一惊,四处乱窜,乱成一锅粥。如果将次序调整,还是那些人马,情形就大不一样了。”

“有道理,有道理。”恭亲王信心大增,“听你这么一说,夷兵也并非不可制。”

“正是,俗话说,兵熊熊一个,将熊熊一窝。俗话还说,狭路相逢勇者胜,士气至关紧要,尤其是统兵的将领,非有一副视死如归的气概不可。”胜保说,“再说了,敌为客,我为主,就是败了一仗,耗下去,拖也能把夷兵拖垮。”

“有你这股子勇气,我心里也有点底了。”恭亲王说,“目前兵败如山倒,太需要振作了。”

“王爷,夷兵利速战,咱们利持久。”胜保说,“必须赶紧下旨飞招外援。曾国藩、曾国荃兄弟带的川楚健勇很能打。且南方人个头小,身形灵捷,最善俯身猱进,与贼相搏。把他们招来,逆夷定可大受惩创。”

曾国藩是湖南人，太平军进湖南后，奉命组建乡勇助剿。儒生带兵，竟然成了气候。调湘军北上当然是个不错的主意，但曾国藩、胡林翼、左宗棠等湘军统帅，都是肃顺极力支持提拔的，能不能听招呼不说，会不会是引狼入室，到时成了肃六的援手？恭亲王心中颇多疑虑，但他说出的是另一番理由："湘军能打仗天下人所共知，只是江南江北，迢迢千里，恐怕缓不济急。"

胜保说："不然，王爷，有湘军北上，首先对京师官兵士气就是一个极大鼓舞，即便湘军一时到不了，也大有裨助。士气振作，只要咱们能苦苦守住京城，到时候内外夹击，夷人岂有不败之理？再说，京城城高墙厚，夷人火炮虽厉害，也不是一时能够攻下。再说，他们所携炮子有限，总有用尽的时候。"

恭亲王已被胜保说动，觉得先守住京城是根本，其他事情不妨走一步说一步。拿定了主意，他对胜保说："克斋，我专办抚局，军事不便插嘴，我看以你的名义奏请，飞招湘勇北上如何？"

胜保说："好，我今天就亲自拟折稿。"

胜保是翰林出身，在满人中已属凤毛麟角，他很为自己的笔头子功夫自傲。

恭亲王留文祥和胜保在朗润园用午饭，边吃边谈，对眼下军务和京城市面又了解了不少实情。胜保告辞时，恭亲王握着他的手殷殷嘱托："克斋，你务必赶紧调理，当前急需你这样的将兵统帅。"

恭亲王一下午心情不错，傍晚老岳父桂良一回来，就有些迫不及待地说："我看胜克斋是统兵将才。"

桂良听了恭亲王的意见，说："王爷，今天我去见瑞澄泉，所闻所见，与克斋的说法有点出入。"

桂良所说的出入集中于两点，一是马队没胜保说得那样不堪，死伤相继，仍然策马冲阵，无奈夷人火器太厉害，伤亡惨重。二是士气很差，打仗实无把握，要赶紧议抚，不然再打一次败仗，夷人要求会更苛刻。

"王爷，克斋说话向来有些夸大其词，他又以翰林自负，有些小看文墨粗率的僧王。总之军事实无可恃，这一点你心里可要有数。"桂良说，"原本僧王所统不下三万四千人，如今能勉强拢起来的，不过一万六七千人。就是这一万六七千人，亦如惊弓之鸟。"

恭亲王说："所以，此时更需要有点血气的将领来统兵。"

桂良年已七十有五，当然不会与血气方刚的高婿争辩，咕噜噜抽一口水烟，心平气和地说："王爷说得有道理，目前也只能依靠这点人马。王爷想让胜克斋统兵，我也赞同，可是，没必要闹得僧王不痛快。八里桥一战，胜克斋人马溃散最多，不妨设法再补给他点人马，这样更顺理成章。"

恭亲王看看老岳丈一脸疲倦，七十五六的人还跟前跑后，于心实在不忍，而且他的话大有道理，可以重用胜保，但确实没必要开罪僧格林沁。他缓和了语气说："您老说得一点不错，我也是这个意思。八里桥一战，胜克斋独当一面，兵丁伤亡最大，必须得尽快补充。"

要补充，但肯定没法从僧王和瑞麟手下调拨。文祥脑子转得快，说："王爷，老中堂，不必只从城东的兵马打主意。西安马队两千余人，原来是计划调赴热河，不如留下来守京城，就交给胜克斋统带好了。"

这倒是个不错的主意。大敌当前的是京城而非热河，西安马队留在京城是正办。

"王爷，这件事由我向朝廷奏请，请胜克斋统领马队助守内城。"

文祥是九门提督，请求留兵加强城防，名正言顺。他的奏请很快有了结果，隔天晚上六百里加急上谕到了，"此项西安马队二千三百名，即着留交胜保调遣，毋庸令其前赴热河，以资攻剿。"

领到旨意，胜保当晚赶到朗润园向恭亲王表示，他伤虽未痊愈，但决定上奏朝廷，负伤复出，以报朝廷知遇之恩。他还把自己的亲兵拨出五十骑，留在朗润园和缘善庵护卫恭亲王和抚夷局。

次日上午，英法两国的联合照会到了，照会说，如果收到该照会起三天之内能将使团人员全数交回，则中外双方可以在通州进行和谈，在北京交换咸丰八年签订的天津条约批准书，然后联军退至天津，过冬后返回南方。如果不接受这些条件，联军将继续向北京推进，不难毁城改朝。

恭亲王看到"毁城改朝"四字，气得直拍桌子。当时胜保也在，说："夷人真是狂妄至极！有我的大军在，岂能任由他们张狂。王爷，等西安马队到了，我非让夷军吃点苦头不可。"

恭亲王受胜保影响，态度趋于强硬，给英法两国的照会中，坚持应当先退兵，再和谈，后放俘。至于巴夏礼等人，已经找到，好吃好喝招待着呢，尽管放心。

桂良避开恭亲王,和文祥密议:“博川,王爷受克斋影响,对夷人转复强硬,这不是好兆头。官军到底多大能耐,你我都清楚。城外的兵不用说,已成惊弓之鸟,就你内城的步军,能战的又有多少?平时训练找人代替,只有关粮饷的时候才露个面,就是捕盗都勉强,让他们守城,只怕夷军未到城下,人已经跑光。”

文祥劝慰说:“老中堂,您总不能让王爷像软面团,夷人怎么说就怎么办吧? 传到热河,又是一条罪状,恐怕即使和议成了,也像您老一样落一身不是。”

“当然,我明白博川的意思。”桂良说,“可是王爷是专办抚局,抚局不成,也落埋怨。当局者迷,我们旁观者要清,无论如何,将来必须坐下来谈,这是大局,我们得帮王爷照这个方向走。”

文祥问:“老中堂的意思,要我办什么? ”

桂良的意思, 还是让文祥把风放给守城的王大臣, 让他们从旁劝说王爷;他则派恒祺去与巴夏礼磨。巴夏礼如今单独提出来,软禁在德胜门内积水潭边的高庙里,好吃好喝供着,让恒祺去劝劝,也许能软活些了。

英法两国的联合照会,第二天下午就收到了,同时还捎给巴夏礼两包衣服和一封信。两国的态度依然强硬,表示要想议和必须以释放全部被押人员为前提,但这次照会中没有再提三天的期限。

下午,惠亲王绵愉、惇亲王奕誴、豫亲王义道还有守内外城的大臣户部尚书周祖培、吏部尚书全庆等人都到缘善庵来了。惠亲王绵愉是道光帝的五弟,恭亲王的五叔,在咸丰皇帝面前也是免跪的,他说:“老六,皇上把你留下来议抚局,你总是一味强硬算怎么回事?今天上午英夷的军队已经开到定福庄慈云寺,离京城不足十里。僧王和瑞麟所部根本拦不住,都退到城外了。英夷的哨探已经到了城外三四里地,听说他们在运炮弹、架云梯,是要攻城的架势。”

惇亲王奕誴是恭亲王的五哥,他说:“老六,我和五叔的意见一样,皇上是留下你专办抚局的,夷人要放回巴夏礼,你放回就是了,押着他有啥用?现在京中乱成一锅粥,都怕夷兵攻城,都在打包袱卷逃出城去,各衙门的人也快跑光了,找个办事的也找不到。我和五叔商议了,你要再不放人议抚,我俩也去行在了,这也是当时皇上交代的。”

其他人也都附和。协办大学士、户部尚书周祖培时年六十又七,今天是抱病前来,他说:“王爷,剿夷抚夷,并无高下之分,也非忠奸之辩,一切要看形势。从前我也是力主剿夷的,那时候夷人远在广东,聚全国之力而剿之,可以从容办理;可是如今夷人兵临京城,社稷危在旦夕,不得不从权,这也是势所必然。夷人不过是要求放还巴夏礼,在我不过是举手之劳,与京城惨遭兵燹相比,区区一夷囚,何必与夷人固执?”

“不然,不然。”不知什么时候,胜保到了,一进门就发表不同意见,“放巴夏礼并不难,但该酋一放,足长逆夷威势,势必更小看我朝,难免贪欲更奢。既然逆夷一再要求释回该夷,恰说明该夷之重要,正是我与之议抚的筹码。”

惠亲王绵愉有些看不惯胜保的轻佻,说:“克斋,夷人要是来攻城,拿什么来抵挡?你们要是在通州能够打一个胜仗,何至于有今天的局面?”

“老五爷,通州之败,事出有因,今天不必细说。和之本在能守,守之本在能战。如果战守皆不可恃,和局也万不能成。再说,两国交兵,不在一时之胜负得失,我腹地广阔,只要不畏敌,打下去,我必胜无疑,这一点是明摆着的,不少人也这么看。”胜保拿着一大摞上书又说,“这是翰林言官们的上书,让我带给六爷。”

绵愉说:“你们这是要弄得国家兵连祸结,居心真是不可问!言官们不过是空话连篇,唱唱高调罢了,你这前线吃了败仗的将军,竟然也像他们一样纸上谈兵!”

胜保本来就有“败保”的绰号,听老五王爷这样讥讽,脸上挂不住,说:“王爷,我这就带人到前线去。”说罢一甩袖子走了。

恭亲王说:“克斋所说,也并非全无道理。五叔,你看这样行不行,我们还是回复夷人,要求先和谈后放人,如果他们再有行动,那时放人也不迟。如果他们还是虚张声势,那就说明他们不过是强弩之末,办抚局反而更容易。”

绵愉跺脚道:“老六老六,人都说你明大势,没想到你是这样固执!我不管了,老五,咱们走,今天赶往南石槽,快马加鞭还来得及。”

桂良连忙劝阻说:“老五爷,不要着急,我还有话说。”他把绵愉和奕誴让到另一间客厅里说,“老五爷,您得体谅老六的难处。他年轻,血气方刚,不想在夷人面前丢大清的脸。再说,历来主和者皆无善终,六爷有所顾虑也是常情。我赞成您和五爷到行在去,也把这面的实情告诉皇上。”又对惇亲王说,

“五爷,你和老六是亲兄弟,打断骨头连着筋,不论老六哪里做得不对,你在皇上面前可要多维护。”

奕誴排行老五,其实比咸丰帝只小六天。他为人粗率,仗义,但容易偏听偏信,又口无遮拦,桂良如此叮嘱,是怕他在咸丰帝前说什么难听的话,恭亲王的处境就更难了。

奕誴笑了笑道:“老中堂是回护女婿。您老放心好了,老六无非是怕留下卖国的骂名,这点小心思,一眼就能看穿。可是,他是奉上谕办抚局,何必前怕狼后怕虎?”

绵愉说:“老六是听了胜克斋的蛊惑。胜克斋这个人,贪名贪权贪利。我可听说,夷人的枪炮实在是厉害,再打实无把握。我是怕克斋逞强误事,老六也受连累。”

桂良说:“老五爷您圣明,您老到了行在,务必为六爷多弥缝。”

绵愉决定明天就出京,和奕誴匆匆告辞,回城收拾行装。桂良送出门来,豫亲王义道等人也一道回城。桂良把义道拽到一边说:“王爷,这边您放心好了,我会劝说老六尽快议抚。您也上折,把这边危急情形奏明皇上,别事过境迁,有人再怪咱们一味软弱,再扣一顶卖国贼的帽子,那可就太冤了。”

义道说:“老六就是太过瞻顾,有心迁避!”

桂良说:“王爷,咱们留下来办差,不容易,只有互相扶持了。”

义道一边上轿,一边说:“你放心吧,我心里有数。”

桂良心中有主意,但总不能强加于王爷女婿。他只等着文祥过来,两人再细细商酌。文祥做事极其周密,且有决断,关键是一心为恭亲王着想,奕訢已经拿他当心腹。只是文祥事情实在太多,不可能呼吸立至。他是留京的唯一军机大臣,京城这边一大堆军机上的事要他处理;他又兼着步军统领,内城治安及九门防卫更是不敢大意,随着联军步步紧逼,城中人心浮动,稍有松懈,便立马乱成一锅粥,所以城中无论是百姓还是王公,都要求他在城内坐镇。他白天驻城外帮助恭亲王办抚局,晚上住内城弹压治安。这样就辛苦了他,两头跑。从圆明园到禁城二十余里,有时一天往返数次,累得气喘吁吁,有几次咳嗽见红。恭亲王听说十分惊骇,特别吩咐,除非他有谕令,任何人不要召文祥到园子里来。桂良十万火急,却也体谅文祥的难处,只能耐着性子等。

次日辰初(早上七点多),文祥就坐着轿子到了,随行的还有军机章京朱学勤。桂良说:“博川,你这又起了个大早。”

文祥说:“不瞒中堂,寅正我就起了。一堆事处理完,就赶过来了。我知道这边肯定也是火上房了。”

桂良吩咐上早点,与文祥边吃边谈。恭亲王不同意释回巴夏礼,这是没法逼他改变的,能商讨的,就是回复夷人的理由。文祥问:“恒祺去劝巴夏礼,有无结果?”

桂良摇头说:“昨天恒祺还送来信,说是巴夏礼态度有些变软,但还是不肯给额尔金写信。”

文祥沉默良久,说:“老中堂,我看不如这样,就说巴夏礼精通英文,这些天一直在与恒祺商讨条约的细节。不如建议夷人,就在京城开议,一旦议妥,就可签订和约。所以夷人要求释回巴夏礼,就是多此一举。”

桂良拍案叫好,立即将此意照会英法。双方近在咫尺,英法的联合照会次日午饭前就由僧格林沁派骑兵送过来了。照会要求送回被俘所有人员,联军将立即退到通州,双方在通州议和。同时要求允许巴夏礼写一封亲笔信,报告近况。

桂良觉得机会难得,不如赶紧释放巴夏礼,双方到通州去谈,总比兵临城下来得从容。恭亲王却从这个照会中,看出夷人是在虚声恫吓。

“他们又是造云梯,又是运大炮,络绎不绝,可是数天来不敢攻城,可见是顾虑巴夏礼等人的安全。所以,巴夏礼在手的确是一大筹码,与和局大有关系,更不可轻易释放。”恭亲王仍然坚持,联军退回天津,巴夏礼在京与中方详议换约细节。

桂良寄希望于巴夏礼能写一封亲笔信,同意他在京谈判,那样问题就迎刃而解。但巴夏礼固执得很,表示只有同意释放他和同伴,他才会写信给额尔金。恒祺软磨硬泡,最后巴夏礼终于肯动笔,写了一封短信。但他是用英文写的,大家都不认识。恭亲王问:“这蛤蟆蝌蚪样的文字,是什么意思?你们谁能看明白?”

恒祺说:“这不要紧,我已经让巴夏礼把意思翻译给我听了,我都记下来了。”

恒祺递上一页纸,是巴夏礼用中文翻译的他的信件:

现在中国官员以礼相待,闻得是恭亲王令其如此。据云,恭亲王人甚明白,能作主意。既能如此,伏谅暂可免战议和。

恭亲王并不满意,说:“夷军退回通州,巴夏礼留京议和的意思并没有说清楚。”

桂良说:“这就不错了,先停战,解除了京城危机,一切都好说。”

于是决定将回复的照会连同这封信派专差交给联军,同时将附件一并上奏朝廷。上奏朝廷的时候大家起了争执,是将巴夏礼的蝌蚪文信件照抄一份,还是将翻译的中文信附上?蝌蚪文行在并无人认识,附也是白附。可是,如果只把汉文的附上,上面问一句,这意思准确吗?又该如何回答?

恭亲王问恒祺:“你能保证,这意思与巴夏礼的蝌蚪文是一个意思吗?”

恒祺说:“我觉得没问题。我和巴夏礼这几天混下来,已经十分熟悉了。这个意思是他按我的建议写成的夷文。”

恭亲王说:“这不行,你觉得没问题就一定没问题?”

恒祺这下哑巴了。

“如果巴夏礼是鼓动额尔金动兵迫和呢?”恭亲王说,“巴夏礼十分傲慢,他也许觉察了我们急于求和,是借机向额尔金通风报信呢?”

桂良觉得可能性不大,但他也不识夷文!

恭亲王问:“马上找人看一看,巴夏礼到底写的什么。如果弄不准,不能把信交给额尔金。”

在京城,要找个识夷文的人太难了!恭亲王让恒祺到理藩院找找看。理藩院是朝廷管理蒙古、西藏、新疆等地事务的机构,后来与俄罗斯交涉事务多了,又加了俄罗斯事务。其下设有内馆、外馆、蒙古学、唐古特学、托忒(卫拉特)学、俄罗斯学、木兰围场、喇嘛印务处机构,自然不乏蒙文、藏文、俄文的人才。但有没有通英吉利文、法兰西文的就难说了。恭亲王说:“你赶紧去一趟,也许俄文与英吉利文差不了多少,反正都是蝌蚪文。”

恒祺策马回城,一直到了次日辰正(早晨八点)才赶回圆明园,桂良等人早就等在那里。

“怎么样,有人认识吗?”

“没有。”恒祺说，“我先去理藩院，蒙回藏俄唐古拉语他们都有人精通，可是英吉利、法兰西文无人看懂。”

桂良还怀一线希望问：“俄文也是蝌蚪文，他们也一点看不懂？”

“两回事。”恒祺说，“俄文与英、法文八竿子打不着。我又找钦天监、翰林院，反正能找的人都找了，没人懂巴夏礼写的是什么意思。”

桂良亲自去朗润园，把消息告诉恭亲王。恭亲王斟酌再三，说：“让恒祺再回城找巴夏礼，让他无论如何用汉文再写一封信。”

这样一去一回，到了下午恒祺才回来，把巴夏礼亲笔的汉文信交差：“巴夏礼开始不肯写，我费尽了口舌他才答应了。他说我们是自作聪明，额尔金见到汉文信，反而会怀疑。”

恭亲王指着下面的一行蝌蚪文问：“这几行蝌蚪文是什么意思？”

恒祺说：“我问过，是巴夏礼的签名和时间，这样才能表示以上汉文的确是他写的。”

恭亲王斟酌良久，说：“好，尽快发给英法两使。”

这时顺天府尹董恂来了，他带来的消息很不妙，据说夷军四处骚扰，抢夺牛羊，筹办给养，从天津源源不断运来军火，说不日要发动攻城。他给桂良献了一计：“中堂，王爷有王爷的打算，我们要有自己的打算。僧王找到我，想募一批牛羊鸡鸭送到夷营去，和夷人缓和一下关系。这件事我看可行，到时候我就说是奉六爷的钧令赶办，如果收效好，记在六爷头上；如果弄巧成拙，那就是我自作主张，完全与六爷不相干。”

桂良连忙拱手说：“多谢忱甫为六爷打算。我很赞同与夷人套套近乎，这件事你安排再好不过。忱甫的苦心，将来我一定转致王爷。”

董恂说：“老中堂同意我就去办，但暂不必告诉六爷，万一六爷顾忌面子就不好办了。我已经与同仁堂和恒利木厂打过招呼，他们两家的生意，从宫里沾光不少，他们也乐意此时效劳。”

## 圆明园遭劫，安定门被迫献敌

额尔金收到恭亲王的照会和巴夏礼的信，汉文他看不懂，需要翻译给他译出英文。但巴夏礼汉文信后的英文他当然认识，写的是：这是在逼迫下写的，请尽快向北京进军。

他立即派助手与法国公使联系，希望召开一次联合会议确定下一步的交涉方向。

当天下午会议在法国远征军总司令蒙托邦少将的住处召开，参加会议的除了英国全权公使额尔金，还有法国全权公使葛罗，英国远征军总司令格兰特中将，此外还有两军互派的联络官，以及两国公使的助手和翻译。

额尔金首先表明他的态度："我觉得到了必须采取军事手段的时候了。这也是巴夏礼出于大局的希望。"

英国远征军总司令格兰特说："如果采取军事行动，会不会危及巴夏礼及所有人质的生命安全，这是远征军将士们的普遍顾虑。"

额尔金果断而专横地表示："我想不会。如果真的如此，那也是巴夏礼的光荣。"

格兰特将军性格有些优柔，反而是负责外交的额尔金更显得强势，更像个军事指挥。事实上就是在军事上，格兰特也几乎全听从额尔金的意见。

接下来，法国远征军总司令蒙托邦将军的意见就至关重要了。他看了一眼格兰特，眉毛抖动了几下，仿佛是在打招呼，这是他要表达决定时的习惯性表情。在他眼里，英国这位穿着极不讲究的将军，看起来更像个瘦高个老太婆，军事才能并不突出，却具有一样非凡的品质，就是在任何情况下对蒙托邦既尊重又坦诚。因此蒙托邦对两人之间的关系十二分的满意，正因为这样，他也就乐于维护格兰特的面子。他说："格兰特将军的担心有道理，我们的军事行动，一定会给人质带去危险。但，我想中国人也许没有那样的胆量。他们一直拿人质威胁我们，正说明他们对人质的高度重视。所以，我认为可以放心地采取军事行动，而且打得越好，巴夏礼他们会越安全。"

葛罗和额尔金都同意蒙托邦的分析。

"所以，我认为到了非采取军事行动不可的时候了。我的两位助手已经对我很不满意，他们都认为八里桥之战后就应该乘胜进攻北京。如果那样，也许现在我们已经在北京城里与中国人谈判了。"

额尔金问："现在最重要的就是军事行动的把握有多大。正如刚才分析，如果我们军事进展顺利，人质才会安全。"

"我对军事行动的成功怀着至少九分把握，那一分在上帝手里。自从八里桥一战后，打败中国的军队变得越来越容易。”蒙托邦自信地说，“八里桥之战真是我生平经历的最不可思议的战事，我的参谋曾经对我说，这场战役给人以做梦一般的感觉，我们一直在消灭别人，自己却丝毫无损。格兰特将军，你们是否也有这样的感觉？”

格兰特说：“是的，这也是前线的小伙子们感到最得意的。”

蒙托邦说：“我的军医曾经对我说，很难相信中国人居然是火药的发明者。他不明白中国人为什么会热衷于使用那些低劣的武器。中国人的弓箭对我们的士兵造成的不过是浅表伤。中国人最好的武器就是火绳枪，已经落后我们几百年。就是这样的火器，中国军队也只有五分之一的人配备。他们更多的是长矛、梭镖和各种刀剑。他们还配备一种可笑的盾牌，用柳条或竹子编制，像一顶中式大圆帽，我的士兵们都不知道，这样的盾牌有何种意义。”

法国全权公使葛罗提醒说：“联军武器的优势非常明显，但对方也并非一无是处。现在的关键是我们有三十多人还关在北京城里，我们向北京进军，有没有把握能够再次击败阻拦我们的敌军。我听说，僧格林沁还要调集蒙古骑兵，再次与我们决战。我怀疑恭亲王一再示好，却又不肯释放人质，采取的不过是中国官员一再使用的拖延战术，无非是为他们调集军队争取时间。恭亲王也在照会里威胁说，外地的援军正在赶来。”

“敌军已经丧失了所有的战斗勇气，任何一支中国人的军队在我们的火枪和大炮前，都只有逃跑的力气。”蒙托邦说，“八里桥之战后之所以没有立即向北京进军，是因为我们的弹药、粮食都出现了问题。我们冒险深入，没有后勤保障，将是不可想象的。不过，现在这些问题已经完全解决了。最为关键的是，我期待已久的增援部队明天下午一定能够赶到，其中有整个 101 线列团、一个工兵连、一个装备四磅火炮的炮兵连和二百七十名海军陆战队。炮弹和步枪弹丸足够打两场通州战役之用。格兰特将军，你们的补给也都到了吧？”

格兰特说：“早就到了，英国的小伙子们已经等得不耐烦了。”

额尔金说：“既然靠武力使中国那位亲王屈服的方案已经确定，此事就交给将军们办理。我们能做的，就是再次警告中国皇帝的亲弟弟。”

额尔金的翻译威妥玛是位中国通，他建议说：“除了在照会中要严厉警告恭亲王，还要再给巴夏礼写一封信，告诉他联军的决定，让他们做好为国牺牲的准备。同时还要告诉他们,如果他们中的任何人遇害,北京就会被毁灭,不留一人。北京城的陷落将使南中国的反叛力量大受鼓舞,从而带来中国改朝换代。中国的皇帝和皇帝的这位亲弟弟,对这一点一定非常恐惧。这封信不但是写给巴夏礼,更是为了让中国人看到,让他们明白我们的决心。因此必须用中英文各写一封,以便于中国人看懂。"

双方又议定进军时间,后天上午,也就是 1860 年 10 月 5 日。

"我们这次进军,会有两种可能。一种可能,就是中国的军队试图再碰最后一次运气,因为他们从内心里不愿承认他们的失败。但这正是我们求之不得的,联军在北京城门前取得最新的最后胜利,将加速和约的签署。"蒙托邦说,"还有另一种可能,就是联军不放一枪即可抵达北京城下,尽管围城炮火不足,我们有把握也可将北京城一举拿下。不管是将来发生什么情况,我决定在 11 月 1 日前必须离开北京,撤回天津过冬,或者最好到山东甚至舟山过冬。我在非洲服役二十七年,我适应了那里的酷暑,却无法适应北中国的严寒。我想,无论法国的小伙子还是英国的小伙子都一样,北中国的严寒是我们不可战胜的敌人。所以,我们必须速战速决,采取最快让中国人屈服的方式。"

格兰特说:"好了,该联军的小伙子们上场了,用枪炮和中国人说话吧。"

就在会议快要结束时,俄国伊格那提也夫不约而至。这位二十八岁的俄国陆军少将,精明而又自负。他任过驻英国使馆武官,与额尔金勋爵熟识。额尔金对这个年少得志的俄国人颇有点反感,说:"你一直说要为中国出面调停,你拿到中国皇室的授权书了吗?"

伊格那提也夫用英语说:"中国人在国际惯例上并不熟悉,尤其授权书这类文件,他们向来不重视——今天我来,不谈这件事,我要向将军们献一张地图,你们一定喜欢。"

伊格那提也夫在桌子上展开的是一张北京城地图,主要建筑和街道都标注了出来,而且更重要的是每条街道的长度、宽度都标注得十分清楚。伊格那提也夫说,为了使这张他亲手绘制的地图更有价值,他专门让人在车轮子上安装了一种里程计数器,把京城所有道路包括一些仅通一辆马车的胡同全部测量了出来。

"我听说联军就要向北京进发,我想,这张图对将军们一定有用。"

蒙托邦和格兰特都很高兴，这正是他们所急需的。

1860年10月5日早晨，英法联军除留下数百人驻守通州和八里桥外，其余部队全部向北京进发。格兰特已经有些等不及了，他率英军四千余人先行一步。蒙托邦率四千法军随后跟进。道路狭窄，而且密布树林，联军行李辎重很多，一车接一车，行动十分缓慢，他们担心如果此时遇到伏击，肯定要吃苦头。但一直到夕阳快要西下时，他们都没有遇到清军的任何抵抗。他们曾经路过一处军营，但清军早就撤走了。

此时，蒙托邦将军走到了有十几个砖窑的村庄附近，听说这里是专为皇家烧制砖瓦的。他决定当晚在这里驻扎。他带着科林诺准将和十几个卫兵登上砖窑，往西望去，长长的城墙和高大的门楼就在眼前，他们距离北京已经很近了。

蒙托邦从望远镜里看到英军也在附近，而且看到了格兰特的军旗。于是他派人前往，邀请格兰特到砖窑来。

晚饭后查哨回来，有记日记习惯的准将科林诺在一堆炮弹箱上写日记：

今天，终于向北京进发了。除了双方各有四千士兵，随行的人没有确数。我们的补给和装备车辆大约半小时就可以过完，而英国人的行李辎重多得实在是夸张。他们每一位校官和尉官，每人至少有一辆车载着他们的大小箱笼、床具以及一应俱全的宿营物品。大批印度仆人神情庄重地跟随车队行进。这些令人赞叹的了不起的家伙，都是英国军官们的贴身仆人，他们一个接一个地走在队伍里，每个人都在缠头巾上顶着主人的浴盆，浴盆上加了盖，里面装着海绵、毛巾、瓶瓶罐罐、香皂、刷子，等等。这些既温顺又能吃苦耐劳的印度脚夫，为了一点微薄的薪酬从印度来到中国。他们确信，在中国能够发一笔意外之财。这也是临行前他们的雇主曾经的许诺。在这些印度人的后面，不远不近地跟随着一帮衣服破烂的中国人，他们被中国人称为土匪。从天津开始，就有这样的人跟着，他们所带的东西越来越多，这些东西都是从路过的中国村庄里抢来的。我们想赶走他们，甚至开枪威胁，但是一点也不起作用。

今天上午，北京城里十几名商人送来牛五十只，羊五百只，水果、酒等好几车，他们说，唯一的心愿就是两国能够重归于好，永保和平，并希望与葛罗男爵会谈。蒙托邦将军对送来信件的人说，现在两国已无和平可言，事情已经交给将军来办理，男爵不会会见他们。至于他们送来的东西，就让联军的小伙子们看着办好了。

傍晚，我们到了一个村庄边，这里有十几个砖窖，据当地人说，他们都是为皇室烧制砖瓦的。我随蒙托邦将军一同登上那座最高砖窖的顶端，北京城高大的城墙和方正的城楼，此时首次映入我们的眼帘，稍远之处便是皇宫，黄色琉璃瓦在阳光下金光闪耀，那落日霞光映照下的阔大绚丽景象，简直就像一个无与伦比的舞台布景。我们离那儿不过两千米而已。激动的心情难以用言辞表达，儿时，我曾经把东方大国的都城归结到无数童话之中，今天它却全然真实地呈现在我的面前。从前，没有几个欧洲人深入到这座城里，北京，北京，见到这座陌生而宏伟的京城，每个人都从心底里发出惊叹。

看到那高大的城墙，不禁让人怀疑，即便我们有足够的炮弹，要攻下这座都城也绝非易事。但蒙托邦将军却胸有成竹，他认为不必炸毁城墙，炮弹巨大的威力足以让中国人屈服。从数百里外的海边一路行军战斗的经历，足以证明将军的话一点也不必怀疑。在一个强大的文明前，那些落后了好像几百年的人，无论多么勇敢的抵抗，都不值一提。

我们已经得到确切消息，中国的皇帝已经逃到几百里外的地方。僧格林沁的马队，已经逃到了北京城西北的圆明园。蒙托邦将军已经决定，先到圆明园去，消灭那支蒙古人，如果他们敢抵抗的话。听当地人说，圆明园堆满了财宝，比皇宫里还要富有，格兰特将军对此也极感兴趣。

明天，我们将向那传说中的宝库进军，但愿上帝保佑一切顺利。

第二天一早，联军兵分四路向圆明园进军，他们约定在圆明园会合。进军的路上曾经有一队骑兵前来阻拦，但他们只是远远地观看，并没有靠近。英国阿姆斯特朗炮队展开战斗队形，在近两公里的距离向蒙古骑兵开炮，蒙古骑兵大约觉得那样远的距离不会造成任何伤害，但炮弹在马队中爆炸，一发炮弹落地就炸倒了数匹战马。这支马队不敢再做停留，向西北方向远远地逃去。

开始的时候，联军还靠得比较近，呈扇形向西北方向行军。但中间不时要绕过树林，穿过桥梁，下午两军就失去了联系。五点多，英军的马队也与自己的步兵失去了联系。格兰特命令部队在一座庙宇附近就地驻扎。庙后有一个小土丘，他命令炮兵拖一门炮上去，向远处清军马队方向开了二十一炮。他借此向法军通报自己的位置，希望法军能向他靠拢。

蒙托邦带领的法军在傍晚的时候到了圆明园大宫门外，他让部队在此驻扎，并派他的副官皮纳尔带两队海军步兵去打开大门。皮纳尔命人在院墙外搭起梯子，他爬上墙头，看到有带着弓箭、鸟铳和长矛的清军，但他们迅速躲了起来。皮纳尔确认清军是逃走了，就和几名海军陆战队士兵跳进园内，想去打开大宫门。这时十几名清军突然逼上来，有骑兵也有步兵，双方展开近距离战斗。法军先是开枪，继而用枪刺与清军格斗。大门被打开了，法军蜂拥而入，清军仓皇逃跑，骑兵跑得快，步兵就惨了，三人被打死，五六人受伤。皮纳尔左手拇指被箭刺伤，伤势不重。但他的右手手腕被刀砍伤，露出了骨头。

第二天一早，蒙托邦在一个步兵连的保护下进入圆明园。陪同他的包括他的两位副手科林诺、冉曼准将，参谋长施密茨上校，此外还有英国骑兵队巴特尔准将，他昨天下午与英军失去联系，晚上也赶到圆明园，蒙托邦邀请他一起进园。他们参观了所有宫殿，每一个宫殿里都有那么多让人惊叹的财富。蒙托邦为了表示诚实和公平，每处宫殿都派法国步兵和英国骑兵留下来守卫。

十一点多，额尔金和格兰特带着英军赶到了圆明园。他们经过简单的商量，决定平分这些财宝。为了保证公平，每支军队各派出三名专员，负责把最稀有的珍宝挑出来，这些珍宝将敬送给英国女王、法国皇帝拿破仑三世以及两国的军政要员。下午三点，联军下令军队中的任何人，都允许离开军营进入园内，挑选一切他们认为有价值的东西。

一场浩劫开始了。

晚上，圆明园的抢劫还在继续。科林诺已经有了足够的财富，他在一张花梨木的书桌上，开始写日记：

今天，我们获准走进了中国皇帝的夏宫。我相信，每一个人都被震撼了，我更确信，在欧洲，没有任何东西能与这样豪华的园林相比拟，我也无法用文字来描述。要写清楚，也许需要写一本书，或者说，一本书也无法描绘如此壮观的景象。

难以计数的豪华建筑一座连着一座，绵延 6 公里之远。园内有很多寺塔，里面供奉着各种各样金的、银的和铜的巨大神像。比如，仅一尊青铜大佛就高达 70 法尺。花园湖泊星罗棋布，一座座白色大理石建筑物以琉璃瓦盖顶，五颜六色，熠熠生辉，里面有数世纪来堆藏着的各种奇珍异宝。在各个宫殿里，满目皆是中国和欧洲的艺术品，象牙壁板、晶莹闪烁的烛台、各式各样的家具、或金或银或翠或玉的各类饰品。

昨天晚上，蒙托邦将军已经安排人守护好每一处宫殿，他要求在英国将军到来前必须保持原样。但到底是不是保持原样，谁也弄不清了。这就像把鱼交给猫保管，鱼怎么可能会完整无损呢？联军已经决定平分这些珍宝，为此专门成立了委员会。但财宝实在太多了，这个委员会只能掌握很少的一部分。下午三点开始，各个部队都派人来搬运这些财宝。这一大群各种肤色、各式各样的人，这一大帮地球上各式人种的代表，他们全都闹哄哄地蜂拥而上，扑向这一堆无价之宝。他们用各种语言呼喊着，争先恐后，相互扭打，跌跌撞撞，摔倒又爬起，赌咒着，辱骂着，叫喊着，各自都带走了自己的战利品。炮兵们收获最为丰富，因为他们有马匹，有弹药箱，还有车辆。他们利用了弹药箱的每一个角落，当弹药箱塞得满满的，最后他们甚至把整个炮管里也塞满了东西。东西实在太多了，即使有二百辆大车也搬运不完，他们满不在乎地把一切不能带走的东西随意砸碎、撕破或弄脏。

傍晚，法国士兵在几个太监的指引下，发现了一处藏宝物的寺庙，它位于圆明园第二个庭院里头，是一个覆盖着泥土和青苔的地窖。里面的金锭、银锭总价值约合 80 万法郎，还有不少的珠宝盒，装着礼仪用的项串。那都是用玉石、琥珀和珊瑚做成的。这些财物被平分为两份，英法各分得 40 万法郎，每个士兵约得 80 法郎。但这点儿财富与他们抢掠到的金银财宝、珍稀物件相比，这又算得了什么！

尾随部队的那些寄生虫，他们像一群群乌鸦、野狗、豺狼，他们流入一座座宫殿，凡是能抢的就抢走，带不走的就毁掉。这些中国盗匪还有个习惯，就是用火把和草绳放火寻开心。他们用大袋子装着抢到的东西，我们的士兵在门口等着，见到就把东西扣下。后来他们学乖了，几个人配合，把他们的袋子从墙头搬运到外面。

就在刚刚，在一处库房里发现了一些马车和成套的镀金银马具，一眼就看出都是些欧洲货。据英国人说，那是英王乔治三世赠给乾隆皇帝的礼物，也就是 1793 年由马戛尔尼勋爵送来的。英国人那样讨好中国的皇帝，就是为通商，就像我们今天的目标一样。但中国的皇帝拒绝了。此后英国人还多次示好，但很不幸，都被傲慢愚蠢的中国人拒绝。这就是联军为什么把大炮架到北京来的原因，因为讨好没用，讲道理中国人又听不明白。这些礼物都原封未动，好像从来没有使用过。还发现两门榴弹炮以及全套配置，包括马拉牵引车、炮架、炮弹，上边刻着的日期是 1792 年，地名是伍尔维奇，是著名的英国皇家军事学院。这些榴弹炮与现在的火炮相比已经有些落伍，但比中国人正在使用的老古董要强很多倍。如果中国人配备了这样的榴弹炮，我们就会大吃苦头，或许，这时候我们还在大沽口一筹莫展呢。

……

科林诺满怀激动和感慨写日记的时候，恭亲王正在万寿寺的万寿楼上放声大哭。

他是昨天晚上仓皇逃到这里来的。

这座寺院位于圆明园南十余里处，东距京城的西直门六七里。寺前有条河叫长河，西北直通清漪园(光绪年间改称颐和园)的昆明湖，往东则通往西直门外。寺院是明朝时候建的，是皇家家庙，也是皇家游昆明湖途中用膳和小憩的行宫。乾隆朝又多次扩建，乾隆皇帝两次在此为母后祝寿，遂改名万寿寺。万寿楼位于寺院最后一进院落，建在假山上，视野因之极为开阔，十里外的圆明园，隐约可见。自从昨天晚上逃到这里，恭亲王几乎没有下楼。

昨天下午，大批溃兵逃往圆明园方向，恭亲王登高远眺，单管望远镜中看到清军无论是马队还是步队还是鸟铳队，根本未与敌兵照面，就纷纷溃逃。后来总算有一支马队迎着联军而上，联军炮兵向着这支马队开炮，一弹落地，便有数骑被炸翻，巨大的威力令人震骇。联军连续炮击二十余响，那支马队早就溃散得无影无踪。桂良、文祥等人都力劝恭亲王赶紧避一避，但恭亲王认为联军的进攻方向应该是京城，圆明园暂时没有问题。但后来发现，一路身着红裤子蓝上衣的夷兵向圆明园方向进军，桂良让侍卫护着恭亲王出了缘善庵,但往哪里走却起了争执。往京城肯定不行,因为九门早就关闭;往东北去热河的方向也不行，有一支白裤子红上衣的骑兵正向东北方向而去。正在犹豫,胜保带着几百骑马队过来了,对桂良说:“中堂,不必犹豫,我的大队人马往京西去了,先随大流避避敌锋再说。万一有夷兵来,也能有人护王爷的驾。”

于是随着胜保统领的马队,一路往西,然后又往南一路狂奔。路过万寿寺时,恭亲王说什么也不走了,表示如果夷兵追来,就与之同归于尽,这当然是气话。庆幸的是夷兵并未追来,夷人霹雳般令人震骇的炮声也未再听到。胜保派出的哨探说,夷兵并未尾随追击,于是决定暂且在万寿寺住下来。

今天一早派人打探消息,只说联军已经完全占领了圆明园,具体情况则一问三不知,因为派出的人根本就没敢走得太近,只是远远地向人打听。

恭亲王还怀着一份侥幸,只盼占据了圆明园的夷兵能够守着规矩,更盼着夷人能够发来照会,答应只要交回俘虏,就坐下来谈,哪怕是在圆明园谈也成。然而,傍晚时传来消息,联军正在圆明园抢劫。到了晚上,北边燃起大火,半个天空都烧红了。这时候恭亲王所有的侥幸都破灭了,他终于端不住王爷的架子,向北而跪,放声大哭,把楼下正在唉声叹气的桂良他们吓了一大跳。一帮人一时拿不出决断,到底该不该上楼去劝劝王爷。一则恭亲王曾吩咐不见任何人,二则此时恭亲王失据,更不该去打扰。但听他痛彻心扉如哭似号,这样子伤了身子也不是办法。

胜保说:“你们不敢去,我去!”

按照桂良的想法,王爷年轻气盛,不甘向夷人低头,也算情有可原。偏偏胜保一再拍胸脯,逞强主战,让王爷误以为有所依赖,导致目前这番糟糕透顶的结果。桂良与胜保同属瓜尔佳氏,算是一家人不说两家话,言辞之间对胜保多有不满。胜保一心要学年羹尧,在军中下属面前向来是吃了败仗也不倒架子，在桂良面前当然不肯服软低头，反而振振有词:“养兵千日用兵一时,武人不言战养兵何用?”

桂良没好气,以子之矛攻子之盾:“说得不错,养兵千日用兵一时,可是这兵‘用’上了吗?”这是讽刺胜保的部下一样闻炮即溃。

胜保依然不服,因为他的确亲自率马队向前冲了几次,并没像僧王和瑞麟所部连夷军照面也不敢打。

桂良不想与胜保闹意气,尽量心平气和地说:“克斋,知彼知己方能百战不殆。我们的兵与夷兵差距多大,你难道心里没数吗?”

胜保还要辩驳,文祥实在是忍不住了,说:“克斋,就连王爷今天也说夷人的火炮如霹雳震人心魄,你非不承认,难道一败再败,全是你们这些统兵将帅贪生怕死、百无一用不成?”

这真是一语点醒梦中人,如果再不承认中外战斗力的差距,将来皇上追责,那真是百口莫辩!胜保心思已经转过来,但嘴上还不肯服软,一跺脚说:“我不与你们争论,我上楼去见王爷。”

胜保循梯上了二楼,恭亲王已经不再号啕,坐在窗前,紧拧着眉头,脸色铁青,烛光中眼角还亮晶晶的。胜保单膝一屈,请个安说:“王爷,都是臣等办差不力,带兵无方。”

胜保以为恭亲王一定大发雷霆,迁怒于他,少不得要责问他当初何以拍着胸脯逞强,如今又何以一战而溃。但恭亲王语气却极平静,说:“克斋,你起来说话。”

“嗻。”胜保站起来,垂手站在一边,等着恭亲王的下文。

“我刚才失态了。”恭亲王说,“圆明三园,祖宗数代心血,一朝为逆夷糟蹋,可痛可恨!”

“都怪臣无能,臣向王爷请罪。”

“这不能怪将士们。”恭亲王说,“今天我从千里眼里看到了,夷人火炮实在太厉害,也难怪兵无战志。”

胜保说:“臣亲率西安马队往前冲,无奈冲不到跟前,就死伤惨重,马队刚从西安过来,都是第一次见识夷人火炮,战马受惊,想拦也拦不住,臣是最后从阵地上撤回来的。”

恭亲王说:“哦,带马队往前冲的果然是你。”

胜保说:“臣惭愧,本想带人马冲到近前,与逆夷贴身肉搏,无奈冲不过去。”

“这已经不容易了。”恭亲王说,“可恨的是僧王和瑞麟的兵马,只知一味溃逃!真不知他们平时干什么吃的!克斋,现在兵败如山倒,难免乘败作乱,无法无天,人马总要有人带,你要有挑重担的准备。”

这可真是意外之喜。恭亲王的意思很明显,要把近畿的兵马都交给他来统带。能不能在皇上那里获准先不说，恭亲王不责而赏，已经很令人可感。想想一天来受桂良、文祥的讥讽，胜保眼角一热说："谢王爷栽培，臣粉身碎骨，无以报王爷知遇之恩。"

恭亲王说："如今逆夷抢劫园子，与烧我宗庙无异，我朝与英法已经无和可谈。你让桂中堂、博川他们上来，我有话说。"

桂良、文祥、军机章京朱学勤、王府长史、亲王护卫统领等六七个平日经常见面的到楼上来，挤了满满一屋子。

"逆夷占据圆明园，大肆抢掠，更可恨者竟然纵火焚园，与烧我宗庙无异。似此情形，如何再能议抚？皇上起跸前曾有旨意给我，若抚局不成，即在军营后路督剿。奕䜣何敢惜一身之安危，我已决意留在京师督剿，与逆夷一决高下。朝廷已经从河南、山西、口外调兵，不日可到；曾国藩已经奉旨派湘军猛将鲍超星夜驰援，假以时日，逆夷必败无疑！当前要紧的是收束溃兵，振作士气，以备再战。克斋要多上心。要设法派人到城中去，告诉守城王大臣务必坚守待援。"恭亲王缓了一口气又说，"你们把本王的意思也都给身边的人说清楚，都要振作精神，不可再存迁就议抚的幻想！"

众人都"嗻"了一声。

"诸位都下去歇息吧，提心吊胆一天了。"恭亲王说，"中堂和博川留一下，得连夜起草奏稿了。"

等其他人一走，室内只有三个人后，说话就随意多了。桂良问："王爷，你真打算与夷人在北京城下决战？"

恭亲王答非所问："皇上起驾前下给我的密谕，还有一句话，若实在不支，即速赴行在。我是专办抚局的，如今的情势，抚局是没法办了，我或者督剿，或者赴行在。我想请旨赴行在，听听你们俩的意见。"

桂良连连摇头说："王爷，皇上有此密谕不假，可是你去行在，岂不完全落入肃六掌中？到时候他不会说抚局难办，只说你办抚局不力，王爷岂不是百口莫辩？"

文祥也说："圆明园被毁，皇上将来难免会迁怒王爷办事不通权变，再有肃六从旁怂恿，恐怕会有不测之祸。"

圆明园被毁，无论如何恭亲王难脱干系，皇上会迁怒更是可想而知，这是个没法解开的死扣。最要命的是，前天已经收到上谕，同意放回巴夏礼！上谕说“当此城内外兵力疲馁，战守皆无足恃。京师为根本重地，倘有疏虞，大局何堪设想。据该夷等照会，无非欲送还巴夏礼等始肯罢兵。转圜之机，在此一线，不必待其进攻城池，莫若即将所获巴酋等送还，以示大方，尚可冀其从此罢兵换约，不值为此数十夷丑，致令亿万生灵，俱遭涂炭”。当时恭亲王还怀着侥幸，没有立即释放俘虏。如果追究起来，抗旨不遵的罪名就逃不脱。

大家都长吁短叹。文祥似乎有了主意，说：“无论如何，得办出点成就了。或抚或剿，总得有拿得出手的东西向朝廷交代，到时候王爷才有立足免祸之地。”

恭亲王说：“河南、山西和口外的援军近期内总能赶到，你们两位说，要与逆夷在京城来一次决战，取胜的把握有多大？”

桂良果断地说：“把握微乎其微，王爷连想也不要想。今天夷人的火炮之猛烈王爷已经见识过了，我们连招架之功也没有。”

恭亲王说：“是，夷人火炮实在猛烈，从前想也不曾想到。可是，咱们毕竟人多，毕竟在咱的地盘上打。”

桂良说：“你这个想法，我也曾经有过。可是后来我明白了。这就好比幼童和一个身强力壮的人打架，一个对一个当然是败，就是再增加人数，十个，二十个对一个成人，有打赢的胜算吗？”

桂良打的这个比方极其恰当，恭亲王一下就明白了。

“咱们经常说，狭路相逢勇者胜，那必须在实力差不多的情况下。如果双方差距太大，过招就是找死，那勇气再大又有何用？就如王爷所见，咱们的马队根本冲不过去，再忠勇不惧死有用吗？再说，面对这样的枪炮，还有多少人能存着勇气？勇气，是心里还存一份胜利的希望才能激发出来。”桂良见恭亲王已经入耳，不妨多说两句，“自从道光十九年始，林文忠奉旨到广东筹办夷务，二十年了，凡是参与夷务的，主剿的也罢，主抚的也罢，充军的充军，发配的发配，抄家的抄家，几乎没人得善果。王爷想过为什么吗？”

不但恭亲王没想过为什么，文祥也是第一次被问及这个问题。

“大家都觉得，主抚的不得善果，因为太过软弱；主剿的也获咎是因为打仗不肯用命，让朝廷丧师失地。表面看上去是这样，可是大家为什么就不想一想，为什么二十年来，我们剿抚皆败？根本的原因，就是双方差距太大，可是我们又不肯承认。结果，打，必然是败多胜少，偶有小胜，不过是不足为例的侥幸。可是我们又不肯服输,更不甘心,因此,已经议和了,我们又后悔了,于是再打,再败。夷务越办越坏,就是这样来的。"

恭亲王说:"不甘心,的确不甘心,堂堂天朝上邦,向来是四夷来朝,怎么能败给万里之外海上来的逆夷?不要说咱们不甘心,普通百姓能甘心吗?"

文祥说:"不甘心归不甘心,问题在于,英夷法夷,都非从前的蛮夷。"

"博川一语中的。"桂良说,"王爷,所谓泱泱天朝,四夷来服,都是老皇历了。我们蔑视的英夷法夷,更不是史籍中的周边小国。简单说吧,他们好多方面已经超过我们了,我们得好好向人家学。"

桂良竟然说出这样的话来,把恭亲王和文祥都吓了一跳。举国皆恨夷人,何来学习一说?也就是三人密室对谈,要公然说出来,御史的弹折足可以把人淹死!

"把你们俩也吓到了吧?"桂良说,"中国人虚骄之气太盛,总觉得中华文教灿然,向来是夷人学我,我何须向夷人学习?可是你们请想,二十年前我们被打得没有还手之力,二十年后还是如此,为什么?就因为我们二十年来依然故我!所以,要办抚局,把夷人哄走不难,难的是要向夷人学习。不然,再下去几十年,敌我形势还是没有改观,依然是人为刀俎,我为鱼肉。"

"要向夷人学习,这是犯忌的。"文祥说,"魏默深编了一部《海国图志》,他有一个观点,叫师夷长技以制夷,结果惹来骂声一片。其实大家都没读过这部书,但照骂不误。堂堂中华,竟然要'师夷',不是汉奸是什么?向夷人学习,中国人这一关不大好过。"

桂良说:"兵部侍郎王子怀,咸丰八年曾经上过一道折子,认为《海国图志》一书于海外诸国疆域形势、国体民生都有介绍,尤其英吉利、法兰西最为详尽,建议将《海国图志》一书刊刻重印,便于朝廷了解夷情。结果军机商议后认为该书对西洋蛮夷颇多赞美,对夷人奇技淫巧极其羡慕,几近妖言惑众,主张列为禁书,付之一炬,甚至要拿魏默深治罪。当时我刚从上海回来,皇上垂询,我极力反对,最后皇上把王子怀的折子留中,不了了之。"

文祥说:"是有这事,那时我刚入值军机,王子怀侍郎当时进呈五十卷《海国图志》一部,肃六顺手翻了翻,只看了前面的序言,就扔到一边,下了八个字评语:师敌忘国,妖言惑众。"

恭亲王此时心情沉重,尤其联军正在劫掠圆明园,谈向夷人学习,适足令他反感。他冷冷地说:“看看他们的行径,不是蛮夷又是什么?还是看看眼前怎么办吧。”

桂良面子上有点下不来,但现在不是顾面子的时候,说:“我的意思,剿是不足取,赴行在更不可取,只有议抚一条,办成抚局,王爷尤可自解。”并看文祥一眼,希望他帮着劝解。

文祥说:“如今只有一条,立即把人质放回去。再说,上谕也有此示。”

“如今形势又不同,逆夷焚我园林,如何能放回巴酋?”恭亲王心有不甘。

桂良是心急如焚:“王爷,必须早下决断!现在他们已焚我园林,如果不赶紧谋和,说不准又会出什么情势,一发不可收,可真就到了玉石俱焚的地步!”

“园子被毁,我们却还议和,皇上会怎么想?肃六会不会兴风作浪?”恭亲王说,“我又有何脸面面对祖宗!”

“皇上那里,当然不能这样说。”桂良说,“王爷只要有了决断,怎么奏请,由博川他们去斟酌。”

文祥立即附和:“王爷放心,修伯的一支笔很会把握分寸,定能给王爷留足余地。”

修伯是指军机领班章京朱学勤,翰林出身,文字功夫当然不在话下。

正说到朱学勤,他上楼了,说:“王爷,恒子久来了,要见王爷,有要紧的事回。”

恒子久就是武备院卿恒祺,一直参与英法和谈,任帮办大臣。

恭亲王说:“让他上来。”

恒祺上楼来,见过礼,说:“王爷,可算见到您了。”

恭亲王听他气喘吁吁,见他满头大汗,衣服贴在身上,就知是赶了不少路,赐他坐下说话:“慢慢说。”

恒祺是昨天受恭亲王之命去劝巴夏礼,希望他能再写一封信,劝额尔金能够坐下来谈,巴夏礼则要求非见到额尔金面谈不可。昨天联军兵临城下后,京城九门皆闭,恒祺被困在城中。今天下午,联军在德胜门到安定门间,列炮数门,额尔金的翻译威妥玛点名要恒祺出城说话,通知恒祺,如明天三点前不放回巴夏礼等人,则开炮攻城。

“王爷,夷人说到做到,如果开炮攻城,那可真是玉石俱焚。”恒祺说,“京城已是人心惶惶,守城王大臣们的意思不如先释回巴夏礼,保住京城再设法敷衍。”

“真是岂有此理!欺人太甚!”恭亲王说,“夷人火炮虽然厉害,可北京城高墙厚,岂是那么容易攻破的?”

“王爷,城内数十万百姓,夷人不必攻城,只向城内开炮,就会死伤惨重。”恒祺说,“更怕有人乘机作乱,局面不可维持。”

“恒祺!不要拿百姓来胁迫本王!”恭亲王厉声呵斥,“明明守城王大臣等贪生怕死,偏偏拿了这些说辞来蒙混。逆夷已经劫掠了园子,想从本王手里给巴夏礼讨活命,休想!”

恒祺说:“王爷,不是臣等怕死,实在是时势使然,犹豫不得!”

“恒祺,我知道你与巴夏礼关系不错,我还听说你在广东时就与他拜了把子。我警告你,如今是国家社稷存亡之秋,不是你讲私人情谊的时候。你敢以私废公,看我怎么收拾你!”恭亲王的反应大出桂良和文祥的预料,“我正要找人给守城王大臣传话,让他们坚守待援,本王要奏请皇上,誓与逆夷决一死战。你回城去,守着巴夏礼寸步不离,如果夷人敢开炮,你就把巴夏礼他们押上城去,他们开一炮,你就给我杀一个!”

恒祺还要说,恭亲王挥挥手说:“你赶紧走,连夜设法回城。”

恒祺垂头丧气退出去,桂良说:“好不容易有人进城,我让子久往家里捎句话。博川,你呢?”

文祥会意站起来说:“我也有几句话交代。”

两人下了楼,恒祺并未走远,就在楼下等着,见两人下来,说:“中堂,王爷这是怎么了,一点道理也不讲。”

桂良说:“子久,王爷气糊涂了。城里到底是什么情形?你说说看。”

城里自然是人心惶惶,各种传言满天飞。

桂良问:“守城王大臣都赞同释放巴夏礼吗?商城相国是什么意思?”

商城相国是指协办大学士周祖培,他是河南商城人,他与体仁阁大学士贾桢都是守城大臣,两人都是久掌文衡,清流领袖,他们的态度至关重要。贾桢是上书房总师傅,最讲气节伦常,他的态度不问可知,必定是不同意释放巴夏礼,因此桂良单问周祖培的态度。

恒祺说:“周相国力主释回巴夏礼,不但周相国,就是贾相国也有默许之意。”

“那可真有些意外了。”桂良问,“黄县相国向来是端正不阿,竟然能够默许,实出意外。”

贾桢是山东黄县人,因此桂良称他黄县相国。

恒祺说:“贾相国是誓死要与逆夷周旋到底,但他认为两国交战不斩来使,对扣留巴夏礼,他是有看法的。”

“喔喔,明白了,这正合黄县相国的为人。”桂良说,“两位相国是士人领袖,有此态度再好不过。”

恒祺问:“中堂的意思是,同意放回巴夏礼他们?”

桂良说:“王爷眼见圆明园火起,对夷人极其愤恨,恨不得食其肉寝其皮,当然不会答应。可是为了一城百姓,不能不从权办理。”又转头问文祥,“博川,你看这样如何?”

文祥说:“情势所迫,不得不释俘,到时候我和桂中堂一定设法周全。”

恒祺打一个拱说:“我代阖城百姓谢谢中堂和文大人。”

桂良说:“你也不必急于回去,奔波了大半天了,先吃饭,再睡一觉,天亮前回去就行。”

次日一早,恒祺起程回城。胜保则得到消息,说夷人正在寻找恭亲王,他与桂良、文祥商议,劝说恭亲王转移到卢沟桥去,那里有拱北城(后来改称宛平城),驻有旗营,王爷安全较有保障。恭亲王从善如流,当即在几百人的护卫下移驻卢沟桥。

10月8日下午三点,恒祺由安定门城头,坐在箩筐里下到城外,亲自将巴夏礼、葛罗的秘书罗亨利还有一名锡克族士兵和四名法国士兵,一起送到安定门西北的英军军营。按照恒祺与巴夏礼的约定,占据圆明园的联军,应当于他们被释回的次日撤出圆明园。隔日上午,恒祺派人送信给巴夏礼,约他陪同前往圆明园,去寻找他朋友的遗体。巴夏礼回函,愿意效力,并约定下午十四时在营门外会合。

恒祺仍然由安定门城楼乘箩筐出城,由两名步军和一名内务府笔帖式扮作仆从陪同,到安定门外英军军营与巴夏礼会合,一同前往圆明园。他听说内务府总管大臣、管理圆明园一切事宜的文丰在联军进入圆明园后投湖而死,他今天去寻找他的遗体。当然,更重要的是要查看圆明园被毁情形,以及联军是否已经退回。

接近圆明园海淀一带的商铺,烧毁十分严重,幸免于毁者十不及二三。大臣们为了上朝方便,在园子附近也大都建有园寓,焚毁也十分严重。尤其是怡亲王载垣的园寓,已经化为一片焦土。陪同巴夏礼的英军军官说,在这个院子里,发现了被俘人员的遗体,联军十分痛恨,因此付之一炬。

到了圆明园大宫门,只见门外朝房已经烧毁大半。进了园子,满目疮痍,查看几间宫室,里面已经荡然无存,能拿走的已经全部拿走,带不走的都被撕毁或砸碎。

恒祺非常伤心,坐在台阶上抱头痛哭。在仆从的劝慰下,他到福海找了一条游船,又找了几名太监,帮着打捞文丰。文丰也任过粤海关监督,两人是前后任,且还有点亲戚关系,私谊相当不错。打捞一个多小时没有结果,正打算放弃,却在岸边残荷败叶下发现漂浮的衣服,拿钩子去捞,拽起来的正是文丰,在水里已经泡了两三天,一张脸浮肿得又大又白。

恒祺留下一人在此照料,等候文丰家人前来料理。这时候有太监报告恒祺,绮春园道光帝的常贵人因受惊吓而死,至今无人过问。恒祺责问巴夏礼:“这就是你说的文明国家所为吗?”

巴夏礼回答说:“这是因为以文明的手段与中国交涉无效, 不得不如此。”

跟随巴夏礼同来的军官则说:“中国人对俘虏的虐待才是野蛮行为,不但不给他们吃喝,还用皮绳捆住俘虏的双手,每天向上浇水,好几个人的手腕露出骨头,上面爬满蛆虫。联军的军官们听说后都很愤怒,要求对中国采取更严厉的报复行动。”

恒祺又问巴夏礼:“联军为什么没有如约撤出圆明园。”巴夏礼解释说:“他们马上就会撤走,之所以没有撤,是因为有大量中国匪徒聚集在圆明园附近,暂时留下军队,是为了保护圆明园。”

恒祺说:“是你们把皇家园林毁掉了,还说什么保护!”

巴夏礼说:“因为你们还没有放回所有被俘人员, 在联军没有得到新的保证物前,不得不如此。”

恒祺问:“你们要新的保证物?”

巴夏礼说:“是的,联军的将军们认为,中国人实在没有信用可言。你们的恭亲王一直说要释放被俘人员,可是到目前为止,只放回了七人。被俘的一共三十九人,必须全部释回,才能坐下来谈。可是你们的王爷一直在拖延,也许他是在等待援军。将军们已经不耐烦了,要求你们交出一座城门。”

巴夏礼从衣袋里拿出两份照会,说:“这是英国将军格兰特和法国将军蒙托邦给你们恭亲王的照会,请他照此办理。”

两份照会大同小异,都要求 10 月 13 日十点前,必须将安定门交给联军驻守,否则将开炮攻城。

“这实在欺人太甚!”恒祺说,“恭亲王已经同意放回人质,你们为什么又提这样过分的要求?恭亲王无法答应,中国的大皇帝更不会答应。”

“他们会答应的。”巴夏礼说,“我的老朋友,请你也理解将军们的处境。他们的任务就是促成条约的签订,可是你们的大皇帝和恭亲王一直在欺骗我们,找了种种理由推辞。你们的大皇帝意图非常明确,无非是想调集更多的军队,然后再次悔约。”

“不,不,我们的大皇帝已经答应你们所有的条件,只要你们退兵。可是你们的大军却来到了我国都城。”

恒祺还要辩解,被巴夏礼摇手打断了:“你不必再说了,请你赶紧把照会转交你们的王爷,还有一天多的时间,否则就来不及了。”

恒祺于是派人赶紧骑马到万寿寺把照会呈送恭亲王,如果恭亲王已经移驾,请务必设法打探送到。

回到安定门外,巴夏礼邀请恒祺去参观联军设在天坛附近的炮兵阵地。英国的炮兵阵地就设在天坛院墙内,建了一个炮台,上面已经安装了八门大炮,其中有四门最大,炮口有一拃多粗。巴夏礼介绍说:“这是专门的攻城大炮,炮弹六十八磅重,一炮就可以在城墙上炸出一个大窟窿。”他让炮兵搬出一个巨大的炮弹让恒祺看。

他又带恒祺参观左边的两门炮,介绍说:“这两门炮口径稍小,但发射的炮弹可以在半空爆炸,弹片会炸成四十八块,你们城墙上的士兵没有任何办法可以躲避。”

他指指城墙上正在好奇地向这边张望的守城清军,说:“你看,这一段城墙上的几十名士兵,只需一发炮弹,他们的生命瞬间就没有了。”他又指指右边的两门炮,“这两门炮正对着安定门外的大道,任何想从城门突出来的士兵,有这两门炮就足够把他们炸得血肉横飞。”

在炮台后面平地上,有一排架子,上面架着两米多长的火箭。巴夏礼介绍说:“这是康格里夫火箭,它的射程很远很远,从这里可以发射到你们京城的最南边,无论你们大皇帝的紫禁城,还是南边汉人的城市,每一寸地方都逃不过火箭的打击。这种火箭的火箭杆都被油脂浸过,爆炸后会燃烧足足一个小时,你们中国人的房子都是木头做的,很容易燃烧。我想,只需几十支这样的火箭,北京就可以成为一片火海。而英国军队的火箭数量,足足备下了两千支。”他指指天坛墙后的几间房子,“那就是弹药库,里面是满满的炮弹和火箭。”

恒祺说:“北京城墙高近十丈,厚则有七八丈,你们想攻破也没那么容易。”

巴夏礼说:“你说得有道理,北京城墙的确又高又厚,但是,我们的攻城炮已经攻克过无数城墙,北京城墙根本不在话下。就是我们没有攻破,你看,你们的士兵能够坚持守下去吗?”

巴夏礼指指城上遍插的白旗,说:“从联军接近北京城那天起,他们就在城墙上挂满了白旗,这说明什么?说明他们已经做好了投降的准备。联军士兵们在城下挖战壕,设炮位,那些士兵们一直在看热闹,没人敢放一枪一炮。你说,战事一旦打响,他们能够有多大勇气与联军战斗?”

恒祺看看那些白旗和正在看热闹的清军,只恨没有地缝可钻。

巴夏礼说:“我们是老朋友了,我可以和你说真话,联军真不希望通过军事手段来达到目的。你们也应该避免战事给京城的百姓带来灾难。最明智的办法,应该是劝说你们的王爷,尽快坐下来在和约上签字。”

“这件事,只有恭亲王才能决定。”恒祺说,“交出城门,这实在是太过分的要求。”

“我当然知道需要你们的王爷做决定,可是,你可以劝说守城的大臣们,用你们中国话说,识时务者为俊杰。”巴夏礼又指指西侧不远处法军的炮兵阵地,说:“法兰西的炮兵们也已经架好了攻城炮,他们的炮兵也同样强大。”

恒祺脸色苍白而疲倦,无奈地点点头又摇摇头。

看着他坐在箩筐里被吊上城去,炮兵上尉指着高大的北京城墙对巴夏礼说:"眼前这土石混筑的庞然大物,要轰出一个缺口我们得弹尽粮绝二十次。我们的弹药要从天津运来,凭我们微弱的攻城能力和困难的后勤保障要强攻北京城,那真是一个童话。"

巴夏礼拍拍上尉的肩膀说:"放心吧我的上尉,我了解中国人,他们已经被我们的大炮吓怕了,不然,在八里桥等待弹药的日子,你们早就被打败了。"

联军和两国公使都在焦急地等待着恭亲王的回复。如果恭亲王不同意交出城门,那真是个麻烦。因为要强攻,弹药根本不够用。

10月12日下午,恭亲王给英国全权公使额尔金的照会到了——

大清朝钦差大臣和硕恭亲王为照会事:

本大臣已经多次向贵大使承诺,以和谈方式解决一切有关签署和约的事情后,会立刻释放阁下被关押的同胞,而且已经首先释放了巴夏礼等最重要的人员,岂非我国对贵国充满善意之标志?为何英国士兵还是掠夺并焚烧了当今圣上之圆明园?英国乃文明国度,兵勇皆严格遵守纪律,那么他们为什么擅自焚毁圆明园?阁下和将军是否知情?

务必请阁下在给我回信时,清楚告知如何结束目前的纠纷。

我今天收到了英军统帅格兰特将军的信函,他要求我们让出安定门,而且宣称利用我回信的时间建起火炮掩体,如果我们拒不服从,本月13日他将攻打京城。北京的城门由官兵严格守卫,如城门大开,恐怕强盗们会趁机引起骚乱。这些困难请阁下和将军们务必体谅。尽管如此,我已经责成守城王大臣制订细致的章程,以确保交接过程及交接后不出治安问题。也希望阁下和将军们务必告知占领的条件和具体章程。一收到阁下的回信,我们将确定日期签署条约,然后换约。至于逮捕的那些英国人,就像我之前跟你们说的那样,我们会择日释放。我已经下令寻找在战争中失踪的人并治疗伤者,我一定会履行我的诺言。

额尔金看罢,递给格兰特将军。格兰特看罢,说:"皇上的弟弟答应把安定门交给我们了。"

额尔金说:"你是这么看?我不这样认为,这不过是中国人的拖延之术。

他说让守城的人制订交城章程,这要到什么时候制订出来?他还要我们告知守城条件和具体章程,这一来一往,13日交城是不是又成空话?"

格兰特一想也是,就问:"那勋爵的意思,怎么回复?"

额尔金说:"不必回复,我们明天按时收城。"

"如果他们不肯交呢?真的要强攻?"格兰特说,"炮兵说,强攻北京城是不明智的。"

额尔金沉默着,因为除了强攻,他也没有其他办法。

威妥玛建议说:"是否交城,我们不能只与恭亲王交涉。城里负责守城的也有几位王,他们也可以向他们的大皇帝上奏折。同时,应该让全城的人都去劝他们。"

大家都望着这位中国通,不知他有什么好主意。

"我们可以向北京城的人发一份友好的告示,进行友谊的提醒,如果他们不答应谈判,明天就开始攻城,火箭会把北京烧成一片火海,让他们赶紧逃命。"

"对,对,这样一来,整个北京城的人都会要求守城的人赶紧交出城门。"额尔金说,"你马上起草一份中文告示,派人到所有城门去交给他们。同时,告诉我们的法国朋友,不必回复恭亲王一个字。"

第二天早晨,太阳已经升起很高了,但安定城门依然静悄悄的。额尔金很着急,亲自到炮兵阵地上来了。如果中国人不交城门,该怎么办?难道真的要开炮吗?如果彻底激怒了中国人,即使占据了北京城又有什么用?炮兵们显然没有真的打算攻城,闲散地坐在地上。

额尔金对格兰特说:"将军,你应该让炮兵们做好攻城的准备。"

"我们再等等看,时间还不到。"格兰特说。

"时间还不到,但我们必须做出一番攻城的准备,并且应该让城头上的人看清楚。"额尔金说,"他们正在看着炮兵的小伙子们呢。"

额尔金明白了,命令炮兵队长,按照操炮要领,做好各项准备。

于是,整个英军炮兵阵地,口令声不断,炮兵们打开炮眼,摇动炮管,擦拭炮弹,打开炮门。黑洞洞的炮口,对准安定门城楼。

太阳越升越高,英法炮兵指挥官都紧张地盯着手里的表,眼看着10点将到,这时,随着吱——呀——的声响,安定门的两扇巨大木门打开了。炮兵不约而同地跳起来,各自欢呼着。中国人投降了,中国人献城了!

英国的军营距离近,拿皮尔少将率两百名步兵进入安定门,登上城楼,按约定占据了从安定门到德胜门近五华里的城墙,并立即在城头升起米字旗;随后法军也到了,占领了从安定门到北京城东北角四华里的城墙,也升起了法国国旗。联军随即在城楼上安设了五门火炮,对准城内。

下午,法国准将科林诺登上安定城楼,俯瞰北京城内外。在清军守城军官用过的厚重木案上,开始写日记:

1860 年 10 月 13 日,这是一个非常值得纪念的日子,今天 12 时,我们占据了中国的都城,虽然只有一个城门。但这象征着,北京屈服了,北京被占领了,从现在起中国皇帝的首都被置于英法联军的保护之下了。

能够轻松占据这个城门,出乎将军们的预料,却在公使们的预料之中。这个城门规模是那样宏大,城门楼呈平行四边形,上下四层,比城门高出15米,城墙则能并行 5 辆马车绰绰有余。能与之相比的,只有巴比伦的城墙了,但巴比伦的城墙也只能并行 3 辆马车。炮兵们充满忧虑,如果中国人不交出这座城门,即使不做任何抵抗,我们要轰塌一段城墙,也几乎不可能,因为我们没有足够的炮弹。我和蒙托邦将军议论起来,他说,中国人之所以献出这座如此易守难攻的城门,大概是因为战败而沮丧,因为圆明园被抢掠而吓破了胆吧。

中国人对我们非常友好,市民不得靠近城门,被一条拉紧的粗绳隔开 20 米的距离,同时还有带皮鞭的“当地警察”(中国没有警察,那些步兵大约相当于警察)把那些好奇的人赶开。

美中不足的是,英国军队早于法国军队登上城门,并提前升起了他们的国旗,虽然只是提早了五分钟,但也让我们的军队很丢面子。现在有一种谣言,说法国人打仗是听命于英国人的,而且军饷也是由他们出。至少中国人好像有这种印象。自从到中国后,两国军官之间相互讽刺挖苦,甚至有时非常尖刻。但是由于两支军队远在天边的那种孤独感,又使我们表面上保持着和谐。

这还不是最让人忧虑的,蒙托邦将军担心的是天气。今天早晨忽然起风,风很冷,到处都结了霜。北中国的冬季马上就要到了。蒙托邦将军说,如果在11月1日前还不能通过外交途径找到任何和平解决问题的办法,那么他将在那一天率部队撤回天津。将军担心中国政府仍在企图争取时间,把联军套住,迫使我们在一个遥远而又陌生的地方去面对极度的严寒,既不能与天津取得联系,也不能与舰队联系,因为那时候道路冰冻,河流与运河全部结冰,后勤补给将完全断绝。如果部队留在北京过冬,那简直是发疯。这里人众如海,只要人们把联军一包围,就可以困死我们。

可是,外交的途径在哪呢?至今,他们的恭亲王在什么地方公使们都不知道,更不用说坐下来谈判。蒙托邦将军更担心的是,如果这位胆小的恭亲王吓跑了,那么真是糟透了。

联军入城的第二天一早,恒祺受守城王大臣所托,前往卢沟桥面见恭亲王,请他尽快入城,与夷人换约。如果久拖不决,华夷杂处,难免横生枝节。

恭亲王的打算,是待各省援军到京,厚集兵力,虽然不一定非要与联军决战,但总不至于处处仰人鼻息。可是,如今安定城门已经为联军占据,投鼠忌器,还谈什么决战!他对恒祺大发雷霆:"京城立四方之极,周围四十余里,既高且固,该夷以数千远来之众,岂能轻易克城?分明是守城王大臣怵于夷人恫吓,只顾一己之安危,开门纳敌!恒祺我问你,联军已经入城,将来必然更加恣肆要挟,我们完全成了案板上的鱼肉,还怎么和谈,我们还有谈的资本吗?"

恒祺如夹在风箱里的老鼠,在城里被守城王大臣逼迫,在这里又被恭亲王所斥责,而且他无以辩白,只能磕头称"都是臣无能"。

桂良知道恒祺的难处,劝解恭亲王说:"王爷,事已至此,急也没用。守城王大臣肯定已经上奏,不久就会有上谕。现在需要议的,是守城王大臣请王爷进城的事。"

"进城,怎么进?从前城在我们手上,我进城还能安定民心;如今夷炮就架在城门楼子上,我进城自投罗网,岂不成了逆夷要挟朝廷的筹码?"一想到联军火炮落地开花的巨大威力,恭亲王就不寒而栗。

桂良说:"王爷,不一定非要进城,但可以挪挪地方。"

挪挪地方的想法,这两天一直在议。因为前天上谕说,卢沟桥离城太远,与城中声息不通,要求恭亲王绕到圆明园东北,那样无论与行在还是与京城，联系起来都方便。想法是不错，但不切实际。因为联军自八里桥到圆明园，连营络绎，把官军全部隔到了西南，若恭亲王到圆明园以东或北，则与京城的联络完全断绝。目前恭亲王身边，只有步军中营不足三百人，除了护卫抚夷局，还要设哨站，包括急递文书，也都由他们负担。带着这么几百人到圆明园东北，安全都是问题。

恒祺早已为恭亲王打算过，此时献议说："王爷，如果不能进城，可移驾天宁寺。胜侍郎在此驻扎，已经抽调精锐扈从，王爷移驾此处，反而更安全。"

僧格林沁、瑞麟所部没有逃散的也大都集中在城西南，移驾天宁寺，比到圆明园东北要可行。而且天宁寺就在西便门南，护城河西，南边离广安门也不远，与城中联系十分方便。

桂良已经默许恒祺的建议，但他不能不为恭亲王的安全着想，因此有几个问题必须由他与恒祺详谈。第一个问题是夷兵登城后，是否守规矩。第二个问题是，夷人有没有劫持恭亲王的意图。恒祺拍着胸脯打包票，夷兵登城后非常守规矩，绝不骚扰商民。英法两国都无劫持恭亲王的意图，他们希望恭亲王进城，是希望尽快签字画押，他们知道中国官场的规矩，没有恭亲王出面，一切都是白谈。

桂良说："好，我明白了。王爷现在进城行不通，但移驾天宁寺是个不错的主意，一则可以对朝廷有个交代，二则方便与城中联系，也省得你往返奔波。这件事，我与王爷说。我的意思，反正咸丰八年的《天津条约》要照认，此前在通州议定的几条也照认，实际要谈的，没多少东西了，无非就是何时换约，换约后他们何时退兵的细则。这些事由你和他们谈，谈好了，约定日期，王爷出面签字画押就是了。"

恒祺说："中堂，我跑腿磨牙，是义不容辞。可两头不是人，这差使不好办。"

桂良说："我清楚，我清楚，和谈的苦楚，我再清楚不过。子久，现在情形已经好多了，现在是全城的人都催着我们与夷人谈，起码不会有人再骂咱们是卖国贼，咱们可稍稍释怀。"

"现在洋人火炮架在头上，他们都盼着和谈，谁知危机过后，会不会有人又怪和谈的人太没骨气？"恒祺说，"好了伤疤忘了疼，这样的人还少吗？"

"不至于，不至于。"桂良这样劝慰恒祺，但他心里清楚，这恐怕是难免的,“子久,时势如此,担子落到我们肩上,只能挺身而出。”

“中堂,您也不必给我吃宽心丸,国人的德性,我这两年跟着您老帮办抚局,算是领教了。”恒祺说,“我不会撂挑子,中堂放心就是。可只我一个人谈不行,怎么谈的,谈了什么,将来连给我做个见证的人也没有不成。请中堂替我向王爷陈情,再给我派个帮手。”

“好,你相中了谁,我立即请王爷下札子。”桂良一口答应。

恒祺说:“我相请崇沛如帮我一把。他当过仓场侍郎,咸丰八年和夷人打过交道。现在他赋闲在家,正好请他出山。”

恒祺说的崇沛如,是汉军正白旗人崇纶,他实际就是汉人,先祖当年从龙入关,编入汉军旗。仓场侍郎是户部专管漕粮到京后仓储转运的官员,驻通州。咸丰八年户部侍郎宝鋆巡察漕运,参了一批官员,其中就有崇纶,被革去顶戴,在家赋闲,生机都成问题。恒祺与崇纶一年考的户部笔帖式,两人私谊不错,这时候拉他一把,于公于私都说得过去。

桂良心里明镜似的,但并不说破,一口答应说:“你推荐的这个人不错!沛如人比较活泛,有他当你的帮手,我看极好。你且等等,我和王爷商议了,立即下札子你带回去。当然还要请旨,但上面没有不答应的道理,先让他干起来。”

恒祺一请就准,心存感激,觉得所受的委屈也值了,连忙向桂良道谢。

大约半个时辰,桂良再出来与恒祺见面:“博川今天带人去圆明园捕盗了,这边事情忙得头上一把腚上一把,让你久等了。”一伸手,仆从递上一份札子,“你看,给崇沛如的札子都备好了,你回去就让他出来办事。”

恒祺接过来看一眼,眉开眼笑,小心收好了。

桂良说:“子久,你回去顺便到胜克斋那里去一趟,让他来见王爷,王爷要了解一下城内外防务。还有,王爷的行踪,千万一密再密。”

恒祺“嗻”一声,说:“中堂放心,王爷的行踪,绝对不会从我口中走漏半个字。”

恒祺领命而去,午饭前胜保就到了卢沟桥。

桂良惊道:“克斋,这么快?”

胜保说:“我是在路上遇到的子久,不用他捎信,我正好赶来见王爷。”

“你赶紧去,王爷急于了解防务情形。”桂良又叮嘱说,“克斋,据实而陈。”

桂良的意思,是提醒胜保不要乱拍胸脯,让王爷再生幻想。

他被下人带到恭亲王的签押房,见恭亲王一脸疲倦,说:“王爷,您又一夜不曾睡?”

恭亲王说:“怎么睡得着!克斋,昨天午前就把城门交出去了?”

“谁说不是!”胜保说,“自从我入城协守,赶紧筹划,城上守兵数万,大小炮位数千,城池如此高深,城外又有援兵,战而胜,固可雪耻复仇,战而不胜,和亦未晚。谁料守城诸臣,汲汲以议抚为事,竟然约期献城,开门揖盗,以堂堂天府拱手让人,真是可恨可耻!”

昨天夜里,胜保已草成奏稿,义正辞严,是篇难得的奇文,正可向恭亲王痛陈,但恭亲王好像不愿听他侃侃而陈,问:“夷兵入城后是否真的守规矩?”

胜保答非所问:“夷兵即使严守规矩,又如何让人心甘?万一据守城门,反兵相向,将置宗社臣民于何地?”

“大错已成,无可挽回!”恭亲王说,“克斋,现在你手头到底有多少人?”

胜保说:“目前又到直隶河间协标、陕甘固原提标等八百名。其他各起大队,已陆续报到,大约二三日内可到齐五六千人。”

恭亲王问:“那我问你,如果夷人要挟太甚,就这五六千人,三五天内有无把握与联军一战?”

胜保说:“三五天内肯定不行,他们数千里赴援,兵力无不疲惫,必须休整数日,而且就凭五六千人,实在不能轻于一试。”

满怀热望的恭亲王有些失望,点点头说:“是啊,疲惫之师,怎能驱之即战。”

胜保有些不甘,说:“王爷,还不到山穷水尽的时候。我在八里桥的时候,手下并无得力之军,且任事不久,还能与逆夷鏖战多时,若不是我阵中受伤,定是一番大捷!近日据逃出民人众口喧传,八里桥之战夷兵战死千余,载尸九船回津,为众目所共视。此时有京城可依,等各路援军到齐,训练时日,必成劲旅,如果一其事权,不致有掣肘之虑,以之灭贼或不能,以之胜贼则有把握。”

听话听音,恭亲王疲倦之中,胜保“一其事权,不致有掣肘之虑”的说法仍然敏锐地留意到了,胜保这是要求统兵大权的意思!他接过胜保的话头说:“带兵打仗,最忌事权不一,各存意见,互相推诿。”

胜保说:“王爷,我可没争功的意思,更耻于卸责。”

恭亲王说:“当然,你一向是敢于担责的。我打算上奏皇上,对付夷兵的重担,交给你来承担。以后各路勤王大军,均一专责成你来统领。”

“谢王爷栽培。”胜保作势要行大礼,早被恭亲王拦下了,“王爷放心,我一定督责各军,振刷精神,讲求战法,以冀一战成功,仰舒宵旰之深忧。”

恭亲王说:“这是应当的,可是有一条,在战和上你必得听命而行。”

恭亲王注视着胜保的眼睛,要从他眼神里读出此人是否肯听调遣。胜保再桀骜不驯,也知道此后的前程寄于恭亲王一身,因此一甩马蹄袖,行个军礼,大声回道:“王爷放心,和战大计,臣当然禀命而行,唯王爷马首是瞻。”

恭亲王满意地点点头,但嘴上却说:“克斋,我说的听命,是听皇命。我奉命议抚,步步都是请旨而行。目前的局面,和战尚不明朗,无论是和是战,你都要带出一支像样的官军来,无论战和,咱们皆有可恃,不至于处处仰人鼻息。我给你八字方针,齐集援军,静以观变。”

胜保回道:“我也正是此意。”

大事谈罢,恭亲王喝了口茶,看似悠闲地问:“克斋,我打算移到天宁寺去办事,那里离京城近,便于互应,但离夷人军队太近,安全上你有没有把握?”

胜保一挺胸脯,说:“王爷放一万个心,臣就是拼了命,也不能让逆夷伤及王爷一根毫发。我有八里桥的旧部卫队,又从新到的勤王军中挑了数百人,都是以一当十的好手,到时全部来做王爷的护卫,臣搬到寺外办事。”

恭亲王说:“那就这样定了,你也不必搬到寺外,到时候商量事情也方便。”

胜保出了签押房,去见桂良。

桂良问:“谈完了?”

胜保说:“谈完了,听王爷的意思,有意栽培栽培,我心中无数,特向中堂请教。”

桂良笑笑拿出一份折片说:“克斋,你看看这个片子,是不是与王爷的意思相符。”

胜保接过来,题目是《奕䜣等又奏请派大员统带诸军以一事权片》——

恭亲王等又奏：

统兵大员事权宜专，庶不致各存意见，亦不致互相推诿。现在僧格林沁、瑞麟各带一军；胜保亦奉旨带领官兵，又为一军，事权不一，军无统帅，是以兵心散漫，军无斗志，非专派大员，不足以资统率而振军威。僧格林沁、瑞麟于屡次挫败之余，其气已馁，所带之兵大半溃散，断难望其复振；光禄寺卿胜保，心殷报国，勇敢有为，尚能严明纪律，鼓舞军心。唯职分较小，可否仰恳天恩，节派声威素着之大员统带诸军，派胜保为帮办大臣？如圣心无可派之员，或即派胜保为统兵大臣，伏乞圣裁。

胜保看片的时候，桂良则一直观察他的表情，感恩戴德自不必说，但偶有皱眉，是美中不足的意思。

桂良说：“克斋，为了这一片，王爷是费了一大番脑筋。按王爷的意思，你当然是不二的人选。可是，恩出于上，不能不略有点缀。若一力推荐，可能反而坏事。你知道，行在有小人专与王爷过不去，进一句六爷笼络人心的谗言，岂不是误事？所以你得理解。”

胜保连连点头说：“王爷的美意和难处我非常清楚，皇上身边有佞臣，早晚得铲除。”

桂良连忙摇手说：“说远了，你心知肚明就是了。”

胜保说：“王爷的苦心，我全然明白。”

恭亲王不便说的话，桂良说完了，最后叮嘱一句：“克斋，王爷移驾天宁寺，安危可都交给你了。”

## 圆明园再遭火焚

由额尔金提议，联军及两国公使在法军司令蒙托邦的住处召开一次会议，主要讨论如何报复中国政府对人质的虐待和杀害。

截至10月16日，被俘三十九人，皆有了下落。英国被俘人员二十六人，其中活着回来十三人，死去十三人；法国被俘十三人，活着回来六人，死去七人。死者都装在粗糙的棺材中运来,尸体都快腐烂了。活着回来的人员,也大都伤痕累累,而且有些伤势严重,要落下终身残疾。军中情绪很大,英国士兵甚至嚷着要推翻中国皇帝。

额尔金说:“对人质的迫害是犯罪行为,军中情绪非常大,如果不进行有力报复,军队将发生不测之变。我几经思考,并与格兰特将军商议,英国决定采取以下措施。一是应当把皇帝的夏宫圆明园完全彻底地烧毁,甚至夷为平地。我希望此项行动两国共同执行。二是向中国政府索赔三十万两白银,用于抚恤死伤者。三是中国人必须立一座碑,并在碑文中为他们的野蛮、懦弱行为向英法两国道歉。”

葛罗说:“给中国人以严厉的惩戒是必需的,索取赔偿也是必需的。但对烧毁皇帝的夏宫,我认为不是恰当的选择。我们一直在向中国展示我们的文明,讲基督教的仁爱,可是为什么还要像中国人那样行事呢?我和你们一样,为我们可怜的同胞所遭受的暴行深感悲痛。然而,没有必要的严厉反而会使我们处于孤立境地。如果吓跑了皇帝的弟弟,我们谈判将失去对手。”

额尔金说:“烧毁圆明园是我深思熟虑的结果。我想过索取一笔巨额赔偿,以惩戒中国政府,然而罪恶如此,岂区区金钱可以救赎?我也曾经打算要求中国皇帝把陷害我同胞及破坏休战局面之辈交出惩办,然而中国政府必交出无关紧要的下属顶罪。反复权衡,只有毁灭圆明园之一法最为可行,否则遇难诸君之仇永不可复,而且,唯有如此才能给中国皇帝极大的打击,给他一个铭记于心的教训,让他放弃一切侥幸。”

蒙托邦说:“我认为的确有必要对我们不幸的同胞遭受野蛮恶毒对待而施以报复,但烧毁圆明园达不到目的。这个园子此前已经毁掉了三分之一,再烧毁那一部分还有什么意义?让这个园子重新起火,会让有所安心的恭亲王再次产生恐惧,他会因此放弃正在进行的谈判。如果出现这种情况,势必要攻打北京的紫禁城,结果就是推翻现在的朝廷,这一结局恐怕与我们的使命南辕北辙。”

葛罗说:“我赞同蒙托邦将军的意见。我们必须认识到,恭亲王是我们达到目的的唯一途径。”

额尔金说:“这一点我同意,联军与恭亲王之间,应当有一个双方都说得上话的人居中。那个年轻的俄国少将可以登台了。”

他说的是俄国少将伊格那提也夫。在献出地图后，他一直跟在联军后面，寻机居中调停。

身在通州的俄国公使伊格那提也夫，听到秘书巴留捷克从北京带来消息，英国公使额尔金勋爵和法国公使葛罗均欢迎他到北京，协助两国签约。当时他正在洗澡，披着浴衣就跑出来了，说："这真是个让人激动的消息，比我被沙皇授予少将军衔还让人激动！我们可以用这难得的混乱时间，达成我国久欲达成的目标！"

咸丰八年，俄国人利用英法联军北上的机会，诱迫黑龙江将军奕山签订了《瑷珲条约》，割取了黑龙江以北、乌苏里江以东大片领土，但咸丰皇帝不予承认，双方未能换约。沙皇听从大臣的建议，派少壮派军人伊格那提也夫到中国来，办理"从乌苏里江至海的边界问题"。他于 1859 年 3 月 18 日从彼得堡出发，用了三个多月的时间，到达北京。当时出面交涉的是肃顺，其时僧格林沁在大沽口大败联军，肃顺底气十足，拒绝了伊格那提也夫所有要求，谈了三个月，伊格那提也夫毫无收获，只好停止谈判。

"现在好了，上帝给俄罗斯帝国以绝好的机会，不能在我手上白白流逝。"他一边穿衣服，一边说，"我要立即起程，到北京去，英国、法国和中国，都等待着我的到来呢！"他禁不住哈哈大笑。

通州到北京，四十余里，伊格那提也夫乘马车当天下午赶到安定门外的黑寺，见了法国公使葛罗。法国已备好给恭亲王的最后通牒，四条，一是要求恤金二十万两，二是中国政府需对虐待人质的官员严加治罪，三是让出城内肃亲王府作为法国使馆，四是还给康熙年间的各省的天主堂及教民的坟茔、房屋、庄田。

晚上他又到黄寺会见额尔金。额尔金正在起草给恭亲王的最后通牒，坚持烧毁圆明园、要求恤金三十万两、中国立碑道歉三条。伊格那提也夫认为其他两条都无不可，立碑道歉一条他认为没有实际价值，建议不必坚持。

两国的最后通牒，都是要求 20 日上午必须回复，22 日付清恤金，23 日签订新约，并交换《天津条约》。

伊格那提也夫向额尔金表示，他有办法让中国人答应这些要求，他希望英国和法国方面都能给出书面照会，作为他调停身份的证明。额尔金说，书面的照会没必要,他会让威妥玛给中国方面带去口信。

次日一早,伊格那提也夫通过蒙托邦安排,带着秘书和翻译由安定门进入北京城,住进了东江米巷的俄罗斯南馆——俄罗斯圣索菲亚大教堂,恨不得立即与中国官员接上头,然而整整一天,没有人找上门来。他问修士大司祭固礼,是否已经把他入城的消息传出去。固礼说,已经传出去了,而且他一进城,中国官员就会知道。

他不能不继续耐心等待。

第二天快中午时,恒祺和崇纶登门拜访来了,拿出英法两国的最后通牒,说英法两国提出了太过分的要求,希望他能够从中调和。

伊格那提也夫把两份通牒扔到一边,说:“我国政府对贵国一向深表同情,曾不止一次地向贵国提出忠告,提出如何能够摆脱贵国近年来所处的困境,但是贵国政府非但不顾这些劝告,反而听信肃顺之流那些不中用人的主张!尤其不能原谅的是,对两国业经达成的《瑷珲条约》竟然视同废纸,我奉本国大皇帝之命友好交涉,却受到你们百般刁难。俄国本来可以因为你们不履行合约对你们进行残酷无情的惩罚,也可以因为你们怠慢大俄罗斯国的公使而进行报复。但是,俄国并没有那么做,而且采取中立的立场,希望中国不要经受更多的困难。可是,你们对俄罗斯国和我本人的友谊,从来没有给予一分的关注和尊重!”

恒祺和崇纶只有一个劲地道歉,表示此前因为与英法两国一直在交涉,以致对俄国公使阁下有所怠慢,请务必体谅,并请一定在中国与英法两国间调和,帮助尽快恢复谈判,实现和平。

伊格那提也夫说:“我当然不忍心看到贵国人民遭受更多的苦难,英法两国公使对我也深抱信任,并希望我出面调停。但是,调停必须给予我一定的便利条件,不然,我无从说话。”

恒祺说:“那是当然,公使阁下有什么要求,不妨说来听听。”

伊格那提也夫提出三个要求。一是必须由恭亲王出具书面请求;二是中国与英、法两国谈判时,谈判内容事先必须征求他的意见,不得稍有隐瞒;三是关于中俄边界问题,必须同意他在北京逗留期间所提出的全部要求。

“这三条如果有一条不能答应,我便无法居中调停。”

恒祺与崇纶稍做讨论,当面答复伊格那提也夫:“我们将以上条件立即呈报恭亲王,最迟后天就会有结果。”

伊格那提也夫说:“你们中国人办事,实在是效率太低。”

恒祺向他解释,这些问题必须征得中国大皇帝的同意,而大皇帝在行宫,专差一来一去,至少需要两天。

伊格那提也夫不情愿地表示同意。

1860 年 10 月 18 日,正是秋高气爽的季节,万里无云,天空一片湛蓝。上午,英国远征军第一师约翰·米启尔少将率领所辖第 60 来复枪团和第 15 旁遮普团,连同骑兵旅共三千五百人,来到圆明园,在正大光明殿设立指挥部。他今天带兵前来,只有一项使命,完全烧毁圆明园。他给部下们分配了任务,一一确定应予毁灭的建筑物,包括圆明三园(即圆明园、长春园、绮春园)中所有的皇家宫殿、花园,清漪园(今颐和园)万寿山上的宫殿和花园,甚至更远处的玉泉山、香山上的佛塔,也在毁灭之列。

“今天的行动,本应该是联军共同的行动。可是法国人拒绝参与,他们认为这是一种野蛮的行径,但他们完全忘记了,首先放火的就是他们。十天前,他们避开我们,自己先来到了这里,不但取走了宫殿中所有的艺术品,而且还让人烧掉了皇帝寝宫中最漂亮的厅堂。这些即将被毁灭的宫殿里,或许还会有某些财宝、装饰品,我准许你们的士兵们予以取走,请记住,这不是抢劫,是拯救,因为它们即将被完全毁灭。”米启尔少将对他的部下下令,“告诉勇敢的小伙子们,辎重车辆和向中国人租的车辆有几百辆,能搬走的,应当全部搬走。”

成群结队的士兵分成小组,手持火把奔向他们各自负责的园林、建筑。每抢完一个地方,便开始纵火,那些大量使用木材的建筑物,极易点燃,圆明园各处一股股浓烟腾空而起,很快,湛蓝的天空被浓烟遮蔽,随着西北风,这些浓烟又飘向东南方向的北京城。

当圆明园的烟气刮到西直门外的天宁寺时,恭亲王正在与守城王大臣们商议他是否进城与夷人会面。

在座的有负责守禁城的豫亲王义道负责守外城的协办大学士周祖培、兵部尚书陈孚恩、刑部尚书赵光。当然,恒祺、崇纶亦在座。桂良偶感风寒,喝了中药,正在蒙头发汗;文祥手头有急务正在处理,因此两人都不在座。

把安定门交给联军，恭亲王一直耿耿于怀，对守城王大臣们颇有意见。今天见面，不免形诸辞色，豫亲王则认为应当体谅守城王大臣们的难处，民情汹汹，商户哀求，拒不交城，不必联军开炮，城内不知会出什么乱子。其他众人，则都随声附和。

“老六，现在说什么也没用了，反正城门已经交给了联军。好在他们还算守规矩，夷人偶有到街市游玩，也没闹什么洋相。”义道说，“现在夷酋都恳请你入城，尽快与他们谈。”

恭亲王说：“现在额尔金和葛罗都在城外，我进城去跟谁谈？再说要谈，双方都派出人员开谈就是。我们已经派出恒祺和崇纶专门与他们谈，可是他们到现在不派人，怎么谈？”

周祖培说：“王爷，现在他们的意思是，见不到您，他们认为没有诚意。您若暂时不进城，那赶紧答复他们的要求也成。”

恭亲王问：“英国人要把园子全行拆毁，这样的要求怎么答应？还有，如果我们把银子交给了他们，他们说话不作数，再提其他的要求又该怎么办？”

义道说：“夷人说话还是作数的。比如他们进城，就完全遵守当初说定的规矩。子久，你与夷人打交道多，也与俄国的那个伊格什么也夫谈过，是不是这回事？”

恒祺说：“王爷，是这样。伊格那提也夫保证，由他居中调停，英国和法国都愿按约定办，您的安全绝对有保证。”

周祖培说：“现在如果不按他们的要求答复，他们还要炮打禁城，截断漕运，粤海关税也将被他们截留。王爷，现在他们卡我们脖子的办法多得是，我们对他们，却几乎是无可奈何。”

恭亲王说：“现在各省到的援军也有六七千人了，不日还有数千人可到。如果安定门还在手上，有坚城可恃，何至于如此被动。”

义道说：“老六，此时不要再动剿的念头！胜克斋的大话更不可全信。我也与他谈过，逼着他问，要与联军开兵见仗，到底有多大把握？他说，新到之军，疲倦不堪，打一仗肯定能打，但胜负那就不好说了。胜负都没数，那还打什么？现在别无他法，只有一个字，和，赶紧和！你也不必怕独担议抚的责任，我们这些负责守城的，已经联名上折，奏请马上议和。”

众人也都附和。

恒祺说:“王爷,得赶紧给伊格那提也夫一个照会,要他居中调和,必须有书面的照会。”

恭亲王说:“这个俄酋说是出面调停,其实专在背后怂恿。他无非是要浑水摸鱼,达到他罗刹国的目的。”

恒祺说:“王爷说得极是,可是如今英法联军已经应付不过来,好在俄罗斯还没动兵。伊格那提也夫说,如果他出面调停,有把握说动英法两国酌减恤银数目,还银期限也可稍缓。另外,听他的意思,如果双方签约,他有把握劝说联军退到大沽。”

恭亲王说:“他这些话,怎么可能尽信。”

义道说:“老六,俗话说无利不起早,俄国人愿意从中说和,当然会有所求,无非就是要求兑现《瑷珲条约》。现在的形势,想不认也不可能了。我看,你就给他出一纸公事算完,总比恒子久他们连夷酋面也见不上强。”

恭亲王说:“已经奏请,皇上也准了。我对这个人,心里还是没底,怕他从中挑拨,反而坏事。”

义道一拍大腿说:“咳,你可真是,皇上已经准了,你又何必吝惜这一张纸。”

这哪是一张纸的事!恭亲王正要说话,只听得外面一片扰攘。

这时,步军中营统领进来报:“王爷,不好,哨探来报,夷兵数千人去了园子,放起火来了。”

恭亲王和众人都跑到院子里,只见西北天空一片黯淡,烟尘正向这边飘来,空气中满是烟熏火燎的气味。豫亲王激愤之中,口不择言道:“我日他姑奶奶的,这些没人性的逆夷!”

恭亲王要登高眺望,但院内无处可登。他住的是寺院第三进的兰若院,前面则是塔院,院中有舍利塔,建在一个砖砌的平台上。恭亲王奔到前院,登上平台,但依然不能望远。舍利塔通高十二三丈,下面有两层八角须弥座,恭亲王攀附着下层的石狮头想爬上去,如何能攀得上去?

“老六,你别急,别急。”豫亲王义道扯住他的衣袖劝着恭亲王,他自己也哭起来了。

周祖培等人也捶胸顿足,陪着哭。

桂良就住在塔院西配房中,听到外面一片哭声,也顾不得发汗,披衣跑到院子里。院子里已经有灰烬落下来。等他知道是联军在圆明园放火,倒不觉得意外,因为这是额尔金照会中三点要求的第一条,而且话说得相当霸道,“据查园庭似为两国数名人质受暴虐之处,内各殿宇尚有未经全坏之区,立必拆清,将在不日之间,此节我大将军当设法自办,贵亲王毋庸与闻”。

英国人,看来是说到做到!

桂良看两位王爷数位大臣都在涕泗交流,他扯扯义道的衣袖说:“王爷,事已至此,快劝六爷回屋,从长计议。”

义道和周祖培一左一右,扶住恭亲王的胳膊,义道说:“老六,别哭了,还等着你拿主意呢。”

恭亲王从衣袖里抽出手帕,擦擦眼角,说:“大家回后院吧。”

回到兰若院恭亲王的签押房,他拍着桌子说:“本王不甘心,不甘心呢!”

义道劝道:“老六,谁也不甘心,可是,没办法的事。我看,就答应了夷人的要求吧,还有几天的时间,再晚就来不及了。看来他们是说到做到,如果他们再向禁城开炮,你我可真就难负其咎了。”

恭亲王说:“这件事,先与伊格那提也夫去交涉,让他帮着问问英吉利法兰西,为何正在议和中,还要毁我御园!”

恒祺“嗻”一声,说:“王爷,那我和桂中堂商议一下给伊格那提也夫的照会。另外,最好再给他一封信。”

“中堂病中,就不劳他了,你去找博川商议。”恭亲王又对义道和周祖培说,“城中肯定乱得紧,你们赶紧回去弹压,就说正在与夷人开议,不要惊慌。”

等众人走了,恭亲王对桂良说:“你打发人找宝佩衡,设法了解下银库存银,先筹划五十万两,预备赔付恤银。”

法国少将科林诺,几乎一整天都在圆明园,他是奉蒙托邦将军的命令前去查看。吃过晚饭,他就向蒙托邦做了汇报,然后回到他的住处,开始写他的日记。今天,值得记录的事情实在太多了。

1860年10月19日,真是该用黑色石碑加以标记的日子,中国的皇家园林今天已经彻底消失了。

英国人决定用完全毁灭皇家园林的方式来惩罚中国人对人质的杀害和虐待。葛罗男爵和蒙托邦将军都不同意英国人的做法，拒绝了与他们一同行动的建议。

大火已经燃烧了整整一天，这样一个大事件法国军队未参与其中，实在不无遗憾。今天早上我奉将军的命令，去圆明园"看一看"。

从军营到圆明园的路上，天空满是烟尘，光线暗淡，好像经历漫长的日食，周围的一切处在黑暗的阴影中。从昨天开始，浓烟形成的黑云就刮到我们营地上空，尽管与圆明园相距甚远，但浓烟带来大量炽热的余烬，一浪接一浪地涌来。

一路上，我们遇到许多满载而归的车辆，有些是英国军队的辎重车，有些是从中国人那里租来的牛车或者独轮车。每个车队都有英军士兵押送，苦力要么是他们从印度带来的听话的奴仆，要么是黄色皮肤、衣服肮脏的中国人。从圆明园到通州，英国人的车队络绎不绝，看来他们的收获很大，从士兵的脸上完全可以看得出来。

我们终于来到了圆明园，但一处处熊熊燃烧的大火和一堆堆的瓦砾拦住了我们的去路，大火已经殃及附近众多的农民房屋。大宫门已经没有人，那个高大的正大光明殿，正在燃烧着，听说从半夜起火，到现在还没燃烧完，只见火苗跳跃着，飞舞着，点燃并吞噬着一个个门窗。突然一声巨响，整个大殿倒塌了下去，一根巨大的烟柱腾空而起，火势突然加大，毕剥作响，我们在几百步外，都能感到皮肤被烤灼的感觉。

园内到处是灰烬，像蒙上一层灰黑的幕布。就是那些美丽鲜艳的花花草草，也失去了它们的颜色。往来忙碌的士兵脸上，都被烟熏黑了，无论他们是什么皮肤，脸色如今都是黑黑的，只有说话的时候，露出的牙齿白得耀眼。

晚饭后我向将军汇报了今天的见闻。当时葛罗男爵也在将军那里。两个星期以来，男爵一直住在军营不远处的一个蒙古喇嘛庙中。他和额尔金勋爵的分歧已经越来越明显，他对烧毁圆明园尤其反对。他喋喋不休地向将军抱怨，他说："看到圆明园的大火，我的心情完全变了。真正让我寒心的是，我与额尔金勋爵之间出现了裂痕，这让我担忧。我真是受够了，真是受够了。那个人傲慢无礼，虚伪透顶。恕我直言，我宁愿他们是我的敌人，也不愿跟他们同流合污。我不明白他为什么那么固执，非要烧毁皇帝的园林！我们从来没有见过皇上的弟弟，而他是我们达到目标的唯一桥梁。就在和平看起来十拿九稳、唾手可得的时候，额尔金的蛮横会不会把这位亲王吓走，那样，整个局势可就彻底逆转了。”

葛罗男爵非常烦躁和恐惧。是的，如果不能与中国人达成和平协议，他的使命就没有完成。炮击皇帝的宫殿，扩大战争，是不现实的，尤其是寒冬即将到来。蒙托邦将军安慰他说：“伊格那提也夫已经向中国的钦差施压，让他们明白处境的危险，并说服他们同意谈判，在我们希望的时间内签订新约、互换《天津条约》。”

葛罗男爵对俄国那位年轻的将军寄予莫大的希望，说一切都寄托在他的身上了。

蒙托邦将军担心的是中国军队会突然发动进攻，因为得到消息，最近有几支中国军队到了。蒙托邦将军下令，让我们随时保持警惕，并准备必要的时候召开军事会议。

科林诺刚刚写完日记，还没合上本子，他的秘书来报告，蒙托邦将军请他立即过去。

科林诺赶到将军的住处，葛罗男爵还没有走，但他已经完全不是刚才的神情，喜气洋洋，脸上一直挂着笑意。

蒙托邦说：“我们终于可以松口气了，中国人有可能完全答应我们的要求。”

葛罗男爵说：“是的，可以放心了。刚才伊格那提也夫将军派人给我送来一封信，恭亲王已经准备好了照会，完全答应我们的条件，也就是将在明天给予我们书面答复，22日把二十万两白银付清，23日签订新约，交换《天津条约》。谢天谢地，伊格那提也夫将军发挥了重要作用，中国人已经把照会的草稿送给他征求意见，他打算只改几个字词，明天就会送达给我们。而且，皇上的弟弟答应，将把犯下滔天罪行的僧格林沁和瑞麟两位司令官免职，他们应对人质事件负责。这是我们没想到的，我只是向伊格那提也夫提议了一下，他就做到了。他干得那样机智，我简直找不出话来赞美他，应该给他高级勋章！”

科林诺说：“功劳不能全记在俄国人的头上，也许是圆明园的大火促使皇上的亲弟弟改变了主意。”

葛罗这时好像对额尔金不那么厌恶了,说:“也许,也许起了点作用。不管怎么说,和平有望了。如果能在 23 日签订和约,那么蒙托邦将军 11 月 1 日回天津过冬,就完全可能了。”

当天夜里四点,恭亲王完全接受两国要求的照会,就分别送到法国公使葛罗和英国公使额尔金的手上, 双方于是恢复谈判。中国方面派出的是恒祺、崇纶,另外还有长芦盐运使崇厚。英国方面是威妥玛和巴夏礼。法方是巴士达、德拉马和美理登。要谈的内容三大项,一项是咸丰八年签订的《天津条约》进行换约,换约的时间、地点、现场如何布置、安全如何保障、双方如何见面等细节问题很多,尤其是英国方面,额尔金提了许多细节的要求,无非是要突出双方地位平等,突出他的尊严。另一大项就是签订续约,就是今年联军到达天津后朝廷派桂良及怡亲王载垣去谈的内容,主要有三条,一是承认《天津条约》;二是赔款数由《天津条约》确定的英国四百万两、法国二百万两均增加为八百万两;三是最后通牒中“恤费”如何支付,联军何时退回天津。

双方紧锣密鼓地谈,看似内容不多,但谈起来也很费工夫。因为伊格那提也夫要求,中国与英法的谈判内容,他必须全部知道,因此恒祺等人还要随时与他商议。恒祺希望英法双方尽快就即将签订的续约提供文本,但英法均表示,等谈妥当了再提供文本。

22 日中午,恒祺、崇纶和崇厚三人,负责将“恤银”交给英法两国。地点就在户部银库,这样可减少搬运的麻烦。户部银库就在户部后院,库外有条夹道,可以停放装载库银的银车,便于押护。

下午两点钟,法方领取“恤银”的人到了。领头的是葛罗的代表、一等秘书巴士达,陪同的是法军的一名军需官、一名发饷员、几名会计和一支二十人护卫队,还有翻译美理登。恒祺与巴士达早在天津时就认识,他带着巴士达进了户部夹道,那里停了几十辆银车,车上都装着密封的大箱子,其中有一口箱子打开着,里面装满了五十两一个的银锭。恒祺告诉巴士达,共有六十七个箱子, 除打开的这个箱子里是装两千两外, 其他每个箱子均为三千两,正好二十万两。巴士达带来的会计清点箱子数没错,但发饷员却告诉他,无法当场检验银两的重量和成色,检验只能运回到法军营地后再进行。恒祺很痛快地同意这一要求。

军需官和会计指挥着步兵护送银车前往法军营地，巴士达和美理登则留下来，与恒祺等人交涉续约。恒祺接过续约文本，仔细阅读了三遍。这个文本共十款，实质的内容，除了在天津已经议定的外，实际新增两款，一是允许在中国发展天主教，并将从前传教士和教民的天主堂、学堂、茔坟、田土、房廊等赔还给原主。恒祺向巴士达解释，这一条写入续约没有问题，但不能马上就办，因为还要各省定章程。二是新增一条准许华工出国做苦力，恒祺对此也没有异议。

接下来再交付英国人三十万两“恤银”，程序与交付法国一样。英国也带来了续约文本，比起在天津所定，新增了三条。一是割让九龙司地方，归并英属香港界内；二是续增条约应明降谕旨宣布；第三条与法国一样，也是要求准许华工出国。恒祺觉得难以办到的是割让九龙司地方，威妥玛则表示，九龙司地方今年春天两广总督劳崇光已经永久租给英国，年租金五百两。作为对中国虐待人质的惩罚，英国公使要求将九龙司地方改租为割，这一条不可更改。

续约新增条款，必须与伊格那提也夫商议，而且还要向恭亲王汇报，另外还有数项细节未敲定，相关文本也没有备齐，按最后通牒，明天就该换约、签字，但现在看无论如何来不及，威妥玛表示可以改为后天。

送走威妥玛和巴夏礼，已经是晚饭时候了。恒祺在自己家里专门办了一桌丰盛的晚餐，请伊格那提也夫过来赴宴，当然更是请他出面向英国人说和，能否把割取九龙司地方一条取消。伊格那提也夫说英法两国的要求，是他费了许多口舌才有了现在的结果，除了完全接受，没有更好的办法。现在英、法两国都打算留兵在京过冬，还需要费更多口舌劝说他们放弃这一要求。他又提交了一份照会，请恭亲王派数位大臣与俄国详议未了之事。如果中方对俄方的关注能够顺利解决，则他必定设法让联军尽快退出北京。

恒祺颇后悔找伊格那提也夫，他没帮上忙，反而又提俄国未了之事。所谓未了之事，就是《瑷珲条约》关于中俄新的划界。

恒祺和崇纶连夜去见恭亲王，恭亲王看罢续约文本，最不能接受也是关于九龙司地方一条。

劳崇光把九龙司地方永租给英国人，桂良、文祥都闻所未闻。但桂良认为，现在找劳崇光求证已来不及，且证明未租也无用，后天就要签约了！

恭亲王责问恒祺:“你与巴酋交涉过吗?他们不是一再声称无割我土地之意吗?你和伊格那提也夫交涉过没有?”

恒祺说:“与巴夏礼和威妥玛都费了不少口舌,他们的意思,额尔金对这一条特别看重,绝不允许更改。也与伊格那提也夫议论过,请他与额尔金交涉,他的意思是反正劳崇光已经永远租给英国人了,和香港情况并无实际区别,他认为不能再节外生枝。”

恭亲王说:“真是岂有此理,节外生枝的是他英吉利人。”

这话不假,可是整个和约都是被迫逼签,节外生枝又能如何?

恒祺说:“伊格那提也夫还提出来,请王爷尽快派出大员,议论中俄未了之事。”

“中俄未了之事,他不就是觊觎东北的土地吗?”恭亲王气得在室内踱步,“我早说过,这个伊酋比之额酋更可恶,他这是浑水摸鱼,我们反而处处受他胁迫。”

恒祺说:“他说,如果中俄之事顺利,他将全力劝说英法两国尽快退兵。据他说,额尔金有意要留兵在京过冬。”

签约、退兵,这是抚局办成必不可少的要件,如果联军不退兵,那可真是个大麻烦。恭亲王无话可说,只是无奈地啧着嘴。

桂良说:“王爷,伊酋固然可恶,可是当此关键时候没必要开罪他。反正暂时也无法与他谈中俄的事,不如且应付一下,给他一个囫囵话。”

恭亲王说:“如果不请旨,将来必是麻烦。”

桂良说:“王爷,请旨已经来不及了,只有事后向朝廷说明迫切情形。”

文祥说:“我赞同中堂的意见, 如果行在那边意见分歧, 皇上再明谕反对,这一反复,以额尔金的蛮横不讲理,不知他会做出什么举动来。”

英国人已经毁了圆明园,如今大炮就架在安定门上,如果炮轰禁城,会是什么后果?恭亲王一想及此,只觉得脊梁骨发凉。

“而且,城外土匪横行,内外城也都有匪类潜伏。”文祥说,“据步军衙门的便衣探报,当初随英法夷兵抢劫园子的人,已经潜入城中,只等着联军再有举动,他们便浑水摸鱼。”

恭亲王说:“这些奸徒乘国家之危,真该千刀万剐!”

文祥说:“当然应当严拿重惩 ,只是夷军不撤,根本腾不出手来。”

“城下之盟的滋味,实在不好受。”恭亲王万般屈辱,只觉得胸口发闷,眼角发热。这话不能再说下去,也不能再想下去,他摇摇手说:“也只有这样了。”

## 《北京条约》签订了,该如何自强图存

1860年10月24日,是中英签约换约的日子。时间定于午正时刻,也就是十二点整。估计不会费多少时间,恭亲王安排设午宴招待。中国是礼仪之邦,因此在午初(十一点)他就赶到礼部大堂。胜保本来亲带四百人护送,到了正阳门,恭亲王让大队人马留在城门外,以示坦然。他则只带十名王府护卫和善扑营兵十名去礼部大堂。

礼部在内城最南端,离正阳门很近,西邻大清门,东接太医院、钦天监,北则是户部。按照英法两国的意思,签订和约应当在专办外交的衙门举办,但大清国并无专办外交的衙门。礼部掌国家典礼、接待外宾,在礼部办理,英法总算同意。

根据额尔金的意见,在京官员都要到签约现场,以示郑重。内阁协办大学士以上、各部院堂官均已经在礼部门外或大堂等候,恭亲王一一向大家点头致意。他到大堂看了签约的现场布置,然后早有礼部官员侍候到花厅喝茶等候。

一直到了正午,本已是签约时间,额尔金却还未露面,只有巴夏礼带着十几个英国兵来了,四处查看一番,然后面见恭亲王,索取了邀请额尔金参加签约仪式并确保安全的照会。恭亲王问贵使现在何处,巴夏礼说正在赶来,但在安全没有确保前不会到礼部。

此时,额尔金一行刚到安定门外,城外炮兵鸣炮三响致礼,也算对中国人示威。这是一支庞大的队伍。队伍最前面是两支军乐队,一直在奏乐;紧跟着一百名衣饰鲜艳的女王龙骑兵、五十名锡克骑兵和一支五百人的步兵分队,然后是一百名军官参谋人员和格兰特将军,接着才是额尔金乘坐的金顶红衣大轿,由十六名中国轿夫抬着。他的坐骑也配了新鞍,跟在他的轿后。跟随其后的是使团官员,最后又是一支五百人的步兵分队。

额尔金摆这么大的排场,当然是炫耀武力,张扬他胜利者的身份。从安

定门到礼部衙门,近五公里的路上,两边挤满了看热闹的百姓,当额尔金的大轿通过时,他们争相往前挤,要看一看这位比皇上还要厉害的“蛮子大人”。道路宽阔,却坑坑洼洼,队伍行进缓慢,走了一个多小时,到达礼部大门时,已经比约定时间晚了一个多小时。额尔金的轿子一直抬到礼部大堂前的院子,正中砖道上一侧是英国卫兵,立即举枪致敬;另一侧是百余名中国官员,翎顶辉煌,恭候额尔金。通往大堂地上已经铺设了红地毯,额尔金的大轿停下,英国乐队演奏《上帝保佑女王》,按照双方事先的约定——也是额尔金的强烈要求,恭亲王上前迎接,双手抱拳,行中国礼。但额尔金高傲而又轻蔑地看了他一眼,微微欠身以示回礼。恭亲王陪着他走向大堂,两人放慢脚步,保持同时行进,避免出现一前一后的情形,以体现彼此平等。

礼部大堂内宫灯都点亮了,又是晴朗的白天,因此平日有些幽暗的大堂内一片豁亮。东侧的座椅是为客人准备的,这是按中国左为上的礼仪布置;作为主人一方,在西侧落座。中间摆着两张桌子,各配一把椅子,东侧是额尔金的座席,西侧则是恭亲王的座席。额尔金座席稍东,还有一把椅子,是给格兰特将军准备的。恭亲王和额尔金走向各自座椅,但在谁先坐下的问题上又起了麻烦,额尔金不同意恭亲王首先落座,通过翻译沟通,最后确定双方同时落座。

落座后额尔金说,为了表示友好,也体谅中国财政困难,他决定将原定12 月 1 日缴一百万两现银,改为五十万两。这是个好消息,恭亲王表示感谢,而负责文案的人员,则需要赶紧修改即将签字的续增条约——也就是史称的中英《北京条约》。

一切准备就绪,签字席前的桌子上,摆放着条约文本和全权大臣授权书。英方由威妥玛向恭亲王译出授予额尔金全权的文件。中方则由恒祺从一只盒子里取出一黄绸卷轴,恭恭敬敬举过头顶,放在恭亲王面前。恭亲王再递给礼部官员宣读,并由威妥玛翻译给额尔金。

接下来,双方先在新增续约上签字,加盖各自的印章,并互相交换。

然后再互换《中英天津条约》。但经检查后,额尔金又发现问题,中国皇帝在上面盖了玉玺,却没有亲笔签名。而英国的文本,不但有女王的印玺,还有女王的亲笔签字。恭亲王解释,中国行文,只要有皇帝玉玺,就确保有效。但额尔金不放心,要求恭亲王在条约后面写明中国大皇帝已经批准照行,并签字画押。还尚嫌不够,又让中方出具一份据单,对此进行说明,一式两份,中英各一份。

双方换约的时候,额尔金突然命令全体肃立。原来英国摄影师已经架设了相机准备拍照。英国人都肃立站好,但恭亲王听不懂英语,又看到一尊“奇怪的炮”正对准他,吓得脸色蜡黄,惊恐地看着额尔金。威妥玛向他解释,那是照相机,而不是大炮,是为了拍照留念。

签约和换约都结束了,额尔金说双方都应发表点意见。他让恭亲王先讲。恭亲王已经有了准备,表示此前双方有误会,但自新约签订,两国重归友好,希望建立持久的友谊和良好的关系。额尔金也表达了同样的意思,但讲话并未结束,他侃侃而谈,说条约给中华帝国带来的好处要多于给大英帝国带来的好处。通商口岸增多,将为中国增加更多的关税,而绝对不会有什么害处。派驻公使,是世界各国的惯例,表明中国开始纳入文明国家的行列……

恭亲王没想到额尔金竟然当着这么多人像父亲训斥儿子一样不讲情面,又像老师训斥学生一样理直气壮。他年不足二十就贵为亲王,就是皇上也没这样刻薄过。他坐在那里,脸上青白不定,恨死了身边这个身材高大、衣着华丽的“英吉利勋爵”。

额尔金终于讲完了,恭亲王舒了口气,告诉他已经备了薄席,请他赏光。额尔金拒绝了,说有要务要回去办理。恭亲王起身送他到大堂外台阶上,这是亲王最客气的送客礼仪了。额尔金站住不再往前走,恒祺连忙提醒说:“王爷,劳您大驾再送几步。”恭亲王下了台阶,踏上红地毯,一直把额尔金送上大轿。

等额尔金转身上轿,恭亲王铁青着脸转身就走,到了后面礼部花厅,对跟进来的桂良、文祥等人大声吼道:“真是岂有此理!本王要对这么个蛮夷低声下气!”

第二天与法国人的签约换约就顺利得多。当恭亲王跨出礼部大堂迎接葛罗时,葛罗不但脱帽回礼,而且满面笑容,抢前一步迎上去。因为此前葛罗就派他的秘书面见过恭亲王,表达了友善的意思,恭亲王心情与昨天大不相同,他亲热地拉住葛罗的手,引他来到位于自己左侧的座席。葛罗因为自己没有穿礼服而致歉,他的礼服在锡兰的海难中丢失了。恭亲王反应十分迅速而从容,他说:“彼此彼此,本王亦未穿礼服。尊驾华服毁于水,本王华服毁于火。”其实,他有礼服,但因为签订城下之盟,实在不是可庆可贺穿礼服的场合。签约后,葛罗还送给恭亲王一套法国钱币,法国皇帝、皇后及葛罗本人的照片。告别的时候,葛罗只让恭亲王送到礼部大堂门口,就坚请“亲王留步”,这让恭亲王很愉快,坚持把他送到轿边,而且告诉葛罗,过两三天他就以朋友的身份前去拜访。

接下来的两天,忙于上奏签约换约情况。受尽千般委屈,被迫签订城下之盟,必定受人指责,何况君侧尚有肃顺等几乎不共戴天的政敌!与其等人进谗,不如以退为进,自请处分,所以恭亲王安排专上一折,自请议处,“窃臣等奉命办理议抚事宜,自应殚竭血诚,迅速议定,既可及早迎銮,亦于国计或有挽救。乃自八月初八日以来,几及四旬,始能换约,两次焚掠园庭,臣等未能设法保护。而原议条约,非唯不能删减,且任其要挟增添,并给赔恤银五十万两。种种错误,虽有顾全大局,而扪心自问,目前之所失既多,日后之贻害无穷,实属办理未臻妥善。相应请旨分别议处,以示惩儆”。

奏折上去,次日五百里加急上谕到了,恭亲王等自请议处“着毋庸议”,可见朝廷是体谅的;对派员与俄国伊格那提也夫议未了之事,上谕明确表示,不必等俄国人开口,干脆将他们上年要求的乌苏里江等地方借于该夷居住;对新增续约条款,“朕阅两国和约内,大致尚无出入”。但对于公使驻京、亲递国书,要求恭亲王务必设法消弭。

桂良说:“当初就是这两条没办妥当,才与夷人翻脸,现在皇上又盯住这两条不放,还是落不下天朝上邦的架子。”

恭亲王说:“已经载入约条,若再反悔岂不又起兵戈?”

桂良说:“和约墨迹未干,当然不能反悔。”

反复商议,别无良法,只能安排恒祺等人设法交涉,同时恭亲王以“朋友身份”亲自去拜访葛罗和额尔金。

那时候,葛罗已经搬进贤良寺住。恭亲王带着恒祺及随员前往,受到热情招待。葛罗告诉恭亲王,法军今天已经开始撤走,今天是第一批,明天第二批撤走后,将只留下几百人作为陪同,等他与额尔金一块离开北京时带走。恭亲王听到这个消息,心情很好,胃口大开,只是第一次吃西餐,吃不惯,只有鹅肝还合口味，以之下酒，连吃几块。但香槟酒味道很好，干了好几杯，大家情绪都很好，恭亲王觉得，这些番鬼并不是那么野蛮。

恭亲王被葛罗邀请坐到梭发椅上说话，一坐下去，软软的。葛罗说，中国的家具也像中国人一样“板着面孔”，尤其是椅子，坐上去很不舒服。由梭发椅，又说到照相术，可以把人的相貌留下来，印到纸上去。还有电报，更让恭亲王觉得不可思议，相隔数百里甚至上千里，瞬间都可以互通信息。还有铁路，由蒸汽机拉动，数十个车厢可以奔驰不息，想破了脑袋，也无法明白。

“这些先进技术，如贵国需要，法兰西极愿提供帮助。”葛罗热切地望着恭亲王。

恭亲王说：“我国南方正闹叛乱，暂时无力顾及。目前有事与公使阁下商议，将来贵国公使可否暂驻天津？天津离海口近，办事也方便。”

葛罗立即警惕起来，说：“绝无此例。公使必驻于国都，是列国惯例，方便与所在国外交部交涉。这是载入条约的，亲王阁下难道要悔约？那将引起极严重的后果！”

恭亲王连忙说：“绝无此意，此次签约大清是一诺千金。”

葛罗问：“那请问王爷，贵国为什么不愿公使驻京？”

历来藩国使者到京，都要向皇上行三跪九叩大礼；而英法却要与大清平等，公使见皇上也不行跪拜礼，朝野上下当然不高兴，但无法向眼前这个“法酋”明言。

恭亲王说：“外间传说，公使带兵驻京，民间多有担忧。”

葛罗说：“公使驻京，届时只带数十人，作为公使的助手，其中会有极少士兵，只是作为护卫使馆之用，对贵国无任何威胁，请亲王阁下务必放心。”

恭亲王再提面递国书，可否由他代接，因为中国从无前例。

葛罗说：“面递国书，是各国通例，也是对中国大皇帝敬重之意，绝不会因此有所他求，万请放心。”

恭亲王不好再强辩，更不好强求。

第二天，葛罗回访，带给恭亲王的礼物是两杆火枪。“这是大法国制造的米尼线膛枪，是目前各国中最先进的。请科林诺将军向您做介绍。”

科林诺拿过一杆火枪，一边操作，一边详细讲解。

据科林诺介绍，近百年来，英法军队使用的都是来复枪，也称线膛枪，就是枪管里车有螺旋膛线,使射出的弹头保持旋转状态,从而大大提高射击的精度和射程。但这就带来了一个问题,火枪所用弹丸要从枪管口装进去,枪管里刻了螺旋膛线后弹丸往里装很不顺畅,把弹丸做小装弹顺利了,但弹丸与枪管间空隙大,闭气效果差,火药点燃后推力损失太大。普遍的做法,就是用一张油纸包裹弹丸,然后用小木槌砸进枪管里,再用通条把弹丸推进枪管后端的火药室,装弹速度很受影响。怎么解决这一问题?各国都在想办法,但均不理想。法国人走在了前头。法军奥尔良猎兵队上尉克劳德·爱迪尔内·米尼,发明了一种圆头柱壳铅弹,这种铅弹比步枪口径略小,无须借助任何设备很轻松就能完成装弹;子弹的底部有一段软木材料,射击时,软木受火药气体冲击而猛然撑大铅弹,自动完成膛室的密封,从而使枪弹获得足够的动能。这种米尼枪装备法军后,在刚刚结束的英法俄克里米亚战争中,大出风头。

科林诺还演示实弹射击,并与清军鸟铳进行比试,无论射程还是精度,优势极为明显。

看到恭亲王爱不释手,葛罗趁机说:“亲王殿下,我知道贵国南方正在发生叛乱,如政府军队配备米尼火枪,将有助于尽快平定叛军。如中国需要,法兰西帝国愿提供一切帮助,建造枪厂或卖给火枪,都乐于效劳。”

“法夷”愿将先进的火枪提供给中国,大出恭亲王意料。如果官军都配备了火枪,消灭长毛和捻匪将容易许多。但他担心法国人又有所求,因此果断地拒绝了。

“大清兵源极广,以目前之力平定匪患,并不困难。”恭亲王说,“但本王还是要感谢阁下,待中国需要时,一定向贵国知照。”

葛罗提出参观紫禁城,恭亲王陪他游览了禁城三大殿和景山。

恒祺提醒,巴夏礼传来消息,额尔金勋爵也期待与亲王殿下友好会面。一想到额尔金那张大白脸和傲慢的眼神,恭亲王就心生怨恨。但拜访了葛罗,没有不去拜访额尔金的理由,何况还有面递国书等问题需要设法,所以让恒祺通知英方,明天他前往拜访。

额尔金选的住处是朝阳门内路北的怡亲王府。当初顺天府尹董恂带着英国人满京城转,看了好些地方,额尔金都不满意,最后要来地图,自己选,就选定了怡亲王府。其实额尔金早就选定了此处,是有意给怡亲王载垣一个报复,因为人质就是从他手上被捉走的。

恭亲王到了怡亲王府,大轿直接抬到银安殿前,额尔金和威妥玛、巴夏礼以及格兰特都在恭候。更没想到的是,额尔金有意示好,满面笑容,亲自迎到轿前,脱帽弯腰致敬。他告诉恭亲王,他是专门请教了明白人,知道王府的银安殿是举办重大典礼和接待重要客人的地方,因此特意在此相见。

恭亲王表示银安殿太过严肃,不是把酒言欢的地方,建议到额尔金的会客室去。额尔金也是从善如流,命人把欧式点心、烤肉和葡萄酒搬到会客室去。恭亲王还怀着一份戒心,只是品尝了一点葡萄酒,尝了一块点心。他委婉地询问,将来公使进京,都会带什么人。额尔金表示,新的全权公使已经从上海乘轮船北上,大约明天就到北京,将来一切事情都可与他商办,地位与他本人一样。至于驻京的人员,大约有翻译、参赞以及为使馆提供服务的人员,十几或几十个人而已。恭亲王又提到面递国书一节,额尔金说:“你们大皇帝在热河,当然现在无法面递国书。”恭亲王表示,希望国书将来可以由大臣代接,其隆重程度与大皇帝面接无异。

额尔金说:“王爷,你们大皇帝不愿面接国书的意思,我早就知道。可是,各国通例,无不是由公使面交国书,一则表示公使系当国者所委派的全权代表,二则表示对所在国的敬意,原为敦好交接之典。如果当国者没有受书,则是公使的一大挫败,没法向国主交代。”

“你们的国书不是不接受,是以另一种同样尊贵的方式接受。”恭亲王又自告奋勇地说,“本王可以安排一个极其严肃的场所,设立香案,将贵国国书置于案上,由本王代受,以昭尊重。”

“王爷的身份自然十分贵重,可是,毕竟与大皇帝接见不同。王爷,这件事情不必再议,我想和王爷说的是另一件事——大清国落伍于时代了。”额尔金说,“王爷,大清国必须向别的国家学习,不学习无法改变落后的国情。我知道亲王殿下很有一番力挽狂澜的决心,可是,王爷能否改变大清国衰败的危险局面,就看贵国能否向他国学习。”

额尔金的这番话,让恭亲王心头一颤,因为桂良也曾经说过类似的意思。当时他不以为然,翁婿两人也就未及深谈,如今,额尔金也说这番话,恭亲王当然首先要警惕额尔金会不会要什么把戏,但同时也的确抱了一副求教的神情。

他拱拱手以示郑重,说:“我听说大英国只是一个小岛,国民连居住的地方也不够,好多人只好在船上安家,我极想请教阁下,贵国何以如此强盛?”

额尔金听了恭亲王一本正经说的话,禁不住哈哈大笑,笑完了,他说:“王爷,英吉利国本土面积的确没有你们大清国大,可是,帝国有大片的殖民地。与你们大清国相邻的印度,完全是大英帝国的殖民地,其面积至少有大清国的一半。二十年前中英两国就发生过战争,帝国大量的军队和物资就是以印度为支撑,想必王爷应该知道。”

恭亲王点头,表示知道,其实他闻所未闻。

“还有,与美利坚相邻的加拿大,也是大英帝国的殖民地,其面积不比你们大清国小。”额尔金说起英国的殖民地如数家珍,非常得意,“还有澳大利亚,其面积比大清国略小一点而已。此外,还有非洲、地中海、加勒比海,那里也都有大英帝国的殖民地,非洲的好望角,印度洋的锡兰,都是世界航运的必经之地,都属大英帝国的领地。大英帝国不但是海洋帝国,也是陆上帝国,帝国的国民生活富足,怎么可能连住的地方也没有?”

这些地名恭亲王连听也没听说过,是真有其事,还是额尔金吓唬人?他说:“怪不得英吉利国船坚炮利,原来是占有这么多地方。”

额尔金连忙说:“亲王殿下,这不是我要说的意思,也不是英国强大的原因,更不是王爷殿下要效法的地方。”

那该学什么呢?

“大英帝国强大的原因,是工商业发达,尤其是工业,世界上没有任何一个国家可与英国相比肩。英国工业发达,始于一百年前蒸汽机的使用。蒸汽机在纺织行业使用,使英国的棉布产量占世界第一,用在钢铁工业,使英国钢铁产量是其他所有国家的总和,用于航运业,使英国的轮船无须借助季风,就可纵横海上……”额尔金说起英国的工业成就,更是滔滔不绝。

恭亲王听来,无异于天书,蒸汽机是何方神圣,更是云山雾罩。

“蒸汽机嘛,就是一种机器,通过燃烧煤炭使水发出蒸汽,由蒸汽推动轮机运转,带动机器生产。”额尔金意识到,他眼前的大清国最尊贵的亲王,见识不及一个英国孩子,连蒸汽机是什么都要他来解释,“亲王殿下,您见过烧水的时候,壶盖会因为水蒸气而跳动吗?蒸汽机就是运用这样的力量。”

恭亲王表示明白了。

“蒸汽机运用到工业中,我们就获得了源源不竭的动力。从前,我们的动力来自人和动物,可是,人和动物的力量怎么可以和蒸汽机相比?一个人养到能劳动,要十几年时间;一匹马或驴骡养到能拉动车,也需要两三年的时间,而且它们需要休息,力量有限。可是,只要有煤炭,蒸汽机就可以一直不停地转,一台机器,可以顶替几十个甚至几百个工人。所以,英国生产的产品非常廉价,即使从海上航行数万英里运到中国来,依然能够赚到钱。英国能从世界各地赚钱,因此成为世界第一强国。”

恭亲王说:“我国有大量的民众,不像贵国人少,需要以机器代人工。而且,我国百物皆备,似乎也不需要贵国的商品。本国的商品,也无须非要销到外国。这是中外国情不同。”

额尔金惊讶地瞪大眼睛,他意识到要想说服这位王爷,绝非易事。他在心里恶狠狠地想:“真是又愚蠢又固执的中国人!”

他还是想让恭亲王明白世界大势,又说:“这不是中国愿不愿学,想不想学的问题,而是必须学习。英国的邻居法兰西,效法英国,已经成为强国;另一个邻居普鲁士效法英国后正在崛起;大西洋的美国,原来也是英国的殖民地,他们大部分人就是英国人,完全照搬英国,已是后来居上的强国。现在的世界局势,就是谁效法英国,注重发展工商业,注重机器生产,谁就会国富兵强,这是不可抗拒的潮流。中国如果肯学习,以中国的地大物博,人口之众,要成为强国也不难。”

恭亲王客气地表示,中国若有需要,一定向英国请教。

额尔金对恭亲王这番敷衍的态度十分失望,说:“贵国的东邻日本,派出了不少年轻人到欧洲学习,他们非常刻苦。日本国虽小,可是如果他们努力效法欧洲,而中国依然故我,我相信,再过十几年,日本或许会超过大清。”

这可真是危言耸听了,日本蕞尔小国,再怎么折腾,能超过大清?恭亲王的脸上露出一丝不屑的笑意。这没逃过额尔金的眼睛,他意识到与刚刚被迫签订城下之盟的王爷大谈英国经验,难免有炫耀之嫌,也难怪恭亲王会不以为然。他端起酒杯与恭亲王碰了一下,说:“我说点亲王殿下感兴趣的事情。我知道大清国正被南边的反叛力量所困扰,如今中英两国已经结成友好国家,大英国愿意为贵国平定叛乱提供帮助。提供武器和军队都可以,尽快平定叛乱,对中外都有好处。”

额尔金也提出类似的请求,更让恭亲王警惕英法包藏祸心,便委婉拒绝了:“这是敝国的内政,敝国有能力剿灭叛乱,我国有数十万官军,只要一心作战,不日即可平定。至于贵国的武器,如果我国需要的时候,一定会向贵国照会。”

额尔金本来有许多可以施展英国影响的计划,想通过这位王爷得以实施,没想到恭亲王一概不感兴趣。恭亲王最感兴趣的,就是公使会不会带兵驻京,能不能取消面递国书。

“等你们的大皇帝发布谕旨,向中外表示已经批准了北京新约,我就该离开北京了。今后的交涉请与新任公使布鲁斯联系。他的地位与我一样,同样是女王委派的全权大臣。”额尔金这样结束了与恭亲王的谈话。

次日额尔金率领巴夏礼、威妥玛及刚到京的新任英国驻华公使布鲁斯前来回访,亲自把布鲁斯介绍给恭亲王,表示将来有任何事情都可与布鲁斯商议。布鲁斯很谦虚,表示能认识恭亲王是莫大荣幸。恭亲王陪同额尔金一行,也前往紫禁城和景山参观。参观途中,额尔金两次提议英国愿意帮助中国富强,英国制造枪炮技术、轮船、电报、铁路等项,无不愿意与中国合作。并再次表示,中国唯有尽快推进这些办法,才能富国强兵。“如若贵国一如既往,则他国日益强盛,将来恐怕更多的国家会到中国来提出不利中国的要求,中国将无法拒绝。中国若跟不上世界的脚步,势将落后而难免受人欺负。”

恭亲王则回答:“中国与英、法两国已经签订和约,永结友好,自然不会再生不愉快。至于他国,中国也无意冒犯,想来会相安无事。”并趁机对新任公使布鲁斯说,“两国已结友好之邦,贵公使安全绝无问题,将来驻京办事可不必带兵。”

布鲁斯看额尔金一眼,额尔金代为回答说:“将来带不带兵,要视情形而定,即使带兵,也不会多,更不会因此与贵国起衅端,请亲王殿下务必放心,并向贵国大皇帝禀明。”

恭亲王从额尔金和布鲁斯的态度上推测,带兵驻京人数不会多,不会因此起衅,可以放心;面递国书大约也能设法消弭。因此当天以此上奏,没想到咸丰帝极不满意,朱批“二夷虽已换约,难保其明春必不反复。若不能将亲递国书一层消弭,祸将未艾。即可暂时允作罢论,回銮后复自津至京,要挟不已，朕唯尔等是问！此次夷务步步不得手，至令夷酋面见朕弟，已属不成事体。若复任其肆行无忌，我大清尚有人耶”！

恭亲王没想到皇上会把夷人面递国书看得如此严重，更没想到会有“夷务步步不得手”的评语，真是又委屈又愤恨。自己为与夷人处好关系，出面与他们周旋，竟然也成了罪状！这其中，必然是肃顺在挑拨是非！看来皇上的意思是绝不允许夷人面递国书，不得到夷人切实答复，他近两月来的辛苦操劳和委屈，都将化为乌有！自己的得失是一方面，京中随他办抚局的这么多人，有功反而受过，他又如何面对众官员？

与桂良、文祥连夜商议，最后想出了一个办法，额尔金、葛罗明天将带着两国新任公使一同回天津过冬，干脆派恒祺、崇厚两人以陪同的名义到天津，继续设法消弭面递国书的事情。

没想到以此上奏，又惹来一顿埋怨。上谕说“此次办法，实属毫无把握。在京并未言明，含混退兵，欲使恒祺等随时羁縻，不来则已，复来则必启争端。况既经换约，何法阻之？种种贻患，实难枚举。若不能万分妥实，不妨据实密奏，万不准轻惑浮言，避居怨府。以后夷务应办之事尚多，恭亲王等岂能因兵退回銮即可卸责”？

恭亲王觉得皇上态度实在可虑，有必要当面做些解释和说明，否则，隔阂下去，情况会更糟。于是奏请赴行在面奏，但皇上不准。桂良又出主意，与守城王大臣等一同上折，请皇上回銮。如果皇上回到北京，兄弟见面，误会不难解除。

但皇上不肯回銮，而且又把恭亲王批了一通，“亲递国书一节，既未与该夷言明，难保不因朕回銮再来饶舌。诸事既未妥协，设使朕率意回銮，夷人又来挟制，朕必将去而复返，成何体统”？

恭亲王对桂良发牢骚说：“面递国书竟比割地赔款还难接受，我真是服了！我是没办法了，让皇上另请高明！”

这当然是气话。桂良写封给恒祺、崇厚，务必设法明确得到两国公使的明确答复。后来，两国公使总算口头答应了，恭亲王仍然不放心，指示恒祺必须拿到书面答复。这样文报往来，费了一个月的工夫，终于得到两国正式照会。英国公使布鲁斯照会中说，“本国君主以礼相待，大皇帝以礼相答，其要总在实存和意。倘若召见不能出自诚愿，诚如来文所云，断无勉强之理，贵亲王可以释然矣”。法国公使布尔布隆则表示,“大清国大皇帝愿见本国全权大臣与否,自然可以自主,本大臣等钦奉我大皇帝谕旨,断无勉强贵国之意”。

总算办出了结果!恭亲王把办理情形上奏,赞扬是不敢奢求了,只求不再受责。次日得旨“知道了”。

此时,必须为有功人员请奖了。本来以恭亲王的打算,联军一退出北京就该办理,此时办,已是意兴阑珊!桂良劝他说:“王爷,好事多磨,大家都眼巴巴盼着呢。”

为有功人员请奖,向来是“宁缺毋滥”,但桂良却建议应当让方方面面皆大欢喜,以便笼络人心。恭亲王深以为然,让守城王大臣及留京各部院,都推荐人选。这一份请功名单,列了一百余人。另外恒祺、崇纶、崇厚三人则单片叙功。数天后就有结果,名单上的一百余人全部得赏,越级擢升的,换顶戴的,加衔的,从优议叙的,真正是皆大欢喜,酒肆茶楼无不津津乐道。自然,也议论到恭亲王,说到这次办抚局王爷所受的屈辱,有人禁不住唏嘘感叹。年轻气盛的王爷为了百姓社稷,竟能如此忍辱负重,真的不容易!

这些议论自然也传到恭亲王的耳朵里。他心里自然高兴,但对桂良和文祥说出的却是这番话:“大家高兴可以理解,但现在还不到弹冠相庆的时候。这次与英法交涉,才知道他们绝对不是落后野蛮的夷类,其国力已经不可小觑。额尔金和葛罗都劝我效法他们,我怕落入他们的圈套,没接他们的话茬,但晚上睡不着,会凛然心惊,万一有一天衅端再起,我们还是这副样子,岂不还是任人宰割?林文忠到广东销烟,结果是被迫签了《南京条约》,一晃已经二十年,如果再无动于衷,浑浑噩噩再过数十年,后世子孙们会不会恨死我们这些人?”

桂良说:“王爷所虑极是,可是,现在朝野上下,虚骄之气依然太重,只怕有人事过境迁,好了伤疤忘了疼,怂恿皇上,不惜与夷人撕破脸!”

“那绝对不行。”恭亲王说,“撕破脸,吃亏的还是我们!这次与英法交涉,一个最大的意外就是他们其实是讲信用的,和约一签,他们就痛痛快快地撤兵,实在出乎我的意料。我有一个判断,如果我们遵守和约,不出尔反尔,与夷人保持和平是可能办得到的。换句话说,我们要忍辱负重,尽量避免与夷人撕破脸,换取几十年的和平,好赶紧补救。所以将来处理与洋人关系,我概括八个字:外敦信睦,隐示羁縻。”

桂良说："要做到这八个字不易，王爷必须在大政上说话有分量才行。如今大政秉于军机处，而王爷要入军机，有肃六从中挑拨，恐怕难以如愿。最近我有个想法，另起炉灶，给王爷谋个办事的位置。"

恭亲王注视着桂良，不解另起炉灶是怎么个起法。

桂良说："我听说，英法等国都设有专门办理各国事务的衙门，他们的意思，咱们也应该有这样的衙门，专司与之交涉。我看很有必要成立这么一个衙门，把通商、传教、划界、关税等与夷人交涉的事情统统总起来，均归于该衙门办理。"

恭亲王非常感兴趣，对老岳父说："这是个不错的主意，您老说下去。"

桂良说："据我了解，通商各口关税十分可观，这些年来关税被各省视为利薮，百弊丛生。将来还款要从关税中扣除，必须把这笔钱掌握起来。如果能把这一大利归于办理夷务衙门，则该衙门之地位不言而喻。而且，与夷人关系事关国脉，能够主政该衙门，则无形中自会身价大增，不是军机，赛似军机。"

"着啊！"恭亲王一拍桌子说，"这可真是个好主意。最近两江总督曾国藩、杭州将军瑞昌、浙江巡抚王有龄都上了英法助剿、帮助南漕北运的奏折，黑龙江那边也有与俄国如何划界的奏折，蒙古则有俄国人要在卡伦盖房的问题，皇上都交给我们办理，千头万绪，应该好好筹划一下将来夷务如何办理，拿出一个像样的章程。"

桂良说："这件事，我与博川商量着办，最好也请商城相国等清流人物参与其间，以争取言路上的支持，避免他们将来乱发议论。"

恭亲王说："一切拜托您来办。现在是十一月底，再有二十来天就要封印了，必须在封印前办出个结果。"

封印自腊月二十二前后至正月下旬，各级机关封存印信近一个月，非特别要紧公事一概停办。

桂良说："那行，我打紧办，争取三五天内拿出个稿子。"

此时，文祥已经从古碑口剿匪回京，配合桂良完成恭亲王交办的这件大事。此外户部侍郎宝鋆、顺天府尹董恂已被恭亲王引为知己，他们也参与其间。不过，此事又不能大张旗鼓，既能征求到大家意见，争取到更多的支持，又不能透露出意图，弄得满城风雨，分寸如何把握十分关键。几个人略有分工，桂良主要与贾桢、周祖培等内阁大佬们沟通，文祥则与说得上话的部院堂官们讨论，宝鋆、董恂则不拘定，根据个人交情，负责交往的主要是名士清流。而在京的王爷，则非由恭亲王亲自出面不可。

腊月初三，在桂良的主持下，拿出了六条章程，并起草了《奏统筹全局酌拟章程六条呈览请议遵行折》。

恭亲王先看奏折。奏折的核心的意思，就是今后不要与夷人撕破脸，千方百计维持和平局面。只是，要说服国人咽下这口气，并非易事。努尔哈赤当年曾经以《三国演义》当兵法，因此满人对三国故事颇为熟悉，奏折就以蜀与吴的关系来比喻中外关系，"蜀与吴，仇敌也，而诸葛亮秉政，仍遣使通好，其心岂一日而忘吞吴哉？诚以势有顺逆，事有缓急，不忍其愤愤之心而轻于一战，则其祸必至，亡蜀不远"。又结合当前国内发匪(太平军)、捻匪势盛的形势，剖明利害，"臣等粗知义理，岂忘国家之大计，唯捻炽于北，发炽于南，饷竭兵疲，夷人乘我虚弱而为其所欲。如不胜其愤而与之为仇，则有旦夕之变，若忘其为害而全不设备，则贻子孙之忧"。所以，目前之计，就是要笼络好夷人，"按照条约，不使稍有侵越，外敦信睦，而隐示羁縻。数年间，即系偶有要求，尚不遽为大害"。如果能保持中外相安，国内贼匪渐平，"则以皇上圣明，臣等竭其驽钝之力，必能有所补救"。

恭亲王对这个奏折很满意，认为虽然简短，但"外敦信睦，隐示羁縻"的意图说得相当透彻。

接下来再看六条章程。

第一条是京师设立总理各国事务衙门，以专其成。先说理由，"查各国事件，向由外省督抚奏报，汇总于军机处。近年各路军报络绎，外国事务头绪纷繁，夷国公使驻京后，若不悉心经理，专一其事，必至办理延误"。因此请于京师设专门衙门，以王大臣领之，军机大臣兼领其事。司员则从内阁部院军机处各司员章京内挑选，轮班入值，一切均仿军机处办理。第二条则是设立三口通商大臣，专门管理北方新开口岸天津、登州、牛庄通商事宜，驻扎于天津；其余新开长江及潮州、琼州、台湾、淡水以及原来的广州、福州、厦门、宁波、上海五口仍归原已设立的五口通商大臣办理，驻扎上海，由江苏巡抚兼领。第三条是新开各口关税，请由各省就近派员管理。第四条各省办理外国事件，原来互不知照，同一件事办理各异，因此请敕令各省将军督抚以后再有夷务办理,互相知照,以免歧误。办理抚局期间,因缺乏翻译人才而深受其苦,恭亲王印象极其深刻。因此第五条就是要求广东、上海各派精通英法夷语的人才到京,负责教授八旗子弟学习夷语。另外,恭亲王对夷情一无所知,闹了不少笑话,尤其是一想到额尔金对他的提问哈哈大笑时,就觉芒刺在背。因此第六条就是建议朝廷要求各省注意收集海口中外商情信息及各国报纸,按月咨报总理衙门。据桂良说,当年林文忠在广东时就这么办过,不过朝廷不以为然。如果那时候就重视夷情的搜集,何至一无所知、坐井观天?

恭亲王看完,十分满意,唯有设立总理各国事务衙门这一条,最为重要和关键,觉得还需斟酌。

他说:“我朝向来守传统,重成例,‘有例不可废,无例不可兴’,这六条无一不是创新之举,难免会受指责。尤其是设立总理衙门一条,是把军机和礼部的部分权力集中过来,肯定会有人嫉恨,必须设法堵上他们的嘴。”

桂良说:“成例是没有,这是参照夷人国家设立外务部的办法,要如实说,恐怕反而坏事。这上哪里找成例去?夷人打到京师来,也是从来没有的成例,不能不权宜办理。”

文祥凝眉深思片刻说:“中堂说得好,就在‘权宜办理’四字上做文章。”

桂良说:“愿闻其详。”

文祥说:“我们只当设立总理衙门也是权宜之举,加上一句,‘俟军务肃清,外国事务较简,即行裁撤,仍归军机处办理,以符旧制’。这样,那些担心失去权力的也可以稍得安慰,想以成例阻拦的也无话可说。”

恭亲王击案赞赏:“好极了,就加上这一句。不但这一条,其他各条,也可参照这个意思。”

桂良直向文祥竖大拇指,说:“将来恐怕夷务会越来越繁重,不可能轻简。雍正朝设立军机处,本来也是临时机构,后来反而成了中枢。”

恭亲王说:“成为中枢不敢想,如果能有十几年扎扎实实办好夷务,就是大清之福,社稷之福了。”

既然要设三口通商大臣,这个位子不能白白送给别人。于是再上一片,奏请从崇纶、崇厚中简放一人为三口通商大臣。奏稿抓住咸丰帝最不愿夷人驻京做文章,“如天津办理得宜,则虽有夷酋驻京,无事可办,久必废然思返,此所以天津通商大臣最关紧要也”。恭亲王属意的人选是崇厚,“侍郎衔候补京堂崇厚,久在天津,于地方情形既能相熟,而控驭外夷,亦能权智兼济,不至拘执乖方”。

这一折一片上去,恭亲王十分关注,由文祥密信行在军机处领班章京曹毓英随时密报情况。隔一天晚上,得到消息,皇上已经朱批,着惠亲王、总理行营王大臣、御前大臣、军机大臣妥速议奏。“妥速”二字让恭亲王欣慰,说明皇上对此极其重视。而这么多人参与议奏,到底会是什么结果,实在无从预料。值得欣慰的是主持议奏的惠亲王,年德俱尊,向来不受肃顺摆布。

与恭亲王同样关注这次议奏的,还有肃顺。恭亲王所上是密折,肃顺无从事先知道,等他腊月初四知道密折内容时,咸丰帝已在上面做了朱批,这种情况极少。肃顺虽然不是军机大臣,重要事情,咸丰帝会先听听他的说法;即使君臣未先沟通,而军机大臣商议前,也会设法与他沟通。所以肃顺地位类似“太上军机”,人尽皆知。事关重大,领班军机穆荫立即找肃顺商议。

肃顺说:“既然已经有了朱批,那只能按朱批办。好在行在这些大臣,对老六一味媚夷不以为然的不少,未必不会反对。”

穆荫说:“中堂,您可不能大意了。如今老六的声望出奇得高,皆因这半年来,京中人心惶惶,而老六竟然把夷人打发了回去,所以京中的舆论,对老六很有利。”

肃顺说:“我知道有人说老六好话,都是留京那帮人在饶舌,尤其是守城的王大臣,城没守住,自然拼命说抚局办得好。”

穆荫说:“问题是随扈行在的人,也说老六的好话。因为他们家眷都留在京中,刀架在脖子上,最后是老六糊弄着夷人把刀抽回去,他们自然是感激涕零!他们有此感受,家信一封封递到行在,会不会影响随扈大臣?”

肃顺心里一紧,说:“有道理,你还听到什么?”

穆荫说:“我门生有一封信给我,正是说京中舆论。”

肃顺接过信,前面是问候以及京中见闻,京中秩序已经恢复,并设粥厂施赈,大乱之后,市场异常繁荣。这些都算是老六的成绩,肃顺心里不禁泛酸。再看下面评价老六的话,更让他恨得牙疼:“今秋以来,夷兵犯顺,京城内外,议论纷歧,虽有主和为非者,而不求所以不和之策;有以主战为是者,而不求所以能战之策。幸恭邸繁文缛节以牢笼之,虚声恫吓以羁縻之,不开边衅,未失国体,真可谓磐石之宗,血脉之臣。”竟然赞老六“磐石之宗,血脉之臣”，这八个字，真如炽光灼目。

肃顺把信掷到穆荫怀中，厉声说：“你这好门生，马屁也拍得太离奇了！”

穆荫说：“我的中堂，这哪是我门生的马屁，他是转述京中舆论！中堂，当初把老六留在京中，看来是失策。”

肃顺当然不承认是失策，而且那也是皇上的意思，他不过是顺水推舟。

穆荫说：“老六他们鼓捣的这个章程，明显是在揽权，把军机和礼部的权都揽过去了。”

肃顺说：“与夷鬼交涉，不是什么好差使，老六愿揽，让他先揽，将来吃不了兜着走。再说，不是还有会议吗？老六的算盘未必能够如愿。”

如何让老六的算盘不能如愿，肃顺与穆荫又做了一番密谋。

有了这番部署，第一次会议的时候，议论纷歧，开始是议论六条章程，后来议题就变了，转向这次抚局办理是否太软弱，虽然形势所迫，但一概照许夷人，实在太丢大清的脸面。

第一次议论无果而终，次日继续会议，仍然莫衷一是。

第三次会议，已经到了腊月初八。惠亲王绵愉这次一开始就说：“再这么议论下去，我看议到过年也没个结果。大家的意见，无非是虽然形势所迫，但一概照许也太窝囊。我的说法是，虽然一概照许太窝囊，但毕竟是形势所迫。你们早早地就随圣驾到了行在，我和老五是在城中困了几天才脱身，夷军兵临城下，万民喧腾的情形你们无从体会，也就难免站着说话不腰疼。历来办夷务，无非是剿与抚两策。僧王统军主剿，可是一败于大沽，二败走天津，三败于通州，再败于八里桥。僧王是最能打的王爷，你们在座的诸位，谁打仗的本领还比僧王强？我再问一句，不要说在座的诸位，就是我大清，还有谁比僧王能打仗？既然不能剿，那就议抚。议抚的每一步，恭亲王也都是请旨的，咱们觉得窝囊归窝囊，但如果再怪罪恭亲王他们，问心有愧不有愧？”

两天来惠亲王一直不说话，以为他是以主持身份，不偏不倚，没想到是这样支持老六！肃顺知道，以惠亲王之尊，老六的章程想阻挡也是徒劳了。

惠亲王说：“不能再空发议论了。这样，反对章程的，对抚局有意见的，你得说说怎么对付夷人。”

其实，怎么对付夷人，大家都没有好办法。如果有好办法，何至仓皇至此！

惇亲王说:“老五爷说得对,我听说老六这次办抚局,受了不少窝囊气。可是人在屋檐下,不能不低头。他这差使办得不容易,他提出的章程,咱们再鸡蛋里挑骨头,也太不像话。”

惇亲王这么说,自然没人反驳。

惠亲王说:“和约已签,旧约已换,不能再反悔。反悔又要闹得兵连祸结。恭亲王的意见很对,咱现在没有其他办法,只有先糊弄着夷人,卧薪尝胆,等咱平定了内乱,再对付夷人不迟。”

惇亲王说:“老五爷,你就拿章程吧。”

惠亲王说:“我的意见,就是请旨按照章程办理。”

于是文案人员按他的意思起草了一份极简短的奏稿, 同意的在上面签名,不同意的可以另行入奏。

包括肃顺在内,大家都在奏稿后面具名。

散会回去的路上,肃顺敲敲轿窗,对跟班说:“你去告诉穆大人一声,下午到我家里一趟。”

恭亲王难得片刻闲暇,忽然有了诗性,让婢女把洋葡萄酒和几碟精致的小菜布到书房里,他要沉下心来,写写诗。

炉火正旺,红袖添香,又有玫瑰红的美酒细品浅酌,是写诗的好氛围。奈何正要有点眉目,脑子里就冒出洋人的事情。条约已经在各地发布,但督抚们的态度不一。湖广总督官文、两江总督曾国藩、江苏巡抚薛焕比较有见识,虽然也有不少麻烦事,但他们总算能按条约办理,洋人不致有太多意见。然而盛京户部侍郎倭仁、应天府尹景霖对营口通商不满,暗中抵制。广东、福建早就通商,偏偏广东巡抚耆龄、福建巡抚庆端是所谓的剿夷派,千方百计阻挠条约落地,英国驻华公使参赞亲自到北京来见恭亲王,法国公使也发来照会。恭亲王密奏咸丰帝,请密谕沿江沿海督抚将军,认真履约办事。而军机处却在廷寄中授意督抚,“此次条约所载,多有滞碍难行之处,如该酋等在各省请议详细章程,仍可于权宜之中寓限制之意,以期不致遗患无穷”。这简直是公然指示督抚违约!

这当然是肃六的主张!一想到这些烦恼事,恭亲王的诗兴扫荡无遗。

这时下人来报, 文祥求见。熟不拘礼, 恭亲王吩咐:“把博川带到书房来。”

文祥一身便装进来，摘下暖帽说：“屋里太热了！”看看案上的酒杯又说，“王爷好雅兴，一个人喝夷酒。”

恭亲王说：“对了博川，英法公使都抗议，说我们仍然以夷字称之，是对他们的国主和国家的冒犯，以后不能称夷了。这也是天津条约中明文载人的。起码，咱们这些与夷人打交道的，不能再用夷字。”

文祥说：“那怎么称呼？”

恭亲王说：“正式公文中，称国名，称某国人，至于口语中，书信中，不妨以洋字称之。洋货、洋行的叫法在广东早就普遍，再说他们都是从万里之外的大洋中来，称洋人也不含贬义。”

“好，我尽快提醒大家。”文祥又拿出一封信说，“王爷，你看这封信的见解如何。”

信是写给南书房的一位翰林，前面除了问候，后面则谈到对中外交涉的认识，“夷人既非犬羊，更非鬼怪，而系懂情讲理有智之人。中国之于夷人，本可以与之划定章程，而中国一味怕。夷人断不可欺，而中国一味用诈。与夷人交，本有情可以揣度，有理可以制服，而中国一味蛮，真乃无可奈何。至于清流视夷人为野蛮，不敢于了解，不屑于深究，则自证其愚而已”。

恭亲王拍案叫好：“这可真是高见——这是谁的大笔？”

文祥说：“是南书房翰林郭筠仙。”

郭筠仙是湖南湘阴人郭嵩焘，筠仙是他的字。是有名的才子，有名士脾气，恭亲王是知道的。更知道的是他为肃顺所欣赏，是所谓的“肃门六子”之一。一与肃顺有瓜葛，恭亲王便皱眉头。

文祥说：“郭筠仙为肃六赏识，但他并不完全赞同肃六，更不会完全依附——他有名士脾气，恃才傲物，是不会依附任何人的。去年皇上派他随僧王到大沽去，他又与僧王闹得不痛快，对僧王的大沽大捷很不以为然。他认为偶尔胜之没有意义，大清已经落后英法很多，必须自强才有出路。”

恭亲王说：“哦，自强才有出路。这个词用得好，我们忍辱负重，就是为了自强。可惜上次奏稿中，没有把这个意思说清楚。”

文祥说：“对自强的办法，敦筠仙认为最要紧也最容易见效的，就是仿造洋枪洋炮，既可以用于平定内乱，也可以用于抵御外侮。王爷请往下面看——”

下面是郭嵩焘关于洋枪洋炮的认识，“近世火器日精，临阵者以俯伏猱进为避击之术；蒙古铁骑人马相依，体大且高，遂为众枪之的。枪炮既兴，马队难以必胜，或反足为累也。僧王之败，皆出于此”。

恭亲王说：“真是灼见！博川，咱们上次奏折，虽然有应对时局的六条章程，但自强的意思没有说明白，自强的办法也没有涉及。我看，就先从八旗禁军训练枪炮入手。这样，也免得人家说我们只一味屈从洋人。另外，俄罗斯有意赠送一万杆洋枪和五十门火炮，正好可以利用这批枪炮进行训练。英法两国也愿意卖给枪炮，将来购买一部分也未尝不可。”

恭亲王的意思，必须赶紧上奏，争取封印前能有个回音。文祥与桂良先商议半天，然后再与兵部尚书陈孚恩商议。陈孚恩对肃顺极其巴结，恭亲王深恶其为人，但县官不如现管，涉及兵事，自然要与他这兵部尚书商议。既然训练，当然涉及兵饷，又要与协办大学士、户部尚书周祖培议。等拿出奏稿，总要有两三天时间。

等奏稿的时候，奏呈的六条章程有了结果，先从密信中得到消息，会议结果是奏请按原议办理，随后明发上谕和廷寄同时到了。但看到“京师设立总理各国通商事务衙门，着即派恭亲王奕訢、大学士桂良、户部左侍郎文祥管理，并着礼部颁给钦命总理各国通商事务关防”。不对呀，怎么多了“通商”二字？

崇厚派为三口通商大臣、派八旗子弟学夷语等奏请，无不照准。但美中不足的是这“通商”二字——岂止是美中不足，简直是极大缺憾！多此二字，则总理衙门的职权仅限通商，那还有什么意思？恭亲王立即找桂良、文祥前来密议。两人已经收到了廷寄，也表示多此二字大违所愿。

“如果只掌通商，咱们的自强计划就无从谈起。”恭亲王说，“这肯定是肃六搞的鬼。必须设法把这两个字弄掉！搞个通商衙门还有什么味道？”

理由是什么？当然可以举出一二三四来，但真正的理由是没法见诸文字的。

恭亲王说：“只一条就够了，洋人会认为新衙门只办通商事宜，不愿与我们谈，难免有所借口，滋生事端。”

皇上最怕的就是洋人有所借口，滋生事端，这个理由足以打动圣心。

桂良与文祥出去斟酌文字,几刻钟的工夫就回来复命。是一个奏片,很短,说到理由是,“查通商事宜,上海、天津等海口既设有大员驻扎专理,臣等在京,不便遥制。况该夷虽唯利是图,而外貌总以官体自居,不肯自认为通商,防我轻视。今既知设有总理衙门,则各国与中国交涉事件,该夷皆恃臣等为之总理,若见照会文移内有通商二字,必疑臣等专办通商,不与理事,饶舌必多,又滋疑虑。”补救的办法,当然上谕已颁,不能再改,但礼部颁关防时应去掉通商二字,今后行文中,也不用此二字。

恭亲王说:“好,就以此入奏。”

桂良则建议不必急于入奏。最近涉及洋务事情极多, 各小国都恳请换约,俄国要赠给枪炮,英法要求出轮船运漕粮,还要聘请英国人李泰国出任总税务司,还有中俄东西边疆划界,一大堆事情都要办理,让皇上看看,总理衙门要理的,是不是通商二字所能包含?

文祥说:“请八旗训练枪炮的奏折也起草好了,这个折子也要先奏上去,皇上必然极其看重,这也不是通商衙门能办的。”

八旗训练枪炮的奏折已经起草好了,恭亲王看得颇为仔细。首先是说原因,“现在抚议虽成,而国威未振,亟欲力图振兴。”“八旗禁军,素称骁勇,近来攻剿,未能得力,实火器不如人。若能添习火器,操演技艺,训练纯熟,则器利兵精,临阵自不虞溃散”。接下来讲火器哪里来,经费如何筹。桂良和文祥考虑得周全, 没忘了借机拉僧格林沁一把, 在说到由谁督率八旗操练火器时,奏稿说,“利器固贵演习,而督率尤贵知兵。僧格林沁素能讲求,可否敕下该大臣,酌保身经行阵知兵将弁一员来京,督率训练,专司其事”。

恭亲王说:“这几句说得好,僧王这番用兵大损威望,这个折子上去,至少也算为他开脱。不过,感觉还差点火候。咱们一心自强的意思没有说清楚,还得弄顶像样的帽子戴上。”

文祥说:“对对,上次王爷说过,这一阵瞎忙,把最要紧的忘了。”

文祥拉一把椅子,借恭亲王的书案埋头苦思,几番删改,写出了一个“帽子”,请恭亲王过目。恭亲王接在手上,朗读出声:“窃臣等酌议章程六条,其要在于审敌防边,以弭后患。然治其标而未探其源也,探源之策,在于自强,自强之术,必先练兵。好好,探源之策在于自强,自强之术在于练兵,真正是一语中的!博川的文笔,与那些词臣相比,毫不逊色!”

文祥资质并不出色，科举之路也是颇费周折。但他是不居人后的性格，特别肯用功夫，尤其入军机后，在指授方略的廷寄旨稿上很下功夫，文字虽然没有清流词臣的气派华丽，但实用简明，切中要害。恭亲王这番夸奖，让他很感欣慰。

此折奏出后，三两天内，又先后出奏三折四片。到了腊月十六，才把奏请关防行文不用通商二字出奏。

腊月十七收到廷寄，皇上在奏请关防及行文不用通商二字奏片上朱批：依议。

好！恭亲王如愿以偿，立即召集桂良、文祥安排总理衙门成立相关事宜。衙门办公地方，先是计划在礼部衙门内，但后来考虑洋人好面子、讲尊严，如果会见必定要求在礼部大堂，难免会与礼部冲突，更重要的是礼部是最讲体统的衙门，礼部官员也多与清流声气相通，看到洋人登堂入室，心里肯定不痛快，不知会出多少麻烦。因此决定把金鱼胡同户部宝源局铁钱所改建为总理衙门，此地离东华门不到三里，将来与宫中往来也不太远。里面房子够用，稍加整理即可，只将大门改建一下就成。这样一则省钱，二则因陋就简，含着屈抑洋人的意思在内。

总理衙门的人员，分为大臣和章京两级，恭亲王、桂良、文祥已经奉旨为管理总理衙门大臣，恭亲王已经有计划，开春后奏请恒祺帮办。章京则在内阁、各部院报送的侍读、中书、郎中、员外郎、主事中考取，暂定满汉各八人。因为人员极精简，因此绝对不能滥竽充数，也不能叠床架屋，参照军机处的办法，章京直接对总理衙门大臣负责。至于杂役，则够用即可。因为总理衙门改建尚需时日，各章京暂时分别在原衙门办公，并仍兼原衙门公事。将来衙门建成，再分班轮值。至于经费，恭亲王的意思，由天津通商大臣和上海通商大臣分别从关税中酌提，以免受户部掣肘。

到了腊月二十三，封印前一天，总理衙门新议章程十条出奏。

“诸位忙了大半年，总算可以歇口气了。”当天是小年，恭亲王在府中设宴，请大家吃饭。有资格出席的，自然都是心腹。桂良、文祥、恒祺自不必说。户部右侍郎、总管内务府大臣宝鋆，顺天府尹董恂也都对恭亲王感恩戴德。未能随扈而留京的大臣，翁心存、周祖培、贾桢、许乃普、赵光等，均受过肃顺的排挤，恭亲王对他们特别笼络。他们也识趣得很，虽然称不上恭党，但也算有力的援手。武职大员对恭亲王最感激的就是胜保,他以三品光禄寺卿,在恭亲王保举下授为钦差大臣总统各省援兵,并以侍郎候补。恭亲王势力,已经不可同日而语。

恭亲王自己则更看重在英法俄等国中的影响力。最蛮横的额尔金在南下广州前发来照会,“希望今后贵国外交事务,仍旧由贵亲王专办”。法国公使布尔布隆则当面声称,能与亲王交涉事件,至为荣幸。恭亲王已经预见到,将来洋务必定日益繁重,而自己为洋人所重,形成外交须臾不可离之势,则自己的地位何人可以取代?肃六,等着瞧好了!

恭亲王从心底里绽出笑容来,举起玻璃杯说:“来来来,咱们今天不醉不归!”

# 第二章　政变

## 皇上不愿回銮

京城东江米巷路北的梁公府,已经租给英国作为使馆,进行了两个多月的精心修缮,即将投入使用,听说英国公使不久将入驻。

突然,远处拥来一大群人,手执木棒或刀叉,群情激愤,高呼:“洋鬼子,滚出去,洋鬼子,滚出去。”吵嚷着拥过来。正在监督施工的英国人看势不好,一面派人去报官,一面把大门紧紧关闭。

此时,恭亲王和桂良、文祥正在东堂子胡同原铁钱局公所查看总理衙门改建进展，一帮匠人杂役正在忙里忙外收拾着。衙门改建未出正月就开始了,按照奏报的计划,并未大拆大建。属新建的只有大门,改建为一般衙门三间式样,大门对过建了一道影壁墙。原来铁钱局是三进院子,里面还有两道门。英法两国对中国礼仪已经摸得很透,迎接贵客要开中门的讲究他们也一清二楚,为了避免将来他们在这方面计较,干脆两道门一概进行改建,第一道原来三间房拆掉,改建为牌坊式过道,第二道三间改建为敞厅,洋人愿走哪里走哪里。至于大堂司堂各处,换一下顶瓦,略加修饰就完。

恭亲王指着正在改建的大门说:“咱大清各衙门规制都不小，办差用房大都百余间甚至数百间。总理衙门选这么个小地方，各位不要只顾表不及里,小看了总理衙门。衙门大小不在其办差用房规模大小,而在办事的大小。军机处不过几间房,但何等衙门可与之相比？洋务自强事业,需要咱们打理的事情会越来越多,蜗居小衙门,但没人敢小看。”

大家都说:“王爷教训得极是。”

恭亲王说:“诸位何必如此客气?我这哪是教训,不过是说说我自己的想法而已。自和约签订以来,办差的诸位可以说是衣不解带,目不交睫,愁劳备至。但,大家不要打算着再增加人手。总理衙门的人不能多,这是已经奏报过皇上的。现在咱大清衙门,人多是一大通病,除了正额人员,额外之员少则数十人,多则数百人,衙门之内,司署为之拥挤,内城以外,租宅为之昂贵!人多了,许多人不办正事反而生事。所以总理衙门一切参照军机处,力戒人浮于事。”

文祥说:“我和桂中堂及其他几位,已经就总理衙门的办差运转等项拟了几条,概括来说,共三十二个字:人少事繁,精练迅速;严保机要,慎守秘密;撙节开支,力杜浮滥;广咨众议,力戒专擅。”

恭亲王说:“好,条条拟得好,关键要办得到,不然只写在纸上,百无一用。”

此时,步军统领衙门一位游击气喘吁吁跑过来打了个千说:“王爷,刁民闹事,围攻英国使馆,右翼总兵已率人前去弹压,命小的禀报王爷,请示机宜。”

恭亲王一跺脚说:“眼看公使就要入京,他们这不是添乱吗?告诉你们总兵,咱们对使馆及人员负有保卫的职责,但有疏忽,唯他是问。对为首者,可立即拿办!再不像话,就按你们规矩严办。告诉你们总兵,我稍后就到。”

英国使馆前,步兵统领衙门的兵丁与人群对峙着,群情激昂,局面似将难以维持。此时恭亲王在几名亲兵的护卫下骑马赶到,人群稍有收敛。他没有下马,大声说:“英法两国公使驻京,这是条约所定。我泱泱中华,向来守信践诺,怎可出尔反尔?”

人群中一领头的汉子趋前一步,说:“王爷,我们也知道这是条约定下来的,可是洋人干吗要带三千兵进城?洋人凭什么要把梁府周围都白白占去?”

恭亲王皱皱眉头说:“你是听谁说洋人要带三千兵进城?如果真带三千兵,不要说你们,本王第一个不答应。至于说要把梁府周围都占了去,那是一派胡言。即便将来使馆需要扩大,那也要好好与我们商量,是要拿银子的,不会让他们白白占去。”

人群安定了许多,但还是有人喊:“我们不当洋人的走狗,让洋鬼子滚出去。”

恭亲王厉声说:“公使驻京,是各国通例,纯是无理取闹!本王念在你们受人蒙蔽,不与计较,快快散去便罢,倘再胡闹,王法无情!”

人群凛然一震,安静下来。打头的不甘心,说:“王爷不要事事依着洋人,当了二鬼子还不自知。”

自己被称为“二鬼子”,恭亲王已经略有耳闻。此时当面听到,禁不住气血冲顶,拿马鞭指着总兵问:“辱骂亲王,该当何罪?”

“就地斩决!”总兵喝一声,早有兵丁扑过去,刀光闪过,身首异处,一颗血淋淋的人头滚向人群。

不但人群里胆小的吓得脸色苍白,就是恭亲王也心头一紧。但此时万不能示弱,他换了一副苦口婆心的语气说:“本王不是枉法绝情的人,道理都已讲清,再如此胡闹,下场只能如此!当初兵临城下,是本王不惜冒险与英法两国谈判,好不容易谋得眼前局面,怎么能好了伤疤忘了疼?大家心不甘我也体谅,但这样闹十足坏事。不但本王,就是皇上也不得不暂且忍耐,赶紧整兵习武,等我们兵强马壮、国富民强了,何须受人的窝囊气?但现在,你们平白无故来攻打使馆,这是何道理?这样行事,除了给外人以借口,于国家社稷有何益处?”又指指被枭首的尸体,“譬如他,连命也搭上,于家又有何益?”

这时,桂良乘着一顶便轿如飞赶来。他下了轿,说:“王爷,有上谕,请您赶紧接旨去,这里交给我好了。”

恭亲王急急赶回总理衙门,却并没有旨意。恒祺告诉他,桂中堂是有意把他替出来。

过了大约半个时辰,桂良才回来了,进门对恭亲王说:“今天这个总兵真是个半吊子,群情激昂,当街杀人,万一镇不住置王爷于何地?”

恭亲王想想也后怕,但不想委过于总兵,说:“我问了一句,他不能不应。也不全怪他,杀伐决断,带兵应当如此。”

桂良说:“王爷爱惜人才,将来不妨请步军衙门推举,外放他出去带兵打仗,我已经安排人好好安抚被当街斩首的家人。王爷,咱们办理洋务,易受人误会,不得不受些委屈。”

老丈人的办法的确妥当,但办洋务却要受委屈,恭亲王心里不愿苟同。

公使已经从天津出发,少则四天,多则五天,必到京城。从今天的情形看,还不得不防。洋人没什么好防的,他们统共五六十人,带兵不到二十人。

需要防的是国人,被人蛊惑,攻击公使,那可真就惹来大麻烦。因此恭亲王叮嘱桂良和文祥,京外务必让直隶总督安排好护送兵丁,京内则严饬步军衙门和顺天府,要确保万无一失。

四天后,法国公使一行三十余人先行进京了。公使布尔布隆乘坐绿呢官轿,他的夫人正在患病,乘坐四轮马车。三十余人,对京城而言何来威胁?谣言便不攻自破了。

布尔布隆进使馆稍做安排,就带着翻译来总理衙门拜访恭亲王。“王爷殿下,按照您的要求,我只带兵八人,只能做使馆的门岗守卫。听说前几天贵国百姓进攻英国使馆,多亏王爷及时带人驱离。我和英国公使对驻京的安全都很忧虑,希望亲王殿下能够给我们一个切实的保证。”

恭亲王说:“你放心好了,我已经交代步军衙门,专门有人负责使馆的安全。”

布尔布隆说:“亲王殿下的话我当然愿意相信, 可是我听说贵国大皇帝受到部分大臣的蛊惑,并不希望真的和平,各种麻烦根源就在这里。不知亲王殿下对解决此项问题,有无计划?”

恭亲王硬着头皮哄布尔布隆说:“这是谣言。我国大皇帝圣明烛照,决然不会受人蛊惑。况且已经下了圣旨,切责各督抚将军履行条约。”

布尔布隆说:“贵国大皇帝不肯回京,亲王殿下又不能见到大皇帝,我们为此深感不安。亲王殿下有无前往面见大皇帝,当面报告英法两国甘愿和平的诚意?”

恭亲王说:“贵公使不必担心,见到见不到皇上都不会影响条约的履行。我国大皇帝已经下旨,不久即将回銮。”

布尔布隆说:“那太好了。如果贵国大皇帝回到京城,我希望能够当面向大皇帝表示法兰西的敬意。”

恭亲王一听急了,说:“布使,这可是说好的,不能面递国书,你可千万不要节外生枝!”

还不到阳春时节,但春意已经很浓了。就算在热河,春的气息已经扑面而来。水边的柳树,早已是万条垂下绿丝绦,远处的桃花已经开成一片红霞。

批完折子的咸丰忽然有了“出去走走”的兴致,对着门外叫一声:“来人,去叫肃顺。”

协办大学士、领侍卫内大臣、户部尚书、内务府大臣并执掌印钥的肃顺，是皇上最亲信的大臣。能成为亲信大臣，绝非泛泛之辈，仅仅是能臣、忠臣尚不够，还得有一份超越君臣的情分在里面。到底这种情分是什么，皇上自己也弄不清，譬如小时候的玩伴，可以开玩笑，可以共“机密”？他现在总算明白，圣明如高宗何以纵容出个和珅！就因为和珅是难得的亲信大臣。如果没有这样的亲信大臣，全是言官那样“义正词严”的臣子，皇上那可真是做得太没滋味了！好在，肃顺不是贪官，这一点，皇上心里有绝对的把握。

一会儿，肃顺就到了，因为是一路小跑，额头上汗都冒出来了。他把“凉帽”端在手上，另一只手抹着汗。

咸丰说：“肃六，你都换上单衣了！朕还穿着夹衣！”

“皇上和臣不一样，臣总得跑前跑后，容易出汗。皇上今天兴致蛮高，气色也好极了。”肃顺恭维道。

皇上本想接着这话就说，是啊，出去走走。可是出口前却改了主意，先要问些“正事”，以掩饰行藏：“老六上折子，要筹一笔银子，从英国人手里买几艘兵舰组建一支水师，用来对付江南的长毛；他还上了一个折子，想借洋人的军队帮助官军剿贼。这两件事都是一个意思，借洋人的力量来对付叛逆，你怎么看？”

肃顺并不立即回答问题，而是先下一个结论：“老六总是喜欢借势洋人！从洋人手里买兵舰，洋人会不会卖给顶用的不说，就是卖给了，官军也不会驾驶，一时半会学不会，远水不解近渴。借师助剿更不可行，洋人帮忙攻下了城池，他们要是盘踞不走怎么办？恃功要挟又该怎么应付？只怕是请神容易送神难！”

咸丰却有些活络的意思：“朕看老六的奏报，洋人倒是不藏着掖着，愿意把洋枪洋炮卖给咱们，在洋人那里，这些都是当生意来做。借师助剿，无非是多花点银子打发洋人就是了。”

“可是曾国藩的意思，洋人的优势在水上而不在陆上；而官军与长毛较量，此时主要在陆而不在水，因此暂时不急。”

“曾国藩的说法也有些道理。”咸丰想了想说，“那不妨再放放，等他们都上折奏请时再议不迟。”

“臣不单单是反对这些具体的事情，臣是反对老六他们的路数。”肃顺说，“动不动就从洋人身上做文章，仿佛咱大清离了洋人什么事情也办不了。这可真是让人气短！臣不服就在这里。”

“不服不行。洋人的确有些方面比咱们厉害。”咸丰说，“对洋人的看法，的确需要改一改。”

“臣看老六是有些挟洋自重。”肃顺笑笑说，“老五回了一趟京城，竟然说老六要借洋人的势造反呢。老五说话向来是不过脑子。”

不过脑子，你何以还说出来？皇上严肃地说：“肃顺，这话不是你该说出口的。要说老六借抚夷的机会揽权朕信，要说他有反心，无论如何不可能。你对他有成见，可这种话是不能随便说的。”

肃顺说：“臣说过了嘛，是老五说的，臣当时就给了他几句，把他顶了回去。”

皇上不愿说这个话题了，问：“京中的洋人，有什么消息？”

“驻京的洋人，五六十口子，又喜欢热闹，到处闲逛。老六前番奏请，让大兴、宛平两县给英法两国公使各派四名公差，本来是为了跟着洋人，哪里不便去好提前打消他们的念头。可是如今这几个人，反而成了给洋人开道的了。皇皇帝京，让洋人昂然而行，成何体统！”

“朕一想起来，也是不胜烦恼。”皇上一想起要与蛮夷同居一城，心里就窝囊，“最担心的是，朕要一回銮，他们又要面递国书可该怎么办！”

“那就再让老六办，办明白了再回。”

“洋人已经有书面照会，还再怎么办！”一想及此，皇上就扫兴得很，“眼看二十五日回銮日子就到了，朕都不知道怎么办了。”

京中留守大臣，自恭亲王以下，联名上奏，或者单衔入奏，请皇上回銮的奏章不下二十份！没办法，过了正月下旨二月十二日回銮，后来又以公使十二三日入京为由，延迟到二十九日，眼看二十九日又到了。

“那也好办，臣让人去查勘一下，御路是否都修好了。随便找个理由不难。”

“那能拖几天？”皇上叹口气说，“让那些御史找着借口，左一个折子右一个折子，烦也把人烦死了！”

“总是这么烦也不是办法。”肃顺说，“先不去想，趁皇上今天兴致好，奴才陪皇上出去走走如何?打入了冬,皇上就没大出去过。有人心里想皇上,怕是连觉也睡不着。”

皇上一想起那双泼辣灵动的眼睛,就有些按捺不住了,说了句极不雅的话:“家花哪有野花香。”

次日一早,懿贵妃正打算去给皇后请安,却得到消息,皇上欠安,太医已请过脉。那正好,过去和皇后一起去给皇上请安。但等她赶到皇后的东宫,皇后已经去给皇上请安了。她心里有点不悦,不等我也行,打发个人通个气总行吧?

等她到了烟波致爽殿,报进去,传出旨意说,皇后正在请安,妃嫔们就不必再请了,皇上需要静养。

懿贵妃气呼呼回到自己宫里,生了一会儿闷气,问道:“小安子呢?”

“奴才在。”安德海在外面应一声,垂手等着“挨训”。主子的脾气他早就摸透了,无论在哪生了气,先要在他身上撒出来。

“这大半天了,你也不来侍候,我看你这狗奴才越来越会当差了。”不等安德海辩解,又问,“大阿哥呢?刚吃完早饭就不见影了?”

“大阿哥在和大公主玩儿呢。”安德海说,“玩得正高兴,奴才就没敢喊他。”

大公主是丽妃的女儿,比大阿哥年长一岁,两人天天在一起玩。懿贵妃心里想,这父子两个,都被这母女俩“迷”住了。皇上专宠丽贵妃,懿贵妃深为嫉恨,不过自己儿子还是个孩子,愿和自己的姐姐玩,用“迷”这个字有点儿不恰当。懿贵妃问:“昨晚翻的谁的牌子?是不是又是那个妖精?”

“昨晚谁的牌子也没翻。”安德海小声说,“主子,皇上欠安,另有原因。”

懿贵妃瞪着安德海,意思是让他说下去,但同时又含着警告的意思——不准胡编排。

“皇上昨天早上就出去打猎了,晚上才回来。”

“这时候打什么猎?肯定又是肃六撺掇的!”懿贵妃说,“是打猎受风寒了?”

“是,也可能,也可能不是……”

看安德海吞吞吐吐,懿贵妃不耐烦了:“到底是不是?你再这样说一句吞一句,当心我拔了你的舌头。”

安德海咬咬牙，下决心把传闻说出来。“出去打猎是假，会民间女子是真。这事儿，去年秋后就出了。”

据安德海说，私会的女子还不止一个，有牡丹春、莲花春等名头。

懿贵妃头嗡的一声，只觉得血往上涌，恨得几乎要流出泪来。自己近年来不得龙恩，从前只恨丽妃在争宠，没想到如今又冒出民间的野狐狸！

“这话是谁说的？从哪里听来的？这野狐狸是谁给弄来的？你给我老实交代！”

安德海说：“主子，都是传闻，哪能交代得清楚，奴才是冒着天大风险才把传闻回禀主子，要知道惹主子这么生气，奴才就不该多嘴。”安德海顺手给自己一巴掌。

懿贵妃发觉自己失态，也失策了，既然是传闻，当然不可能抓个张三李四来问明白。如果这么苛责，以后这样的传闻就再也听不到了。她知道，虽是传闻，却十有八九是实！

“好，我不生气。是不是肃六他们一伙背后弄的？”

“除了他们，还能有谁？”安德海说，“皇上自从来了热河，别的人也见不上。”

“哼，他们为了得宠，真是无所不用其极！”懿贵妃要好好想想这件事该怎么办，“你出去吧，我要想想。”又叮嘱一句，“别对外人说，从你嘴里再传出一个字，打你个八开！”

懿贵妃想事情的时候，谁也不敢来打扰，哪个不长眼来献殷勤，少不得挨板子。所以安德海一示意，太监宫女们全都噤了声，有事要说，努嘴飞眉打哑谜，谁也不出一点响声。

懿贵妃想清楚了，对门外说：“去看看皇后回宫了没，我要过去。”

一会儿安德海回来了，说皇后刚回宫。于是懿贵妃收拾一下，去东边儿。母以子贵，她因为给皇上生了唯一的皇子，皇后体谅她，让她不必每天来请安，好好照顾阿哥。比起其他的妃嫔们，懿贵妃到皇后宫里少得多，来则必有事相商。皇帝的寝宫是烟波致爽殿，皇后的东宫就在烟波致爽殿的东跨院，懿贵妃则住在西跨院。东西两宫相距不远，皇后宫里的人一看到懿贵妃踩着花盆底袅袅而来，立即跑着去禀报。

懿贵妃进来的时候，看见皇后刚刚把脸上的泪擦干了，就问：“姐姐，皇上病得很厉害？”

“不是，你放心吧，没有大碍，只是打猎受了点风寒。”

皇后忠厚老实，连撒谎也不会。

“不是？那姐姐脸色这么不好看？”

“皇上今天换了单衣，一身龙袍在身上晃晃荡荡的，肩胛骨都挑出来了。”皇后忍不住还是落泪了，“皇上瘦得就是一副骨头架子了。冬天的时候穿得厚，倒没怎么觉得。”

“姐姐，我可听说，皇上不是打猎受了风寒。他那猎打的，是野狐狸。”皇后其实比懿贵妃还小两岁，但尊卑有序，懿贵妃叫她姐姐。

皇后听到话里有话，瞪着一双眼睛望着懿贵妃。皇后有一双美目，但这双眼睛瞪大的时候，懿贵妃总是想起羊羔的眼睛。皇后终日都是慈眉善目，几乎没有横眉立威的时候。

懿贵妃于是把传闻说给皇后听。皇后开始不信，但后来想了想说：“今天在皇上那里，我看靠被下露着一块丝巾，不像宫里的东西，我以为是丽妹妹的，就没上心。照你这么说，这事倒有可能是真的。”

“现在看，是千真万确了。”懿贵妃说，“肃六为了揽权，什么下三烂的招式也使得出。”

“那可怎么办，皇上身子本来就弱！色是头上一把刀，这如何了得！”皇后急得只抹眼泪。

“没有别的办法，只有劝皇上赶紧回銮，回到京里，有众臣劝着，也就不这么胡闹了。”

“可是，皇上刚刚还说，他身子这一病，怕是一时不能回銮了，只怕这会儿旨意已经发出去了。”

“旨意发出去了不要紧，总不会永不回銮。只有姐姐可以出面劝皇上，别人的话，皇上听不进。”懿贵妃给皇后戴一顶高帽。

“我最怵头劝人，尤其是劝皇上。”皇后说，“皇上不愿与洋人同城，如今他又病了，回銮的理由是什么呀。”

“你就说，堂堂大清国皇上，因为洋人公使驻京就不敢回銮，传出去岂不让人笑话。皇上是大清的主人，岂能让洋人反客为主？”

“他怕回京洋人又要面递国书。”

“不会的。”懿贵妃很果决,“六爷已经拿到洋人的书面保证了,洋人不会食言。再说,若洋人食言,有六爷去交涉,交涉不好,唯他是问。”

“皇上如今又病着。”皇后很为难。

“行宫缺医少药,更需回京好好调养。”懿贵妃的理由十分堂皇,“让皇上先答应下来,等龙体大安了,立即回銮。”

“妹妹,你说得头头是道,还是你去劝吧。”皇后先打了退堂鼓。

“不,姐姐,这不是会不会说话的问题。我去劝,适得其反。你知道,肃六从中挑拨,皇上对我越来越见外。”

经懿贵妃再教一遍,皇后答应去试一试。

十几天过去了,皇上病体早已康复,皇后却仍然未能开口相劝。结果,皇上又悄悄出去打了一次猎。

懿贵妃这次改了策略,不再劝皇后,而是在皇后那里一个劲掉眼泪。等皇后问急了,她才说:“姐姐,如果皇上不在了,载淳还小,咱们孤儿寡母可怎么活?”

皇后吓了一跳,惊问:“妹妹何出此言?”

“姐姐,色是刮骨刀,再加这虎狼药丸……我可听说,当年世宗宪皇帝服道士进献的药丸,不到半年就驾崩了。还有前明的皇上,也出过红丸大案。”于是懿贵妃把皇上又出去打猎的事情告诉皇后,而且提醒皇后,皇上可能在服用肃六他们进献的药丸。

皇后拿定了主意,说:“妹妹你别说了,我这就去劝皇上。”

“皇上脸色不好看,这是生谁的气呢?”

肃顺奉召前来,见皇上脸色青乌,知道必是生了大气。今天只见了皇后,按说不该生气。皇后贤德,何曾惹皇上生过气?

皇上翻了肃顺一个白眼,说:“肃六,你办得好差使,出去打猎的事,让皇后知道了。”

皇后知道了也不至于惹皇上这么生气。那么皇后知道打猎之外的事了?

“这不可能,臣安排得妥妥当当。”

“妥当个屁!”皇上在肃顺面前,不必择言,“皇后虽然没直接说出来,可是牡丹、莲花的事好像也知道。难道皇后在朕身边安插耳目?”

“这绝对不可能。”肃顺立即否定。那是哪里出了毛病？他自己检讨，有些大意了，身边人透露出消息极有可能，“皇后仁厚，不会办这种事，西边那位倒极有可能。”

西边那位，就是指仅次于皇后的懿贵妃。

“哼，朕也是这么想的。”皇上说，“皇后劝朕回銮的那些话，分明不像她能说出来的。”

“皇后怎么说？”

“皇后说，朕是大清国的主人，如果因为洋人在京不敢回，反倒让洋人反客为主。”

“这肯定是西边的说辞。皇上哪儿是不敢回？是憎恶那些蛮夷！”肃顺说，“现在洋人可不就反客为主了?!主人不喜欢，可是客人自己拉了把椅子就在客厅里坐下来了。要拿出主人的样子，非把洋人赶出京城不可！”

咸丰摇头说：“经不起折腾了，英法两夷的兵还赖在天津未走，如果驱赶公使，难免再起衅端。还有，老六他们上折说，开埠通商，也非全然坏事，关键看怎么经营。据他奏称，海关总税务司英国人赫德算了一笔账，一年下来，海关税收今年即可达上千万两，以后随着江南平定，各口贸易更加繁荣，关税将更为可观。”

“这是洋人的空头支票。海关聘请洋人来做总税务司，有伤国体！”肃顺说，“收入越可观，可虑处越大，洋人如果从中舞弊，大笔银子可不就资敌了？”

咸丰说：“我们还有海关监督，专门来监督他们。总之，现在还不是和洋人翻脸的时候，我们君臣都要暂且忍耐。朕有点不大明白，她不是也憎恨洋人吗，这会儿怎么赞同朕与蛮夷同城了？”

肃顺说：“这就是西边那位的脾性，一切按着她的性子来，而且总能说出一番道理来。臣担心，她是暗中受了老六的影响。”

“这不大可能。她对老六一味容忍洋人也是颇有批评的。”咸丰不相信后宫会与前朝有瓜葛。

“总要防患于未然。”肃顺说，“皇上，她这种性子很可虑，如今已把阿哥拿捏得像面团似的，将来大阿哥要是亲政，皇权到底在谁手里可就说不准了。”

“不可能！朕的儿子怎么可能受人摆布？”皇上想起儿子倔强的神情，“不容后宫干政，我朝家法极严。”

“当然，可是家法归家法，皇上不能不为阿哥早做打算。”肃顺终于有机会把心里许久的谋划来试探皇上，“譬如汉武帝做得就极好，不然何来昭宣中兴？”

汉武帝晚年，虑及太子年幼，母壮子少，将来有干政隐患，因此赐死他钟爱的钩弋夫人。

“她毕竟于社稷宗庙有功，朕不能太亏待她。”一想到懿贵妃那得理不饶人的神情，皇上心里火直冒，但想到儿子可怜巴巴没了母亲，他又下不了狠心。

为大清诞下唯一的皇子，当然是大功一件。

肃顺对皇上没有汉武帝的气魄早有预料，可是今天好不容易把话说开，自然不能轻易放过机会，说：“可是，皇上总要为阿哥着想。至少要让她不能再影响到阿哥和皇上的心情，让她到一边凉快凉快。”

这意思是，把懿贵妃打入冷宫。

这样的决心，皇上也下不了，说：“等着瞧好了，她再不知收敛，看朕怎么收拾她。”

清明早过了，恭亲王才算真正开始在总理衙门办公。总理衙门是小规模改建，但他的签押房和客厅却是大动干戈，改完后油漆味又太重，到今天总算不再刺鼻，这才正式入驻。

麻烦事情当然很多，与赫德商讨海关征税缉私办法，各通商口岸的洋人要求租地建房栈，建领事馆，俄罗斯商人不听劝阻，一直过了张家口要到北京来，镇江发生了中外斗殴，潮州洋商一直不能进城……

恭亲王和总理大臣们，没有一刻清闲。忙没什么，忙中开阔眼界，也锻炼了处理中外事件的能力，但让恭亲王烦恼的是，热河传来的消息却越来越不好，连他挟洋自重、有谋反野心的说法都出来了。

桂良拿着普鲁西亚（即普鲁士，后来的德国）要求通商的条约来商议时，恭亲王毫无心绪，挥挥手说：“算了，算了，等等再说。”

桂良说：“普鲁西亚人也有商船到各口，与他们签订通商合约，照章纳税，对我们没什么坏处。如果他们私闯到其他地方走私，反而是遗患无穷。”

恭亲王说：“我这里没问题，关键是北面对我看法太大。”

等他把北边密信中的消息告诉桂良，老岳丈也吓了一大跳。

“王爷必须到行在去一趟！王爷没见皇上半年多了。俗话说疑心生暗鬼，隔阂久了，难免疏远，何况还有肃六从中挑拨。不能再这么下去，皇上不回銮，那你就到行在去。”桂良说，“当面把你的苦心和忠心向皇上表白清楚，毕竟是亲兄弟，应该能够化解。”

“我想立即上折，奏请赴行在请安。皇上正在病中，这是个很恰当的借口。”恭亲王说，“看情形再做打算。如果皇上龙体无碍，我就力请回銮。现在京中盛传，肃六和怡、郑二王把持热河，日日以观剧打猎阿谀皇上，以致皇上懒于政事，大政尽落肃顺之手。行宫有何修造，也都是三人监督。还说三人出入无禁，就是寝宫也不例外，妃嫔不避。我想不致如此荒唐，但众口喧传，难免有污圣德。”

桂良说：“肃六是挟天子以令诸侯，以为得计，其实不然。大臣们多数留于京中，本已有被弃的委屈，如今皇上又迟迟不回銮，众人皆恨肃六。”

恭亲王沉默良久，说：“无论如何，皇上必须回銮。热河如何是久居之地？而且，缺医少药，也不利于皇上大安。还有，皇上一日不回，中外一日不安。我在想，光咱们上折还不行，得让带兵的将军们也上折劝劝。”

桂良一想，文臣武将都吁恳回銮，皇上不能不重视，对握有兵权的将军们，肃顺也不能不有所顾忌。于是决定，由文祥分别给胜保和僧格林沁写封信，委婉地暗示他们上折。这也可以试探一下，如今坐镇河南、安徽与捻军作战，手握数万大军的胜保还听不听招呼。

恭亲王请赴行在请安的折子发出去，十余天竟然没有动静。这样的折子，照例很快就该有回音，或准或驳，不必反复斟酌。这样迟迟没有结果，说明皇上在犹豫，换句话说，皇上可能连恭亲王赴行在的机会也不给。

果然，这天廷寄到了——

军机大臣字寄钦命总理各国事务恭亲王、文祥，咸丰十一年三月初七日得旨：

恭亲王奕訢等奏,请赴行在祇问起居。朕与恭亲王奕訢,自去秋别后,倏经半载有余,时思握手而谈,稍慰廑念。唯朕近日身体违和,咳嗽未止,红痰尚有时而见,总宜静摄,庶期火不上炎。朕与汝棣萼情联,见面时迴思往事,岂能无感于怀,实于病体未宜。况诸事妥协,尚无面谕之处,统俟今岁回銮后,再行详细面陈。着不必赴行在,文祥亦不必前来。特谕。

恭亲王读到"时思握手而谈",心里稍感安慰;再读到"红痰尚有时而见"不免难过,皇上龙体看来很让人忧虑;看到"棣萼情联"四字,更是唏嘘。当年兄弟两人同在上书房读书,习武切磋,悟创枪法二十八势、刀法十八势。道光帝赐老四一杆枪名"棣华协力",赐老六一把刀名"宝锷宣威"。廷寄中有"棣萼情联"四字,可见必是皇上的朱批。"诸事妥协"四字评语,是对恭亲王最大的安慰。然而,最终的结果却是不肯让他赴行在,不能不说是极大的憾事。兄弟两人有不同寻常的情谊,却难免隔阂日深,罪魁不是肃六又是谁?这一道廷寄,最后在恭亲王这里完全化成对肃顺的一腔愤恨。

## 皇上驾崩,恭亲王没当上赞襄政务大臣

看到肥胖的肃顺在龙榻前跪下,咸丰指指手边的一摞折子说:"朕没想到,京中是如此盼着朕回銮。朕有些后悔,开春的时候就回銮的话,他们就不会饶舌了。"又说,"没想到统兵的僧格林沁和胜保也上折子,尤其是胜保,朕从前怎么没发现,他是这种咄咄逼人的性子。"

胜保的折子就放在最上面。胜保以儒将自居,以文字自负,他这一奏折,不但犀利,而且极大胆,"木兰行在,不过供游豫之观,并非会归之地;暂幸则循旧例,久居则为创闻。臣恭绎圣旨,亦不过迟至春初圣驾即可回銮。然而臣民众矣,皆曰今岁不归,明年复何望乎?都城尚弃,木兰能久居乎?众口一词,莫能解释,弱者怨嗟,强者觊觎,祸乱之渐不可不防"。然后笔锋一转,直扫肃顺等人,"欲皇上之留塞外者不过左右数人,而望皇上之归京师者不啻以亿万记,我皇仁明英武,奈何曲徇数人自便之私,而不慰亿万未苏之望乎"?

肃顺跪地直磕头,说:"臣是好心留皇上在热河散散心,然后再回銮,没想到被人误会至此。说臣是为了自便之私,这罪名,臣实不敢领。"

"他这是瞎猜疑,朕当然明白你的一番苦心。"皇上招招手说,"老六,你起来吧。"

"胜保的折子,怎么办理,他要求赴行在,怎么回复他?请皇上示下。"

"赴行在大可不必,现在他在安徽、山东剿贼,须臾难离,所请不准。"皇上说,"京中的舆论,需要安抚。还有总理衙门,得让各国知道该衙门事权较重,以后各国公使有所请,不必奏请谕旨,由总理衙门督饬各省督抚遵照条约办理就是,以免各国事事渎请谕旨。"咸丰想了想又说,"还有,要让京中的臣工们知道,朕不是不回銮,只是身体欠安,暂时不便。不过,又不能让外间误会朕的病情,生出种种流言和猜测。"

"是,臣好好揣摩圣意,总之要让外间知道,等过了暑夏,最晚秋凉后就一定回銮。"

"就是了,要让中外皆安才是。尤其是洋人,还要老六他们好好羁縻,不要再无是生非。"

咸丰忽然一皱眉头,说:"不行,你快叫人扶朕去大解。"

君臣密谈,已经将太监等人屏退,肃顺说:"臣扶皇上去就是。"

扶咸丰下榻,他捂着肚子说:"不行,不行,等不及了,你快去把贡桶取来。"

皇上的寝殿内有方便的地方肃顺是知道的,但具体的位置他还真没去过。等他在咸丰的指点下把贡桶取来,已经十万火急。咸丰蹲下去只听吱吱如小儿撒尿,然后是一股又腥又臭的气息扑鼻而来。咸丰有些歉然,说:"侍候这种差使,劳你这协办大学士的驾,真是天下奇闻。"

肃顺说:"皇上这是说哪里话,臣与皇上的情谊不像别人只是君臣,君臣之外,如父子、如兄弟,这是臣的真实感受。"

"朕知道,朕知道。"咸丰感慨万千,"好了,你把他们叫进来侍候。"

肃顺去叫太监,同时自作主张请太医来。

太医请过脉,磕头奏道:"恭喜皇上,从脉相看,皇上万安,只是受凉,用几服药必定大安。"

皇上不耐烦地挥着手说:"朕就烦你们皇上万安,你们嘴里只有皇上万安!"

肃顺给太医解围说:"你还不快下去,等着领赏呢?!"

太医夹起药匣，退出殿去。

咸丰指指外套锦绣的圆墩，示意肃顺坐下。此时他舒服些了，有些话要对肃顺谈："哎，你这个人，让朕怎么说你。你的性子应该改一改，你总是看不惯满人，把满人得罪光了。你办事又太严苛，仇人那么多，将来可怎么办？"

满人入关后，吃"铁杆庄稼"，终日提笼遛鸟，都成了纨绔，要找一个得用的人才，实在难。肃顺骂满人都是"糊涂蛋"，他秉政后，欣赏汉人，提拔汉人，曾国藩、左宗棠、胡林翼、彭玉麟等湘军名将无一不是受肃顺赏识而得重用，从前督抚满人十居七八，如今倒过来了，十之七八的督抚成了汉人。

"不是臣有成见，实在咱们满人不争气，国家内忧外患，不能不起用有真才实学的人来挽救时局；国势危殆，各级官员懈怠疲顽，府库又捉襟见肘，臣不得不用重典而肃风气。臣问心无愧，为国家前途被人骂无怨无悔，只要皇上可怜臣，臣就是肝脑涂地，也无所自惜。"

肃顺这话，多半是实情，不过要说没有一丝私心，他自己也不信。重用汉人，苛刑峻法，也有打击政敌，立威固权的小九九。

"朕知道你的忠心。可是，毕竟人言可畏。万一朕撒手去了，你可该怎么办？"咸丰的语气，万分伤心。

肃顺扑腾跪倒，强忍着不哭出声，抽泣道："皇上春秋鼎盛，还有好多年的阳寿呢。只是积年不痛快，又加受了风寒，才略感微恙。如今江南局势正在迅速好转，曾国藩说马上就有望攻克安庆，然后顺江而下，再复金陵，不过是弹指之间。另外洋人也都安静，条约俱在，谋个十余年的安宁不成问题，那时候皇上指教着臣等，君臣携手，创一个咸丰中兴也未可知。皇上千万不可泄气。"

"叫你这么一说，朕倒是有点心气了。咱们都不泄气，可大政方针要有些调整。一则对洋人不能再一味强硬，二则内政宜刚柔并济，宽严得当。方方面面的关系，都要兼顾才好。尤其和西边的那位，你们之间总得设法缓和一些才行。你这协办大学士，堂堂内阁协揆，俗话说宰相肚里能撑船，你就先让一步吧。"

"是，臣都记下了。"

肃顺心事重重回到他的私宅，让人去请怡、郑两位亲王。两王没到，穆荫先来了，从袖袋里抽出几页纸说："中堂，胜克斋上了一个折子，话说得很难听，皇上交代下来议复，事关重大，必须和你商量。”

肃顺回道：“怎么议复，你不必愁，皇上的意思我已经明白。复议之外的事才是天大的事，我已经请怡王和我三哥过来，你也别走了，咱们一块议议。”

等一会儿，怡亲王载垣、郑亲王端华一块到了。肃顺让下人把酒菜布到水中的凉亭去，家人都远远地离开，方便他们密议。

肃顺把穆荫抄来的胜保奏稿递给他的三哥和怡亲王：“胜克斋真是可恶至极，他说的几个人，恐怕就是咱们几位了。”

两人看完，脸色都很难看。

肃顺问端华：“三哥，你俩怎么看？”

端华说：“肯定是老六撺掇的！战局那么紧张，胜克斋哪有这份闲心？”

载垣另有看法：“三叔，胜克斋这个人很傲气，他未必肯受六叔的指派，也许是他的主张。”

肃顺说：“你们说得都有道理，但无论胜克斋是否受六子的挑拨，此事都很严重，咱们得打起十二分的警惕。”

按肃顺的说法，如果胜保是按恭亲王授意行事，那说明已经对恭亲王言听计从，他手里掌着好几万兵马，而且离京城又近，是个极大的威胁；如果胜保不是受恭亲王影响，而是自作主张，那就说明京城内外好多人都与他的想法一样，一致影响到军中的看法。如果大家都把他们几个人视为奸臣，万一有人要“清君侧”，舆论如此，皇上恐怕也无能为力。

端华和载垣都惊得一身冷汗。但时年四十一岁的载垣，正是年壮气盛的时候，不肯塌了架子，说：“没人敢有这样的胆子。六叔聪明归聪明，但他没这种气魄。”

这一点肃顺倒是相信，他真的有些看不起恭亲王，觉得他无非就是聪明点，沾了身份高贵的光。“但是，有备无患，总要先对将来有所打算，才不致临事手忙脚乱。”

载垣说：“要我说，先把那个什么总理衙门撤掉去球！对这些千刀万剐的蛮夷，还要专门弄个衙门侍候他们，天理何在？”

载垣去通州谈判，因为抓了巴夏礼等人，被洋人报复，不但圆明园的寓邸被烧光，他京中的王府也被额尔金当了十几天的公使馆，府中值钱的东西扫荡无遗。一想起来,他便又恨又心疼,恨不得捉个洋人过来蘸着酱生吃了。

“问题就在这里。现在皇上对洋人的态度有点儿软,还让下旨的时候不着痕迹赞许一下总理衙门,让洋人再有事情,不必事事请旨,总理衙门直接饬下各督抚将军办理。”

载垣瞪着眼睛嚷:“那六叔的翅膀还不更硬了!”

“你看你大呼小叫的样子,像不像个粗蠢的庄稼汉?”肃顺白他一眼说,“我仔细想了想,皇上这样安排也好,老六知道廷寄都是咱们办理,夸夸他和他的总理衙门,也显得咱们秉公无私,等于给他碗迷魂汤喝。至于总理衙门撤不撤,现在还说不着。反正有一条,等回了京,不能再让他依着洋人。”

“撤,必须得撤!”载垣说,“现在总理衙门里,都是六叔的人,咱们将来要想在里面说了算,势必要派人过去。派少了没用,派多了太着痕迹。干脆拆了庙,和尚自然滚蛋。把一切洋务事宜都收归军机处,这是他们当初说的,‘以符旧制’;或者再成立个什么衙门,比如在礼部成立个抚夷局,派谁去,还不是咱们说了算。”

“嗯,这番话还算靠谱。”肃顺说,“在礼部成立抚夷局倒是不错的想法。洋人都是犬羊习性,你越拿他当回事,他越事多。将来一切按章程办理,通商由各口照章纳税,传教去和督抚将军们办理,哪有这么多洋务好办?”

端华看两个人说得热闹,一直没插嘴,肃顺这才发现冷落了他,问:“三哥,你的意思呢?”

“你们说的这些都是将来的事,眼下怎么办?胜克斋和京中那帮人,怕是都拿咱们当了小人!”端华说,“这得设法扭转。”

“我也想过了,最直接的办法,说动皇上给咱们旗营加恩赏两个月钱粮,对从前整肃过的那些人,考察一下只要收敛了的,就给他们本人或者子弟设法弄个顶戴,他们立马就千恩万谢。”肃顺蛮有把握,“你们放心好了,只要皇上在,我有把握让大家富贵满堂。”

“那皇上不在了呢?万一?”端华抛出这个大家心底里隐隐的担忧。

“这就是我今天找大家来的要点。”肃顺转头问穆荫,“清轩,你熟悉历史章故,你说万一幼君继位,政体该是怎么个样子?”

穆荫说:“要论久一点,汉人的朝廷,如果出现这种情况,有太后垂帘的办法。战国时期赵国的赵太后,东汉的邓太后,北宋的刘太后,都是现成的例子。”

“那绝对不行。”肃顺说,“西边那位工于心计,又揽权心切,让她有点儿权柄在手上,她还不把鸡毛玩成令箭!”

端华说:“对,不能搞垂帘,本朝从无此例。本朝最重成例,无例不举,有例不废。”

穆荫说:“本朝的办法,顺治朝有皇叔摄政,康熙朝有四大臣辅政。”

“说到点子上了。万一有那么一天,咱们得设法争取辅政的地位。当然,清轩你放心,要辅政自然有你一份。”肃顺又叮嘱说,“这是要命的事情,在座的诸位,不可对外泄露一个字出去。”

“对,这件事得快办。老六,这件事分寸极难把握,只有你掂量着分寸,在皇上面前设法。我们这些人,一概不闻不问。除此之外,还有一个办法不妨一试。国赖长君,如果能从皇上的侄辈中选一个年富力强的承嗣,未必不是好办法。”端华并拿眼睛看一眼载垣。

载字辈里,年富力强,又有经验的,眼前的载垣再合适不过。如果让他当皇上,肃顺玩之于股掌,比自己当皇上还便当。

载垣心头狂跳,却连连摇手说:“我弄不来,弄不来。”

肃顺说:“这样当然好,不过极难——皇上有亲儿子,不大可能让侄子来继承大统。不过,我仍然可以一试。”

载垣说:“如设顾命大臣,我们多进去一个少进去一个倒无所谓,关键必须设法不让六叔进来。”

肃顺说:“这说到要害了。现在皇上对鬼子六的心思有些转缓,必须再找机会给他上点眼药。另外,六月初九万寿节转眼就到,得提防鬼子六以祝寿为名到行在来。等我抽空说动皇上下一道上谕,各省督抚将军以及在京官员,除内务府大臣担着与万寿节有关差使的,一概不许到行在祝暇。”

皇上的病,时好时坏。咳血之外,腹泻的毛病每反复一次便加重一分。就连将来谁继承皇位的问题,也开始在热河宫中私下里议论起来。当然是皇上的独子阿哥载淳,然而也有另一种说法,怡亲王载垣年富力强,更合适当国君。这些空穴来风,有像泥鳅一样圆滑、像狐狸一样精明的安德海从中打探,很自然就传到懿贵妃的耳朵中。虽然是传言,仍然让她吃惊不小,如果自己的儿子当不上皇上,她和儿子的命能不能保得住都难说。所以每次给皇上请安的时候,她必带大阿哥一起来,以免皇上忘了,他可是有个亲骨肉阿哥。

四五岁的孩子,正是狗也嫌的年纪,叩头请安后,不一会儿就站也不是站相,坐也不是坐相,懿贵妃便有几次严厉的呵斥。

咸丰帝便为儿子鸣不平:“他才一个孩子,你又何必如此严厉!”

懿贵妃是争强好胜的性子,为自己辩白说:“他若是生在寻常百姓家,也就罢了。可他是生在天家,他这个年纪,圣祖仁皇帝都快登基了。”

这话一出口,懿贵妃就后悔了。犯大忌了,皇上正在病中!她来不及补救,皇上已经雷霆震怒:“他登不登基,你说了不算!真是最毒妇人心!”

懿贵妃扑通跪倒,向来有急智的她,竟不知如何自解。

“有人说你心地恶毒,朕还不信。对朕用心尚且如此,更何论其余!”“滚!再也不要让朕看见你!”因在病中,咸丰中气不足,声音并不响亮,只有跪在龙榻前的懿贵妃能够听得清楚,语气像是小夫妻吵闹赌气,但皇上一脸狰狞恐怖,是极其愤恨的表情。

大阿哥载淳此时正在入神地玩一只鼻烟壶,不知道额娘已经闯了大祸,被额娘拉走时,他还在挣踹。

一出殿门,懿贵妃立即醒悟,不能让外人看出端倪。她强忍着泪不知不觉竟然到了皇后宫里。皇后看她失魂落魄的样子,“咦”了一声问:“妹妹,你这是怎么了?”

懿贵妃说:“姐姐,我闯大祸了,请你务必设法救我们母子。”

“这是哪里话!”皇后立即屏退下人,“快说说,是怎么回事。”

皇后听完,自己心里先犯了愁,懿贵妃绝对是无心之失,但怎么给她辩解?实在无从考虑。但看懿贵妃一脸恳求,大阿哥因害怕而满眼惶恐,她心软了,说:“那好,我去见皇上,可你也知道,我笨嘴拙舌,是什么结果,你都不要怪我。”

懿贵妃说:“姐姐,此时只有你能帮得上忙,我哪会怪你。姐姐快去吧,万一皇上盛怒之下发布了旨意,我们母子可真正跌入万丈深渊了。”

皇后硬着头皮到了烟波致爽殿,跪到皇上龙榻前,尚没想清楚自己该说什么,怎么说。

“是她让你来的吧?”皇上等皇后行完了礼,冷冰冰地问。

“是，她和大阿哥都吓坏了。”皇后老老实实回答。

皇上最喜欢的就是皇后忠厚老实，从来不自作聪明。他把一张朱谕递给皇后：“你不必劝了，朕已经拿定了主意。”

皇后接过来，朱谕上写的是“着将懿贵妃废为庶人”。皇后惊得脸色苍白，说：“皇上，万万不可啊，万万不可啊，皇上！”除此之外，再无二话。

皇上说：“你把朱谕给朕。”

皇后紧紧握在手里，竟然像个孩子似的藏在身后，说：“我不给。”

“真是岂有此理。”皇上几乎被皇后的举动气笑了，“你这哪像皇后，简直是个三岁小儿。”

皇后意识到自己的失仪，但又无话可劝，又急又怕，急出两眼泪来。皇上看着她一双明亮、温柔而又惊恐含泪的眼睛，心完全软化了，伸出手要拉皇后起来，说：“你起来吧。”

皇后还是不敢起。

咸丰说：“好，朕给你个天大的面子，你把朱谕撕了吧，就当没这回事。”

皇后有点不信，瞪着一双眼睛望着皇上。

“朕哪能骗你，真的，你撕了吧。”咸丰又重复一句，脸上已经浮起笑意了，“就当没这回事。”

皇后这回信了，立即把那张朱谕折起来撕了，再叠起来又撕一遍。仍不放心，还要再撕得更碎。咸丰真被皇后的举动惹笑了，说：“行了行了，你可真是。”又拍拍榻沿，叫着皇后的小名说，“芬儿，坐在朕身边。”

皇后钮祜禄·瑞芬，小名就叫芬儿。刚大婚那会儿，皇上宠她，私下里经常叫她“芬儿”，一晃十年了，咸丰今天又叫她小名，皇后说不出的感动。

咸丰握着皇后的手，说：“其实朕也在犹豫，不为别的，还要为大阿哥。要不是你给她求情，朕也许就把这道朱谕传出去了。”

皇后又要磕头谢恩，咸丰攥一攥她的手说：“别动——朕是看你急得哭了，于心不忍。朕这些天总是想咱们刚大婚那会儿，那时候你才十六岁，朕也正是弱冠之年，身体是那样结实，有使不完的力气。可是，没想到才十年，朕的身子……”

咸丰刚登基，洪秀全就在广西扯旗造反，当时从皇上到朝野，都没太当回事，以为从邻近数省调兵兜剿，不愁扑灭不了，无非就是费点儿工夫，半年不行一年。没想到长毛成了气候，纵横十余省，而且定都南京，至今仍然不能剿平；内忧启发外患，英法联军四年前开始先在广东闹，然后到天津，最后竟致陈兵京师！他这皇上当的，无法与康乾盛世的皇上比，也无法与他的父皇比，他父皇的时候，英国人无非在广东闹，顶多是手足之患。哪里像他，天天不是失地，就是折将，一夕数惊，何曾睡过一个安稳觉！

咸丰的荒唐，皇后也是知道的，但此时何忍再给他添不痛快。她安慰说：“皇上总是忧劳过度，等静心养养，就该大安了。”

咸丰对自己能够大安抱着信心，因为开春以来，他的病虽然反复多次，但病退去后，虽然不能完全如常，但精力心气都尚足。如果自己不再贪恋美色，一定能够好起来。她望着皇后尚有些稚气的脸，感觉有些对不住她，说：“这几年，朕有些冷落了你。朕现在真羡慕升斗小民的日子。三亩薄地一头牛，老婆孩子热炕头。日子虽然未必宽裕，但夫妻举案齐眉，终日厮守，多好。”

皇后老老实实回答说：“臣妾很知足，臣妾别无所求，只要皇上好好的，臣妾就心安高兴。”

“朕知道，这前朝后宫，唯有你一颗心全为朕牵挂，不像他们，看上去也是一片忠心，可是总脱不了有求于朕的缘故。这也是朕不放心你的地方，你心性如此淳厚，难免受人欺。”

皇后说：“有皇上在，臣妾没什么好担心的，有谁敢欺负我！”

这话是不错，可是万一朕不在了呢？咸丰心里更生怜惜，干瘦的枯指一直捏着皇后的手掌，像久别的小夫妻，缱绻缠绵，回忆当年，不知不觉过了一个多时辰。咸丰心情好多了，说：“你以后没事的时候多来陪陪朕，朕和你说话没有负担。”又指指榻头的一摞折子说，“朕得看折子了。”

皇后说：“皇上可不要再累着了，懿贵妃从前一直帮皇上看折子，有些不要紧的，还是让她来帮帮你吧，这些事，我是帮不上忙。”

咸丰笑笑说：“好了，这件事就算过去了。你也要提醒她，别一味地争强好胜，跟你学一学，没坏处。”

皇上病重的消息在京中已经传得很厉害，各种谣言都有，甚至有一种谣言说，其实皇上已经驾崩，是肃顺等人秘不发丧。对熟悉宫廷制度的人来说，这当然是无稽之谈,但百姓却乐于相信。肃顺得罪的人太多,总把坏事往他身上想,总巴不得他倒霉。

但咸丰病重却是千真万确的。皇上驾崩,政局势必要起变化,自觉能够波及的人,无不在想三想四。

桂良所关心的主要是自己的王爷女婿,而今翁婿二人真是俗话所说的,一根绳上的蚂蚱。有一天抽恭亲王难得空闲的时候,他来见女婿说:"北面传言很多,皇上万一龙驭,政局难免会有动荡。我最担心的,就是肃六他们如果掌权,把咱们洋务这一套都要变掉,那可真就惹来无穷后患。"

"都变掉?他能怎么变?事情已然办到这一步,只有按咱们的局面往前推。逆水行舟,不进则退。"恭亲王嘴上这么说,但对未来政局其实也同样担心。

肃顺他们打算裁掉总理衙门,在礼部另设抚夷局的说法恭亲王早有耳闻。这恐怕行不通,英法两国的兵还在天津没全走,肃顺有胆量把他们再招到北京来?

"关键是,到时候你能在朝局中说话有分量才行。"桂良说。

怎么有分量?翁婿对未来的政局不止一次做过分析。太后垂帘,本朝无此制度,且不准后宫干政的规矩极严。极有可能的就是托孤大臣辅政,就像顺治朝的多尔衮摄政,康熙早年的四大臣辅政。如果皇上要确定顾命大臣,本朝家法"亲亲尊贤",亲和贤两字,恭亲王都当之无愧。目前的十个亲王,礼、睿、豫、郑、肃、庄、怡这七个亲王均是承袭而来,惠亲王是由郡王晋升,唯有和硕恭亲王,是由道光皇帝朱笔御封!皇上的几个亲兄弟,老五惇王是过继给绵恺而得封爵,而老七醇郡王、老八钟郡王、老九孚郡王都年轻,没有执政经验,唯有恭亲王入过军机,如今又因为办抚局得法使京城转危为安,声名鹊起。从哪方面来说,皇上设顾命大臣,都少不了他。

"也只有走一步看一步,少不了到时还是让我办理洋务,只要让我来办,就不能随他们的意思乱来。"恭亲王说,"他们总不能不顾社稷安危,还有世道人心呢。"

"大家担心的是,肃六他们会弄一帮亲信在里面,到时你孤掌难鸣,他们齐心排挤,你就举步维艰了。"桂良说,"这可不光你一个人的荣辱,多少人的前途都担在你的肩上呢。"

“现在只能让大家少安毋躁。”恭亲王说，“肃六再跋扈，我就不信他敢把这么多官员都搞掉。他要真敢那么办，本王和他争个鱼死网破，也不能坐以待毙。”

“王爷有这份心气就行。”桂良说，“当然最好不要走到那一步。有些事情，我得和博川他们先谋划着。”

至于谋划什么，怎么谋划，恭亲王不必去问，有些话他们也不肯当面说。反正他的老岳丈一切都会为他打算。

桂良打发人送信给文祥，下午如有时间，在总理衙门一见。文祥是军机大臣，其本职是户部左侍郎，除兼总理衙门大臣外，还兼京旗右翼前锋统领，事情特别多，不比大学士桂良优游从容。他回信下午到桂中堂府上拜访。

快晚饭时文祥才赶到桂良府上，桂良吩咐把菜布到小客厅，也不必人侍候，所谈当然是未来政局。文祥说：“肃六和恭亲王，实话说都是难得的人才。如果两人能够和衷共济，是最好的局面。”

按他的意思，肃顺果敢担当，用人也颇具眼光，用他来整肃朝纲，是一把好手，而且目前特殊时期，也需要有他这样的人来整顿吏治，应付危局。而恭亲王最擅长洋务自强，从长远来讲，这更是事关大清的存亡。两人如能职司分明，推心置腹地合作，真能为大清谋一个中兴之局。

桂良老谋深算，说：“博川，如能这般，当然千好万好。可是，俗话说一山不容二虎，就算恭亲王打算与肃老六和衷共济，以肃老六的脾气，能容得下王爷吗？”

就怕如此！如果万一到了两虎相争，必须见个高下的时候，那么谁手里有兵，谁就有胜算。热河禁军在肃顺手上，不过禁军完全是绣花枕头，根本不顶用。而恭亲王除了京旗，更重要的还有胜保这枚大棋！胜保所统是在前线真刀真枪拼杀的大军，只要他站在恭亲王一边，肃顺便必败无疑。文祥的意思，从上次奏请回銮的事情看，胜保一得暗示，便立即上奏，可见他对恭亲王的忠诚还是可靠的。

“他的作用非同小可。正因如此，一点也不敢大意。”桂良说，“博川，咱们想得到，肃六未必就想不到。胜克斋自负贪权，肃六又在驾前炙手可热，如果他给胜克斋默许点什么，难保不出变故。”

文祥瞿然而惊，立即请教桂良可有良策？良策没有，最近胜保在山东连获胜仗,不妨借此机会,再找一个合适的人写封信,以祝贺为名,向他透露恭亲王极为赏识的意思,以胜保的精明,自然会明白其中的意思。

“按常理,应该许诺点什么才够分量。可是,现在的局面,又赏无可赏,不像当初与王爷一起办抚局,他归王爷麾下。”

“不,博川,此时千万不可空头许诺。”桂良说,“克斋是自负的人,自负的人极看重面子。有时候实际的好处不如面子上尊重更打动他。向他许诺,留下收买的感觉,反而让他不悦。”

文祥诚恳地点头说:“老中堂,真是受教了,姜不愧是老的辣!”

桂良笑道:“博川,老姜固然是辣,但也离老朽不远了。我只是一家之言,咱们说话,自当言无不尽。”

文祥说:“我无异意,一客不烦二主,这封信还是让朱修伯来写好了。上封信就是修伯的大笔,他与克斋的私交也相当不错。”

“极好,极好。”桂良说,“还有京中颇负清望的那帮人,得好好敷衍。前阵阻挠英国馆的事情,就是个苗头,对王爷‘外敦信睦,隐示羁縻’的策略,反对的人不在少数。这一阵与赫德详议海关章程,不能不佩服,洋人办事极其认真,预防偷漏、预杜贪墨的措施相当详细,关税增幅出乎预料,这些事情还得设法让大家明了。不知情的还以为海关要被洋人把持,关税为洋人予取予求呢。”

“好,这件事交给我好了。军机章京和总理衙门章京里面,与这些大佬有的是亲戚,有的是门生故吏,把洋务的详情讲清不难。”

要讨论的事情还很多,两人一直谈到十点多,才开始吃晚饭。

皇上的万寿节是六月初九,还好,在太医们的全力调摄下,皇上的身体恢复得不错,精神头很好。无奈天气太热,皇上又不忌生冷油腻,中午不但吃了冰镇水果,而且用井水洗澡,又加下午强撑着看戏,结果当晚又病倒了,不但发烧厉害,而且腹泻极其严重,一夜如厕五六次,元气大伤,近个把月的调摄治疗前功尽弃。负责给皇上请脉的太医主要是两位,一位是太医院使栾泰,一位是院判李德立。栾泰曾经为恭亲王的生母治过病,与恭亲王私交密切,而且为人方正,肃顺便打消与他密谈的念头,转而向李德立询问实情。

“调摄得当,皇上如能节劳去忧,一定能够大安。”李德立这样回答肃顺。

什么叫调摄得当？皇上又如何能够去忧？这都是自保的囫囵话。肃顺一半是推心置腹，一半是威胁的语气说："你也不必隐瞒，我要的是实话，万一真有那么一天到来，有多少事需要办理？仓促之间，如何能够来得及。所以，你必须给我交个实底。我心里有数，将来也不难为你说话。"

皇上驾崩，照例请脉的太医都会给处分，不过，当政者心中有数，等机会来了，总会设法开销。只是这个机会和时间也要看有没有人帮着说话。肃顺如此表示，便是以将来帮助李德立尽快开销处分换取皇上病体的实情。

李德立说："如果能够撑过酷夏，秋凉后一定能够大安。"

七月初就立秋，七月下旬便渐渐凉爽。如此算来，皇上的阳寿不过月余。肃顺对李德立说："你和栾院使悉心治疗，尽人事，听天命。不过你放心好了，一切有我呢。"

只有一个月的时间，必须尽早为皇上身后的政局有所布置。但这是件极难的事，因为时机不对，适得其反。但给恭老六上点眼药，却不是太难的事。果然，机会来了。宁波籍御史参宁波地方官，以筹防为名，聚敛五十余万两，却不好好设防，而是把防务交给雇募的英国火轮。两艘火轮怎么能够守得住宁波？而当政者与英方勾结，贪墨款项十余万两。浙江近半年来连续丢城失地，浙西的衢州，浙东北的湖州、嘉兴已经尽陷太长毛之手，宁波是浙东门户，如果宁波不守，杭州就成孤城。咸丰帝气得大骂浙江巡抚王有龄，让他彻查宁波道府官员。

肃顺说："皇上，洋人贪利，为了厚利无所不用其极。依靠洋人，信赖洋人，十足坏事，宁波就是教训。"

咸丰生气地说："老六在他那个老丈人的撺掇下，一味相信洋人。朕真是后悔把京城交给他们翁婿。"

肃顺立即抓住这个难得的机会，说："老六挟洋自重，原来只是推测。最近焦祐瀛从天津家信中得到消息，说英法联军都不耐严寒，怕困在北京，去年秋末已经决定无论签不签和约，必须在九月底就回天津。老六本来可以利用联军急于回津这一点好好和他们讨价还价，可是却完全按照英法的要求签订城下之盟。别的不去争的话，至少销掉洋人驻京这一条，如果洋人不驻京，皇上也许年前就回銮了，也不至忧愤成疾。"

咸丰皱着眉头问："关键是老六知不知道洋人怕冷急于回津这一点？"

肃顺毫不犹豫,决绝地说:“绝对知道!为了讨好洋人,他还让顺天府给洋人弄了几千件羊皮袄。据说,桂中堂曾经对人说,恭亲王是办抚局的,只要把洋人哄走就是大功一件。”

咸丰帝气得脸色铁青,拍着炕沿说:“这对翁婿,真是丧尽天良。”

肃顺的目的已经达到,反而为恭亲王说话:“皇上,不过设身处地地想一想,他们俩当时也够难的,洋人烧了淀园,又在城头上架上火炮,要讨价还价也不容易。”

“朕最在意的就是洋人驻京,面递国书。朕的意思,无论如何应该把这两条消弭。可是洋人最终还是驻京了,朕一想起来,就像吞了苍蝇。”

肃顺说:“皇上也不必着急,等回銮后,臣再设法与洋人交涉,给他们点生意的甜头,换取他们退到天津去。洋人贪利,我想只要下功夫磨,一定能够把洋人打发走。”

咸丰说:“对,应当这么办。”

给恭亲王上眼药的事算是办妥了,但要向皇上进一个顾命大臣的名单,却是相当不好办,无论如何是无法主动提出来的,非要恰当的机会,旁敲侧击,让皇上自己提起。这样的机会实在难以捕捉。

经过二十余天的调治, 皇上的身体总算恢复了些。七月十二是皇后生日,宫中称千秋节,皇后一再恳请一切从简,但咸丰不答应,说去年因为洋人进军,皇后的千秋节就没有过好,今年无论如何不能冷清。而且皇上担心很有可能这是他给皇后过的最后一个千秋节,所以比皇后还起劲。上午皇后接受行在公主、福晋、命妇行礼,从中午开始安排了几场好戏,也都是咸丰帮着钦点的,而且咸丰特意赶来陪皇后及进宫的命妇们。咸丰精通戏文,到了能够指点名角的程度。自到了热河,政余的时光,除了打猎游玩,消磨最多的就是看戏,能连着看一整天也不嫌烦,往往把陪着看戏的人熬得受不了。

但这次看了不到半个多时辰,他说:“吵死了,心烦。”起身就走了。

皇后心里无比惊慌诧异,咸丰如此反常,不是好兆头!但她必须故作镇定,不然宫内宫外立即传出许多的谣言。她叮嘱宫女传给敬事房总管太监,随时通报消息。两刻钟后传来消息,皇上觉得疲倦,已经躺下休息,太医已经请脉,报的是大安,说是静心休息就能好转。

但一直并未好转,皇上一直处于半迷糊状态,有时会自言自语,说一些没头没尾的话。李德立告诉肃顺，皇上已经油尽灯枯，不过是三两天内的事。肃顺异常着急，因为皇上身后的事还没有着落！

这天下午，咸丰一觉醒来，说饿，想喝鸭丁粥。这是现成的，喝了小半碗，自觉精神头还行，着人立即找肃顺来，并让所有人退出大殿，这是有极密的事情需要交代。肃顺也知道，这恐怕是唯一的机会，无论如何不能错过。

“朕的身体自己有数，阳寿无多，有些事情必须交代了。”咸丰神情凄凉，气息微弱。

“皇上春秋鼎盛，臣还要好好地为皇上效个几十年的力气。”肃顺这样说，但掩不住心里难过，君臣一场，皇上对他几乎言听计从，除了君臣之义，两人之间也的确存着一份兄弟般的情谊。心里一难过，热泪就涌出来，涕泗交流，一发不可收拾。

咸丰眼睛也红了，说：“肃六，不要这样，你听朕说话，朕的精力无多，撑不了多长时间。”

肃顺拿马蹄袖擦擦眼角，膝行几步，握住咸丰的手说：“皇上有何旨意，吩咐臣就是，臣听着呢。”

“朕万年之后，大阿哥继承大统，可他还是个孩子，朕拜托你好好辅佐。”

“臣肝脑涂地，也要辅佐好大阿哥。”肃顺等了好久的机会来了，“只是臣德薄才浅，只怕担不起这份天大的责任，还请皇上点派几位忠心耿耿的亲贵大臣，与臣一起担责。”

咸丰点点头说：“朕也想到了，既然是以你为主，当然必须与你和衷共济。你看谁合适，先说来朕听听。”

肃顺磕头说：“臣不敢僭越，此名单非皇上宸衷独断。”

“你说无妨，我们君臣参酌。”

“是。怡、郑两王，是皇上钦点的参政亲王，奉差以来，一直与臣和衷共济。”

咸丰点头表示认可。

“祖宗家法，亲亲尊贤。要讲亲，无逾恭亲王。”肃顺注意到皇上皱了皱眉，因此大胆地说下去，“但恭亲王太过依赖洋人，臣担心长此以往引狼入室，养虎遗患，因此不敢渎请列名。”

咸丰点点头。

“六额附景寿是皇上至亲，又忠诚仁厚，且监督大阿哥典学，堪当赞襄重任。”

六额附景寿是咸丰的姐夫，为人老实，易于控制。肃顺搬出他来替代恭亲王，应付“亲亲尊贤”的家法，堵上亲贵们的嘴巴。

咸丰也点了头。

“自从世宗设立军机处以来，军机处便取代内阁成为行政中枢，行在的四位军机大臣，也是皇上所赏识，臣以为也应列名为当。”肃顺以头碰地，“臣妄议，请皇上参酌。”

咸丰说：“让朕再想想。”

名单没有确定下来，但皇上也没有否定，事情只能做到这一步了。

咸丰说：“还有件事，朕要托付给你。皇后宅心仁厚，你要好好尊敬她，保护她。”

肃顺再磕头：“皇上放心，臣一定保护好皇后。”

“按祖宗家法，将来势必两宫并尊。以西边的性情，必定想爬到皇后头上去，你必须设法裁抑。”咸丰停顿一下，想了想说，“但也不宜过分，全由你视将来情形把握。”

“是，有所裁抑，但不宜过分，总以尊敬、保护好皇后为宗旨。”肃顺述旨。

说过这些话，咸丰已经耗尽神气，闭着眼，摇摇头说：“你跪安吧，朕要歇息。”

肃顺磕个头，退出大殿。

次日早晨，咸丰精神不错，喝了小半碗冰糖燕窝，岂料晚饭时正准备用膳，忽然昏厥。当时在侧的只有御前大臣景寿、醇郡王奕譞。景寿老实无用，醇郡王年轻不知所措，手忙脚乱把皇上抬到榻上。亏得肃顺闻讯赶来，立即命召太医，请大阿哥前来侍疾，同时派人分头请诸王、内务府大臣、宗人府宗令、军机大臣到朝房等候。

太监抱着大阿哥到了，但此时咸丰尚在昏迷中，肃顺安排先让他们在偏殿中等候。太医栾泰和李德立飞奔而来，两人都是满头大汗。等栾泰请完脉，肃顺问：“皇上到底怎么样？”

“是虚脱了。”

“无论如何得让皇上醒过来，有多少事要交办！”肃顺说，“有没有得用的方子？”

“有。”栾泰有些犹豫。有是有，但全靠参苓大补的药来扶持，病人可以得一时的清醒，但可能会因此无可救药。但这话无法说透，只有李德立明白。

“有那还磨叽什么？赶紧写方煎药！”

栾泰看李德立一眼，是征求他的意见。皇上已经是无药可救，也就不必在乎眼前用药的短长，能让皇上撑着说几句话就算大功告成，所以他点头说：“你写脉案，我负责抓药煎药。”

这样忙了半个多时辰，熬出了小半碗浓稠的药汁，由太监帮忙，李德立亲自撬开皇上的牙关，把半碗药喂进去。一直快到子时，皇上醒过来了，看了身边的几个人一眼，对肃顺说：“肃六，我有点饿，有什么吃的？”

太监早就去传膳，按平常的规矩，摆了满满一桌。咸丰直皱眉头。肃顺问：“皇上想吃点什么？”

“来碗鸭丁粥。”

鸭丁粥上来了，肃顺亲自侍候，咸丰喝了几口，就把碗推到一边，说：“朕不行了，这是回光返照，除了你们御前几位，赶紧叫亲王、宗令、军机大臣。”

口谕立即传了出去，人早就等了半夜，此时以惠亲王绵愉为首，众人进了西暖阁，纷纷跪在榻前。绵愉是皇上的五叔，奉旨御前免跪，垂首说：“皇帝，绵愉给你请安了。”

咸丰吃力地把脸转向绵愉，说：“五叔，朕快不行了。”

跪了一地的大臣，听了这话都抽泣起来，绵愉说：“皇帝安心静养，不难大安。”

咸丰抬手指指碰头抽泣的众人说：“你们都不要这样，听朕说话。朕把你们请来，有几件事交代。”

惠亲王向地上的众人喝一声：“不要哭了——”又躬身对皇上说，“皇帝请吩咐，绵愉等谨遵圣谕。”

“朕就一个儿子，也不必遵祖制秘密立储，今日起就立为皇太子。”皇上喘息一会儿，“皇太子年幼，朕得指定几个大臣辅佐。”

这是最关键的时刻，众人都屏息静听。

“载垣、端华、肃顺、景寿，还有军机大臣穆荫、匡源、杜翰、焦祐瀛。”

众人数着，八个人，其中没有恭亲王，殿内的十几个人心情自然不同，绵愉等亲王深感诧异，而肃顺等人却是万分庆幸，苦心谋划总算没有白费。

肃顺安排人抬一张小几，架在皇上面前，把朱谕专用的宣纸和朱笔奉上。咸丰捏起笔，手抖得厉害，用左手握住右手手腕，也无法下笔。皇上把朱笔扔到几上，说："你们承旨来看。"

肃顺看焦祐瀛一眼，平时军机处的要紧廷寄都是他起草。等他起草完了，先交军机首领穆荫，穆荫看一眼，交给肃顺。肃顺看一眼，极为满意，立即双手呈到皇上面前的几上，并拿过烛台照耀着那两份极简短又极其重要的文件。咸丰看了一眼，说："宣旨吧。"

穆荫站到众人面前，面南背北，念道："皇长子载淳立为皇太子。特谕。"接着念另一份，"皇长子载淳现立为皇太子，着派载垣、端华、景寿、肃顺、穆荫、匡源、杜翰、焦祐瀛尽心辅弼，赞襄一切政务。特谕。"

旨意宣完，肃顺打头，向皇上谢恩盟誓。

"皇太子呢？让他来行个礼。"咸丰说。

皇太子此时正在皇后宫中，一会儿就由太监抱着过来了，他看到那么多人跪在地上，犹豫着不敢进。咸丰招招手说："载淳，到皇阿玛这儿来。"但声音太小，皇太子几乎听不到。这帮人里面，唯有额附景寿负责皇太子典学，两人见得比较多，他过去拉着皇太子的手到了龙榻前。皇太子看到皇阿玛的脸又瘦又长，而且没有一点血色，嘴一撇，带着哭腔没头没脑地问："皇阿玛，我听别人说我快要当皇上了。"

景寿小声教训说："皇太子怎么能这么说话，还不快向皇阿玛请罪！"

皇太子哇哇哭起来："皇阿玛，孩儿不要当皇上，孩儿要皇阿玛活着。"

这话把咸丰的所有不快打消了，他抚摸一下儿子光洁的脸颊，心中万般怜惜，后悔平时对儿子关爱极少，又想到小小孩子没了父亲，将来不知会遇到些什么，心里一软，自己也落下泪来，说："载淳不哭。皇阿玛的曾祖八岁继承大统，除鳌拜，平三藩，收台湾，创出了康熙盛世。朕一生世运不济，皇阿玛把一切都托付在你身上，再给大清创出个盛世来，皇阿玛见了列祖列宗也好有个交代！"

景寿教导说："皇太子，告诉皇阿玛，你一定记住皇阿玛的圣谕。"

皇太子摇着皇阿玛的手，只是重复一句话："皇阿玛，孩儿不想当什么皇上，孩儿要皇阿玛当皇上。"

咸丰说："载淳不哭。皇阿玛给你请了八位大臣辅佐，你来，行个礼吧。"

景寿指点着皇太子如何行礼，肃顺等人则一再表示不敢受。咸丰闭上眼睛，是不胜其烦的表情。惠亲王说："皇上累了，你们不必固辞，赶紧受礼吧。"

皇太子向八位赞襄政务大臣拜了三拜，八大臣也回礼。

咸丰挥挥手，示意把皇太子送走，说："叫皇后和懿贵妃。"

皇后住东跨院，懿贵妃住西跨院，很快就到了。大臣们让开地方，两人跪到龙榻前。皇上说："天下没有不散的筵席，朕没有多少待头了。"

皇后和懿贵妃都哭起来。

咸丰从身边的枕头下摸索好一会儿，摸出两个黄布小包裹，掂一掂，把其中一个递给皇后，说："这是朕的御赏印，留给你做个念想吧。"

皇后举手接过，早就哭得泪眼迷离。

咸丰又拿起另一个小包裹，说："兰儿，这个给你，是朕的同道堂印，也留个念想吧。"

懿贵妃初入宫时，封兰贵人，当时宠冠六宫，皇上昵称她"兰儿"。这个称呼已经好几年听不到了！懿贵妃百感交集，抽泣着应道："兰儿在！"双手接过印，磕头谢恩，也早哭得梨花带雨。

咸丰又说："兰儿，你记住朕的话，要尊敬皇后。"

懿贵妃哭着应道："兰儿遵旨，一定尊敬皇后，请皇上放心。"

咸丰说："朕请了八位大臣，辅佐载淳。将来发布上谕，文首盖御赏印，文末盖同道堂印。"

皇后哭着答应，未想其中深意，而懿贵妃和肃顺都明白，这其实是对赞襄政务大臣的限制。懿贵妃心中欣慰，不至于将来处处受制于人；肃顺心中略感遗憾，不过也只是盖印而已，也没什么大不了的。

咸丰这时候已经闭上眼睛，只有眉毛有时还动一动。肃顺对惠亲王说："五叔，你和大家都先去歇着吧，皇上这会儿怕要好好睡一觉。我们轮流侍候，有事时再请你过来。"

众人于是出了西暖阁，几位御前大臣简单分了下工，其他人找地方先眯瞪一会儿。

咸丰气息微弱，说："让皇后留一留。"

肃顺连忙把皇后请回来。

咸丰抬抬手，指指门外，肃顺会意，也退了出去。咸丰从枕头下拿出一纸朱谕，递给皇后说："将来懿贵妃若安分守礼也就罢了，如果欺你太甚，到时你可召集亲贵，以此旨杀之。"

皇后抱住咸丰的手，哭得上气不接下气，而咸丰已经累得听不见她的哭声了。

懿贵妃没有回她的西所，而是去了皇后的东跨院。稍等一会儿，皇后回来了，失魂落魄，把皇上赐的御赏印捧在胸前，一直在哭。懿贵妃说："姐姐，不要哭了，当心哭坏了身子，有多少事情等着你拿主意呢。"又对皇后亲信宫女说，"我和皇后有话说，闲杂人别放过来。"

皇后这会儿抹了抹泪，说："这可真是塌了天了，咱们真要成孤儿寡母了。"

懿贵妃说："姐姐别怕，咱们自己帮自己，还有，总有人可以帮我们。"

"谁能帮我们？"

"六爷可以。"

"六爷连赞襄政务大臣都不是，可怎么帮得上。"

"这正说明六爷可以指望。"

按懿贵妃的说法，论亲论贤，恭亲王都该名列赞襄，而未能列入，完全是肃顺有意排挤。开始不让六爷视疾，后来又不许来拜寿，如今又变着法不让六爷赞襄政务，正说明肃顺一伙人特别怕六爷。

"我知道你恨肃顺，可是赞襄政务大臣毕竟是皇上派定的，咱们往后，恐怕还要指望他们。"

"当然，如果他们不过分，一切都好说。可是如果咱们受了欺负呢？"懿贵妃说，"赞襄政务大臣是皇上派定不假，如果不是肃六从中挑拨，六爷怎么可能连名也列不进去？这八个人，除了六额附，全是肃顺的同党！"

皇后想一想，点头说："还真是，这几个人都是唯肃顺之命是从，好在还有六额附。"

"六额附指望不上，他那人太忠厚老实，这也是肃六选上他的原因，拿他顶掉六爷，为的就是将来他说什么是什么。"

"是啊，将来那还不全是肃顺的天下。"皇后想想前程，也有些担忧。

"哼，他妄想。"懿贵妃却自有主见，"姐姐，皇上还小，皇上的江山，将来咱姐妹俩得多操心,帮他看好了。皇上给咱们印的意思就在这里。”

皇上赐印,说的是留个念想,皇后还真没做他想。

“为什么将来发布上谕,要盖这两个印呢?皇上的意思,就是让我们俩来监督这八个人,如果他们发布的上谕不成体统,侵夺皇权,我们就可以不盖这个章,他们缮递的上谕就无法发布。”

“他们要是不答应呢?”皇后想想就有些担心。

“这就是我说的咱们要自救。首先咱们姐妹俩要一心一意,皇上让我尊敬皇后,我已经给皇上发过誓,一定会尊敬姐姐。只要咱们齐了心,又有两颗印在手,肃六想欺负咱们也没那么容易。”

“政务的事情我是一窍不通,他们递上的上谕,有没有毛病,我是看不出来的。”

“姐姐放心,有我呢。这几年帮万岁爷批折子,我是下了功夫的,里面的道道,我也算摸了个八九不离十。”

“这就好,以后你就多费心吧。”

懿贵妃把该说的话说完了,让皇后先歇息会儿,大半夜了连眼也没合。她也该回西跨院,有好些事情要吩咐下去。

今天是七月十六,不,已经是十七了。月亮几乎还是满月,悬在西天,月光如水,而在懿贵妃眼里,只有凄凉。寡妇这个词,从前没有切身的体味,如今,自己却马上就要成为民间所谓的寡妇了。二十六岁的寡妇,将来独守空房的漫漫长夜,可怎么过下去!一想起当年宠冠六宫的日子,她对奄奄一息的皇上几乎恨不起来了,毕竟一日夫妻百日恩!即使不再受他的宠幸,即使有丽妃还有那些杂七杂八的人夺了她的宠,但她的一切荣华富贵,不都是他带来的吗?快一夜没有合眼了,她的太阳穴突突地跳疼。必须睡一会儿,不然等大事来了,会撑不下去的。

懿贵妃梦到当年住在圆明园天地一家春的日子,皇上对她宠爱有加,有一年拉着她的手到花丛中去。可是,一转身,皇上躲起来了,找来找去找不到。她急得哭起来,可是无论她怎么拼命喊,就是喊不出声音。她听到一声叹息,像在远处,又像在耳边,她这时醒过来了,心里咯噔一下,问:“什么时候了?”

安德海在门外应道:“主子,寅初二刻刚过。”

寅初二刻也就是早晨四点半。

自己竟然睡了一个多时辰。她回想刚才的叹息声,分明就是皇上。她在心里说,不好,也许皇上要走了,便问:“皇上怎么样了?”

安德海说:“刚才奴才派的人还来报,皇上还在睡着,皇太子在殿里侍候。”

正说着,只听得东边烟波致爽殿方向传来一片哭声,继而各宫都哭起来。

## 皇太后要与恭亲王联手

懿贵妃吩咐说:“皇上走了,你们摘帽缨吧。”

官员太监的帽缨都是红的,国遇大丧,首先是要把红帽缨摘掉,以白布遮盖。宫中的灯笼也都要套上白布,红蜡烛也都要换大白蜡。

这些事情不用懿贵妃操心,也不必安德海操心。

“你过去打听一下,皇太子是不是已经继位。”

国不可一日无君,皇上驾崩,皇太子都是立即柩前继位。这其实不用担心,懿贵妃关注的是她的皇太后身份。作为皇上生母,她应当尊为圣母皇太后,皇后要被尊为母后皇太后。两宫并尊,但是否同时御封,关系不小。这些不用向安德海交代,他自然应当及时探明报告。

过了半个时辰,安德海回来了,给“懿贵太妃”道喜,皇太子已经柩前继位,当上皇上啦。懿贵妃一听贵太妃的叫法,勃然大怒,恶狠狠地说:“皇上驾崩,你道哪门子喜!自己掌嘴二十!”

等安德海自己打完了,她才问:“怎么回事?”

安德海自然知道问的是什么,捂着腮帮子说:“皇上继位后,肃顺教导皇上应当尊皇后为皇太后。其他妃嫔,尊为太妃太嫔。”

懿贵太妃只觉得血往太阳穴涌,头疼得厉害,说:“快扶我躺下。”

她躺下想睡一会儿,却无论如何睡不着,只恨不得把肃顺生吃了。一会儿又恨皇后——如今的皇太后,今天夜里已经把话说得那么明白,姐妹两个要齐了心,这时候自己不便说,她应该提醒肃顺,两宫并尊才对。老实人的无用也真是可恨。

皇后册封为皇太后,她必须过去行礼。但应当尊为皇太后的人以贵太妃的身份出头,她无论如何咽不下这口气。没有其他办法,只有装病——其实也不用装,她确实头疼得厉害。她打发安德海去向皇太后告病,顺便打听一下皇上此时在干什么。

大约半个时辰,安德海回来了,说皇上亲视大行皇上小殓后,移灵至烟波致爽殿正间,此时正在守灵。懿贵太妃本想把儿子叫过来,问问他为什么当时不与皇后一块封太后。这件事情,已经让侍候皇上的太监教导过的。可是一想,一个五六岁的孩子,又在灵前,心里不知多么慌恐,哪里想得到这么多,还不是完全按肃顺的教导来办?不怪儿子,只怪肃六太可恶。

到了午后,皇太后打发宫女来问贵太妃的病好些了没有,如果好些了的话,请贵太妃移驾,有事商量。

懿贵太妃让安德海问是什么事,宫女说好像赞襄政务大臣递了一道旨意,是恭理丧仪大臣名单,得在上面盖章。

懿贵太妃冷笑一声说:“我病得厉害,去不了。你告诉她,我病得厉害,刚刚睡着了。”

到了下午,懿贵太妃仍然“在熟睡”。而恭理丧仪的名单急于发布,肃顺、载垣、端华三人到皇太后宫里回了好几件杂事,顺便催问恭理丧仪名单,听说懿贵太妃还在睡,肃顺与载垣对一下目光,说:“恐怕未必真睡着。”

皇太后问:“她一夜没睡,今天头疼又犯了,上午才睡着,你这话怎么说?”

肃顺说:“臣想,她大约是在等太后的封号。”

“啊,对了,肃顺,她也应该尊为皇太后吧?”皇太后也恍然大悟,明白毛病正是出在这里。

“是,按祖宗家法,皇后尊为母后皇太后,皇上的生母尊为圣母皇太后。”肃顺说,“虽是并尊,但皇后是正宫,皇上先尊母后皇太后,也没什么不妥当。”

“咳,反正都是皇太后,一块封多好。”

“今天皇上柩前继位,尊封母后皇太后,时机恰当。此时皇上正在守灵,就不太合适了。”肃顺有一套说辞,“明天大行皇上要奉安梓宫于澹泊敬诚殿,皇上还要检视大殓,那时候在亲贵众臣前再尊封圣母皇太后比较隆重。”

皇太后想了想，觉得也有道理，只能如此了，便说："名单的事你们放心好了，一会儿我去看她。"

出了皇太后宫，肃顺对载垣、端华说："她这是和咱们耗上了。好，看谁耗得过谁，宁愿晚一天发布名单，也不能向她低头。"

载垣说："早晚是要封太后的，躲不过去。"

"早晚大有讲究，早一天也体现出了尊卑。大行皇上交代我们要尊敬皇后，我这也是按大行皇上的旨意办。"

皇太后到了西跨院，问安德海："你们主子睡醒了没有？"

安德海说："奴才还不太清楚，前一阵还在睡，容奴才去瞧瞧。"

等皇太后进了套间，懿贵太妃一副刚刚睡醒的样子，说："这些奴才也不早通报一声，没出去迎皇太后。"

皇太后连忙拉她起来，说："咱们姐妹何必那么多讲究。"

懿贵太妃说："姐姐刚封了皇太后，我应当去行礼的，可是偏偏不争气，这时候病倒了，连大行皇上的灵前也没去行礼。"

皇太后说："别那么见外，你也是皇太后，明天大殓皇上要在亲贵大臣面前亲口来封。"

于是将肃顺的说法说给懿贵太妃听。懿贵太妃听出是肃顺的诡计，但太后一心为自己打算，实在是哑巴吃黄连。这也就是说，明天的大殓礼，自己仍然不能以皇太后身份参加，便说："我头疼的老毛病又犯了，还带了头晕，不知道明天的大殓礼能不能参加。"

皇太后信以为真，安慰她说："不要紧的，等你好利索了，好好在大行皇上面前行个礼就是了。"

于是拿出恭理丧仪名单。懿贵太妃听说上午已经安排人来过，一副被蒙在鼓里的表情，说："这些狗奴才真是越来越不会当差了，这是什么时候，也敢耽搁！"作势要叫小安子责罚。

皇太后说："他们也是好心，你又何必生气？"

于是懿贵太妃拿出大行皇上赐的印，在文末钤上"同道堂"。

次日辰初，大行皇帝移灵至澹泊敬诚殿。小皇上在六额附的陪同下先是在烟波致爽殿台阶下跪送，然后赶到澹泊敬诚殿后檐下跪迎。到巳初行大殓礼，小皇上当着诸大臣的面封懿贵太妃为圣母皇太后。

大殓礼后，肃顺、载垣、端华三人来见皇太后，有几件事情需要回奏。第一件就是封皇太后的上谕，分成两件，一件是封母后皇太后，日期为昨天；一件是封圣母皇太后，时间是今天。母后皇太后说："既然是两宫并尊，何必用两道上谕。我看日期也不必分别，都署昨天好了。"

既然已经达到贬抑懿贵太妃的目的，肃顺也不必再坚持，由他亲自执笔——载垣、端华腹中墨水实在有限，视文字为畏途——重新写旨呈进。

皇太后有自知之明，怕有不认识的字，说："你念来我听就行。"

肃顺于是念道："咸丰十一年七月十八日内阁奉上谕：朕缵承大统，母后皇后应尊为皇太后，圣母应尊为皇太后，所有应行典礼，该衙门敬谨查例具奏。"

皇太后点点头，表示同意。她实在听不出有什么不妥当处。

接下来还有三件事，一件是道光、嘉庆驾崩后，都曾经有旨不准各省将军、督抚、提镇等大员叩谒梓宫，也应遵此成例；一件是梓宫回京，道路必须拓宽，每天居停地方，也需搭建芦殿，古北口以内，由直隶总督负责，古北口以北，由热河都统办理；还有一件，是关于长江水师指挥问题，镇江冯子材奏请，长毛占据江苏大部后，购造大批战船，长江下游备受滋扰，请派水师到下游，并驻泊镇江，派人专门统带。咸丰帝本已谕准，但江宁将军都兴阿上奏，认为官军水师力量本来就单，如下游再派指挥，则事权不一，呼应不灵。认为还是统一指挥，何处有警，便驰援何处为上。赞襄政务大臣的意见，同意都兴阿的意见，但将来镇江有警，必须妥筹策应，镇江坚守孤城，如因水师策应不及，致有疏失，唯都兴阿等是问。

前两件事皇太后还能听得明白，关于长江水师这一件，她完全一头雾水，更不用说发表意见，只好说："好吧，你们把旨意放在这里，一会儿我和圣母皇太后盖印。"

还有一件事，不必发布旨意。要在烟波致爽殿西暖阁的佛堂设"倚芦"，供皇上在这里席地寝苫。为了照顾皇上起居，肃顺建议母后皇太后住到东暖阁。皇太后一口答应，东暖阁有大行皇帝的御书房，在此召见赞襄政务大臣比在皇后宫里方便得多。但她同时提出，让圣母皇太后住到西暖阁，既便于照顾皇上，也便于两宫商量事情，并且："旨意要我们两人盖章，住得近点儿也方便。"

这又出乎肃顺的计划,他本来是有意尊崇母后皇太后,没想到便宜了圣母皇太后。

母后皇太后带着四份上谕,前去看望圣母皇太后。先让圣母看第一份上谕:“他们非要弄两件上谕,还要把咱俩分在两天封,我没同意,让肃顺就在我宫里改的。”

圣母皇太后说道:“姐姐,你可知道肃六为什么非要把咱俩分在两天吗?他是成心挑拨你我的关系,让咱姐妹俩生分,他好从中糊弄。”

母后皇太后说:“对了,今天前几道上谕我都看得明白,最后一道,他们说得我稀里糊涂,现在想想,他们就是成心让我糊涂。”

圣母皇太后看了最后一件上谕,说:“姐姐,这份上谕不能这么发下去,咱得弄明白到底是怎么回事。冯子材为什么要求下游水师单设,都兴阿为什么又反对,咱们非看了他们的原折不能确定到底谁对谁错,得让他们把折子呈给咱们阅。”

“他们要不答应呢?再说,我也看不明白。”

对看折的权力,圣母极为看重,不然依样画诺,岂不是肃顺的傀儡?她极力劝说母后皇太后争取到这一权力:“姐姐不用怕,你看不明白,我看明白了一点点给你讲清楚。”

于是当即决定,在母后皇太后宫中召见赞襄政务大臣。等肃顺和载垣、端华三人回到母后宫中,见两位皇太后一左一右并坐,就有些奇怪。圣母皇太后说:“四件上谕,三件都已钤印,关于长江水师那一件,暂时没有钤。”

肃顺直通通地问:“为什么?有什么不对吗?”

对肃顺如此责问,圣母皇太后心里极其厌恶:“谈不到对不对。没有看两方的原折,无法判定谁对谁错。”

肃顺又问:“那圣母皇太后是对我们赞襄政务大臣不信任了?”

“没有,你们是大行皇上信任的人,我和姐姐没有什么好怀疑的。”

母后皇太后也说:“对,我和妹妹都信任你们。”

圣母皇太后说:“信任归信任,不等于我们不看折子。既然要在上谕上钤印,那么当然要对上谕所涉及事件有所了解。”

载垣说:“圣母皇太后说得不对,大行皇上说得明白,只有文首文末钤印,并未说要看折子。”

母后皇太后一听这话，就觉得自己理亏，但圣母皇太后却十分镇定，问：“载垣，那我问你，大行皇上为什么要让我和姐姐在上面钤印。”

载垣说：“表示对皇权的尊重。”

“那就是了。皇上如今年幼，谁帮助皇上维护皇权？除了你们八位，当然还有我们姐妹俩。所以，我们应当对上谕负责，你们也应当呈阅折奏。”

端华说：“这有些烦琐了，不是大行皇上的意思。”

圣母皇太后说：“郑亲王，如果这不是大行皇上的意思，那大行皇上的意思又是什么？如果大行皇上不是这个意思，那就不会让我们姐妹俩多此一举在上谕上钤印。把两颗印给你们随便去盖，或者干脆不要这两颗印就是了。大行皇上岂非多此一举？”

这一问相当厉害，三个人竟然被驳得无话可说。肃顺说：“圣母皇太后的要求与大行皇上的交代有异，赞襄政务是八位大臣，我们得回去与其他五位商议一下。”

圣母皇太后说：“好，姐姐和我等着你们回话。”

三个人极其敷衍地行个礼，几乎是甩袖而去！圣母皇太后指着他们的背影说：“姐姐你瞧瞧，他们哪还有点敬畏谨持的意思！”

“如果他们不答应，那可怎么办。这不就刚开始办事就谈崩了吗？”母后并未计较礼节，而是担心八大臣不会同意呈阅折奏。

圣母皇太后很有把握地说：“他们必须答应，咱们占在理上——他们要是不答应，咱们就把行在的亲王、御前大臣还有宗人府宗正叫过来，让他们评评理。”

母后皇太后说：“这里面也是他们人多。”

圣母皇太后一想，果然如此。这时她心中一个盘算好久的计划说出来：“姐姐，真正能帮上咱们的，恐怕只有六爷了。实在不行，就把他招来，问问他有什么办法。”

母后皇太后连连摇头说：“那总得有个理由，刚刚下了旨，不让大家到行在叩谒梓宫。再说，洋务那一摊子，也离不开他。”

两个人正在彷徨无计，却从窗户里看到肃顺为首，端华、载垣紧随其后进了院子。母后皇太后很紧张，圣母皇太后却一下坦然了，因为她看到肃顺手里抃着一摞奏折。

三人行了礼,肃顺说:“回去后和大家商议了一下,大家觉得皇太后的要求有道理。这是最近压住的折子,十好几份,请皇太后尽快阅示,都等着办理呢。”

圣母皇太后说:“刚才我还和姐姐说,赞襄政务大臣是大行皇上信任的人,也是通情达理的人,一定会将折奏呈阅。”

这话听上去像是赞扬,其实暗藏机锋,如果八大臣不同意,就是不通情达理了。载垣想要说话,早被圣母皇太后截断了话头,说:“其实,我和姐姐非要这样办理,既是为了维护皇权,也是为了维护你们。”

这真是岂有此理。

“你们不要以为我这是强词夺理。如果你们缮进什么旨意我和姐姐不闻不问,就钤印,这和把两个印交给你们又有什么区别?传到外面去,外面的人会不会说,赞襄政务大臣恃信骄横,视皇太后为傀儡?”

听圣母皇太后这么一说,三个人还真是吓了一跳。

圣母皇太后趁热打铁,说:“你们八个人,大行皇上是赏识的,不然不会让你们赞襄政务。尤其是肃顺,皇上许多次对我和姐姐说过,大清内忧外患,没有肃顺这样的人来整肃风气,局面恐怕不知要坏到哪里去。没有肃顺这样的奴才在前面给朕顶着,那么多麻烦事,烦也把朕烦死了!”

这话肃顺信,因为大行皇上也亲口这么赞过他。

“我还是刚才那句话,信任和看折子是两回事,我和姐姐看折子,不意味着就是不信任你们,反而外面会说,所有旨意都是经皇太后仔细斟酌的,赞襄政务大臣没有蒙蔽,也没有擅权。你们且想一想,这是不是对你们的保护?”圣母皇太后又指指那一摞折子,“我和姐姐看折子归看折子,那么多事情,政务,军务,还有洋务,我们哪里懂,还不都是靠你们来赞襄?”

这番话说下来,肃顺首先赞同了,说:“皇太后说得有道理。今后不但所有折奏一概呈览,缮递的上谕有何不妥,皇太后也可以指正。”

圣母皇太后说:“那是当然,不过,你们缮递的上谕姐姐和我都相信,一定是妥当的。”

三个人“嗻”一声退出去,这次,没再像上次那样甩袖而去。等出了宫,端华对肃顺说:“老六,你今天太顺着西边了,有理没理,都答应了她。”

肃顺心里有些懊恼,嘴上却说:“她一个二十六七岁的小娘们,懂什么?

大政那是她一时半会儿能学会的？让她看折，翻不了天的。就今天这十几份奏折，她要看明白也得好几天。”

与三位赞襄政务大臣垂头丧气不同，母后皇太后十分欣慰，说：“妹妹，我可是服了你了，竟然把他们三个制服了。”

圣母皇太后说：“因为咱们占在理上了。”她从怀里取出“同道堂”印来，在关于水师的那份上谕上钤印。

母后皇太后说：“你不说要看折子吗？”

“我只是帮姐姐把阅折子的权力争过来，并不是非要看都兴阿的这份折子。”圣母皇太后又指指首尾的钤印说，“姐姐，皇上给我们这两颗印，是大有讲头的。他那么多印，为什么偏偏赐下这两颗。‘御赏’，代表的是皇权，‘同道堂’，这本是大行皇上书房的名字，同道，这二字颇有讲究，是让我和姐姐同心同道，辅佐皇上，维护皇权。”

母后皇太后一副恍然大悟的表情，说：“可不，细想想，大行皇上可真是用心良苦。”看看那一摞奏折，皱皱眉头说，“妹妹，这一堆折子，什么时候看完！”

圣母皇太后有意要显摆一下，说：“一大堆折子，往往需要动脑筋的也就几件。大多数是报告情况，批个‘知道了’或者一个字‘览’就行了，有的提出建议，如果无关紧要，批个‘依议’，如果办得好，可以批一句‘所办甚是’。有的是请示机宜，就非做出答复不可，或行不行，不行该怎么办，也要有所指授。”

在圣母皇太后看来很简单的事情，母后皇太后却觉得实在复杂得让人头疼。

圣母皇太后翻了翻奏稿，很快把几件丢到一边，说：“这是普通的问安，不必细看。”然后又理理剩余的十几份，说，“这一堆奏折，看上去不少，但细分也不多。六爷就奏了三件，一件是奏报与布路斯国议定通商条约情形，后面又附有给布国公使的照会，再有布国公使回复的照会；一件是报告法国公使布尔布隆告上海道的状，因为上海道不允许法国人在上海租地建房栈，六爷已经让江苏巡抚查办，后面又附有法使给总理衙门的照会，总理衙门给法使的照会；第三件与英国人有关，是英国人雇的华人私带货物进京。”圣母皇太后仔细看了一会儿说，“哦，是这么回事，根据条约，北京不是通商口岸，所以不能私带货物到北京来，以免偷漏关税。英国公使馆的参赞威妥玛，向六爷报告，他们使馆雇的中国人从天津过来，带着几只大箱子，怀疑里面有走私物品，让六爷派人去查办。一查，果然有洋货，不但让他补了税，英国人还把他辞退了。"

母后皇太后说："咦，英国人倒是不护短，还自己去告状。"

圣母皇太后说："这大约是英国人向总理衙门示好，表示他们严守条约。这件事说明什么？说明六爷办洋务办得好，外国人都服气。批个'知道了'也行，但六爷办理得好，也可以批'所办甚是'，这就是对六爷褒奖了。"

母后皇太后由衷赞叹说："你可真行——你还真要在上面批吗？"

圣母皇太后说："我不去批，让肃六他们办去。但咱们事情都知道了来龙去脉，他们要是办得明显失当，咱们就有话好说了。"等她又翻了几件，说，"哦，这里有一件是御史弹劾直隶的一个知县，吃了原告吃被告，而且还借办团练之名，逼勒练捐，大部分银子都与他的师爷贪墨了。"

"哦，这个县官真可恶，应当立即抓起他来。"母后皇太后听了十分气愤。

"不能立即抓。"圣母皇太后说，"得批给直隶总督，让他派人去查，查实了，让他们提出办理办法就是了。"

母后皇太后说："哦，原来是这么去办。"

圣母皇太后不想让母后皇太后把事情看得太易，说："这些都是简单的事情，有一些就很麻烦，比如军务，丢城失地了，那让谁去收拾？附近有哪些官兵，带兵的谁比较能打仗，是智取还是强攻，那可就得下功夫了。"

接下来几天，折子不论多少，都是一句话，"赞襄政务大臣酌办"。肃顺这下得意了，说："怎么样？她是争着要看折子，可是她看得了吗？看了也是白看，还得我们来办理。"

这样，外人看上去，两位皇太后和八位赞襄政务大臣，相处得很融洽，赞襄大臣的政见，在两位皇太后那里几乎没有任何阻碍都得以通行无阻。有人觉得，这样的政局保持下去，未尝不是好事。肃顺难免有些得意忘形，在官员掣签任命时就玩了花样。

所谓掣签，就是抽签。这是承自明代的任命中下级官员的方法。因为官缺太少，够资格的人多，结果请托之风盛行，明代的吏部尚书便发明了这一办法，够资格的前来抽签，抽到了是你运气，抽不到也没有怨言。虽然看似荒唐,但机会却是平等的,因此这个不是办法的办法竟然为大家所接受。从前掣签的范围主要是府县以下官员,完全由吏部或相关的部来办理。肃顺等人赞襄政务后,议定官员任命办法,督抚大员的人选由赞襄政务大臣提出名单,再请两宫懿旨裁决;府县官员仍循旧制掣签;如今皇上未亲政,为表示公平无私,赞襄政务大臣提议遇到大选、急选时,二三品官员也宜采用掣签法,深为两宫赞许。

这一天便是一次大选,要选出各部推荐的御史以及十八省学政,决定采用掣签办法。先掣签确定各省学政人选,方法是准备五十多根竹签,上面写有候选人姓名,都以白纸糊头。进呈御前后,两宫皇太后一左一右,小皇上居中而坐,胡乱从签筒中抽够十八根,十八名学政便确定了,这些人再到礼部去,由礼部堂官主持,再次抽签,决定每人出任何省学政。御史掣签的办法也大差不差。等选完了,这些人再由赞襄政务大臣、礼部官员带领前来谢恩。

这样忙下来,整整费去一上午时间,小皇上已经不耐其烦。这时候,赞襄政务大臣又奏,拟以醇郡王奕譞为正黄旗汉军都统。肃顺对醇郡王颇多赞扬,说他有志军旅,正可借此历练。

醇郡王奕譞是圣母皇太后的妹夫,妹妹已经多次说过他很希望能够到军旅中历练,都被圣母皇太后回绝。奕譞只有一个御前大臣的差使,如今皇上年幼,并不问政,所谓御前大臣便成了闲差,如今肃顺提议让他去任正黄旗汉军都统,真是求之不得。涉及自己的戚属,圣母皇太后反而不好说话,问肃顺:“这倒是合老七的胃口,不过他到底怎么样?够不够格?”

肃顺说:“七爷的心性,正适合在军旅上历练,正黄旗又是上三旗,由皇上的亲叔来统领,再合适不过。”

圣母皇太后又问母后皇太后,母后皇太后说:“就按肃顺说的办吧,让老七历练历练也好。”

然后肃顺又奏:“赞襄政务大臣赞襄一切政务,为便于兼顾户部事务,臣等奏请以赞襄政务大臣吏部左侍郎匡源兼署户部左侍郎,管三库事务;赞襄政务大臣太常寺少卿焦祐瀛迁为太仆寺卿,以便于管理马政。此外,镶蓝旗满洲副都统麟魁署镶蓝旗汉军都统;大理寺少卿潘祖荫拟署宗人府府丞。”

除了匡源、焦祐瀛外,麟魁、潘祖荫两宫皇太后连名字都是第一次听到。肃顺又将两人情况稍做介绍,总之是合适的人选。

当天下午,关于这一系列人事变动的上谕就全部钤印。岂料第二天,安德海就探来消息,说:“皇太后,咱们上肃顺的当了。他用一个正黄旗汉军都统,给四个亲信弄了差使。”

安德海听到的说法,正黄旗是上三旗不假,但皇上的侍卫却只从上三旗满洲、蒙古里选,汉军旗是有名无实。匡源得到的户部左侍郎,管三库事务,把朝廷的钱袋子抓到手里了;焦祐瀛的太仆寺卿,管理京师之外的马政和牧地,本来是个闲差,但行驾在外,所需马匹等均归其管理,皇驾出行其必随从,因此是事关皇驾安全的差使。从副都统擢为都统的麟魁是肃顺当年在刑部时的老上司,对肃顺有恩;得署宗人府的潘祖荫是肃府八子之一,为肃顺所赏识。

“更重要的是,按照掣签的约定,侍郎也罢,还是太仆寺卿、宗人府丞,都应该请皇上掣签才是。”安德海说,“肃顺他们选一个掣签的日子,却又根本不掣签,可是外面的人不知道,以为这四个缺全是掣签所得。”

圣母皇太后一听,真是如梦初醒。昨天她就隐隐地感到有些不对头,果然是中了肃顺的计。关键是涉及自己的妹夫,自己哑巴吃黄连。这样发展下去,大权非尽被肃顺一伙掌握不可!如今她与母后皇太后都住烟波致爽殿,一东一西,见面极方便。她决定把这件事说给母后皇太后,却发现窗外有个面生的太监靠在柱子根前,一副侧耳倾听的神情。她示意母后皇太后留心,母后皇太后招亲信宫女来问,说最近各宫都换了一批太监,都是新人。

于是圣母皇太后约母后皇太后出了大殿,说是到殿后边走走,除了亲信宫女一人外,其他人不必跟着侍候。圣母皇太后把安德海听来的消息添油加醋告诉母后皇太后,先把她吓住了:“你看,咱们宫里的太监都换了,肃顺想干什么?他是要把我们两个当成他的傀儡,任由他说东是东,说西是西。”

“那该怎么办?”母后皇太后是真担心,因为换太监的事她一无所知。

“我也不知道该怎么办了。”圣母皇太后说,“这种事情,我的见识还不如姐姐。”

“我哪里有什么见识啊。”母后皇太后说,“他让咱们搬到这里,顺便就给换上了好几个太监。怎么办,你得想想办法。”

“这件事,非请六爷来一趟不可。”圣母皇太后说,“且请六爷帮我们拿个主意。”

但热河防范极严，又该如何把消息传到京里去？

“得派一个妥当的人去。”圣母皇太后说，“我来想办法。”

恭亲王未列赞襄政务大臣，实在出乎他的意料。本来他最坏的打算，就是在辅政大臣中形单影只，孤掌难鸣，没想到，他根本连名字也未列入！这番打击不亚于六年前被咸丰帝逐出军机，撤去一切差使。照这样下去，不但洋务将来不好办，他的前途也十分不妙，以肃顺的狠辣为人，稍有不慎就可能被扳倒在地，荣华富贵说不到，恐怕还有性命之忧！

除了恭亲王，桂良、文祥、宝鋆、恒祺等跟着办抚局的亲信也是万分着急，从前被肃顺整过的人也都万分惶恐，肃顺得势，这些人都没好果子吃。

英法两国公使也异常担忧，因为赞襄政务大臣都是对外强硬的人，尤其是载垣，在天津掳走英法人质的就是他。这次联军进京，他府上损失最大，对外人尤其强硬。英国公使布鲁斯对文祥说：“我们对贵国政局的变化极为担忧，主持和谈的恭亲王未能进入权力中心，而主持政府的人都是对外国满怀偏见和敌意的人，这种局势，无法确认中国能够切实履行条约，我已经派人通知天津驻军，暂时不再撤走。”

文祥一再向布鲁斯表示，中国一定会信守条约，不会再有反复。这些话连文祥都无法相信，何况布鲁斯呢？布鲁斯说：“请你转告恭亲王，只有他设法进入权力中心，中外才能真正相安，不然我们无法相信贵国政府。”

恭亲王又何尝不想进入权力中心？希望他进入权力中心的大有人在！各方人士频繁拜谒恭亲王，但能共机密的终归少数，大多数人都觉得恭亲王有些不求振作了。而只有桂良等心腹知道，能够改变局面的办法，就是尽翻朝局，把赞襄政务八大臣废掉，由恭亲王辅政，一如当年的摄政王多尔衮。但，这要得到两位太后的支持。而从热河得到的密信，两宫太后似有不洽。这又让恭亲王觉得无从着手。

然而，就在此时，恭亲王收到了两宫皇太后的密旨。

醇郡王府的一个家仆，与宝鋆府上的门政有点亲戚，这天下午来到宝府找他，请务必带领面见宝大人，有极重要的事情。宝鋆平时与醇郡王交往很少，以为他的家仆不过是打着旗号有私事相求，开始还有些不想见，一听门政说是从热河回来，立即警觉起来，连忙请他到客厅等候。等宝鋆去了客厅,醇郡王的家仆脱下衣服,撕开后背上的夹层,拿出一封信来说:“里面有极重要的东西,我们家王爷让我务必面交大人。”

宝鋆撕开信封,里面并没有信,只是一页纸,上面写的是“两宫皇太后同谕:着恭亲王奕訢速赴行在,面筹大计。特谕”。因为是国丧期间,用的是墨笔,字迹稚拙,类似儿童涂鸦。但前面盖着御赏印,后面盖着同道堂印,符合大行皇帝驾崩后的行文规矩。宝鋆不动声色,问:“七爷可好?”

“好,刚得了正黄旗汉军都统,兴致高得很。”

“这信是七爷写的?”

“是,七爷告诉我,是他的亲笔信,有件重要的事情需要宝大人帮忙。但什么事情,我们王爷不说,做下人的也不能问。我只管向王爷保证,就是命丢了,差使也不能办砸了。”

“你办得很好。”宝鋆明白,这么重要的事情却由一个家仆通过他再转恭亲王,可见是为了避免引起怀疑,“七爷还有什么吩咐吗?”

“对了,七爷说不让我乱跑,就待在宝大人府上,等宝大人有了回信,我立即回热河。”

“好说,我在府上给你安排好住处,你尽可好好休息一天。”

宝鋆立即前去见恭亲王。恭亲王一拍桌子说:“佩衡,看来两宫与我们想到一处了。赶紧给我上折子,我要赴行在叩谒梓宫。当初不让我探病,这会儿人都没了,再不准我去哭灵,那可真就说不过去了。派专差,要快。”

宝鋆说:“那就限一天赶到。”

文案去办理奏折,桂良、文祥都被招来密议。一看两宫密谕,都很兴奋。面筹大计,是什么大计?当然绝不会是回銮之类的事情,这类事情再大,也不必恭亲王前去“面筹”。既然是密旨,那就是不想让赞襄政务八大臣知道,而且防范如此周密,必然是行动多有不便,甚或被人秘密监视。而要通过老七的家仆,可见必是圣母皇太后的主张。圣母皇太后与肃顺关系极差,那么,所谓的大计必然与对付肃顺有关。叔嫂联手推翻赞襄八大臣,正是恭亲王一帮人近期正在密谋的,如今两宫密旨到了,恭亲王反倒有些小心了。

“现在的问题是,扳倒肃六后弄一副怎样的政局?亲王辅政,两宫肯定不甘心,圣母皇太后热心权柄,我早有耳闻。最大的可能就是垂帘辅政兼而有之。但是垂帘在我朝没有前例,而且严禁后宫干政,此例若由我们开,恐怕会落下口实。”

桂良却有不同看法，他认为，虽然本朝重成例，但也不乏创举。现在的政局，两宫虽未垂帘，却要在上谕上钤印，是未有垂帘之形而有垂帘之实，有此基础上再走一步，也未必有多难，到时候不妨试探一下朝野的意见。至于两宫，深居后宫，政务并无经验，一切还要仰赖辅政的亲王，到时候恭亲王的意图不难畅通无阻。

“现在关键是见到两宫，看看两宫的意思。如果将来是垂帘辅政之局，则要提前发动舆论，获得朝野的支持，到时候水到渠成，大事可成。否则做成夹生饭，那就坐蜡了。”桂良说，“而且此事不能久拖不决，久则生变。”

恭亲王尚有顾虑：“总之，事情要办，但我们不能落下鼓动垂帘的口实。”

宝鋆虑事简单，说话鲁莽：“我看，干脆让胜克斋带兵去热河，陈兵布威，逼肃六交出权来。”

桂良说：“佩衡，你这是玩笑呢。陈兵布威，你总得有理由吧，赞襄政务大臣没有叛逆，胜克斋带兵去，岂不是造反？那八位罪名是什么？”

“要尽翻朝局，总要有理由。”宝鋆说，“肃六阻挠六爷赞襄政务就是现在的理由。你问问阖北京城的人，哪一个不认为有一位赞襄政务大臣，就该是六爷！要说肃六没在里面弄手脚，三岁孩童都不信！蒙蔽圣听，结党营私，这算不算一条大罪？”

文祥一直在静听，宝鋆虽然鲁莽，但他的话却很有道理，又问：“仅是蒙蔽圣听，结党营私，还到不了要推倒赞襄政务的体制，毕竟这是大行皇帝的临终托孤，除非这不是大行皇上的意思。”

宝鋆说：“这也不是没有可能。从赞襄政务的上谕看，并非皇上朱笔，而是他们代笔，既然是代笔，那就有舞弊的可能。这里面肯定有鬼。”

这有些像在罗织罪名了。恭亲王打断大家说：“我们暂且不必在这里空发议论，待我见了两宫太后再说。肃六他们有没有罪状，两宫比我们清楚。”

接下来商议恭亲王赴行在的准备。商议完了，马上做了分工，文祥负责与英法交涉，等叩谒的请求允许后，立即去探听两国的态度。桂良则负责联络协办大学士周祖培等人，先为垂帘做准备。重点是先找历代垂帘的史证，再准备发动舆论，宝鋆的重点就是确保与醇王府的消息畅通。

隔日早晨，专差星夜兼程回来了，恭亲王的折子也带了回来，批了一个字:准。

恭亲王说:“两宫说得十万火急,我明天就赴行在,今天做好各项准备。博川去英法使馆走一趟,告诉他我将赴热河的消息,听听他们是什么想法。”

文祥立即去东江米巷子的英国使馆,见到布鲁斯说:“我奉恭亲王钧谕,来通报贵公使:恭亲王将于近日赴热河,目的是向两宫皇太后报告英法两国的友谊态度,让两宫皇太后放心,并希望能够尽早回銮。”

布鲁斯说:“听到这个消息我很高兴,希望恭亲王能够帮助消除中外误会,保持中外友好。我国政府及我本人都希望恭亲王能够得到更多的权力,在贵国朝廷能够有更重要的位置。”

文祥再赴法国使馆,法国公使布尔布隆也是这样一番表示,就像事先商量过一样。文祥可以放心了,两国都支持恭亲王获得更多的权力,而且希望保持中外相安的局面。

## 热河密谋

次日恭亲王就起程,驰驿赴热河。为了避免打草惊蛇,他特意低调,除了十名护卫,必要的随从,人员一减再减,就连亲王的仪仗他也未让全带。路上用了四天多时间,八月初一日上午赶到了澹泊敬诚殿。当时正赶上行殷奠礼,行在的王公大臣们都在。他顾不得与任何人打招呼,奔进殿中几乎是扑倒在梓宫前,一声“四哥”,真正是撕心裂肺。他伤心是真的,为小时候兄弟情谊,也为自己这些年来所受委屈,既是哭大行皇上,也是哭自己。一边哭,还一边捶打着地面,痛心疾首得不能自持。

惠亲王绵愉说:“老六,不要再哭了,你这样会伤身子的。”又对御前大臣醇郡王说,“老七,你们还不把你六哥扶起来!”

手足无措的醇郡王奕譞这才慌忙扶起六哥。当时行殷奠礼,小皇上也在。恭亲王连忙要行大礼,早被景寿阻止了,说:“早就有谕旨了,皇上的长辈,平常不必行礼。”

恭亲王垂手问一声:“皇帝好。”

景寿教导皇上说:“皇帝,这是六叔,说六叔好。”

小皇上翻着大眼睛问一声“六叔好”。

恭亲王再给惠亲王行礼。

这时肃顺和诸位赞襄政务大臣围过来，肃顺说："老六，你一路风尘仆仆，先到行馆安置一下，中午到我家里吃饭，我给你接风。"

恭亲王拱拱手说："六哥，打扰你了。大行皇上多亏各位侍候，我这亲弟弟远在京城，未尽半分孝心，说起来真是惭愧。"

肃顺说："洋务那一摊子离不了你，大行皇上也是费了一番掂量。以兄弟情深，见一面固然好，可是你一离京，万一洋务上出什么乱子，那又是惊天动地的事情。大行皇上的苦恼，我是再清楚不过。"

虽是现编的鬼话，却也符合此情此景，恭亲王则是一副信以为真的神情。这时但凡能说得上话的，都过来与恭亲王打招呼。正在这时，皇太后宫里的总管太监急匆匆赶来，老远就喊："有懿旨，恭亲王接旨。"

大家让出一条道，总管太监走到上首的位置，说："两宫皇太后懿旨，请恭亲王进宫说话。"

这在恭亲王早在预料中，而赞襄大臣却有些意外。恭亲王对郑亲王端华说："三哥，这里面是什么规矩，我也不太清楚，你看八位或者几位是否陪我一同进宫？"

肃顺招招手问总管太监："太后可说过找六爷有什么吩咐？"

总管太监说："皇太后没有口谕，只让奴才来传旨。不过这大半天，两位皇太后都在说京城宫中的事，尤其是对圆明园的情况极为惦念。哦，对了，圣母皇太后还要打听一下方家园的事情。"

方家园是慈禧娘家的住处，在朝阳门内方家胡同。打听方家园的事情，也就是打听娘家的事情。既然是私事，赞襄大臣陪同就有些不伦不类。肃顺说："你们叔嫂见面，拉拉家常，我们就不必陪同了。你记得出宫后立即到我家去，到时候我的轿子就在宫门外候着。"

恭亲王穿着一身白布孝服，跟着总管太监到了烟波致爽殿，在殿外稍等，一会儿总管太监打起帘子说："王爷，两宫皇太后请。"

恭亲王进殿，两宫皇太后在正殿并坐，东边是母后皇太后，西边是圣母皇太后。地上已经预备了一个锦垫，恭亲王趋前一步，在锦垫上跪下，顺手将大帽子放到一边，伏地磕头。

母后皇太后说："六爷请起，来人，赐座。"

恭亲王谢恩坐下,微微低头,避免与两位太后对视。其实,他与两位嫂子见面的时候并不多,对两人性情也仅是略有了解,母后皇太后宽厚,圣母皇太后精明。

“六爷,你是几时离京的,路上这是走了几天?”问话的是母后皇太后,语气温和,透着关切。

恭亲王立即站起来回话:“回皇太后,臣是七月二十六日起程,走了四天多。”

母后皇太后让他坐下说话,不必一问话就站起来。“六爷,你没列赞襄大臣,大家都觉得意外。不是我褒贬大行皇上,这件事上,他做得有些欠周全。打虎亲兄弟,上阵父子兵。在你们兄弟中,你是最有才干的。”

为恭亲王鸣不平的不知有多少人,也不知有多少人当面向恭亲王表达过同样的意思,但都没有从母后皇太后这里听到而百感交集和欣慰。在别人面前他还要表现出无所谓的态度,而太后这样说,他委屈得几乎要落下泪来了。

但显然这不是今天的主题,或者说不是最要紧的话题。果然,圣母皇太后说话了:“赞襄政务大臣里,没有自己的亲兄弟就是不行。肃六他们这才赞襄政务几天,就已经恃权弄势,私结党羽,欺我们姐妹俩不懂政务,种种蒙蔽,不一而足。”

于是将肃顺等人的欺蒙情形,一一说给恭亲王听。

“六爷,我们都不懂政务,这样子下去肯定不行。你有没有什么好办法?”这是母后皇太后在问。

“毕竟是大行皇帝倚重的人,如果没有明显的过失,是不宜责罚的。”

恭亲王回答有些出乎两位太后的意料,圣母皇太后说:“那么难道就让他们一直赞襄下去?”

恭亲王明白,此时两宫皇太后也许等着他献议“垂帘”,但这种违反祖制的建议,不能出自他的口中,于是便说:“如果没有过失,至少要赞襄到皇上亲政。”

母后皇太后拿恭亲王的话当了真,叹口气说:“皇上亲政还要十几年,这可怎么熬!”

圣母皇太后却知道恭亲王的话有所保留,但她也是一副信以为真的表情:“要十几年，那所有的权柄还不都落到肃顺一伙手中，到皇上亲政的时候,他接过的还是完整的江山吗？”

“六爷！”圣母皇太后突然提高了声音。

“臣在。”恭亲王一惊,抬头正与圣母皇太后一双媚中含威的凤眼相对,他连忙低下头去。

“六爷,这样子不行,咱们必须帮皇上保住皇权,保住江山。”圣母皇太后说,“我有个主意,你重回军机。有你在,他们自然不会这样无所顾忌。”

恭亲王立即站起来,慌乱地说:“这可不行,实在不行。”

这种办法早就与亲信们议过,即使他真的入了军机,以一敌八,何来胜算？必定是一锅夹生饭!

其实,这并不是两宫议定的办法,圣母皇太后这样说,不过是激将法。果然恭亲王方寸大乱,有些语无伦次。

“为什么不行？”圣母皇太后咄咄逼人。

“一拳难抵众手,孤掌难鸣。”恭亲王说。

母后皇太后说:“也是,那八个人,除了六额附,都是肃顺的亲信,六爷一个人斗不过他们。”

“这也不行,那也不行,六爷,你总该有个章程吧？”圣母皇太后问,“姐姐和我给你的密旨你看了吗？你总该有所筹划吧？”

密旨是看了,但“大事”是什么密旨并没说,事先如何筹划？但这话没法说出来,说出来就是与太后抬杠。恭亲王急了一头汗,斟酌怎么回复恰当:“臣已经捧读密旨,而且有所筹划,只是尚未周详,尚须好好盘算。”

“哦,六爷已经有所筹划了。那六爷大体是什么想法？”圣母皇太后想逼恭亲王说出“垂帘”的办法。

但恭亲王还是不肯就范,说:“总之要尽快回銮,回到京里去,一切都有办法。”这是极其模糊的回答。

圣母皇太后知道没法再细谈下去。另外,她还有一层担忧:“我听说洋人记仇,对他们强硬的人,他们都要报复。回銮后他们会不会找什么麻烦？”

圣母皇太后当初也是强硬的剿夷派,咸丰帝秋狝热河她当时极力反对。

“洋人绝对不会找麻烦,我可以担保。”恭亲王极力打消圣母的疑虑,“臣有绝对把握,如果有任何问题,唯臣是问。”

双方打哑谜似的，都没说出“垂帘”二字，但都心照不宣。而且圣母知道恭亲王对回京后收拾肃顺一伙极有把握，于是与母后皇太后对一下目光，说：“六爷鞍马劳顿，今天就先到这里，你先回行馆歇息，反正也不急于回去，见面的机会还有。”

母后皇太后没什么意见，于是恭亲王跪安退出大殿。

一退出大殿，他才发现自己出了一身汗，不知是因为殿里不通风，还是被圣母皇太后咄咄逼人的气势逼出来的。都说圣母皇太后精明，今天总算领教了。

肃顺的轿子果然在宫门外等。恭亲王乘着轿子，有十名王府护卫扈从，去了肃府。肃顺把饭菜安排在三面环水的凉亭里，陪客除了八位赞襄，还有他的五哥惇亲王奕誴，七弟醇郡王奕譞。肃顺让恭亲王坐上首，恭亲王礼让端华，端华以半个主人身份推辞，恭亲王再让自己的五哥，惇亲王当仁不让，径直坐下。

国丧期间，不能宴饮，菜很丰盛，却不能上酒，只好以茶代之。这次召见花了一个多时辰，八位赞襄都很在意到底叔嫂谈的什么。恭亲王不待大家问，自己先交代。

“这次两宫召见，真把我问了一身毛汗。”恭亲王反手拽拽贴在后背上的衣服，表示毛汗尚未干透。

“是了，我和老七在行在快一年了，两宫也从未召见，你一来了就召见，还是你面子大。”惇亲王有些吃醋，又是藏不住话的鲁莽性情，说得相当直截。

“五哥这话可就说不着了，两宫皇太后问圆明园的情形，你和老七去年就来了行在，问你们能说得清吗？”恭亲王怕他这位五哥要半吊子脾气，哄着他说，“五哥你是没在，太后一边问一边责备，让我恨不能有条地缝钻进去。”

说起圆明园被毁的情形，虽然早就有奏报，但总没有恭亲王亲历者来得具体生动。就这个话题，说了好长时间。

“这些洋人真该千刀万剐！此仇不报，妄为满洲男儿！”联军进京，载垣损失极大，对洋人最为痛恨，“六叔，我真不知道天天和仇人见面，还要和他们谈信睦，你们是怎么做到的，反正我是做不来。”

论亲论贵，怡亲王载垣比恭亲王差得远，他又是侄辈，此时还这样不看眉眼高低,活该他倒霉。恭亲王勃然变色道:“这番大祸的来龙去脉,你难道不是最清楚的吗?联军进京,杀人放火,借口可是他们的使团成员被捉拿虐待!这些事是谁办的?”

载垣强辩说:“我是奉旨行事。”

“留我在京办抚局,不也是奉旨行事吗?和谈的每一步,我不都是请旨办理的吗?最可恨的就是好了伤痕忘了疼,还奢谈什么满洲男儿!”恭亲王一点面子也不给载垣,但转脸对肃顺却是十分谦和巴结,“六哥,最让人伤心的,就是我们这些人的苦衷不被人理解。当时在京中,一面是洋人火烧淀园,炮口对着京城,民情汹汹,都要我给一条生路;另一面,却是不经其事者的无端指责。”

肃顺做和事佬,说:“老六不必生气,你这位老侄子,圆明园的寓邸被烧,王府又被英吉利人占过,他丢的东西最多,像割他肉一样疼。”

恭亲王说:“六哥,要讲满洲男儿的血气,我不比在座的哪一位差。我为什么要不顾亲王之尊,与洋人去谈?一则是大行皇帝所托,一则是我算看明白了,咱们技不如人,只能先谋个十几年和平,好好自强,等咱们枪炮与洋人不相上下了,那时候就由不得洋人放肆了。老百姓都明白君子报仇十年不晚,越王勾践尚有卧薪尝胆,咱们如果只知道喊杀喊打,却不思自强之策,这算什么满洲男儿?我一再说,要外敦信睦,隐示羁縻,正是这番意思。我没别的想法,洋人只要不违约,咱们也不违约,我负责与洋人周旋,保持中外相安,六哥你们八位好腾出手来,办理政务、军务,还有民生福祉。我想,这也应该是大行皇帝做此番安排的良苦用心。”

对目前政局恭亲王是这番见解,肃顺很高兴,拍着恭亲王的肩膀说:“老六,你说得对极了!大行皇上不止一次对我说过,要论对付洋人,你们谁也没有老六的本事。也只有让老六一门心思对付好了洋人,咱们自己的事情才好办,中外相安,才能全力剿灭发捻。来,老六,我敬你一杯!”

恭亲王说:“六哥,如今国遇大丧,皇上年幼,中外和为贵,朝局稳为上。这样咱才能尽快了掉国内的大事,国家富强可期。”

肃顺说:“对,对,只要上上下下和睦团结,咱们携手维持好局面,将来皇上亲政了,咱们这些人把一片锦绣江山交给皇上,这才不枉大行皇上托孤之重!”

接下来,两人越说越投机,不像是一对政敌,更像是和衷共济的一对老友。因为主客谈得投机,整个桌上的气氛也活跃起来,就连载垣也堆出笑脸,以茶代酒,给六叔“赔个罪”。

这一顿饭吃了近两个时辰,恭亲王回到行馆,已是申正(下午四点左右)。热河三品以上的官员,都到行馆来拜谒,恭亲王一概挡驾。

他好好睡了一觉,醒来时已经是戌初(七点左右)。家仆告诉他,七爷来了,还送了一桌燕菜,已经在客厅等了老大一会儿。恭亲王洗把脸,去客厅见老七。一进门,老七就站起来没头没脑地大声问:“六哥,你真打算向肃六服软了?”

恭亲王白老七一眼,示意门外就有听差,当心隔墙有耳。

老七降低了声音,说:“六哥对肃六太客气,他还拍着六哥的肩膀说话,他算什么东西!”

“吃人家嘴短,你在人家里吃饭,还要掀了桌子不成?”

“六哥到底打算拿肃六怎么办?他跋扈得很,根本不把我们兄弟放在眼里,平时背后称你我六子七子。这样子下去,将来这江山还说不准是谁的。”醇郡王嘟起嘴,五官更加凑在一起,一副愁眉苦脸的样子。

“不要说还没有什么打算,就是有什么打算,怎么敢告诉你,你这么一惊一乍的!”恭亲王说,“你是大行皇上的七弟,是当今的七叔,还不到要靠肃六给你尊贵的地步吧?他算什么东西,他小看我们有什么不好,你让他竖起汗毛,处处提防我们才好?”

老七低下头,十分扫兴。

恭亲王不忍老七垂头丧气,缓和了语气说:“老七,你也是二十多岁的人了,分府立户,成家立业,你还这么沉不住气,我还要你当我的紧要帮手呢,这个样子,我怎么放心?”

原来自己将有大用处,老七这下脸舒开了,说:“六哥让我干什么,吩咐就是。”

“现在还说不准,总之到时候有你要紧的差使。”恭亲王说,“从今往后,北京和行在的密信,完全由你负责。弟妇出入宫禁方便,也不易引人怀疑。另外,你上次派一个家仆送信,且不到我府上,十分妥当。这个家仆靠得住吗?”

“绝对可靠。”老七说起这个家仆就兴奋,“他是可靠的人,但又不引人注意。”

据老七说,这个家仆是个大夫,治跌打损伤是一绝,而且精通驯马。“今春我送给六哥的马,就是他给瞅划来的。”

“那匹马不错,一根杂毛也没有,我只要不坐轿,就骑它。”

老七心里有了底,打算告辞,说:“六哥先安置吧,抽空我再来。”

恭亲王说:“也好。你现在要沉住气,不要怕被肃六小瞧,他越小瞧你越好。我这次不见任何人,不是不想见,就是要让肃六觉得,我到行在来,纯粹就是叩谒梓宫。”

老七站起来走,恭亲王又想起一件事:“什么人都可以不见,但军机上的曹琢如得见一面。你和他有无联系,方便通知他一声吗?”

老七说:“这可真是巧极了,军机上的许星叔与他关系极好,而星叔又是我们门上的常客,让他转告再合适不过。”

许星叔名字叫许庚身,是吏部尚书许乃普的侄子。据老七说,他性格刚直,肃顺有一次安排他起草文书,他说军机章京只奉军机堂上差遣,不肯听命,结果得罪了肃顺,但又离不了他,因为他对山川地形熟悉,尤擅军事方略,军机上只要涉及军务的旨稿,皆出自他手。老七因为对军事感兴趣,经常讨教,因此关系密切。

“好,由他来转告琢如最合适。告诉琢如,明天晚上我专门候他。”

第二天晚饭后,领班军机章京曹毓英如约来到恭亲王的行馆。他穿一件极普通的单袍,戴一顶瓜皮小帽,远远看去像是饭店的伙计,又像哪家的仆人。他走的是侧门,等跟随恭亲王的亲信长随进了后院,恭亲王已经在滴水檐下等候,对曹毓英这种品级的人来说,已经是格外的礼遇。

进了套间,里面已经摆下几样精致的小菜,还有一长瓶红酒和两只高脚杯。恭亲王说:“琢如,这是法国公使布尔布隆送我的葡萄酒,据说已经有三十多年了。今天特意请你尝尝。洋酒与水无异,咱俩对饮,不算违制,你大可放心。”

曹毓英是第一次见洋酒,更不用说品了。恭亲王亲自给他斟上小半杯,说:“洋酒的喝法与咱们的酒又有不同,咱们讲酒要满,茶要浅,洋酒讲究的是少,不能超过半杯,而且要在杯子里晃动一会儿,叫醒酒。酒醒了,才有味道。”

等品过了洋酒，曹毓英试探着问："王爷，您得设法把我弄回京里去，我不能再在行宫待了。他们知道我是恭党，在他们眼皮底下办差，实在是太憋屈了。"

当年恭亲王主政军机处时，曹毓英是章京，"内娴掌故，外悉四方之政"，不久升领班章京。肃顺曾经刻意笼络，准备升他为挑帘军机——军机大臣上学习行走，因为资历最浅，军机大臣出入，要趋前打帘子，因此有"挑帘军机"之称。外人都知道曹毓英是恭亲王赏识的人，他自己也以恭党自处，因此不受肃顺笼络，以老母在堂，需要照料为由，辞而不就，这才让焦祐瀛捡了个便宜，越过曹毓英升了挑帘军机。肃顺一时找不到替换人手，曹毓英安然担任领班，但他自知将不久于位。

"王爷，原来盼着您能重回军机，我再接着给您侍候。可是这次您未列赞襄政务，我跟着他们是活受罪，不如干脆回京，到总理衙门或什么地方，您赏我个差使有碗饭吃就得了。"

恭亲王说："琢如，我知道你受委屈了，可这时候你万万不能走。这大半年，全凭你在行在通着信息，不然我可真是睁眼瞎了。"

"我听说，王爷向肃中堂表示，只想办办洋务，别无所求。大家听后都泄了气，反正在军机上不受待见，既然王爷无意重掌大政，我们这些人不如干脆也图个清闲。"

"我是那么向肃六说过，不过琢如，你比我了解肃六，如果我只安心办洋务，能如愿吗？"

曹毓英摇头说："开始可能勉强支撑得下去，等肃中堂完全站稳了脚跟，洋务是否还这么办不好说，就是这么办下去，也未必让王爷办，必定要换上他的心腹。王爷想退一步，结果就是连立足之地也没了。"

恭亲王说："你说得对极了，这条路走不通，我也没打算走。昨天圣母皇太后还有个提议，让我重回军机处。你以为如何？"

"这是西边的意思？"

"西边的？"

曹毓英解释说："圣母皇太后住烟波致爽殿西暖阁，大家私下里以'西边的'相称。母后皇太后则称太后，偶尔也称'东边的'。要我说，西边的这个主意也不可取。"

恭亲王点头说："愿闻其详。"

曹毓英认为，恭亲王若回军机处，必是领班军机，慢慢收回权力，不是没有可能。但这一则要慢慢来，二则必然与肃顺起冲突，不知要几个回合，才能真正把大权收到手上。而肃顺在未出仕前是个提鹰遛狗的混混，为人狠辣跋扈，什么手段也使得出，六爷以亲王之尊，将来能不能撕破脸与混混斗？

"耍混混手段，肃中堂使得出，王爷定不屑为之。能不能收回权力，那可真就难说了。"曹毓英分析得极有道理，事情看得深且远，"王爷，让您重回军机处恐怕未必是西边的真意。"

"对对，我也以为不是她的真意，她无非是要激将，要我说出垂帘的建议来。可是琢如，垂帘违背祖制，这样的献议会留下极大的把柄。"

"这样的献议，当然不必王爷出头。不过从目前局面看，除了垂帘加辅政的政局外，并无第二条路可走。"

曹毓英分析以"西边的"为人和肃顺的个性，两人要想化干戈为玉帛根本不可能，与其将来受制于人，不如想个彻底的解决办法，所谓长痛不如短痛，所以两宫才找恭亲王商议。"西边的"意思，必然是扳倒赞襄政务八大臣，而绝对不是让恭亲王插进去慢慢地想办法。将来最大的可能是两宫垂帘，恭亲王辅政，这恐怕也是"西边的"设想。

"王爷，既然将来必是这一副局面，那么现在您与'西边的'打哑谜还有什么意思？还未携手，先埋下不痛快，将来对谁都不是好事。尤其是'西边的'极其精明，您想得到，她也许早想到了。但她对政务不熟悉，军务更是一窍不通，所以要垂帘，非有王爷辅佐不可。而王爷也并非不需要两宫。我只说一条，王爷琢磨——要彻底扳倒赞襄政务大臣，必须有罪状，而王爷远在京师，又如何能够掌握他们的罪状？没有罪状，何谈扳倒？"

恭亲王真如醍醐灌顶，点头说："受教了，受教了。唯有太后宣布他们的罪状，才可能撼动得了他们的地位。"

曹毓英说："王爷宜乎尽快让两宫知道您支持垂帘的明确态度，而且王爷不一定亲自见两宫，以免引起肃中堂的怀疑。这件事让七福晋办就行了。另外，王爷应当尽早回京，不宜在行在逗留太久。"

恭亲王采纳曹毓英的建议，不打算再见两宫，而是与老七见一面，把意思说清楚，让七福晋进宫转奏两宫太后。他打算早一点离开，但老七带回两宫皇太后的意思,最好能再见一次面。初六要正式颁大行皇帝的遗诏,这也算是一件比较重要的事情,不妨等颁诏后再走。

既然两宫已经有了明确的谕示,且连理由也想好了,恭亲王干脆办得再漂亮些,亲自去见肃顺,说:“六哥,我已经离开京城十天了,洋务事情事无巨细,都得我过问。我是担心出乱子,可是两宫一直没说让我回去,我也没法催问。你们八位赞襄,可否见起时顺便帮我问一声?”

老六急着回去,这是好事啊!肃顺满口答应,第二天午饭前就有了回话,两宫口谕,等颁了遗诏恭亲王再回京。

第二天,宫中传出话来,两宫太后要召行在的家人吃顿饭。恭亲王按时赶到宫中,却发现其他兄弟并未到。还是两宫并坐,在正殿中召见。母后皇太后先说话:“六爷,今天让你先到一会儿,有几句话要问,等其他兄弟到了就不方便了。”

圣母皇太后说:“时间紧迫,我长话短问。赞襄政务八大臣是大行皇上所钦派,就如托孤大臣,能够治罪吗?”

恭亲王说:“正如皇太后所说,赞襄政务大臣是大行皇上钦点,理应尽力维护。但如果犯有大罪,当然能够治罪。”

“何谓大罪?”

“这个……”恭亲王迟疑片刻,“叛逆、欺君,当然,跋扈不臣也是大罪。”

“那么,这个罪又该由谁来治?”

“当然最后还是要下旨治罪。但具体而言,应由太后宣布其罪状,然后请大学士主持,亲贵大臣、翰詹科道一并议处则更显公正无私。”

“那么,如果主持其事的大学士有意偏纵呢?”

恭亲王说:“这个不会,大学士都是德高望重的人,他们自然会维护礼教纲常。”

圣母皇太后恨不得立即罢掉八大臣,追着问:“那么大约在什么时间好呢?”

恭亲王说:“回禀太后,此事万万不要着急,无论如何必须回銮进京后才能办理。臣回京后先做预备。现在是八月上旬,臣回到京中,就已经是中旬,还要有所筹划,最早也不能早于八月底。”

母后皇太后说:“前几天肃顺还说,回京的道路还没修好,有些地方宽度不够,过不了大杠,那干脆到九月里回銮好了。”

事情说妥了,至于垂帘的事,大家只字不提,心照不宣。

恭亲王还有一事必须设法消弭。他的五哥惇亲王嘴巴比脑子快,又加上两宫借重恭亲王,已经颇有怨言,兄弟两人这点过节不设法消化掉,不知会惹来什么麻烦。他对两宫说:“启奏两位太后,办任何事情,齐心协力最关紧要,尤其是亲兄弟,更应当互相补台。明天就要颁遗诏,将来梓宫回京,丧仪上正需人手,惇亲王这次不在恭理丧仪大臣里,请旨,可否把惇亲王补进名单里?”

母后皇太后说:“这是应当的,虽然他是出继了,可你们都是亲兄弟。大行皇上走了,你们兄弟中,数着他是老大了。”

圣母皇太后说:“你这位五哥,岁数在那里,可行事有时候实在不能让人服。我听说,他竟然传言,你要用洋人的军队造反,哪有这样的亲哥哥!”

还有比这更玄乎的。昨天在肃顺府上吃饭,他竟然拽着肃顺的辫子说:“老六,老六,人家要杀你的头呢!”恭亲王心里紧张得不得了,但脸上却是一副坦然的表情,幸亏肃顺没当回事,笑着说:“请杀,请杀。”

但惇亲王的荒唐此时不能说,恭亲王说:“五哥吧,就这脾气,嘴里比肚子里多。”

正说着呢,惇亲王已经进了院子。他进来请了安,说:“老六,我是早点儿走的,还是让你抢了先。”

恭亲王正无话可回,圣母皇太后说:“老六早来,是给你请差使来了。”

母后皇太后说:“刚才六爷说,将来梓宫回京,丧仪上正用人手,提议让你当恭理丧仪大臣,我们姐妹俩已经答应了,回头就让他们下旨。”

恭理丧仪大臣虽然是个挂名的闲差,却事关一个人的名望地位,而且梓宫奉安后,若无大的纰漏,所有大臣都会有所恩赏。老六第一批就入了名单,而自己这个当哥的却未能列名,其实惇亲王一直耿耿于怀。今天没想到是这位六弟替他说情。他向两位太后磕头谢了恩,又向六弟作揖。

恭亲王连忙避到一边,说:“五哥,你这可有些胡闹了,是两宫太后的恩典,我哪敢受你的谢。”

惇亲王说:“好,老六,不愧是亲兄弟,打断骨头连着筋,哥哥我领情了。”

稍过一会儿,醇郡王、钟郡王、孚郡王都到了,钟、孚两王一个十六岁、一个十五岁,还都是半大孩子,一进来,就被小皇上拉着去斗蛐蛐了。

初七,恭亲王起程回京。惇亲王一直送到五十里外,陪着在驿馆吃了午饭,还把自己的两个护卫送给他:“老六,这两个可都是布库高手,你带上用得着。我告诉你老六,一路上你快马加鞭,机灵着点,当心有人算计你。”又对两个布库说,“你们俩把六爷全须全尾地护进京城,要是少一根毫毛,看我不要了你们的小命。”

惇亲王是有名的荒唐王爷,三教九流都有结交,他的话不能全信,但也不是空穴来风,小心不为过。恭亲王谢道:“五哥,你放心吧,护卫随从一大堆人呢。”

恭亲王快马加鞭,初十便到了密云驿。当时胜保从山东北上,要去行在叩谒行宫,他带着一千余精兵,也到了密云,特来参见恭亲王。恭亲王劝他不必带这么多人北上,只带一队亲军护卫即可,尤其要他到行在后,务必低调行事。

胜保不以为然,说:“王爷,在大清朝,王爷您是一等一的贤王,赞襄政务您应是第一份,没有王爷的赞襄政务大臣,算个什么鸟?我胜保不鸟他们。他们还挟天子以令诸侯,不让统兵大员叩谒梓宫,真是岂有此理。我不管他们,我上折子请赴行宫的那天就起程北上了,我不信他们能派兵把我挡在半道上。”

恭亲王的打算,是韬光养晦,迷惑肃顺,不要横生枝节,等他们进了京一举拿下。不过胜保的脾气,要是让他折回去,他无论如何不肯这么丢面子。转念一想,让他去摆摆威风也未尝不可,同时也利用他再给肃顺灌一碗迷魂汤。

“克斋,你是大行皇上看重的人,去叩谒也是应当的。不过你去,务必收敛锋芒,不要太刺激肃六。”

“王爷,他们八个不过是弄权的小丑,王爷何必如此谨小慎微?看他们不顺眼,王爷一声令下,我立马发兵清君侧,让他们哭也找不着坟头。”

“克斋,不必如此。”恭亲王说,“你的忠勇,两宫尽知。这次我到行在,蒙两宫三次召见,我把你的情形详细奏陈,两宫对你颇为赞赏。一切以大局为重,目前他们这帮人罪状未著,万不可实行兵谏,那样岂不对你的威风有损?”

所谓兵谏,胜保不过在恭亲王前夸夸口而言。他见好就收,说:“我一切听王爷的。到了行在,我多看少说就是。”

恭亲王说:“岂止多看少说,还得委屈你示人以弱,让他们以为自己权势熏天,连威名赫赫的胜大帅也俯首帖耳,他们会不会更肆无忌惮?”

“啊,我懂了,王爷的意思把我当个烟幕弹。”胜保说。

“堂堂胜大帅当然是威力无比的开花弹,但暂作一枚烟幕弹,岂不大有意味?”恭亲王哈哈大笑。

两人南辕北辙,各自上路。当天晚上恭亲王回到京城,提前得到消息前来拜谒的挤满了花厅。恭亲王只谈叩谒梓宫的情形以及两宫皇上身体都好,预计九月即将回銮,其他一概不谈。

打发走众人,只余桂良、周祖培、文祥、宝鋆、董恂等六七人。周祖培说:“王爷,京中的舆论,是想请两宫太后垂帘,主持大政。我的门生董元醇今天已经上了一个折子,恳请太后垂帘,亲王夹辅,以试探热河方面的反应。”

恭亲王皱皱眉说:“周中堂,这恐怕有点为时过早,非碰钉子不可。肃六一帮人,自以为是大行皇帝托孤,绝对不肯答应垂帘之议;两宫皇太后只求能够对八大臣少加裁抑,不使跋扈,并无垂帘之意。”

周祖培说:“那可怎么办,折子已经发出一天,追也追不回了。”

“哎,那你这位门生,恐怕要受点挫折了。”

周祖培懊恼不已。

“中堂,也不必过于懊恼,是福不是祸,是祸躲不过,且等等再看如何?”恭亲王又看众人一眼说,“还有洋务上的事情我要与总理衙门的几位商量,大家先回去歇息吧。”

仆人高喊一声:“王爷请客人喝茶!”

众人起身退出,只剩下了桂良、文祥两位心腹。

桂良问:“两位太后是什么意思?”

恭亲王说:“总体上赞成垂帘,但西边的志在必得,东边的好像淡一点。”

恭亲王把会见的详情说给两人听。

“既然将来是垂帘加辅政的局面,那么就应该开始让舆论动起来。”桂良说,“周中堂的安排,也不见得是坏事。”

“当然,垂帘的舆论要继续做,以求水到渠成。但务必悄悄地办,不能弄得满城风雨。肃六他们在京不知有多么眼线,让他们嗅到点什么难免打草惊蛇。”

“周中堂有个门人叫李慈铭,会稽人,少有文名,有越中三少之誉,可是科名蹉跎,如今尚是一名童生。”桂良说,“他搜集了历代垂帘故事,取名《临朝备考录》献给周中堂,打算进呈两宫。”

恭亲王连连摇手说:“为时尚早,为时尚早。孩子还没怀上,怎么就请起奶妈来了!不过,将来或许用得到——这个李慈铭,人品性情如何?”

桂良说:“名士脾气。”

据桂良说,李慈铭颇富文采,到京才一年多,在名士圈中已经颇有影响。他人穷,但架子不倒,租大房子,雇仆夫,请厨子,出门必坐车。他嗜书如命,据说到大栅栏淘到好书,宁挨饿也要买到手。

“所谓名士往往恃才狂傲,口无遮拦。事机不密,遗患无穷。”恭亲王皱皱眉头,转头对文祥说,“博川,你找机会提醒周中堂,别让他的这位名士门人闹得满城风雨,尤其他的《临朝备考录》,千万别在酒桌上胡吹海侃。千万,千万。”

文祥说:“王爷放心,我会转告周中堂的。”

## 把皇上吓尿了

山东道监察御史董元醇的奏折是八月初十日到的行在,圣母皇太后看到了,心头狂喜。她立即收起折子,绾在袖中,到了东暖阁,说:“姐姐,这里有一件奏折,我读给姐姐听。”

母后皇太后说:“向来都是你阅折子,我听了也不懂。”

圣母皇太后说:“姐姐,这个折子你得听听,与你我可都大有关系。”

“前面的帽子我就不读了,我直接读与咱们有关的——现值天下多事之秋,皇帝陛下以冲龄践祚,所赖一切政务皇太后宵旰思虑,斟酌尽善,此诚国家之福也。臣以为即宜明降谕旨,宣示中外,使海内咸知皇上圣躬虽幼,皇太后暂时权理朝政,左右并不能干预,庶人心宜加敬畏,而文武臣工俱不敢稍肆其蒙蔽之术。使数年后,皇上能亲裁庶务,再躬理万机,以天下养,不亦喜乎?虽我朝向无太后垂帘之仪,而审时度势,不得不为此通权达变之举,此所谓事贵从权也！”

母后皇太后听得似懂非懂，说：“这意思，好像是让咱俩垂帘理政吧？”

圣母皇太后说：“是啊，姐姐，正是奏请太后垂帘。”

“不是说垂帘与祖制不符吗？怎么有人敢上这种折子？”

“我想也许是六爷的人安排的，不管怎么说，说明有人以为我们姐妹俩应当出来理政，不能让左右蒙蔽。这个折子没说祖制不对，但最后说得明白，审时度势，通权达变，事贵从权。就是说，没有祖制是不假，但形势摆在这里，就可以垂帘。”

“那赞襄政务大臣呢？他们干什么？”

“下面就说到他们了——现时赞襄政务，虽有王公大臣军机大臣诸人，臣以为更当于亲王中简派一二人，令其同心辅弼一切事务，俾各尽心筹划，再求皇太后、皇上裁断施行，庶亲贤并用，既无专擅之患，亦无偏任之嫌。”

母后皇太后听懂了，说：“这意思是说，赞襄政务大臣还照样，但再增加一两个亲王，这是不是说，得把六爷或者哪个王加进来？”

“正是这个意思，虽然并未点明是六爷，但目前各王，有谁的声望能超过六爷？”

母后皇太后说：“如果是这样就太好了，那八个人还留着，六爷加进来，好好帮着咱俩，他们也就不敢再耍心眼了。”

圣母皇太后说：“可惜肃六他一定不会答应的，这位上折子御史恐怕也会倒霉。”

“啊，你是说，肃六他们会治这个御史的罪？”母后皇太后说，“那可真是得保一保，不然人家因为上个折子就治罪，那也太冤了。”

“姐姐，我有个办法，把这个折子留中，就能把这个御史保下来。”

折子留中是常有的事，留下来，不批，也不发下去，对折子所说的事情不明确表态，俗称“淹了”。

母后皇太后问：“肃顺他们会不会来要呢？”

“不会，留中折子是皇上的权力，没人敢来问。”

按圣母皇太后的想法，直接在折子上批一句“依议”，那多痛快。但她现在还没有批这两个字的实力。留中，她十二万分的不甘心，但已经是最好的办法，可以保护上折的御史，同时也默许了这种舆论。

当天晚上,她一直到了后半夜还睡不着,翻来覆去都是垂帘的事情。她真有些迫不及待了。

次日见起快结束时,八位赞襄大臣互相交换眼色,是一副欲言又止的神情。圣母皇太后问:“你们还有事吗?”

肃顺说:“没有。”

没有,那就跪安了。

圣母皇太后有些高兴,她留中折子,看来八大臣是默认了。她甚至以为,如果把折子发下去让他们议,或许他们未必强烈反对。毕竟董元醇的建议,并没有否定赞襄政务体制。然而,她高兴得有点早了。第二天见起,还没有商议事情,肃顺就问:“太后,前日董元醇有一个折子,至今太后没有发下,是不是忘记了?怎么办理,请旨意。”

圣母皇太后说:“我留中了。”

肃顺说:“这个折子不能留中。”

圣母皇太后问:“为什么?我还没听说有不能留中的折子?”

“有。”肃顺语气坚定地说,“董元醇的折子提议太后垂帘,这是明显违背祖制,我朝从无太后垂帘的先例;也忤逆大行皇上的遗旨,赞襄政务制度是大行皇上钦定,不容更动!”

“这可真是岂有此理,董元醇也只是一个建议,我留中就不会有任何影响,何谈违背祖制,他也没有否定赞襄制度,又何谈忤逆?”

肃顺是一副不屑一顾的表情:“他敢有这样的提议就是违背祖制,就是忤逆圣意,此风一开,极其恶劣。”

圣母皇太后说:“我已经留中了,这件事就到此为止。”

肃顺说:“此折太后不能留中,此事亦不能至此为止,必须交由赞襄政务大臣严加批驳。”

“这没有道理,也没有这样的先例!”圣母皇太后怒火已经压不住,“肃顺你说,大行皇帝留中了多少折子,你们敢去要吗?”

“大行皇帝可以留中,但太后不成。”

“为什么不行?”

“因为太后不是皇上!”

这一句话把圣母皇太后噎得脸色青紫,柳眉倒竖。

焦祐瀛也帮腔说:“臣等系赞襄幼主,不能听命于皇太后,请太后看折本来也是多事!”

圣母皇太后怒斥道:“焦祐瀛你算什么东西!”

“臣不是东西,是大行皇上钦派的赞襄政务大臣!”焦祐瀛昂着头争辩。他本来个头高,他的天津口音平时说话就像吵架,此时更显得桀骜难驯。

小皇帝一直在往母后皇太后怀里躲,此时焦祐瀛的回话声彻屋瓦,吓得哇哇大哭。母后皇太后也急哭了,呵斥道:“肃顺,你们还不退下,把皇上吓成什么样了?”

大人们在争吵,的确没有顾及小皇上,会把他吓哭,也完全出乎肃顺等人的意料。但彼此已经撕破脸,他们也不可能平静下来,连应有的礼仪也不顾了,肃顺一甩袖子说:“咱们走,回去好好商议,怎么痛驳董元醇!”

圣母皇太后也不示弱,冷笑一声说:“走着瞧好了!”

母后皇太后说:“妹妹,你就少说一句吧,你吵不过他们。”

圣母皇太后看一眼身边的这位“姐姐”,直怪她情急之中一句话也没有,让自己一个人对付八个。

母后皇太后也为自己的懦弱抱歉:“我是一急就没有话的人,一句也帮不上你。妹妹,让你受委屈了。”

她这样一说,圣母皇太后反而不再迁怒了,说:“姐姐,说不上委屈不委屈。你也看到了,他们跋扈不臣,眼里没有你我也罢了,他们何曾把皇上放在眼里!这样子下去,可还有人臣之礼?”

母后皇太后把小皇上的脑袋抱在自己胸前,不知是安慰孩子还是安慰惊恐的自己。她哎呀一声,摸一把皇上裆里,说:“皇上被吓尿了,裤子都湿了。”

看到脸色苍白、躲在母后皇太后怀里发抖的儿子,一向坚强的“西边的”也忍不住了,抚摸着儿子的头说:“皇上不怕,有皇额娘在。”她低下头落泪了。但很快,她擦干了泪,说,“姐姐,他们这副样子,将来能真心辅佐皇上吗?咱们按六爷说的办吧,再没有退路了。”

“你和六爷商量着办吧,我是不管了。我还想护着他们,没想到护来护去,护出了一帮白眼狼!”

八位赞襄政务大臣出了宫,回到值房,面面相觑。竟然把皇上吓哭了,在忠厚老实的景寿看来，是有些过分了。但老实人有老实人的可恨，他只在心里想，闷声不吭。

杜翰问："中堂，董元醇的折子还驳不驳？"

肃顺尚未说话，焦祐瀛先红头赤脸地说："驳，怎么能不驳？已然闹到这个样子，更得非驳不可。"

"对，如果没撕破脸，还好商量。既然西边的这样不讲道理，那就非驳不可。此折不驳，必有二有三，还不知要出多少奇谈怪论。"肃顺又对穆荫说，"清轩，你安排军机上起草谕旨，今天下午就递进宫去。"

于是穆荫安排军机章京起草，并特意安排，要快，赞襄政务大臣等着看。

半个多时辰，稿子呈上来了，快倒是够快，却很"不够味"。肃顺抖着稿子说："这稿子软塌塌的，倒好像我们理不直气不壮，故意找董某人的茬子。董折错在哪里，没说到要害。"又对焦祐瀛说，"桂樵，还得仰仗你的大笔。"

焦祐瀛说："义不容辞！"

焦祐瀛文笔极快，言简意赅，而且为人张扬，很能为肃顺张目，是肃顺的得力臂膀。他找了张桌子，就着原稿改起来，改了一刻多钟，把起草原稿的章京叫来，说："你照这个样子，抄一稿立即呈来。"

等了一刻多钟，稿子重新呈来。肃顺看了几句，连连点头："桂樵真不愧是妙笔生花！奇文共赏，来，桂樵，你读读请大家听听有无意见。"

焦祐瀛极其得意，仿佛可恶的董元醇就在面前，被他当面痛斥——

> 我朝圣圣相承，向无皇太后垂帘听政之理。朕以冲龄仰受皇考大行皇帝付托之重，御极之初，何敢更易祖宗旧制？该御史奏请皇太后暂时权理朝政，甚属非是。又遽请于亲王中简派一二人，令其辅弼一切事务，伏念皇考于七月十六日子刻，特召载垣等八人，令其尽心辅弼。朕仰体圣心，自有深意，又何敢显违遗训，轻议增添？该王大臣等受皇考顾命，辅弼朕躬，如有蒙蔽专擅之弊，在廷诸臣无难指实参奏，朕亦必重治其罪。该御史必于亲王中另行简派，是诚何心！所奏尤不可行。以上两端，关系甚重，非臣下所得妄议。

肃顺说："这个稿子驳得好，好就好在对太后垂帘，明确表明态度'甚属非是'！好就好在痛斥另简亲王之议，并责之'是诚何心'，可谓诛心之问。好就好在最后预埋伏笔，以杜妄议！”

焦祐瀛一脸麻坑，背后人皆称之“麻翁”。此时“麻翁”被肃顺夸得满脸放光，麻坑也都填平了，连声说：“中堂谬赞，诸位还有何高见，我再酌改。”

载垣说：“还改什么，这就很好了，马上呈进去，如果来得及，误不了今下午发出去。”

于是派人单独把这份谕稿呈进去。

稿子递到圣母皇太后手里时，正准备用午膳。“真是岂有此理！”她拿起稿子准备去与母后皇太后商量，走了几步，又改了主意。干脆不钤印，看你肃六有什么本事！于是她把稿子扔到一边，尽量保持平静，去东边与母后皇太后一块用膳。

第二天，辰正已到，赞襄政务大臣仍然没有前来见起。一般见起的时间是辰初，这都过了半个多时辰，竟然一点动静也没有！

圣母皇太后心里有点慌，但她想也许他们有什么要紧的事还没商量妥。母后皇太后也发觉今天有点反常，问：“怎么回事，今天他们都没来，该不是一件政事也没有吧。”

圣母皇太后把安德海叫过来：“小安子，你出去打听打听，怎么回事。”

小安子应声而去。圣母皇太后觉得把压下谕稿的事说一声了：“姐姐，十有八九，他们是非驳斥董元醇不可。”

“他们也没再要求啊。”

“他们昨天就呈上旨稿了，我一看，太不像话，怕你听了生气，就给它淹了。”于是把稿子拿过来，拣要紧的讲解给母后皇太后。总之一句话，赞襄政务大臣既不同意垂帘，也不同意增加亲王辅政，“他们的意思，就是他们几个把持着，谁也别想说话。”

母后皇太后倒是没怎么生气，而是有些担心。如果八位赞襄大臣非要下发这个上谕，又该如何？

正在想着时，安德海回来了，说：“回禀两位主子，肃顺他们一伙搁车了。”

“搁车了？”母后皇太后问，“什么意思？”

“就是撂挑子了。”

据安德海说，军机处已经停办一切公事，昨天和今天的折子也都堆在案头，他们说，将来还不知道谁来办呢，谁接手让谁办去！

圣母皇太后一听，心里先急起来。别的都好说，南边正与发捻交战，军书旁午，都是十万火急，哪里容得耽搁下去！她低估了肃顺这帮人，他们这时候撂挑子，她还真无法应对！

母后皇太后说："妹妹，我看不行就先把那份上谕发下去吧，政务耽搁不得！"

"没想到他们会这么无赖恶毒。姐姐，发下这份上谕也并没什么大不了的，总算没有给董元醇治罪，可我担心的是以后。如今为了一份上谕，他们可以如此逼迫我们，如果有一天，他们要杀一个忠臣，我们不答应，他们又这样逼迫，我们该怎么办？"

母后皇太后说："没有那一天！等九月回了京，就有他们的好果子吃，哪里容得他们这样子下去！"

"好，我听姐姐的。"

于是两人分别钤上"御赏"和"同道堂"印，打发安德海去找人来取。

等奏事处的太监把上谕送出去，圣母皇太后吩咐安德海："小安子，这几天你打听着，听听他们都说些什么。"

"嗻！"小安子应一声，快步走了出去。他最喜欢的就是四处打听事情，而且自有他的手段。

第二天，小安子就打探到圣母皇太后想听的东西。"主子，他们八个人都很得意，昨天上谕送出去后，军机堂里欢声笑语，特别是焦大麻子，大半天呱呱说笑。"

"他们都说什么？"

"他们的说法是初战大捷。"

"初战大捷，怎么，他们还想二战三战？"

"反正他们觉得，往后事情就好办多了。"安德海说，"有几句话，不知该说不该说，怕主子生气。"

圣母皇太后知道小安子必说不可，真让他烂在肚子里，他自己先受不了。所以瞪他一眼说："那你就看着办。"

果然，安德海说："他们还褒贬主子，说主子就是帮着大行皇上看过几天折子,哪里就能懂政务了。”

圣母皇太后哼了一声,并没太生气,因为他们说的是实情,她也正愁自己懂得太少,便问:“他们议论那边了吗?”

所谓那边,就是指母后皇太后。

“也说了,他们说,东边的老实没用,要紧的时候一句话也挤不出来。”

这也是实情,但说出来就太刻薄恶毒。圣母皇太后盯着安德海说:“小安子,这种话可不能胡编,他们真这么说了?”

安德海说:“奴才不敢胡编,是听别人说的。”

这是死无对证的话。但不妨说给东边的听听,再拱上一把火,省得她将来动了真格时再起妇人之仁,打蛇不死反留祸患。所以她带着小安子,到东暖阁把听来的话当面回奏。

母后皇太后听了这些话,好像没太生气,却很伤心,说:“大行皇上还托我好好照看皇上,我让他们说得这样无用,怎么保护得了皇上?皇上才六岁,要亲政还有十几年,想一想我就心里发怵。”又自言自语说,“这才几天,肃顺怎么变得这样了?”

在圣母皇太后眼里,肃顺并没有变化,一直是这样的可恶。但在母后皇太后眼里,的确是有些不可思议。大行皇上还在的时候,有一天肃顺还借修葺东宫的机会,单独向她表忠心,说受皇上之托,将来一定尊敬皇后,肝脑涂地也都在所不惜,还说皇后有任何事情,都可以找他,他一定设法办好。当时巴结得语气都有些暧昧,还曾让皇后略受窘迫,怎么现在是这样一副毫无人臣之礼的模样?

圣母皇太后示意安德海出去后,说:“姐姐不必难过。他们褒贬咱们,咱们受点儿委屈也没什么大不了的。我现在是看他们生了轻视之心,以后毫无戒惧,将来必然是胆大妄为。像他们这种样子,算不算罪状,是什么样的罪状,该怎么办?这还真把我难住了。”

母后皇太后擦擦眼泪说:“你有什么想法就说吧,我无不支持。”

圣母皇太后就在等这句话。她的计划是把七福晋召进宫来,把肃顺他们的跋扈情形详细交代,让七爷找明白人,推敲肃顺等人的罪状,起草一份谕稿。母后皇太后想也没想就答应了。

圣母皇太后提醒母后皇太后,目前要装得平淡些,不要让肃顺他们有所觉察,无论如何维持着回到京城,那时候再见真章。

次日,胜保带着二百余人的卫队到了行在,他本人戴着一副大墨镜,样子有些目空一切。可是出乎肃顺等人的预料,他表现得相当驯顺,除了叩谒梓宫,连当面向皇太后请安的要求也没提,住了两天就起程南下了。

这给肃顺一种错觉,以为赞襄政务大臣的权威已经完全树立起来,赞襄政务体制已经牢不可破。隔几天,又应内阁的奏请,给两位皇太后上徽号,母后皇太后称慈安,圣母皇太后称慈禧,这次肃顺没再耍手腕,两宫同时并称。这样与两位太后的相处也容易多了,再加江南军务相当顺利,安庆已经收复,曾国藩已经移驻安庆,曾国荃则已经调兵遣将,为围攻金陵做准备。肃顺拿得起,放得下,大权在握,八位赞襄大臣又和衷共济,心情相当不错,几乎忘记了曾经把皇上吓尿这样的激烈争论。

九月二十三日是梓宫起程,太后、皇上回銮的日子。此前,大部分宫眷已经陆续先行回京,太后陪同皇上在丽正门外跪送大行皇上梓宫上路,然后直西而行,越广仁岭,西渡滦河,而后南下,傍晚时候赶到喀喇和屯行宫。肃顺等人随护梓宫走得慢,晚上才到,皇上跪迎梓宫奉安到芦殿。二十四日一早,行过朝奠礼后,太后、皇上起程先行赴京。留下来护送梓宫的是肃顺,此外还有醇郡王奕譞、睿亲王仁寿等人。其他的几位赞襄政务大臣则与太后、皇上一路进京。

京城与热河之间,古北口是必经之地,古北口与热河之间,有多条御路。这些年来,经常走的有两条,一条是北路,一条是南路。北路略远,但总体上维护更好一些,这次梓宫回京,不少地方又加拓宽;南路近一些,维护状况稍差一些,但正常通行没有问题。太后、皇上一行走南路,由喀啦河屯起程,沿滦河右岸南下,到达桦榆沟,西行至三家营,折而南行,至两间房,再沿潮河左岸西行。

一路上,翻山越岭,渡河穿林,偏僻险阻之处甚多。慈禧警惕,一路上真是风声鹤唳。每到行宫休息,她总是要把赞襄政务大臣找来,详细询问明天的行程,有时召见行在步军衙门的参将。醇郡王奕譞已经出任行在步军衙门的统领,他虽然未随行,但负责护送的参将却是他的心腹。慈禧的意图就是让随行的赞襄政务大臣有所顾忌,不敢乱来。因为以她的警觉,感受到危险的确存在,尤其是载垣、端华,目光有些闪烁不安,而且有时窃窃私语。白天行程中,她时常打开车帘,故作欣赏风光,其实哪有这般心情!每到谷深路窄的险要地方,她都叫参将过来,有所安排;或者叫载垣、端华来,有所咨询。夜里睡觉,更是支着耳朵,不曾有一夜安心长眠。慈安与皇上同坐一辆车,她只顾照顾皇上,一会儿要尿,一会儿要拉,一会儿嫌腿疼,一会儿要下去走,反正长途跋涉,小孩子是最受不了的。她倒没意识到危险,慈禧也就不告诉她,省得吓到她。

这天行到半路,车队停了下来,说前面有一支骑兵挡住了去路。众人都紧张得不行,载垣、端华也不知所以,大声嚷嚷。慈禧打起车帘问:“怎么回事?”

行在步军统领衙门的参将说,是一队骑兵,自称是奉胜保将军命令前来迎接车驾,弄不清真假,正在盘查。

慈禧心中大喜,知道必是恭亲王安排,说:“不必盘查,让他们领头的过来。”

领头的是个二十五六岁的武官,身材修长,相当英俊,到车驾前跪下,自报身家:“臣瓜尔佳·荣禄,现职督办安徽、河南剿匪事宜钦差大臣胜保卫队协领,奉钦差大臣令,带骑兵一百名前来迎接圣驾和太后鸾驾,请太后吩咐。”

慈禧点点头说:“好,你们来得好。”又对行在步军参将说,“这一百骑兵归你指挥,最好把他们分别安排在车驾前后。”

参将“嗻”一声表示领命。

慈禧又说:“你到前面告诉母后皇太后一声,让她也放心。”

这时载垣赶过来,连说不可。

慈禧问:“有何不可?”

载垣说:“车驾扈从早有安排,让外人随驾不妥。”

慈禧不屑地冷笑一声说:“胜保是大行皇帝信任的人,如何算得上外人?”

“胜保将军当然不是外人,但这位协领身份未经查明,不可随驾。”

荣禄从怀里掏出一纸公文说:“这里有钦差行辕的公函,可证明我的身份。”

载垣接过来一看,上面果然有钦差大臣胜保的关防,但还是拒绝道:“是有钦差大臣的关防,但按照行在扈从规矩,外军仍然不能随驾。”

“这真是岂有此理!刚才已经说过,这一百人已经交给行在步军参将统领,当然已经不能算外军。”慈禧又问那位参将,“荣禄的人马已经归你指挥,这还算外军吗?”

参将一挺胸膛说:“回太后的话,既然已经归臣指挥,那就是步军统领衙门的人马,不算外军。”

慈禧扔下轿帘,不再说话。

参将对荣禄说:“荣协领,把你的人马分成两队,一队在前,一队殿后。”

当晚在巴什克营行宫驻跸,此地离古北口已经很近,古北口的长城和关楼已经遥遥在望。当天晚上,慈禧终于美美地睡了一觉。

二十八日下午,车驾到达南石槽行宫,以恭亲王为首,留京办事王大臣、王公及三品以上文武各官,都在行宫外接驾。两宫太后立即召见恭亲王,因为要防备行宫中有肃顺耳目,最为关心的事情无法直接询问,但双方心有默契。恭亲王报告京中一切安谧如常,洋人也很安静,京城百姓皆盼圣驾如望云霓。两位太后便知京中一切都已经安排好了。慈安拿手绢直抹眼角,叹息说:“总算回家了,可惜他人不在了。”

所谓的他,当然是大行皇帝。要论感情,真的只有母后皇太后与皇上抱有夫妻深情。

慈禧打听明天大约何时到京,恭亲王说:“南石槽到京城只有八十余里,明天行程十分轻松,大约午后可到。”

慈禧说:“好,到京后千头万绪,尤其是洋务上的事情,一点也不能马虎,王爷可再递牌子。”

这是暗示恭亲王,明天还要当面商议。

## 两宫垂帘,恭亲王议政

因为明天还要在德胜门外迎驾,恭亲王当天下午与王公百官返回京城。次日未正二刻(下午两点半左右),车驾到达德胜门,以恭亲王为首,留京文武百官跪迎圣驾。车驾进了德胜门,往东,再往南,一直绕到紫禁城南,由天安门进宫,十几里路,走了近一个时辰。等两宫太后进了长春宫安顿下来,已经是申正。宫内高墙深院,已经暮色渐起。

这时候敬事房总管太监来报,恭亲王已经在养心殿外等候,递牌子请见。

养心殿本是皇帝的寝殿,但自雍正朝起,就成了召见军机大臣办理政务的地方。长春宫离养心殿只隔一个太极殿,并不算太远。等两宫带着皇上进了养心殿东暖阁坐好,传恭亲王晋见。恭亲王进殿先向两宫皇太后请安,再问候皇上。他是皇上的亲叔,奉旨不必行礼,握着皇上的手问一路上可好。皇上实话实说,太远,坐车坐得屁股疼。

两宫皇太后赐座,慈禧问:“六爷,明天必须把赞襄政务大臣的权柄收回来,这能办得到吗?应该召见什么人来办?”

“办得到。应该召见的人不需多。”恭亲王说,“臣拟了四个人,一个是文华殿大学士桂良,一个是武英殿大学士贾桢,一个是体仁阁大学士周祖培,还有一个是军机大臣文祥。”

“再加王爷是五个人,理应由王爷带领引见。”慈禧说,“到时候得有人领头说话才是。”

恭亲王说:“臣带领引见没问题,但臣不宜带头说话,毕竟赞襄政务大臣是大行皇上钦派,而臣又不在其中。”意思很明白,他带头说话,便有挟私报复之嫌。

“但,总要有人带头说话。”慈禧点头表示理解。

恭亲王说:“请太后放心,一定有人带头说话。”

慈安问:“六爷,是不是先要给他们定了罪才可以解去他们的职务?”

“那倒不必。”恭亲王说,“只要两宫太后向他们说明赞襄大臣跋扈不臣的事实,就可以先行解任,然后再议罪。”

“那么,解任后再怎么办?”慈禧太后问,“总不能由他们串通一气,再行狡辩,那就不好办了。”

“当然不会。八个人可分别罪行轻重,分别处置。肃顺、载垣、端华是主心骨,可先关入宗人府,其他五人是胁从,可分别监视居住,反正不让他们彼此见面。”

慈安说:“这八个人不管事了,那一大摊子事,总得有人担起来,不能误事。”

慈禧说:“那是当然,里里外外,都要交给六爷来打理。”

“一切全靠太后恩典,也只能等太后赏了差使,臣才方便办事。”太后已经表示一切要依赖恭亲王,恭亲王也必须把太后关心的事情说清楚,“明天不仅要把八大臣的职务解掉,还要正式提请太后垂帘,几位大学士会有个联名的折子,胜保也有个请太后垂帘的折子已经到了。”

这样,有文有武,都请太后垂帘,面子上也更好看。慈禧对慈安说:“姐姐,我看六爷办得很妥当,明天一早就召见他们吧。”

恭亲王连忙说:“明天一早不行,还是请两宫皇太后召见过赞襄政务大臣后,等他们退值了,下午再召见臣等。”

第二天,除肃顺外,七位赞襄政务大臣照例见起。当天商议的事情不多,都与军务有关,一件是闽浙总督兼署福州将军庆端,奏参带兵赴援浙江的云南补用都司徐学文、湖南补用守备黄诗录弃队潜逃,奏请将两人革职、拔去翎支;第二件是副都统多隆阿调度合宜,所向克捷,以都统或将军外放;第三件是湘军克复江西铅山、湖北黄州,十余人赏加勇号、世职。太后无心仔细辨别,只等着打发走他们好召见恭亲王,因此一概照准,并立即钤印,由内阁明发。

恭亲王申初进宫,先到内阁,桂良、贾桢、周祖培早就到了,一打听说七个赞襄政务大臣一个不少,都在军机处未动弹。桂良说:“他们大约听到了什么风声,到现在还不肯散值。”

恭亲王说,不能等了,先到乾清门外朝房等候,或许两宫太后就要召见了。从内阁进隆宗门,再往东,到乾清门外的朝房。途中必经军机处门外。早有人飞报赞襄政务大臣,载垣很快就到了朝房,很客气地与众人打招呼,单给恭亲王请个安说:“六叔今天怎么进宫了?”

恭亲王说:“奉旨晋见。”

载垣说:“所有旨意均过赞襄政务大臣之手,我们都没听说有旨意。”

恭亲王说:“是奉特旨,你当然不知道。”

正在争论,养心殿总管太监在门外高喊:“有旨意,恭亲王等接旨。”

恭亲王借机出了朝房,桂良、贾桢、周祖培、文祥也都跟了出来,在台阶前跪下听旨意。太监站到台阶上,宣旨:“奉特旨,着恭亲王奕䜣,大学士桂良、贾桢、周祖培,军机大臣文祥晋见,由恭亲王带领。”

恭亲王为首,跟着太监直奔养心殿而去。进了东暖阁,两宫并坐,小皇上依偎在慈安怀里。等几个人磕过头,太后赐座。慈禧说:“终于算见到你们这些老臣了,我们孤儿寡母,没敢想还会有这一天。”说着眼圈已经先红了。

周祖培说:“老臣等也一再恳请去行在请安,无奈未获旨准。不知太后、皇上可是受了什么委屈?何以如此伤心?”

“岂止是委屈,肃顺等八位赞襄大臣欺负我们孤儿寡母,真是没法说。”慈禧先拿手绢捂着嘴,一副不胜悲伤的表情。慈安也哭起来,她这一哭,小皇帝也跟着嘴一撇,哇哇大哭起来。

仍然是慈禧为主,诉说八位赞襄政务大臣如何跋扈不臣,说到为保护董元醇与八大臣争论,竟把皇上吓得遗尿,两位太后哭得更伤心,几位老臣也跟着哭。

这时候,总管太监来回,说七位赞襄政务大臣递牌子请见。恭亲王代为答复:“早上已经见过,不见!”

慈禧也摇着手说:“不见,一看见他们我就伤心。”

周祖培这时说:“赞襄政务大臣如此跋扈不臣,太后何不治他们的罪!”

“能治他们的罪吗?”

“当然能,请太后、皇上宣布他们的罪状,先行解职,然后再议罪。”

慈禧转头对慈安说:“姐姐,那件东西可以拿出来了。”

慈安解开衣襟,从内侧的衣袋里拿出一份上谕。这份上谕由行在军机领班章京曹毓英根据醇郡王奕譞交代起草,临行前一天晚上才交到两宫皇太后手上,由慈安一直藏在身上。

慈禧递给恭亲王说:“你来宣吧。”

这份上谕的抄件,曹毓英已经派专差密送恭亲王,但事涉机密,其他几位都闻所未闻。恭亲王站到一侧,朗声宣读:

“谕王公百官等:上年海疆不靖,京师戒严,总由在事之王大臣等筹划乖方所致。载垣等复不能尽心和议,徒以诱获英国使臣,以塞己责,以致失信于各国,淀园被扰,我皇考巡幸热河,实圣心万不得已之苦衷也。”英法进军北京、火烧圆明园借口的确如此。

“嗣经总理各国事务衙门王大臣等,将各国应办事宜,妥为经理,都城内外,安谧如常。皇考屡召王大臣议回銮之旨,而载垣、端华、肃顺朋比为奸,总以外国情形反复,力排众议。皇考宵旰焦劳,更兼口外严寒,以致圣体违和,竟于本年七月十七日,龙驭上宾。”国家转危为安,是恭亲王等妥为办理的结果,算是公道话。但龙驭上宾归罪于赞襄政务大臣,则有些欲加之罪。不过,殿内众人无一不痛恨肃顺之流,也就觉不出有何不妥。

“朕抢地呼天,五内如焚。追思载垣等从前蒙蔽之罪,非朕一人痛恨,实天下臣民所痛恨者也。朕御极之初,即欲重治其罪,唯思伊等系顾命之臣,故暂行宽免,以观后效。孰意八月十一日,朕召见载垣等八人,因御史董元醇敬陈管见一折,内称请皇太后暂时权理朝政,俟数年后,朕能亲裁庶务,再行归政。请于亲王中简派一二人,令其辅弼。又请在大臣中简派一二人,充朕师傅之任。以上三端,深合朕意。虽我朝向无皇太后垂帘之仪,朕受皇考大行皇帝付托之重,唯以国计民生为念,岂能拘守常例,此所谓事贵从权。特面谕载垣等著照所请传旨。该王大臣奏对时,哓哓置辩,已无人臣之礼,拟旨时又阳奉阴违,擅自改写,作为朕旨颁行,是诚何心!”当初赞襄政务大臣起草的驳斥董元醇的奏折中,曾经责问其“是诚何心”,如今用到这里,真可谓以子之矛攻子之盾。董元醇的折子是周祖培所赞同,如今听到这四字责问,尤觉痛快。

恭亲王继续宣读:“且载垣等以不敢专擅为词,此非专擅之实迹乎?总因朕冲龄,皇太后不能深悉国事,任伊等欺蒙,能尽欺天下乎?此皆伊等辜负皇考深恩,朕若再事姑容,何以仰对在天之灵,又何以服天下公论。载垣、端华、肃顺着即解任,景寿、穆荫、匡源、杜翰、焦祐瀛着退出军机处,派恭亲王会同大学士六部九卿翰詹科道将伊等应得之咎,分别轻重,按律秉公具奏。至皇太后应如何垂帘之仪,著一并会议具奏。特谕。”

周祖培磕头说:“赞襄政务大臣蒙蔽、专擅、擅改旨意,任何一条都可治死罪,今仅予解职,已属格外开恩。”

贾桢这时亦不能不表态,他从怀里捧出一份奏折,高举过头说:“臣大学士贾桢、大学士周祖培、兵部尚书沈兆霖、刑部尚书赵光奏政权请操之自上,并请饬廷臣会议皇太后召见臣工礼节。”

门口侍候的总管太监立即过来接过折子,放到两宫之间的小几上。此时当然不必去细看,慈禧说:“皇上还小,为了祖宗的江山社稷,姐姐和我不能不勉为其难。到底该怎么办,就由你们几位大学士主持,与大家定议好了。”

这时,总管太监又来禀,赞襄政务大臣认为皇太后不宜召见外臣,有什么旨意,请吩咐赞襄政务大臣办理,并再次请求召见。

“竟然逼迫姐姐和我召见他们,这样的跋扈之臣,你们可曾见过?”慈禧说,“这真是岂有此理。”

周祖培说:“刚才的上谕仅限于解任,如果他们不肯奉诏又该怎么办?恐怕要革职拿问方才稳妥。”

“以他们的跋扈,什么事做不出来!干脆再起草一道旨意,将他们革职拿问。”慈禧问,“六爷,你说是不是该这样办?”

恭亲王对文祥说:“博川,请照太后的意思再起草一道上谕。”

以恭亲王为首,几个人一起到军机处传旨。军机处关防极严,就是尊贵如恭亲王,也不能擅入。因此他站在门外吩咐太监传旨,让他们立即出来接旨。

载垣打头,端华次之,七个人鱼贯而出。载垣问:“我们未曾见起,何来旨意?”

恭亲王站到上首位置,对乾清门侍卫说:“如果有人不奉旨,你们就给我拿人!”

这样一说,载垣、端华之外的五个人先吓坏了,景寿为首,先跪了下去。

载垣、端华还站着不肯跪,端华说:“老六,有没有上谕我们还能不知道吗?你奉的谁的旨?你可不要矫诏,那可是大罪。”

周祖培说:“王爷,就问他们奉不奉诏吧!”

载垣说:“这是矫诏,我们是大行皇上钦派的赞襄政务大臣,有没有旨意我们最清楚。”

恭亲王使个眼色,乾清门的几个侍卫是提前安排好的,其中就有两个是惇亲王送给他的两个蒙古布库,毫不客气,上来一巴掌先扇掉了载垣的大帽子,另一个在他身后猛踹一脚,他就跪到地上去了。

端华自己跪下去,嘴里说:“老六,何必如此?”

恭亲王见七个人都跪下去,这才宣旨,先宣读由热河带回的上谕,再选读刚刚颁下——

谕内阁:前因载垣、端华、肃顺等三人,种种跋扈不臣,朕于热河行宫,命醇郡王奕譞缮就谕旨,将载垣等三人解任。兹于本日特旨召见恭亲王,带同大学士桂良、贾桢、周祖培,军机大臣户部左侍郎文祥,乃载垣等肆言不应召见外臣,擅行拦阻,其肆无忌惮,何所底止。前旨仅予解任,实不足以蔽辜,着恭亲王奕訢、桂良、贾桢、周祖培、文祥,即行传旨,将载垣、端华、肃顺革去爵职拿问,交宗人府会同大学士九卿翰詹科道严行议罪。

等宣完了旨,载垣还在挣扎着喊:"我不服,不服。"

恭亲王说:"把他们送到该去的地方!"

赞襄政务八大臣已经有七人就擒,剩下的肃顺虽只一人,却极其关键。擒拿肃顺的差使,恭亲王决定交给老七和睿亲王仁寿办理。此时两人和肃顺正在护送梓宫赴京的路上,查查驿路呈递的滚单,知道今天晚上梓宫停灵密云驿,三天后才能到京。恭亲王从大内侍卫和他的王府护卫中挑选十名好手,前往密云帮助醇郡王办差,其中就有那两个蒙古布库。具体差使由文祥交代,他亲笔写一封信,简要说明京中情形,与上谕一同封到军机处的大封套中。他统领过步军衙门,有一个佐领深得他的赏识,派他带领十个人前往密云传旨并协助办差:"你告诉七爷和睿亲王,拿到肃顺务必立即押赴京城,千万不可逗留。尤其要防备肃顺的死党把人抢走,明天无论如何要把肃顺押到京城。"

景寿、穆荫、匡源、杜翰、焦祐瀛已经退出军机闭门思过,整个军机处只有文祥一人主持,需要处理的事情很多。派完七爷的差使,又要安排人连夜查抄肃顺的家产,还要派人到热河去,查抄他的私寓。载垣、端华是否查抄,现在并无旨意,但也要派步军统领衙门的人暗中监视。还有当天奉旨未了的事情,也要安排人办理。军机章京原来拼命巴结赞襄政务大臣的,此时惶惶不可终日,文祥让朱学勤安慰大家,不必有顾虑,好好办差就是。

等他忙完了赶到后湖南岸恭亲王的别邸鉴园,桂良、宝鋆、曹毓英都在。当晚需要议的事情太多,而且必须拿出主意来,有些连上谕都要备好。首先商议的是军机大臣人选。赞襄政务体制废除,自然恢复军机处主掌中枢的旧例。恭亲王自然是军机领袖,他的老丈人出谋划策,自然也应入值,文祥本来就是,当然不用再议。宝鋆十分热衷,但他不好说话,由桂良替他出头,恭亲王说:"佩衡当然少不了。"

宝鋆与恭亲王私交极好,拱拱手嘻嘻笑着说:"谢王爷栽培。"

已经四个人了。军机大臣并无常数，但五个人的时候居多，一个领班，然后两满两汉。恭亲王亲自提议，曹毓英入军机大臣上学习行走。

桂良说："现在是四满一汉，不大合常例，我看还得再加一个汉大臣。"

要加的人，恭亲王早有盘算——兵部尚书沈兆麟，他原本也是极力反对议抚的，但恭亲王留京议抚后，他亦步亦趋，始终追随，这次又与贾桢、周祖培联衔奏请太后垂帘，也算帮了恭亲王的大忙。

军机大臣的人选议完了，又议几个关键职位，必须换上可靠的人。上三旗领侍卫内大臣关系禁宫安危，是第一紧要的缺分，正黄旗领侍卫内大臣华丰改为镶黄旗领侍卫内大臣，缺职则以醇郡王奕譞补领，正蓝旗领侍卫内大臣则调全庆补领。惇亲王是荒唐王爷，但毕竟是近支，给他一个阅兵大臣的闲差，并管武备院事，其实没什么要紧的事可管。六部的堂官也调整不少。多少人的前途荣辱，几乎就在这半夜里定调了。

接下来才议恭亲王的名头。将来的政体是垂帘加亲王辅政，恭亲王如果仅领班军机，显不出他的尊贵，必得另加一个恰当的名头。现成的有摄政王，但多尔衮的下场足以令人警惕，且上有太后垂帘，也算不上摄政；辅政王，勉强可以，但恭亲王并不满意，赞襄大臣类似辅政，也未得善终。曹毓英建议道："无论是摄政，还是辅政，都有喧宾夺主之嫌，和衷共济，有事商量着来，我看可否叫'议政王'？两宫听来，王爷仅是献议；外界听来，王爷是与大家一块商议。"

恭亲王说："好极了，你们几位觉得呢？"

众人都觉得甚好。

这样商量完，一看西洋钟，短针指向四，长针指向十二，已经是寅正。恭亲王说："各位也不必回去了，在我府上用点消夜，稍迷糊一会儿，就该见起了。"

文祥说："王爷，将来你主大政，桂中堂也要忙军机上的事情，总理衙门那边还得添人手。"

恭亲王敲敲太阳穴说："你看我，把顶要紧的事情忘了。这样，佩衡将来也帮办总理衙门事务，再把顺天府的董忱甫添进来。办抚局期间，他与洋人办交涉，很在行。当然，这倒不必亟亟，放一放再添不迟。"

董忱甫就是顺天府董恂，恭亲王交代的差使无不竭尽全力，很得赏识和信任。

“洋务是大事！”恭亲王说，“博川，洋务上的事情都很要紧，但目前这种局面不得不稍放一放。但有一样不能拖，政局一旦确立，就必须立即向洋人通气，让他们不必疑虑，朝廷只会比从前更加重视洋务，从前议定的事项一概继续办理。顶顶要紧的一件事，还有十天就是圣母皇太后的万寿节，太后对洋兵还驻天津颇为疑虑，你说动他们能在万寿节前撤出天津，便是给太后最好的寿礼，也是中外更加信睦的表示。”

大家赶紧找地方稍稍休息。文祥觉得刚闭上眼，就被仆人叫醒了，说是王爷请。等他睡眼惺忪到了王爷的书房，醇郡王也在！文祥说：“七爷，你不是去拿肃顺吗？怎么，我派的人没见到你？”

七爷装傻充愣说：“没有啊，没人找我！”

文祥情不自禁“啊”了一声。

“老七，你别吓唬博川了。”恭亲王又转头对文祥说，“老七捉住肃六了，一切顺利。”

七爷嘿嘿一笑，这才得意地给文祥讲他捉肃顺的过程。事情很顺利，但当时他却很紧张，因为肃顺身边有几个手段很厉害的护卫，都是他私人重金包请，类似春秋战国时期贵族豢养的死士，关键时候是要以死护主的。好在他的身份方便——行在步军衙门统领，协助他的睿亲王仁寿，也是一路扈从而来，与肃顺的护卫领班很熟悉。七爷命人先从外围把肃顺的住处围了个水泄不通，然后他和睿亲王仁寿带着恭亲王派去的十几个护卫，到了肃顺住的院子，让人去敲门，把护卫领班叫来，告诉他要叫肃中堂接旨。护卫统领很机警，也很明白利害，大半夜接旨，恐怕不是什么好旨，便说：“七爷，这大半夜的，我的人可以保证不加任何阻拦，可是肃大人门口还有两位，很有些手段，且不归我调遣，您老可得海涵。”

醇郡王说：“好，你是明白人。把你的人撤出来吧，剩下的人由他们对付。”

院子里的护卫都撤了出来，醇郡王挥挥手，十几个人进了院子。有两个人问：“是什么人，怎么回事，干吗进院子里了。”

醇郡王站在门外大喊：“肃中堂，请接旨！”

这时院子里的十几个人已经交上手了，叮叮当当响了一会儿工夫，就只剩下骂声了,那两个死士都被生擒了。

这时候肃顺也被吵醒了,骂骂咧咧地问:“怎么回事,大半夜的,还让爷睡不睡觉。”

醇郡王说:“肃中堂,快出来接旨。”

肃顺骂道:“老七你搞什么鬼,大半夜接什么旨,再说了,有旨意我能不知道?”

睿亲王仁寿说:“肃顺,你就说,接不接旨!”

肃顺骂道:“你们想矫诏乱政吗?”

仁寿五十余岁,有经验,便说:“老七,让人冲进去拿人,别让他有别道跑了,也别让他自杀了。”

等十余人冲进去,肃顺正在穿衣服,上衣还没穿,两个宠妾吓得抱着胸脯乱抖。肃顺骂不绝口,几个人七手八脚把他捆成个粽子,扔进门外的马车里,快马加鞭就向京城方向跑来。

醇郡王得意地说:“一刻也不敢停,怕肃顺的死党得了消息来抢人。前面马车跑,我是骑着马在后面紧追,这一路颠得我屁股都碎成两半了。”

文祥哈哈大笑说:“七爷,敢情从前您的屁股只有一块?”

恭亲王也笑了,说:“老七,这趟差使办得不错。我还担心你玩心不退,办不了这么大的差使。”

醇郡王得意地说:“六哥总是把我当孩子,我都二十多岁了。”

文祥说:“王爷没把你当孩子, 已经准备调你任正黄旗领侍卫内大臣呢。”

恭亲王和醇郡王、文祥一道进宫,进隆宗门,到乾清门外值房,桂良、贾桢、周祖培已经到了。恭亲王将肃顺已经关进宗人府“空屋”的消息告诉大家。周祖培对肃顺极其痛恨,说:“肃六也有今日!”

文祥是目前唯一的军机大臣,先回军机处应付。恭亲王与三位大学士商议,见面应当奏对的事项,有些事情恭亲王可以出头,涉及他本人身份的事情,则必须由大学士出头。桂良是大学士之首,但与恭亲王是翁婿,因此推给贾桢,而贾桢虽然大学士排名在前,却没有周祖培的科名早,因此十分诚恳地让周祖培出头。垂帘之意支持最殷切的就是周祖培,他也当仁不让,愿意代劳。

一会儿太监传旨，请恭亲王带同大学士进见。恭亲王自作主张，让醇郡王也一同进见，为的是太后有所垂询，由他代奏。

太后果然先问捉拿肃顺的情况，由醇郡王极简要回奏。听说他被捕时竟然携带两名姬妾同房，而且污言秽语，不肯就范，两位太后都十分憎恨。慈禧说："昨天忘了应该查抄他的家产，他在热河也有私寓，必须也一并查抄。"

恭亲王回奏说已经有所准备，派人监视起来，只等太后慈谕。

慈禧说："告诉前去查抄的人，不要有任何隐瞒，如有倒移情形，严惩不贷。"

醇郡王已经回完差使，先行退出。周祖培回奏当前办事章程："垂帘章程尚需详议，而目前政务不能耽搁，臣等先行粗议，今后有折奏，先呈太后慈览，第二天发下军机大臣办理，需要缮写上谕，则当天办完，第三天见起时呈进慈览后钤印。如遇军国要务，必须立即指授方略，则虽时办理。"

两位太后都表示同意，慈禧说："原班军机大臣都已经退出，军机大臣都有哪些人，你们商量名单了吗？"

名单完全是恭亲王定的，不过今天早晨也通报给贾桢、周祖培。周祖培说："臣等公议，拟由恭亲王领班，大学士桂良、户部尚书沈兆霖、右侍郎宝鋆在军机大臣上行走，鸿胪寺少卿曹毓英在军机大臣上学习行走。另外，户部左侍郎文祥原就是军机大臣，办差勤恳谨慎，仍在军机大臣上行走。"

两宫由于从前受尽肃顺窝囊气，如今在恭亲王主持下，不但转危为安，且获得垂帘的尊贵地位，因此对恭亲王特别笼络。慈禧对慈安说："姐姐，恭亲王如今肩负重任，与一般亲王又不同，只任军机领班，不足以显示身份，办起差来也不方便，应当考虑给个封典。"

仍然由周祖培回奏："臣等也有此议，但恭亲王极力反对，因此臣等未再与议。"

慈禧问："哦，你们已经议过，可有合适的？"

等周祖培把摄政王、辅政王、议政王三个名称分别解释后，慈禧太后说："议政王好，今天就下旨好了。"

周祖培又奏道："臣等详酌祺祥年号，似有不妥。"

"祺祥"是赞襄大臣给新皇定的年号，周祖培等人认为，祺即是祥，祺祥意思重复，且肃顺秉政以来，以苛为政，屡兴大狱，不祺不祥，以"祺祥"为年号，则有为之粉饰之意。周祖培等人拟议“同治”年号，表示两宫太后临朝同治之意，也有两宫太后与众大臣同心同德，共理朝政之意。

慈禧太后大为赞赏，让他们广泛征求意见，尽快上个折子。

既然军机大臣人选已定，大学士们的使命完成，接下来，大政要交给军机处了。于是贾桢、周祖培退出，文祥、沈兆麟、宝鋆、曹毓英进殿。新班军机大臣是第一次见起，因此除恭亲王外，均极郑重地磕头请安。将来要好好帮着恭亲王办差的话，自然是由慈禧说。

对恭亲王，两宫还有加恩，让他兼总管内务府大臣并管宗人府银库、宗人府宗令。这样，内政、外交、皇族、宫廷一切大权均集于恭亲王一身。恭亲王再次谢恩，然后由他奏报几项人事调整，两宫太后无不同意，表示“写旨来看”。

当前的事情办妥了，恭亲王将接下来几件要办的事情向两宫奏报。当务之急是请王公大臣们公议肃顺等人罪行，此事不宜久拖，但也急不得，总要有三五天时间，刑部、宗人府都要传三人问话；第二件是准备太后万寿节，还有九天时间，很紧张；第三件是洋务，要赶紧向英法美俄等国通报政局变化情况，让他们安心。恭亲王又将争取让英法尽快撤出天津的计划也奏报给太后。

慈禧对洋人一直强硬，洋人憎恨她的说法她早有耳闻。她特别在意此事，如何与洋人尽释前嫌，她一直在想怎么交代给恭亲王。如今恭亲王早有打算，她很高兴，让他把朝廷践诺守信的意思转致洋人，洋务上的事情也不要耽搁。

军机大臣退出养心殿，议政王为首，回到隆宗门内的军机处值庐。这里恭亲王并不陌生，六年前他曾经是这里的主人。如今，他重新回来了，而且加了议政王的头衔。世事变迁，真是无从意料。当他在“一堂和气”匾额下的椅子上坐下来，心中有点儿高兴，却没有半点儿得意，更多的是感慨。

恭亲王给大家略做分工，他自然是拿总，洋务的事情他要亲自过问，桂良、文祥多费心，军务上沈兆麟，财政上宝鋆多费心，日常值守及文稿起草，就拜托给曹毓英。目前有好几份上谕需要交内阁明发，另外还有一个函件必须立即发给督抚将军，告诉他们即日起廷寄以议政王军机大臣字寄的名义寄发，赞襄政务军机大臣字寄作废。

文祥一直忙到下午，才分别到英法使馆去向两国公使通报情况，两国公使听说赞襄政务大臣已经革职拿问，恭亲王已经主持大政，都十分高兴，对尽快撤兵的要求也积极回应。英国表示近日就撤出印度马队一千余人，剩余一千余人也将尽快撤出。法国则表示除留下二百余人驻扎在大沽炮台，为法国商船提供护卫外，其他两千人轮船一到就全数撤走。

文祥问轮船何时可到，法国公使布尔布隆表示，半月内一定能到。为了表示诚意，他还向恭亲王出具了一份照会，“本年自三月以来，贵亲王有真实和好之据，本国可以凭信会办各事务。近闻贵国政局为之一新，中外和平更加可期，所有驻扎天津之兵，即可全数撤回，以示两无猜嫌之意。现在天津乏船，俟轮船齐集，即全数撤回”。

为肃顺、载垣、端华议罪的事却遇到麻烦，因为赞襄政务大臣秉政以来，遵守祖制成法，并无大的问题。刑部、宗人府往返传问，三人共罪不过是专擅跋扈，不能听命于皇太后，认为请皇太后看折，亦系多余；当面咆哮，目无君上；每言亲王等不可召见，意存离间。肃顺除以上罪名外，尚有擅坐御位，进内廷当差出入自由，目无法纪，擅用行宫内御用器物，把持一切事务，宫内传取应用物件，抗违不进，并敢声称有旨亦不能遵。奉到拿问谕旨，胆敢肆意咆哮，并于恭送梓宫，携带眷属行走。每自请分见两宫，于召对时，辞令之间，互有抑扬，意在构衅，居心尤属叵测。刑部尚书赵光以为，仅凭以上罪名要治以死罪，则太过勉强。

慈禧必欲杀之而后快，恭亲王则担心打蛇不死反留后患，肃顺树敌太多，盼着他死的大有人在，给赵光递话的也不在少数。最后他在胜保的奏折中受到了启发。胜保请两宫垂帘、亲王辅政的奏折中说，“先皇弥留之际，近支亲王多不在侧，仰窥顾命苦衷，所以未留亲笔朱谕者，是以待我皇上自择而任之，以成未竟之志。今嗣圣既未亲政，皇太后又不临朝，是政柄尽付之该王等数人，而所拟谕旨又非尽出自宸衷。如御史董元醇条陈四事，应准应驳，本应断自圣裁，该王等却径行拟旨驳斥，已开矫窃之端”。这几句话很厉害，是从根本上否定了赞襄政务体制，八大臣有矫诏之嫌了。

周祖培的意思，驳斥董元醇不是两宫的意思，这不是矫诏又是什么？不妨把这一条先写上。至于赞襄政务是不是皇上的意思，反正还要王公大学士等廷议，到时候不难求证。

十月初五，宗人府会同大学士六部九卿翰詹科道等共议三人罪名，议了一上午也没有结果。最关键的就是，赞襄政务虽然并非亲笔朱谕，但事后的确请皇上过目了，也就是得到了皇上认可。下午，继续讨论。赵光说："各位王爷、各位同僚，赞襄政务的体制至关重要，必得察查清楚。当时在侧的亲王有惠亲王、睿亲王、醇郡王等，各位王爷，我有几句话请教，当时皇上是不是真的不能握笔？"

惠亲王说："的确如此，当时大行皇帝已经十分虚弱。"

"那么，皇上是否点了八个人的姓名，而且是只点了这八个人？"

诸位证实的确如此。

"那么，皇上对八人的身份是怎么说的？"

惠亲王说："我听大行皇上说，是给皇太子请了几位辅佐大臣。老七，我耳朵不好，大行皇上是不是这样说的。"

醇郡王说："不错，五叔，大行皇上是这样说的。"

赵光又问："那么，大行皇上是否说过赞襄一切政务这句话？"

醇郡王说："这句话绝对没说，是他们起草谕旨时加上的。不信，可以问各位王爷。"

各位王爷都说，皇上的确没说过这句话。众人发出嗡的一声，然后大声议论，总的意思就是，这的确是矫诏，赞襄政务体制有问题。亦有人说，虽然皇上没说这句话，但上谕是当着皇上的面宣过的。立即有人反驳，当时大行皇上已经十分虚弱，也许已经听不清他们读的什么。

结果，以宗人府、刑部拟定的复奏中，三人罪名第一条写的是，"我皇考弥留之际，面谕载垣等立朕为皇太子，并无令其赞襄政务之谕，载垣等乃造作赞襄名目，即以赞襄政务王大臣自居"。给三人量刑，均为凌迟处死。奏稿誊出后，众人均在上面签名。

次日太后召见军机大臣及惠亲王绵愉，惇亲王奕誴，醇郡王奕譞，钟郡王奕詥，孚郡王奕譓，睿亲王仁寿，大学士贾桢、周祖培，刑部尚书绵森，问载垣等罪名有无一线可原。周祖培说："三人均属罪大恶极，于国法无可宽宥。但恩出于上，是否加恩宽宥，由皇太后、皇上宸断。"

其实，量刑的时候，就给太后留出了示恩的余地。结果是，三人死罪难免，但凌迟不必，肃顺着加恩改为斩立决，载垣、端华均着加恩赐令自尽。其他五个人,量刑是发配新疆,太后加恩后御前大臣景寿着即革职,仍留公爵,并额驸品级,免其发遣。兵部尚书穆荫着即革职,为发往军台效力赎罪。吏部左侍郎匡源、署礼部右侍郎杜翰、太仆寺卿焦祐瀛均着即行革职免其发遣。

当天上午,肃亲王华丰、刑部尚书绵森奉旨前往宗人府传旨令载垣、端华自尽。睿亲王仁寿、刑部右侍郎载龄将肃顺押赴菜市口问斩。所经之处围观者挤满了道路,先是有人喊:"肃六,你也有今天!"既而有人向肃顺抛掷泥巴、石块,到刑场时肃顺已经是面目全非。为了防止他乱骂,他的口中塞进了一段花椒木,口舌麻木,但他却仍在呜呜哇哇以示愤怒。宣旨后他不肯跪,刽子手拿刀背几乎敲断了他的小腿,他才跪下去。当天下午,京中噼噼啪啪鞭炮声不绝。国丧期间不准宴饮,但当天晚上喝得酩酊大醉者大有人在。

当晚,桂良夜入恭王府,翁婿有一番深谈,话题由肃顺的下场谈起。平心而论,肃顺是个能员,这些年江南战局日有起色,他功不可没,但仍然难免如此下场,更让人想不到的是,盼着他死的人竟然那么多!桂良提醒女婿王爷,为政不可过苛,无论多么冠冕堂皇的理由,夺了人家的富贵必遭人忌恨,更不用说严刑峻法,大开杀戒。

"肃六的教训,足为后事者鉴。这几年朝廷戾气太重,官员动辄得咎。这样子不行!新朝新气象,应当劝说两宫,以宽为政。肃顺秉政以来,很少市恩,所以念他好的不多,尤其是他重用汉人,咱满人怨气很重,必须设法消弭。"

第二天,军机见起后,恭亲王为首,把以宽为政的意思奏明太后,两宫都很赞同,当天下旨,肃顺一案,不肆株连,只处分与之关系密切的四五人。而且从肃顺家中搜出的书信,也全部付之一炬,让内外臣工皆可释然。

到了初九,新皇登基,又下了一道旨意,不仅大赦天下,而且王公格格俱加恩赏,内外满汉大小文武俱加一级;文官四品以上、武官二品以上各荫一子入国子监读书(相当于赐给秀才资格);文职自四品以下、武职自三品以下,降革留任及罚俸处分一律取消;乡试名额也予以增加,大省加三十名,次省加二十名,小省加十名;百姓小民,五世同堂的要赐给匾额,年七十岁以上者免除儿孙中一人差役,八十岁以上者分不同年龄分别赐给顶戴……真是全国上下皆大欢喜。

初十是慈禧的生日,又对后宫妃嫔普遍加封或恩赏。

随后又对肃顺赏识的曾国藩、左宗棠等不但未曾疑心,而且再加事权,曾国藩着统辖江苏、安徽、江西三省并浙江全省军务,所有四省巡抚提督以下各官悉归节制;太常寺卿左宗棠驰赴浙江,剿办贼匪,浙省提镇以下各官均归调遣。

慈禧一口气赏的赏,加恩的加恩,不知有多少人因之受益。她体味到了权力的妙处,不仅在于一语可以决人生死,更可以让成千上万的人千恩万谢!唯一有点遗憾的是,她不能赏自己。她最盼望的就是垂帘章程尽快拿出来。这是多么简单的事情,只要上心,三两天就可缮定。但议政王却好像不着急,先是请各王公大学士议,后来又扩大到六部九卿的堂官,而后又请翰詹科道参与议论。这样倒是够热闹了,却迟迟不见结果。

好像是回答慈禧的疑问,这天议完政事后,恭亲王说:“两宫垂帘,无此祖制,类比创举。既然是创举,就应当营造万民拥戴、百官赞同的局面,近半月来时有恩旨,举国祥和,可谓这一创举的先声;不断扩大议论范围,其要旨不在议,而在于促使百官达成共识。目前章程已经基本妥当,近日即可呈请慈览,何时举办垂帘大典,还请两宫早定日期,以便臣等准备。”

听恭亲王这番说法,慈禧甚为嘉许,称赞说:“难为王爷是这样一番苦心,我看也不急于一天两天,干脆就到十一月初一举行,时间还宽裕些。”说完了,这才转头征求慈安的意见。

慈安没有意见。

到了垂帘大典前一天,三口通商大臣崇厚递来咨文,报告英国兵两千余人已经撤出天津,乘轮南下,目前只留二百五十人驻扎大沽,天津城内已无外军一兵一卒,这无异于是献给垂帘大典的一件大礼。

慈禧心情很好,议完政务后,还没有让军机大臣跪安的意思,而是发闲聊的语气问:“六爷,前天曾国藩奏报,上海吃紧,士绅到安庆去求救兵,他打算派李鸿章新募一军,驰援上海,我对着舆图看了一下,如果李鸿章到了上海,浙江有左宗棠,金陵城下有曾国荃,安庆有曾国藩坐镇,江北有胜保的大军,江西基本肃清,金陵合围之势已经形成。曾国藩这一招棋,我看挺妙,不知我说得有没有道理。”

慈禧看奏折的时候竟然会看舆图,而且看出了其中的巧妙,这不禁让议政王大吃一惊,不能不刮目相看。慈禧也许从他脸上读出了他的心思,不禁有些得意,莞尔一笑道:“怎么,六爷,我说得不对吗?”

议政王说："岂止是对，简直是高屋建瓴！臣实在是佩服！"

慈禧咯咯一笑说："六爷这话可说得没边儿了，我哪里懂军务，只是瞎琢磨罢了。"

慈安也说："我每回见圣母皇太后一手拿奏折，一手在地图上指指画画，弄不明白是干什么，原来是在研究打仗的事。我倒想起来，大行皇帝常说的运筹帷幄，就是这个意思了。"

"姐姐也会说笑话了。"慈禧说，"今天我想说的还不是这件事。我在想，办事情，无论是洋务也罢，政务也罢，还是军务也罢，关键在得人。江南局势稳住了，原来大行皇帝常说，得益于上游湖北有胡林翼，江西有曾国藩。如今浙江去了左宗棠，上海也将有李鸿章驰援。用人不疑，疑人不用。这两个人，都是曾国藩倚重的，当然，还有他的老弟曾国荃，议政王你留意一下这几个人，如果没有大毛病，将来出任巡抚也无不可。"

议政王又是一愣，因为这也正是他心中所想。他的意思倒是更侧重于洋务方面，自从签约以后，中外纠纷不断，其中一个重要原因，就是有的地方官尤其是督抚不能理解朝廷的大政方针，受肃顺从前策略的影响，不是按约办事，而是千方百计设限制。如果能有一批官员懂洋务，与中枢配合默契，他又何必如此为难？

慈禧见议政王发愣，没有回音，问："六爷，我的话你听见了吗？"

议政王说："臣听见了，刚才臣在想，好像从什么地方看到过李鸿章的资料，他好像是合肥人，他有个哥哥好像叫李瀚章，也在曾国藩幕府里。"

# 第三章 海上洋器

## 淮军想装备洋枪洋炮

同治元年三月初,安庆城外校场,刚成立不久的淮军排着不甚整齐的队列,等待检阅。钦差大臣、协办大学士、太子少保、兵部尚书衔节制四省军务、两江总督曾国藩,头戴正一品珊瑚顶戴,身穿九蟒五爪袍,在正三品蓝宝石顶戴的李鸿章陪同下,向校兵场走来。

“参见曾大帅,参见李少帅!”淮军将士齐声高呼。

曾国藩登上校阅台,淮军各营统领报名参见。亲兵营统领韩正国,开字营统领程学启,春字营统领张遇春,树字营统领张树声,铭字营统领刘铭传,鼎字营统领潘鼎新,庆字营统领吴长庆,林字营统领腾嗣林、腾嗣武,盛字营统领周盛波、周盛传,熊字营统领陈飞熊,恒子营统领马先槐,共十三营六千五百人全数在此。

等各统领退回队列,曾国藩大声说:“淮军子弟今天就要赴上海杀敌,我应少荃之邀来给诸位送行,这让我想起当年率湘军将士出征的情形。当年湘军也是背井离乡,长途跋涉,那时候是粮饷两缺。难不难?难!但湘军健儿却能屡屡克敌制胜,所凭借者何?一赖忠勇二字,二赖各营各哨呼吸相顾,赴火同行,蹈汤同往,胜则举杯酒以让功,败则出死力以相救。俗话说,打虎亲兄弟,上阵父子兵,湘淮是一家,淮军十三营,有七营是原湘军兄弟。湘军的老兄弟身经百战,望你们在战场上带一带淮军新兄弟;淮军的新兄弟,望你们与湘军老兄弟并肩杀敌,尽快融为一家。如此,则发匪纵有万万之众,在我湘淮健儿面前,也不过是乌合之众,定将摧枯拉朽,指日可破。”

检阅完毕,曾国藩到李鸿章的签押房稍坐,他说:“少荃,从今天起,你就要独当一面了,我有几句话相赠。”

李鸿章垂手而立,说:“请恩师赐教。”

曾国藩示意李鸿章坐下,说:“少荃,你办事圆通,不拘成法,不会受人欺负,这一点我大可放心。但人的长处和短处总是相生相成,我赠你三句话,希望有所补益。第一句是为人要安分守拙,人可以聪明,但不要让人感到你太聪明;第二句是治事要平实稳健,人可灵活达变,但不可华而不实;第三句是用兵要老成持重,兵行险招固然不错,但偶尔为之可,经常为之则难免自蹈死路。”

李鸿章表示完全记下了,请老师放心。

曾国藩说:“江苏大部陷敌,糜烂不堪,上海一隅,更是险象环生。你到上海去,站稳脚跟是关键,练兵学战为性命之根本,吏治洋务暂且不去管它。上海华洋杂处,尤其要避免勇丁沾染西洋习气。你要记住,湘淮子弟万不可丢掉忠勇诚朴四字,有此四字,足可以补器械之不足;若沾染了习气,油滑浮躁,纵然器利弹足,也无济于事。”

曾国藩是有感而发,他的九弟曾国荃和其他将领多次表示洋枪洋炮猛烈锐利,希望多加配备,而曾国藩不以为然。他不是不重视火器,但他认为旧式火器已经足以应付,湘军军饷全靠自筹,花重金用于洋枪洋炮,实在有些不值。而且他更担心长此以往,勇丁会养成投机取巧的习气。

“制胜之道,在人而不在器。鲍春霆并无洋枪洋药,然亦屡当大敌。前年十月、去年六月,亦曾与伪忠王李秀成接仗,未闻因无洋人军火为憾。我担心,湘淮将领如果专从此处用心,风气所趋,恐部下将士增加务外取巧之习,丢掉反己守拙之道,不可不深思,不可不猛省。”

李鸿章平日与曾国荃及前线将领多有私交,对前线将士渴望洋枪洋炮的心思颇为了解,但曾国藩所说也有道理,如果将士把全部希望寄予洋枪洋炮,的确是后患无穷。

“你到了上海,掌握这么几条。一是兵勇训练未熟,人数未齐之前,不宜出战;二是会防不会剿。上海有雇募的洋枪队,也有地方团练,还有部分原江苏溃兵,不要有仰仗他们的心思,求人不如求己,你第一仗务必自己打出名堂,不然,胜则功归他们,败则独获其咎,淮军初立,切忌,切忌。三是与洋人交际,以忠信笃敬为要。我想,洋人毕竟也是人,我以忠信笃敬待之,他们也必以此待我。”曾国藩意犹未尽,“少荃,上海三面皆敌,一面环海,你只要守住这个筹饷码头,就是为江苏保住一线生机,便是大功一件。以守为功,这四字务必切记,切记。”

李鸿章连连点头。

这时候,三艘轮船已经在岸边抛泊,淮军开始登船,韩正国的亲兵营八百人乘一船,吴长庆部五百人乘一船,程学启部一千三百人乘一船。李鸿章与韩正国的亲兵营同乘一船。

“恩师请回,江边风大,学生不敢久劳恩师。”高出曾国藩一头的李鸿章毕恭毕敬地给曾国藩施礼。

“少荃啊,你这一走就像闺女出嫁,我要看着你走,快些上船吧。”曾国藩有些感慨。

汽笛长鸣,轮船启行。船上船下,摇手告别。淮军统帅李鸿章时年不足四十,迎风站在船首,气宇轩昂,风度儒雅,紧闭的嘴角和微突的颧骨透出冷静和坚毅。

李鸿章是第一次坐轮船,平稳得有时候都感觉不到船在动,绝不像木船那样颠簸摇晃。因为怕被太平军发现,登船后营哨什长都奉命严格看管所部勇丁,一律不准喧哗,更不准到甲板上去。韩正国则亲自在船舱入口处,拖了把椅子坐在那里,摆出一副一夫当关,万夫莫开的架势。大家都是提着命去上海,所以都很规矩,连大声咳嗽也不敢。

李鸿章的住处比较宽绰干净,有床,有桌,最奇妙的是两个粗壮椅子,一坐人就陷下去,很软,人站起来就复又弹起。怡和洋行的买办唐廷枢告诉李鸿章,洋人管这种椅子叫沙发:“洋人的家具与中式的不同。中国人最讲究的是礼仪,家具也是如此,比如椅子,硬邦邦的,必须正襟危坐。而洋人的沙发讲究的是舒服,无论是坐还是半躺着,都绵软熨帖。”

唐廷枢是英国怡和洋行最倚重的买办,也是沪上有名的巨商,不仅为英国人招揽生意,自己也开着茶栈、丝栈、当铺,还经营地产,运销大米、食盐,用他自己的话说,什么来钱就搞什么。去年上海派人到安庆搬救兵,他就是其中之一,与李鸿章有一面之交;这次他又带怡和的轮船来接淮军,这几天一直在和李鸿章商讨有关细节,两人已经十分熟悉。唐廷枢是广东人,但官话说得不错，英语也能凑合。他年不足三十，但十分精明干练，深得李鸿章赏识，而他对李鸿章也是另眼相看。

“李大人和一般的官员不同。”

“何以见得？”

“咱大清国的官员看不起商人，尤其是看不起与洋人做买卖的商人。士农工商，商在其末，这是中国的传统。最看不起洋商，是因为轻视洋人的缘故。要我说，这两条都是大错特错。”

李鸿章真不知道这里面大错特错在哪里，所以一双炯炯锐利的眼睛望着唐廷枢，示意他说下去。

“要我说，咱们看不起商人是大错特错。都知道江南富庶，国家财赋三分之二出于江南，如果不是因为有大量商人，又如何负担得起？洋人国家之所以富强，就是因为重商，商人赚回大量的财富，国家才有钱养得起那么庞大的舰队。世界上没有哪一个强国，是靠农业能够强大的。种粮食，能解决肚子问题就不错了，要富强，非重商不行。”

李鸿章有些恍然大悟：“啊，洋人国家富强，是因为重商！”

“是啊，所以商人在洋人国家地位最高，他们为了保护商人和商业，宁愿派一支舰队，不远万里去与人家打仗。二十多年前英国人打我们，就是如此；一年前英法两国联起手来打进北京城，还是为此。我们大清国要富强，要不受欺负，也得像洋人一样重商不可。”

“你的说法，我真是闻所未闻。国以农为本，民以食为天，以商富国的说法，我是第一次听到。”这种观点，李鸿章颇觉新鲜。

“看不起洋人，那又大错特错。我们还把洋人当成蛮夷，真是夜郎自大，坐井观天。洋人枪炮厉害不厉害，轮船厉害不厉害，洋人吃的穿的住的用的，哪一样也比我们讲究，说人家是蛮夷，可不可笑？”

唐廷枢这样崇洋媚外，李鸿章略有不快：“洋人枪炮是厉害，不过，我中国文教灿烂，泱泱数千年，这一点，你不能不承认吧。”

见唐廷枢毕竟不到而立之年，就在上海租界大有名头，因此难免锋芒毕露，说：“李大人，那都是从前，自从洋人把军舰开到咱们家门口起，什么天朝上国，什么文教灿烂，这些说法都不灵光了。咱们已经落后于洋人，落后就要学习，没什么好说的。这一点，咱们就比不了日本。”

据唐廷枢说,五六年前美国人开着军舰打开了日本的国门,日本人一下子惊醒了,派了好些年轻人到欧洲去学习,也有年轻人到上海来考察。日本年轻人心气很高,他们说要赶紧把欧洲的技术学到手,绝不能落到中国这样的下场。

"李大人到上海去,我给大人两条建议。一是不要小看洋人,上海是洋人的天下。长毛几乎攻占了整个江苏,上海弹丸之地却奈何不得,为什么?就是因为有洋人。二是一定要装备洋枪洋炮,以大人部下的这些陈旧装备,到战场上难免要吃大亏。而且上海华洋杂处,弄到洋枪洋炮并非难事,有这么得天独厚的条件,不配备洋枪洋炮,实在可惜了。"

这说法与恩师的说法正好相反。

看李鸿章一副不相信的表情,唐廷枢说:"大人不要不信,到了上海你就明白了,那边的长毛都是人手一杆洋枪,你们拿着刀矛抬枪,如何与他们对阵?"

李鸿章哼一声说:"我恩师的湘军也未配备那么多洋枪,一样打得长毛闻风丧胆。"

唐廷枢说:"此一时彼一时,江苏李秀成的长毛,不是初出广西的长毛了。"

唐廷枢陪着李鸿章到轮船管驾室去参观,洋人船长很客气,详细向他介绍各种仪表的功能。船长又在甲板上让人摆了一张小桌子,请李鸿章喝咖啡。因为担心被太平军发现,所以他不能穿官服,而是换上了一身通事的西装,紧紧地裹在身上,很不舒服,一走下甲板就连忙换掉了,再也不穿。这是他第一次近距离接触洋人,第一感觉就是洋人也是人,并没想象的那样凶神恶煞。

越接近金陵,太平军也就越多,到处旗帜飘扬,两岸堡垒密布,还有黑洞洞的炮口。他们群相观望,指指点点。李鸿章穿上一身洋行学徒的衣服,站在甲板上观察两岸。在九洑洲附近,突然有一只木船向江心驶来,摇着小旗喊话。李鸿章有些紧张,唐廷枢说:"大人不必惊慌,他们十有八九是要买东西。"

洋轮慢了下来,木船靠近了,长毛问道:"有没有治红伤的药,我们有位王爷受伤,急需红伤药。价钱无论,只要有药就行。"

大副让通事警告小船上的人:“你们这样做太危险,如果小船被撞翻了,责任谁负?”

“实在没有办法,我们要救王爷的命。”小船上的太平军倒是十分客气。

双方谈好价钱,船上先用绳子把银子拉上来,然后再把消炎类的药物吊下去。

太平军又提出买支手铳。所谓手铳,就是洋人的手枪。通事报了个很高的价格,他们连价也没还就同意了。

唐廷枢向李鸿章解释,轮船只要一靠码头,就有太平军来买东西,粮食、药品、火枪、弹药,五花八门,什么都有。今天他们到江中拦截,说明确实急用,如果不理睬他们,反而会惹来麻烦。

“这船是洋人的,我不过是客,你看怎么合适怎么办,但千万不能让长毛上船。”李鸿章只强调了一点。

唐廷枢笑道:“这个自然,彼此都有不成文的约定,长毛一般不会上船的。”

唐廷枢说,《北京条约》签订前,洋人持中立,既不帮官军,也不帮太平军。但实际上是偏帮太平军的,洋枪洋炮,粮食药品,什么东西也卖。一则因为双方都信天主,二则英国人有个打算,如果与朝廷谈不拢,就支持长毛推翻清廷,建立新朝。但条约一签,洋人就开始帮朝廷,不帮朝廷,赔款谁给啊?再说,只有局势稳定了,生意才好做。但私下里双方的生意还在做,有利可图,商人才不管那么多。

所以怡和洋行的这三艘运兵轮船,一路顺江而下,没遇到任何麻烦,三天后就到达了上海。

首批淮军到达上海,码头上以署理布政使吴煦带头的江苏官员、驻军统领及士绅前来迎接,外加看热闹的百姓,足有上千人。

淮军勇丁从船上鱼贯而出,上海人都大失所望,他们花巨资请来的援军怎么是这副样子?头上包着一块布帕,身上穿的是土布缝制的号衣,胸前有个圆圈,写着个淮字,后背也有个圈,写个勇字,仿佛是瞄准的靶心;下身是大脚肥裤,脚上则是草鞋。人人都背着油纸伞和大蒲扇,武器更是不像样,除少数破旧抬枪外,大多是刀矛弓弩。因为在船舱内憋得太久的缘故,大家脸色泛青,眼睛也不灵光,身上的气味更是难闻。满嘴里说的是合肥土话,一句也听不懂。

官员们心里鄙夷不说出来，但看热闹的百姓则没那么多顾虑，有话直说："阿拉今朝算是开眼了，这哪个是军队，分明是土佬巴子。"好在上海话在合肥人听来就像鸟语，又快又柔，根本听不懂。

李鸿章率军前往城南军营，一支队列整齐的军队迎头向他们走来，好像专门要与他这支叫花子队过不去。唐廷枢指点着说道："李大人，这就是洋枪队。由上海中外会防局发起，雇请洋人任指挥，士兵有洋人也有华人，统领是美国人华尔，作战勇敢，屡获大捷，被抚台大人命名为'常胜军'。"

李鸿章仔细打量这支部队，确实非比寻常，军服笔挺，皮鞋锃亮，肩上扛的是一色的洋枪。洋枪队显然是为了炫耀，军官叽里咕噜一通，立即变换了队形，平端着枪，踢着正步；一会儿又把枪扛在肩上，跑起步来，嘴里还喊着号子，步伐整齐，脚脚踏在点上。

淮军将士们望着人家的服装武器，羡慕得瞪着大眼。

李鸿章心里也为之震撼，但他心中十分清楚，淮军初到上海，他作为主帅，尤其不能露怯，于是对将士们说："军队贵能打仗，外表有什么好比的？传我将令，所有兵弁人等未经许可不可出营，各营严加训练，贼娘的，好好搞搞，打一个胜仗让洋人和上海人瞧瞧，不能丢咱安徽人的脸！"

安庆的十三营淮军，前后分五批全靠轮船运到了上海，除了十几人被闷得晕过去外，几乎没损失一兵一卒，这实在是一个天大奇迹。随后又有增募的数营陆续被运来，接近万人的千里大转运，竟然完全靠轮船运到，这实在是前无古人，而且这一令人不敢相信的奇迹竟是在洋人的帮助下完成的，更是令李鸿章感慨万千。

李鸿章的住处就在城外徽州会馆，一切安顿就绪，第二天他就去拜访江苏巡抚薛焕。两年前因太平军踏破江南大营，江苏巡抚徐有壬战死，两江总督何桂清被革职，四川人薛焕得以出任江苏巡抚兼署五口通商大臣。江苏士绅非要请李鸿章来，他是心有不甘的，对李鸿章就有些冷淡。李鸿章自然感觉得出来，但牢记老师的嘱咐，不急不躁，表面上十分尊敬。

"当初我任苏抚，那是受命于危难之中，兵无可集，将无可选，唯张空名号召上海士绅，合力拒贼。"

薛焕对自己能保住上海颇为得意，最得意的是组建了洋枪队。那时候上海的官军几乎都是从战场上溃败下来的,已经被长毛吓破了胆子,根本指望不上。英法在上海有驻军,但不会听他的指挥。粮道杨坊提出,凑钱雇请一个叫华尔的美国人训练一支洋枪队来帮着守上海。薛焕当即答应,并奏请朝廷允准。当时上海危在旦夕,朝廷又无兵可派,也就答应了。洋枪队果然争气,在上海保卫战中五战五捷,朝廷因此先后赐华尔四品顶戴、三品顶戴,如今已经升至副将。

李鸿章第一次听了洋枪队的来龙去脉, 佩服薛焕借洋人力量保卫上海是一招好棋。他已经见识过洋枪队的装备,所以也大加赞赏,然后话题一转道:“抚台大人,我路遇洋枪队,见他们人人都肩扛洋枪,私下揣度,洋枪队屡获大捷,被抚台大人赞为‘常胜军’,恐怕与他们装备精良不无关系。反观我淮军,则太过寒酸。上海洋商云集,不知可否向洋人购些快枪,每营一百条或更少也可,先让兵弁熟习洋枪操作之法,将来次第增购,必能战力大增。”

薛焕听李鸿章要为淮军购置枪炮,立即警惕起来。他需要淮军壮大上海的防守力量, 但又不愿淮军压过他的势头, 何况购买洋枪又需要一大笔银子,于是决定彻底打消李鸿章的念头:“少荃此话谬矣。常胜军连战连捷,并非得力于枪炮,而是训练扎实。要论洋枪洋炮,李秀成的长毛也配备不少,但因为不能好好训练,所以并不能发挥作用。”

“那就请洋人来帮着训练。”

“没那么简单,洋人操练,全用洋语,华人根本听不懂。”

“我倒是听说,洋枪队中士兵以华人居多,只有军官是洋人,他们不是一样指挥裕如?”

“起作用的关键是洋人,华人士兵全凭看洋人样子照葫芦画瓢。以为用洋枪装备兵勇后就能战无不胜,那是不切实际的想法,这也是为什么上海防军没有配备洋枪的原因。”薛焕绞尽脑汁找借口,“其二,实在没有银子去买洋枪。洋人奇货可居,一条洋枪动辄要价上百两银子,上海虽算富庶,但要还英法赔款,要支付洋枪队、防兵及淮军粮饷,还要接济安庆曾大帅和镇江冯军门,已是捉襟见肘,要想再拿出银子买洋枪,实在办不到,至少目前是如此。所以我认为,少荃当前应当加紧训练淮勇,尽快辅助官军把上海周边的长毛赶走。”

这最后一句话尤其让李鸿章不高兴,难道他的淮军还不算官军吗?要是辅助，我在安庆辅助老师不比你强之百倍？他不再谈买洋枪的事，顺口说道：“抚台说得是，俗话说不当家不知柴米贵。不过，学习一下洋人的操练也是可以的，大人可否介绍几个洋人到营中教练兵弁？”

“华夷有别，我堂堂一省巡抚，从来不轻见洋人。我劝少荃也要自重身份，你也是三品大员，对洋人不要太过亲密。洋人可用之，而不可亲之，更不可敬之。”薛焕摆出上级教训下级的架势。

李鸿章热脸贴了冷屁股，带着一肚皮的火气回到军营。他心里想，离了张屠夫，还非得吃带毛猪不成？他派亲兵持名帖到怡和洋行去请唐廷枢。唐廷枢听了李鸿章的想法，说：“我说大人必定对洋枪洋炮感兴趣，果不其然。如果大人需要洋枪洋炮，将来我可以设法为大人采办。”

李鸿章说：“好，将来如果采购洋枪，一定请你代劳。现在我想交几个洋人朋友，向他们讨教练兵之法。你对上海情形熟悉，有没有人可以推荐？”

唐廷枢说：“要论训练军队，当然是洋枪队的人最合适。”

李鸿章说：“我听薛抚台的意思，对洋枪队的人很不以为然。”

“薛大人架子太大，不太理会洋人。”唐廷枢说，“这件事找粮道杨大人最合适。”

粮道杨坊十分巴结洋人，把自己的女儿嫁给洋枪队统领华尔，当了洋人老丈人。唐廷枢的意思，由李鸿章写一封亲笔信，他上门走一趟就行。

“华尔能来最好，别人也可以。”李鸿章把信交给唐廷枢时，郑重叮嘱。

唐廷枢说：“大人放心，我与杨大人还是有几分交情的。”

晚饭时唐廷枢打发一个家仆到军营来了，转告李鸿章交代的事情已经办妥，杨道台一口答应，明天洋人自会上门。李鸿章让家仆捎口信给唐廷枢，明天还拜托他再到营中来，陪他见见洋人。

第二天，李鸿章早早做好准备，听到亲兵报“洋人求见”后，郑重其事地整整衣冠。他对此次会面非常重视，并深怀热望。

洋人进来了，是一个二十多岁的年轻人，毕恭毕敬向李鸿章鞠了一躬，操着拗口的汉语说道：“我是大英帝国第九十九联队上尉军医马格里，特来拜访李大人。”

“上尉是什么衔？”李鸿章低声问唐廷枢。

“大约相当于哨官。”唐廷枢小声回道。

李鸿章原本盼望洋枪队的统领华尔能来，再不济副统领也成，没想到他等来的却是一个小小的哨官。在他大营里，哨官根本连他的门也进不来，不用说接见！他的火腾地就蹿起来了，心中暗骂：贼娘的杨坊，你竟然耍老子。对身边的唐廷枢不免也有所迁怒，后悔托他办这样的大事，他毕竟不是官场中人，不明白其中的讲究。其实，唐廷枢也意识到这事办得极其不漂亮。他想不明白，杨坊为什么不拿淮军的大帅当回事。

洋人哨官已经站在面前，李鸿章再有火也不能发到人家身上。他请马格里坐下后问："马格里先生，我们中国有句老话叫旁观者清，不知你看了我的军营后有何见教？"

马格里回道："李大人，如果您觉得我的名字不好记，可叫我的中国名字。我为自己取了个中国名字，叫清臣，意思是忠于大清的臣子。"

李鸿章笑笑说："你的英文名字也好记得很。我有点不明白，现在你是在英国军队还是在洋枪队？"

马格里本是英国驻中国海军舰队的士兵，不过他羡慕洋枪队军饷高，所以就想去洋枪队。他与舰队司令何伯是老乡，就把自己的想法直言相告。何伯也希望能够对洋枪队的行迹有所了解，因此答应了马格里的请求，而且还保留他在英军中的编制和军饷，算是派入洋枪队的眼线。当然，这个情况只有少数几个人知道。所以他对李鸿章说："回李大人的话，我从前是英军舰队军医，现在已经加入洋枪队。"

"你在舰队待过，如今又进了洋枪队，依你看，大清的军队最大的毛病在哪里？"问出这话，李鸿章觉得实在没面子，他堂堂淮军统帅，竟向一个军医请教华洋军队的区别，真是牛刀杀鸡。

"李大人，我进军营的时候看到了你的士兵。他们的勇敢我不敢怀疑，但他们的武器太差了。据我所知，太平军——你们称为长毛，已经大量使用枪炮，特别是围攻上海的李秀成，他的部下火枪不下五千条。因此，我建议李大人要快快给您的士兵购买先进的枪炮，只有这样，才能好好保护他们的生命。"

李鸿章点头表示赞同，问马格里："如果我需要洋枪，在哪里能买到？"

"我一时也说不出个准确的地方来，不过，洋枪队的华尔将军应该有办法。另外，在广州、香港码头都应该能买得到。"

广州、香港那是远水不解近渴。李鸿章心里一转念又问:“马格里先生与华尔将军熟吗?不知华尔将军何时有空,请你转告他,我愿意与他见一面。”

马格里回道:“我与华尔将军很熟,有时我还担任他的翻译,我一定把大人的话转到。”

第二天,马格里又来见李鸿章,说:“我昨天见到华尔将军了,他让我转告李大人,等李大人的淮军打了胜仗,他再来祝贺。华尔将军还问,大人的士兵真的能打长毛吗?”

李鸿章一听这话,气得脑袋嗡嗡响,他淡淡一笑,故作轻松地说:“华尔将军是被大清宠坏了,自以为是军中骄子。你告诉他,淮军会打个大胜仗让他瞧瞧的。”

送走马格里,李鸿章对亲兵营统领韩正国说:“贼娘的,洋人狗眼看人低!我来上海前老师曾教导我,要以练兵学战为第一要务,真是一点不假。如果不打一个胜仗,洋人根本不把淮军放在眼里。”

李鸿章决定先俯下身子好好练兵。他特意从上海士绅中请了一位叫钱鼎铭的举人入营务处,一则帮着练兵,二则帮着沟通各方关系。钱鼎铭是江苏太仓人,他的父亲钱宝琛是曾国藩的进士同年,做过湖北巡抚。他曾跟着父亲办团练多年,直到父亲战死,他才回到老家。而后太仓失守,他避居到上海。去年上海士绅到安庆搬兵,钱鼎铭便是领头的。淮军营务处总办是周馥,是湘军营务处的老熟人,忠诚可靠,文笔极好。这样再加钱鼎铭,一内一外,左膀右臂。

钱鼎铭给李鸿章的第一条建议就是,淮军要想立住脚,一定要严明军纪。官军军纪不好,上海人尤其痛恨。

李鸿章很赞同,参照湘军制定了营规营制,又为淮军编了《爱民歌》,这帮大裤脚士兵,每天早上都要用上海市民听不懂的“合肥老母鸡”话齐声唱:

三军个个仔细听,行军先要爱百姓,
贼匪害了百姓们,全靠官兵来救生。
第一扎营不贪懒,莫走人家取门板,
莫拆民家搬砖石,莫踹禾苗坏田产,
莫打民间鸭和鸡,莫借民间锅和碗。

第二行路要端详,夜夜总要支帐房,
莫进城市进铺店,莫向乡间借村庄,
无钱莫扯道边菜,无钱莫吃便宜茶,
更有一句紧要书,切莫掳人当长夫。
第三号令要严明,兵勇不许乱出营,
走出营来就学坏,总是百姓来受害,
或走大家讹钱文,或走小家调妇人。
爱民之军处处喜,扰民之军处处嫌,
军士与民如一家,切记不可欺负他。

淮军能不能打仗,上海士绅都无从得知,但淮军军纪好,则是有目共睹。第一条就是没人吸鸦片!这实在罕见,因为上海无论官军还是团练,大部分兵丁训练或上阵前先要过足瘾,不然打呵欠流鼻涕,哪里还谈得上打仗?淮军都没这毛病,一看气色就知道。第二是不赌博,第三是不扰民,几乎天天困在营中,难得上街闲逛。

英法联军决定与官军一起对上海周围的太平军进行会剿,而且提出新到的淮军也要派两千人参战。薛焕把英法的要求告诉李鸿章,并邀请他观战。李鸿章说观战可以,但淮军绝不参战,因为淮军训练时间太短,上战场是白白送命。几天前曾国藩还写信给他,说:“羽毛不丰,不可高飞,训练不精,岂可征战?纵或中旨诘责,阁下可以鄙处坚嘱不令出仗。两三月后,各营队伍极整,营官跃跃欲试,然后出队痛打几仗。”李鸿章有了这个挡箭牌,薛焕拿他没办法,上海人和洋人这回都领教了这个安徽佬的固执。

这次中外军队要进攻的是嘉定县城,英陆军一千五百人,水兵三百多人,法军九百余人,洋枪队一千人,携带三十门大炮,薛焕派出五千官军参战。数路人马两天后到达嘉定城外,从县城南、西、东三个城门进行围攻,单留北门外设下伏兵。英法军队和洋枪队攻城与从前李鸿章所见大不相同,他们一上来并不派人进攻,而是三十门大炮同时向三个城门猛轰。炮声非常震撼,城墙被炸出一个个豁口。太平军武器简陋,根本没有城防大炮,只有缩头挨炸的份。眼看着城墙被炸得七零八落,守城的太平军一片片倒下,慌忙撤离了城墙,洋炮又集中轰炸城门,大木门被炸得碎成木屑。这样轰击了足有半个时辰后,三路大军同时发起进攻,一直冲进城去。英法军队和洋枪队几乎人手一条洋枪,砰砰砰响成一片,太平军像被割倒的庄稼成片倒下。太平军冲出北门逃走,又被城北埋伏的五千官军截杀。前后不到两个时辰,太平军弃守嘉定县城,战后清点,遗尸两千余。

这一仗令李鸿章大为震惊,他知道洋人枪炮厉害,但没想到威力竟然如此巨大。当初僧格林沁数万人没有挡住几千人的英法联军,他和大多数人一样,认为是八旗绿营太不顶用,经此一战他才知道,面对如此锐利的枪炮,蒙古铁骑也只有送死的份。他在心里想:我不能让兄弟送死,淮军要赶紧换上洋枪洋炮,不然战斗力根本无法与洋枪队和英法军队相比!

回到行辕,李鸿章立即着人找钱鼎铭来,第一句话就是:“调甫,淮军必须换上洋枪洋炮,不然军纪再好也没用,光闷在营里练兵不成。这件事情耽搁不得,你得帮我想办法。”

钱鼎铭说:“从前我没留心这事,估计洋行会有办法。杨观察和华尔肯定有办法,不然他常胜军的洋枪哪里来?只是,与他谈这事无异于与虎谋皮。”

杨坊本是美国旗昌洋行买办,自己也开着钱庄,家资百万,惯以银子开道,又因为协防上海有功,且与署理江苏藩台吴煦同是浙江老乡,关系极密,一再被保荐升迁,去年得以接任苏松粮道,并亲自掌管洋枪队的粮饷。他背后是美国人势力,如今又有洋枪队在手,气焰太盛,不太把人放在眼里,对初来乍到的淮军首领李鸿章,也没太当回事。李鸿章与他有过几次接触,对此人极其厌恶。

“洋枪队是杨观察的‘撒手锏’,最怕别人夺了洋枪队的风头,所以就是薛抚台指挥的官军,也被他和吴藩台掐着脖子,不能装备洋枪洋炮。实话说,他不大把淮军放在眼里,更防着淮军坐大。所以我说,大人想从他手里弄洋枪洋炮,无异于与虎谋皮。”

“哦,是这么档子事。怪不得我要见洋人,他派个军医来应付我。离了张屠夫,照样不吃带毛猪。贼娘的,想想别的办法,你上海地面熟,只要上心打听,总会有办法的。”

当天晚上,李鸿章给曾国藩写信,报告嘉定观战见闻:“连日由南翔进嘉定,洋兵数千,枪炮并发,所当者靡。其落地开花炸弹,真神技也。李秀成部洋枪最多,欲剿此贼,非改小枪队为洋枪队不可。再持此以剿他贼,亦战必胜攻必取也。学生正设法购置,以充各营。九帅正围金陵,宜多购洋枪炸炮,可收事半功倍之效。”

数日后曾国藩回信,对李鸿章的看法不以为然:“用兵在人不在器,余不信洋枪、洋药为胜敌之利器也。洋枪、洋药总以少用为是,凡兵勇须有宁拙勿巧、宁故勿新之意,而后可以持久。”

恩师固执己见,李鸿章也颇不以为然,想写信辩白,写了一半只好作罢,因为淮军尚未配备枪炮,更未经战阵,空口白话,没有说服力。

李鸿章派人在上海买洋枪的事,很快就传到杨坊的耳朵里。他是买办出身,与洋行很熟。上海洋枪队所配备的洋枪,一直是他与吴煦经手,里面分成自然不少,所以他最不愿再有别人插手。他的办法是发动一切关系,关照能弄到洋枪的方面,一定不要把枪卖给淮军,如果要卖给淮军,以后洋枪队的买卖就别想做了。如果实在应付不过去,必须把价抬得高高的。洋枪队是个大财神,商人们自然轻易不敢得罪,所以无不答应。然后杨坊去找吴煦,让他去与薛抚台打声招呼,想办法打消淮军配洋枪的念头。

薛焕望着吴煦道:“淮军要买洋枪,为什么不可以?洋枪队能买,淮军当然也可以买。可是有一条,吴老哥,你有银子开销给淮军吗?有,你开销就是,如果没有,那也怪不得你。”这话再明白不过,就是拿银子卡住淮军买洋枪的念头。

“这位李大人来者不善。大家都愿跟着抚台大人您,都不愿改换门庭,去看他人的脸色。李某人志向不小,现在就一门心思收买人心,并非只帮上海守城那么简单。抚台大人苦心经营的一番局面,甘心让人白捡桃子?”见薛焕不作声,吴煦一边比画一边出谋划策,“要让他滚,其实也很简单,他打一场败仗,不用我们说话,上海的士绅商户就都反了天,花了几十万银子,换来一帮白吃干饭的叫花子算怎么回事?那时候,上海恐怕就没他立足之地了。”

李鸿章年轻气盛,又精明干练,不大好对付,吴煦与杨坊的观点很一致,还是老好人薛焕主政江苏好,而且他架子大不愿与洋人交往,正便于两人携洋自重。

“吴老哥,这话就不对了,我这江苏巡抚怎么能盼着自己的官军吃败仗?这话你能说得出口,我可是不敢听。”

“我的抚台大人,你就别和我打哈哈了。淮军哪里能算自己的官军?我们只怕是请了神来没处安了。”

“刚才是哪里打炮,把我耳朵震得嗡了一声。”薛焕故作什么也没听见,端茶碰了碰嘴唇。

门外仆役一迭声地高呼:“抚台大人送客喽!”

看着吴煦的背影,薛焕无可奈何地摇摇头。京城已经有密信到,曾国藩已经密奏李鸿章署理江苏巡抚,上谕不日就到。

## 李鸿章整肃上海官场,把财权抓到手上

钱鼎铭费了九牛二虎之力,分三批也只弄到了一百多条洋枪,每条大约花了九十多两银子。花银子多少李鸿章倒不太在意,关键是这么百把条枪根本不起作用。

“不知道什么原因,各家洋行都说洋枪不好弄。”钱鼎铭说,“我是磨破了嘴皮子才弄到这几百杆,还贵得吓人。”

李鸿章忽然想起,唐廷枢曾经说过,需要洋枪洋炮,他可以设法,便道:“调甫,我把他给忘了!你立即持我的帖子把怡和洋行的唐景星给我请来,我问问他有没有办法。”

等唐廷枢来到军营,他的回答也让李鸿章失望——目前搞不到洋枪。

“为什么搞不到?洋枪队又是从哪里搞来的?”李鸿章穷追不舍。

唐廷枢终于说了实话:“大人,实话说吧,洋枪并非真的搞不到,是杨观察有话交代,大家都不敢得罪他这尊财神。”

据唐廷枢说,杨坊的人传话给各家洋行,谁也不能私自卖洋枪给别人,否则就别再做洋枪队的买卖。杨坊兼着上海会防局总办,还直接管理洋枪队的粮饷后勤,大家都不敢得罪他。不过关键还不在他这里,而是署理江苏藩台吴煦。吴藩台兼着上海关道,抓着上海的钱袋子,他和杨坊好得穿一条裤子,杨坊在前台张罗,他才是后台老板。

“如果吴藩台松口,杨观察那里也就没什么了,大家就敢把洋枪卖给淮军。”

李鸿章决定亲自去拜访吴煦。他到上海第一天,就是吴藩台前去迎接,两人有过几次交往,觉得此人面相和善,还算好说话。

真是人不可貌相,看上去和善的吴煦,原来极不好说话。李鸿章提出购买洋枪的事,他便拒绝道:“少荃,不当家不知柴米贵,我这个江苏藩台,全是个空架子。淮军的粮饷,我无论如何想办法筹集,洋枪洋炮,我实在爱莫能助。”又详细算账给李鸿章,上海关税每月大约可用多少,厘金有多少,士绅捐款大约多少,支出方面,驻上海官军支饷多少,金陵城下九帅粮台每月多少,镇江冯子材每月多少,洋枪队更是开支浩繁,总之,确实没有多余银子。

无论李鸿章怎么解释,他只有两字回复:没钱。

这可真是一分钱难倒英雄汉。更让李鸿章丧气的是,即使是他想挪军饷购洋枪,依然无处可购。

正当他无计可施的时候,收到了廷寄:

> 着李鸿章署理江苏巡抚,薛焕专办通商事务。上海为饷源重地,稽查税务,联络洋人,在在均关紧要。薛焕既无须兼顾地方,其通商事宜,自可专心办理。唯洋人以中外多方笼络,甫为我用,而逆党欲与洋人通好,设其计得行,于军务殊有关系。嗣后遇有洋人关涉军务事件,薛焕仍当会同妥为筹划,不得稍涉推诿。淞沪兵勇众多,而纪律不明,于剿匪未能得力,李鸿章既已到沪,即着将各兵勇详加审阅,汰去老弱,挑选精锐,遴派得力将弁管带,以资防剿。上海洋枪队,颇资得力,外国人时常夸耀其力。李鸿章务当体察洋人之性,设法笼络,不妨多为教演,以鼓舞洋人。至华尔等名利兼图,亦当遇事牢笼,毋惜小费。

李鸿章阅罢大喜,从廷寄看,江苏地方一切事宜均归他这署抚,地方官军的裁汰、洋枪队的调遣也归他麾下。薛焕专责通商事宜,职责交叉的就是洋人关涉军务事件。不用说,地方财政收支也应归他这署抚管理,协济军饷、洋枪队的开销都在他的掌握之中。

第二天,薛焕把李鸿章请到巡抚衙门,表示自己要搬出去住。李鸿章一口回绝道:“觐翁,你这是多此一举。我是带兵的人,必须住在行营与将领们在一处,还再弄什么巡抚衙门?我的行营就是巡抚衙门,还省得两头跑。”

薛焕道:“体制所在,我已经不是巡抚了,这巡抚衙门就应该由你来住。”

“你不是巡抚了,可还是钦命通商事务大臣。谁说这里是巡抚衙门了,这里是钦差行辕嘛！”李鸿章一副推心置腹的语气，“再说，苏抚衙门在苏州城内，我们偏居沪上一隅，还有什么好计较的。”

李鸿章这样一说，薛焕心里舒坦多了，他也是一副推心置腹的语气：“朝廷用人，总是再恰当不过。你是淮军大帅，有你巡抚江苏，谁还敢拿捏你？不像我，总是受制于小人。我呢，就专心把通商的事务办利索，让你腾出手来好好打理江苏这片河山。”

“这正是我的意思，通商这一块还真是非得觐翁不可。其他方面，也都要依赖觐翁。”这话听上去好听得很，但仔细一琢磨，其实已经给薛焕划定了职责范围：你搞你的通商就是，其他事情，不劳您大驾。

当天上午，李鸿章与薛焕举行了巡抚关防移交仪式，当他接过沉甸甸的巡抚关防时，认为一切难题都可迎刃而解。

当天驻在上海的江苏官员，都到安徽会馆向李鸿章祝贺。他特意把吴煦请到签押房，单独和他说话，请他对淮军务必多予支持。吴煦的表态相当诚恳，有什么吩咐，他一定不遗余力。李鸿章告诉他务必设法筹笔银子，为淮军购置一批洋枪。吴煦答应，回去立即仔细梳理财务，一定设法挤出一笔款子来。

李鸿章很高兴，只等着吴煦给他一份惊喜。俗话说得不错，官大一级压死人。他和吴煦实职都是道台，但自己如今署理巡抚，品级未变，却已经是吴煦的上级，所以署理布政使兼上海关道的吴煦，必须唯命是听！

第二天上午，吴煦派人送来五千两银票，还有一纸说明。这五千两其中三千两是千方百计挤出来的，两千两则是他个人的捐赠。李鸿章恨得牙疼，但他脸色异常平静，对来人说：“都知道上海有钱，没想到也是驴屎蛋子外面光。你回去告诉吴藩台，银子我收下了，不过杯水车薪，往后还得多用心想办法，淮军还指着他呢。”

打发走来人，李鸿章立即叫钱鼎铭过来，说：“调甫，我这署理巡抚，在吴晓帆眼里只值五千两银子。”

钱鼎铭说：“吴藩台在上海经营多年，势力盘根错节。这署理巡抚，他没想到会落在别人头上，心里不高兴是难免的。不过，既成事实，他早晚会认的。”

李鸿章鼻子哼一声，说：“淮军要准备上战场，必须装备洋枪洋炮，这是十万火急的事情，哪里容得慢慢来。我是想与他和衷共济，不过他既然如此不识抬举，那就不要怪我了。”

钱鼎铭问：“大人想怎么办？”

李鸿章说：“你只告诉我一句话，吴晓帆手上干不干净。”

钱鼎铭说：“如今的官员，有几个能干净的？何况上海关道是个肥差，又加军务会防，最容易浑水摸鱼。”

“那就好。”李鸿章说，“我老师教导我，到上海来，先以练兵为第一要务，吏治洋务均置后图。现在看，我想不管吏治也不成了。你们等着瞧好了，一定有好戏给大家看。”

钱鼎铭说：“上海实权都操在吴藩台手上，向来有二巡抚之称，大人可不要大意。要么不出手，一出手就要打到七寸才行，不然会很麻烦。”

吴煦是浙江钱塘(今杭州市)人，二十几岁时就随父兄出入钱塘、湖州等二十多个府厅县衙门，学得了衙门办案、理漕、刑讼、交际等手段，圆滑如落进油里的玻璃球。他的仕途也是起自镇压太平军，咸丰五年就做到了海防同知，与英、法领事多有联系。咸丰七年，得到了办理上海厘捐的肥缺，但因涉嫌贪污被撤职并受查办。善于钻营的吴煦使尽浑身解数，不但蒙混过关而且保留原职。咸丰八年，朝廷以吴煦与洋人关系融洽，派他充任钦差大臣大学士桂良的随员，协助在上海与英、法谈判，由此受到赏识。然后又联络英法搞会防局，又与杨坊一道筹建了洋枪队。他署理江苏布政使，又兼着海关道，厘捐局也都是他的心腹，上海的财政大权，就是薛焕也无法插手。

“吴藩台当年随桂中堂办理交涉，很受桂中堂的赏识，如今桂中堂又是炙手可热的大军机，另外，协防上海他的确功不可没。这两点，大人可要想清楚。”

“他是个能员，我也承认。但现在长毛对上海虎视眈眈，朝旨又一再催促淮军出战。没有洋枪，怎么出战？淮军不能战，或战而大败，那我只能卷铺盖回家。调甫你说，这事容得我从容计议吗？我再问一句话，如果扳倒吴晓帆，上海舆论会怎么看？是骂我，还是拍手称快？”

“当然会有人骂，更多的人会拍手称快。”

钱鼎铭介绍，吴煦工于心计，假托宁波、广东商人字号，包洋船、沙船贩货至汉口及莱、登各海岸，他兼着海关道，偷漏关税可想而知。他开的银号有茂记、绂记、元盛、元丰四家,这也没什么,但他通过会防局,凡交捐非这几家银票不收,自然惹来同行忌恨。

“最让上海人诟病的,是低价割让沪区民地扩大英法租界,而他自己又低价从洋人手里买回好大一片,盖屋收租,开发地产。这几年上海地产业极度繁荣,富商投资地产也不足为奇,但他几乎是空手套白狼,不能不引起公愤。”

“那就别怪我不留情面,我是为上海人讨个公道。”

李鸿章为了慎重,特意把他的进士同年、海防同知刘郇膏请来。他是河南太康人,与李鸿章都是道光二十七年丁未科进士,当时李鸿章留京入翰林院,他则以即用知县分发江苏,太平官没得做,但数年戎马,也升到了海防同知,并具体经办上海团练事宜。他为人朴实,做事扎实,在上海口碑不错。不过他是河南人,因此在上海孤立无援、孤掌难鸣,日子过得并不顺心,如今李鸿章这位同年署理巡抚,简直是老天有眼,所以特别巴结。

刘郇膏说:“吴煦上下其手,大发公财,人人皆知,这就是他的七寸。如果能拿到他的账册,就不难捏死他。”

李鸿章点头说:“好,就在这上头用点功夫。”

这天傍晚,李鸿章骑马由几个亲信护从着,无所事事地在上海街头闲逛。不知不觉就到了藩台衙门,他对随从说:“既然到了吴藩台衙门了,就进去瞧瞧!”

门房飞跑着去报告,李鸿章不待传话,就径直走了进去。因为天气太热,吴煦正穿着短衣短裤在纳凉,听说巡抚大人到了,慌忙穿上官服来见。

李鸿章一身便服,看见吴煦穿得齐齐整整,便笑道:“晓帆兄,你何必这么正式?你看我一身便装,你这样郑重其事,反倒显得我太随意了。快换了,穿官服太热了。”李鸿章拿起茶几上的大蒲扇,呼哧呼哧地扇着,“贼娘的,这天真是要把人热死。我老家合肥,那真是好地方,何曾这么热过?”

吴煦重新换上便装,仆人早就奉上茶水,李鸿章却推辞道:“喝茶不行,越喝越热。”

“我老家消暑,把百合绿豆汤吊在井中凉透了,又解渴又消暑,不知大人愿不愿尝尝。”吴煦见李鸿章不喝茶,便问道。

“有这等好东西,当然要尝尝。”李鸿章闻言兴致勃勃。

吴煦挥了挥手，仆人跑到井边把百合绿豆汤提了上来，给李鸿章斟了一碗。李鸿章尝了一口，清凉甘甜，赞不绝口。

这时吴煦才郑重问道："大人到舍下来，不知有何公干？"

李鸿章摇着蒲扇说道："都下衙门了，还有什么公干？我到上海这么久，还没仔细转转，今天是闲逛，正巧转到你府上，就顺便进来看看老兄。"

两个人闲扯一通，李鸿章说："晓帆兄，我到上海不久，很多事情不明就里。比如我们的海关，为什么都交由洋人把持？海关总税务司是英国人赫德，各口海关也都是洋人说了算，这是怎么回事？"

"这事说来话长，不过，说起来也不复杂。"

吴煦娓娓道来。

十年前，上海小刀会造反，占领了上海县城，捣毁了设在外滩的江海关（上海关），海关征税无法进行。但外国商船还是源源而来，英法美三国借机提出，三国领事各提名一人，由中国任命为税务监督，与中国官员共同管理江海关的征税事宜。到后来签订《天津条约》时，又改为由中国朝廷雇请外国人出任总税务司，并招募外国人任各口岸税务司，整个海关便全由外国人管理了。中国的海关道只剩下监督权，连往海关安排个下人也要仰脸与洋人商量。

"洋人夺去我海关管理权，理由是什么？"

"理由很简单，《天津条约》规定的赔款是用海关关银按期偿还，洋人说中国官员不肯认真办事，为了确保如期偿款，所以他们必须经手海关。不过说句实话，海关交由洋人来打理，比我们自己强多了。洋人那套制度很严格，关键是执行起来认真。各口关税，比从前都大为增加。"

李鸿章立即接过话头说："晓帆兄，既然关税大增，你何不设法挤一点帮我购置洋枪洋炮？"

"原来抚台大人在这里等着我呢。"吴煦哈哈一笑，随后又诚恳地说，"增是增了，但开支增的更大。"

"别处我不管，江海关这边，还有江苏各厘卡，一年统算下来，大约每月有多少？"

"最难的就是这个约数。大人有所不知，海关主要是从洋人进口货物上取关税银子，可是洋人有时这个月进货多，下个月又少得很，根本摸不准。至于厘卡上的收入,如果盯得紧了,就多一点,一松呢,那就少得可怜。天天从厘卡过的,就是那些货、那些人,办厘卡的和大家熟了,有时候就不免睁一只眼闭一只眼,所以要取每个月的约数,也是不太可能。大人未办过厘卡,不知道里面的艰难。"

李鸿章点头说:"有道理,外人难免想当然,不当家不知柴米贵。"

吴煦说:"大人说得对,我这江苏署藩,空顶了一个财神的帽子。过手的银子不少,可自己说了算的,屈指可数。幸亏我对财政还略知一二,苦苦经营,总算没有塌了架子。"

李鸿章说:"这一点我一到上海就听说了。晓帆兄,你是理财好手,听说你有简明册子,无论厘金还是关税,都一目了然,可否拿来让李某开开眼?"

听了这话,吴煦心里咯噔一下,不过李鸿章神定气闲,一副随意的样子,他就放松了戒心,让人搬来三四本放在茶几上。李鸿章顺手翻了翻,问道:"不会就这么少吧?"

"那当然不是。"吴煦挥了挥手,又让人抱来几本。

李鸿章感叹道:"呵,果然是流水账,一笔笔都十分清楚。我看不懂这种东西——就这么十几本吗?何不都搬来看一眼?"

吴煦感到有些意外,不过这一大堆账目,就是精于计算的人一时半会儿也弄不清楚,何况翰林出身的李鸿章,写文章行,看账册如看天书。所以,他索性让人把签押房里的账册全抱了过来,在茶几上叠了厚厚的一摞。吴煦看着李鸿章,意思是都搬来了,你看得明白吗?

"呵,没想到有这么多,看来今晚上是看不完的。来呀!"李鸿章吩咐一声,两个亲随早有准备,走了进来,手里拿一个黄皮包袱,"把这些账册带回巡抚衙门,我晚上要看一下。"

两个人干净利索,把黄皮包袱在地上一铺,三下五除二把账册搬上去,对着角打两个死结,未等吴煦回过神来,他们已经提着包袱出了门。李鸿章则肃然起身,郑重地说道:"吴大人,我要回衙门好好学一下账册,你就不必送了。"

吴煦惊讶得呆在那里,连李鸿章怎么出的门都不记得了。

李鸿章回到行营,一帮理财好手已经齐聚在签押房,由钱鼎铭率领,算盘噼噼啪啪响了一整夜。第二天一早,他向李鸿章报告,海关和厘卡的收入基本已经摸清，通算下来，海关每月二十万两，厘金大约三十万两。另外，还有十几笔开销账目有问题，如果要查清还需要些时间，也需要叫相关官员来问话，问李鸿章查还是不查。

“查！当然要查！不过，我只给你们三天时间，你们不睡觉也要查个明白。但有一条，实情只限于你知道，不传第三只耳朵。”

钱鼎铭居中指挥那帮理财高手，刘郇膏负责传唤相关官员，三天下来已查出三四十万两有猫腻的账目。更可气的是，仅今年以来，三四个月时间，会防局公用花费五六万两，海关道衙门则用去十几万两，各人私借挪用十几万两！有人曾在吴煦的衙门上画了只乌龟，吴煦是头，金鸿保、俞越、闵钊、苏顺平分别为四条腿，暗讽五人沆瀣一气，贪墨不法。经这么一查，吴煦和他的四条腿全部牵连进来。四条腿之一的苏顺平竹筒倒豆子，把他知道的老底全给抖了出来。

李鸿章这才着人把吴煦叫来，由钱鼎铭把查出的问题一条条说给他听。

“吴大人，如果较起真来，我以此上奏，结果是什么，你是老衙门出身，比我清楚。不过，李某不想把事情做绝。”

吴煦满头大汗，听李鸿章如此说，诚惶诚恐抬起脸乞求道：“请李大人指条明路。”

“大家巴结上一官半职实在不易，我并没有摘掉晓帆兄顶戴的意思。可是，晓帆兄也应当给我个面子，对淮军和我鼎力支持。”李鸿章把茶水亲自递给吴煦，直视着他的眼睛。

“感谢大人成全，支持大人和淮军是卑职的职分，理所应当，请大人放心。”

“晓帆兄这样说，我当然放心。这三十万有问题的银子，我也不必细细追究，但需要晓帆兄牵头，捐出二十万两给淮军买洋枪，还有厘卡上章程也要变一变。”

吴煦明白，李鸿章兴师动众搞这一套，就是为了逼他把厘金局交出来。不过，李鸿章的确已经手下留情，吴煦不能不领情，说：“大人放心，我一概唯大人马首是瞻。”

吴煦出门后，刘郇膏有些疑惑地问道：“大人为何不快刀斩乱麻，打蛇不死，反被蛇咬。”

李鸿章笑着解释道:“他就是想咬,不过无从下口了。放吴晓帆一马,一则他在理财上的确有一套,要用其所长,二则海关里面道道太多,生手一时半会弄不明白,骤然接手,恐怕会被洋人糊弄。先让他当着海关道,我们加紧物色人才。”

接下来,大家开始商讨如何打理上海的财权。当时上海的主要收入有两项:一项是海关收入。自从上海开埠后,日渐繁荣,尤其是太平军兴后,洋人商船在长江上往返,既与官方做生意,也暗地里与太平军做生意,利润巨大,因此洋商纷纷聚集到上海。上海已经远远超过广州,成为大清最大的通商口岸,其关税收入也是年年增加,目前每月大约有二十万两的收入。

上海的另一块收入,则是厘金。太平军兴后,朝廷无法供应军饷,由各地督抚或将帅就地设卡按货值总额值百抽一,也就是一厘,因此称为厘金。因为这是由各地方奏明设立,不入户部部库,各省督抚和将帅得以直接掌握,自由支配。上海既为中外商货流通枢纽,厘金收入自然不菲,每月有二三十万两。

李鸿章的意思, 关税和厘金采取分收分支。关税这一块仍然由吴煦打理,供应一切涉外支出,四成用于英法赔款(这是《天津条约》明确规定),其余则用于支付洋枪队、会防局用款以及镇江协款等。厘卡这一块李鸿章非掌握起来不可,专供淮军及本地防军使用。

大家有些不甘心, 为什么不把关税一把抓过来。李鸿章说:“之所以如此,有这么几个考虑。其一,关税向来由吴晓帆经理,是其职责所在,只好暂加责成,不考其细;其二,关税由洋人经理,账目明晰,开支的几项也都是摆在那里,看上去一大笔钱,其实能统筹调用的并没有多少,如果我们抓在手上,反而给人财大气粗的错觉;其三,近年来上海关代征汉口、九江关税,此项收入已经被觐翁支用殆尽,而湖广官制军、江西沈抚台又派人前来催提,极为棘手,还是让吴晓帆去对付吧。咱们一心掌好沪厘局,每月可得二三十万,一两是一两,全都自己说了算。”

吴煦与杨坊声息相通,杨坊识趣得很,主动向李鸿章提出辞去苏松粮道的职务,理由是他杭州的老母亲一年前去世,但因为杭州被太平军占领,音讯不通,未能守制,如今得到确信,他要求丁忧守制。李鸿章立即上奏朝廷,建议让杨坊守制,但管带常胜军的事情还必须继续负责。

接下来,李鸿章连续上了几个折片,奏调人手到上海。一个是他的同年、翰林院编修郭嵩焘,打算是让他接替苏松粮道;二是五品衔候补中允冯桂芬,是李鸿章在翰林院时的旧相识,因家乡苏州被太平军占据,近年来流寓上海,他文笔极好,上海士绅到安庆请援的信就是他主笔,情理俱备,打动了曾国藩,李鸿章称赞他"精思卓识,讲求经济",计划招他入募,帮办文案;三是丁忧安徽候补道王大经,李鸿章打算让他管理厘金局;此外还有翰林院编修王凯泰、安徽候补直隶州知州阎炜、新选江西建昌知县王学懋等六人,"皆才明守洁、笃实不浮",打算让他们帮办厘卡及营务处。

上海人事变动尘埃落定,署理巡抚李鸿章的权威也初步确立,他终于可以办他最想办的事情——为淮军配备洋枪。

有吴煦及其亲信"捐献"的几十万两银子,购买洋枪足够;另外,各家洋行看到吴煦失势,也都敢把洋枪卖给淮军,结果很快购齐了两千杆洋枪。

没有想到的是,大多数将领对洋枪竟然不感兴趣。他们的理由,一是觉得打仗主要是靠勇猛拼杀,弄这些洋玩意,让大家有了取巧的心思,反而没有了战斗力,这是由湘军转来的几个统领普遍的看法。第二个理由他们都没明说,但李鸿章却心如明镜,众位将领是担心装备了洋枪,如果战败了连推脱的理由也没有。稍微积极点的是程学启和刘铭传,于是李鸿章把所有洋枪都配备给铭字营和开字营。

至于洋教习,李鸿章托唐廷枢和马格里聘请了几个英国陆军低层军官。洋枪队是美国人势力占上风,华尔太不给李鸿章面子,李鸿章也不愿与美国人打交道,淮军教练是清一色英国人。

## 借重洋军火,淮军三战三捷

英法军队、洋枪队和官军对上海周边的军事行动本来非常顺利。嘉定克复后,王家寺、罗家岗、松江、青浦、南桥、柘林等上海周边重镇全部收回,百里之内几乎全是官军的营垒。英法军队和洋枪队更加趾高气扬,因为这一系列战斗淮军并未参加,所以淮军无用的说法开始在上海传播。

安徽人最讲究面子,上海人说淮军无用,将领们都受不了,纷纷找李鸿章要求参战。李鸿章对淮军的战斗力还不能放心,他劝道:"诸位不要着急,仗有得打。现在咱们跟在洋鬼子和假洋鬼子后面去打仗，胜了功劳是人家的，败了少不得要怪我们拖后腿。咱们沉住气，好好把勇丁训练好，到时候不说以一当十，总比现在连洋枪也打不准要好得多。咱们淮军要打，就利利索索自己打他一仗，是胜是败，是功是过，都由淮军独立承担。你们要争面子，就等到那时候好好搞一仗。贼娘的，咱淮军是不鸣则已，一鸣要震惊上海，让上海的阿拉和洋鬼子都惊得眼珠子掉到地上。”经他这么一说，程学启、刘铭传等人都不再吵吵。

这时候，太平军最能打仗的忠王李秀成，亲自带兵来反攻上海，要把丢失的地方全部恢复。此前他的部众进攻上海，他要么在苏州，要么在天京，要么在杭州，实际指挥作战的是他的部下慕王谭绍光、纳王郜永宽，还有他的女婿蔡元隆等人。现在接连丢城失地，他总算看清了信奉天父的洋人已不是太平军的兄弟，于是他亲自到前线率领大军反击。

驻沪英法军队、洋枪队都派人到淮军营务处，要求派队参战，华尔派来的翻译说得很难听，意思是从前淮军以没有洋枪为由不参战，现在有了洋枪仍不参战，理由是什么？不如干脆在新闻纸上登一则说明，明白承认淮军没有胆量上阵，那样至少还显得光明磊落，即便做缩头乌龟，也不会受众人嘲笑。

刘铭传、程学启都是火暴性子，差一点对华尔的翻译开枪。两人又来见李鸿章，没想到李鸿章淡然一笑，完全不当一回事。他说：“别中了他们的激将法。淮军参不参战，不受别人调遣，尤其这个华尔，是中国人花钱雇用，他有何资格指手画脚？”

结果李鸿章按惯例不出一兵一卒，只派亲兵营及开字营、铭字营十几位营哨官前往观战。

太平军的反攻首先从太仓开始。李秀成声东击西，趁着小雨官军松懈时，抄了官军后路，前后夹击，清军大败，死伤两千余人，守城的知府和城外驰援的一名副将全部阵亡。随后，李秀成又分军进逼嘉定。当时英陆军司令士迪佛力、法陆军司令格尔森正率主力在南桥镇，守嘉定的仅有英法联军四百人和清军一千人。当得知嘉定被围，士迪佛力、格尔森率援军两千、携炮十三门驰援。李秀成则改变计划，围城打援，在南翔设下埋伏，消灭英法军队四百多人，嘉定守军闻讯，仓皇逃回上海。

李秀成接下来的几仗更是势如破竹，洋枪队在青浦被消灭五百余人，副领队法尔斯德也被俘，法军上将卜罗德被击毙，英军中将舰队司令何伯负伤。英法军队和洋枪队没想到李秀成如此能战，再也不敢与太平军对阵。

李秀成调兵遣将，不日将进攻上海的消息不断传来。这时候能保卫上海的只有李鸿章的淮军了。会防局士绅都来见李鸿章，请他出兵保卫上海。

李鸿章知道再无退路，这一仗至关重要，可以说事关淮军的生死存亡。他已经见识了李秀成所部的战斗力，尤其是他们配备数千杆洋枪，更是淮军望尘莫及。他和几名亲信闭门论战，以为人数无法与长毛比，洋枪也无法比，论实战经验更是没法比。李秀成是久经战阵，而淮军是第一次上战场。尤其是现在洋枪队和英法军队元气大伤，连个帮手也没有，反正是凶多吉少！

“伸头是一刀，缩头也是一刀！豁出去了！”李鸿章说，“我们能与长毛比的，就是士气！我们练兵数月，诸将都跃跃欲试，俗话说初生牛犊不怕虎，淮军的生瓜蛋子，就要去碰碰李秀成这只虎！”

“重赏之下必有勇夫！我砸锅卖铁，全押到这一仗上！”李鸿章吩咐刘郇膏，无论如何要弄到十万两银子。

次日，李鸿章召集各营哨官到他的行营来商讨战事，因为有七八十人，大帐根本坐不下，所以他把会场搬到了帐外。条案上堆着白花花的银子，把众人的眼睛都晃花了。李鸿章指着银子大声道：“众位兄弟，这是上海人的心意，知道我淮军要出征，纷纷解囊。你们看到的是银子，可在我眼里，这是沉甸甸的一座山。如果我淮军此仗不能大胜，咱们安徽人无颜在上海立足！”

“大帅放心，开字营的兄弟到时候无不拼命！”程学启首先表态。

程学启原是太平军悍将，被曾国荃收服后，成了湘军猛将，如今又转到淮军来，因为没有根基，凡事都抢在前面，不甘人后。

“我们安徽人没一个孬种，大帅瞧好吧，开字营能拼命，我们是连命也不要了！”张树声、刘铭传等淮军将领也不示弱。

“该拼命的时候当然要拼命。告诉弟兄们，打完了仗，有功的我保你们换顶戴，受伤、阵亡的，双倍恤银！”李鸿章对将领们的表态很满意，“这是我淮军入沪以来的第一仗，这一仗关系着我，也关系着诸位的前程！是荣是辱，是生是死，全在这一仗！丑媳妇要见公婆了，是骡子是马该拉出来遛遛了！”

“大帅吩咐就是，我等到上海来，本就是把脑袋别在裤腰带上的，不管他长毛多少人，咱不怕！”众人大声嚷嚷。

“好，你们不怕，我也不怕，这一仗我要带着亲兵营亲自上阵！”李鸿章两眼炯炯，真是把生死置之度外的神情。

“这怎么行？大帅是全军的主心骨，哪有到阵前冒险的道理！”亲兵营统领韩正国首先表示反对。

“淮军数千儿郎，什么时候也不能让自己的大帅亲自上阵。”众位统领也都一致反对。

李鸿章双手往下虚压，示意大家不要再争执：“各位兄弟不必再争了，我意已决。我之所以要亲赴前线，就是怕有人到时候贪生怕死。韩统领你听着，到了阵前，你这亲兵营不必专为保护我，关键时候应随我冲到前敌。你再挑一百人的执法队，每人一口大刀，有谁敢贪生后退，当场砍下他的脑袋！”

“大帅放心，到时候亲兵营要是怯敌，大帅先砍了我的脑袋！”韩正国立下军令状。

“就是这话！”李鸿章指着面前的一帮营哨官，“不要说你们哨官，就是你们这些营官、统领，不管是我的同乡，还是我的老部旧，还是曾大帅手下的老将，有谁后退，我先亲手砍他的头！”

接下来，李鸿章要选派先头部队到新桥镇去扎营迎敌。

程学启抢先道：“论打仗，我营打了不下十几场，手下的兄弟也算得上久经战阵，你们谁也别跟我争，我率开字营打前锋。”

滕嗣林、滕嗣武两兄弟的林字营，兵勇是湖南人，而他兄弟俩又是湖北人，真是不湘不淮，所以要真正融入淮军，必须更加拼命。两人都表示愿和开字营一道去打前锋，李鸿章也同意了。

开字营和林字营赶到新桥镇立即挖壕筑垒。营垒包括一道外壕，一道内壕，内壕里面用掘壕挖出的土筑成圩墙，高八尺，厚一丈，墙顶上有枪炮眼。按淮军的营规，营垒没有筑好，全军不得休息，更不准搦战。两条壕沟刚掘完，圩墙才建了一半，李秀成就率军赶到了，把开字营和林字营团团围住。他大概觉得这三营人马已是瓮中之鳖，所以率人继续向西北方向进军，直奔虹桥、徐家汇而来。

虹桥、徐家汇一带，淮军结营八座，交错绵延四五里，营垒后面则是驻扎在洋泾浜的铭字营和韩正国的亲兵营，是全军的预备队，随时听从李鸿章的调遣。李鸿章让亲兵搬了把椅子坐在虹桥上，故作镇定。眼见得远处浮尘蔽日，头缠红、黄头巾的太平军像一股大潮浩浩荡荡滚过来。英法军队和洋枪队都在洋泾浜观战，又是打口哨，又是叫嚷，却没有一人前来助阵。他们确信李鸿章的叫花子军队根本不是长毛的对手，他们好奇的是，这支叫花子军队能坚持多久。

虹桥一带杀声震天，太平军数次冲锋未能突破淮军营垒。淮军的壕沟和营墙发挥了重要作用，李鸿章心里踏实多了，指挥更加沉着。太平军冒着淮军的抬枪、火罐、箭镞，搬来竹梯横到壕沟上，又拼命踏着竹梯冲过壕沟；有的则背来稻草向壕沟里投，很快也在壕沟上填出一条通道。眼见得有两个营垒被攻破了，淮军抢出后门，争先恐后向虹桥方向溃逃过来。李鸿章恨得牙疼，问韩正国："逃回来的是哪个营？"

"是春字营。"韩正国手里紧握长刀，一字一顿地回答。

李鸿章翻身上马吼道："执法队，随我去拦住张遇春！"

张遇春是李鸿章当年在老家办团练时的老部下，仗着这层关系，他在淮军中颇有些自负，不太把程学启、刘铭传等人放在眼里，人缘有些差。李鸿章心里明镜似的，如果今天任由张遇春溃逃，那其他将领谁还会拼命？他指着张遇春的鼻子直呼其名道："张遇春，你竟敢临阵脱逃，把他捉过来，砍下他的脑袋！"

张遇春见李鸿章红着眼像要吃人，如此震怒实在从未见过，吓得连忙往回跑，声嘶力竭地喊道："都跟我冲回去，谁再跑我先宰了他！"

李鸿章横刀跃马，大吼道："铭字营、亲兵营，跟我冲！"说罢策马奔向太平军。见主帅拼命，淮军声势大震，铭字营、亲兵营，连同败回来的春字营呐喊着冲向太平军。刘铭传的两营都装备了洋枪，砰砰砰一起打响，太平军被震住了，见淮军龙卷风似的冲过来，转身就跑，后面督战军官也不能阻止。各营垒的淮军也冲出来加入进攻，大家只顾向前猛冲。此时程学启和滕氏兄弟也率军冲出营垒，从南向北猛冲。程学启的开字营也配备了洋枪，砰砰砰向着太平军猛轰。太平军被两面夹击，军心崩溃，夺路而逃，只有李秀成的亲兵还在拼死力战，无奈兵败如山倒，已不能挽回败局。

李秀成五万大军，竟然被李鸿章的八千淮军击溃了。

傍晚，淮军还在打扫战场，李鸿章则在虹桥，就着一副马鞍给恩师曾国藩写信——

二十一日伪忠王调著名悍贼伪听王陈炳文及纳王部姓部众五六万倾巢而来，直扑虹桥营盘。由南而北，自西而东，四面围裹，以洋枪洋炮猛力死扑，将营垒外壕用土草填满，拔去梅花桩，冲突直入，我军则以枪炮回拒。学生思到沪两月未曾痛打一仗，恐为外人所轻，遂于是日未刻亲督春、树、庆、熊、铭各营奋力进剿。排枪一轰，纷纷鸟兽散。追至新桥，程、林各营大队齐出夹剿，杀死挤落水死者实有三千余贼，生擒二百余名，洋枪、抬炮、旗帜、马匹夺获数以千计。据称伪听王阵殁，纳王负伤而遁，各头目死者更多。此极痛快之事，为上海数年军务一吐气也。今日探称，泗泾、松江附近各踞贼全数遁去。有此胜仗，我军可以自立，洋人可以威慑，吾师可稍放心，学生亦敢于学战……

很快，曾国藩回信了，对李鸿章大加赞扬："贤帅亲临督战，奏此奇捷，化险为夷。伟哉！鄙人从军十载，未尝亲临战阵手歼一贼，读来书为之大愧，已尔为之大快，对江天浮一大白也！"同时告诉李鸿章，他已经派人到广东购买洋炮和开花弹，打算亲自看人演放。

"浮一大白"，意思是用大酒杯喝酒，痛快喝一杯的意思。很少饮酒的曾国藩，以此向学生表明他的兴奋心情。

李鸿章正好乘此大捷之机，再次向老师进言——

用兵在人不在器，自是至论。若忠勇诚朴之勇丁，再持以洋器，则可增取胜之把握。虹口大捷，实赖于此。关键之机，一则将士拼命，二则铭、开二营洋枪得力，二者实不可偏废。鸿章尝往英法提督兵船，见其大炮之精纯，子药之细巧，器械之鲜明，队伍之雄整，实非中国所能及。其陆军虽非所长，而每攻城劫营，各项军火皆中土所无，即浮桥、云梯、炮台，别具精工妙用，亦未曾见。鸿章亦岂敢崇信邪教求利益于我，唯深以中国军器远逊外洋为耻，日戒将士，虚心忍辱，学得西人一二秘法，期有增益而能战之。若久驻上海而不能资取洋人之长技，咎悔多矣。

李鸿章的行营兼巡抚衙门，一下子热闹起来，江苏大小官员自然都到行营来参拜,寓居上海自觉有头有脸的乡绅也都来拜访。

洋人对李鸿章也刮目相看,洋枪队的统领华尔,从前李鸿章相约都不见,如今派马格里预约,主动找上门来了。李鸿章只听说过华尔的名字,今天第一次见到本人,没想到原来是只有三十岁的年轻人。见面他直向李鸿章竖大拇指,连连说“固德固德”。

陪他一同前来的马格里对李鸿章说:“华副将是在称赞您和淮军,固德是中文好的意思。”

李鸿章说:“你告诉他,我的淮军不固德,没有洋枪队的枪炮好,如果能够帮我弄更多的洋枪、洋炮那就固德了。”

华尔很痛快,说愿意从洋枪队调两门野战炮给淮军用,但要一千多两银子。

李鸿章一听,心疼得像被人在大腿上扎了一锥子,但一想到开花炮的威力,也就痛快地答应了,并让钱鼎铭立即筹备银子。

洋枪是好东西,但就是花钱太多!虹桥这一仗下来,军械局呈上各营消耗弹药,竟然有一万余两!如果淮军全部装备洋枪洋炮,开销自然更加惊人。现在哪怕一粒小小的铜帽,也要辗转从洋人手中购买,价格全由洋人说了算。又因为太平军也从洋人手中购买,所以那些奸商奇货可居,更是漫天要价。李鸿章这些天一直在想,能不能自造枪弹。

他让马格里问华尔,他的洋枪队中有没有人可帮着造铜帽、炸弹。

华尔回答说,洋枪队里有没有这样的人才,他需要打探,不过,上海洋商不少,尤其是往来轮船上,不乏能工巧匠,找几个会造铜帽、炸弹的应当不成问题。

李鸿章拜托他一定帮忙打探。

华尔很健谈,在李鸿章营中闲聊了一上午,彼此也多了一层了解,增加了不少敬意。据华尔说,美国人都是从英法等国乘船横渡大西洋到的美洲,骨子里喜欢闯荡,最看不惯窝在家里平安度日。他十几岁就出国闯荡,做过海船大副,也当过雇佣兵,在墨西哥和克里米亚都打过仗。两年前才来到上海,当时上海富商筹资买了一艘小炮艇,起名“孔子”号,但苦于无人管带。他当过轮船大副,又懂军事,就应聘当起了小炮艇的船长,沿江巡逻。他带兵很有一套,被杨坊看中,托他招募组建“洋枪队”。当时“洋枪队”只有五六百人,主要是欧洲各国退役或逃跑的士兵，另外就是吕宋船员。与太平军打过几仗，屡战屡败，华尔也受了重伤，退回到上海，被各国嘲笑。后来华尔改变了办法，只招外国军官负责指挥，士兵主要招募中国人，一律配备洋枪，穿欧式军服，并严加训练。结果连获大捷，成为上海中外依靠的重要力量。

“军人只有用胜利去获得他的荣誉！就像你的淮军，刚入上海的时候没人看得起，但虹桥一战，所有的人都改变了看法。”

华尔作战很勇敢，经常身先士卒，冲在前面，两年时间，他负伤七八次。他告诉李鸿章，今年初朝廷已经赏他副将衔，他曾表示愿归籍中国，但一直没有办理相关程序。他与副统领白齐文已经商议，决定正式入籍中国，继续为中国效力。相关手续如何办理，请李鸿章帮助奏明朝廷。李鸿章答应，立即奏请。

有这一次交往，李鸿章对洋人的看法又有变化，觉得只要操纵得当，洋人也是可以驾驭的。

第二天上午，李鸿章听到营外有人吵嚷，打发人一问，说是洋枪队的马格里要见大帅，被亲兵拦住了。李鸿章立即把武巡捕叫来，带马格里进了大营，交代武巡捕说：“马格里先生是我的朋友，以后只要是他来，随时可以报进，不必拘于常规。”又问马格里，进营来有何见教。

马格里说没什么大事，特意给大人送一支最新式的转轮手枪。他告诉李鸿章，这支手枪是美国人柯尔特发明的，柯尔特曾经当过水手，从轮船舵轮上受到启发发明的这种手枪，一次装弹六发，只需扣动扳机，就可连响六枪，非常犀利，如今已经风靡世界。

李鸿章左看右看，爱不释手。

马格里说：“大人昨天说有意请人制造铜帽、开花弹，我愿意帮大人实现愿望。”

时年三十岁的马格里，正是中国所谓的“而立之年”，急于建功立业。李鸿章对洋枪洋炮非常重视，他从中看到了一个大机会。混到洋商中去倒腾军火，马格里觉得并非自己所长，也不屑为之；他虽是军医，却一直对军械制造很感兴趣，如果能帮助李鸿章自造军火，他将有望成为李鸿章眼前的红人，并由此开创出一番属于他的大事业。昨天听李鸿章有意自造军火，他激动得一夜没睡着，机不可失，今天上午特意毛遂自荐来了。

“我从军械局上报给大人的价格单里看到，十二磅炮弹一发要三十两银子，一万粒铜帽要十九两银子，如果自造的话，连一半的费用也不到。如今西洋各国都有自己的大型兵工厂，专门制造枪炮弹药，中国也应该建立这样的制造厂。”

“我是求之不得，只是洋枪洋炮太过精巧，大清目前没人能造得出来。”李鸿章有些无奈。

“我可以很肯定地对大人说，中国人一定能够造得出来。”马格里望着李鸿章的眼睛，以表明他所说属实，“其实中国人非常聪明，仿造这些军火没有任何问题。制造军械主要靠机器。如今西洋各国，镗床、机床、铣床无所不有，什么样的东西都可以造出来。”

李鸿章十分动心，无奈这些机器大清根本没有。

马格里不想让机器的问题阻断了他的计划，便又说道：“即使没有这些机器，十二磅的炮弹也完全可以自己制造。”

李鸿章做个包扎的动作，问道：“你是治伤救人的军医，也懂制造炮弹？”

马格里点了点头：“我虽是军医，但对枪炮制造很感兴趣，我随身带的书籍一半是医书，再有一半就是制造军械的。大人如果不信，我可以想办法造一颗炮弹让大人瞧瞧。”

“如果你真能造出洋炸弹，我到时候为你专门成立炸弹局，请你来主持。”李鸿章立即拍板。

马格里闻言，激动得一颗心仿佛要从嘴里蹦出来，兴奋地说：“大人给我一些时间，我一定造出一颗炸弹来。”

大话说出去了，如何造出一颗炸弹来，马格里心里没底。他的确懂军械制造，但问题是他手里除了手术刀，并没有其他工具。他到租界区一家接一家地逛商铺，希望有意外惊喜。锤子、凿子等买了好几样，但就凭这几件工具是造不出炮弹的。当他走到租界区尽头的时候，一个小修理厂引起了他的注意。他进去一看，竟然有一台车床！

他从常胜军军械库中弄来一枚十二磅炸弹，小心翼翼地拆开，仔细画出图样，然后到小修理厂让他们用车床帮着按图样做出所需的形状。这样忙了四五天，竟然造出了一枚炸弹。他兴冲冲去请李鸿章验看，李鸿章十分惊讶，没想到马格里竟真能造出炸弹。只是，这枚炸弹能否用于实战，他实在没有经验。恰巧英国陆军司令士迪佛力到巡抚衙门来了，李鸿章立即让他来评判。士迪佛力仔细看过这枚炸弹,认为完全可以在战场上使用。

李鸿章向来是看准的事情说干就干,送走士迪佛力后,他立即派人请马格里来,商讨开办炸弹局的事。马格里提议,必须聘请部分外国技师,指导中国铁匠制作,还要请部分帮工。开始可雇请十五六人,以后随着规模扩大,再随时增人。最为要紧的是必须买一台车床,这样才能保证炸弹的质量。

“一切都交给你去办,花多少银子你估算一下。我立即安排人以巡抚衙门的名义给你下个札子,委任你为上海洋炮局总办。”

接下来的一个多月，李鸿章率军先是与华尔的常胜军联合攻下了金山卫,整个浦东再无太平军一兵一卒;又收复了青浦县,至此,松江府所属五县一厅全部收复。李鸿章回到上海,处理完政务,想起马格里制造炸弹的事情,立即找刘郇膏来问。刘郇膏说他已经去看了几次,能造铜帽,也能造开花弹,还打靶试过。李鸿章立即吩咐,明天就去看看。

马格里造炮弹的地方，在上海西北一座破庙里。李鸿章一行赶到的时候,马格里正在指挥十几名工人忙碌着。李鸿章的到来让他十分兴奋,一一介绍工厂的洋人技师和中国铁匠,还有八九个帮工。工具很简单,除了锤子、凿子和锉刀之外,最高级的就是一架人力摇动的车床。马格里告诉李鸿章,他本来想买下修理厂的车床,但没有谈成;后来他在吴淞江边一个英国人办的船泊修理厂发现了这台人力车床,不仅顺利地买下了这台车床,还把会用车床的中国小学徒也挖了过来。

那个小学徒十七八岁的模样，有些腼腆，李鸿章问他每月能拿到多少钱。小学徒说:“马先生说每月给二十个鹰洋,还不到一月,先发了十元。”

上海洋气扑鼻,沪上硬通货是洋人银圆,最盛行的是墨西哥洋,因币面有一只叼蛇的老鹰,上海人称鹰洋。鹰洋一元含银七钱三,重量成色十分稳定,成为沪上交易首选。小学徒鹰银二十元,相当于月薪十五六两白银。

李鸿章惊叹说:“哎呀,你的薪水比我的淮军哨长还要高呢！”

马格里说:“他会操作机床,这是一项很要紧的技术。将来如果干得好,还应该给他加薪。”

马格里告诉李鸿章,对技术人员必须舍得花钱,那样他们才会投入全副精力来工作。制造工艺中如有重大改进,在欧洲可以申请专利,可以卖出去赚一大笔钱,这是西方制造技术不断进步的重要原因。中国无专利一说,要想获得好技师,必须舍得花钱。他请了两个英国技师,是从怡和洋行的轮船上挖来的,他们每人每月一百五十元。而那几个中国铁匠,每人每月十五元,帮工八元。

马格里又陪同李鸿章巡视炼钢炉。他介绍说,英国炼钢已经开始采用铁制高炉,产量很高。但中国没有这样的设备,冶炼炉是他率领大家从野外挖来黏土,由中国铁匠按传统方法筑成的。这时,当当的铃声响起,是要开炉出铁水的警告。

陶管上的封口打开,闪着火花的铁水流出来,灌注进铁水包,戴着厚手套的工人抬着铁水包敏捷地灌注到模具中。

马格里说,模具里的铁坯还要经过锻打、整形、拉伸、压底、收口等十几道工艺,才能制成炮弹壳,然后装填火药、加配引信,目前已经造出炮弹三百多枚。

然后又看新式洋枪所用铜帽的生产过程。

淮军最初装备的火枪称为小枪,又叫火绳枪,使用的时候,先把黑火药从枪管口装进去,然后再用铁条把钢珠捅进去。枪管后端是火药室,火药室一侧有一个小口,枪机连着一条火绳,扳下枪机,火绳触及点燃小口处的火药,引起枪室内火药爆燃,从而把弹丸打出去。这种枪用起来麻烦很多,往枪管里灌药粉的时候,如果有风,便被刮走;如果下雨,便会潮湿不能用。尤其是点燃的火绳,一旦受潮便容易熄灭。

淮军到上海后配备的英式洋枪,俗称火帽枪。道理和火绳枪相似,也要从枪管前面装入火药,再装入弹丸。区别在于,火帽枪的火药提前都装在一支支铜管里,用时摘掉前面的盖子,铜管对枪管,一粒火药也浪费不了,也不怕风大吹飞。更大的区别在枪的后端,火绳枪装火绳的位置,火帽枪则有一个锥形的引火嘴,嘴上扣置铜火帽,扣动扳机,一个鸟头形打火锤在簧力的作用下叩击铜火帽,铜火帽内就激出火花,点燃发射药,砰的一声,弹丸就打出去了。

李鸿章一直弄不明白,这个小小的铜火帽,为什么在击打后会激出火花。马格里解释道:“这个铜帽里有一种特殊的材料,叫雷汞,一被重击,就会燃烧,就把火药引着了。”

“所有机栝,都在这个铜帽上。”李鸿章点了点头。

制造铜火帽要比开花弹容易得多，最最要紧的是雷汞受震动或一粒火星都会爆燃,因此安全是第一位的。

李鸿章最关心的是所造的开花弹能不能用，马格里已经安排人到靶场准备好了。他专门从常胜军借来一门野战炮——因为炮身短,架在两轮炮车上,炮尾着地,炮口冲天,形如蹲着的青蛙,淮军称为田鸡炮,就用这门炮来试验新造的开花弹。

在五百多米的距离外,有一片用碎砖土坯垒起的矮墙做靶子,第一炮打出去,炮弹落在靶子外面,调整一下炮口角度,第二炮、第三炮全部落进靶区,那片矮墙全被炸倒。

李鸿章非常高兴,说:“花在工匠身上的银子没白费！”

马格里说,现在开花弹威力还不太足,如果改进火药,威力会更大。现在一个月能产二三百枚,再招二三十人,月产千枚应有可能。李鸿章信心倍增,问马格里能不能造田鸡炮。马格里说,绝对没有问题。

李鸿章当即决定,到松江府城去找地方正式建一个像样的洋炮局,就叫松江洋炮局,生产铜帽、开花弹,同时试制田鸡炮。之所以到松江去,是因为金山卫、青浦收复后,太平军大部撤走,松江一带相对安全。而且当时浙北、浙西大都陷敌,浙江巡抚左宗棠远在衢州,对浙东鞭长莫及,朝廷将浙东的宁波也暂交江苏代守。宁波也是通商口岸,关税可观,李鸿章急于揽入囊中,已经有挥军南下的设想,他本人也计划到松江驻节。同时松江城还是洋枪队的驻地,把洋炮局建在这里既安全又方便。

马格里告诉李鸿章,目前全靠手工,生产效率低不说,精度也不够,要想提高生产能力,关键是要装备蒸汽机以及车床、铣床、镗床等设备。对这些设备李鸿章闻所未闻,他告诉马格里,请多加用心,一旦有机会弄到这些设备,他一定大力支持。

李秀成把李鸿章的淮军当成了主要对手，八月初派他的女婿蔡元隆和慕王谭绍光、堵王黄文金三大悍将率四五万人围攻虹桥北的北新泾营盘。李鸿章亲率刘铭传、程学启、周盛波、韩正国还有他的三弟李鹤章刚刚从安徽增募的勇丁,驰援北新泾。这一仗打得很艰苦,援军被阻三天,北新泾营盘坚守七天,共伤亡五百余人,亲兵营统领韩正国阵亡。但总算没有被攻破,而太平军四五万人再次被淮军数千人击溃,是虹桥大战以来的又一次大捷。

这时候浙东的形势却起了变化，太平军侍王李世贤组织三万精兵围攻慈溪,兵锋直指宁波。当时驻守宁波的是法籍税务司日意格组建的长捷军和当地民团,力量相当单薄,宁波知府飞信求援。淮军主力正在上海西北一带,无法抽身，李鸿章派华尔率洋枪队一千零八人乘轮船渡过杭州湾去支援长捷军。在收复慈溪城的时候,华尔站在城外拿单管望远镜察看城防,结果城上有一位太平军神射手，一枪打穿了华尔的胸膛，幸好被赶来的长捷军救出,进了宁波城请西医做手术,手术没做完就死了。

李鸿章从吴煦的禀报中得到消息时,正在虹桥淮军大营中巡查,心中是一忧一喜。华尔与李鸿章关系已经十分密切,愿意服从李鸿章的调遣,在收复金山、青浦的战斗中,十分得力,成了李鸿章的一个好帮手,如今他却牺牲,实在可惜。忧中有喜,李鸿章的如意算盘是趁机把洋枪队的指挥权完全收回来,改派中国将领前往指挥。洋枪队战斗力很强,尤其是有专门炮队,备炮十几门,李鸿章十分眼红,如果把指挥权收回来,慢慢想办法变成淮军一部,岂不是一着妙棋？所以安排完营中事情,第二天他就骑马赶回上海。

一回到上海,他立即请吴煦过来说话。洋枪队是由洋人具体指挥,但名义上是吴煦管带,粮道杨坊会同管带。其实,所谓管带,既管不了,也未能带,就是为洋枪队筹措粮饷罢了。当听了李鸿章的想法,吴煦说道:“抚台,这恐怕办不到。”

“为什么？”

“华尔临死前有遗言,洋枪队交给他的副手美国人白齐文统领。”

李鸿章一听有些不高兴:“怎么,咱们出钱雇的军队,谁来统领咱们说了不算,反而是华尔一语定乾坤？”

“当然不能由华尔一语定乾坤,实在是他的安排比较符合实际。”

吴煦的意思,洋枪队一直按洋人军队那一套来训练指挥,各级指挥官全是洋人,部分士兵也是洋人,派中国人去指挥,不懂洋军队那一套不说,首先各级洋人军官就难以驾驭,那样洋枪队还谈什么战斗力？

“让白齐文任统领,他是华尔的副手,与各级军官都熟悉,顺理成章。而且现在还有个新情况,就是不让白齐文当统领,恐怕中国人也当不成。”

“怎么回事？”李鸿章疑惑地追问。

“英国人要插手洋枪队。”

英国人当初并不看好洋枪队，尤其是一开始，华尔招募的洋人不少是从英国军队里挖去的，为此英国陆军司令士迪佛力还要将白齐文抓起来。可是后来看到洋枪队连获大捷，成了上海一支重要的军事力量，英国人就想插手了，尤其是宁波税务司法国人日意格在宁波成立了法军指挥的常捷军，英国人更坐不住了。华尔一战死，英国海陆军都表示，要派军官去统带洋枪队。

“英国人想插手就插手，他们凭什么？”

“和洋人哪有道理好讲？他们想打天津，不就开着军舰去了天津？想打京城，就打到了京城嘛！洋人向来是论势不论理。当然，英国人插手洋枪队，还算有点依据，就是前年为了中外会防上海，当时有个章程，各国出兵多少，要由英法美三国共同商议决定。士迪佛力的理由是，洋枪队指挥官都是外国人，也算半个外国军队，他们当然有权过问。”

“要是不让他们过问呢？”李鸿章有些不甘心。

“不让他们过问也不是不行。”吴煦说，“不过，上海及周边地方，还要依靠英法军队帮助防守，如果彼此闹僵，大人得掂量掂量豁不豁得出去。”

当然豁不出去！前几天他还与英法军队协商，准备联合收复嘉定城呢。

李鸿章冷着脸想了好一会儿，说：“那好，就让白齐文统领，不过得请旨，不要让白齐文觉得，是华尔给了他这个统领的位子。还有，咱们得加强管带。我看你和启堂观察，名为管带，实际不管不带。这样子下去不行，你们得设法严加管束才是。”

启堂观察就是指粮道杨坊，他字启堂。

“那当然，抚台放心，我一定和启堂严加管束。”吴煦又解释说，“之所以很少过问具体事情，实在是因为我和启堂对洋人军事是一窍不通。另外，俗话说，军马未动，粮草先行，这一点中外皆然，我和启堂抓牢洋枪队的粮饷，也便等于抓住洋枪队的脖子，不愁他们不听抚台招呼。”

李鸿章点点头认可吴煦的说法，不过他有自己的想法：“总得有个人在洋枪队才能放得下心，我想派个咱们的人过去当白齐文的副手，到时候有特殊情况，缓急可恃。”

吴煦说：“这总要费点功夫，不过应当行得通，我让启堂与他们交涉。”

“晓翁,我还有个想法,洋枪队也罢,外国人的军队也罢,他们的训练和装备,比咱们强了可不是一点点。目前中外混防,咱们正好借机学学洋人军队那一套,学到了手,将来也不至于双方一交手,咱们就一败涂地。”

吴煦不由得竖大拇指, 赞叹说:“抚台真是有眼光! 长毛不过是肘腋之患,将来洋人才是心腹大患。国家从前养军队是安内,将来恐怕主要是攘外了。中外差距太大了,不赶紧追赶,那怎么得了!我一年多前就建议,专门辟个地方,建个军营,让洋人帮着训练军队。可是薛抚台不答应——觐翁千好万好,就是耻于交往洋人。”

“觐翁已经算是开明的了,内地官员闭目塞听,一提洋人就摇头,何论与洋人交往。”李鸿章说,“你想辟个地方让洋人帮着训练军队,这个主意不错,将来咱们好好议议。”

这时钱鼎铭来报,说宁绍台道史致谔飞书求援,要援军,要饷银。

吴煦说:“抚台不必着急,我已经派人到松江给白齐文传话,准备派洋枪队过江去助守;我又和英法两国领事见过面,他们答应各出一条军舰送一千人去助守。但此事必须等抚台大人决定,正式给他们照会。至于饷银,无论海关还是厘金,都无可挪拨,我已经和宁波、绍兴籍的绅商打过招呼,家乡有难,必须伸出援手,宁波人答应至少捐助两万两,绍兴那边答应至少捐一万两。”

“这事办得漂亮!”李鸿章功过分明,击案赞赏。对吴煦他最近的确另有看法,此人手把不甚干净,但办事能力确实强。

吴煦走后,李鸿章想起来,根据军机处的廷寄,涉及洋人军务,应当与薛焕共同办理,事关洋枪队统领这样的大事,当然应当与他面商才是。下午李鸿章如约赶到薛焕的五口通商大臣衙门,主人早就备好茶水点心等候。

“少荃,这纯是军务,你自己拿主意就是,与通商事务毫无关系,何必还要专门为此跑一趟。”薛焕说得十分客气,“不过,你既然眼里还有我这个老大哥,我也就多说一句。依我的了解,华尔只是傲慢一些,大的规矩还是懂的。而这个白齐文则不然,贪财好利,蛮横不讲理,比华尔要差得远。吴、杨两位极力推荐,出于什么目的我不能乱推测,以免人家说我是以小人之心度君子之腹。不过,任命他统带洋枪队,你要多留神,不要将来独获其咎。你上奏的时候,务必要说明白,严饬吴、杨两人严加约束,将来如闹出什么笑话,唯吴、杨是问。”

李鸿章说：“觐翁，受教了，从前本来就是由他两人管带，这次上奏，我一定重申此意。”

薛焕又说：“少荃，洋枪队的粮饷军火是笔糊涂账，从前我当巡抚，连个确切的数字也问不出来。还好，吴晓帆还告诉你每月开销七八万两，你的面子比我大多了。当初约定，洋枪队总数不超过三千人，如今竟然到了五六千人，真不知他们是怎么管带的。”

李鸿章说：“吴晓帆说，都是华尔生前私自招募，他也不清楚。现在华尔阵亡，统领更替，先稳定军心再说，将来收回兵权后，一定严加裁汰，不然真是个无底洞。”

说到辟个训练营地，请洋人帮助训练军队，薛焕也不赞同：“吴晓帆的主意不错，但关键是银子。如果再像洋枪队弄成一个花钱的无底洞，闹一笔糊涂账，搞得更加入不敷出，你想要办事可就更难了。”

李鸿章从善如流，表示以后再说。

回到大营，他感到不虚此行，交代周馥起草奏稿时，务必把吴、杨两位的管带责任说清楚。

英国人要派军官接管洋枪队，李鸿章当然是一百个不同意，派人请英国陆军司令士迪佛力前来商议，他回话说要等海军司令何伯一起商议，但何伯去了山东登州，暂时回不来。事情怎么会这么巧？李鸿章担心英国人又要耍什么诡计。

十几天后，何伯亲自上门来了。他告诉李鸿章，因为身体不好，他已经决定辞职回国了。这次到登州，就是向那里的朋友辞行。随他同来的还有两个洋人，一个是英国人固伯，将接替何伯出任英国海军司令；一个满脸络腮胡须，看不出实际年龄，目光炯炯，透着傲慢。何伯介绍说，他就是华尔的年轻助手，美国人白齐文，今年只有二十七岁，但作战经验十分丰富。何伯告诉李鸿章，经与士迪佛力商议，英军不再派人接管洋枪队，而是一致推荐白齐文接任统领。

一听英国人不再派人，李鸿章放了心，但看白齐文不像善类，恐怕将来难以驾驭。他说，他本人同意白齐文接统洋枪队，但必须奏请朝廷。从前华尔任统领时，听从吴煦、杨坊的管束，听候巡抚的调遣，这两条必须坚持。何伯表示这绝无问题,并示意白齐文向李鸿章表示,愿听从巡抚的调遣。

李鸿章提出派江苏提标中营参将李恒嵩当白齐文的副手,白齐文表示,他已经有个副手。李鸿章说:“既然是副手,那未必拘定一个,也可以两个嘛。”

事情就这样定了下来,李鸿章还特意笼络白齐文,称赞他作战勇敢。

今年四月间,何伯在嘉定之战中大败,引以为耻,如今他即将回国,愿意回国前带兵收复嘉定,以雪前耻。于是双方议定了作战计划。

闰八月底,中外会师向嘉定进军。何伯会同新任海军司令固伯带领英兵一千八百名及法兵四百名,白齐文率常胜军一千五百名,会防局炮勇一千名,李鸿章带亲兵及桂字、建字、熊字等营三千余人,经两天行军,九月初一日到达嘉定城外驻扎。他与何伯连夜商讨作战方案,确定何伯指挥英法军队及会防局炮勇攻打东南两门,淮军及常胜军攻打西、北两门。另派两支淮军作为预备队,在嘉定西、北两面设伏,截击太平军援军。但是白齐文提出异议,他认为洋枪队战法与英法军队相同,希望与何伯一起作战。何伯同意,把会防局炮勇改调为与淮军一起攻打西门北门。

会防局炮勇有一千人,却仅有十门十二磅田鸡炮,只能用于野战,攻城非其所长,而且训练不精,更打折扣。李鸿章本来希望借助洋枪队的攻城炮,以助淮军夺城,没想到白齐文来这一手。他十分生气,但又不能不答应。战前他给淮军将领们开会,让他们明天一定好好打一仗,就像虹桥大战一样,不要让洋人小瞧了淮军。

第二天四点多,四路人马同时向嘉定城进攻。何伯指挥的英法军队和白齐文的洋枪队,开始只开炮轰击城墙,并不发动进攻。淮军没有攻城炮,架起云梯轮番往城墙下冲,攻了两个多小时,无法登城,已经伤亡二百余人。后来还是英军轰塌了南门城墙十余丈,太平军见势不可为,打开西门往外冲,淮军这才趁机攻上城墙。这一仗,太平军伤亡一千余人,一部分是在东门南门被洋人火炮炸死,大部分是冲出西门时被淮军截击,又在路上中伏。最后攻城部队在县衙会合,白齐文向李鸿章表功,说南城墙就是洋枪队的炸炮轰塌的,是收复嘉定的首功。李鸿章故作耳聋,连看也不看他一眼。

李鸿章与薛焕联名奏捷,对淮军和英法军队的战功极力表白,尤其对何伯大加赞扬,“英提督何伯,不日回国,尚为中国出力剿贼,忠勇可嘉,可否仰恳天语褒奖,以示优异”,对白齐文和洋枪队的作用只字未提。数天后又专门上折,请嘉奖西员,英法海陆军司令、驻上海领事甚至翻译都在嘉奖范围,而白齐文的名字仍未列其中。

何伯回国,新任海军司令固伯与白齐文关系更加密切,而白齐文也希望借助英军的实力,增加自己的威望,与英军海陆军将领及翻译十分亲密,对淮军的态度反而越来越差。李鸿章派往洋枪队的参将李恒嵩,每次见李鸿章都是牢骚不绝。李鸿章恨不得立即解散洋枪队,但目前局势却不允许自乱阵脚。

李秀成手下最能战的是慕王谭绍光,青浦、嘉定都是他负责的地盘,先后都被淮军勾结英法军队夺回,他咽不下这口气!到了九月下旬,从太仓、昆山、苏州及浙江的嘉兴调集近十万大军,沿着吴江东下,一直开到了嘉定与青浦之间的南翔、黄渡一带,在纵横的河网间架起浮桥,十几里营垒相连,声势极其浩大。他发出话来,非将淮军消灭不可。

首当其锋的是四江口。这里四河汇流,是吴江上的一个大码头,更是青浦与嘉定间水陆要冲,也是苏州、昆山赴上海的黄金水道。淮军在这里驻扎三营陆师,还有淮扬水师一百余艘战船在此巡弋,守护上海的西大门。太平军数路并发,现在终于看明白,其进攻的重点就是四江口,其他几路都是为了阻击援军。不过,等李鸿章完全弄明白的时候,四江口的淮军已经被重重包围。他调兵遣将,令程学启、藩鼎新各率本部人马驰援。青浦、嘉定的驻军也各抽出人马向四江口方向进攻。各路淮军攻势猛烈,太平军多处营垒被攻破,但太平军人数众多,连营数十里,这样打了两天,双方仍是对峙之势。太平军损失四五千人,而淮军大部分营官也都受伤。最为严重的是四江口被围的淮军三营,已经到了弹尽粮绝的地步,幸亏营垒坚固、壕沟又宽又深,太平军连续进攻两天,尸体几乎填满壕沟,却未能攻破一个营垒。

李鸿章亲临前线,随他而来的除了抚标营八百人,还有郭松林的五百骑马队, 他的六弟李昭庆的淮勇七百人。他特意调浦东的刘铭传率部四营前来,同时又派专差调白齐文的洋枪队一千五百人由松江北来。

众将都明白,与太平军决战的时刻到来了。几次大仗,都是在打到最艰苦、双方都筋疲力尽的时候,李鸿章才出现在阵前。他在最关键的时候亲自督战,完全是一副破釜沉舟的架势,全军因此士气大增。他召集众将约定次日八时同时发起进攻,刘铭传率部四营为左路;程学启率部四营为中路,李昭庆所部跟随程学启行动;藩鼎新率四营为右路;李鸿章居中协调,抚标营和郭松林的马队作为他身边的预备队;尚在路上的洋枪队负责阻击西路淀山湖方向的太平军。

第二天八时,淮军各路人马同时发动进攻,喊杀声、枪炮声响彻十余里。李鸿章站在新筑的高台上,拿着单管望远镜观战。程学启、刘铭传率部众突击太平军营垒,拔掉栅栏向前猛冲。接近敌阵后,又学习洋人的战法,匍匐前进,然后突然跪起,举枪齐射。前面的太平军纷纷溃退,但后面的太平军又拥了过来,重新站稳阵脚。双方进退攻守,成胶着之势。藩鼎新的左路军方向也是喊杀声震天动地,看来也打得十分激烈。

突然,从中路军与右路军的间隙中冲出一股太平军,人人手执大刀,袒着右臂,头裹黄巾,向李鸿章的大营直冲过来。程学启部正在苦战,根本未注意到这突然杀出的敢死队。李鸿章听说谭绍光有支上千人的敢死队,关键时候能赤膊上阵,有万夫不当之勇,更有千万军中取上将首级的威名。他站在高台上,很可能被太平军看出了端倪,看他们的方向,分明是直冲他而来。

跟在程学启后面的李昭庆部首当其冲,被团团围住,眼看数十人已经被乱刀砍死。李昭庆倒是勇气可嘉,毫无惧色,亲自挥刀杀敌。不过他的新勇毕竟未经战阵,不一会儿就支撑不住了。郭松林的马队和李鸿章带来的抚标营也都冲了上去,但仍然不是对手。李鸿章看到数里外有洋枪队的旗帜,连续派出十几名传令兵去请援。

眼看谭绍光的敢死队要突破淮军防线,幸亏这时刘铭传的洋枪队两百人赶到,立即投入战斗。两百多条洋枪同时猛轰,赤膊的敢死队伤亡惨重,开始溃退。这时洋枪队的十几门炮也在南面向敢死队轰击,这是十几门最新式的后膛火炮,射程远,爆炸力强,一弹落地,十几人登时不死即伤。敢死队被迫后撤,影响所及,太平军开始潮水般的后退,而四江口被围的淮军也开始向营垒外冲,前后夹击,太平军已经是兵败如山倒。

吴江北岸是谭绍光在亲自督战,无奈他也无力回天,三四万人同时溃退,争着过河,结果浮桥被挤垮,人马纷纷落水。南岸是听王的五六万人,他手下还有凶悍的邓光明洋枪队三千余人,他们向北岸射击,无奈隔着一条河,中弹的反而多是溃退的自家兄弟。此时英军的几艘炮船也向南岸太平军开炮，几乎是一声炮响便沉一船。听王所部也开始逃命，太平军近十万人马，乱哄哄向西向南奔逃，落水者数以千计，河水为之不流。淮扬水师炮船一百余艘沿河追击，一直追到三江口。这里的太平军已经逃光，水师不必登岸，开炮把营垒轰击一通，便得胜而回。

淮军又一次获得大捷，前后三天俘获及阵毙太平军不下万人，连毁大营二十余座，夺获洋枪、炮械、马匹、印旗近两万件。而淮军阵亡总计一千余人，加上伤者不到三千人，全军上下一片欢腾，李鸿章立即向朝廷和曾国藩报捷。

这次洋枪队的炮队在最紧要的关头向太平军敢死队开炮，发挥了重要作用，不然一旦敢死队冲破淮军防线，后果不堪设想。但事后从李恒嵩那里了解到，白齐文根本不打算改变西进的命令，是李恒嵩一再坚持，才派炮队前来。李鸿章本来要为白齐文请功，这下又改了主意。结果是淮军参战将领人人都获奏保，而洋枪队无人获赏。

白齐文牢骚满腹，有一天到李鸿章大营来，问他的炮队在关键时候救了巡抚大人的性命，为何却有功不赏。

李鸿章冷笑一声说："你的炮队前后统共开了几十炮，让我怎么赏你？你和铭军距离战场差不多远，铭军早一天就赶到了，你们却在战斗快结束时才赶来，我想赏，也要有合适的理由吧？"

白齐文连连叫屈，说他的部队辎重多，尤其是炮队，行军无法与步兵比，所以到得晚是正常情况。李鸿章也不想与他闹崩，劝他说："你说得有道理，反正立功的机会有得是，下一次一定给你请功。"

李鸿章到上海半年多时间，连获三次大捷，中外无不刮目相看。曾国藩对他的表现更是喜出望外，再次密奏朝廷，实授李鸿章江苏巡抚。

## 效法洋枪队，淮军创建炮兵

这时候，洪秀全严令太平军各部齐援金陵，想把曾国荃的围城湘军消灭在金陵城下。曾国藩向李鸿章告急，军机处也连发廷寄，要求派程学启驰援金陵，重归曾国荃麾下。因为程学启原本就是曾国荃手下悍将，如今淮军已经一万五千余人，且战斗力很强，调回程学启对淮军不会产生太大的影响。但李鸿章一则不舍得放走程学启，二则厌恶白齐文，因此上奏朝廷并禀报曾国藩，程学启部刚刚经过大战，急需休整，而洋枪队有攻城大炮，攻坚拔寨是其所长，因此决定派白齐文率洋枪队四千五百人乘轮船驰援金陵。

李鸿章不等军机处的廷寄和曾国藩的回复，立即责令吴煦和杨坊，督责白齐文率洋枪队尽快起程。十月十九日开始，四千名洋枪队先后乘坐大小轮船十七只，溯江而上，先到镇江；白齐文要等宁波的常胜军到上海后，一起乘轮船赶往镇江，会合后立即向九洑洲进攻。

十月二十五日这天，李鸿章同时收到内阁明发上谕和军机处廷寄，十月十二日内阁奉上谕，江苏巡抚着李鸿章补授。军机处的廷寄上谕有七页纸，先是对四江口大捷表示赞赏，又指授方略，要求他乘胜进攻昆山等地，扫清苏州门户，牵制围攻曾国荃的太平军，同时对如何约束外国军队也提出要求，最后则是对实授江苏巡抚后提出期望，“李鸿章自简署巡抚以来，军务地方均能称职，颇为嘉悦，已降旨补授江苏巡抚。该抚务当感激知遇，益矢公忠，断不可稍自满假，以期常承恩眷。勉之，懔之，将此由六百里各谕令知之”。

李鸿章到上海后，以道员署理巡抚再到实授，不过半年时间，这里面曾国藩的提携至关紧要。因此李鸿章办完谢恩折，立即亲笔给曾国藩写信，表达感激之情，同时对派洋枪队援救曾国荃再做说明：

> 是日戌刻接奉廷寄，十二日奉旨补授苏抚，恩纶奖勖，非分宠荣，自顾何人，愧悚无地。此皆由我中堂夫子积年训植，随事裁成，俾治军临政、修己治人得以稍有涂辙，不速颠覆。夙夜循省，惧弗克胜，震惊惶汗，实不知所以为报。伏乞远赐箴砭，免丛愆咎，曷任企幸。九洑洲军情紧急，已派吴晓帆出江，闻宁波常胜军日内调到，也将乘轮上驶。唯白齐文忽求去忽欲不去，令人莫测其故耳。无论果否成行，九洑洲、金陵果否得手，此军回沪后必须设法整理。解铃还须系铃人，似仍在吴、杨身上着力，乃有下手处，否则其变态更不可捉摸也。

然而，白齐文却以病为由，一直到了十一月中旬，迟迟不肯起程。这天收到松江知府方传、洋枪队参将李恒嵩联名密信，报告白齐文关闭松江府城四门，要纵兵抢劫，理由是饷银未发。幸亏两人连夜苦劝，并许以补发欠饷，兵勇这才一哄而散,而白齐文已经去向不明。署理布政使吴煦已经随洋枪队赴镇江,李鸿章立即派人找来杨坊,询问洋枪队发饷事宜。杨坊说九月以前的饷银已经发放,十月的饷银也已备好,早就告诉白齐文,他一到镇江就立即发放,但他却迟迟不定行期。李鸿章赞同杨坊的办法,让他回去立即设法打探白齐文的消息,如果他已经赴镇江,那么饷银务必立即发放。

次日下午,吴煦忽然到李鸿章大营来了。原来,洋枪队四千人已经在镇江等了十几天,却不见白齐文和最后一批五百人踪影,他特意赶回来催促。没想到今天上午他到杨坊家中,正赶上白齐文率人殴打杨坊,并抢走为洋枪队预备的四万元饷银。

"这次启堂被打得不轻,吐血不止。白齐文临走时还说,他不愿到金陵去,如果再逼他,就辞去差使。"

"这真是岂有此理!"李鸿章说,"不用等他辞差,立即以巡抚衙门的名义发布告示,解除白齐文的统领职务,并悬赏五万两缉捕。晓翁,当初委托白齐文统领常胜军,我就有言在先,要你和杨启堂严加管束,如今出了殴打命官的恶劣行径,你们两个可是难辞其咎。你们无论如何设法缉拿白齐文,如果让他远走高飞,我可唯你们二人是问。"

"白齐文仗着英国人给他撑腰,谁的话也不肯听。"吴煦有苦难言。

"那我不管,我只管向你要人。"李鸿章说,"对了,你去告诉英国人一声,白齐文已经被解职,希望他们不要袒护,帮助缉拿凶犯。"

吴煦刚走,李鸿章立即召周馥、钱鼎铭来商议,如何应对洋枪队之变。李鸿章的意思,最好能够趁机把洋枪队兵权收回,但此事恐怕有些难,那么退而求其次,必须加强控制能力。

"我的意思,这一次必须和英国人讲清楚,再也不能像从前一样漫无约束。首要一条就是费用太高,他们的粮饷是淮军的两倍多,此外还有炮艇、轮船、医院、日常用房等种种费用,必须设法裁减;其次是人数太多,而带兵的官弁多是洋人,已经成尾大不掉之势,必须控制在三千人内;三是必须保证洋枪队得听招呼。英国人影响太大,实际控制权操在士迪佛力等人手中,这一点非借机改掉不可,如果我这个江苏巡抚调不动洋枪队,还不如干脆裁掉!"

第二天,吴煦陪着英国陆军司令士迪佛力、驻沪领事麦华陀来见李鸿章，士迪佛力表示，英国海陆军都反对白齐文所为，已经转告他职务被解除，让他等候中国朝廷的处置。

“不过，巡抚阁下，悬赏五万两白银缉拿一个美国公民，是不符合美国法律要求的，何况中国政府也无权缉拿美国公民。”士迪佛力说，“我建议巡抚阁下立即撤销这份悬赏告示。”

李鸿章说：“白齐文已经和华尔一同隶中国版图，华尔下葬都是着中国总兵官服色。既然已经是中国人，我按大清律缉拿是正办。”

士迪佛力无可反驳，说：“那就尊重巡抚阁下的意见。现在白齐文已经解职，洋枪队不能无人管带，我与麦领事商议，暂派英国上尉奥伦管带，将来考察了合适的军官，再正式出任统领一职。”

李鸿章则表示派人管带可以，但必须与中国武官共同管带，而且要限制人数，裁减费用。双方争执一上午，李鸿章极善辩论，最后士迪佛力只好接受李鸿章的意见，准备制定章程。

李鸿章目的达到，十分高兴，特意请士迪佛力吃中国菜。士迪佛力到中国后还没有一位大员请他赴宴，菜又是如此丰盛，所以他吃得非常高兴。李鸿章喜欢辛辣食物，尤其是喜欢吃合肥红酱面。他的厨师经常将鸡脯丁配以毛豆、笋等时蔬，然后浇上合肥人所谓的红油——辣椒油，吃起来香辣无比。到吃饭的时候，李鸿章又来了一碗红酱面，而给士迪佛力所上是洋人喜欢的面包。不料士迪佛力对香气四溢的红酱面感兴趣，也要来一碗。李鸿章提醒他说这种面太辣，他未必吃得了。士迪佛力谢绝了李鸿章的好意，坚持来一碗。于是，李鸿章笑了笑对厨师道：“那就给将军来一碗，记得多放红酱。”

厨师爽快地应了一声，很快端来一碗，红油亮亮的，很是鲜艳。士迪佛力也像李鸿章一样猛喝一口，辣得涨红着脸，大张着嘴巴，连说：“No！No！No！”一桌人开怀大笑。

接下来的几天，由吴煦往返与士迪佛力商讨，最后一次李鸿章又亲自参加，终于签订了洋枪队统带章程，李鸿章最关注的限制人数、减少费用、听从调遣等关键条目全都载入章程。

士迪佛力提出官方文书应一律称常胜军，不宜叫洋枪队。这是小节，李鸿章立即答应。

这次与英国人交涉，李鸿章感慨良多，他最深的体会是洋人也并非完全不讲道理,只要事先有所准备,把道理说透,并非不可商量。作为地方大员,端着架子不屑见洋人迂腐可笑,而一味怕洋人更不可取。

这时吴煦得到消息,白齐文已经投到英国军营,据称被英国水师看押在军舰上。有一种说法是,白齐文正在与英国人商议,设法重新复职。李鸿章责成吴煦,立即去与英国人交涉,要回白齐文按律惩办。英国人回话,白齐文的确被英军看押,但暂时不能交给中方,因为他和华尔经手从英国定购的军械还有旧账未清,希望巡抚派人前往清理账目。李鸿章立即询问吴煦,吴煦说根本不欠洋枪队的军火钱。

李鸿章觉得此事蹊跷,于是亲自拜访薛焕。薛焕说:“少荃,吴、杨两位与洋枪队之间,是一笔糊涂账,你不必派人去掺和,你一派人,此事便与巡抚衙门脱不了干系,后患无穷。你就让吴、杨两位去处理,有欠账,他们设法还。你只管往后不再让他们蒙混,不再产生新的欠账就是了。”

李鸿章深以为然,回营后立即照此办理,并上奏朝廷,“吴煦、杨坊有督带常胜军之责,办理不善,应请暂行革职,仍令妥筹接办,以观后效。如此军仍似从前犷悍,即由该道等酌量裁撤,倘再不能认真钤束,即从严参办。”

暂行革职吴煦无话可说,他不能接受的是要和杨坊一同赔补二十多万两银子。这笔银子,一部分是白齐文咬定从英商手中购买的军火,尚未报销;一部分则是欠发赏银;还有这次援救金陵,雇请的轮船在镇江停留十几天,超出的费用也要赔补。

“明明是白齐文要无赖手段,狮子大开口,要我俩赔补,实在冤枉至极!常胜军真是颗磨难星,我算是跳进黄河也洗不清,就是倾家荡产,又如何能够填补这么大的窟窿。”

李鸿章说:“晓帆兄,这一笔糊涂账,你和杨启堂如果扯不清,我是后来人,更无法扯清。你说是白齐文要无赖手段,那你们不认就是了!如果明知是无赖手段,却又不能不吃这哑巴亏,说明在常胜军的粮饷支应上,有极大的漏洞。你们两个负责管带,解铃还须系铃人,除了你们两位,谁负其责?”

吴煦痛心疾首地说:“这可真是要我倾家荡产了!我苦苦经营十数年,没想到一朝变为一场空。”

李鸿章知道这笔糊涂账完全让吴、杨两人赔,他们是吃亏不小,他已经为两人谋划了补救的路子:“晓帆兄,我出个札子,你和启堂办理劝捐局,凭你们在商界的威望,劝说绅商捐助军需,筹到的款子,可用于归还这笔糊涂账。不过,你们先要把账抹平,把白齐文从英国人那里要回来。常胜军的开销,从此一概按新章程办理,我是新官不理旧账;新账也不必你们操心。”

这时候,常熟和昭文的太平军秘密联系淮军请求投降。李鸿章派人秘密考察,发现两处太平军多是安徽、湖南人,投降的诚意很大,于是同意受降。两地投降后,福山、许浦、徐六泾的太平军也先后投降。这几处地方都是产粮区,是太平军的粮饷要地,李秀成不甘心,派兵数万把常熟和昭文围困起来。李鸿章派淮军和常胜军前去解围,但英国人新派的常胜军统领戈登还没上任,暂时接管的奥伦性格偏执,威望不足,结果是大败而归,还丢失了两门炮。此时已经是腊月中旬,马上就要过年了,只好暂时收兵。

李鸿章召集几个心腹幕僚和几位淮军将领,研究他的一项重大决定。他要在淮军亲兵营,成立专门的炮队。淮军没有专门的炮队,只有十几门旧式火炮,威力无法与洋炮相比不说,分别配备在几个营中,根本不起作用。

“现在我们淮军各营都配备了洋枪,要讲差距,那就是咱们没有洋炮。洋枪队和英法军队都有专门的炮队,打仗的时候,数十门炮同时开火,威力何其大!目前我们不得不借重洋兵,关键就是借助他们的炮兵。可是,求人不如求己,我们也应该有自己的炮队,而且要配备洋炸炮。攻城炮,野战炮,都要有。洋枪队已经开始裁人,将来费用不会再像从前漫无边际,省出来的银子,我们就用来养自己的炮兵。”

众人无不赞同。炮从哪里来?李鸿章最初的想法,是让士迪佛力帮助想办法,或者从洋行里买,但钱鼎铭认为无论是从英军手里买,还是从洋行里买,花冤枉钱太多。洋行的洋货,也大都是从香港或澳门贩运,何不自己派人去走一趟,开开眼,省得做冤大头。

“这主意好!”李鸿章十分赞同,“马格里一直想买能造机器的机器,什么镗床、车床,我也说不清楚,派人去的时候,顺便也看一下有没有这样的机器。”

于是再讨论派往香港的人员。钱鼎铭算一个,马格里也去,淮军军官也派两人去。

“我大哥如今在广州给涤帅办厘金,和地方上熟,遇到什么难题,你们找他想办法。另外,也向他打探一下,广州那边有没有善造枪炮的人,能挖几个人来,再成立一个洋炮局。现在只有马格里这一个,规模小不说,完全掌握在洋人手里我也不太放心。”

李鸿章急于建成炮队,连年也不让他们过,腊月十五就乘轮船南下了。

封印后,李鸿章总算可以稍稍喘口气了。回想当初来到上海时,大家对他能否保住上海根本没有信心,属吏有意蒙混,太平军则攻城略地,逼得他每天不离军营,自早至夜,手不停披,口不停辩,心不停思,军事、政事、外交、吏治,没有一样能够省心。八九个月的时间,总算都弄出了点眉目。虽然太平军仍然对上海虎视眈眈,新降的常熟、昭文仍在围困当中,但上海的危机已经解除。从内线得到的消息,忠王李秀成已经放弃了争夺上海的念头,慕王谭绍光则只想保住现有的地盘。

李鸿章终于有心情过年了。年前年后,淮军部曲、江苏官员、绅商耆老、同年故旧都来拜年,一直出了正月十五,他的衙门里才稍稍得以安静下来。这天上午吴煦来见李鸿章,说他听到消息,白齐文已经进京,好像去告御状。

“告御状？他告什么？”

“他的意思,他是朝廷封的常胜军统领,抚台无权撤他的职,革留与否,应候旨定夺。”

李鸿章冷笑一声说:“我是一省巡抚,提镇以下悉归节制,他一个三品武职,我当然有临机处置之权,我还怕他告？”

吴煦说:“英国人宁愿把他放走,也不交给我们处置。我怀疑,是不是士迪佛力也有意让他复职。”

李鸿章说:“这不太可能,士迪佛力千方百计要派英国兵头统带常胜军,他怎么可能支持白齐文复职?这样,晓帆兄,劳你去和士迪佛力见一面,问问他到底是什么意思。他们要派戈登统领常胜军,为什么到现在还见不到人?我要派常胜军去帮助解围常熟,统领人选必须尽快定准。”

第二天上午,士迪佛力和一个年轻人来见李鸿章。他首先向李鸿章介绍,年轻人就是戈登。戈登时年二十八岁,两年前跟着远征军到中国来,任工兵队上尉。他的父亲是英国皇家炮兵将军,与士迪佛力私交极好,再加戈登本人严谨、理性、执着,很得士迪佛力的赏识,因此推荐出任常胜军的统领。

士迪佛力向李鸿章解释,戈登迟迟没有到任,是因为英国军官正式出任中国武官,为中国政府效力,必须得到女王和枢密院的批准。去年他就向女王提出建议,但信件往返,需要数月,昨天刚刚收到女王枢密院大臣的指令,授权英国武官为中国政府服务,士迪佛力还向李鸿章展示了他收到的授权书。

李鸿章对戈登说:"我接受士迪佛力将军的推荐,决定奏请朝廷聘你为常胜军统领,我想听听你的意思。"

戈登回答说:"我是经过考虑后才接受常胜军统领一职。我认为任何人为镇压这场叛乱贡献力量,都是完成一项仁爱的任务,并且这样做也会极大地帮助大清趋向文明。"

戈登一双蓝眼睛炯炯有神,上唇是浓密的短须,点缀在他的白脸上,显得特别扎眼。他个头又高,身着笔挺的戎装,给李鸿章的第一印象是干练而英俊。李鸿章身高一米八,也留着短须,一双眼睛同样是炯炯有神,这两个人站在一起,有几分神似。李鸿章心中赞赏戈登,但担心的是他也像白齐文一样不听调度,因此特意问他,是否认真看过常胜军统带协议十六条。戈登表示已经看过,并愿意遵守。

李鸿章对戈登说:"我最关注的是第十二条。这一条说,英国管带官与中国之镇台、道台平行,均应归抚台节制调遣。也就是说,你的官职相当于正二品的中国总兵,等你正式出任后,我会奏请朝廷给予总兵顶戴,这个你可以放心。归抚台节制调遣,你可知其中的意思?"

戈登说:"意思就是,一切听从巡抚大人的军令,这一点请大人放心。"

李鸿章又说:"我革掉白齐文的职务,听说常胜军中的美国军官都不安分,奥伦也无法节制,而这些军官多是炮兵,地位十分重要,你有没有办法让他们听从你的号令,如果他们不肯接受约束,你又有何打算?"

戈登说:"具体情况我已经有所了解,他们敢于不受节制,就是仗着别人不懂炮兵业务。我是炮兵上尉,他们糊弄不了我。他们既然是军人,我就按军纪来约束他们。"

对戈登的这个回答,李鸿章很满意。听说他是炮兵出身,更感兴趣,问道:"淮军打算成立炮兵,到时候请你帮忙训练,不知是否有称手的人?"

士迪佛力说:"英国陆军有专门的炮队,若大人需要,很乐意派人教练效力。"

接下来,又筹划救援常熟的计划。李鸿章与士迪佛力约定,戈登尽快整顿常胜军,争取二月中旬能够出兵驰援,戈登没有任何犹豫,立即表示遵命。

李鸿章没想到戈登这样好驾驭,十分高兴。他反而担心戈登会不会太过软弱,管束不了常胜军的骄兵悍将。但没过多久李恒嵩用密信报来好消息,戈登已经把闹事的美国人镇服。据报戈登一到常胜军,就组织了五十人的执法队。美国数十名教官带领几百名炮兵在教练场上骚乱,扬言白齐文受到不公正对待,他们要枪毙中国士兵,炮轰英、法教官。戈登带着执法队赶到,查问带头者是谁,却无人理睬。戈登厉声说,如果不交出带头者,他将从美国教官中抓出一个枪决。美国教官挥拳咆哮,英国佬无权惩办美国人。戈登抓出一个咆哮最凶的,下令执法队立即执行。美国人见动了真的,立即收敛了,结果骚乱很顺利被平息。

李鸿章这下放心了,写信给戈登,让他立即出兵救援常熟。二月初十戈登率常胜军赶到福山,与淮军配合,轮番攻击,常胜军以大炮轰击福山城外太平军营垒,淮军则专打援兵。十八日,城外太平军营垒全数被毁,常胜军筑起炮台,以西洋大小火炮三十余尊猛轰福山城一个多时辰,城墙被轰塌数丈,淮军由此冲进城去。太平军兵败如山倒,淮军和常胜军一直追到常熟城外,沿途毁掉太平军营垒数十座。常熟城内的降军坚守了七十余天,此时见淮军赶到,也从城内杀出,太平军溃不成军,李秀成调遣五六万大军收复常熟的计划完全失败。

炮兵出身的戈登极善用炮,尤其擅长测绘,每次战前总是先精心测算,把炮兵布置到最有利的位置,炮兵威力发挥到极致;而一旦到了决战时刻,他又身先士卒,不带武器,只带一根手杖,拿着大烟斗,嘴里喊着“Go,Go,Go!”亲自率常胜军冲锋。常胜军的战斗力比华尔统领时更强,全军上下已经完全服气新统领,称戈登为“常胜戈登”。

李鸿章专折奏捷的同时,又专片奏请授戈登总兵——

再,英国兵官戈登甫经接带常胜军,经臣以常、昭围急,福山兵单,谕令往助,该兵官即星夜带队驰往,与诸将士和衷筹商,并力攻克。英提督士迪佛力前为臣言,戈登奋勇明白,为驻沪英兵头之冠。臣初未敢信,自会带常胜军来臣营,禀商调度,情词恭顺,亟思四出攻剿,迅扫巢穴。又以常胜军习气太重,欲渐渐约束裁制,其志趣实为可嘉。去冬,士迪佛力与臣定议该国管带官与中国镇、道平行,戈登既为中国带兵,似应循照成案,请旨暂假以中国总兵职任,以便臣等节制调遣,俟其事竣回国,再请撤销。是否有当,伏乞圣鉴训示。谨附片具奏。

对李鸿章而言,真是多喜临门。常熟之围已解,是一喜;朝廷调薛焕回京另有任用,五口通商大臣一职由李鸿章署理,则是二喜;还有一喜,他派赴香港的钱鼎铭等人已经回来,除了代曾国藩为湘军买回西洋炸炮一百余门外,也为淮军买回三十门。

洋炮到岸之日,李鸿章按捺不住激动,亲自到码头验看。他在堆满码头的木箱间穿梭,抚摸着乌蓝的炮管,感慨万千。他对陪同的刘铭传和钱鼎铭说:“这次收复福山,解围常熟,我淮军子弟拼命敢战固然功不可没,但在常胜军参战前却时有挫折,而戈登一到,便扭转局面,不到十天,便击溃五六万忠逆大军,其炮队威力可见一斑。我在想,我淮军能够在上海立住脚,关键是很快更改营制,配备了洋枪,因此战斗力比长毛略胜一筹。不过,与洋人军队比,则仍然差距极大。不要说与洋人军队比,就是与常胜军比,省三你是带兵的,你说,让你二倍于敌,与常胜军打,有没有必胜的把握?”

刘铭传说:“大帅,不要说二倍于敌,三倍于敌也无必胜的把握。关键是常胜军的洋炮太厉害,戈登又极其擅长用炮,炮架到什么地方,炮口调高多少,什么炮用于攻城,什么炮用于野战,哪种炮弹威力如何,讲究实在太多。现在打仗,没有炮兵根本不行!”

李鸿章说:“省三是明白人!这就是我为什么对这批洋炮这么关注的原因。我想赶紧请洋人教练帮着教授操炮之法,等我们淮军的炮队顶用了,咱们与洋人军队的差距也就拉平不少,我也就稍稍能睡着觉了。”

刘铭传说:“大帅,等咱们有钱了,各营还是要配部分洋炮。炮队归炮队,各营没有炮心里没底。”

刘铭传对洋人火器十分感兴趣,最先配备洋枪的就是他的铭字营,如今他又想配备洋炮了。

李鸿章很高兴,说:“我也想多多配炮,但炮兵花费实在巨大,目前实在没有能力多配。”他又问刘铭传,“省三,你说咱们从洋人手里买炮,这个办法可不可持久？”

刘铭传说：“肯定不能老是这样，花的冤枉钱太多。”

李鸿章点头说：“你说得不错，但不是钱的问题。”

钱鼎铭说：“抚台的意思，如果只从洋人手里买，难免受制于洋人，花钱多是一回事，万一中外失和，洋人断了供应，咱们就干瞪眼没办法了。”

李鸿章说：“调甫说到关键了。现在中外联合对付长毛，彼此合作还算愉快。不过，长毛已经是兔子的尾巴，长不了。中国将来的大敌，还是洋人。所以我们必须趁着机会，赶紧跟洋人学，不仅学操炮之术，还要学造炮之法，将来还要购买洋人制器之器，学习以机器造机器，就可以一生二，二生三，三生万物。”

钱鼎铭说：“我们这次到香港和澳门还有广州，都注意搜罗制器之器，可是根本没有。洋商说，要以器制器，非一两件机器可办。”

李鸿章说：“我现在有个想法，打算派几个洋人回他们国家，帮忙购买制器之器，帮助招募制器之人，建一个像样的机器局。”

钱鼎铭说：“此事老夫子未必能够支持。”

“老夫子”是指两江总督曾国藩，他当初对淮军配备洋枪不以为然。

“你们可不要小看了老夫子，他可不是一般的腐儒，一旦看明白了，他最知持经达变的道理。如今他不但支持配备洋枪洋炮，而且在安庆设了军械所，请人专门研究仿造洋人枪炮。”李鸿章说，“老夫子会支持的。”

一百三十多门炮，运输颇费功夫。李鸿章交代运输的人一定要小心谨慎，不要有磕碰损坏。然后离开码头，打马回营。等路过一家西餐厅，他揽辔下马，说：“调甫、省三，你们两个吃过西餐没有？”

刘铭传说：“没吃过，不过看样子也不会好吃，还是咱们安徽的红油面合胃口。”

李鸿章说：“不能一辈子只吃红油面。脑子里要有点洋思想，肠子里不妨有点洋面包。”

几个人进了餐厅，钱鼎铭久在上海，懂得西餐，点了八成熟的牛排、烤大虾苏夫力等略合中国人口味的菜品。

邻桌是两个日本年轻人，正在叽叽呱呱说得热闹，竟然像洋人一样以傲慢的目光扫了李鸿章他们一眼。这让李鸿章十分不悦，对钱鼎铭说：“调甫，你去找个通日本话的来,听听他们说什么。”

钱鼎铭有个姓丁的老乡开日本杂货店,略懂日语,很快就来了,李鸿章示意他坐下一块吃饭。两个日本年轻人边吃边谈,时喜时忧。等他们吃罢饭走了,老丁说:“这两个人是从日本萨摩藩过来的……”

李鸿章打断他的话问:“萨摩藩是什么意思?”

老丁说:“在日本,藩和咱们行省差不多吧,不过又有点区别,咱们的行省要听朝廷的谕令,可是日本的各藩大都不听他们朝廷的招呼。日本的朝廷好像叫幕府,主政的叫幕府将军。日本也有皇帝,但是个空头皇帝,情形有点像咱们的春秋战国。萨摩藩在日本的最西端,离咱们上海最近。来咱们上海的,多是萨摩藩的人,我店里的日本货也多是他们倒腾过来的。他们的藩主好像与日本朝廷关系不大好,是个很洋气的人,派年轻人四处考察,又是建洋炮局,又是建造船厂,又是机器采煤,听说还要派一批十几岁的孩子到西洋去留学——就是到洋人国家去,跟着洋人的孩子一起读书。”

李鸿章听说过日本也“师夷”,但没想到竟然派孩子到洋人国家去读书,他感叹说:“日本人志向不小。”

老丁说:“正是。刚才这两个年轻人一直在议论中国。他们从广州一路北上,厦门、福州、宁波、杭州五口都考察过了。他们俩的意思,日本必须赶紧向洋人国家学习,不能落到中国这步田地。”

“那在他们眼里,中国是什么田地?”

李鸿章今天便衣出行,钱鼎铭并未向老丁透露实情,因此老丁颇无顾忌,对李鸿章说:“这两个小日本的意思,中国这么大的国家,却被洋人国家一两万人打得满地找牙,如今的通商口岸,名为中国领土,实为洋人做主,中国人反而要仰洋人鼻息。他们的意思,日本绝对不能混成中国这种局面。”

钱鼎铭说:“老丁,你别把他们的话当真,蕞尔小国,还没资格笑话中国。”

老丁说:“不要小看日本,其志不小!这俩日本人说,中国实在无所可学,应当到欧罗巴去,向英法等国学习。等他们军队强大了,也要像洋人国家一样,到周边去开拓殖民地。”

李鸿章十分惊讶,问:“老丁,日本人要到周边开拓殖民地,是指哪些地方?”

老丁说:“我听日本人说,他们北面距离咱们满洲最近,西南面则离咱们的属国朝鲜最近,再就是山东、上海,再往南就是台湾,全是中国的地方。”

刘铭传说:“贼娘的真是癞蛤蟆想吞天,它小小的日本,还要打中国的主意,真是笑话。”

老丁说:“日本人不是当笑话讲,他们好多年轻人都是这么想。他们甚至说,生在亚洲,与中国这样的虚弱国家为伍,觉得可耻。他们要学习欧罗巴,成为英吉利、法兰西那样的国家。”

李鸿章完全没有胃口了,八成熟的牛排,在他吃来也有股腥味。

当天晚上,李鸿章给曾国藩写信,报告近日军务之外,又谈军备军制以及对日本的担忧,“外国兵丁口粮贵而人数少,至多以一万人为率,即可当大敌。中国用兵多至数倍而经年终岁,不收功效者,实由于枪炮不如人之故。若火器能与西洋相埒,则平中国有余,敌外敌亦有把握。日本从前不知炮法,近其国君臣,卑于下人,求得英法秘法,枪炮轮船,渐能效用,遂与英法相为雄长。现与英人构衅,英人临之以兵,日本君臣欲与开仗,英人遂一再缓期,此讲求洋器收实效之明证也。日本国虽小,但其志颇雄,若觊觎中土,则后患无穷。唯望贼氛速平,讲求洋器,中国但有开花炮、轮船两样,西人即可敛手,中国长可自立。仍祈师门一倡率之。待苏、常收复,立足稳固,学生拟购西洋制器之器,建一大机器局”。

## 洋枪队是颗“磨难星”

李鸿章把淮军大将和心腹幕僚召集起来,开了一整天的会议,对淮军未来的目标进行了调整。他率淮军到上海来, 主要目的就是守住这块饷源宝地。一年前,他最大的愿望无非就是能在上海站稳脚跟,不让上海失陷。那时候一夕三惊,就是这个愿望也让他觉得遥遥无期。可是如今淮军已经肃清上海周边,淮军的目标必须调整,不能仅仅以保住上海为己任,还要克复苏州、常州,甚至收复江苏全境——当然,金陵是曾老九的禁脔,他不会去凑热闹。

“我用四字概括,就叫以沪平吴!”李鸿章站起来,面对他手下的悍将,心情激动,一边在室内徘徊一边说,“上海就好比是淮军的总粮台,如果我们只做个守财奴就未免可惜了。我们应当以上海为根本,收复整个江苏。也只有我们收复了江苏,我这个巡抚才做得问心无愧。不然,咱们无所事事,等着别人来收复江苏,我垂手来做这个巡抚,心里也不硬气。”

众人也都很激动,跟随李鸿章这一年,大家是心悦诚服。他既脚踏实地,又满怀激情,当他即将到达一个目标时,另一个新目标已经在心中萌发。他聪明、睿智,能在别人未意识到的时候,就能抓住即将到来的机遇。他圆融达变,不钻牛角尖,更不喜欢空话大话,不管别人高兴不高兴,他看准的事情会立即去办。

接下来,李鸿章又部署分三路攻取苏州的计划:中路由昆山自东而西直接进攻苏州,由程学启率部担任;北路由常熟进攻江阴、无锡,目标是截断常州与苏州的联系,由刘铭传、李昭庆率部实施;南路由李朝斌带太湖水师进击吴江、太湖,目标是截断浙江与苏州的联系。三路而外,尚有黄翼升率淮扬水师,往来调度,取得水上优势;以洋枪队驻于昆山为各路接应;潘鼎新部驻金山卫、刘秉璋部驻泖泾、郭松林部驻朱家角,以防太平军突袭吴淞后路威胁上海。

淮军已经配备了数十门洋炮,各营均配备洋枪,一仗下来,炮弹、枪子消耗量惊人,仅靠马格里主持的松江洋炮局供应,早已是杯水车薪,而且淮军的命脉不能完全把握在洋人手中,因此李鸿章决定在上海建两个洋炮局。一个由韩殿甲主持,他是刘铭传手下的参将,对制造器械十分用心,铭字营最早配备洋枪就是由他鼓动,后来李鸿章派他到马格里的洋炮局学习,要领已经掌握。另一个由丁日昌主持,他是曾国藩的幕僚,李鸿章早就与他相识。他随李鸿章的大哥李瀚章到广东办理厘金,为湘军募饷,跟当地工匠学习制造开花弹,被李鸿章挖到了他的帐下。

大计已定,淮军按李鸿章的部署,一步步向苏州进逼。战事十分顺利,经过不到半年的攻守,南路太湖枢纽花泾港、吴江县和震泽县城全部被淮军攻克,淮军水师可直下太湖,浙江嘉兴与苏州的联系被割断。北路刘铭传、郭松林、李昭庆、黄翼升等联合攻克江阴,太平军十万大军被击溃,伤亡两万余人。江阴扼常州、无锡之背,是太平军南北往来的咽喉,江阴一失,常州、无锡、苏州的太平军都大受震动。

十月十二日,李鸿章亲临苏州前线。按惯例,这预示着苏州决战就要到了。

苏州是江南重镇，江苏省城。太平军占领苏州后，把这里作为太平天国苏福省省会，李秀成精心经营，想建成第二个天京。攻占苏州，把江苏巡抚衙门迁进城来，是李鸿章梦寐所求，唯有如此，他这个江苏巡抚才算得上名副其实。

然而，要攻克苏州绝非易事。早在公元前514年，吴王夫差的父亲阖闾命伍子胥建阖闾城，并作为吴国的都城，此后历朝都是通都大邑，到了明清，苏州城更以规模大而著称，又是有名的水城，城内城外，水网纵横。城外太平军又凭河筑一道长墙，无异于城外之城。长墙与城墙之间，多挖地穴，堆土覆板其上，开花大炮也无可奈何；又建石垒、土营数十座，南自盘门，北至齐门，连为一体。

墙内李鸿章正在为如何攻克苏州发愁，苏州守将纳王部永宽秘密联络程学启要献城投降，这可真是天赐良机！李鸿章令程学启立即设法与部永宽秘密会面，并考察其投降的诚意。真心请降没有问题，但部永宽尚有顾虑，觉得程学启投官军已久，他的话未必牢靠，提出来由洋枪队统领戈登作保，戈登很愿做这个保人。

十月二十四日，纳王部永宽、比王伍贵文、康王汪安钧、宁王周文佳及天将范起发、张大洲、汪绳武、汪有为八人将慕王谭绍光杀死，向淮军献上首级，开城投降。然而，纳王等人要求赏给总兵、副将等官，且各领旧部，分守城门。这些要求李鸿章无法接受，只怕卧榻之侧养条猛虎，结果在宴会上将八位主将全部杀死，对拒不放下武器的太平军大开杀戒。纳王的部下带着纳王幼子侥幸逃脱，投奔洋枪队统领戈登求活路。

纳王投诚是由戈登作保，如今李鸿章背信弃义，戈登极其愤恨，亲率洋枪队炮艇把回上海途中的李鸿章困在苏州河里。他向李鸿章下了最后通牒，要求他向投降的太平军谢罪，并主动辞职，交由朝廷审判，否则他将率洋枪队将从前攻克之地归还太平军。堂堂淮军统帅被困在苏州河，一筹莫展，连信也送不出。

幸亏李鸿章一位贴身机灵随从，他下船买东西，回来见河堤封锁，上不去船，打听清楚后，立即向淮扬水师求援，统领黄翼升亲率五艘战舰前来解围，但洋枪队两艘炮艇立即调转炮口严厉警告，黄翼升也束手无策，因为他的水师木船根本不是洋炮艇的对手，只能算人家的活靶子。而且戈登又下令,调洋枪队炮队前来增援。

李鸿章的随从快马加鞭,跑到苏州城外找到刘铭传。刘铭传兼着淮军亲兵营炮队统领,一听堂堂淮军大帅被挟持,勃然大怒道:“老子的炮队也不是吃素的,洋人想欺负咱就欺负咱的日子到头了,老子非碰碰洋枪队不可!”

刘铭传是李鸿章手下智勇双全的爱将。他紧急调兵遣将后,只带着几名护马,快马加鞭,赶到苏州河边,来见戈登。见面的时候却是一副心平气和的神气,对戈登也很尊重,说:“我奉大帅将令,与将军联合去收复常州,特来与将军商量。”

戈登说:“我没有接到这样的命令,我已经不听李巡抚的命令,他是个不讲信用的小人!”

刘铭传故作惊讶状,告诉戈登淮军亲兵营炮队已经前往与洋枪队炮队会合,为了两支炮队安全,他已经派出铭军三营到洋枪队侧后警戒;同时他带铭军洋枪队前来,准备一齐行军。

戈登拿望远镜一看,胸前一个大圆圈,写一个“淮”字的近千人洋枪队,已经离此不远了。

戈登看看一脸眯眯笑的刘铭传,知道洋枪队已经被包围,真动起手来,他无必胜的把握。他向刘铭传大发牢骚,让刘铭传去告诉李鸿章,如果他不能答应要求,他就要到上海向各国揭发,并把常胜军从前占领的地方,全部交给太平军。

李鸿章被困一天,总算有惊无险。他恨不能与戈登反目,但权衡利弊,不愿两败俱伤,只能息事宁人,托上海士绅名流、总税务司赫德等人反复向戈登解释,最后给了一笔七万元的犒赏费,才将戈登的怒火压下去,答应继续听从李鸿章的调遣作战。

李鸿章感慨极深。一则庆幸淮军尽早配备了洋枪,设立了炮队,提高了实力,这是戈登最终肯低头的根本原因。一则强烈感到不能事事依赖洋人,必须自立自主,尤其是洋枪洋炮,必须提高自产自备的能力。

这件事情处理完整整用去了一个月的时间,已经到了十一月中旬。李鸿章巡抚衙门迁入苏州已经二十余天,此时他才腾出手来,安排大局。苏州当前最要紧的就是赈济贫民,发遣降众,他调署理臬司郭柏荫随他驻苏州,办理善后总局。上海饷源,是淮军命脉所系,当然不能出任何问题。李鸿章把署理藩司刘郇膏留在上海坐镇。另外留淮军五百人供刘郇膏调遣，保障上海治安；上海洋务事情多，除了海关道黄芳办理洋务兼管地方关税外，又加派应宝时帮办。有了这番调度，李鸿章总算可以松口气了。

这天，马格里来见李鸿章，告诉他有一批制器之器可以买入，能够迅速提高洋炮局制造能力。

李鸿章两眼放光，问："竟然有这样的机会？"

马格里说："是的，阿思本舰队的军舰上有一批机器，可以设法买下来。"

一提阿思本舰队，李鸿章就气不打一处来，说："李泰国和阿思本都是奸诈之徒，我绝不会与他们打交道。"

阿思本舰队这件事要从两年多前说起。当时中国海关署理总税务司英国人赫德向总理衙门提了个建议，说花几十万两银子就可从国外购买一批军舰，组建大清舰队。他认为大清如果有这样一支舰队帮助，一天就可攻破金陵城。恭亲王很感兴趣，认为如果大清有这样一支舰队，不但可以帮助平定长毛，而且还可以加强海防，立即上奏说动尚在热河的咸丰帝同意了这一建议。由于赫德的推荐，此事托英国人李泰国办理。

李泰国是中国首任总税务司，当时他请假回国，接到清廷组建舰队的授权，马上拟订一个计划上报英国政府，英国政府认为这是加强在中国军事力量的绝好机会，所以很快批准了这一计划。他负责定购舰船，并自作主张，聘请英国海军军官阿思本做舰队管带。按当初合同，中国花八十万两银子，李泰国率八艘舰船交给中国。李泰国路过上海来见李鸿章，开口就要十二万两银子。他态度十分嚣张，说如果上海海关立即拨付十二万两银子，一个多月后阿思本舰队就可以到达上海，会立即投入攻打金陵城的战斗；如果不拨付银子，舰队行程就没法保证。

李鸿章问他有约在先，八十万两把舰队带到中国，何以又增十二万两。李泰国说是购买船炮及招募弁兵所用，需要立即兑交，不容拖延。李鸿章问他招募了多少洋人，李泰国说六百多人，每月需薪金十万两。

六百人每月就开销十万两，这可真是天方夜谭！

李鸿章问："八条船你招募六百洋人，那中国弁兵你打算用多少？"

李泰国说，海军是技术兵种，中国人一时学不会，大部分用英国海军官兵，一概受阿思本指挥，中国人上船只可以做一些苦力的活。而且他还表示，将来进长江与太平军作战，也不能受中国人指挥，由舰队独立完成任务。

李鸿章问他，难道他这江苏巡抚也不能调遣这支水师？

李泰国傲慢地说："不要说江苏巡抚，两江总督也无权指挥这支海军，唯有中国的大皇帝可以下令给我，再由我转达给阿思本。"

李鸿章被李泰国的傲慢激怒，对他说："这可真是岂有此理，中国花钱建的水师却不受中国封疆的调遣。"

"是的，因为中国官员不懂现代海战。"李泰国有些不耐烦了，"舰队作战的事交给我和阿思本，大人只管马上拨付经费。"

李鸿章冷笑一声说："海关收入有常，既要归还英法欠款，又要拨付常胜军军饷，哪能筹措到如此巨款？再说，就是有此巨款，我也不会给你！没有总理衙门函文，到我这里要钱，你算走错门了！"

李泰国还是第一次在中国人面前遇到冷脸和冷眼，表示他要到北京去理论。李鸿章端茶送客，连屁股也没抬。李泰国为此又与李鸿章交涉，说从前两江总督何桂清都是将他送出门外，李鸿章对他不够友好。

李鸿章让人告诉他："李巡抚是李巡抚，何总督是何总督，你想受何总督的礼遇，到北京菜市口找他好了。"

两江总督何桂清因为丢城失地，去年已经在菜市口问斩。

李泰国从李鸿章这里没要到银子，到总理衙门去理论，他的条件把恭亲王也气坏了。尤其荒谬的是，李泰国与阿思本擅自订立了李阿合同十三条。根据这个合同，阿思本任舰队统领，只接受通过李泰国转达的中国皇帝谕令，对其他人传达的谕旨可"置之不理"，而且李泰国对于皇帝的命令认为不合现代海军规矩的，可以拒绝转达。他的解释是，中国人丝毫没有现代海军的经验，必须交由他和阿思本率领，才能发挥最大的战斗力。

中国人花巨资购买的舰队，竟然没有直接控制和指挥的权力！恭亲王指示总理衙门与李泰国反复交涉，务必取得舰队指挥权，务必减少每月开支。交涉一个多月没有结果，最后决定解散舰队，全部舰船由英国负责变价出售。为了安抚李泰国和阿思本，支付李泰国经办费七千两，赏发在北京期间特别津贴一万八千两；阿思本赏银一万两；舰队所聘英国海军官兵每人增发九个月薪金。李泰国、阿思本拿到大笔银子，总算满意了，率领舰队南下回国,准备在香港转卖舰船。

此时,舰队全部舰船在吴淞口停泊,舰队中有一名副管驾是马格里的老乡,多次受马格里宴请,他知道马格里对机器感兴趣,告诉马格里舰队有一整套制造枪炮的机器,并带他偷偷登舰参观。车床、镗床、铣床、空气锤及配套的蒸汽机一样不缺,马格里大喜过望。

无奈李鸿章对李泰国印象非常不好,一辈子不愿同这个人打交道。

马格里劝他说:“李泰国这人的确可恶,但舰队的机器却是好东西。大人不愿和他打交道,那由我想办法出面买下来如何?”

李鸿章经不住制器之器的诱惑,最终答应了:“这件事我完全拜托你来办理,但不能以官方的名义,那样你的同乡们免不了狮子大张口。咱们两人办事可不能像李泰国那样,朝廷托他一,他却办成了三。”

“大人尽可放心,我是想干一番事业,不想从大人手中骗笔银子走人。”

事情办得还算顺利,三万多两银子买下了大大小小十几样机器,存放在上海城外一个废弃的粮仓里。李鸿章前往察看,那些钢铁怪物是他从未见过的,很难想象,这些东西能帮人制造机器、洋炸炮和开花弹。他担心马格里会像李泰国糊弄朝廷一样对付他,说:“我担心花钱买了一堆废铁。”

马格里向他打保票,这些机器都是最新式的,能帮助洋炮局提高好几倍的产量。他告诉李鸿章,等安装起来,一定让他满意。

李鸿章决定将建在松江的洋炮局迁到苏州城里,就用原太平军的纳王府。纳王府里房屋宽敞,足够安置这些机器和工人居住;其位置在苏州十全街上,左边是苏州府学孔庙,前面就是巡抚衙门。李鸿章告诉马格里,等机器安装完成,他要亲自前往巡视。马格里则请李鸿章在机器安装完成前,没有接到邀请,不要前来巡视,说:“我要给巡抚大人一个大大的惊喜。”

李鸿章日日挂念洋炮局,但他遵守与马格里的约定,在马格里相约前,不去巡视。但他每隔一段时间,就向丁日昌打听炮局的进展。

过了正月十五,马格里正式邀请李鸿章参加苏州洋炮局开工典礼。李鸿章及随行十几人进了纳王府改建的洋炮局,在原王府大堂改造的车间里,新购置的蒸汽机、车床、铣床、镗床、蒸汽锤及原有的旧车床已经安装完成。这些东西能替人造枪炮弹药?大家正在疑惑,马格里一声命令:“启动!”

突然之间,车间里响起轰轰的声音,蒸汽机转起来,蒸汽锤咣咣地响了起来。大家都吓了一跳,回过神来后立即发出一片惊叹声。马格里带着工匠们一件件向李鸿章介绍这些机器的名称及用途。一架车床正在一块上细下粗的圆柱状铁块上车出炮膛,他告诉李鸿章,正在加工的是长炸炮炮管,因为是在整块圆钢内车空炮腹,比之传统浇铸更加坚固,可以加大药量,射程更远,威力巨大。在一架蒸汽锤前,铁锤在皮带带动下往复锤击,工匠脚下有机关,可以控制锤击的速度和力量,把烧红的铁块放在砧上,在铁锤的锤击下,火花四射。马格里告诉李鸿章,这样一架机器,比十几个人的效率还要高。

然后又参观开花弹制造车间,开花弹种类很多,有椭圆的,有上尖下平的,有首尾俱尖橄榄形的,有双层上装药下实子中间充铁皮的;又有洋铁盒内藏群子的,又有腰包锡,内藏自来火,触物而自发燃烧的……马格里告诉李鸿章,因为现在有了机器,这些开花弹都可以制造,等雇齐三百人手,每月可产各种炸弹六七千枚,如果急需,产万余枚也有把握。长炸炮每月大约能生产六七尊,短炸炮技术简单,继续用传统手工制作,可生产十几尊。成本也大大降低,开花弹最大者须费二至三元,小者仅费一元,比之购买自外洋,省钱数倍。

李鸿章津津有味地看着这些奇妙无比的机器,连连赞叹:“真神奇也!真神器也!”

李鸿章又向马格里请教,外洋最新式的炸炮是什么样的,能不能仿造。

马格里告诉李鸿章,目前英法新出之炮,有后膛来复炮,炮尾开门,炮腹有螺旋,药燃则炮子旋转而出,势最猛烈而及远。又有蒿勿惹炮,炮腹有火药房,炮管比长炸炮短,而比短炸炮长。还有一种炮叫加农炮,已经有几百年的历史,但近年来又有新发展,炮管极长,陆军和舰炮都有装备,极善攻坚执锐,需要特别的车床制造。这些炮目前买不到,也最难仿制,非专门的军工企业不能生产。

李鸿章问马格里,如果将来中国建成一个极大规模的机器局,能不能仿造。

马格里不愿打击李鸿章的信心,告诉他如果机器够精密,又有专门的技术人员,应该能够仿制。

这天,曾国藩派往美国购买制器之器的容闳,来到苏州面见李鸿章。

容闳是广东香山人，七八岁就入教会学校，十九岁留学美国，在异国读书七年，从耶鲁大学毕业后回国，到香港当过律师，在上海海关任过翻译，在洋行当过买办，因看不惯洋人对中国人的傲慢，干脆自己经商。对西洋机器已经十分着迷的曾国藩，一直想托人到外国购买机器，但托给洋人不放心，李泰国就是前车之鉴；出过洋的中国人却踏破铁鞋无觅处。他从安庆军械所算学家李善兰口中听到关于容闳的消息，一听说他正在九江经商，立即托人写信约请到安庆一晤。容闳曾经面见过太平军的干王洪仁玕，打算在太平军中有所作为，但见太平军内斗严重，不像能成事的样子，就趁早离开了。他以为曾国藩知道他入过太平军的事情，要骗他到安庆治罪，所以直到曾国藩三次相约，并收到李善兰的亲笔信，他才放心前往。到安庆先后，曾国藩仅与他面谈两次，便全权委托他到美国购买制器之器，计划在上海建一个规模庞大的机器制造局。拨给经费六万八千两，由上海海关和广东海关各承担一半。容闳行前先带两万两，从上海海关提一万两，到广东再提一万两。

容闳带来了两江总督曾国藩下的札子，还有给李鸿章的一封信，请李鸿章督饬上海道设法筹款。李鸿章见识了苏州洋炮局机器的巧妙，更坚定了建一个大机器局的设想。老夫子的想法与他不谋而合，自然极力支持，尤其是将来制造局建在上海，是在他这江苏巡抚的地盘上，立马安排海关道如数拨付容闳。

同治三年春，太平军败象已显。苏州洋炮局源源不断供应军火，淮军已经组建了六个洋炮队，攻坚能力更强。戈登已经与李鸿章重归于好，还多次在外人面前称赞李鸿章。洋枪队听从李鸿章调遣，先是到浙北，帮助淮军收复了浙江的宜兴、荆溪、溧阳。二月底程学启收复了嘉兴，切断了南京和杭州太平军的联系，杭州粮路断绝，军心浮动，六天后被浙江巡抚左宗棠收复。戈登奉李鸿章之命，再率洋枪队挥师北上，帮助攻打数月不能攻克的常州城。有苏州杀降的前车之鉴，常州太平军死守城池，绝不投降，淮军刘铭传部和洋枪队的炮队连番轰城，却不能攻克，十几天内反而被打死一千五百余人，洋枪队更是阵亡将领十余人。双方鏖战近二十天，常州城墙终被轰毁，打前锋的洋枪队却没能趁机攻进城去，豁口被太平军重新堵上。于是调整部署，第二天改由淮军铭字营打前锋。城墙再次被轰塌，铭字营在刘铭传的亲自督率下,终于从缺口拥入城内。因为铭军在常州之战中损失巨大,进城见人就杀,无分军民,投降者也不例外,遍地尸骸,惨不忍睹。城破五十余日后,仍无人收敛,又遇天气炎热,臭气弥漫。

这次攻城战,戈登倍感丢脸。洋枪队暮气已深,兵勇贪生怕死,外籍军官终日饮酒,一有战事先讨赏银,一遇挑拨就抗命生事,此次攻城明显看出战斗力已经不及淮军。戈登萌生退意,攻克常州的次日就带洋枪队回松江休整,并向李鸿章表示他已经厌倦战争,有意裁军回国。

这可真是意外之喜。虽然李鸿章与戈登关系已经化解,但他对洋枪队芥蒂很深,称之为“磨难星”,何况淮军已经完成脱胎换骨,与洋枪队差距已经很小,洋枪队此时已经是鸡肋。他一直在为如何解散洋枪队犯愁,没想到戈登自己提了出来。

他立即让丁日昌到松江与戈登谈,摸清他的胃口。戈登表示需要洋银十五六万元,用以补发欠饷以及遣散招募的中外人员。然而这时驻沪领事巴夏礼却提出异议,说洋枪队不能戈登说解散就解散,必须报告英国公使获准才行。而且上海位置重要,也需要洋枪队协防,他反对裁撤。李鸿章只怕夜长梦多,立即筹措了十九万元,让丁日昌全部交给戈登,多出的部分,是对他卓越军事功绩的奖励。之所以如此,就是哄着戈登尽快行动,以求皆大欢喜。李鸿章还奏请朝廷赏给戈登提督荣衔,并仿效欧洲的做法,赐给表功旗帜和金宝星。他让丁日昌提醒戈登,巴夏礼不是当事人,并不了解洋枪队的实情,洋枪队习气已深,军纪败坏,唯利是图,如不解散,将来不知会出什么麻烦。如果像白齐文那样,弄得身败名裂,又何苦来哉?

白齐文去年要求复职没成,在几名美国教官的撺掇下率领数百人抢了常胜军的“高桥”号轮船,并购置大量军火,驶往苏州,投奔镇守苏州的慕王谭绍光,希望独立率领一支部队作战。谭绍光不敢完全信任他,仅拨了两千人让他训练。那时候淮军正节节向苏州逼近,白齐文带过去的人见势不妙,大都复叛回到戈登手下。白齐文成了孤家寡人,也离开苏州,回到上海,希望到戈登手下当副统领,被戈登拒绝。李鸿章则要缉捕他治罪。美国领事不愿他惹是生非,以治病为由,把他打发到日本横滨,不让他再回上海。

戈登很注重个人荣誉,被丁日昌说动了,亲自到上海说服巴夏礼,只用了三天时间,便把中外人员遣散出城。李鸿章完整地留下了炮队,包括洋炮三十尊和熟练炮手六百名，年轻的枪手也留下三百人，一律改穿淮军服装，统归淮军指挥。事情办得十分顺利，戈登唯有一个愿望，希望朝廷能赏穿黄马褂。李鸿章满口答应，立即奏报朝廷。

李鸿章心情相当愉快，当天在给曾国藩的信中，说到洋枪队已经裁撤时感叹说："戈登今年忽变为忠直好人，非鸿章所能革其心面，乃中兴气运使然。倾将炮队收回，留为有用，须半年操练工夫。洋枪队虽谓'磨难星'，但人不磨不成佛，淮军改革营制，尽弃刀矛，配备洋器，并聘请西人训练，皆得益于此军也。"

当然，这封信中重点是谈战局，当时曾国荃正在金陵城外挖地道，准备炸开城墙。周围的太平军正在奉命向金陵聚拢，朝廷下令李鸿章派淮军驰援。李鸿章不愿奉命，特意在信中说明："前廷旨有令鄙军会攻之说，鄙意苦战日久，宜略休息，且沅丈劳苦累年，经营此城，一篑未竟，不但洋将、洋枪队不可分彼功利，即苏军亦须缓议，是以常州奏捷后，不敢轻言越俎。等待过伏，届时如金陵未克，必须炮队往助，只要吾师与沅丈一纸书函，七月中旬便可派鹤弟带数将前去。"

## 李鸿章建议改革科举，引发同文馆之争

李鸿章的淮军能够以沪平吴，完全出乎曾国藩和朝廷的意料，而追寻原因，则是重视洋人火器。此时总理衙门给李鸿章发来一函，询问有关事项："上年尊处募外国人在营教制各种火器，近日是否已有成效，我中国人学制此项火器，何项易于入门；所用外国匠头几名，工食每月若干；买制一切需银若干，均望查明示复。"

李鸿章很高兴，总理衙门有此一函，一则说明他在江苏的举措得到朝廷的肯定，二则说明朝廷有效法西洋制造洋器的想法，这正是他求之不得的，将来在江苏建机器局更容易获得支持。他安排周馥按照总理衙门的要求，逐项答复。

一天后，周馥来交差。李鸿章看过稿子，皱了皱眉头，这是不满意的表示。果然，他把稿子放到案子上说："兰溪，也许怪我没把话说明白。我想，这个稿子不能简单地一问一答，而应该作为一次向朝廷进言的机会，把咱们到

上海来的一些心得体会,向总理衙门咨复明白。”

周馥说:“还是大人想得深远,我只是一问一答,当成一般的咨复件办理了。”

李鸿章说:“不能办成一个简单的咨复件。我想,咱们的回复,至少应当包括以下几层意思。一是把总理衙门询问的几件事情,回答清楚,这一条问题不大,你基本说明白了。二是要分析一下,火药火器本发源于中国,为什么现在我们却落于人后。我想原因在于中国的科举之制,让士大夫埋头于章句小楷,所学非所用;而洋人则数百年来视火器制造为身家性命,制器精者,不仅有大利,且也得大名。三是要向总理衙门提出建议,中国要自强,必须改革科举,建议专设一科,制器精巧之辈,可得进身之阶。”

周馥飞快地记录着,等李鸿章说完,他由衷地佩服说:“经大人这么一点拨,我明白该往哪里用力了。”

李鸿章说:“我只是说了个大概意思,具体文字,你再斟酌推敲。我这些想法,有些是受冯景亭的启发,他有一套《校颁庐抗议》,你不妨翻一翻,里面关于制洋器、改科举,他都有些好想法。”

下朝后,议政王在军机处安排完急办的事情,照例再到总理衙门去。总理衙门偏居东堂子胡同,从禁城过来有四五里路,他的王府在禁城西北,从总理衙门回家,则有十几里路,大量时间耗在路上,实在不便得很。早知如此,当初就不该选到这么个地方来。议政王这样想着,轿子已经稳稳停下,总理衙门到了。见议政王到来,章京们肃然起敬,有人把议政王的座椅再擦一遍,有人立即奉茶,等他安然入座,一位章京把李鸿章寄至总理衙门的函交给他。

李鸿章的复函,约有三分之二的篇幅,回答了总理衙门的函询。对洋人的长炸炮、短炸炮以及各类开花弹,都有仔细的介绍,特别是有一段描述洋炮局的蒸汽设备,简练而又生动,“鄙处购有西人汽炉,镟木、打眼、铰螺旋、铸弹诸机器,皆绾于汽炉,中盛水而下炽炭,水沸气满,开窍由铜喉达入气筒。筒中络一铁柱,随气升降俯仰,拨动铁轮,轮绾皮带,系绕轴心,彼此连缀,轮旋则带旋,带旋则机动,仅资人力之发纵,不靠人力之运动”。

议政王拍案叫道:“这可真是妙文,精彩不输《天工开物》。”又问在身边侍候的章京，“去看看都有谁在衙门，叫他们过来。”

宝鋆、董恂两人在，都过来了。

“李少荃的复函来了，真是精彩至极，叫你们过来一起议议。总理衙门所询，他都一一作答了。不过，李少荃没有到此打住，他发了一通感慨，这才是最精彩的。他先分析了中国落后的原因——”议政王读给大家听，“鸿章窃以为天下事穷则变，变则通。中国士大夫沉浸于章句小楷之积习，武夫悍卒又多粗蠢不加细心，以致所用非所学，所学非所用。无事则嗤外国利器为奇技淫巧，以为不必学；有事则惊外国之利器为变怪神奇，以为不能学。不知洋人视火器为身心性命已数百年，一旦豁然贯通，参阴阳而配变化，实有指挥如意，从心所欲之快。能造一器为国家利用者，则举国尊崇之，以为显官，兼获厚利，世食其业，世袭其职，故有祖父制器而不能通，子孙则必求其通而后止，竭力研求，穷日夜之力，以期至于精通而后止乎！”

“合肥说话，真是痛快。”读到这里，议政王一拍桌子。

这些痛快话，在公开场合就是议政王也不敢摆到桌面上来说，总理衙门从大臣到章京，在大多数人的眼里，无异于是结交洋人的汉奸，尊贵如议政王都被人骂作“鬼子六”，其他人可想而知。李鸿章这几句话，在他们听来真是让人扬眉吐气，身心通泰。“所用非所学，所学非所用。”换成大白话就是这些士大夫不过是废物点心而已。

“洋人已经视火器为身心性命数百年，而我们连学一下都要费这么多口舌，想来真是憋气。”户部尚书、军机大臣兼总理衙门大臣宝鋆，说话向来痛快。

“妙文共赏，大家继续听——前者，英法各国以日本为外府，肆意铢求，日本君臣发愤为雄，选宗室及大臣子弟之聪秀者往西国制造厂师习各艺；又购制器之器在日本制习，现在已能驶轮船，造放炸炮。今之日本，即明之倭寇也，距西国远而距中国近，我有以自立，则将附丽于我，窥伺西人之短长；我无以自强，则将效尤于彼，分西人之利薮。日本以海外区区小国，尚能及时改辙，知所取法，然则我中国深维穷极而通之故，亦可以皇然变计矣。”

日本竟然也在学习洋人枪炮，而且已经能够驶轮船，放炸炮，实在出人意料。大家对日本向来轻视，要么称之为“倭寇”，要么称“小日本”，宝鋆则称“倭瓜瓢子”：“倭瓜瓢子也在学洋人！李少荃说得不错，日本就是欺软怕硬的小人之国。我大唐盛世的时候,他们屁颠屁颠地派遣唐使向我们学习。到了前明,中国势弱,他们就组织倭寇一批批到我沿海来打劫。”

“佩衡说得不错。”议政王另有见解,“中日一衣带水,一苇可航,日本文化本来就是源自中土,如今他们却舍近求远,不学我们学西洋,说明什么?说明在日本人眼里,我大清已经落后于洋人,他们不屑学习了。大清已经落后于世界,可惜大家都不肯承认,还摆着泱泱大国的空架子不放。”

“这话也就王爷说得,也就说给我们这些人听,要是让那些人听到了,少不得攻击我们是崇洋媚外。”董恂插话说。

“我这些话不能外传。”议政王也怕这话传出去,断章取义,不知会惹来什么麻烦,所以他这样叮嘱,然后重新拿起李鸿章的疏稿,“更妙的还在后面——鸿章以为中国欲自强,则莫如学习外国利器;欲学外国利器,则莫如觅制器之器,师其法而不必尽用其人。欲觅制器之器,与制器之人,则或专设一科,以为富贵功名之鹄,则业可成,艺可精,而才亦可集。”

宝鋆惊呼道:“少荃这是要变更我朝的科举之制,根本行不通!”

的确,李鸿章是希望那些精于机器制造的人,能凭他们的特长获得秀才、举人、进士的功名,让他们能够进入正途的行列,只有如此,才会有越来越多的人热心学习制器之器。当那些聪明睿智的读书人钻出八股文而投身制器的行列中,大清才能培养、储备起真正有用的人才,也才有赶上洋人的希望。然而,京中形势与风气大开的上海大不相同,李鸿章想单设一科,让那些会“奇技淫巧”的人获得功名,岂不是痴心妄想?

“也不能说全然是痴心妄想。专设一科,让精于制造的人获得正途出身目前是做不到,不过,我们可以反过来设想,让正途出身的人来学习天文、算学以及机器制造,是不是也能收到培养储备人才的目的?我想可以在同文馆上做做文章。同文馆不能只学习洋人语言,应当像上海的同文馆一样,加上天文、算学及制器之术。”议政王说,“佩衡,你安排人就按这个意思拟个折子,尽快呈两宫慈览。”

隔了两三天,早朝的时候两宫召见军机大臣,议罢几件事情后,慈禧扬扬手里的折子问道:“老六,总理衙门的折子我看了,这些个主意你们是听了李鸿章的意思后才上奏的。那我想问一声,你们的主张是什么?你身为议政王大臣,总不能事事都依赖外臣吧?”

这话问得有些不善，不过议政王并未太留心，顺口回道："回太后，这并不是依赖不依赖的问题。总理衙门与军机处毕竟深居京师，有些事情不及疆臣更了解实情，因此需要听听他们的看法，然后再请旨。"

"同文馆招考学习洋人语言的学子都那么难，现在让正途出身的人去学天文算学，恐怕没那么容易。"

"正因为没那么容易，所以才请朝廷强力推动，请两宫、皇上旨准。"

"不急着说准不准，我看先听听倭仁他们说什么。"慈禧另有主张。

倭仁是清流首领，思想非常守旧，让他说话，肯定是坚决反对。但太后已然决定，没有回旋的余地，所以军机们诺诺领旨。

要让正途士子学习洋人天文、算学的事情，在京中果然引起轩然大波。这天，议政王在去总理衙门的路上心血来潮，想干脆去翰林院听听他们都怎么说，便命令轿夫改道往南，直去翰林院。

议政王不让任何人跟随，自个进了翰林院。一帮编修正在倭仁的带领下翻检史料，编纂《治平宝鉴》。门外当差的高喊："议政王到。"倭仁深感意外，率弟子们象征性地给议政王请安，然后各忙各的，视议政王如无物。

议政王有些无趣，打破沉默问道："艮翁今天不给皇上讲书？"

倭仁字艮峰，议政王尊称他"艮翁"。

"今天中午是翁叔平给皇上讲书，老臣是下午的差，就偷闲到这边来看看，太后安排的《治平宝鉴》不敢耽误。王爷有事但请吩咐，若无要事老臣就不奉陪了。"倭仁说罢，继续翻起书来。

议政王讨个没趣，走到一位编修身边没话找话说："忙什么呢？"

没想到那位编修竟然装作没听见，理也不理。议政王火一下就上来了，大喝一声道："本王问话，你耳朵聋了？"

那位编修慌忙扔下书道："臣正在想一副绝对，过于投入，没听到王爷问话，死罪，死罪。"

议政王只好压住火气问道："你在想什么绝对呀？"

"这上联是：诡计本多端，使小朝廷设同文馆。下联是：军机无远略，诱佳弟子拜夷为师。"

"你，你好大胆子，竟敢讽刺朝廷，挖苦军机。"议政王的火一下就冒起来了。

“臣不敢,朝廷专听小人谗言,是军机自取其辱!”这位编修回得不卑不亢。

又有一位编修站起来说道:“王爷,臣还有一联,要治罪您一并治了。上联是:孔门弟子;下联是:鬼谷先生。”

离议政王最远的一名庶吉士也跟随道:“臣也有一联,上联是‘未同而言’,下联是‘斯文扫地’。”

议政王冷笑道:“这也是副好联,还是嵌字联,把同文馆嵌进去了。”

“我等都是天子门生,都读圣贤书,宁可死也不拜夷类为师。”

其他编修也都附和。

议政王这会儿反倒气平了,心想要让这些死脑筋给气着了,那真是太不值了,干脆借机开导他们:“诸位是天子门生,饱读圣贤书,本王怎能不知?可是,在枪炮方面咱们的确不如洋人了,所以才设同文馆学人之长,请正途士子学习洋人学问,也是为国储才。”

“以夷人为师,简直是奇耻大辱!”有人却不认同。

议政王也模仿翰林们的语气,文绉绉地说道:“天下之耻,莫耻于不如人。今不以不如人为耻,而独以学其制器之术为耻,岂不是大耻也!”

“崇洋媚外,视洋人为爹娘,此为我大清奇耻大辱!”刚才那位翰林还是不肯退让。

议政王冷笑道:“洋人攻陷天津,兵困京师,那也是奇耻大辱。庚申之变英法联军逼近京师,平日大讲礼义气节的不是袖手旁观,就是纷纷逃避,危机一过,就高谈阔论,不肯正视洋枪洋炮的威力,不知这种空谈于国于民又有何益?”

议政王觉得自己与一个翰林斗嘴实在可笑,见倭仁自始至终一句话也不说,只顾在那里翻查资料,气就转到倭仁的身上:“倭大人,翰林院本是明事理识大局的地方,竟然如此冥顽不通,你是怎么掌的这翰林院?”

倭仁平静地回道:“王爷,还真让您说着了,这翰林院全是不通情理之辈,倭仁正打算上折请两宫与皇上绝不可以夷类为师,更不可让正途士子误入歧途!”

议政王气得拂袖而去,倭仁不阴不阳地说:“王爷走好,恕不远送。”

看议政王走远,倭仁才说道:“我本来打算忍着一句话也不说,省得人家说我迂腐不识时务,看来不说话是不行了。你们瞧瞧咱们这位六王爷,一提起洋枪洋炮就来精神,好像有了那些个洋枪洋炮大清就高枕无忧了。这是何等浅陋?!我泱泱中华,五千余年文明,远了说,曾经创造了汉唐气象!近了说,本朝也曾创出了康乾盛世。从来都是中华为师,何曾师法夷类?又怎能如此妄自菲薄?我要拜折!”

议政王出了翰林院,越想越觉得这帮清流不好对付,如果得不到两宫的支持,恐怕难有结果,所以他立即递牌子请见。慈禧一见面就问道:“老六,有什么急事,明天说不行吗?”

议政王说出了苦衷:“今天下朝后,臣去了趟翰林院,倭仁他们对正途士子学天文算学的事,一百个不乐意。臣觉得这事非得请两宫鼎力支持,否则,臣是寸步难行。”

“寸步难行”这四个字慈禧听来很受用,笑了笑说道:“六爷说得可怜见的,谁不知道你在朝内朝外,是有名的贤王。”

议政王说:“太后是取笑臣了,大主意都是两宫来拿,臣不过是执行而已。如果说内外局面有点起色,也都是两宫的功劳。”

这话无论真假,两宫太后都身心舒泰。慈安心地敦厚善良,劝慰道:“老六,哪里是我们两人的功劳,你是功不可没。我和妹妹经常说起,里里外外一大堆的事,哪一样离得了你?”

“臣身为大清臣子,理当如此。”议政王说,“同文馆招正途士子的事,还请两宫太后支持。”

慈禧说:“你们的折子发给倭仁他们议,且等等看他们怎么说。我和姐姐心里有数。”

倭仁的折子当天就递上来了,次日就发给军机大臣们商议,倭仁在折中写道——

窃闻立国之道,尚礼仪不尚权谋,根本之图,在人心不在技艺。今求一艺之末,而又奉夷人为师,无论夷人诡谲,未必传其精巧,即使教者诚教,学者诚学,所成就者不过术数之士。古往今来未闻有恃术数而能起衰振弱者也。天下之大,不患无才,如以天文算学必须讲习,博采旁求,必有精其术者,何必夷人,何必师事夷人?

若以自强而论，则朝廷之强，莫如整纪纲、明政刑、严赏罚、求贤养民、练兵筹饷诸大端，臣民之强则唯气节一端耳。朝廷能养臣民之气节，是以遇有灾患之来，天下臣民莫不同仇敌忾、赴汤蹈火而不辞，以之御灾而灾可平，以之构寇而寇可灭，数百年深仁厚泽，皆以尧舜孔孟之道为教育以培养之也。若今正途科甲人员为机巧之事，又借升途、银两以诱之，是重名利而轻气节，无气节安望其有事功哉？

且夷人我仇也，咸丰十年称兵犯顺，朝廷不得已而与和耳，能一日忘此仇耻？议和以来，耶稣之教盛行，无识愚民半为煽惑。今我中华唯恃读书之士，讲明义理，或可维持人心。正途士子，国家所培养而储以有用者，今变而从夷，正气为之不伸，邪气因而称炽，数年之后，中华之礼教不复存也，可悲复可叹者也！举聪明隽秀之士习天文算学，恐未收实效，先失人心也！

倭仁所说，听上去都很有道理，但仔细想想，都是空话。

议政王气愤道："倭艮峰总是拿人心、气节、忠信说事，这些当然重要，可你要在实力相当的情况下，所谓人心、气节才见得有用。英法联军进京城的时候，八里桥那一仗，都是我八旗精锐，尤其是僧王的蒙古铁骑都是敢死之士，都抱定了为国捐躯的信心。可是联军的炸炮太厉害，一个开花弹落下来，十几个人立马非死即伤。那一仗，英法联军死伤不过五十多人，我们八旗精锐死伤三千多人。我真想问问倭艮峰，三千多人难道都没有人心，都没有气节，都没有忠信吗？这些空话如果能够抵挡得住敌军，我们又何必费这么多心思，向洋人学习。"

明明知道是空话，却又没法驳倒，因为他所说的都是堂而皇之的大道理，而且倭仁被尊为清流领袖，在读书人中影响颇大。

宝鋆劝道："王爷，咱们讲空话讲不过他，也没必要和他废话。咱们可以其人之道治其人之身，请倭大学士入瓮。"

"佩衡有何妙策？"议政王知道宝鋆又有了什么鬼主意。

"他折子这句话可以做篇文章。"

议政王听罢宝鋆的妙计，粲然一笑，说："这倒不妨一试。"

隔天早朝，两宫第一起就召见议政王和诸位军机大臣。慈禧问道："老六，倭仁的折子你看了吗？"

"臣看了,觉得倭仁说得有道理。"

慈禧估计议政王定会千方百计反驳,没想到他竟然说倭仁的折子有道理。慈禧有些惊异地问道:"哦?我倒是觉得空话太多,你觉得有道理,道理在哪?"

议政王回道:"倭仁说'天下之大,不患无才,博采旁求,必有精其术者,何必夷人,何必夷师?'这话想想有道理,我大清人口众多,找出一批懂天文、算学的应该不是难事。如果不用到同文馆学习,就能有这样的人才,岂不省时又省事!想必倭仁心中定有合适人选,臣请旨饬下倭仁酌保数十人,或派到各省,或留京,兴造轮船,制造洋枪洋炮,如果效果好,每年都请他推荐一批,不愁我们赶不上洋人。"

慈安对外间形势几乎一无所知,竟然认真地说道:"这个办法倒可行。如果倭仁果能推荐出大清急需的人才,何必派正途士子去学洋人?"

慈禧含意莫测地盯着议政王道:"老六,这事倭仁能办得成?这可不是小孩子过家家,这是朝廷大事。"

"倭仁乃我朝大儒,素来诚实无欺,他说能,肯定能。"议政王避过慈禧的目光。

"那就照这意思传旨。"慈禧一锤定音。

太监安德海亲自到翰林院宣旨:"倭仁所论'天下之大,不患无才,博采旁求,必有精其术者,何必夷人,何必夷师?'朕深以为是。着倭仁酌保精通洋文及天文算学人才数十名,或留京,或派往直省,加紧制造枪炮轮船,果有实效,以后每年可推举数十人,期以数年,当可通洋器之精要,我大清则振兴有望。钦此。"

倭仁听了这样的旨意,惊讶得忘了接旨谢恩。

安德海走后,他的弟子们立即围上来七嘴八舌地表示不平。

有的说我们从来不学洋人的玩意儿,上哪去找这样的人?

有的说太后和皇上怎么别的不说,单单让老师推荐人才,这谕旨就是六王爷他们负责起草,谁知他们是不是……

倭仁大声呵斥道:"都不要在这里妄议朝政。你们都想想,把你们亲朋好友都想个遍,我泱泱中华地灵人杰,藏龙卧虎,我就不信找不出三五个懂洋文通算学的人来!"

他的弟子们绞尽脑汁,但十几天过去了,结果令人失望,竟然一个合适的人选都没有,无可奈何的倭仁只好硬着头皮写复奏。翰林院侍读徐桐、通政使于凌辰求见。倭仁一见面就道:“你们来得正好,快帮我想想该怎么复奏,没想到让‘鬼子六’给算计了。”

于凌辰建议道:“老师这样直接承认无人可荐,不是太没面子吗?老师没面子,那就是天下士子没面子。老师大可不必急于上折,先容学生上一折,也许能转缓一下局面。”

“对,我也要上一折。”徐桐在一旁附和。

早朝的时候,慈禧将一封奏折递给议政王道 :“老六,徐桐和于凌辰各上了一折,紧要的我都画出来了,你且念念,让母后皇太后也听听。”

议政王接过折子,念道:“今年春季以来,久旱无雨,疫疾流行,此乃天象示警。京师中街谈巷议,皆以为同文馆之设,强词夺理,师敌忘仇,御夷失策所致。臣以为同文馆之设,不当于天理,不洽于人心,不合于众论。且我为上国,洋人所属不过蛮夷,更何况乃我敌国,即便多才多艺,华夷之辩不得不严,尊卑之分不得不定,名器之重不得不惜。况科甲正途人员读圣贤书,将以辅君泽民为任,移风易俗为能,一旦使之师于仇敌,忠义之气自此消矣,廉耻之道自此丧矣。”

“王爷有什么想法?”慈禧望着冒了一头冷汗的议政王问道。

议政王不知两宫什么意思,只有违心说道:“总是臣无能,要以洋人为师,招致清流如此反对。”

慈禧听了之后笑道:“这不是王爷的真心话。倭仁也太不像话了,没有人才可荐,实话说也就是了,何必授意弟子如此强词夺理?竟然连同文馆也不让设了,同文馆是朝廷明谕所设,皇上的谕旨在他们眼里就那么不当回事?六爷,你要严旨驳斥。你们也别再憋着较劲,把正事给误了。姐姐,你看如何?”

慈安赞同道:“他们也是咽不下洋人欺负咱的这口气。不过,这些折子说得也太不讲理,是要驳他们的。久旱无雨与同文馆有何关系?他们是蛮不讲理嘛。再说,学学洋人的长处有何不好?小时候我阿玛常说,别人有长处,就是仇人也应当跟他学。话本里头,不是经常有忠良后代,跟着仇人学了武艺,又把仇人打败的故事吗?”

“姐姐打的这个比方好，这么浅显的道理，倭仁他们总是绕不过弯来。”

“臣谨遵慈谕。”议政王没想到两宫会如此支持，感激万分。

安德海再去翰林院宣旨：“徐桐、于凌辰奏请撤销同文馆以弥天变一折，呶呶数千言，甚属荒谬。更有甚者痛诋在京王大臣，是何居心？推其缘故，总由倭仁种种推托所致。此折如系倭仁授意，殊失大臣之体，其心固不可问；即未与闻，而党援门户之风，从此而开，与世道人心大有关系。倭仁能否荐才，于接旨后速答能或不能，不可迁延托词，游弋言他。钦此。”

倭仁跪谢皇恩，安德海已去，却还未起。弟子们都去扶，他颤着手拒绝了：“快，快把我写好的折子递上。我倭仁不怕自己无能，却最怕让人误会，丢不起那人……”

倭仁上折承认，自己的确无人可荐，但正途士子是国家栋梁，万不能习洋人机巧，否则人心不固，中华礼教将废。

倭仁依然如此固执，恭亲王鼓动慈禧不如两宫亲自召见，开导开导他们愚顽不化的老脑壳。慈禧觉得这也是一法，次日见过军机后，第二起就召见倭仁。

“倭仁，老六他们办洋务，实在太难。老六他们说，总理衙门中应当有像你这样威望素著的老臣行走，那些个读书人才容易体谅。我也觉得有道理，可是，知道你素来不喜欢洋务，所以先听听你的想法。”慈禧让倭仁进总理衙门，实在出乎议政王的意料，而且他也从未向两宫建言。

倭仁听说要让他去总理衙门当差，急了一头毛汗，连磕三个头道：“两宫太后明鉴，老臣素性迂腐，对洋务一窍不通，身子又一日不济一日，恳请太后赏恩，收回派臣在总理衙门行走的慈谕。”

“这也是实在话。”慈安见倭仁老态龙钟，看看慈禧又看看议政王，“六爷你说呢？”

“请倭相在总理衙门行走，原也不指望倭相办什么实际的事情，只是借重倭相宿望，做出上下一心，共图自强的样子。也就是请倭相挂个名，不必常川入值，遇到重大事情的时候劳烦一起商议罢了，因此实在没有必要抗旨。”议政王这时已经明白慈禧的用心。

慈禧这时又发话了：“倭仁，曾国藩好像也是你的好友吧？你们都是理学大师，怎么有些事儿看法如此不同？曾国藩已经上过不下五个折子，支持朝廷办洋务求自强。不单单是他，原湖北巡抚胡林翼、四川总督骆秉章、江西巡抚沈葆桢，都说该设同文馆，江苏巡抚李鸿章还在上海办了同文馆，都设法学洋人的技巧。还有你们都佩服的林则徐，他都说要师夷之长技以制夷，我不明白，这么多大臣都说错话了，只有你们翰林院的一帮人说的是正理？你也是先帝特别赏识的人，赞你是'学承正统''德高望重'的理学名臣，指名要你做皇帝的师傅，你总要体谅朝廷的难处才是。让你们推荐人才推荐不出来，让正途士子来学你们又反对，让你进总理衙门你又不进，那么，老六他们这差应当怎么办？"

这可真是诛心之问，倭仁百口莫辩，只有惶恐地连连磕头。

"我知道你不喜欢洋务，我不强求，可你总不能让你的弟子也和你一样。"

"太后明鉴，老臣从不敢强求门生，既不敢强求他们喜欢什么，也不敢强求他们不喜欢什么。让正途士子学洋务，不是老臣一句话他们就能学得来。"倭仁连忙剖白，这话他必须说清楚，不然，他可背不起阻挠正途士子学洋务的罪名。而且，正途士子耻于学洋务，又哪里是他倭仁能改变得了的？

"我明白你的苦衷，你也应当体谅六爷他们的苦衷，一个往东拉车，一个偏要往西驾辕，这车根本就寸步难行。"慈禧毫不客气地训斥说，"人都尊你理学大师，难道这样的道理也悟不明白？"

倭仁无从辩白，只有一个劲地磕头。

等倭仁跪安后，慈禧对议政王说："我是批评了倭仁，可你们不要起了轻视之心，他为人刚正不阿，老成持重，学问优长，满朝上下，谁人可比？"

议政王及众军机也都唯唯称是。

等议政王他们退出后，慈禧对慈安说："姐姐，我有个想法，让倭仁去户部任尚书，他这样刚正的人管朝廷的钱袋子，咱们更放心。"

慈安说："我有点不太明白，你刚刚训斥了倭仁，怎么又想起让他任户部堂官？"

慈禧太后说："一则人岗相适，二则也让他约束一下老六他们。姐姐你发现没，老六的势力越来越大，他们与外面的督抚一唱一和，只怕尾大不掉，重蹈肃六的覆辙。如今，也只有倭仁他们这些清流，能够敢于揭一揭老六他们的脸面，所以咱们也要善加笼络。"

由李鸿章上书引起的这番风波终于平定下去,表面上看,以倭仁为首的清流派败了,但招正途士子学习天文算学的事情却很不顺利。为了吸引人报名,同文馆给予学员优厚的待遇,规定月考及格者赏银三十二两,季考及格者赏银四十八两,岁试及格者赏银七十二两。三年一次大考,成绩优异者保升官阶,次则记优留馆学习。而且除以上奖学办法外,平时一般待遇也非常优厚,膳食、书籍、纸笔全由馆内供给,另给每人月薪十两,全部住校学习。即便如此,有功名的人也很少报名,几经发动,全国报名者不过九十八人,多是岁数大、家里穷得揭不开锅的,入馆主要是冲着优厚的待遇。因考生条件太差,考试后录取二十余人,而最后学成者不过五人。

## 创办江南制造总局

京中关于正途士子学习天文算学的争论结束的时候,江南的局势也发生了巨变,曾国荃率领湘军攻克了太平天国的国都天京,李秀成也被俘虏,虽然仍有余部作战,但太平天国失败已成定局。统率数万大军的曾国藩只怕朝廷猜忌,自剪羽翼,将湘军大部裁撤。而李鸿章的六七万淮军,也上奏请裁,但当时广东、福建太平军尚在活动,而江北的捻军势头正盛,朝廷不敢掉以轻心,只让淮军裁撤了数千老弱,大部分保留了下来。裁湘留淮,李鸿章及其率领的淮军地位更加突出。

朝廷论功行赏,赏曾国藩太子太保衔,封一等侯,世袭罔替;赏曾国荃太子少保衔,封一等伯;李鸿章也被赏一等伯,戴双眼花翎。淮军将领、江苏属僚,都纷纷到苏州祝贺。

海关道丁日昌来的时候,李鸿章屏退访客,专门接见。丁日昌出任上海关道不到半年,但整顿海关,清理讼案,收回英法驻军久占不还的地方,又一心为中国商人争利益,声望相当不错。他不是正途出身,不像正途士子耻于谈洋务,对洋务实业特别用心,颇有见解。他对李鸿章说,如今长毛已经树倒猢狲散,江北的捻子也是秋后的蚂蚱蹦跶不了几天。天下大局将变,洋务的用心也应当变。

李鸿章极感兴趣,点头鼓励他说下去:“雨生,你说下去,我愿闻其详。”

“船坚炮利,是外国的长技,其挟制我中国也在此。船炮两项,既然不能拒之门外，那就用心效仿，夺其所恃。大人自到上海，设立外洋军火局，广觅巧匠，击锐催坚，卓有成效，但轮船一项，却是力所未及。轮船可以造为炮舰，攻城略地，也可造为夹板商轮，运销货物。自从上海开埠以来，原有中国商船迅速衰败，就是因为外商轮船运货量大，行驶便捷，实在无法与之竞争。中国必须赶紧仿造轮船，既可为水师张目，又可令商民购雇，于国计民生关系匪浅。现在中外关系还算融洽，内乱也将平定，军费开支必将大幅减少，筹措造船经费也有可能，应当尽快购买机器，筹建轮船厂，派中国巧匠，随外国匠人专意学习，试造轮船。这是关系中国元气的大事，将来元气固，外邪自不能侵，所谓十年生聚，十年教训之道，恰在于此！”

李鸿章十分赞同，说：“雨生所说，称得上远见卓识。去年曾老夫子就派容纯甫到美利坚去购买制器之器，正是为建机器局。”

丁日昌说：“容纯甫之行，当然极其重要，但要造轮船，所需机器极多，他所购买未必能够齐全，也未必适于造船，而且万里大洋，要运回来总要一年半载。上海有几处洋人开办的修造轮船铁厂，不如设法购买一处，可以直接入手试造。”

李鸿章拍案赞赏，问丁日昌是否已经有了眉目。

丁日昌说：“现在正用心寻访，但八字尚未一撇，不敢说有眉目。”

李鸿章说：“此事不能拖，你赶紧写个呈文，由我咨请总理衙门，争取尽快办理。”

丁日昌的密函写好，李鸿章立即转呈总理衙门。同时专门给总理衙门大臣薛焕去一封信，说明仿造船炮的重要，希望他能从中促成——

> 粤逆流毒，几遍天下，幸赖宗社之福，群帅之力，渐次芟除。唯鸿章所深虑者，外国利器强兵，百倍中国。内则狎处辇毂之下，外则布满于江海之间，实能持我短长，扼我咽喉。盱衡今日，我之兵将靖内或有余，御外侮则不足。倘不及早自强，变易兵制，废弃刀矛弓箭，专精火器，选用能将，勤操苦练，则绿营岂可足恃？海口艇船师船，倘不概行屏逐，仿立外国船厂，购求西人机器，先制夹板火轮，次及巨炮兵船，则水师岂可恃？夫兵制关立国之根基，驭夷之枢纽，今昔情势不同，若仍循数百年积习，纽祖宗成法，可危孰甚。中土士大夫不深虑彼己强弱之故，一旦有变，曰我能御夷而破敌，其谁信之！

鸿章略知底蕴，每于总署函中，稍稍提及。朝廷即欲变计，亦恐部议有阻之者，时论有惑之者，疆吏有拘泥苟且而不敢信之者，天下事终不可为矣。觐唐仁兄知爱素深，究心机要，附陈一一。弟鸿章顿首。

事情十分顺利，总理衙门很快回函，称赞丁日昌“洞见症结，实能宣本衙门未宣之隐”，授权李鸿章通盘考量筹划设立船厂事宜。李鸿章则安排丁日昌加紧寻访。此时，他将赴金陵监临乡试，打算顺便将此事向曾国藩禀报商量。

乡试每三年在省城举行，从秀才中考取举人。时间在八月上旬到中旬，正是桂子花开的时节，因此称为桂榜。江南乡试是江苏、安徽两省合闱，在南京城举行。但自咸丰三年，太平天国定都南京，江苏、安徽大部沦陷，战事不断，除了咸丰九年借浙江地方举行一届外，到今年累积三届未曾举行。曾国藩体谅江南士子渴望补行乡试的心情，虽然已经过了试期，他仍奏请朝廷准于十一月举行。李鸿章作为江苏巡抚，循例应入闱监临。李鸿章一到金陵，即将购买洋人铁厂的计划报告曾国藩，曾国藩十分支持，表示将来容闳从美国购买的机器到沪，可以合二为一，将来的制造局不仅可以造枪炮，造轮船，举凡民生所需的机器，能制造的均可制造。

李鸿章十一月底回到苏州，丁日昌闻讯而来，第一句话就是：“大人，铁厂的事基本定局了！”

丁日昌一直上心寻访，在虹口物色到了一个美国人开办的旗记铁厂，厂主有意转让。原来，这个铁厂主要是修理轮船，同时还制造洋枪大炮。铁厂紧邻商业区，在这里制造大炮，周围的居民和商家都不高兴，担心他的火药不小心自爆，所以经常找麻烦。厂主科尔是技师出身，技术比较过硬，但经营上却稍欠火候，与中国人打交道更非所长。所以自投产以来，一直是半死不活，今年下半年实在撑不下去，透出卖厂子的口风。他的机器设备在上海是数一数二，所以丁日昌闻讯非常感兴趣。他与科尔交涉过几次，科尔视厂如命，一时拿不定主意，几经反复。

“现在怎么同意了？”李鸿章问道。

“多亏了唐国华，他出力不少。”丁日昌于是介绍起事情的来龙去脉。

唐国华是广东香山人，少年入洋行，后来跟着洋人学洋文，干洋行通事。

同治元年进上海海关当通事兼总理进出口税单，去年因为收受华商贿赂被革职，一直在找机会脱罪。听说丁日昌在为购买旗记铁厂的事情犯难，他便自告奋勇去与厂主科尔交涉。他与美国驻沪领事搭上关系，又善于与洋人交往，所以很快说动了科尔。他为科尔出主意说，你舍不得自己的工厂，那你完全可以不离开自己的厂子嘛，将来可以继续留在厂里帮着管理，与自己办厂差不多。科尔又提出厂里的洋人工匠都是他重金聘来的，不忍把他们赶走，也必须留任。唐国华报告丁日昌，丁日昌立即答应下来，本来也要聘请洋人来教习华人，原有的洋技师留下来比新聘更方便。唐国华因为在洋行见多识广，把旗记铁厂所有机器物料逐一核实价格，机器价值约四万两，外加铁煤等物料计两万五千两，最后以六万两白银成交。唐国华自己愿意出白银二万五千两，当年与他同时被革职的海关扦手张灿、秦吉各出银七千五百两，凑够四万两，买下整座铁厂报效。条件嘛，就是免去革职的处分，重新回海关供职。

李鸿章问："纳银赎罪，国家有明文，应该问题不大。这个姓唐的当初被革职是怎么回事？"

丁日昌回道："卑职刚出任海关道一职，明令禁止收受陋规。可是端午节唐国华等人仍然收华商银两，卑职当时也是急于立威，就把三人交由上海县审讯，后来唐国华多次上禀帖为自己剖白，卑职这才知道处理得有些欠妥。"

"怎么欠妥了？"李鸿章有些不明白，收受贿赂理应被革职，有何不妥？

丁日昌解释道："华商每遇洋船装货，订立的合同及水脚总单还有洋行保险，都用的是洋文，华商往往不能辨识，一直托唐国华翻译，偶然送给银两酬劳。后来因为经常找他翻译，就不再一单单计酬，改为送节例银两。因为是按劳取酬，所以唐国华认为不能算是陋规，因此未加纠正，不料正撞到卑职的枪口上。"

"这是姓唐的说法，上海洋行通事有得是，要翻译个合同花几钱银子找个通事就能办妥，为什么华商偏偏要麻烦他这位海关通事？还不是为了通关方便？无论他怎么狡辩，也还是在受贿。"

丁日昌说："大人明鉴，不过，旗记铁厂要买到手，非他出力不可。还请大人抬手放他一马。"

李鸿章点头说："事急从权，我们不妨成全。他受贿定案是多少银子？"

“一万五千两。他如今报效二万五千余两,似可以赎罪。”

“可不可以赎罪,全在你我一念之间。雨生,这人本事如何?”

“他办事非常利索,脑筋也转得快,是海关业务一把好手。”丁日昌已经受了唐国华的好处,自然为他说话。

“是人才埋没了可惜,不妨网开一面。可是,有才能的人往往自作聪明,你要盯紧了,让他手脚干净些。你还要防止落入他的圈套,不要让他和洋人合起来算计你。”李鸿章认为他与洋人谈了几个月都无结果,怎么姓唐的出面就谈成了,而且银子还谈下来了接近一半,这事就有些可疑。丁日昌也怀疑过,不过当初与科尔谈的时候,的确是十万两一两也不肯减,而且还迟迟下不了决心,那时候唐国华还不知道这件事情,不可能与洋人勾结。

李鸿章说:“买下铁厂是当前最急于办成的大事,这些细故不必计较。只是要为唐某人脱罪,光你来说不合适,这件事应该让臬司衙门提出来。对了,你还要让姓唐的在总税务司赫德那里走走门路,总税务司出来说话,将来我给朝廷上奏,说起话来也硬气。”

“对,海关是总税务司管理,由赫德为海关人员说句话,比我们自己来说管用得多。”丁日昌一想也是。

“还有一件事,既然洋人在租界造枪炮商、民都反对,将来我们建局一样会有人反对,而且在租界里,容易引起事端,必须另择地建厂。”

“是,这件事卑职已经考察过了,上海炸弹局所在的高昌庙,远离租界,人口较稀,将来制造局就在此地建新厂。”临来之前,丁日昌已经去考察过,说起来胸有成竹。

“好。铁厂一旦买下后,就立即着手筹建新厂,更名为江南制造总局,以绝洋人觊觎。老夫子已经答应,容闳从美国买回的机器,也并入制造局;你和韩殿甲主持的两个洋炮局,也全部并入。马格里的洋炮局就不并入了,免得将来他生觊觎之心。江南制造总局就由你来主持筹建,需要什么人,你考察好了,到时候由我帮你调遣。此事暂时不必上奏,等办出眉目了,我再奏请朝廷。”

李鸿章对江南制造总局寄予莫大希望,将来不仅要制造洋枪洋炮,还要以机器制造机器,铸钱、织布、挖河等机器都可仿制,触类旁通。“雨生,这些年和洋人交往多了,听洋人讲,他们不仅洋枪洋炮靠机器制造,纺织、农具、炼铁、开矿，无一不采用机器，人力大为节省，一台机器可抵十余人甚至百余人力，正因为有机器推动百业，所以洋人国家面积比我们小，人口比我们少，所产物品却不比我们少，价格还比我们便宜，百姓日渐富裕，国家日渐富足，这是他们船坚炮利的基础。所谓民富国强，富国强兵，都源于机器制造！我们学习洋人，仅购买、装备洋人的机器不行，我们得学习洋人制造机器之法，学会用机器制造机器，这才是根本。曾老夫子幕中有一个年轻才俊叫薛福成，他上了一份万言书，其中也说到要学习洋人的技巧，他说将来如果以机器制造机器，百工皆用机器，则民可富、国可强、兵可壮。只可惜大清有这种见识的万无其一！怎么办？责任还要落在我们这些封疆大吏身上，我们不能仅仅有这种见识，关键是要来推行。”

江南制造总局还在筹建中，李鸿章已经由此瞻望到机器制造的重要、国富民强的远景，他的思维和眼界令丁日昌十分佩服：“大人的眼界真是令卑职惭愧。卑职眼前只看到买下铁厂，赶紧制造枪炮弹药，没有您的高瞻远瞩。”

李鸿章笑笑说：“雨生也不必恭维我。我在上海日久，见识了大清与洋人国家的差距实在太大，我们就是赶紧追赶，怕没有二三十年也难以超越。我们不管别人说什么，骂什么，洋务事业必须能早一日是一日，能早办成一件是一件。”

丁日昌抓紧办理，先是将两个洋炮局设备并入，又采购了部分机器，到了同治五年春天，江南制造总局已经开始完全用机器试制洋炮和开花弹，机器装备完全超过了马格里主持的苏州洋炮局。容闳购买的机器再有几个月就可到沪，据留用的美国技师说，江南制造总局将是好望角以东第一大机器局。

丁日昌加紧制订开局章程，打算请李鸿章正式向朝廷入奏。然而，此时京中政局忽生变故，议政王被罢黜了！

事情的根源，在于慈禧经过几年的历练，对朝政已经十分娴熟，对权力又特别贪恋，而议政王势力强大，在细节上又不够检点，慈禧便暗生怨怼。安德海极善察言观色，便鼓动御史蔡寿祺上折弹劾议政王徇情、贪墨、骄盈、揽权。慈禧打算拿这个弹折敲打一下议政王，如果他能够俯首帖耳也就算了，没想到议政王不以为然，叔嫂当殿争执，慈禧说：“你处处与我作对，我革了你的官爵！”

议政王回怼说：“你可以革我的官，夺我的爵，却革不了我是先皇皇子的身份！”

叔嫂闹崩，慈禧像当年对付肃顺一样，事先起草了一份上谕，避开军机，召见大学士，宣布把议政王逐出军机，革去一切差使，并令六部九卿科詹翰道议罪。对议政王不满的人很多，但当前局面却少不了他，尤其是捻军还在纵横驰骋，此时朝局稳字为上。结果宗室亲贵、大学士都上折求情，慈禧见好就收，以议政王认错了结，恢复一切差使，却去掉了议政王的称号。

这次朝局动荡持续了一个多月，等恭亲王复出，李鸿章打算上奏时，江北战局又生大变，朝廷依为长城的蒙古王爷僧格林沁，在追击捻军时陷入重围，在山东曹州被捻军杀死。朝廷震动，京师戒严，急令曾国藩出任钦差大臣，率军北上，到山东督办鲁、直、豫三省军务，李鸿章则署理两江总督，朝旨要求即刻起行。

即刻起行是办不到，此时湘军已经裁撤，能随曾国藩作战的不足万把人；而僧格林沁所部蒙古骑兵已经谈捻色变，能依赖的就是李鸿章的淮军。淮军一面要防守江苏，还派出一支到广东作战，朝廷又要派一支人马乘轮船到天津，以防堵捻军北上。军马未动，粮草先行，这一切安排妥当，已经是半月后。李鸿章立即起程，五月底赶到金陵，与曾国藩交接督篆。

李鸿章署理两江总督，主要任务就是为老师曾国藩筹饷。湘淮大军粮饷以及制造采办军火，再加甘肃等省协饷以及京饷，每月开销需要四五十万两，而上海关税加厘捐，四处罗掘，每月只能凑起三十余万两，何况裁撤的湘军还欠饷四百余万两。结果先是湘军悍将鲍超的霆军索饷闹哗变，影响所及，共二十余营哗变。等东挪西借，暂发三月饷银安抚下去，江苏籍御史又联名弹劾李鸿章横征暴敛，要求裁撤江苏厘卡。好在朝廷知道李鸿章的苦衷，下旨江苏厘局不可裁，御史结党腾谤，非光明正大。

弹劾的事情有惊无险，却是把李鸿章闹得焦头烂额。等这一切办出点头绪，已经到了七月底。此时丁日昌已经拿出江南制造总局开办章程两三个月，不能再拖，必须立即上奏。

按照丁日昌制定的开办章程，制造局当前先以制造军火为主，将来可试造轮船及民用机器，所需经费每月包括房租、薪金及采购物料，大约一万两左右,虹口地方华洋杂处,房租又贵,必须尽快择地建新址。但这都需要钱,一年十几万两的经费,对捉襟见肘的两江而言是一笔不小的负担。尤其是李鸿章刚刚被人弹劾,再增这项开支,更是难上加难。

丁日昌只怕此事要黄,与李鸿章商量,可否奏请朝廷,从四成关税中挪拨一部分,挹注江南制造总局,以减轻江苏的负担。

李鸿章连连摇头,开办机器局京中反对的本就大有人在,此时正筹备直隶防务,如果要朝廷拿钱,此事难免功亏一篑。

"雨生,再难,江苏自己想办法也要把制造局办起来。经费的事不要打关税的主意了,还是由你和藩司设法腾挪。至于苏省人骂我横征暴敛,反正已经骂了,挨百姓的骂,能办成这件大事,也算值了。"

事情就这样定下来,李鸿章立即上奏朝廷,除了简要叙述办局经过以及开办章程,像以往的重要奏折一样,除了叙事,还要做一番分析,阐明兴办制造局对未来国家发展的重要意义——

> 机器制造一事,为今日御侮之资,自强之本。洋机器于耕织、刷印、陶埴诸器,皆能制造,有裨民生日用,原不专为军火而设,妙在借水火之力,以省人物之劳费。臣料数十年后,中国富农大贾,必有仿造洋机器制作,以自求利益者。臣于军火机器注意数年,督饬丁日昌留心访求数月,今办成此座铁厂,当尽其心力所能及者而为之,日省月试,不决效于旦夕,增高继长,尤有望于方来,庶几取外人之长技,以成中国之长技,不致见绌于相形,斯可有备而无患,此则臣区区愚诚所觊幸者也。

这份奏折很快发交到了恭亲王手中。他刚被罢免了议政王封号,办起事来不免有些瞻前顾后,但不办,则又于心不甘。宝鋆出了个主意,为了避免满人责备他太倚重汉人,也避免机器制造全握于汉人之手,不妨让三口通商大臣崇厚也创办天津机器局,这样容易在太后那里获准通过。恭亲王从善如流,以此上奏,果然在慈禧那里顺利通过。

江南制造总局得到朝廷、曾国藩和李鸿章的大力推动,创办前三年就投入五十多万两白银。其中购买旗记铁厂六万两,容闳从美国购回机器共六万八千两,从高昌庙购置土地和建厂房二十四万两,在虹口旧厂的房租、薪工、物料等支付十七万两。以后规模不断扩大,经费每年虽无定数,约计不下五六十万两。1867 年搬到高昌庙镇,建有机器厂、洋枪楼、汽炉(锅炉)厂、铸造厂、轮船厂等;1880 年后又相继建成炮弹厂、水雷厂、炼钢厂、栗色火药厂、无烟火药厂等。所产枪炮等军工产品供各省清军使用,促进了清军装备的近代化。中国第一门钢炮、第一支后装线膛步枪,这些超脱了冷兵器痕迹的近代意义上的御侮之器都出自江南制造总局之手。从林明敦式后装线膛枪,到德国的新毛瑟枪;从前装线膛炮到后装线膛阿姆斯特朗炮,江南制造总局无不在仿制中很快追赶上世界先进水平。江南制造总局不仅是近代中国最大的军工企业,也是除福州船政局外最大的造船企业。1876 年,建成中国第一艘铁甲军舰“金瓯”号,1918 年,为美国人建造了四艘万吨巨轮。除了机械制造之外,江南制造总局附设有广方言馆(即语言学校)翻译馆以及工艺学堂,在 1868 年 到 1907 年之间,译书达一百六十种,培养了中国极为稀缺的翻译和科技人才。虽然它有贪腐严重、效率低下等种种问题,但毫无疑问,它为中国的近代化做出了不可磨灭的贡献。

# 第四章 福州船政局

## 左宗棠要在马尾建船政局

同治五年(1866 年)孟春的一天,按察使衔福建候补道胡光墉,来到福州城的闽浙总督衙门,等候左宗棠的召见。

胡光墉是谁?一说他的字,几乎是无人不晓——他就是胡雪岩。他是浙江杭州人,钱庄伙计出身,人情练达,很得掌柜赏识。掌柜临终,将阜康钱庄相赠,他一跃而成钱庄掌柜。他极善与官场打交道,与杭州各级官员都搭得上关系,尤其是与浙江巡抚王有龄关系更是非同一般。民间盛传,王有龄落魄时,曾得胡雪岩数百两银子资助,得以进京投门路,之后仕途畅达,一路升迁,做到了浙江巡抚。王有龄投桃报李,凡浙江官府银钱往来,一概通过阜康钱庄, 这不仅扩大了阜康的生意规模, 更使阜康钱庄的信用为同行望尘莫及。

后来太平军进攻杭州,王有龄托胡雪岩出城采购军粮。军粮未运回,杭州城破,王有龄上吊自杀,而胡雪岩杳无音信。

两年后,浙江巡抚左宗棠率军收复杭州前,就列了一串杭州绅商名单,责令他们捐银报效。其中亦有胡雪岩,不但要他报效十万两银子,还要重治其罪,因为他携官银逃匿。

左宗棠围困杭州近两月,等他收复时,城内已经断粮数日,阖城百姓嗷嗷待哺;而整个浙江几经战火,各处粮价腾贵,就是有银子也未必能买到粮食。左宗棠正在一筹莫展的时候,胡雪岩亲自来见,送来了数万石粮食,并报效十几万两银子。原来,当年胡雪岩购好粮食,未来得及运到杭州,就得到城破的消息。当时,宁波城也在备战,也是急需粮食,愿意高价购买胡雪岩的数船大米,如果胡雪岩出手,便有数倍的利润。但胡雪岩不卖,数万石大米送给宁波地方官,说好一等杭州收复,还给他同等数量大米就行。此时他运来的数万石粮食,就是宁波履约归还,对杭州而言真正是雪中送炭,给左宗棠解决了最大的难题。左宗棠不禁刮目相看,不但撤销了通缉令,而且盛赞胡雪岩是有情有义的“奇男子”。

胡雪岩眨眼间又靠上了左宗棠这棵大树,不了解世情的人无不惊叹。对左宗棠而言,胡雪岩又何尝不是他的依靠?胡雪岩开着药店、钱庄、当铺,杭州、上海都有生意,筹措十几万两银子,对他都是小菜一碟。左宗棠带兵打仗,最发愁的就是军饷时有不济,而只要他开口,胡雪岩立马办妥。而且他上海又有洋人朋友,左宗棠的部队所需洋枪、开花弹也都是他经手,成了左宗棠须臾难离的臂膀。后来左宗棠奉命率军入福建继而到广东与太平军作战,胡雪岩及他的阜康钱庄,几乎成了他的半个粮台。等太平军余部在广东战败后,左宗棠胜利回师,在路上就发信给上海的胡雪岩,约他到福州相见。出杭州时还是浙江巡抚的左宗棠,回来时已经是一等恪靖伯、太子少保、闽浙总督,驻节福州城。

左宗棠阅兵回来了。未见其人,先闻其声:“雪岩从上海来了?你们怎么不早去叫我?”

胡雪岩迎出门去,个头矮小、方面大腹的左宗棠哈哈笑道:“果然是雪岩来了。来了就好,来了就好。你该让他们去叫我一声的。”

“宫保校阅兵马是大事,不敢打扰。”左宗棠是太子少保衔,所以被人尊为“宫保”。“左宫保”带兵的秘诀就是不让兵闲下来,他的说法是,人闲惹是非,驴闲啃槽梆,只要不打仗,初一十五必定校阅兵马,雷打不动。

熟不拘礼,左宗棠也不必让,胡雪岩跟在他的身后进了签押房。签押房是关防严密的地方,延客而入,只有极心腹的客人得此殊遇。

左宗棠脾气急,一坐下就问:“雪岩,你知道我急匆匆把你从上海叫来,所为何事?”

左宗棠只在信中说有顶大的事相商,至于何事,只字未提,胡雪岩又如何回答得上来?他说:“宫保召我前来,必是事关国计民生的大事。”

“对喽,我要办的,自然是事关国家根本的大事。”左宗棠自视甚高,在他口中似乎没有谦虚二字,“你猜猜看,以你的聪明,定能猜个八九不离十。”

左宗棠如此说,胡雪岩不得不猜了。其实,路上他也一直在琢磨,叫他来所为何事,心中其实大约已有谱了。

“宫保所关心,向来是至上至下的事情。至上,必是事关社稷安危,至下,必是所关升斗小民的生计。”胡雪岩摸准了左宗棠的脾气,喜欢恭维话,所以先来一个高帽,“宫保是不是想造轮船或者要买轮船建一个轮船运输局?”

当初左宗棠刚刚收复了杭州,就请中国工匠仿照西洋轮船,造了一只小火轮,在西湖里试航那天,兴师动众,让宁波税务司法国人日意格和常捷军统领法国人德克碑前来观看,还让胡雪岩专门从上海请来了新闻纸记者。按左宗棠的说法,“让洋人瞧瞧中国人能不能造轮船”。试航并不顺利,小轮船刚突突了几下就熄火了,两位中国技师费了半天工夫,满面油污,一身臭汗,好不容易修好了,突突突动了不到几十丈又熄了火,惹得人群哄堂大笑。两位中国工匠面色苍白,只怕好面子的左巡抚迁怒。

没想到左宗棠自找台阶,对新闻纸记者说:“这有什么好笑的,今天能够航行十丈,不愁明天航行数百里。只要开了头,没有中国人做不到的。”

当时胡雪岩就琢磨,左宗棠大概有意制造轮船,自己要想到前面,看看里面有什么商机。

左宗棠一拍桌子说:“雪岩一语中的,我的确要造轮船,将来轮船造多了,自然可以组建一个轮船运输局。”他脸色变得异常严肃,“雪岩,你可知道我为什么非要造轮船吗?”

左宗棠自问自答:“当年胡文忠在的时候,他到安庆大营与曾涤生商讨战略,有一天到长江岸边去,看到洋人轮船鼓轮如飞,把中国帆船一概抛到后面,他忧从中来,当场吐血。他说,中外差距太大了,中国如不能奋起直追,中外失和,必然又是割地赔款的局面。你知道,我是最敬重胡文忠的,他忧惧的事情,必定要在我手上完成,让他九泉之下能够安眠。”

胡文忠就是数年前病疫于湖北巡抚任上的胡林翼,文忠是朝廷给他的谥号。他居湖北巡抚期间,对曾国藩的湘军给予极大支持,湘军重大战略都是他与曾国藩商定,世人皆认为,如果他不早逝,其地位必将超越曾国藩。左宗棠与他关系非同一般。胡林翼是名臣陶澍的女婿,而左宗棠与陶澍结为儿女亲家,他的女儿嫁给了陶澍的独子。胡林翼应该叫左宗棠一声“表叔”。左宗棠在湖南巡抚衙门当师爷的时候,因辱骂正二品总兵,得罪了湖广总督官文,差点被咸丰帝下旨当“劣幕”斩首,幸亏胡林翼、曾国藩从中设法,左宗棠才因祸得福,不但未被斩首,还出任赞襄湘军军务。他感激胡林翼,也佩服胡林翼,完成胡林翼的未竟之志,也是他近年的心思。

“这只是其一。这次我从粤东回闽,一路上考察民生,发现福建漳州、泉州、兴化等滨海之地,居民以海为田,除出海打鱼外,多置船经商。我听当地官员说,从前随便一个海坳,便有船数十条,可是近年来,十不存一二。何故?原来近年洋船西来,行驶沿海,受载多而行驶速,内地商船之利,全被侵夺无遗。无利可图,民船日少,小民生计无着,且舵手、水手失业无依,不少流为匪盗。我听说,上海的沙船折损更厉害,你到上海去得多,是不是这个样子?”

胡雪岩说:“正如宫保所说,上海情形也极其严重,沙船存量锐减。”

沙船是沿海的一种平底大木船,吃水浅,没有沙滩搁浅之虑,是海上及内河常见的运输船只,运漕的漕船也大都是沙船。

“雪岩,沙船锐减,不仅事关船民生计,也事关天庾正供。将来无船运漕,京师数十万官民难道要饿毙不成?所以,必须早做打算,如果将来用轮船海运漕粮,可保无虞。”左宗棠扳着指头说,“这其三,才是最最关键的,洋人船坚炮利,我们吃尽了苦头。洋枪洋炮,或者买或者造,都不稀奇,兵轮水师,是我们最大的缺项。要追赶洋人,夺其所恃,非学会造轮船不可!”

要造轮船,谈何容易!不过胡雪岩不敢泼冷水,委婉地说:“造轮船非比洋枪开花弹可比,洋人一两百年才修成眼前正果,中国是一张白纸,要自己造,就是这样的念头,除了宫保,谁又敢起?”

“就是这话喽!”在左宗棠听来,这不是劝阻,而是赞扬,“非常之功,必待非常之人。曾涤生和李二兴师动众,办了江南制造总局,说是要造轮船,可是雷声大雨点小,最近又打退堂鼓,表示要到数年后再造轮船。这师徒两人,哄黄口小儿呢。”

一有机会,左宗棠必痛诋曾、李,在他已经是习以为常。左宗棠与曾国藩、李鸿章关系差,已经到了天下人尽皆知的程度。按理说,左宗棠在危难之时,曾国藩曾出手相救,而且奏请让他赞襄湘军军务,随后又让他募成一军独当一面,左宗棠能当上浙江巡抚,也是曾国藩力保的结果,照世人的观点,左宗棠是最不该和曾国藩闹翻的。但就是闹翻了。要说原因,两人性格不同,左宗棠唯我独尊，自视甚高，自诩“今亮”，而曾国藩是谦谦君子；用兵上，曾国藩主张结硬寨，打呆仗，多次痛失战机，而左宗棠经常兵行险着，善于兵出三路，运动歼敌，少有败绩；最直接的原因，则是曾国荃攻克南京的时候，洪秀全的儿子幼天王突围而去，而曾氏兄弟上奏说他“积薪自焚”。左宗棠却从部下口中得到幼天王逃走的消息，他立即上奏朝廷，此后一得幼天王的消息，必定上奏。结果朝廷下旨严责曾国藩、曾国荃放走首恶，曾国藩因此恨死了左宗棠，以致两人从此只有公事公办，不通片纸私函。而左宗棠只要有机会，必是痛诋曾国藩。

他与李鸿章关系差，一半因李鸿章是曾国藩的高徒，一半因江苏巡抚李鸿章手伸得太长，把浙东的宁波海关揽入淮军怀里。不过李鸿章是奉命行事，当时左宗棠远在衢州，对浙东确实是鞭长莫及。而淮军军纪差，在浙江每下一城，便掘地三尺，抢掠成风，这让一向最重视办理善后的左宗棠忍无可忍，数次上奏痛诋李鸿章和他的淮军。李鸿章憎恨左宗棠，称他左老三，对心腹则骂他“左三矮子”；左宗棠则称李鸿章为“李二”，每次骂完曾国藩，就接着骂“李二”。

“我不能像曾涤生和他的高徒李二那样，仿造了几门洋炮就扬扬得意，以懂洋务自居。我要办，就办他们不敢办、不能办也不会办的船政。”其实左宗棠对曾国藩、李鸿章在两江大办洋务是有些羡慕的，因羡生恨，嘴里更不留情，“我还听说，造船机器是母机，不但能造轮机，但凡枪炮、采掘、纺织诸机器无一不能制造。我建一个船政局，顶他们师徒俩在两江折腾数年办的几个机器局。”

在胡雪岩看来，左宗棠一论及曾、李，便像个赌气的孩子一样，又可气又好笑。他认为曾国藩、李鸿章也绝非泛泛之辈，如果有可能，他倒是也愿意与李鸿章合作一把。可惜两方势如水火，他不能自讨没趣，更不敢脚踏两只船，便劝左宗棠说：“宫保不必与他们比，等你把船政局真正办起来，世人自有公论。”

“是喽，是喽，那时候，世人眼里只有我的船政局，什么江南制造总局、金陵机器局，都是不值一提的伢子过家家。”左宗棠说，“我要办船政局，还有一个原因。曾、李两人把持着江海关，建了江南制造总局；天津的崇地山，拿津海关的银子办了天津机器局，广州海关的银子拿去办了广东同文馆。我福州也有海关,这笔银子不能只拿来还洋债,我也得拿来办点正事。"

左宗棠要建船政局,胡雪岩被招来商议,不用说,是想让他筹措开办经费。他不必等左宗棠开口,主动请缨说:"宫保办船政局,开销自然少不了,如果缺个万儿八千的银子,宫保吩咐一声,我立即就办。"

左宗棠说:"那是自然,你是财神嘛,我当然不能卖盐的喝淡汤。但这次请你来,还真不是为了银子。"

不是为了银子,那是为什么?

左宗棠说:"造轮船少不了要用洋人,但我不想让洋人把持了船政局。我的想法是,用他们的技术,但主持其事的必须是中国人。那么怎样既用洋人技术,又权自我操呢?我的想法,就是事先与洋人签订一份协议,把他们的权限限定在框框里。你是经商的好手,签订协议章程是你的拿手好戏,将来与洋人签协议,你要多多费心。还有,近期我就派人考察一下,船政局建在哪里,你在上海见识多,跟他们一块出去转转,帮我参谋参谋。"

一听左宗棠的意思,要来先斩后奏,胡雪岩提醒说:"宫保,这么大的事情,必须等朝廷旨准了才好办理。否则,岂不是白忙活?"

"不然,不然!"左宗棠大摇其头,"要建船政局,反对的意见自然不少,这难那难,反正会有种种借口。我必须考察清楚,什么事情怎么办,到时候上奏朝廷的时候一并说明白,让他们驳无可驳,这才有旨准的可能。如果只上奏说,我要建船政局,造轮船。人家拿出一堆理由反对,那才是白忙活。咱们要悄悄地把事情弄明白,有了八九成的把握再上奏,现在不能打草惊蛇。"

胡雪岩不能不佩服,左宗棠比他更高一筹。他是本着"试一试"的想法,而左宗棠是冲着"必须办成"而行。

因为战事结束,左宗棠正在拟战功保案,有战功的自不必说,要前来铺叙,没有战功的更要来衙门疏通,说话的这会工夫,便有多人请见,左宗棠一概回绝。这时候下人又报英国驻福州领事贾禄求见,胡雪岩说:"宫保,您交代的事情我基本清楚了,英吉利人最好挑刺,您最好见一见。"

左宗棠说:"我最不怕外人挑刺。"话虽如此,但已经吩咐让贾禄到花厅等候,他一会儿就到。

胡雪岩出门时,左宗棠又说:"雪岩,你也不必太着急,不妨在福州多住几天,福州城可一观的地方还是不少的。"

胡雪岩答应得很痛快,但心想上海、杭州两头都有生意,哪里有闲情逸致!

文巡捕把左宗棠的话传下去了，贾禄却不肯进门，说:“领事见将军督抚,上海、广东都是大开中门,并鸣炮致敬,为什么这儿不开门鸣炮?”

文巡捕只好再回去禀报。左宗棠一听便生气了,说:“他一个领事,不过相当于道台,你告诉他,总督府中门只有钦差来了才开。至于鸣礼炮,那更八竿子打不着。上海、广东如何本部堂不管,这里是闽浙总督衙门,本部堂全是按条约行事。当年本部堂在杭州,宁波领事也曾经来见,哪有这么多说法?”

文巡捕再次把话传到，贾禄脸拉得老长，说:“既然总督大人有如此说法,那我就不进这个大门了。我这里有个请柬,请转交总督大人。”

原来贾禄是特意来请左宗棠明天去参观英国军舰的。外国军舰左宗棠曾见过几次,但从来没登上过,贾禄既然做了安排,他决定登舰看看,除了总督衙门的随行人员,还让人专门通知福建水师提督吴全美同去。福建水师提督驻厦门,因为左宗棠班师凯旋,吴全美特意赶来祝贺。

第二天贾禄到总督府大门来接左宗棠,一路上毕恭毕敬。因为闽江在福州段水浅,军舰怕搁浅,就停在福州下游三十多里的马尾山下。从这里开始江面变得宽阔,水深流缓,军舰自海口溯流至此毫无问题。因为是顺流,近四十里的水路两刻钟就到了。英国军舰停在岸边,一看到左宗棠的座船就鸣炮致敬。

登上军舰后,舰长柯布命令战舰起锚,要到江心表演打靶。不久甲板下传来“轰轰”的声音,脚下开始有些颤动,军舰已经启动,越行越快,转眼间就驶出了几十丈远。

军舰在江心停住了,柯布一挥手,一名士兵捧上两只单管望远镜,分别递给左宗棠和福建水师提督吴全美。贾禄指着远处的靶船道:“总督大人请看,上游漂下来的是靶船,炮手们要在五炮之内打掉三艘。”

左宗棠用望远镜向远处看去,果然有三艘木船顺流而来。柯布叽里咕噜一番,一挥手,士兵们依次开炮,但见炮口火光闪烁,炮声震耳欲聋,再看远处的靶船,早已被击得粉碎。稍做准备,又有三艘靶船顺流而来,几声炮响,又是灰飞烟灭,江面上只剩漂浮着的破船板。

尽管左宗棠对洋人军舰的威力有所了解,但还是被震撼了。这时贾禄走过来说:“总督大人,火药是中国人发明的,但枪炮却没有欧洲人做得好,不知总督大人有何感想?”

这话显然带有挑衅意味。左宗棠听了却不以为然道:“这只能说明中国人不像你们那样处心积虑去算计别人。”

贾禄淡淡一笑道:“我很佩服总督大人的机智与幽默，能为落后找出这么高尚的理由。总督大人请看,又有一艘木船下来了。”

大家拿望远镜看去,果然上游漂来一只大木船,上面还有一面龙旗。贾禄对吴全美道:“这船与阁下的座船在大小和坚固程度上都差不多，阁下看看这样的船能经得住几发炮弹。”

说罢,炮声响起,只两炮那艘大木船就从江面上消失了,场面一时极为尴尬。

这时贾禄说话了:“昨天我去拜访总督大人,希望能得到大人的尊重,可大人没有答应。我不生气,总督大人说得不错,按你们的品级算来,我不过是个道员,柯布舰长连道员也不够。但我要告诉大人的是,在亚洲许多国家,柯布舰长的军舰经过,他们都会鸣炮致敬。为什么?大家尊敬的是实力,这是一个讲究实力的时代,或者说得更直接,这是一个用炮舰说话的时代!”

这个洋人太猖狂了!站在一旁的水师提督只怕左宗棠会大发雷霆,一个劲拿眼睛去看他的脸色。没想到左宗棠是一副不以为然的神情。

贾禄接着又道:“如果总督大人想拥有这样的军舰,我可以帮忙买到。总督大人治下的闽浙有很长的海岸线,实在太需要拥有这样的军舰了。”

“本部堂倒没觉得怎么重要。你的军舰再厉害,即便全部占领了中国的沿海和内河,仍然不能让中国屈服。中国有四万万人,你们英吉利将所有炮弹都耗尽,也不能消灭所有中国人。”

贾禄耸了耸肩道:“那太残忍了，大英帝国怎么会那样做?我是出于好意,希望能帮助总督大人加强海防。”

“本部堂知道你们英吉利人都是揣着好意到中国来的,但本部堂并没有打算买你们的船,本部堂要自己造。”左宗棠笑着拍了拍贾禄的肩膀。

左宗棠是个矮胖子,贾禄是个瘦高个,左宗棠根本拍不到他的肩膀,那两巴掌全拍在他的胸脯上。没等贾禄反应过来,左宗棠转身就下了船。

回到乘坐的木船上,水手们一起摇橹摆桨,木船缓缓启动,因为是逆流,船走得很慢。吴全美骂道:“这狗日的贾禄,竟向大人示威呢!属下真想扇他一个大嘴巴!”

左宗棠阴着脸道:“不怪他刁蛮,只怪我们太落后。他说得没错,现在是用枪炮说话的时代。你看他们的火炮,威力太大了,只一炮一艘木船竟完全解体。你这个水师提督,自己吃几碗干饭心里肯定有数,拿你的水师去与他们对阵,胜算能有几成?”

胜算能有几成?几乎没有胜算可言。吴全美暗想着,嘴上却道:“我身为水师提督,即使没有胜算,也绝不向洋人示弱。”

左宗棠摇摇头道:“示不示弱是一回事,弱不弱又是另一回事。听说你的水师没有一艘像样的战船,连海盗也追不上。本部堂还听说你的水师兵勇有许多人一上船就吐,竟从来没出过海。”

吴全美顿时面红耳赤,连忙辩解道:“都怪属下无能。属下所率水师全是木制战舰,海盗水匪现在都买了洋人的火轮船,所以水师根本追不上。水师兵勇因为饷银太少,根本不能养家糊口,所以年轻人不愿入伍,入伍的都是老弱和穷无所归的人。有些还只是挂个名,闲暇才来出操。而水师也没有一艘炮船,实在无从操练,名为水师,实则全住陆上。宫保不提起,属下也打算请罪。”

左宗棠打断他的话说:“本部堂早听说你的水师弱不禁风,参劾你的折子都写好了。不过后来又听说你廉洁清正,知兵爱兵,也就罢了。水师的问题有些是你的原因,不过大部分都不能怪你。眼下最要紧的是赶紧配备火轮战舰,怎么配备?贾禄劝我们买,几年前朝廷也曾委托英国人买,结果却让他们骗了,白白扔了一百多万两银子。再说,从洋人手里买,他们能把真正的好舰卖给我们?就是买来了我们也是让人家牵着鼻子走。所以我们要办船政,自己造船,自己造兵轮!”

吴全美说:“那真是太好了!等咱们的兵轮造出来,也到外海去巡弋,看洋人还那么神气不!”

回到福州,左宗棠立即叫胡雪岩过来。第一句话就是:“雪岩,船政局的事我是铁了心了!必须建,必须快建!”

胡雪岩问:“怎么,宫保让英国人给气着了?”

左宗棠说:“岂止是气着了,也吓着了。”

左宗棠为人狂傲,他承认被吓着了,真是太阳从西边出来了。

“英国人太可恶！我本来还打算也请英国人帮忙建船政，免了！英国人一概不用！”左宗棠有些赌气地说，“李二欣赏英国人，他自打到上海后，就一直与英国人打连连，我偏不用英国人！”

李鸿章在上海，麾下曾经有常胜军，统领就是英国人戈登，苏州洋炮局的主持人马格里，也是英国人，正如左宗棠所言，李鸿章所依赖的确多是英国人；而左宗棠巡抚浙江的时候，麾下有常捷军，统领是法国人德克碑，左宗棠对法国人更有好感。

胡雪岩说：“宫保的意思是不是想用法国人帮着建船政？德克碑我听说去了越南，宫保如果想让他帮忙，得赶紧写信把他招来。他是海军出身，筹划船政局非有他参谋不可。”

左宗棠说：“我立即让人写信，招他前来。还有宁波税务司的日意格，我也打算把他招来，让他与德克碑一起帮着建船政。”

日意格与德克碑，都是出身法国海军，都是在咸丰七年到达广州，但日意格很快转向文职，埋头学习汉语，不到两年，就能说流利的汉语，还编写了一部《中法词典》。后来出任浙海关(驻宁波)税务司。德克碑则一直在法海军服役。两人因为组建常捷军归于左宗棠麾下，与左宗棠关系不错。左宗棠收复杭州后，在西湖里试航中国人自造的轮船，两人就毛遂自荐，愿意帮左宗棠建一个中国的造船厂。德克碑回国期间，征集了一批轮船及造船厂设计图等资料寄给日意格，由日意格呈给左宗棠。但这几年一直在打仗，根本顾不上。现在，左宗棠决定要大干一场。

“日意格已经调任汉口税务司了。”胡雪岩说，“这是我来前刚刚得到的消息。”

“哦，不管他在哪个税务司，都要把他聘来，他会说中国话，可以做德克碑的帮手。我立即安排人给他写信，大约一个多月他就能赶过来。期间你先回杭州，把手头的事情处理清楚，日意格一到，你就和他联起手来，赶紧筹划。”

一个多月后，日意格和胡雪岩先后回到福州。

办船政先要选址，左宗棠已初步定了几个地方，其中最中意的是马尾，也就是上次他参观英国军舰打靶的地方。日意格认为，建船厂需要满足诸多条件，非亲自勘察一番不可，他邀请左宗棠一起前往，左宗棠欣然应允。

次日一早，左宗棠一行乘船前往马尾，水师督标营数只战船前护后卫。闽江东来，一路上汇集建溪、沙溪、富屯溪，流经福州时，因江中有岛，江水一分为二，东流四十余里，复又合二为一，由此直趋大海。二水合流的地方，便在马尾。地名马尾，是因地处马限山下；与马限山隔水相望，有罗星山，山上有建于宋代的七层石塔，塔高十余丈，塔顶窗口夜晚点灯，为闽江航船导航。江水流深，即便外洋巨轮也可直驶塔下。

左宗棠与日意格、胡雪岩拾级而上，登到七层塔顶，周边形胜，尽收眼底。左宗棠指指西边马限山下那片平坦地方，大江在前，群峰西拱，状若匡床，是做船政局址最佳地方，沿江可建港口、码头、船坞。

日意格也认为是好地方，唯一担心平坦处是淤沙积成。于是几个人下塔，乘船到马限山下，日意格亲自带人挖掘多处，多是黏土，色清质腻，沙很少，说明并非淤泥所积。又测江边水深，现在是落潮时，水深十一二丈，涨潮时水则更深，建造船坞，停靠巨轮，均无问题。

左宗棠放了心，却忽然忧从中来，此处江面宽阔四五里路，江水又如此之深，外洋兵轮自然可直赴岸边，一旦中外失和，如何保护船政局便是一个大问题。于是他避开日意格，把督标水师营参将叫到一边，问他如果中外失和，水师可有把握与外洋兵轮一战？又该如何阻止外洋兵轮深入马尾？

水师营参将告诉左宗棠，福建水师的木船无法与外洋兵轮对阵，只能做人家的活靶子，却有办法阻止外洋兵轮深入闽江："闽江入海，虽然水流增大，江面宽阔，外洋兵轮可直航罗星塔下，但从海口五虎门而上，沿途多岛屿滩头，又有高山夹峙，金牌、壶江、闽安、长门，形势险要，不难层层设防。尤其潮退后，洲渚礁沙遍布，成为省城天然屏障。"

左宗棠点头表示赞同，但他的脾气，不亲眼所见，不肯轻易相信，因此临时决定，由马尾顺流而下，到海口巡视，日意格、胡雪岩可不必陪同，先行回福州，讨论相关事宜。

顺流而下二十余里，到闽安古镇，两岸皆山，绵延数里，闽江收窄，最窄处仅有一里左右，是扼守闽江咽喉要地。明代戚继光曾经在此筑石寨以御倭寇；如今此地两岸尚设有炮台，驻绿营一协。左宗棠登炮台巡视，真正是形同虚设，旧式的火炮还是前明所铸，根本不能施放。他叮嘱将来一定要铸造新式大炮，重新布防。

出闽安五里，闽江又一分为二，中间便是鼓浪屿。左宗棠一行顺北流向东北十五六里，就到了长门岭下，此处江流收窄，与鼓浪屿上的金牌山夹江相望，此处亦设有炮台，也是聋子的耳朵摆设而已。左宗棠安排，将来也要换新式火炮。另外，江中可竖立铁桩，用铁索连接，平时没入水中，外洋兵舰一来即提起铁索拦截。

从长门岭下山，天已经黑了。左宗棠第二天还要到海口巡视，当晚就在船上吃晚饭，夜宿舟中。

第二天下午回到福州，左宗棠立即找胡雪岩有事相商。

“雪岩，这次出海巡视，我心里更有底了。船政一定要办，并且一定能办成。这是前无古人事业，非借助洋人力量不可。不过我有个想法，开始要用洋人，但将来一定不再依靠洋人，必须让中国人完全学会那些洋玩意。如何让洋人高高兴兴给船政尽力，把心里的本事教给中国人，是个大难题。”

胡雪岩点头说：“我明白宫保的意思，既要利用洋人，又要权柄在手，还要洋人心甘情愿切实效力。要做到这一点也非难事，第一位的就是要舍得花银子。京城同文馆、江南制造总局都是高薪聘请洋人，咱若想让日意格尽心办差，月薪非有一千两不可，也就是说与巡抚薪俸加养廉银相当。”

“这个自然，无利不起早嘛。花一个巡抚的开销，雇一个洋教头，值。”左宗棠吩咐，“你与日意格去商议，如果中国人学会自造自驾，并造出十五六条船来，大约需要几年，经费又需几何？先拿出粗略的概算，我心里有数。”

胡雪岩去与日意格商议，本来以为要费些工夫，没想到日意格早已有个大致的概算，略一调整，就算出来了。

第二天，胡雪岩就来向左宗棠复命：“日意格早有算计，购买机器、物料，招募中外工匠，掌握造船驾驶技术、造出十五六条船来，最少也得七年，一年要花费七八十万两，总共花费得五百万两左右。”

五百万两，那可不是小数目！

“这个账不能如实报给朝廷，报得太多把朝廷吓住了就坏了；但报得太少，那小孩子也不信。”

“宫保说得不错，属下这个账也只是个粗账。不把朝廷吓住是一条，想出如何筹款的办法又是一条。只要不从户部兜里往外掏银子，京中那帮老爷的牢骚就少一些。”

“就从福州海关向外掏银子。李二的江南制造总局也是每年从上海海关掏两成银子,福州海关就在我的地盘上,我们干吗不掏?”

胡雪岩对福州海关一年收入多少大体也知道,粗粗一算,两成就是五十万两左右。有了这笔钱,船政经费的大头就解决了。闽浙都是左宗棠的地盘,广东蒋益澧也是他的旧部,让他拿些银子也不是难事。这么一筹划,这件大事就有了着落。

“雪岩,你要给我好好想办法,既要瞒报花销,不把朝廷吓住,还要为船政将来超支留下余地。”左宗棠说,“都夸你是铁算盘,我倒看看,你这铁算盘灵不灵光。”

胡雪岩说:“宫保,这你可就难为我了。”

话虽如此,胡雪岩还是闭门谢客,在屋里拨算盘。他是真的拨算盘。他有个习惯,思考问题的时候就手边放一把算盘,涉及数字,就在算盘上拨拉,想不通的时候,也在算盘上拨拉。噼里啪啦,胡雪岩屋里算盘声响了一晚上。第二天一早,就去向左宗棠复命。

“大头还要从海关银子上算计。按目前关银的开销,四成押往京城,六成留地方开销。船政开工建厂等开销,大约需要四十万两,请朝廷从解京的四成内开销,算是朝廷对船政的支持,这不过分吧?”

“当然,不过分,五百万两的开销,朝廷支持四十万两,十不及一嘛。”左宗棠代朝廷表态。

“剩下的,要从六成中动脑筋,每月开销五万两。请宫保注意,是每月开销,不能报年销。”

“这是为什么?”左宗棠不明就里,“与每年开销一个总数有区别吗?”

“当然有,三年两头闰,闰年的时候,我们就赚一个月的开销!”

左宗棠一拍大腿说:“果然,果然是铁算盘!”

“如果七年的话,八十四个月,再加三个闰月,八十七个月,每月五万,共可得银四百三十五万两。加上开工拨银四十万两,便是四百七十余万两。还余四五十万两的缺口,从闽浙、广东等地厘税中解决,应当不是难事。”

“七年搜刮他们四五十万两,不过分!”左宗棠极有把握地说,“现在的关键是七年如何变成五年,还要朝廷挑不出大毛病。”

“这有点难,只能耍点小聪明。”胡雪岩说,“朝廷拨款,当然要从开工那天起，可是洋人造船合同，肯定要从能造船的日子开始。要能够造船，就必须船厂完全建好才行。完全建起船厂，总要有一年多。宫保上奏的时候，笼统说五年，与洋人的造船合同也是说五年，但合同中造船的算起时间，明确为船厂建成后。我向日意格请教过，造船最关键的厂子是什么，他说是铁厂，包括锤铁厂和拉铁厂，这两个厂子无可替代。在合同中，不妨定为合同起始日从铁厂建成算起。这样，建厂的时间就打了马虎眼。可是，如果朝廷中有明白人，一眼就可看穿。”

“不碍！朝堂上没你这么精明的人。”左宗棠说，“再说，我是先奏个大概，先请朝廷旨准开办，我再进呈详细合同，那时候就是有人看出端倪，也已经于事无补，不会再多嘴自讨没趣。”

左宗棠对胡雪岩的策划非常满意，拍着他的肩膀说：“雪岩，别人称你是铁算盘，我看你是金算盘！”

胡雪岩说：“宫保，如果您铁了心建船厂，我还有一条献议。”

胡雪岩提议，应该先买一艘洋炮艇，一则可做船厂护卫，以免到时候有水匪打船厂主意；二则在没有造出轮船前，先以这条炮艇训练水手、锻炼学生，不然造出船来再现练，那可就误了大事。

左宗棠一拍大腿说：“那赛！”

“那赛”是湘阴方言，好得很的意思。

“可是，洋炮艇，得有人会操弄。这个人哪里找？”

“这不难，我已经给宫保谋划好了。”

胡雪岩给左宗棠推荐的人叫贝锦泉，字敏修，浙江镇海人。十几年前，镇海一带海盗猖獗，商船屡屡遭劫，浙商共同出资，从广东购了一条小炮艇，取名宝顺，聘请贝锦泉管驾。数年间击沉捕获海盗船六十余艘，海盗丧胆，几乎绝迹。

“哟，他怎么就能管驾得了炮艇？”左宗棠问。

“他家里穷，又是老大，十四五岁就在甬江上撑船讨生活。后来我介绍他到葡萄牙人的一条小商轮上当水手，跑上海到胶州航线，他脑筋好用，又肯吃苦，船上的二副很喜欢他，收他当干儿子，偷偷教他学习管驾。”

“按说你推荐的人我可以放心，不过，雪岩，此人人品如何，你得给我句实在话。”

“宫保放心，正因他人品好，我才与他成了莫逆。”

据胡雪岩说，有一次他过甬江遇到暴雨，单单那天穿得少，冻得瑟瑟发抖。撑船的贝锦泉把自己的夹袄脱下来给胡雪岩穿，他自己穿着单衣撑船，两人由此成为莫逆之交。

“我信得过你，既然如此，你马上筹几万两银子，托人到广州去买艘小炮艇，就让贝锦泉开到福州来。”

胡雪岩很惊讶，说：“宫保，船政八字还没有一撇，就去买炮艇，万一……”

“没什么万一。”左宗棠大剌剌地说，“事情看准了马上就办，哪来那么多顾虑。再说，就是万一船政没办起来，给福建水师弄一条炮艇，他们还不乐得睡不着觉？”

当天下午，左宗棠闭门谢客，亲自起草《拟购机器雇洋匠试造轮船先陈大概情形折》。左宗棠的功名只是举人，三次进京会试，均是名落孙山，不过他颇自负，不把进士们放在眼里。尤其对自己的文笔，更是认为阖天下无人可比。他又在湖南巡抚衙门当了多年的师爷，对奏稿函牍驾轻就熟。程式化的文牍交给别人去办，像这样重要的奏稿，都是他亲自下笔。

除了程式化的开头，奏稿第一句是“窃维东南大利，在水而不在陆”。他对这一句相当满意，气魄大，而且一语中的。有这样一个精彩开头，接下来就下笔如流水，极其顺畅。“自广东、福建而浙江、江南、山东、直隶、盛京，以迄东北，大海环其三面，江河以外，万水朝宗。无事之时，以之筹转漕，则千里犹在户庭；以之筹懋迁，则百货萃诸厘肆，匪独鱼、盐、蛤蛹业贫民，舵艄、水手足以安游众也。”而后笔锋一转，说海上形势的巨变，“自海上用兵以来，泰西各国火轮兵船直达天津，藩篱竟成虚设，星施飙举，无足以当之。自洋船准载北货行销各口，北地货价腾贵，江浙大商以海船为业者，往北置货，价本愈增，又及回南，费重行迟，不能减价以敌洋商。日久销耗愈甚，亏折货本，以致歇其旧业。滨海之区，富商变为穷户，游手驱为人役，税厘为之减色。更恐海船搁朽，目前江浙海运即有无船之虑，而漕政益难措手。是非设局急造轮船不可也”。

接下来，又针对船厂择地之难，外国匠师难聘之难，筹集巨款之难，管驾之难，维修之难，等等，一一做了解答。洋洋洒洒，写了三千余言。他得意扬扬，自读一遍，感觉文气贯通，立论精辟，无人可驳。吃过晚饭，又稍加润色，着人连夜誊抄,次日放炮拜发。

## 舌战群儒

左宗棠的折子一到京城,立即就传开了。首先就引起了清流言官们的不满,他们始终放不下泱泱大国、天朝上国的身份,一提起学习洋人、创办洋务就大不以为然。

清流领袖、体仁阁大学士、工部尚书倭仁的十几个门生聚到他府里,领头的是监察御史张盛藻,他说:"我泱泱大国,物华天宝,人杰地灵,为什么事事都要向洋人学习?有一个同文馆倒也罢了,两江办江南制造总局,天津设机器局,处处洋气扑鼻,左季高还要办船政,造洋轮!造洋轮也就罢了,还要以洋人主其事,我天朝的面子真可就荡然无存了!"

"六爷一贯是支持洋务的,两宫和皇上也是支持洋务的,你们反对洋务,就是与太后和皇上作对,弄不好要革职还乡。老夫老了,只想安静度此余生。"倭仁这样教训他的门生。

这显然是激将。

"我们为大清社稷掉脑袋都不怕,还怕革职吗?我们都上折子,淹也把他淹死。"

对左宗棠要办船政一事,慈禧也有些犹豫。她是个聪明的女人,知道办船政于大清社稷有益,但她希望能拖一拖。自从太平军平定后,她就起了重修圆明园的念头,并已悄悄地修复了几处园子。她原打算从几个海关中掏些银子来建园子,可江南制造总局、京师同文馆、天津机器制造局、金陵机器局都要从海关掏银子,现在福州海关又要让船政局分一把去,那园子什么时候能修?

但这个理由是搬不上台面的,因此她的理由是——现在长毛虽已平定,但捻子闹得厉害,曾国藩剿捻一年多仍没有奏效,花银子却如流水一般。阿古柏占了新疆已三四年,陕甘也闹得不像话,早晚要西征,那又将是一大笔银子。所以从现在起就要攒钱,以备将来不时之需。办船政固然好,但朝廷实在拿不出银子,只有拖些时候,等这些急务都有了着落,再放手大办。

恭亲王对办船政十分热心,但他已锐气大减,不敢像从前那样当面力争。而且从安德海的话音里,他已听出慈禧有修园子的心思,所以听了这番话就回复道:“左宗棠力主办船政自是一片忠心。正如太后所言,眼下花银子的地方实在太多了,当前创办多有难处,臣等恭领慈谕,告诉左宗棠暂时不办,将来从容大办。”

慈禧原本以为恭亲王会极力反对,没想到这么轻松就通过了,心里自是十分快慰,嘴上却叹了口气道:“我也知道左宗棠是一片忠心,创办船政也是大清的要务,只是眼下创办多有困难。你们回左宗棠要斟酌词句,不要灰了他的心。”

军机章京们拟了旨,都是冠冕堂皇的大话,恭亲王看过就递了上去,两宫都用了章,一字未改。恭亲王觉得不够尽兴,亲笔给左宗棠写了一封信,盛赞他的主张,又说了朝廷没有通过的原因,希望他能谅解。原因列了三四条,比如清流们反对,海关总税务司建议买船,上面暂时不想办,等等。后来他觉得上面不想办这话不妥,就提笔画了去。他给左宗棠这封信,一是想让左宗棠知道他的苦衷,二是他隐隐在心底期望左宗棠能再力争一下。

上谕和恭亲王的私函同时递到左宗棠案头,他大为失望。日意格也是大失所望,说:“我说过大人不要急于签订协议,在中国办事很难,明知是该办的事未必就能办成。”

“你也不必灰心,我再向朝廷争取。”左宗棠安慰日意格。

“你们中国皇帝的话是金口玉言,还能争取吗?”日意格连连摇头。

“大不了我进京一趟,当面与太后和皇上说清楚。”

“此事朝廷已经定议,恐怕很难再改变了。”胡雪岩这时也插话。

“最可气的是那些清流,书都读到狗肚子里去了,我要当面骂他们个狗血喷头。”左宗棠破口大骂。

胡雪岩开玩笑说:“宫保当面骂二品总兵,险些送了性命,这回不少人可是一二品的文职大员,您还敢骂他们?”

左宗棠瞪着眼睛说:“有什么不敢?他们身居高位又如此糊涂,最该痛骂!”

“宫保即使骂倒了他们,也未必办得成船政。依我看,恭亲王私函中有难言之隐。当初恭亲王办同文馆,清流们也是极力反对,可朝廷照样力排众议,把同文馆办了起来。恐怕清流们反对只是表面原因。”

“你的意思是说根本是太后不准？”

“我只是这么猜测。宫保想想看，恭亲王是支持办船政的，可为什么办不成呢？谁有这么大能耐能阻止恭亲王呢？”

左宗棠默默点了点头，但又说道：“两宫也许是听了那些清流的废话才拿不定主意，有些事情办不成是因为没晓以利害。我想如果能面见两宫和皇上，也许事情会有转机。”

他主意已定，接下来就考虑如何能够进京了。封疆大吏非奉诏不能入京，否则就是擅离职守。他本打算上折明言是为船政，但随即又否定了这个想法，因为朝廷肯定不会支持他进京抗旨。因此他决定以进京请训的名义上折，理由是他深受先皇、两宫和皇上的厚恩，盼望当面谢恩已有几年。如今江南局势已基本稳定，如何治理闽浙，企盼两宫和皇上面授机宜。他还吩咐同样意思的折子起草两份，隔两天后再拜发。

两宫看到左宗棠的折子，本打算“淹了”，结果数日又接到左宗棠的折子，还是恳求进京请训，而且比上一折更情真意切。慈安说：“也真难为左宗棠有如此忠心。曾国藩、李鸿章、左宗棠这些人，我们还一个也不曾见过，江南也算安定了，我们就准了吧。”

慈禧曾听说过左宗棠的不少逸闻趣事，也想见见这个人，就附和道：“姐姐说得不错，我也是这个意思。不过听说左宗棠这个人很难对付，恐怕我们要费一番口舌了。”

慈安就有些不解了，说：“左宗棠不是进京请训吗？请训的事多了去了，有什么费口舌的。告诉他好好当差，好好爱惜百姓就是了，妹妹你最擅长说这些话的，什么时候怵过？”

慈禧莞尔一笑道：“姐姐，你真以为左宗棠是来请训的吗？他呀，十有八九是为船政的事情来力争的呢！他这个人是头犟骡子，倔得很。他想办的事情，从来不会轻易放手。”

左宗棠一接到准许进京的上谕就立即起程。随行的有文案、随从、护卫、轿班，十五六人。他们一行先从福州坐轮船到上海，然后再从上海换轮船到天津，再乘木船到通州，而后弃舟登岸，坐轿进京。这比从前乘马坐轿走驿路或坐船走运河时间缩短了一半多。在通州码头一下船，左宗棠的第一句话就是——真该让京里那帮老糊涂坐坐轮船。

左宗棠进了京,打前站的人员已经在贤良寺租了一进院子。贤良寺就在东华门附近,离紫禁城很近,原是雍正朝怡亲王的故居,屋宇整洁,花木扶疏,上朝方便,是封疆大吏入京最喜欢的下榻处。左宗棠入住贤良寺后,先派人到外奏事处递上请安折子。进京请训,规矩是陛见前一概不会客,正好可以静心盘算面见两宫和皇上时的说辞。

当天下午,宫中传出话来,明日召见左宗棠。

次日一早,左宗棠乘轿到了东华门,而后由太监头前带路,步行进宫,到了景运门,这里是内外朝的界门,随行人员一概止步,左宗棠一人进去在朝房等候。早朝第一起就是召见他,本日带班的内廷大臣是伯彦讷谟祜,僧格林沁的长子,时年三十岁,僧格林沁战死后承袭亲王爵位,人很忠厚,边陪左宗棠进宫,边告诉见两宫时应注意的事项。

两宫在养心殿东暖阁召见大臣,并坐在黄纱后的大炕上,南边是慈安,北边是慈禧。黄纱前设御座,御座上坐着十一岁的同治皇帝。他虽未亲政,但召见重臣、商议大事有时也让他来听听,只是这位皇帝对政务并不感兴趣,对听政更有些心不在焉。

左宗棠一进门便跪下磕头,御座前有个软垫,那是两宫体恤老臣特意赏下的。左宗棠跪在上面,等着两宫垂询。照例慈禧先问话,都是一些日常琐事,左宗棠都一一做了回答。

"左宗棠,你今年有多大年纪了?"慈安突然问了一句。

慈禧对疆臣们多有留心,不待左宗棠回答,便插话道:"我记得你与曾国藩年纪差不多吧?好像比李鸿章年长十来岁。"

左宗棠回道:"太后说得一点不错,臣比曾国藩小一岁,比李鸿章大十岁。"

"两江有曾国藩,闽浙有你在,这些要紧的地方都有得力的大臣办差,我们姐妹俩和皇上也就放心了。"

此时,慈安又插话道:"听说老百姓曾送你两头牛劳军,你不忍杀,送给了穷苦人家?"

"是的,两头牛杀了劳军,对几万人来说意义不大,但对一户农家来说,那就是了不得的财产。"

慈禧怕慈安跑了题,忙接过话茬说:"你善后做得很好,体恤百姓,恢复生产，刊印书籍，整顿吏治，这一点曾国藩、李鸿章都不如你，朝野也是赞赏有加。”

左宗棠又大致说了闽浙的善后，然后话锋一转道：“臣在闽浙还想办一个船政局，为大清造出自己的轮船来，也让洋人瞧瞧，咱们不比他们差。”

两宫闻言交换了一下眼色，会心一笑。不出所料，左宗棠果然是为此事而来的。慈禧说：“这事已有明谕，暂时就不办了，大臣们反对的也很多。”

左宗棠力争道：“他们都是糊涂蛋，办船政对大清社稷、巩固海防、百姓生计都是大有益处。”

这话有些唐突，不想办船政的除了那些清流还有慈禧，她轻咳了一声，语气严厉了些：“也不仅是大臣们反对，我和姐姐也是不同意的。”

如果换了别人，肯定只有遵旨了，但左宗棠脖子一梗，像与人赌气似的说：“两位太后何等英明，断不会阻止于大清社稷有大利之事，都是那些清流喋喋不休，两位太后又不忍拂了他们的面子，所以才说暂时不办。”

“创办船政的确有诸多难处。”慈禧缓和了语气道。

“难处自然有，但两宫听政以来，哪一年不是从重重艰难中过来的？洋人兵临城下，长毛盘踞金陵，捻匪祸乱数省，两宫和皇上宵衣旰食，所受艰难又哪是平常人所能忍受的？年年难过年年过，如今朝局已今非昔比。”左宗棠这话半是拍马屁半是事实，还真说到慈禧心里去了，这些年的诸多艰难让她历历在目。

慈禧笑道：“都说你嘴巴厉害，果然如此。”

“不是臣嘴巴厉害，是两宫和皇上本意并不反对办船政。臣仔细领会了上谕，说暂时不办，将来大办。那就是说这件事应该办，既然应该办，晚办不如早办，所以臣斗胆请太后恩准，就让臣把船政局办起来，以了多年夙愿。”

接着他滔滔不绝地说起缘由，先说当年与林则徐的湘江夜谈，接着说到《海国图志》，进而又说到胡林翼。两宫听说胡林翼看到火轮在长江上纵横驰骋，竟忧心如焚，当场晕厥，已是凄然动容。说到马尾江上英国军舰表演打靶，一炮就击沉一艘大清水师提督座船，慈安便惊讶地问道：“洋人的兵船真那么厉害吗？”

“是臣亲眼所见。庚申年洋人占据天津，炮击京城，先皇与两宫太后不得不巡狩热河，依臣看来，当时如果大清能有几艘像样的兵舰，洋人绝无可能占领天津！”

“先帝也曾说过这样的话。可洋轮是洋玩意儿，咱能造得好吗？”慈禧踟蹰道。

“这事要先让洋人来教我们，臣已经请了两位法兰西人，托他们请些洋技师来，臣与他们签订协议，几年内要把造船、驾船的本领悉数教会。”

“可总税务司赫德上书说自造成本高、见效慢，不如买。”

左宗棠毫不客气地说：“赫德不是好东西，英吉利人都不是好东西，他的话不能听。”

慈禧抓住左宗棠话里的漏洞笑问道：“你刚才还说造船要洋人来教，现在又说赫德的话不能听，他们都是洋人，你这不是自己打自己的嘴巴？”

“洋人也有好坏之分，支持臣办船政的就是好洋人，反对臣办船政的就是坏洋人。”

这话近乎无赖了，两宫都笑了。不过，慈禧依然有些犹豫，于是搬出清流来搪塞，希望左宗棠能够知难而退。

“难得你一片忠心，我们姐妹如不答应，就是不体恤重臣。可反对的折子有五六十份，你如何能说服他们？”

“只要太后和皇上答应了，臣自有办法说服他们。”

慈禧看同治这时早已经坐不住，两眼左顾右盼，屁股挪过来挪过去，就问道：“皇上，你说呢？”

同治根本没用心听，只知道是造轮船的事，就顺口道：“左宗棠说得不错，洋人能造的东西为什么我们不能造，你想造就造去吧！”

左宗棠连忙磕头道：“臣遵旨。”

慈禧没想到同治会这么说，刚要指责，想想当着大臣的面总要给皇上留点面子，改口说：“你在这里顺口就说，其中的难处想过没有？”

一个十几岁的孩子，当然没想过，他端正身子坐直了，不再吭声。

“我们姐妹也不好说准还是不准，就先廷议一下，看看结果再说。如果大家都反对，强扭的瓜也不甜不是？”慈禧终于松口了。

“只要太后和皇上答应廷议，臣自会说服他们。”

隔日的廷议由恭亲王主持，王公大臣，六部九卿，此外凡上折反对办船政的在京四品以上官员都要参加。慈禧故意让恭亲王主持，却让倭仁负责起草廷议结果。这样一个力主办洋务和一个极力反对洋务的,必然互相掣肘,事情就不会顺利。

通政使于凌臣首先发难道:“我国商民对帆船制造驾驶都颇为精熟,而于轮船却一无所知,造船总不能全靠洋人吧?即使能够造出船来,又有谁来管驾?总不能也雇洋人吧?管驾之权操与洋人,于我又有何益?”

左宗棠反驳道:“这一点我已向两宫和皇上奏明,在雇请洋人时,与他约定必须教授造船管驾技术,悉心教授者,薪水全给,密不相授者,罚扣薪俸。船政局不仅造船,还要设学堂,培养造船驾船人才,到时自造自驾,大可不必依赖洋人。”

于凌臣并未被说服,转而又提一个问题:“轮船巨大无比,非一般机器能够制造,造船机械又从何处寻觅?”

“从洋人国家买。”左宗棠斩钉截铁地说,“江南制造总局从美利坚买回机器三十余件,再用机器生产机器,如今前后膛枪炮都能制造。船政局也要从洋人国家购买一些机器,然后以机器制造机器,将来不仅轮船可以制造,但凡枪炮、炸弹、铸钱、治水、纺织等适宜民用者都可次第为之。”

参加廷议的清流有十几人,大家七嘴八舌,处处为难,左宗棠则一一反驳。

监察御史张盛藻接过话茬问道:“就算这些都不是问题,可制造轮船毕竟是无把握之事,把朝廷万分艰难之帑银投之于无把握之事,实在不合算,还是直接买船实在。”

左宗棠反问道:“没有办怎知有无把握?天下事创议之时谁敢称有绝对把握?如果非有绝对把握才能做,那就只有回家关起门来空谈!至于经费,确实有些艰难,可自道光十九年来,洋人已多次起衅,朝廷花费何止万万?庚申之难,城下之盟,我大清赔款八百万两!割出的土地也有数十万顷!”

他本打算说大清有兵轮何至于此?但这话还没说出来,就被醇亲王接过话头:“就是,庚申之变,实在太伤我大清体面和元气。”

醇亲王这些年来慢慢积了些人望,对六哥恭亲王已不像从前那样敬重,特别是上年六哥被罢黜后,他在慈禧面前更有脸面,现在又管着神机营,许多时候以带兵王爷自居,认为泱泱大国,四万万民众,执鞭断流,从前处理洋务太软弱了。

有他这么一说，清流们就吵嚷起来，许多人不满庚申年间的《北京条约》,所以话题立即偏离了船政,七嘴八舌横扫近年来的一切洋务,矛头直指恭亲王,局面几近失控。

文祥等人帮恭亲王维持着局面,但有些人却故意趁乱起哄,使得局面更加嘈杂无序。左宗棠再也压不住怒火，摸起案上的一方砚台当了惊堂木，“砰”一声拍在案上。一声巨响,砚台裂成两块,场面立时静下来,他厉声道:“我总算见识了你们的出息,原来你们议政竟像小贩吵架、泼妇骂街!你们难道以为人多就能理直,声高就能气壮吗？要论人多,你们去水师听听成千上万将士的呼声！若论声高,左某不输你们任何一人！”

但这是在京里,尤其是在这些守着武死战文死谏信条的清流面前,他们连龙鳞都敢批,左宗棠这招并不能把他们吓倒。回过神后,大家依然七嘴八舌,局面依旧混乱不堪。

恭亲王担心这么吵下去会太离谱,看着时间不早,说:“今天的廷议就到这里,大家散了吧,什么时候再议静等通知。”

等大家都出了门他又叫住左宗棠说:“季高,本王算服你了,果然是铁嘴铜牙。但你也看明白了,在京中要想办一件事,难。船政要想有些眉目,得在这个人的身上下点儿功夫。”恭亲王屈起食指,做个七字,显然是指他的七弟醇亲王。

左宗棠打发随从立即回贤良寺去取一只军舰模型来，那是德克碑送给他的礼物。他本打算转送给皇上,希望皇上能帮上些忙。可前日面圣见这位十几岁的皇上,竟然全不把政事放在心上,慈禧一声呵斥他就一句话也不敢说。如今恭亲王有此提醒,他就改变了主意,决定送给醇亲王。

醇亲王以知兵王爷自居,对带兵打仗的人很尊重,尤其左宗棠,带兵以来少有败绩,更是为之倾慕。听说左宗棠来拜访,他很高兴,一直迎到檐下。他一边拉着左宗棠的手进客厅,一边吩咐上好茶。今天在朝堂上见识了左宗棠咄咄逼人的气势,这性情正对他的脾气,所以两人几乎是一见如故。

左宗棠把那艘军舰模型摆到案上,向醇亲王介绍道:“王爷,这是法兰西人送给我的军舰模型。这艘军舰现在就在法兰西海军服役,备炮七十四门，口径六寸有余，一发炮弹足以击沉一艘木船。倘若我大清水师有这样的军舰,洋人就不敢再窥我海疆了。现在西洋各国不必说,就连东洋倭国也派人赴英法学习造船技术,不数年后,东洋轮船亦必有成。我大清与倭国同以大海为利,一衣带水,一苇可航,彼有所挟,而我独无,这就如同人骑骏马而我跨蹩驴,人操舟而我结筏,到时就连东洋小国也敢窥我神州了！我大清自广东、福建而浙江、江苏、山东、直隶、盛京,以至东北,三面环海,自强之道,必先从制造轮船着手。"

醇亲王见左宗棠越说越激动,一则敬佩他的脾气,二则也确实为他的一片至诚感染,便说道:"季公,说到底你和本王的心思是一样的,都盼大清强起来。洋人有些方面比我们强,向他们学习也未必不可,可本王看不惯六哥对洋人太软弱。你,本王是佩服的,听说你手下的洋人都很守规矩。"

左宗棠坦然道:"那是自然,驾驭洋人臣是得心应手。我们要用洋人,而不能为洋人所用。我们今天学习洋人,是为了明天不必学。我办船政,有一个原则,用洋人之长技,但权自我操。主掌船政的必是我中国人,绝无受洋人牵制之虑。此事,还望王爷玉成。"

"本王并非完全反对造轮船,从前只听倭仁的说辞,今天听了你的见解,觉得造船一事值得好好思谋。你容本王想想,廷议的时候再说如何?"

次日继续廷议。

于凌臣等人都劝倭仁:"倭相,左宗棠如此无礼,咱们都不去参加廷议,就这么拖下去,看他耗不耗得过咱们。"

倭仁连连摇头道:"昨天左宗棠如此无礼,也许就是为了气我们,我们不能中了他的诡计,今天我们就心平气和与他理论。"

廷议一开始, 倭仁平静地说道:"船政办不办, 不是在座任何一位的私事,而是关系到大清国运的大事。昨天我有些不冷静,没有商量事情的胸襟,我在这里向大家致歉。"

昨天明明是左宗棠咄咄逼人,倭仁反倒致歉,大家都不得不佩服,他不愧是理学大家,修身养性的功夫的确非常人可比。

按照策略,于凌臣又首先发问:"假如说朝廷同意建船厂,请问左大人这船厂建在哪里?建在海边,不起边衅倒罢了,与洋人一旦失和,洋轮驶来就给你轰了,不是白费帑银?"

左宗棠说:"这我早就考察好了,福州东南马尾港,水深土实,可以建厂,距海八十余里,江中岛屿遍布,沿江群山环围,要阻挡洋轮不难。"

张盛藻又反诘道:“造船要花销巨款,银子从哪里来? 如今捻匪未平,西北又被阿古柏侵占,收复这些地方都要花银子。”

“我已经估算过了,建厂、购器、雇匠需银三十万两,随后每年工料、薪水需银六十余万两,五年花费三百多万两,可造成一百五十四马力大轮船十一只,八十四马力小轮船五只。这些款项,可先从闽浙海关支付,不足部分再从厘税中提取。五年之中,国家捐此数百万,合虽见多,分却见少,也并非难事。”

于凌臣又问道:“现在朝廷没那么多钱,你又何必急于一时呢?”

“急于一时?我大清海疆万里,自海上用兵以来,西洋各国的兵船畅行无阻,边衅一开,直逼天津,危及京师,我无一船可挡,不急行吗? 自从各口通商,允许洋船自由运销货物以来,民间沙船已被挤垮。十几年前,南北汇集于上海的民间帆船不下五千余只,而如今只剩四五百只!福州原有民船不下一千只,如今只有三百余只。帆船抵不过轮船,要救这些船民,唯有大造轮船,让商民购雇,才能与洋商并驾相争。关系百姓生计的大事,不急行吗?再拖几年,民间商船都亏折殆尽,漕运靠什么? 天庾正供,难道求着洋人给运输不成?”左宗棠瞪着眼睛反问。

洋轮挤垮了帆船,夺了百姓子民的生计,这一条大家从前都没想到。清流向以忧国忧民自居,一时无话可说。倭仁清了清嗓子道:“目前所办洋务,无非是亦步亦趋,步洋人后尘,所费心思无非是如何学洋人的造器之法,而不是深思御敌之计、破敌之术。如此以轮船敌轮船,以机器制机器,即使精而又精,也不过与洋人并驾齐驱,依然无制敌余力。”

“倭相,我们连轮船都没有,如何研究制敌之策?这岂不是纸上谈兵?”左宗棠毫不客气地顶了回去。

倭仁努力不生气,笑道:“非也。宋史曾经记载‘水贼杨太,湖中泛舟,以轮激水,其行如飞,官船遇之即碎。而岳飞兵到,掷以稻草绳索,飞轮被阻,顿成废物,水贼只有束手就擒’。”

恭亲王听倭仁竟还有这么一说,真是又可气又好笑,插话道:“倭相,那是啥年月的轮船,那时候的飞轮与现在的根本不是一回事。”

“王爷这话不对,天下万物一理,前事不忘,后事之师。孔圣人作论语,距今已两千余年,我大清不是照样遵圣人礼教?”

左宗棠不待倭仁说完，打断他的话说："轮船是轮船，礼教是礼教，大道理千古不变说得过去，可是种种器物，变化无穷。听说上古先人们不过以树皮当衣，倭相现在也拿片树皮遮羞到前门大街转一圈试试？"

这话引得大家哄堂大笑，倭仁脸憋得通红。

张盛藻接过话头道："天下万物，相生相克，有一长必有一短。轮船再坚利，也有短处，它头轻而尾重，头高而尾低，头尖而尾阔，便直行而不利横行，利前进而不利于后退，御其之法也不难也。咸丰七年，我在山东烟台见轮船驶过，突然岛中驶出小船五六只，钩附轮船尾部而行，洋人乖乖让通事各给洋银二三十元，小船始散。为什么？诸位可知为什么？"张盛藻如市井讲书一般，把大家的心都悬了起来。

恭亲王正色道："张大人，这是朝会，不是书场，有话你就快说。"

"臣当时审视小船之上，并无长物，只是每人手中一藤竿，长丈余，竿头装有钩镰；船中又插二三藤竿，竿头皆以绳悬一巨石，形如枣核。他们以钩镰钩住火轮之尾，火轮枪炮都装在船头，对船尾无可奈何。洋轮若不给银两，便压弯藤竿，将巨石射入轮船烟囱中，烟囱遂爆，船亦飞裂。"

恭亲王直觉好笑，问道："轮船首尾都有大炮，并非你所说船尾无可照应。就算是这样，轮船在海上飞驶，又如何能将巨石投进烟囱中？要知道，那比投中轮船要难得多。"

这话把张盛藻问得有些结巴，他满脸涨红道："他们天天习练，世上无难事，天长日久，自然能够纯熟。"

左宗棠正要说话，恭亲王摆手阻止了，由他继续与张盛藻讨论："既然你曾亲见，那也有可能。唉，张大人，你好像在山西做过几年学政吧？"

"正是，咸丰七年臣在山西学政任上。"张盛藻回答道。

"这就怪了，你在山西学政任上，怎么去山东了？"恭亲王反问。

张盛藻这才明白掉进了恭亲王的陷坑，勉强辩道："臣记错了，是咸丰五年。"

恭亲王讽刺道："那更不对了，咸丰五年你好像在甘肃任知府吧？你到底是哪一年在山东见识破轮船之法的？"

张盛藻顿时面红耳赤，只好实话实说道："臣也没亲见，是听学生说的。不过，句句是实，绝无谎话。"

左宗棠闻言毫不客气道:“拿道听途说的话当治国救民的良策，还有脸争得面红耳赤,真是可笑至极！”

倭仁见张盛藻又败下阵来，底气已没那么足，但想到此事又关系着国运,他还是要把想说的话说出来。

“说一千道一万,我还是那句话,立国之道,尚礼仪不尚权谋,根本之图,在人心不在技艺。国要自强,要紧的是读圣贤书,学尧舜之道,整纪纲、明政刑、严赏罚、讲气节,洋枪洋炮洋轮,不过是一艺之末,如果舍本求末,文不知礼义廉耻,武不知杀身报国,就是有洋枪洋炮又能如何？”

“洋人枪炮之下粉身碎骨,你再讲礼义廉耻又有何用？听你的话,好像一造洋枪洋轮就纲纪废、气节亡,这是哪门子道理？”左宗棠反问道。

倭仁并不服输,道:“有些人一提起洋枪洋炮就来精神,好像有了那些洋玩意大清就高枕无忧了,这是何等的浅陋？！我泱泱中华,五千余年文明,远了说,曾经创造了汉唐气象！近了说,本朝也曾创了康乾盛世,为什么非要学洋人,为什么非要把国运寄托在洋务上！”

“道理简单得很！因为现在不是康乾盛世,更不是汉唐气象！现在是洋人的坚船利炮逼我签城下之盟,要挟我割地赔款,这么简单的道理,为什么在你们这里就说不通？”

倭仁还要说话,却被醇亲王打断了。

“我看就不要再争了,倭相说要整纪纲、明典刑、严赏罚、讲气节,这没有错;季高坚持造轮船、学洋人也是必要。你们说,咱们一边讲西学,一边别放松了中学,不就两全其美吗？”

倭仁见醇亲王如此说话,大感意外道:“醇王爷,怎么连您也说这种话？”

“有道理的话,人人都可以说,醇王爷怎么就不能说了？”左宗棠为醇亲王鸣不平。

参加廷议的人并非个个都关心时政,对办不办船政也不感兴趣,如今见左宗棠、倭仁争论不休,不少人早就不耐烦了。成亲王说:“老七说得有道理,何必这么婆婆妈妈的，左宗棠从福州跑到京里来也不容易，就让他去办得了。”

又有几人附和成亲王。倭仁见此情形,早已按捺不住心中的怒火道:“列位王爷,倭仁不敢苟同,更不敢以此议上奏。”说罢,便拂袖要走。

左宗棠站到门口挡住倭仁的去路，说："倭相，不是左某不讲道理，你要么继续与左某辩下去，要么就写一个廷议的结果出来，你这么拂袖而去算什么？"

于凌臣看不惯左宗棠的跋扈，大声道："左大人太霸道了，难道要逼迫倭相不成？"

左宗棠冷笑道："你说得不错，本部堂没别的优点，就是霸道可圈可点。不霸道能剿得了长毛吗？不霸道能治得了悍匪吗？战场上都是白刀子进红刀子出，不是你死就是我活，没有一点霸气怎能带兵？"

论起带兵来，于凌臣真是无话可说。

张盛藻便接过话茬道："左大人三次进京应试，倭相两次都是你的座师，难道这是你对座师该有的态度吗？"

左宗棠冷笑着回道："你这话倒提醒了我，我早就想当面问问倭相，为什么两次都是我的座师，却两次让我落第？"

于凌臣笑道："这得问你自己，你有没有中进士的资格。"

"不，这得问倭相。如果说左某无才，那先皇为什么要破格简拔左某？左某年近五十不过是一名幕宾，不数年间已位至督抚，是先皇、两宫和皇上识人不明提拔错了，还是你倭相不识英才，野有遗贤？"

这话问得无赖而又刁蛮，倭仁如何应付得了！他气得两手直抖道："这种人、这种人竟成了封疆大吏，真是，真是……"

于凌臣等人见倭仁脸色蜡黄，便搀着他回了府，廷议又不了了之。

倭仁离开后，大家议论纷纷，有人怪左宗棠太霸道，有人说倭仁是自取其辱。恭亲王见再议下去也没什么结果，便道："散了吧！散了吧！什么时候再议，到时自有通知。"

大家鱼贯而散，朝房里只剩下恭、醇二王及左宗棠。恭亲王对左宗棠苦笑道："季高，你有些过分了，怎么说倭相也是三朝老臣。"

"王爷，不是臣霸道，这事没个结果，臣绝不离京。"

醇亲王闻言也叹息道："没想到倭相会这么固执。"

"老七，廷议这么议下去也不像话，两位太后那里也没法交代。平日你与倭相还说得上话，你就跑一趟，劝劝他如何？"

醇亲王面露难色道："怕是我的话他也未必听得进去，你没瞧见他今天看我的眼神,就好像我是叛徒。我倒可以去试试,但结果怎样可就难说了。”

吃过午饭,醇亲王便屈驾来到贤良寺,兴冲冲地对左宗棠道:“倭相总算肯通融了,他的意思,两年后办船政,他绝不再阻拦。”

左宗棠大失所望:“这算什么通融?臣能等得上两年,又何必千里迢迢进京请训?办船政刻不容缓,如何能再拖两年?拖上两年,什么事情都可能发生,臣的船政岂不要泡汤?倭仁使的不过是缓兵之计,臣绝不入套!”

醇亲王费尽了口舌,倭仁才肯做此让步,他兴冲冲跑来告诉左宗棠,没想到是自讨没趣,皱了皱眉道:“季高,那你是什么意思?”

左宗棠固执道:“这件事一日没办成,臣一日不回福州!”

“季高,退一步海阔天空,事情总不能由着你的性子来。倭相如此坚持,怕也不单单是他的意思吧?”醇亲王竭力相劝。

这话意思很明确,不是倭仁的意思,那肯定是两宫的意思了。但左宗棠偏偏犯了倔劲,道:“不管是谁的意思,臣绝不放弃,大不了回湘阴当湘上农人去!”

醇亲王闻言也有些生气了:“本王只有这么大点本事,那你就好自为之吧。”说罢,便拂袖而去……

慈禧的消息很灵通,廷议的大致情况安德海已仔细向她报告了。左宗棠进京因为没向他表示意思,所以就添油加醋大加编排。

慈禧听说廷议闹成这样,很生气,便同时召恭亲王、醇亲王进宫。她劈头就问恭亲王道:“老六,你主持廷议的结果怎样啊?”

恭亲王只好如实回奏:“争论不休,尚无结果。”

“瞧你们办的好差使,让你主持,当然不是任由他们在那里胡闹。倭仁是三朝老臣,一品大学士,堂堂帝师,你们就眼睁睁看着左宗棠羞辱他?”

“这事也不全怪左宗棠,是于凌臣、张盛藻不该拿左宗棠没中进士的话来刺激他。”恭亲王为左宗棠辩解。

慈禧打断恭亲王的话道:“我知道你和左宗棠声气相通,你也不要一味为他辩解。他没中进士也是实情,难道别人就说不得?他也太狂妄了,这满朝文武就没一人他瞧得上的。”

就在这时,太监来报说左宗棠递牌子求见。慈禧正在气头上,连说:“不见,不见!”传话的太监一溜小跑而去,不一会儿又回来了,小声对安德海道:

"左宗棠不肯走,说见不到太后他就跪在那里。"

"你告诉他,跪也没用,还是知趣些快走,不要再拿这话来啰唆。"安德海不耐烦地教训小太监。

传话的小太监见左宗棠不肯走,安德海又不让再传话,天这么热,怕闹出什么事来,他与慈安宫里的宫女庆儿有些交情,就连忙去东边告诉庆儿,让她帮忙想想办法。庆儿聪明,就对慈安说:"太后,西边院子里的石榴花开了,听说满院子香呢!"

"是吗?走,过去看看。"

慈安一进院子,就看见左宗棠跪在地上,浑身已被汗湿透,她说:"哟,这不是左大人吗?大热天的,快起来。"

此时,宫里的议论还没有结果。不过,慈禧已经心气平顺多了,她问恭亲王心里是怎么想的。恭亲王一心支持左宗棠,但慈禧一开始就指责他与左宗棠穿一条裤子,所以嘴上说得含混,以留些余地。

可他的这份小心慈禧并不领情,又扫醇亲王一眼问道:"老七,你说句痛快话,你是什么意思?"

醇亲王被左宗棠气得胸闷,原打算站在倭仁一边,但他毕竟对办船政也有些心动,如今见恭亲王受批评,咬咬牙不再含混,说:"臣以为左宗棠忠心可嘉,船政宜立即着手大办。"然后还一二三四说了理由。

这时慈安也进来了,说"哟,妹妹在商量事情呢!"

慈禧没想到慈安会突然过来,虽然她在政事上从来拿不出大主意,但规矩却是两宫垂帘,今天她独自召见两位王爷,已是有些不妥了。她让安德海立刻传茶,热情地招呼慈安坐下,说:"我为船政的事问问老六、老七,想到姐姐正在午睡,所以没敢打扰。"

慈安对慈禧独自召见什么人并不为意,说:"政事都是妹妹操心,我就图个清闲。不过这大热天里,左宗棠跪在太阳地里恐怕会中暑啊。"

慈禧闻言大为惊讶,左宗棠在太阳地里跪了半个多时辰自己竟然不知道,怒火腾地一下就冒起来了,厉声问道:"安德海,这是怎么回事?"

安德海也慌了,连忙把责任全推到太监头上:"他们说左大人已经走了。"

慈禧厉声道:"传我的话,把这不会传话的奴才推出去重责四十!"

话还没传出去,就听到外面一迭声地喊道:“不好了,左大人晕倒了!”

两宫闻言几乎同时吩咐:“快抬进来,传酸梅汤。”

慈安心地忠厚,见左宗棠如此情形,心中不忍,竟忘了太后之尊,亲自端汤给左宗棠。

左宗棠醒来见此情景,“扑通”趴在地上连连磕头:“太后如此体恤,真是折杀老臣了,折杀老臣了。”

慈安微笑道:“这么热的天,你又是何苦呢?”

“这些狗奴才竟说你已经走了,不然怎会让你跪在太阳地里,我已传话往死里打了。”

左宗棠听到外面鬼哭狼嚎,就为小太监求请:“是臣不肯走,怪不得他们,求两位太后饶过他们。”

慈安转头对安德海说:“快去传话,左大人讲情,这顿板子先记下了。”

见今天的人情都让慈安做了,慈禧自然不甘心,干脆就给了左宗棠一个天大的人情,她与慈安商量说:“左宗棠今天是为船政的事,刚才妹妹和老六、老七也正是商议这事。姐姐,难得左宗棠一片忠心,这事就准了如何?”

慈安巴不得如此,点了点头答应了。

慈禧转头又对恭亲王说:“老六,你回去立即拟旨——试造火轮船实系当今应办急务,左宗棠所陈各条,均着照议办理,所需经费着由闽海关税内酌量提用,如有不敷,则由闽省厘金税项下提取应用。”

左宗棠连连磕头,砰砰有声。

## 三顾茅庐,请沈葆桢出任船政大臣

福州城内最繁华的街道上,在一家挂着“客香来”招牌的酒楼内,传出老板娘泼辣刻薄的训斥声:“你要卖就到窑子里去,装成什么良家妇女来勾引我男人?看我不打断你这个骚狐狸的浪腿!”

伴随着打骂声,一个扎着两条长辫子的姑娘从酒楼里跑了出来。高大肥胖的老板娘追到街上扯着嗓子喊道:“你们都来评评理,我好心好意收留了她,管吃管穿,谁知道这浪蹄子竟勾引我男人。”

年轻姑娘含泪辩解道:“我没有,我没有,是你男人不怀好意。”

老板娘霍地跳了起来，只听“嘶啦”一声，姑娘的衣服被当胸撕破了。姑娘一边哭，一边手忙脚乱地护着前胸。老板娘仍不肯放手，还要撕扯，突然有个洋人抓住了她的手腕，操着颇为流利的中国话道：“你太过分了，这样欺负一个姑娘，实在太过分了。”说着，他脱下自己的上衣给那位姑娘披上。

老板娘大咧咧地说：“别人怕洋人我可不怕。我管自己的丫头，碍你什么事了？”

两个督标营的勇兵站了出来，“啪” 地抽了老板娘一个嘴巴道：“你敢这样与日意格先生说话，看我不打烂你的嘴。日意格先生是二品顶戴、船政局监督，总督大人的座上宾，你竟敢如此放肆？”

女人捂着腮，眼里透着委屈，嘴上却不敢说话了。整个福州都知道，闽浙总督左大人杀伐果断，他的督标营更是九死余生，无人敢说不字，他们更知道有个叫日意格的洋人是总督大人的座上宾，谁都敬着三分呢！

“这位姑娘，你有什么困难，尽管跟我说。如果你愿意，可以到船政局，我会给你安排一个职位，一切都不会让你为难。”日意格温言问道。

姑娘抬起头，一双含泪的大眼睛望着高鼻子、蓝眼睛的日意格点了点头道：“小女子愿跟大人去。”

这时，总督府的戈什哈来找日意格，气喘吁吁道：“左大人请您立即去总督府。”

日意格大感意外：“大人不是明天才到吗？”

“总督大人没在上海停留，就急着赶回来了。”戈什哈回道。

日意格躬身做了一个请的姿势，那个姑娘就大方地跟他走出人群。老板娘在后面喊道：“你不能就这么走了，你还欠我饭钱、店钱呢！”

日意格抓出一把鹰洋扔给老板娘，头也不回陪着姑娘扬长而去。

同治五年九月，西北的形势骤然紧张起来。捻军这时候分成了东西两支，西捻军由张宗禹、邱远才率领西进陕西，与陕西的义军相呼应，陕西巡抚刘蓉手忙脚乱，连吃败仗，连连向朝廷告急；不仅如此，新疆全境几乎陷入阿古柏手中。阿古柏本是天山南路小国浩罕的将军，他以帮助百姓抵抗清军为借口，陆续占据了天山以南地区，并迅速向北挺进。浩罕本不足虑，但俄罗斯想侵占新疆已非一日，他们与阿古柏勾结在一起，随时都可能进入新疆。

陕甘不宁,新疆就更加鞭长莫及,时日一久,这片广袤的国土就有可能易主,所以朝廷万分着急。但派谁去经营新疆呢?必须是一位德高望重、才能卓异的大臣前往。朝廷曾希望李鸿章去,恭亲王写一封私函征求他的意见,李鸿章复信,淮军多系安徽人,吃惯了大米,都担心到陕西去吃不惯面食,他们习惯了江南水乡作战,到西北去恐怕人地两生,天不时,地无利,人欠和,实在没有把握。他又托薛焕向恭亲王进言,江南洋务事业方兴未艾,李鸿章如果离开两江,两江洋务必受影响。另外,曾国藩的身体不好,听说右眼已失明了,收拾东捻军非李鸿章的淮军不可。东捻军由赖文光、任化邦率领,以骑兵为主,牵着官军的鼻子东奔西走,还时时有北进京津的可能,的确离不开李鸿章的淮军。盘算来盘算去,恭亲王目光落到左宗棠身上。

"左宗棠正在福州办船政,他肯去西北吗?"慈禧有些担忧。

"左宗棠向来对经营新疆十分留心,而且也只有他有西行的气魄,舍他再无合适人选。"恭亲王这样评价左宗棠。

慈禧闻言一扫脸上的愁云,说:"那就立即拟旨,着左宗棠为陕甘总督,即刻西行。在他接任之前,陕甘总督一职暂由宁夏将军穆图善署理。"

闽浙总督府会客室里,左宗棠正与日意格、胡雪岩商讨着造船的计划。三人商讨了大半天都累了,胡雪岩着人买来各色时令水果,劝大家稍做休息。左宗棠突然问道:"日意格,听说最近你遇到了一个漂亮姑娘,安排到局里了?"

"总督大人消息真灵通,我正要向大人报告呢!我让康姑娘在局里做些端茶倒水的活儿,工钱是我出的。"

左宗棠笑道:"局里也需要这样的人,你又何必自己出钱。我听说你对那姑娘有意思,我给你做媒怎么样?"

日意格慌忙解释道:"大人千万不要!我喜欢康姑娘,但还不知道她是否喜欢我,我要尊重她的意见。"

左宗棠听了却不以为然道:"这是你们西洋的风俗,在大清你喜欢上一个姑娘,我堂堂总督做媒,她没有不答应的道理,你尽管放心。"

日意格连连摆手:"不不不,总督大人,我不是怕康姑娘不答应,是不知道她是否喜欢我。如果她不喜欢我,我就不希望她答应,更不希望大人逼她答应,这种事情是不能逼的。我已跟大人说过,我的事业在大清,我要娶一个大清太太,一个我爱、也爱我的大清太太。”

“你们西洋人真麻烦,说话像绕口令似的。好,这事就由你自己决定吧!”左宗棠笑着喝了口茶,又言归正传,一边踱步一边道,“我已说过多次,我建这个船厂,不仅要造船,更要培养造船和驾船的人才。五年后,你们外国工匠都撤走了,大清工匠就应该完全能够自己造船、驾驶了,所以船厂计划中如何育才也是关键,咱们签的协议中必须把外国匠员教授之责定清楚。”

日意格说:“您的意思我明白,可是短短五年,即便我们非常认真地教授,中国工匠也未必能够把造船、管驾技术学会。”

左宗棠一听这话便不高兴了,瞪着眼睛问:“你的意思是说,中国人都愚蠢透顶?”

日意格赶紧解释道:“大人误会了。按您的想法,外国匠人顶多雇请三十五人,可造船、管驾是两门大学问,这三十五人又要造船,又要教授学徒,五年实在力不从心。”

胡雪岩这时也插话说:“日意格先生说得有道理,就属下那药店、钱庄里的学徒,没有三年也出不了师,何况造船、驾船这样的大事?大人何不专设学堂,请洋人教授造船、驾船技术?学徒平日在堂学习,学通一部分后还可以到船厂直接实习,这样岂不更好?”

左宗棠闻言一拍大腿道:“好!你说得极好!原来我只想到让洋匠手把手教中国徒弟,倒没往学堂上动心思。日意格,你修改计划时要把学堂的事情考虑进去。我想学堂可以分成两个,一个专门学习造船,一个专门学习管驾。”

日意格说:“有专门学堂当然很好,但仅雇请三十五个人恐怕就不够用了。”

“既然办学堂,当然要多聘些洋先生,需要开哪些课程,需要增加多少洋人,你们先做个计划如何?”左宗棠是一副征求意见的语气。

大家还要继续商讨,这时戈什哈进来低声对左宗棠说:“大人,夫人已经到了。”

左宗棠闻言十分惊喜:“是吗?我估计要到明天呢!”

日意格疑惑地望着胡雪岩。胡雪岩解释说:“宫保的夫人从湖南赶来了,宫保与夫人已六年未见面了,他们一定有许多话要说。"

日意格惊讶地说:"总督大人真了不起。大清有句俗话——一日不见,如隔三秋。大人夫妇六年不见,那隔了多少个秋?那我就告辞了,明天来拜访夫人。"

"好好好,造船计划各位务必上心,拜托了。"

大家告辞后,左宗棠连忙去了后院。周夫人和两个儿媳收拾着院子,一个两三岁的小娃娃好奇地问这问那。

自从长沙募兵离家后,左宗棠已整整六年未见到夫人了。此时看见夫人都有些不敢相认:"夫人,你见老了啊!"

"不要只说我,你两鬓都白了。"周夫人说着不由自主地轻轻握住了左宗棠的手,随后她意识到老夫老妻在晚辈前不可失态,便指着身边的两个孕妇道,"这是霖儿家的,这是宽儿家的。"

两个儿媳闻言过来见礼,周夫人指着看护小儿的老仆说:"何三也来了。"

左宗棠拍了拍他的肩膀:"何三也见老了,背都有些驼了。"

周夫人又拉过缩在她身边的小男孩,指着左宗棠说:"谦儿,你总嚷着要见爷爷,现在见了爷爷怎么不说话了?"

谦儿盯了左宗棠老大一会儿才说:"别人都说爷爷管着好多好多的兵,可威风啦!爷爷怎么像东街喂驴的陈伯伯,一点儿也不威风。"

左宗棠闻言哈哈大笑:"我像喂驴的?哈哈哈……"

谦儿又问道:"爷爷,这儿有什么好玩的吗?"

左宗棠想了一会儿才说:"爷爷这儿好玩的可多了,爷爷正准备建个大船厂,将来能够造出很大很大的轮船来!"他边说还边比画着。

小孩子嚷着要去看轮船,左宗棠笑道:"现在可不成,船厂还没开始建呢!不过爷爷向你保证,不出两年就一定造出大轮船来。"

周夫人让何三带走谦儿,说:"咱还是进屋说话吧。"

进了屋,两个儿媳见了礼,便知趣地各回自己的厢房。

左宗棠紧紧握住夫人的手,动情地问道:"夫人身体可好?旧疾未再发作吧?"

"我身子骨还好,又有张姨照应,一切都还好。倒是你没人照顾,人老了许多。腹泻的毛病可减轻了些？”

左宗棠摇了摇头：“都还是那样，不过也不是什么大毛病。”

“都怪我没在你身边，没人照顾你。如今长毛总算消停了，你可以稍稍喘口气，好好调养一下身体了。”

周夫人边说话边收拾左宗棠的床铺，她扯下枕巾准备去浆洗，却发现枕巾下竟还是十几年前她亲手缝的枕套。那时左宗棠坐馆养家糊口，夫妻分居，每当夜深人静，常常是孤枕难眠。周夫人便在枕套上绣了家乡风景，并题诗一首：

小网轻舠系绿烟，
潇湘暮景个中传。
君如乡梦依稀绕，
应喜家山在眼前。

左宗棠说：“这枕套伴我十余年了，每每看到这首小诗，就想起夫人来。”

周夫人从包袱里拿出左宗棠当年亲题的一副对联，上联是“身无半亩”，下联是“心忧天下”。

当年左宗棠父母亡故，遗下几亩薄田，由兄弟三人继承，当时他大哥刚刚去世，遗下孤儿寡母，未来日子必定异常艰难。左宗棠把自己名下的几亩薄田全部赠给了寡嫂，自己则净身入赘周家，与周夫人寄居周家偏院；但左宗棠并未气馁，反而时时为国家命运担忧。当时他写了这副对联贴在书房，没想到周夫人有心，给他好好保存下来。

他一边欣赏，一边笑道：“当年穷困潦倒，出此大言，怕是让夫人见笑了。”

周夫人微笑道：“我倒没认为你是在说大话，我当时便认定你是心装天下的伟丈夫。”

左宗棠有些惊讶：“夫人这话我真不敢信，莫非夫人那时就认定我有一天会位列封疆？”

周夫人摇了摇头：“没有。在我看来，只要心怀大志便是伟丈夫，与能否腾达无关。这副对联你现在更应看重，既已位列封疆，你更应该心忧天下。我并不奢望能跟你享受荣华富贵,但求你能留下一个好官声。”

左宗棠闻言紧紧握住周夫人的手说:“知我者,夫人也。”

饭菜摆上来了,比平时略多,却绝对算不上丰盛。大家都坐好了,左宗棠却迟迟不开饭。夫人知道他是有话要说,果然,他开口了:“夫人知道我的为人,你们这些年轻的孩子大概不太了解。你们出门时,乡亲肯定羡慕不已,以为在我这总督府要吃多少山珍海味,要享多少荣华富贵,这些我肯定让你们失望了。我这个总督一年过手的银钱又何止千万两?要奢侈一些不用费心,自会有人打点得周周到到。可这都是些庸俗的官宦习气,我从不沾染。饮食起居,我不敢忘寒门家风,极俭也可,像今天这样略丰也可,太奢则实在不敢。你们要切记,凡官宦之家,由俭入奢易,由奢入俭难。人人都以为总督威风,但像我这样的总督,六年没与你们吃顿团圆饭,倒不如寻常百姓,虽然清苦些,却能彼此照应。”

周夫人笑道:“你也就说说罢了,那些连肚子也填不饱的寻常百姓,你问问他们愿不愿换你这总督?”

“我愿换,只怕他们没有当总督的本事!我也不是吃不了苦的人。小时候,母亲大人奶水不足,更雇不起乳母,只好嚼米成汁喂养我。遇到荒年,有时还要以糠屑充饥。母亲大人病重,需要人参滋补,家中无钱,只好买了几钱西洋参蒸得两羹匙。西洋参又怎能有人参功效,一家人只好看着母亲大人一天天消瘦下去。”说到伤心处,左宗棠两行眼泪下来了。

周夫人怕他伤心,劝慰道:“人各有命,一家人也尽心了,在孩子们面前,你可别这样。”

左宗棠擦了擦眼角对两个儿媳说:“你们几个姐姐出生后没有请乳母,霖儿、宽儿也没请,就是你们的孩子出生了也不要请。一个人受些磨难并非坏事,就是家境稍好些了也不能铺张。我每年的薪俸、养廉银也有两万多两,都用在了周济穷困、办学堂、修贡院、印典籍上,可别指望我能为你们积攒多少银子。”

两个儿媳连忙辩白道:“爹爹说哪里话,应该我们孝敬您才是,哪敢想您的薪俸。不但我们知道,就是满长沙城的人、老家湘阴的人也都知道,爹爹为官清廉,又乐施好助,只有好口碑,没有富家财。”

左宗棠闻言很高兴,连声问道:“是吗?大家真这么评价我吗?果真这样,我也知足了。”

正在说话时,戈什哈进门附在左宗棠耳边低语几句。左宗棠随后起身,对周夫人说:“你们先慢慢吃,我去去就来。”

左宗棠一走,大家都不吃了,等着他回来。

等了老大一会儿,左宗棠终于回来了,他见大家都还等着,说:“你们先吃就是了,何必等我。”

周夫人见左宗棠脸色不大对劲,便问道:“出什么事了?”

“没什么大事。”左宗棠一脸平静,可坐下来却吃不下饭。

周夫人劝道:“都是家里人,有什么不好说的?看你闷闷不乐的样子,怎么会没事呢?”

左宗棠深深地叹了口气才道:“刚才接到廷寄,钦命我总督陕甘。”

啊?要去陕甘?一桌人都深感意外。

“陕甘荒寒之地,爹爹这般年纪远去西北……”两个儿媳都很担心。

周夫人也皱了皱眉问道:“好好的,怎么又去陕甘?”

“捻子进了陕甘,搅动陕甘局面大乱;内忧而加外患,阿古柏侵占了新疆大部,俄国人也想浑水摸鱼,西北边陲不能再乱下去了。”左宗棠把西北的情形向周夫人约略介绍。

周夫人闻言有些黯然:“你已奔六十,腹泻尚未见好,关山万里,又无人照顾……”

左宗棠捋着胡须道:“这个夫人倒不必担忧,我当心就是。最让我牵挂的还是这造船大业,朝廷已恩准在马尾建船厂,一切都在筹划中,此时我一去,难保不会半途夭折。”

“造船也是益于国家的大事,你何不恳请朝廷恩准留在闽浙,以成夙愿?”周夫人建议道。

左宗棠摇了摇头:“朝廷如何不知造船大业紧要?不是万不得已,怎会命我西征。国家不可无陕甘,陕甘不可无总督。我一介书生,受两朝圣主垂恩,值此国家多难之际,怎能为一身一家之计!此时西北无可恃之人,我断无推卸之理,不得不一力承担。”

周夫人安慰道:“我知道你的心思。船政重要,陕甘更重要,何去何从,一切都凭你心意。你去陕甘,我愿随你前往。”

左宗棠连连摆手:“万万不可!此去陕甘,没有五年万难奏功,战事凶危,怎么能让夫人赴险呢?船政与陕甘,哪一个我也不能放弃。我要上奏朝廷,恩准再留些时日,待船政一切就绪后起程赴任。”

左宗棠调任陕甘总督、督办陕西军务的消息很快在总督衙门传开了。傍晚时日意格和胡雪岩一同来见左宗棠,询问船政局还办不办。

“办,怎么能不办!”左宗棠回答得毫不含糊。

胡雪岩说:“宫保,不是我泼您冷水,船政这样的大事,您来主持,尚有办出眉目的希望,换了别人,我是不敢设想。”

日意格也表示,除非是左宗棠主政闽浙,他才敢接这样的重任,如果左宗棠非要去陕甘,那他也请辞。

左宗棠瞪胡雪岩一眼说:“雪岩,这是不是你的主意?”

“哪里是我的主意!”胡雪岩辩解说,“日意格是中国通,人走政息的官场规矩他清楚得很,继任者就是勉强接下来,恐怕也不会实心办理,我们这些办事的夹在中间两头受气,自己落个革职处分事小,银子打了水漂,还不被人骂死?那可就一辈子别想睡着个踏实觉了。”

“人走政息,在别人手里会,在我手里不能够!”左宗棠说,“船政的事绝不能闹人走政息!”

胡雪岩说:“宫保离开了闽浙,那可就身不由己了,真正是鞭长莫及!除非把船政局搬到陕甘去建。”

“搬到陕甘不可能,我找个妥当的人来接手。”左宗棠说,“这个人能像我一样任事果敢坚毅,那就和我在闽浙差不多了。”

胡雪岩说:“宫保,这样的人不好找。而且,如果接任的总督不支持船政,处处掣肘,纵有天大的本事,也踢打不开。”

左宗棠说:“这我也想到了,我准备向朝廷争取船政大臣专办专奏之权,不受地方督抚的节制。”

“这样当然不错,不过,恐怕没那么容易。”

“你们瞧好了,我一定照这样子办成。”左宗棠是一副胸有成竹的样子,对日意格说,“你把心放到肚子里,船政必须办成!你和雪岩赶紧把合同章程弄清楚,然后你到上海一趟,请你们的驻沪领事画押担保,也算让你们国家的朝廷知晓这件事情,不要到时候又挑理。”

左宗棠收到的廷寄是,“陕甘总督杨岳斌因病解职，调闽浙总督左宗棠为陕甘总督，以漕运总督吴棠为闽浙总督。未到任前，以福州将军英桂兼署”。

旨到即行,左宗棠次日约福州将军英桂见面,移交督篆。

八旗分为京营和地方驻防，京营驻守在京城和周边地区，拱卫京城安全;驻防则是驻扎在全国冲要之地,最高统帅为将军。将军是从一品,与总督平级——总督是正二品,但例加兵部尚书衔,因此也是从一品,总督出缺,新任总督到任前,往往由将军暂时署理。

福州将军赫舍里·英桂,比左宗棠小九岁,为人谦和,又是与左宗棠这样说一不二的总督同城,对左宗棠颇为尊重。他亲自到总督府来见左宗棠,左宗棠的意思,等办完督篆移交手续,他就搬到城外去住。“鸠占鹊巢,于心不安。”

“宫保,大可不必,不必!嫂夫人刚到,一大家子人呢,您搬到城外像什么样子!我是个署督,不过数月的事情,哪有折腾搬家的道理。再说,船政刚有眉目,您立即离闽,恐怕会有变故。如果您打算船政不致半路夭折,最好暂缓移交督篆。您调兵遣将也需要时日,等各路人马调齐了,您的行辕也建起来了,再移居城外以符制度有何不可?现在关键是您对船政的态度。上谕只字未提船政局的事,您是什么打算?我心里有数,到时候好配合您,将来吴督到了,我办交接心里也有谱。”

英桂的意思其实很明白,就是问左宗棠,船政还办不办。在他看来,即使左宗棠主政闽浙,船政能不能办出成效也难预测,如今换了吴棠来主政,肯定是办不下去。官场几乎人尽皆知,吴棠本事不大,能得总督之缺,不过是有通天恩眷而已。

官场盛传一种说法,当年有一对姐妹进京选秀,父亲病故,扶棺北上,路过清河县。时任清河县令吴棠也有一位朋友去世,也是扶棺北上,便打发人送去二百两银子,差人大意,竟把银子错送到穷困潦倒的姐妹那里。

他打算着人去要回来,县衙师爷劝他,区区二百两银子在大人这不算什么,但对这一家子人却是雪中送炭。听说姐妹俩进京选秀,万一将来选上了,必然不忘大人的恩典,大人在宫中也有了一座靠山。吴棠深以为然,非但没讨回银子,还专门送一席素菜到船上以示慰问。

后来这对姐妹双双入选,一位成了咸丰帝的兰贵人,就是如今的慈禧皇太后;一位成了醇邸的福晋。等两宫垂帘后,吴棠的仕途便一路顺风了。这回左宗棠总督陕甘,朝廷就派他出任闽浙总督。

左宗棠说:"船政已经朝廷旨准,当然要办下去。不管是谁出任闽督,都不能半途而废。我有个想法,奏请朝廷简派船政大臣,专责其事。"又叫着英桂的号说,"香岩,你是带兵的,知道为水师配备洋轮兵舰的紧要性,你可要鼎力支持。"

英桂说:"宫保放心,我署理期间,一定全力配合、支持,等吴督到了,我即便移交督篆,如果船政上有事需要我帮忙,仍然是义不容辞。"

"那就好,那就好。"左宗棠向来轻视满人,他对英桂竟然不吝赞扬,"香岩是旗人中的佼佼者,有你这番见识的,实在凤毛麟角。你还兼管闽海关,我得向朝廷奏请,你当船政会办,这样将来经费才有着落。"

"这是当仁不让的事。不过,这个船政大臣不好当,宫保心中可有意向?"

"有。请朝廷点派,来不及了。必须从福州城里寻,能够尽快接手。"左宗棠说,"我看好沈幼丹,准备三顾茅庐。"

江西巡抚沈葆桢是福州人,因老母去世在籍守制。左宗棠认为他是最合适的人选。一则沈葆桢对办船政也是大加赞同;二则他办事认真,官声也好;三则他家居福州,到马尾办事也方便。左宗棠对沈葆桢有好感,还因为他是林则徐的女婿,也是林则徐的外甥。而林则徐是左宗棠最敬重的人!

英桂也附和说:"这件事,也只有幼丹来接办才可能办出点眉目。"

左宗棠一身便装,不动声色来到沈府。沈葆桢在籍守制,当然不好以酒肉送之,挑选了玉兰片、银针茶、松花皮蛋等老家土产。

沈府在福州城南宫巷,是三进四合院,三进院后还有一列倒座楼。沈葆桢住在二进院,等他接到家人禀报出门迎接时,左宗棠已经进了二门。他连忙趋前几步行礼,左宗棠连忙虚扶回礼道:"我是来你家喝茶,又不是办公,幼丹何必拘这些虚礼?"

沈葆桢了解左宗棠的脾气,最吃不得怠慢,要真不拘礼,他还不拂袖而去?他笑道:"宫保应提前通知一声,我也好出门迎接。"

左宗棠挥手道:"算了吧,我还不知道你?要一通报,你还不借故躲了出去?"

沈葆桢正色说："我何曾躲过宫保？只是我在籍守制，不宜应酬，宫保屈驾岂有躲的道理。"

宾主入客厅，左宗棠开门见山地说："你我都不是婆婆妈妈之辈，我今天来是有事求你。"

沈葆桢连忙回礼："宫保要折杀我了。我在籍守制，有何能耐帮得上宫保！"

左宗棠把他总督陕甘的事情简单说了一下，沈葆桢惊讶道："船政刚有个头绪，宫保一走，岂不功败垂成？"

"西行万里，别无系恋，只有船政一事万分牵挂。"

"宫保可请朝廷选派妥员接办。"沈葆桢一副事不关己的神情。

"福州京师相隔数千里，从京里派人哪还来得及，即便派了也未必真能放心。我的意思是请你接办船政，也只有你接手我才能放得下心。"

谁知沈葆桢却连连摇头道："这绝对不行，丁忧之人不闻公事宫保不是不知道。"

"我当然知道，但办船政与服官毕竟不同，船厂工地并非公署，所率之人也并非印官，与不闻政事何异？"

"宫保不要开玩笑，守制之人穿素服办理公事、往来应酬，那成何体统？"沈葆桢依然不愿意。

左宗棠笑道："这个我已为你想好了。宴会之事，一概全免；公事交接，可凭函牍往来，不必入公门；而且你就在原籍办理船政，也不算夺情，于忠于孝尽可两全。"

"那也不行。船政事大，非常之举，谤议易生，任事者一人，旁观者一人，讥评者又岂止一人？事败垂成，于公于私又何益？"沈葆桢深知其中的艰难。

"你总算说实话了。不过趋易避难不是我的个性，也不是你的性情。大丈夫生于天地间，何必缩手缩脚，被他人议论吓退？我要奏明朝廷，请你出任船政大臣，并请恩准有专折上奏之权，并专发关防，不受督抚调遣。"

"宫保，您就饶过我吧。天下官绅又何止我沈葆桢一人，何必让我为难？"沈葆桢起身连连打拱，"船政是开天辟地的大业，我就是拼了命去做，恐怕也难孚宫保所托啊！"

"当然不是叫你一人去办。我已经给你预备了几个人，你用着顺手就用，不顺手就辞掉。道员胡雪岩想必你听说过,此公乃是商界奇男子,理财好手,一切工料及延请洋匠、雇华工、开艺局等事都可交他办理;署理福建布政使周开锡,素有急公好义之名,对船政极为上心,定是好帮手;盐运使衔广东候补道叶文澜,熟悉洋务,为人淳朴可恃,也可助你一臂之力;候选同知黄维焰,曾测量过香港、厦门、上海、宁波和福州罗星塔等处海水、河水;还有候补布政使徐文渊,涉猎西洋图书、颇有巧思,曾仿造洋炮百余尊,这些人都可成为你的左膀右臂。"左宗棠侃侃而谈。

然而,无论左宗棠怎么说,沈葆桢都不为所动。

第二天,左宗棠又去见英桂,让他出面劝说沈葆桢。当天下午英桂就面见左宗棠,说:"宫保,无论我怎么劝,幼丹就是不肯答应。"

左宗棠说:"人家说湖南人是骡子脾气,沈幼丹能比骡子还倔?你瞧好了,我非得把他请出来。"

英桂说:"如果宫保把开工前的事项都打理清楚再走,也许幼丹能够勉为其难。"

左宗棠点头说:"我也正有此意,我要上奏朝廷,暂缓离闽。"

英桂说:"我也愿助一臂之力,福州士绅已经联名给我写信,希望上奏朝廷,挽留宫保,办出头绪再出师。"

左宗棠说:"承情之至!"

左宗棠低估了沈葆桢的固执,二顾三顾,都不肯松口。最后左宗棠说:"幼丹,没想到你如此固执!我请旨夺情,看你奉不奉旨!"

左宗棠回到督署,亲自捉笔,起草《请简派重臣接管轮船局务折》,先是奏报当前船政办理进展,而后笔锋一转,向朝廷推荐沈葆桢——

> 臣维轮船一事,势在必行,岂可以去闽在迩,忽为搁置?且设局制造,一切繁难事宜,均臣与洋员议定,若不趁臣在闽定局不但头绪纷繁,接办之人无从谘访,且恐要约不明,后多异议,臣尤无可诿咎。臣之不能不稍留三旬,以待此局之定也。此事须接办之人能久于其事,然后一气贯注,众志定而成功可期,亦研求深而事理愈熟。
>
> 再四思维,唯丁忧在籍前江西抚臣沈葆桢,在官在籍久负清望,为中外所仰。其虑事详审精密,早在圣明洞鉴之中。现在里居侍养,爱日方长,非若

宦辙靡常，时有量移更替之事。又乡评素重，更可坚乐事赴功之心。若令主持此事，必期就绪。商之英桂、徐宗幹，亦以为然。

臣曾三次造庐商请，沈葆桢始终逊谢不遑。可否仰恳皇上天恩，俯念事关至要，局在垂成，温谕沈葆桢勉以大义，特命总理船政，由部颁发关防，凡事涉船政，由其专奏请旨，以防牵制。其经费一切，会商将军、督抚臣随时调取，责成署藩司周开锡不得稍有延误。一切工料及延洋匠，雇华工，开艺局，责成胡光镛一手经理。缘胡光镛才长心细，熟谙洋务，为船局断不可少之人，且为洋人所素信也。

此外尚有数人可以裨益此局者，臣当咨送差遣，庶几制造、驾驶确有把握。微臣西行万里，异时得观兹事之成，区区微忱亦释然矣。

谨沥悃驰陈，伏乞皇太后、皇上训示施行。谨奏。

左宗棠放炮发折后，又拿着折稿来到沈府，让沈葆桢过目。以左宗棠的地位，朝廷十有八九会准其所请。沈葆桢说："宫保，您非要把我往火坑里推吗？"

左宗棠笑道："幼丹，佛家有言，我不入地狱，谁入地狱？何况区区一火坑！"

沈葆桢说："宫保，沈某就是一凡人，何敢与佛比！"

"你我都不是佛，可是你别忘了，你还是林文忠公的外甥兼女婿，难道林公的气节胸怀我们一点也不受教？"左宗棠拿出一副对联又说，"这是我恭录的林文忠公的诗句，你挂起来，好好反思，然后回答我不迟。"

左宗棠抄录的两句诗是"苟利国家生死以，岂因祸福避趋之"。这是当年林则徐因虎门销烟获罪，被发配新疆，途中写给家人诗中的句子，为世人广为流传。

沈葆桢翻来覆去想了一天，最后下定决心，接过左宗棠手上的这副重担，但他写信给左宗棠，表示必须等明年六月守制释服后才出而视事。左宗棠认为如此也无不可，再次上奏朝廷，"臣维制造轮船一事，大致已有头绪，德克碑、日意格等旬日内可来定议。应先行备办之事，臣早为筹及，周开锡、胡光墉皆与知之。数月以内，沈葆桢暂缓应事，尚无不可。应请旨敕下沈葆桢，于服阕后总理船政，未任之前，所有船局事宜，仍一力主持，以全众望而重要工,勿许固辞。遇有咨奏事件,暂由周开锡、胡光墉面禀督抚臣代为咨奏”。

## 视船政为一生功业

沈葆桢的工作终于做通了，左宗棠立即找胡雪岩来敲定相关章程、合同。

“这些规约、保约我已仔细看了一遍,原则六个字:自造、自驾、自管,一切都要围绕这六个字来做文章。我们要用洋人,而不能被洋人所用。我绝不会像李少荃的江南制造总局那样,离了洋人就寸步难行。你看,规约中只规定五年内要教会中国员匠自造、驾驶,但没规定教不会怎么办,这对洋人就没有任何约束,所以要加上一句:如在期限内中国员匠能自造、驾驶,则重赏雇员,否则不给奖金。你再看规约中这一条,受雇洋员务各实心认真办事,各尽所长,悉心教导各局厂华人制作,并应安分守法,不得滋事。但万一滋事怎么办？所以还要加上这么几句:凡不受节制、不守规矩、教习办事不得力、工作草率取巧、打骂中国官匠、滋事不法者,一律撤令回国,而且回国盘费自理。”

胡雪岩连连点头道:“对,既然是合同、规约,务必要准确明白,如果模棱两可,将来必出纠纷。”

“说的是。机器、钢铁等原料由日意格回国购买,但也不是多多益善,能自造的还是要自造。洋人好利,这是他们的本性,我与日意格私人关系不错,但该防的还是要防。比如合约中规定,一百五十匹马力轮机、水缸十一副,全向法国购买。我查了一下清单,一百五十匹马力轮机一副再加水缸,计关平银两万三千两,十一副便需款二十五万两!这不行,花费太巨。我看只购买两副就够了,一副作为铁厂未成时,首先装配成船,以振士气;一副作为样品用于仿造。八十匹马力的轮机也应照此办理。此外,船上所需尺、镜、仪表等件,也只购十分之二三,其余雇匠自造。这几条我都已经修改了,你与日意格商议,他如果同意,就尽快去上海请法国领事印押担保。”

胡雪岩把文稿收过来,整整齐齐摞好,话题就转到西征上,于是问道:“大人西征大体需要筹划多少用项？”

“我正要与你说这事。进兵西北至少要先带六千人，一人月饷五两，至少要先发两个月，就是六万两。我打算编练马队三千，从张家口买战马三千匹，大体需要……”

不愧是金算盘，胡雪岩脱口便算出：“张家口一匹马大体需要银子十两，三千匹就是三万两，再辗转送到西北，大概要有六七万两。”

“用兵西北还要炮营，每营炮车三十八辆，至少先要拿出三十万两造炮车。”

“宫保还说过要屯田，屯田既要种子，又要农具，宫保计划拿多少银子？”胡雪岩又补充道。

“这个我没仔细算，大体需要四五十万两。西北道路险阻，转运极为困难，要彻底收功，必须搞军屯，这事非办不可。”

胡雪岩又粗粗算了一下：“以上这几项就近九十万两。西北万里征程，路上开销非内地可比，据我所知，陕甘粮价奇高，大米每百斤四两银子，麦面每百斤需三两银子，千里运费又近四两银子。所以宫保西征，肯定会有许多额外的支出。我以为，宫保起程至少要有一百五十万两现银，方可能保半年无事。”

左宗棠大吃一惊：“这就太难办了，虽然有七省协饷，但各省协饷总是推三阻四拖个一年半载，一时如何能筹到一百五十万两？”

“这事我倒是有个办法——那就是向沪杭商人借款，由我作保，借个百十万两问题不大，只是利息很高，大约要七八厘。”

“现在是等米下锅，七厘八厘也顾不得了，这事就由你来办。另外学堂一事，我想尽快理出个头绪，先在福州城内找地方建起来再说。还有西征需要刘松山帮办军务，回湖南募勇，我也要向朝廷奏请。”

胡雪岩看着左宗棠两眼充满血丝，劝道：“宫保还是要爱惜身体。”

福州城外码头，日意格与康秀媛正在焦急地候船。

康秀媛今天特意打扮了一番，那一头长发盘了起来，上面插了一支大簪子。日意格曾问她：“我喜欢看你的长辫子，你为何要盘起来呢？”

康秀媛说：“这是中国人的习惯，说明我已嫁人了。”

客轮鸣着汽笛向码头靠来，而左宗棠还未露面，康秀媛埋怨说：“你又说大话了,总督大人那么忙,怎么会来送你呢?我就不该信你。”

日意格也急得额头上汗珠滚滚,直向远处张望着,突然他惊喜地喊道:“你看!那是总督大人的马队,左大人来送我了。”

果然,十几个人快马加鞭,正向码头赶来。

左宗棠跳下马说:“有一件急务耽搁了,你等急了吧?”

日意格一边擦汗一边道:“不急,不急,我知道大人一定会来的。”

“我答应的就一定要做到。”左宗棠扫了一下日意格旁边的姑娘笑道,“康姑娘果然天生丽质,怪不得日意格如此倾心。不知姑娘是哪里人?”

康秀媛施礼回道:“回大人话,民女是湖州人。”

左宗棠照例伸手虚请:“姑娘不必多礼。”

康秀媛起身时,手里竟握着一支大簪子,怒视着左宗棠就要刺来。护卫眼疾手快,一纵身挡在左宗棠前面,同时一翻手便抓住了康秀媛的手腕。

左宗棠瞪着眼睛问道:“我与姑娘素无怨仇,为何要行刺于我?”

“杀父之仇不共戴天,怎能说无仇无怨?”

左宗棠疑惑地望着康秀媛,不知仇从何来。

“你还记得在广东被你杀死的康王吗?我就是他的小女儿。我爹本已向你投降,可你却背信弃义杀了他。”

太平军康王汪海洋,本是石达开的旧部,后来背叛石达开投到李秀成麾下,后来又隶侍王李世贤。他随李世贤转战到广东,一路被左宗棠追击,已经是穷途末路,但他还在争权夺利,杀死李世贤,独领其军。后来又向左宗棠诈降,被左宗棠识破,策动他的部将在突围时将他杀死。

“姑娘原来是汪海洋的女儿。要说背信弃义,天下还有人比得过你父亲吗?他一叛石达开,再叛李世贤,而后又向我诈降,即使如此,我也给过他机会,派人专门提醒他不可心怀欺诈,可他心存侥幸,不肯醒悟。对你父亲,本部堂已仁至义尽。”

左宗棠说罢这番话,转身望着浩浩荡荡的闽江,一言不发。了解他秉性的日意格知道,左宗棠正在做最后的决定,康秀媛的生死就在这片刻之间,当他转身的时候,他的决断无论正确还是错误,都将无法更改。日意格“扑通”一声跪在左宗棠身后,大声请求道:“大人,请您宽恕康姑娘吧!我求您了。大人如果要杀康姑娘,您就先把我杀了吧!”

左宗棠沉默了很久,缓缓转回身,拍了拍日意格的肩头道:“你起来吧。”

“大人不杀康姑娘?”

左宗棠点了点头,转身对康秀媛说:“康姑娘,不,我该叫你汪姑娘。照我的脾气,杀一个谋刺我的人又何必犹豫?你可知道,日意格这可是千金一跪呢!我与他交往也有数年了,他一直行法兰西国的鞠躬礼,从来不跪,他说只能跪君王、跪父母,可如今他为了你竟然跪下了,我不想拂了他的这片真情。姑娘你再看江上,那往来疾驶的轮船可有一艘是我大清的?一艘也没有!你再看看那些帆船,见了轮船避之唯恐不及,迟则船碎人亡。在咱大清国的土地上,洋人的轮船为何能如此横冲直撞?那是因为咱不如人家强大。怎么办呀?那只有办洋务求自强。此番我派日意格去买机器,就是这个目的。我有求于日意格先生,因此也不想驳他的面子。而且人都是父母生养,哪怕父母十恶不赦,子女为之复仇也算情有可原。今天你找上门来报仇,也算你一片孝心。”说罢,他向护卫挥了挥手,“你们放了汪姑娘,给她一把刀。她一刀杀了我,也就了了心愿,一刀杀不了我,算我命大,从此我们就两清了。”

护卫看左宗棠一脸认真,只好把汪姑娘放了,但不敢有丝毫懈怠,只等不惜以命相护。

汪秀媛接过护卫递上的腰刀,看着左宗棠却迟迟没有动手,她犹豫了。日意格这时也劝道:“秀媛,你不能杀左大人,他可是你们大清国少有的开明官员。你们大清国能主动了解世界、主动学习自强的,百万人里也就一两人,像左大人这样能够躬身实践的,千万人里也就一个呀!”

这些其实不用日意格说,她一切都看在眼里。自从结识日意格后,她就有机会了解左宗棠了,她也越来越下不去手,内心万分矛盾。今天失去机会,此后怕是再也不可能刺杀左宗棠了,她大声哭道:“爹,你让女儿如何是好啊!”说罢,她便横刀自刎。

护卫眼疾手快,抓住了她的手腕,但她已划伤了胳膊。左宗棠看姑娘如此刚烈,心里敬重,吩咐道:“快进城给姑娘包扎伤口。”

日意格说:“不必进城了,我行李箱里就有纱布。”

日意格当过军医,出门远行各种药品也带得十分齐全。他打开箱子,手脚麻利地给汪秀媛包扎伤口,一边包扎一边问道:“秀媛,你接近我是不是为了行刺左大人?难道你从来没爱过我吗?”

汪秀媛有些难为情,说:“开始我只是为了给父亲报仇,可没想到你会对我这么好。”

日意格有些着急:“你还没回答我,你爱我吗?”

汪秀媛羞涩地扭过头。

日意格没得到明确答复,又锲而不舍地问着。

左宗棠拍了拍他的肩膀道:“傻小子,人家汪姑娘早就答应你了。”

日意格听了十分高兴,又问道:“那你还愿意陪我去法兰西吗?”

汪秀媛点了点头:“我已没了亲人,你去哪儿,我就陪你去哪儿。”

左宗棠欣慰道:“汪姑娘,你我之间的结总算解开了。你不要说没有亲人,今天的事你都看见了,日意格是真心对你,你大可放心。如果你愿意,不妨也把我当你的亲人,以后有什么事就告诉我,我定当全力相助。日意格,汪姑娘受了伤,你就过些日子再起程吧。”

日意格刚乘轮出海,德克碑就从越南赶来了,两人几乎是前后脚。左宗棠让他看日意格拟定的聘用章程和合同,他表示没有意见。要说不满意,就是合同是聘日意格为总监督,德克碑为副总监督。日意格在中国的职务是海关税务司,在法国海军的原职是中尉;而德克碑在中国的职务是常捷军的统领、提督衔总兵,在法国海军原职是上尉。按中国官场规矩,海关税务司相当于中国道台,是四品,而总兵是正二品,无论中外官职,德克碑都高于日意格。左宗棠最初的打算,是让德克碑任总监督,日意格为副。最后改为日意格出任总监督,是法国驻上海领事白来尼的建议,他认为日意格会中文,便于跟中国人交流,性格随和,协调关系是他的长处。德克碑则刚直有余,变通不足,做日意格的助手更合适。左宗棠认为有道理,采纳了这一建议。

好在正副监督的薪水是一样的,都是月薪一千两,是德克碑在法国海军薪金的数倍。他经不住高薪诱惑,虽有遗憾,但还是接受这一安排。

既然德克碑已经同意,左宗棠让他也尽快回法国,日意格主要负责招募人才,德克碑则重点采购机器、设备。

这时候,左宗棠又接到上谕,朝廷同意沈葆桢出任船政大臣——

兹据左宗棠奏,请派重臣总理船政接管局务一折。该督以轮船事在必行,不以去闽在迩,遽行搁置,实属沉毅有为,能见其大。着遵奉前旨,将设局造船事宜，办有眉目，再行交卸起程。沈葆桢办事素来认真，人亦公正廉明，现虽守制家居，唯事关船政大局，必须经理得人，该前抚务当遵旨出而任事，不可稍行诿卸。所有船政事务，即着该前抚总司其事，并准其专折奏事，先刻木质关防印用，以昭信守。一俟局务办成，再行奏请部颁关防。一切应办事宜，并需用经费，均着英桂、吴棠、徐宗干妥为经理。仍随时与沈葆桢会商，道员胡光墉，即着交沈葆桢差遣。

有了这道上谕，左宗棠的一颗心完全落进了胸膛。他亲自捉笔，起草《详议创设船政章程购器募匠教习折》，将近期办理事宜及未来设想上奏，以坚朝廷决心。奏折先简叙相关章程合同签订情况，“上月下旬，道员胡光墉先后偕日意格、德克碑来闽。据日意格等禀呈保约、条议、清折、合同、规约各件，业经法国总领事官白来尼印押担保。臣逐加复核，均尚妥洽”。

而后再奏船政建设情况，“所有铁厂、船槽、船厂、学堂及中外公廨、工匠住屋、筑基砌岸等一切工程，经日意格等觅中外殷商包办，共计需银二十四万余两。船槽尤为通局最要之件，应用法国新法，购办铁板运来船厂，嵌造成槽。庶来年机器、轮机运到时，可先就现成轮机配成大小轮船各一只。此后机器、轮机可令中国匠作学造。约计五年限内，可得大轮船十一只，小轮船五只。大轮船一百五十匹马力，可装载百万斤；小轮船八十匹马力，可装载三四十万斤，均照外洋兵船式样。总计所费不逾三百万两”。

然后再奏设学堂的事情，“夫习造轮船，非为造轮船也，欲尽其制造、驾驶之术耳；非徒求一二人能制造、驾驶也，欲广其传习，使中国才艺日进，制造、驾驶辗转授受，传习无穷耳。故一面开设学堂，延致熟习中外语言文字洋师，教习英、法两国语言文字、算法、画法，名曰求是堂艺局，挑选本地资性聪颖、粗通文义子弟入局学习。艺局初开，人之愿习者少，非优给月廪不能严课程，非量予登进不能示鼓舞”。

左宗棠已经听到一些议论，认为自造轮船，不如从国外购买或者租用合算，他怕朝廷听信浮言，再生动摇，因此不厌其烦，进言自造的意义，“兹局所设，所重在学造西洋机器以成轮船，俾中国得转相授受，为永远之利也，非如雇买轮船之徒取济一时可比。其事较雇买为难，其费较雇买为巨。而臣坚持如此，窃谓非此兵不能强，民不能富。雇募仅济一时之需，自造实擅无穷之利也。于是则虽难有所不避,虽费有所不辞。故此局之定,爱臣者多以异时之咎责为臣虑,即日意格亦言此时局面既更,势难兼顾,如欲停止,愿将已领之银仍即缴回。臣答以势在必行,万无中止之理。但愿一一遵守条约,尽心经画,共观厥成。请朝廷坚持定见,力排浮议,方能宏此远谟。如果有成,则海防、海运、治水、转漕,一切岁需之费,所省者无数”。

奏折后面,又将船政事宜十条、求是堂艺局章程附上。

同一天左宗棠还拜发一份奏折,向朝廷报告他的起程日期——五天后他将带兵出师陕甘。

起程前他再次前往沈府,与沈葆桢话别。沈葆桢很不安,让左宗棠三番两次登门,而他因守制之员,无法回访,就连左宗棠起程,也不能前往相送。

“我们今天见一面,算是我来辞行,也算是你给我送行,今天我要在府上吃一顿素菜。”左宗棠要留在沈府吃饭,便是两人要做一次长谈的意思。

要谈的事情很多,如何购买船政用地,如何尽量赶在年前奠基兴工,如何采购物料工料,将来如何约束洋人,如何预防中外矛盾,两人足足谈了一个多时辰。沈葆桢最担心的还是继任总督的态度:“宫保,吴仲宣为人我也略知一二,不是肯办事担责的人,而且为人有点贪,只怕他到了闽浙,来个釜底抽薪,断了海关的银子,那我就难为无米之炊了。”

左宗棠说:“幼丹,我之所以离开闽浙,还要过问船政事宜,你上奏的时候,还要列我的名字,不是为了分你的权,实在是关键的时候帮你一把。你放心好了,如果吴仲宣真敢如此行事,我一定上折参他!我不能让任何人挡船政的道。”

“宫保铁骨铮铮,世人尽知。只是吴仲宣不同别人,他慈眷正隆,谁又敢去与他计较,就是您真敢参他,到了两宫那里,折子也会被淹了。”沈葆桢一半是真话,一半是激将。

“不能够!”左宗棠一拍桌子说,“如果太后淹了我的折子,我接着上。她总不能把我的折子全淹了!”左宗棠又说,“幼丹,你把心放到肚子里。福州海关每月不是协济我的西北行营五万两银子吗?我打算上奏朝廷,可赞缓协济,尽先挹注船政。”

沈葆桢带过兵,知道带兵最担心的就是饷银,不发饷,军队闹起哗变可不是闹着玩的,他连忙离座打拱说:“宫保,为了船政,您可真是仁至义尽了!

折子您先不要上,如果有人动了歪心思,暂缓办成了停拨,不但无济船政,也让宫保受困粮饷,何苦来哉?等我真揭不开锅的时候就向您开口,有您做后盾,我心里踏实多了。”

“好,你说得有道理。万事开头难,船政奠基兴工,用银子的地方多,前两个月的西北协饷,我让粮台上转转手,先留给你用。”左宗棠见沈葆桢又要离座致礼,连忙摇手制止,“幼丹,咱们两人何必如此多礼!实话说,我把船政视为我一生功业。一将功成万骨枯,打长毛也罢,打捻子也罢,都是自己打自己,这样的功业没得意思。可是船政不一样,有裨于海防,有助于民生,是事关国计民生的功业,我看重得很!你竭尽全力办船政,便是成就我的功业;我全力支持你,也就是帮我自己。幼丹,你明白我的一片苦心吗?”

沈葆桢说:“宫保,我明白船政在您心中的分量。今天话说到这个地步,我也向宫保表个态,我沈葆桢豁出去了,不要说功名利禄,就是搭上身家性命,也要把船政办下去,绝不能在我手上半途而废!”

这回,轮到左宗棠离座,抱拳打拱,向沈葆桢致意。

第二天——同治五年十一月十二日,福州城外礼炮齐鸣,陕甘总督左宗棠正式起行西征,周夫人带着两个身怀六甲的儿媳给他送行。望着他斑白的鬓发,周夫人突然有种不祥的预感,也许今日一别再无见面的机会了。她的眼角再一次湿润了,拉过孙子说道:“谦儿,你快告诉爷爷,你等着爷爷凯旋。”

左宗棠理解夫人的心思,他弯下腰握着孙子的两只小手道:“爷爷一定会凯旋的,能打败爷爷的人还没出生呢!”

前几天小孙子吵着要看海,左宗棠着戈什哈带他到海边转了一圈。周夫人此时问道:“谦儿,你告诉爷爷,你看到的海有多大?”

小孙子将两手张开,抱成一个圆形,表示海有那么大,一家人都被逗笑了。

左宗棠对周夫人说:“我总督陕甘,有为我忧者,有窃喜者,有怪我迟迟不建功者,有料定我无功而返者,这些我一概不介意。大丈夫做事只问该不该,不问自家利与害,只是家中一切都要劳烦夫人了。”

周夫人强忍住眼泪说:“你放心吧,孩子们也都听话。”

“你们都不要送了,送君千里,终有一别,两个孩子都身怀六甲,你们就此止步吧。”

周夫人抹了抹泪道:“西行万里,你多多保重。”

左宗棠点了点头,对列队的亲兵们喊道:“娃子们,跟我到西北建功立业去!”他一挥手,策马而行。

一名戈什哈急匆匆跑过来报告:“宫保,不好了,百姓把前面的路堵住了。”

果然,数不清的百姓把道路围了个严严实实。大家知道左宫保今天起行,特意来见最后一面。

一位老者跪下哭道:“大人,您还记得小人吗?小人是黄老三,没有您,小人的儿子就被当杀人犯给冤杀了。”

一位书生模样的年轻人朗声道:“大人,学生是福州书院的,大家推举学生给您送来一篇文章,文笔未必好,却如实记述了您在福建劾贪奖廉、兴修水利、捐金助学、教种桑棉的实绩,请大人置于案头,一看到这篇文章,您就会知道福建百姓记着您!”

……

许多人都争着述说自己的故事。

左宗棠总督闽浙后,因为一直与太平军作战,真正腾出手来治理地方的时间并不多,有时想起来于心有愧,现在却得到福建百姓如此拥戴,他禁不住流下了眼泪,说:“各位父老,宗棠未能为福建做事,问心有愧呀!”他一边流泪,一边扶起跪在地上的百姓。

送行的百姓列队数里,那阵势胜过一切隆重的仪式。

城外集结的三千楚勇健儿,浩浩荡荡起程了。

## 船政奠基,学堂招生

左宗棠北上,是去陕甘。李鸿章也北上,是去济宁接替老师曾国藩,出任剿捻钦差大臣。曾国藩率军与捻军作战,主力是李鸿章的淮军。湘淮是一家,但淮军将领却只视李鸿章为自家的统帅,曾国藩有所调遣,将领们先要与李鸿章通气。这一来二往,往往就误了战机。而且曾国藩作战坚持“结硬寨打硬仗”那套老办法,对付太平军还行,毕竟太平军定鼎金陵,有自己的固定地盘;可是捻军不一样,他们以骑兵为主,流动作战,全部家当全在马背上,有时一天行数百里,飘忽不定,曾国藩的战略完全失效。朝廷下决心让曾国藩回任两江,改派李鸿章统军作战。

李鸿章沿运河北上,驻节淮安的漕运总督吴棠,特意出城相迎,邀请李鸿章在淮安小住。军情紧急,李鸿章不敢耽搁,吴棠便把一桌丰盛的燕菜摆到李鸿章的座船上,打算边吃边聊,好好讨教一番。

吴棠要讨教两件事,一是怎么对付洋人;二是怎么办洋务。李鸿章在这方面是行家,总理衙门遇到事情都要信函往返,向他请教。吴棠从前当漕运总督,与洋人打交道的时候极少,不必用心;他不像真正的总督那样主政一方,办洋务的事情他也未曾关心。如今出镇闽浙,那可是真正的封疆大吏,福州又是通商口岸,以后少不了与洋人打交道,沿海督抚大办洋务,他这闽浙总督自然也不能例外。

"仲翁,讨教实在不敢当,我只能说说我的一点儿体会。"李鸿章比吴棠整整小十岁,所以尊之为"仲翁","要说对付洋人,我送你四个字,不卑不亢。洋人也是人,也要讲道理。有人说,洋人动不动就以打仗唬人。不错,洋人是有这毛病。不过,两国要开兵见仗,也不是那么容易的。所以,不能被洋人吓住,该争时就要面红耳赤与他争。但,我们毕竟势不如人,像清流书生那样,一味强硬也不行,口口声声要打要杀也不行。分寸把握全在乎'不卑不亢'四字。"

吴棠点头称是,但要做到不卑不亢谈何容易?什么程度是不卑,什么程度又是不亢?把握起来实在太难。

"对付洋人还有一条,就是不能太迂腐老实。洋人多诈,如果我们拿腐儒那一套,讲诚实无欺与洋人相交,难免要受他们欺负。有时候,不妨来点儿痞子腔,拿对付痞棍手段与他们周旋。"

"受教了,受教了。与君子讲道理,讲无欺,与痞棍当然要讲痞子腔。"吴棠拱手说,"少荃,你是办洋务的好手,天下无出其右者。我到福州去,洋务方面该怎么办,还请你指教。"

"办洋务,我有八字相赠,尽力而为,量力而行。"李鸿章说,"仲翁,左季公在福州办洋务,扯了一挂满帆,只怕收篷难!"

"啊,我也正为此发愁!"吴棠感叹说,"少荃,这是我正要向你请教的,你可要指点迷津。”

李鸿章希望各直省办洋务的多起来，以形成大办洋务的气候；但他又最忌别人压了他的风头，他要执天下洋务之牛耳。左宗棠办船政，一起手规模太大，立即把他数年来蓄积的风头压下去了。

“指点迷津不敢说，但船政局必定办不下去，我是可以断定的。”李鸿章说，“仲翁，两江洋务办到目前局面，不是一口气就办出了江南制造总局、金陵机器局，前面先有上海洋炮局，松江洋炮局，苏州洋炮局，中间还购买了旗记铁厂，还并入了容纯甫从美国购买的机器，前后用了三四年，才办到目前局面，曾相和我付出了多少心血。那可真是苦心经营！就是目前这局面，我也不敢夸口三五年就造出兵轮来，而且还要与洋人兵轮海上争锋。那不是痴人说梦，就是夸父逐日。”

吴棠附和说：“是啊是啊，我听说洋人兵轮巨大无比，奇巧无比，怎么可能三五年就造得出来！我担心几百万两银子会打水漂。”

“仲翁，不是会打水漂，是一定要打水漂！”李鸿章说，“多大的荷叶包多大的粽子。仲翁，你想，以闽浙的财力、福州的关税，可与两江、上海关相比吗？曾相主政两江，都不敢轻言与洋轮争锋海上，福州船政却扯这样一张大虎皮，能撑多久？与其把这数百万两银子打了水漂，不如精打细算，另开锣鼓，脚踏实地办几样实实在在的洋务才是正办。”

吴棠完全被说动了，不要说船政办不成，就是办成了，也不是他的功劳，他又何必给他人作嫁衣。如李鸿章所说，扎扎实实办几件洋务，看得见，摸得着，见效快，何乐而不为？而且，自己主导的洋务，用自己放心的人，要从中弄点银子花花，尤其是拿来孝敬宫里，不是便当得很？

“我决心已定，船政不能办。”吴棠说，“但是已经留办船政的关银，不能煮熟的鸭子飞了。既要停办船政，又要留下银子，这是两难，少荃，你得指点迷津。”

“仲翁，您是装糊涂，故意考校我呢。”李鸿章笑笑说，“这有何难！停办船政前，您先拿出几件急办的洋务来替代，依您老在慈圣面前的恩隆，每月留下几万两关银不是小菜一碟？”

“受教，受教。我到福州，先考察一番，拿出几个像样的洋务项目来。”吴棠有把握办几个项目，就是不动脑子，照着两江、天津、广州的样子画葫芦也不难拿出几个顶替的项目来,“少荃,朝廷被季公说动,说将来拿自造的轮船建一支外洋水师,如果停了船政,外洋水师的话又该怎么说?”

“买啊!从英法或者美国人手里买现成的兵轮,花钱少,样式新,火炮还精锐,何乐而不为?总税务司赫德帮我算过一笔账,买兵轮建水师,连自造三分之一的钱也花不到!而且买兵轮立即可以成军,要等着船政自造,猴年还是马月?”

“真是茅塞顿开!不虚此行,不虚此行。”吴棠非常高兴,举杯道,“少荃,我可以放心地南下就任了。来,我敬你一杯!”

李鸿章端起酒杯又放下,说:“仲翁,我想起来了,赫德对福州船政局颇有不同看法,最近,福州海关要换税务司,如果新任税务司有异议,不肯痛快拨付关银,那可就是釜底抽薪了。”

“那敢情好!”吴棠一听两眼放光,“如果税务司反对拨款,我向朝廷进言也就有理有据了。”

李鸿章说:“仲翁,我也只是忽然有这个想法,到底行不行得通,那得看机缘是否巧合。”

吴棠在一个多月后到达福州,那时已经是腊月中旬。他之所以赶在年前赴任,不想放弃丰厚的年敬是个重要原因。端午、中秋、春节这三大节,官员可以公开接受下属的孝敬,堂堂总督,节敬更是数目可观。另外,能尽快将福州船政消弭于无形,则是更重要的原因。

他到达福州后,会见的第一个大员就是福州将军英桂,第一件事就是与英桂办理总督关防移交仪式。英桂比吴棠年轻,但两人品级相同,而且又是满洲正蓝旗,吴棠特别敬重,一口一个“香帅”。

“香帅”的心思与吴棠不同,他对船政特别上心:“仲公,船政将于腊月二十日正式奠基,幼丹尚在守制,托我主持仪式。仲公已经到任,那就请仲公出面主持大事,我陪同前往。”

吴棠摇摇手说:“香帅,此事我倒觉得不必亟亟。马上就封印过年了,何必闹得鸡飞狗跳?”

英桂一听话头不对,解释说:“这是左宫保的心愿。他对福州船政特别看重,临行前千叮咛万嘱咐,务必在年前奠基。”

吴棠点头说:“我知道左宫保喜欢办大事,不过香帅,造轮船是那么简单的事情吗?就是勉强有点成效,又有何益?我总理衙门里有位老友,来信说总理衙门很担心用钱失当,打了水漂。”

英桂说:“仲公,我在福州闭目塞听,倒是没听到这样的说法。总理衙门的公文私函,都是叮嘱我要全力支持船政。”

吴棠发觉英桂对船政是极力支持的态度,也就改口说:“我所听到的也不过是私下的议论,当然要以总理衙门的公文为准。不过,香帅,我道听途说,大家对国人自造轮船,都觉得不可思议,难有成算。你可否捎话给幼丹,暂且放放,过了年再说?”

“仲公,这恐怕不大好办。开工的时间我已经奏明朝廷,也通报给了左宫保,恐怕他也上奏了。此时再改,不妥。”英桂有意拿左宗棠压压吴棠,“仲公,不知你与左宫保共过事没有,我是请教过的。为人那可真是,好听点叫敢说敢当,难听点叫跋扈!他想办的事,谁要阻拦,他便参谁,参不倒不算完!如今他是钦差大臣、督兵西北,慈眷正隆,船政局事宜所有奏章,都要列他的衔名。他为什么向朝廷要这名头?就是担心人走政息。仲公,左宫保决心极大,我个人觉得,最好不要与他闹得不痛快。”

吴棠说:“我当然不愿与左宫保闹不痛快,我纯粹是为闽浙着想,为朝廷着想,不愿劳民伤财,拿国家极艰窘的帑银打了水漂。”

“仲公,我想还不至于打了水漂。”英桂说,“依我看来,如果办成这件大事,虽然创始于左宫保,但毕其功者是仲公,载之史册也是大功一件,后人口中也是一件美谈。船政成于福州,也是闽浙的荣耀。”

“我没有香帅这样乐观。”吴棠说,“既然是事先定好了,那就年前奠基吧。我是没空参加,香帅还非要参加吗?”

“按照上谕,我是船政局会办,而且已经答应幼丹和左宫保了,中途变计不太好。”

吴棠点头说:“是这么个理。”

英桂出了总督衙门,乘轿前往沈府见沈葆桢。为船政的事两人三天两头会商,已经到了熟不拘礼的程度。英桂开门见山,说:“幼丹,我今天见到吴督了,总督关防已经办完移交。”

沈葆桢最关心的是吴棠对船政的态度。

英桂说:“听口风有点不妙,他的意思,自造轮船是极难的事情,就算小有成效也无甚益处,只怕要好事多磨!”

沈葆桢说:“已在预料之中。香帅,你是什么打算?”

英桂说:“你是船政大臣, 我是会办, 你是什么打算, 才能说到我的打算。”

沈葆桢说:“船政是首创,当初左宫保就预料到了七难,阻挠、诽谤均在意料之中。不过,我既然已经答应出任船政大臣,开弓就无回头箭,只能勉力办下去,而且非要办出结果来不可。”

英桂说:“好,只要你没泄气,我就支持到底。我受左宫保所托,又受你们两位影响,支持船政,在我是责无旁贷。不过,如今我已经交接闽浙总督的关防,有些事情就不像从前便当了。”

沈葆桢说:“千难万难,最难的就是经费。好在将军还兼管海关,只要说好的经费能够不打折扣,便难不倒我。”

“这是自然。”英桂说,“只要我兼管海关一天,就一定按时拨付经费。我已经遵旨把海关结款四十万两拨给周藩司,由他拨给船政作为开工用项。此后每月五万两,必定每月兑现。”

沈葆桢离座打拱,英桂摇手说:“咱们两个不必这些虚礼,船政后天奠基的事我已经向吴督通气,听他的意思,不愿前往。你再写封信试试?”

“信我已经写好,过会立即着人送过去。”沈葆桢说,“不过,如果吴督是这番态度,估计我写信也没用。我还在守制,无法参加奠基仪式,无论如何,你得亲自前往主持,以壮声色,你可不能变卦。我这两天忙着招考学堂艺童的事,等奠基礼完成,接着就开考,务必在小年前定局。”

腊月二十,英桂乘船顺流而下,前往马尾主持开工奠基。马限山下,闽江岸边,真正是人山人海,除了雇募的民夫壮丁,还有附近大批看热闹的乡民。这几天来一直靠在工地上的护理巡抚、藩司、船政提调周开锡,船政委员、延平知府李庆霖前来迎接英桂。英桂叫着周开锡的字问:“受山, 怎么这么多人?”

周开锡说:“香帅,有点不妙,我担心有人要闹事。”

据周开锡说,附近村子的地被占,有人背后串通,想逼官府再出笔银子。

“买的地,不是都画押付款了?”

“是,共买地三百四十亩,每亩五十五两到六十两不等,共付银两万五千余两。这个价格已经算是高了,但他们又反悔,说卖得太贱,这里稻田本就稀罕,如今船政征地,是夺了他们生计。"

"每亩五六十两,已经不算低了。我估计,肯定是有人背后捣鬼。不能助长这种邪气,不然后患无穷。"英桂又问周开锡,"闽县的父母官来了吗?"

船政驻地属闽县管辖,知县当然来了,应声来到英桂面前。英桂说:"你去把人群劝离,不要影响奠基仪式。"

知县带着人过去劝说,不劝还好,这一劝,人群骚动起来,有人带头喊,地不能卖,船政局搬到别的地方去建。

知县带来的衙役对领头的不客气,连推几把,不料激怒了人群,双方厮打起来。英桂带来的亲兵看不下去,要跑过去帮忙。人群中有人高呼:"官兵杀人了!"

人群鼓噪起来,有人向英桂的亲兵投掷石块、泥巴,亲兵见势不妙,向后撤。人群得寸进尺,蜂拥而来。周开锡见情况紧急,立即扯着英桂的袖子往江边躲。这时候有一块石头击中英桂的脚后跟,鲜血直流。英桂在亲兵的保护下登上座船,驶向江心。

堂堂驻防将军,何曾如此狼狈?英桂脸色铁青,派他的亲兵乘一只快艇,立即回福州调五艘炮船前来。午饭后炮船就到了,英桂吩咐炮口对准马尾附近的村子,然后让闽县知县把村里说话算数的绅商、族长叫来。英桂说:"限你们一个时辰内把上午闹事特别是扔石块的歹徒给我交出来,不然就把村子夷为平地。"

上午乱哄哄的,人那么多,谁扔的石头怎么能查得清!他们请周开锡到英桂面前求情,保证约束村民,不再闹事。英桂一概不理,下令五艘炮艇一齐开空炮示威,隆隆炮声,响彻江岸,乡民为之变色。

一个时辰后,村里交出了十八人,据说都是上午闹得最凶的。英桂下令全部斩首,全村的人都跪下来求情,周开锡也吓得脸色苍白,请英桂务必网开一面,船政奠基,大开杀戒,大不吉利。最后当场斩首两人,剩余十六人穿耳箭,押到县狱,船政衙门、船厂何时顺利建完,何时才能释放。

奠基仪式改为次日上午,英桂负伤前来主持,一切都很顺利。等他回到福州,吴棠亲自来探视,说:"香帅,船政不洽于民情,这就是实证。依我看,不如奏请朝廷,暂缓办理。"

“仲公，开弓没有回头箭，奠基礼都已经举行了，岂有停办的道理。”英桂说，“而且，话传出去也不好听，我堂堂福州将军被刁民的一块石头打怕了，因之停办船政，不是太荒唐吗？”

“没人会那么想的。”吴棠说，“百姓反对，如之奈何？何不顺应民情，就坡下驴？”

英桂说：“仲公，所谓百姓反对，不过是数十刁民，为人鼓动，目的不过是要挟官府多出银两而已。大部分百姓无不欢欣鼓舞，希望到船政做工，养家糊口。这时候停办，只怕太过儿戏。我劝仲公不要出此下策。”

英桂苦口婆心，向吴棠讲船政的意义。无奈吴棠自有打算，不以为然。

英桂提出调一营绿营兵到船政工地，平时做工，有事时维护治安。吴棠说：“香帅，这件事无论如何办不到。绿营兵额是定数，防地亦有成例，从哪里调得出一营兵？比如你的旗营，能随意更改防地吗？我劝香帅也别惹这麻烦。”

这个主意是周开锡出的，没有营兵保护，将来万一有事，如何应付？而且以后外洋机器到了，更须专人保护；军事要地，也应当加强关防。下午他就来看望英桂，顺便打探消息。

英桂连连摇头说：“受山，这件事没有商量的余地，吴督坚决得很，而且他的道理也无可驳斥。”

“香帅，马尾民风彪悍，你也看到了，没有兵，将来再出麻烦，如何应付？”

两个人愁眉不展，又无可奈何。

英桂忽然计上心头，说：“受山，还有一线生机，那就是请左宫保想办法。他手下楚军数万人，让他派一营来驻扎，也未尝不可。”

周开锡眉开眼笑：“还是香帅办法多。宫保敢做敢当，这件事十有八九能成。我马上给宫保写信。”

周开锡出了将军府，立即到沈府去见沈葆桢。等他报告完了详情，沈葆桢说：“香岩将军真是够意思，如果不是他挺身担当，恐怕奠基仪式就泡汤了。”

“岂止是泡汤，恐怕船政能不能往下办也两说。”周开锡说，“派兵的事，我后来想了想，还得您写信给左宫保，我的面子太小，不足以办此大事，别办砸了。”

沈葆桢说:“你的面子在宫保那里,大得很。不过这也不光是面子的事,事关重大,理应由我去函。”

周开锡说:“香岩将军有个亲戚想到船政里谋个差使,开始我以为他是拉大旗做虎皮,不过,今天香岩将军也向我提起过,看来的确是香岩将军的至亲。”

“哎,最让人头疼的就是这种事。船政八字还没一撇,我还没出任主事,收到的荐书就有几十份。”沈葆桢皱皱眉说,“不过,香岩将军的面子无论如何不能驳。也不急于一时,年后我看派他个什么差。”

周开锡说:“船政各项工程马上开工,到处需要人手。大人还得留几个美缺,预备给吴总督,无论如何,他这一关得过,总要想法与他疏通疏通才是。”

沈葆桢说:“我心里有数,我再给吴总督写封信,看看情形再说,人心都是肉长的,他不能总是这样冷冰冰地拒人千里之外。”

接下来商议明天考试的事情。

“左宫保办船政,核心在自造自驾,而根本则在学堂,学堂办不好,自造自驾都是空话。而招考艺童,又是办好学堂的基础。笔试的题目我已经命好,明天借用府学,从府、县学官中请的试官,一切规矩都按选童生的程序。受山,你还要辛苦一下,到场巡察一番。我无法出面,实在放心不下。”

周开锡说:“大人放心好了,我明天一早就去府学。”

两人又说起报名的情况。报名者五百多人,实际应考的不到四百,府学做考场绰绰有余。毕竟不是正途官学,正正经经的生员没有多少人,大部分投考者家境窘迫,为的是学堂管吃住而外,每月还有四两银子赡家。

沈葆桢说:“万般皆下品,唯有读书高。可是,众人所说的读书是读八股制艺文章,如今要学造轮船,不少人视为旁门左道,家世稍好的不愿报名早在预料之中。不过,事情要从两面看,穷苦人家孩子知道上进,未必不是好事。受山,这些孩子就是船政的未来,要好好善待他们。”

周开锡说:“大人放心,一切都安排妥当了。凡离家十里外的考生,一律安排了住处;考试结果出来后,考中了而又路途太远的,不愿回家过年的,也安排好住处。这笔银子,也由船政出。”

沈葆桢点头赞许说:“这是正办!穷人家的孩子出趟门不容易,借钱贷友,也是笔不小的负担。远路的孩子多吗?”

周开锡说："不多，大约只三四十人，其余多是福州府。时间太紧张，偏远地方的孩子得不到消息。还有一个广东的孩子，读过洋人办的学堂，随洋行到福州来办货，得到消息就报了名，听说也留下来参加考试。"

沈葆桢说："这倒是条路子，广州开埠早，风气开化，尤其是学过洋文的，倒正合我们学堂的要求。看看情形吧，将来不妨到广东去招考部分艺童。"

船政学堂招考不同于八股取士，比较简单，分三场，一天内完成。第一场唱名，由学生自报姓名籍贯，考官随机提问简单问题，主要观察外表有无缺陷，头脑是否正常。第二场是笔试，作文一篇，沈葆桢亲自拟定的考题是《大孝终生慕父母论》。第三场是体检，项目很简单，主要是检查视力和手脚是否灵便。

第二天一早，周开锡赶到府学试场，面试正在分为四组进行。他随便进了一组试场，一个十四五岁的少年正在应试，自报籍贯。

"学生姓严名宗光，字又陵，福建侯官县阳岐村人，咸丰四年生，今年十五岁，父祖皆行医，家世清白。"

面试官见这名学生口齿清楚，双目炯炯，有意再加考校，问道："你为什么要报考船政学堂？"

"一则家境贫寒，父亲数月前去世，全靠母亲做针线赚钱养家，日夜辛苦，做儿子的于心不安。考入学堂，不仅衣食无忧，且每月尚有四两银子，可补贴家用。二则朝廷大兴洋务，买机器、造轮船，进艺局学习洋文、算学，将来必能派上用场，可为国效力。"

主考与另两位对一下目光，点头说："好，祝贺你通过口试，好好准备，下午参加笔试。"

这位考生，就是后来鼎鼎大名的严复。

周开锡又进入另一个面试考场，正在面试的也是个十五六岁的少年。

"考生刘步蟾，字子香，福州府侯官县人。生于咸丰二年，现年十六岁。父祖皆种田为业，家世清白。"

刘步蟾顺利通过面试。

接下来的考生也是侯官县人，叫林泰曾，家居福州城内。主考官问："你和林文忠公，可是一家？"

林泰曾回答："那是我二爷爷！"

考官们交流几句,林泰曾也顺利通过口试。

下午举行笔试,时间两个时辰。考官们当夜阅卷,并推选出十份卷子,请沈葆桢亲自确定前十名的名次。他阅定的第一名是严宗光(即严复)。严宗光上半年父亲刚刚去世,正在丧父的悲痛当中,他的作文是有感而发,声情并茂,丁忧中的沈葆桢感同身受,极为赞赏,判为第一名。

过了元宵节,学堂正式开学。因为马尾的学堂还没建起来,就暂以福州城内的白塔寺、神光寺和城南的定光寺为校舍。在城外定光寺就读的学生学造船,当时法国造船世界闻名,所学的是法文;在城内就读的学生学驾驶,学习英文。无论造船还是驾驶,都要学算术、几何、物理,但日意格所聘的洋教师到中国总要半年后,目前只聘请了英语法语教师各一名,暂时只能学学洋文。为了避免学生忘了根本,沈葆桢特意规定学童要阅读圣谕、广训、孝经、策论等,以明义理,"防外国习气变中国之性情"。

马尾的船政学堂和船政衙门等设施也都在加紧施工。施工现场分为坞内和坞外两部分。坞内是沿江部分,要兴建船槽、铁木等造船各厂;坞外建船政衙门、学堂以及中外员匠住宅。马尾本属民田,又临闽江,地势低洼不平,积水潮湿,先将高处铲平,低处填土,滨江一带,密钉木桩,加垫五尺土层,加固江岸,以防潮水侵袭。坞内和坞外之间,开挖一条深沟,便于排泄积水。在深沟上面设立竹栅,安设桥门,白天敞开,便于施工人员往来,夜间关闭,以便关防。

坞内主要是平整地基,船槽、厂房要等日意格、德克碑回来后才能动工。如今兴工的主要集中在坞外,船政衙门、学堂、员匠住宅等同时兴建。房屋地基,务求坚固,先开挖深四五尺的沟,沟底编钉巨桩,桩间填充碎石,捣之成屑,碎石之上再筑以石灰,联叠方石,交互钤束,以为基址。东面靠北山脚下,是船政局的办公楼和船政大臣及其他官绅住宅,办公楼南是前学堂(即制造学堂)和学生宿舍,再往南是正副监督及欧洲员匠的住宅,与之相邻的是后学堂(即驾驶学堂)和学生宿舍。中国员匠的住宅建在后学堂东南。山坡上是卫队兵营,驻兵五百,居高临下,沿江上下数十里,风帆沙鸟尽在视野,坞内坞外,更是一目了然。

按照沈葆桢的要求,施工匠作昼夜不停,要赶在下半年完工。提调周开锡只要得空,就赶来巡查,委员延平知府李庆霖、盐运使衔广东候补道叶文澜、候选同知黄维焰还有候补布政使徐文渊等人，各负其责，督率施工。另一位提调胡雪岩，因为忙于办理左宗棠西征借款，盯在上海，根本没到福州来。也有人说，他知道吴总督对船政不热心，不愿拿热脸来贴冷屁股。商人嘛，脑子活得很，最惯见风使舵。

吴总督不支持船政，福州官场人尽皆知。早就有人传话给周开锡，船政能不能办得下去，尚在两可之间，何必如此较真？不如暂缓以观局势。这种话周开锡不敢传给沈葆桢，毕竟并未接正式公文，明知道是吴总督的意思，他也故作不知，照常巡视督促，但心里一直不踏实。

## 巴尔栋插手船政局

这天，吴棠约请英桂到总督府赏花并备下丰盛的席面。英桂知道，吴棠必定有事相商，而且十有八九与船政有关。

果然，落座后吴棠开门见山，说："香岩，船政的工程必须暂时停办，新任闽关税务司巴尔栋带来了总理衙门的消息，朝廷有意停办船政。"

英桂大吃一惊说："要停办？那怎么可能！新任税务司，我怎么没见到？"

英桂监管海关，而新任税务司到任他竟然不知道，反而是吴棠先得消息，这就有点不正常。吴棠也意识到巴尔栋先来见他是不合适的，连忙补救说："他是昨天到的，因为给我带来几封京中旧友的信，受人之托，必须面交，所以先到我这里来交差。他大约是觉得大晚上的，不便打扰。我想，此时也许他正在你府上呢。"

英桂说："他捎来了总理衙门的函？"

吴棠说："那倒没有，他是口传京中说法。"

英桂说："那就很不靠谱了。你我都是船政会办，如果朝廷有意停办，或者谕旨或者总理衙门函件，总会有文字的东西。洋人诡诈，又是传什么口信，更加可疑。"

吴棠说："我也有些怀疑。不过，香岩，肯定不是空穴来风。京中不少人反对船政，这个你是知道的。办船政主要依靠法国人，这位新任税务司巴尔栋就是法国人，他说年前就给法国国王去信，告诉国王中国政府并无办理船政的决心，并建议立即阻止日意格和德克碑担任中国职务。你想，本来这事就是左宫保与他两人私下聘约,法国国王一发话,他们能不听吗?也许两人已经在搭船回来的路上了,两手空空,如何办船政?”

英桂说:“仲公,此事宜审慎!朝廷有明谕兴办船政,如何会出尔反尔?退一万步说,就算朝廷真有别的打算,也会正式行文,起码总理衙门应该有函件,怎么可能让一个局外人从中传话?我们因此贸然停办船政,朝廷怪罪下来,板子该打到谁的身上?”

吴棠说:“让一个外国人传话也没什么稀奇, 大约是总理衙门先放出风声,听听大家的意思。左宫保办船政,说句不客气的话,是喝稀汤拉硬屎,勉强得很!他进京跪求两宫,几近胁迫,这个在京中人尽皆知。朝廷顾忌他的面子,勉强同意,如今经深思熟虑改弦易辙,有什么奇怪的?你放心好了,朝廷要打板子,打到我身上好了。”

英桂见吴棠如此固执,说:“仲公,此事我是非见到朝廷明文不可,否则不敢附和缓办,更不敢妄议停办!等我见了这个什么巴尔栋,听听他葫芦里卖的什么药,我再上奏朝廷,问个明白。”

“咳,香岩既然如此不遗余力,我也不便多说什么。”吴棠说,“在弄明白前,先停掉部分工程,以省靡费,这总可以吧?船政衙门、学堂以及监督住宅都不是造船所急需,不妨暂停。”

话说到这分上,英桂知道是非停止一部分工程不可了。他说:“船政学堂已经招考数百艺童,借居城内外寺庙,急需学堂,不能停办。船政衙门及员匠住宅,也不能停办。坞内的一切工程,倒可以先行停止。因为万一船政停办,坞内工程便归于无用,而船政衙门也罢,学堂也罢,住宅也罢,都可移作他用,不至靡费。”

其实,坞内工程开工的并没有多少,只是平整地基,夯筑堤岸,大部分工程要等日意格、德克碑回来后才能兴办,停掉也没多大的影响。吴棠对此并不深悉,听说坞内一切工程停办,当即答应这个方案。

英桂回到将军府, 立即打发人去请巴尔栋过来。等巴尔栋带着通事来了,英桂在花厅见他,开门见山,毫不客气地说:“本将军监管海关,新任税务司不先来见本将军,不知是何意思?”

巴尔栋的解释是,他受总税务司赫德委托,有话带给闽浙总督,因此先去拜访。他的说法与吴棠说法不同,英桂也不与他计较,问:“赫德是总理衙门雇请的总税务司,只负责海关事宜,海关的事情与本将军办理就可以了,何以要面见总督?”

巴尔栋说:“事关船政,此事不仅与海关有关系,吴总督是地方最高长官,因此赫德总税务司叮嘱,务必面见吴总督。”

“哦,是这么回事。”英桂说,“我也是船政会办,既然事关船政,赫德总税务司的意思,我也应该有所了解。”

“总税务司的意思,轮船制造技术非常复杂,是积累了数百年的经验,中国自造,很难掌握最新技术,无法与欧洲所造相比,花费又多,不如购买或者租赁合算。”

“哦,我明白了。赫德的意思,无非是认为中国人不如欧洲人精明,学不会造轮船。那我请问,中国难道永远跟在欧洲人后头,只配从你们手里买吗?”

巴尔栋说:“有简单的方法能达到同样的目的,为什么不采用呢?世界上国家很多,但能够制造轮船的只有少数几个国家。”

“真是岂有此理!你的意思是,中国只能沦为二流国家。”

“不,不,中国是伟大的国家,我无意冒犯。”巴尔栋说,“但是,中国落后了,这个事实也必须承认。自造不如购雇,不只是赫德总税务司的意思,京中许多大官也都赞同这个提议。著名的两江总督曾国藩大人,还有湖广总督钦差大臣李鸿章大人,也都是赞同购买的。”

英桂说:“这不大可能,曾侯相和李宫保创办江南制造总局,就是为了制造轮船。而且,他们先后已经制造过黄鹄号、惠吉号,怎么可能反对造船呢?”

巴尔栋说:“正因为他们自造过轮船,才发现自造的轮船性能根本无法与购买的轮船相比,而且造价昂贵。李鸿章大人多次与赫德总税务司通信,是极力赞同购买轮船的。”

“李宫保是什么主张,我没见过他的面,也没收到过他的信,也只是你一说而已。就算曾相国、李宫保或者什么人反对,船政局要自造轮船,这是不可改变的。中国人必须学会自造轮船,也是必须实现的。”英桂说,“左宫保已经与日意格、德克碑签订协议,要在五年内教会中国员匠制造和管驾轮船,两人也颇有信心,因此才回国购买机器、聘请员匠。”

“恕我直言,要在五年内学成外国语言文字,并得造船制机之法,海上驾驶之法,诚似梦中行为。”巴尔栋说,“双方签订的合同,只经大法国驻上海总领事画押,并未呈报法国驻华公使,此事两人岂能自主?既然不能自主,后来如有欠妥,此二人又如何能够负得起责任? 如今最好的办法,就是将该二员所议事宜,暂缓办理。我已经奉本国驻华公使之命,向我国国王呈文,阻止二人的莽撞行为,不准法国人受聘前来。”

英桂拍案而起,斥责道:“你有何资格对中国的造船计划指手画脚!你口口声声左宫保私下与两人签订协议,纯粹一派胡言!造船计划是朝廷明谕批准,左宫保与两人所签协议也均奏报朝廷,你又是凭什么说是左宫保私下行为?你只不过是闽海关的税务司,又有何资格干预国事!你口口声声受法国驻华公使所托,驻华公使所办是国事,既然是国事,就应该由他向国王奏报,最不济可以请法国驻上海领事奏报,又怎么会托你一个区区税务司代劳?岂不是牝鸡司晨?”

通事只能算粗通中文,不明白“牝鸡司晨”的意思,英桂没好气地说:“就是狗拿耗子,多管闲事!”

一见英桂怒火冲天,巴尔栋不敢再那么神气,说:“我完全是为贵国打算。如果事成定局,万难中止,可以将造船计划缩减,只造四五只,限约更改,船政试办三年,雇洋匠十五六人,谅七八十万两就足够。”

英桂说:“你刚刚说了,中国人在五年内学会造船管驾诚似梦中,改为三年岂不更是痴人说梦?”

巴尔栋被英桂驳得哑口无言,便说:“船政经费主要来自福州海关,为了确保关税应用合理,船政局随时应将应用银两,咨商本口税司核实勘估,按月咨报总税司查核转报总理衙门。这样,事有共商,可期核实,费有共见,不致浪费。”

英桂立即发觉了巴尔栋想插手船政的意图,断然拒绝说:“你这税务司只管征收关税,按期交付海关衙门,至于如何开销,与你何干?”

巴尔栋说:“按照中外签订的条约,中国海关由总税务司聘请外国人管理,既然是管理,自然包括关税应用是否合理,本税务司对福州海关的关税理应有监督的权利。”而且提出抗议,英桂对他不够尊重,他要向总税务司告状。

巴尔栋几乎是拂袖而去。

英桂想想，自己处处站在理上，没什么好怕的。但朝廷不愿与洋人闹纠纷，一旦有纠纷，总是责成地方官息事宁人，他对自己今天竟然会发这么大的火有些后悔。

到了第二天，英桂派人打探消息，巴尔栋根本没到海关理事。这家伙到底想干什么，难道他还真要到北京去告状？

隔一天，吴棠亲自来拜访了，是为巴尔栋而来。

"洋人都好面子，巴尔栋受到将军的教训，感觉面子上过不去，上我那里诉屈。听他的意思，如果将军不有所表示，他要进京见总税务司。"

"他要去，就让他去好了。"英桂心里窝火，"他要我有所表示，好大的架子！我堂堂一品将军，要向他有所表示，用他的话说，诚如梦中！"

"咳，他哪敢要求将军！"吴棠和稀泥说，"香岩，自从开埠后，洋人处处强势，就是朝廷也不能不委曲求全。咱们封疆地方，理当为朝廷分忧是不是？"

"这是当然。"

"这就对了。其实，巴尔栋不过是希望将军能够高看他一眼而已。"吴棠拿出一封信说，"这是巴尔栋向你我写的一封信，谈了他的想法，如果将军回一封信，对他的想法表示一下赞同，他就该欢天喜地了。有时候，这洋人就如同幼儿一样。"

吴棠把巴尔栋的信递给英桂，英桂一看，不过是把昨天的意思写了出来，略有不同的是，他加了一条，认为福建各海口用不了多少轮船，"如欲奉公缉盗，有三四只轮船分巡台厦已足，多造十余只，并无所用"。

英桂说："仲公，巴尔栋所言，我无法赞同。我们造船，怎么能仅仅用于缉盗？加强海防，以御强敌，这才是我们的本意！他信中所说，昨天我已经一一驳斥，现在仍然无法赞同。"

吴棠说："香岩，我也仅仅是建议罢了，怎么办，你自己看着来。将来出了麻烦，你可别怪我没提醒你。"

英桂带着巴尔栋的信去见沈葆桢。沈葆桢说："香帅，巴尔栋所说，不过是老调重弹，造不如购雇的意思，左宫保早就驳斥过。他打着赫德的旗号，我看此人与赫德关系非同一般，他的这些谬论，完全与赫德一个鼻孔里出气。赫德劝朝廷购买或者租赁，无非是英国人想从中谋利。我们自造，断了他们的财路，所以必然是极力反对。如今我们造船主要依靠法国，英国人更坐不住，所以要千方百计阻挠。”

“赫德百计阻挠可以理解，巴尔栋是法国人，为什么要与赫德一个鼻孔出气？”英桂说，“他一个法国人，怎么帮着英国人说话，不顾本国的利益？”

沈葆桢说：“赫德是他的上级，这是其一。其二则是，船政的事情他插不上手，没得好处，所以处处作梗。他的真实目的，无非是想往船政中插入一脚。他要求船政用款要咨商海关，说什么事有共商，可期核实，费有共见，不致浪费，纯粹是掩耳盗铃，说到根本，不过是想控制船政罢了。”

“啊，明白了。”英桂说，“说来说去，他想控制船政，从中谋利，这才是他的真心。这可真是痴心妄想。”

沈葆桢说：“香岩，你瞧好了，将来想插一脚进来的大有人在。英国不必说，将来其他国家也会眼红；就是法国人自己，也难免要争权夺利。这个巴尔栋，这是在跟日意格、德克碑争风头呢。”

英桂说：“对了，他还说已经奉本国驻华公使之命，写信给法国国王，阻止日意格、德克碑受聘，我怕购买机器聘请员匠会遇到麻烦。”

“按常理来说，他们的公使不会委托他来办这件事——不过，也不能大意。”沈葆桢说，“这样，巴尔栋这里，你不必再开罪他，他的要求，由我书面答复好了。他说中国兴办船政、自造轮船，是左宫保私下与日意格、德克碑签约，这是造谣，必须严加驳斥。他这税务司想控制船政，也绝不能让他得逞。海关税务司的手不能伸得太长，必须防微杜渐！这件事必须函告总理衙门，对这个巴尔栋和赫德都要有所警惕。”

过了一个多月，巴尔栋又来见英桂，说他已经获得本国政府及驻华公使的饬令，委他协同管理船政，日意格、德克碑作为左右副监督，做他的助手。总税务司赫德也已经报请总理衙门同意。他还出示了法国驻华公使伯若内和赫德的信件。两封信都是蝌蚪文，英桂看不懂，当然也难辨真伪。

英桂说：“中国已经与日意格、德克碑签订合同，岂能随意修改？这件事我做不了主，也不会答应。你可以去见总理船政沈大臣。”

打发走巴尔栋，英桂立即去见沈葆桢。沈葆桢说：“他的真面目完全露出来了，果然是想往船政局插一脚。此人极可恶，绝不能让他干预船政，不然后患无穷。”

英桂说：“他手里有两封信，说是赫德和他们驻华公使的，我担心这两封信若是真的,那可真就有些麻烦了。”

沈葆桢说:“香岩,这件事必须向总理衙门问个明白,应该向总理衙门说明,不能让税务司干预船政。岂止是船政,中国的洋务,绝不能让赫德随意干预。至于法国这边,我想解铃还须系铃人,得从法国驻沪领事白来尼身上下点功夫,当初是他画押担保,有人阻挠,他该出来说话。胡雪岩与白来尼关系极好,我写封信给雪岩,让他前往交涉。”

为了照顾生意, 胡雪岩在上海也有一处石库门住宅。他接到沈葆桢的信,立即去见法国驻沪领事白来尼,开门见山问道:“爵士,福州海关税务司巴尔栋说是奉到法国国王和驻华公使的命令,将出任船政监督一事,您可知道?”

白来尼说:“我知道一点,公使给我来信,说巴尔栋希望海关对关税的使用能有发言权,让我支持,并未说他将出任船政监督的事情,说是奉到法国国王的饬令,更是闻所未闻。”

胡雪岩问:“爵士是什么意见?”

白来尼说:“领事必须听命于公使。”

“领事听命于公使当然不错,但听命于公使,和支持巴尔栋的无理要求则是两回事。”胡雪岩把巴尔栋在福州的无理要求详细说给白来尼听,“我奉总理船政沈大臣和福州将军的饬令,明确向爵士表明船政方面的态度。一,中国皇帝支持这个计划,它不只是左宫保个人的努力;二,中国方面希望与法国人共事,而不愿与英国人共事;三,左宫保对巴尔栋的破坏活动感到愤怒。我们请爵士明确回复四个问题。一是巴尔栋自到福州后,就四处散播,船政并非中国朝廷的工程,是左宫保私人办理的事情。创办船政,我国朝廷有明谕,请问爵士,是否认为船政是左宫保私自办理。二,巴尔栋一再宣称,双方签订的合同,是左宫保私下与日意格、德克碑签订,是个人行为。请问爵士,在正式签订合同前,左宫保已经将合同奏明我朝廷,爵士是否认为,这是私人行为?三,巴尔栋一再宣称,法国政府并不知晓船政事情,也不支持中国创办船政。请问爵士,合同已经爵士画押担保,贵国政府真的不知情?贵国政府是否支持中国创办船政?四,巴尔栋声称,奉法国国王和贵国驻华公使饬令,由他出任船政监督,日意格、德克碑降为左右副监督。请问爵士,巴尔栋是否真的奉有贵国国王和驻华公使的饬令,贵国是否有信守合同的传统,经爵士画押担保的合同，是否可以随意违反？”说罢，胡雪岩将以上问题的书面照会郑重交给白来尼。

“胡，你是非常认真地与我交涉吗？”白来尼惊讶地望着胡雪岩。

胡雪岩说：“是的，我是以船政提调的身份，奉船政沈大臣和会办大臣的命令，专程前来与爵士交涉。”

“哦，那我要仔细想清楚了正式答复你。”白来尼说，“刚才我说的话收回。我想以朋友的身份，听听你对这件事的看法。”

白来尼与胡雪岩关系极密切，也很看重胡雪岩的意见。白来尼 20 多岁就进入法国外交部门，将门出身，又是世袭子爵，身上天生有一股贵族的傲慢。他对胡雪岩却很客气，因为胡雪岩帮他解决过难题。两年前，他出任驻沪领事，很想有一番作为，但法国租界说了算的是公董局，总董施米特只有 30 多岁，却是个老上海，租界成立之初他就在上海了，租界的事情都是他说了算，驻沪领事只管与地方官交涉，在租界事务上几乎没有发言权。以白来尼的个性当然受不了，刚到上海不久，就与公董局开始争权夺利，无奈处处落于下风。胡雪岩有意帮他一把，问他：“爵士，你和公董局总董，谁代表你们国家？”

白来尼说：“当然是我这驻沪领事。”

“那就好办了。”胡雪岩说，“你只要把巡捕房抓到手里，到时候公董局不听招呼，你就封了他们的门，或者干脆把他们抓起来，他们只有乖乖就范。”

白来尼有些犹豫，怕他们向国内告状。

“爵士是贵国外交部派出的官员，请问，到时候外交部是支持爵士还是更可能支持他们这些商人？”

“当然是我，这一点没问题。”

“那就好办了，我还可以帮爵士说服巡捕房。”

胡雪岩相信火到猪头烂，没有银子办不了的事。尤其是欧洲人，跑到中国来大都是抱着发财的梦想。他与巡捕房中国捕头关系密切，由他出面，塞给总捕一大笔银子，拉到了白来尼一边。后来白来尼与公董局撕破了脸，下令巡捕封锁了公董局办公楼，并把两个董事关了起来，各交了十万法郎保证金才予保释。总董施米特不甘心，果然写信告状，后来法国外交部出面协调，确定以后租界公董局总董由驻沪领事兼任。白来尼由此取得了租界的行政、司法、警务等大权,他与胡雪岩的关系,也就非比寻常。

如今,白来尼愿意以朋友的身份听听胡雪岩的意见,胡雪岩也就不必再以硬邦邦的官话应对。

“我可以断定,巴尔栋此人,决然没有爵士诚恳勇敢的品质——他是个惯于说大话,撒谎的人!”胡雪岩在评价巴尔栋前,先给白来尼戴一顶高帽。

“唔?为什么这样说?”白来尼也自认诚实勇敢是他的优点,“为什么说巴尔栋是个撒谎的人?”

“依我的判断,你们驻华公使支持他插手船政有可能,但要说奉你们国王的饬令,让他出任船政总监督,我无论如何不相信,堂堂一国之主,能够如此婆婆妈妈,事无巨细?”

白来尼点头说:“胡,你太聪明了,的确,我国国王不会过问这样的小事。”

胡雪岩说:“我还可以断言,你们的驻华公使也不会直接任命他出任船政总监督。如果他真有这样的意图,也应该通过你来与我们交涉。”

“我国公使的确是支持巴尔栋监督关税的使用,而且这一点也得到了总税务司的支持。”

“爵士知道公使和赫德为什么都支持巴尔栋吗?”胡雪岩说,“我来帮爵士分析一下,看看有没有道理。”

胡雪岩分析,创办船政事宜,左宗棠自始至终只与白来尼联系,法国驻华公使未得参与,心有失落,如今正好借巴尔栋来体现他的存在感。而赫德支持,是为了将来英国人干预船政埋下伏笔。

“依我看,你们的公使上了赫德的当了。”

“为什么?”

“你们公使所谋是巴尔栋有机会干预船政,而赫德所求是福州税务司能够干预船政。”

白来尼问:“这有什么区别吗?”

胡雪岩说:“当然有。税务司的任命权在赫德手里,他可以随时将福州税务司更调,等他把福州税务司换成英国人,他们就可以顺理成章地干预船政了。”

白来尼恍然大悟:“啊,的确是这样!”

“中国的洋务事业都让英国人把持着,金陵机器局是英国人马格里在主持,天津机器局是英国人密妥士总管局务,江南制造总局里面聘用最多的也是英国人。唯有船政局,左宫保对法国人青眼有加,托付给日意格、德克碑出任监督,机器、人员也都以法国为主。英国人不甘心,正想方设法插一脚进来。我不明白为什么你们的公使这样糊涂,英国人想睡觉,你们就把枕头送上来。”胡雪岩问,“请问爵士,你们是想船政局半途而废,法国也跟着在国际上丢脸,还是希望船政局办出成效,法国在国际上扩大影响力?”

“当然希望船政局办出成效!”白来尼说,“我主持的事情,还从来没有失败的。”

“那我可以肯定,如果将来英国人得以干预船政,船政要办出成效,恐怕很难。”胡雪岩说,“中国有句俗话,路边造屋,十年不成。就是指手画脚的人太多了,让主人无所适从,十年也造不出房子来。如果将来英国人通过福州税务司干预船政,我们是要听法国人的,还是听英国人的?对英国人来说,船政局办成办不成,无所谓,办成了,他们得以从中捞点好处,办不成,正好看法国人的笑话。我若以小人之心度君子之腹,或许英国人最大的希望是船政局办不下去,这样才更有利于继续扩大英国人在中国的影响力。有船政失败的前车之鉴,往后法国人要想与中国合作,那可就难比登天了!”

“有道理,有道理。”白来尼连连点头,“公使给我的信中说,他与赫德达成一致,船政局应该用各国之人。公使可能考虑维持与英国的关系,可是没考虑到其中隐藏的风险。你的意思,我该做什么?”

“有两件事非爵士来办不可。一是尽快到北京一趟,面见你们的公使,向他讲明利害,请他明确指示巴尔栋不要干预船政。”胡雪岩说,“第二件事,就是请爵士和你们的公使致信你们朝廷,支持日意格和德克碑在船政的工作。我担心你们朝廷听信巴尔栋的谎言,日意格和德克碑的工作受到阻碍。”

白来尼说:“这两件事都没问题。你放心好了,我立即乘船去北京。关于此事,我现在可以明确回复三点意见,一,巴尔栋无论如何不能代表法国。二,法国人巴尔栋是为中国工作而不是为法国工作,他的上司是中国福州海关的官员,而不是法国的驻华公使。三,巴黎知道这个项目,对船政监督的人选尊重中国的意见,信守已经签订的合同,不会进行以巴尔栋替换日意格和德克碑的活动。对今天的谈话,我将很快摘要寄交巴黎。”

胡雪岩说:“如此办理甚好,也有助于中法两国的友好合作。”

白来尼说:“至于赫德总税务司方面,他对巴尔栋的任何指示和要求,法国方面不便干涉。”

胡雪岩说:“我明白爵士的意思,赫德那里,总理船政沈大臣会致函总理衙门,要求税务司不得干预关务以外的地方事务。”

## 利用竹枝词案,收拾船政要员

闽浙总督签押房里,总督吴棠相当失望。他抖抖总理衙门的函,对心腹师爷说:“原来以为巴尔栋闹一闹,船政就该偃旗息鼓了,没想到法国公使和总税务司赫德都服软了,真不知道总理衙门用的什么手段。”

他把手里的函递给心腹师爷。函上说,总理衙门已经与法国公使、总税务司分别交涉,福州税务司不得干涉船政事务。而且还附了法国公使和赫德的照会。法国公使在照会里说,本国政府支持中国创建船政局,法国海军已经做出决定,同意日意格、德克碑两人作为中国政府的雇员,为中国政府效力,并继续保留两人的海军军籍。赫德在照会中说,他作为总税务司,是中国政府的雇员,听令于总理衙门,各口税务司则须服从各海关道的命令,他屡经告诫巴尔栋不得干预船政及地方公事,以致掣肘,并请船政局“日后该税务司设有此议,亦必坚拒”。总理衙门在函中说,巴尔栋太多事,在闽终是一害,如果有什么劣迹,请及时通知总理衙门,将他撤换。

师爷说:“看来朝廷支持船政的决心很大,东翁只能另做打算了。”

另做打算早就议过几次,那就是如果船政不能停办,就换上自己的人主持。沈葆桢是动不了的,他下面主事的就是两个提调,福建藩司周开锡和布政使衔福建补用道胡雪岩。胡雪岩滑头,看到吴棠不支持船政,干脆以筹办左宗棠西征粮饷为由,不到福州来;周开锡是左宗棠的学生,对船政不遗余力,此人必须撤换。换了他,便是敲山震虎,下面的委员什么的,不愁他们不转向。

“东翁,现在有个天赐良机,周寿山请病假二十余天,尚未销假,部堂如有打算,宜早不宜迟。”师爷这样建议。

吴棠说:“我已经有人选,让盐法道夏辅臣署理藩司。”

“东翁,夏某人也是左宫保赏识的人,让他来署理藩司,还是换汤不换药。”

“不,不,我另有妙用。”吴棠说,“你以我的名义给李中丞写封信,就说我的意思,让他下札子给夏辅臣,着他署理藩司。然后,你出面见辅臣一面,和他谈谈。他要识趣,一切都好说。”

谈什么,吴棠自有一番安排。

周开锡得到消息,赶紧到沈府报告给沈葆桢:“我已经打算销假了,没想到吴总督来这一手。”

“他不是针对你,他是想插手船政,派自己人来主持。”沈葆桢说,“他可以委署藩司,可是无法委派船政局提调。你这个提调是朝廷任命的,煌煌上谕,谁也别想动你。等你病好利索了,你就以提调的身份出面主事。还有两个多月日意格就该到了,如今洋人住宅还未完工,坞内地基尚需垫高打桩,机器一到,又要立即安装,真正是千头万绪,正好你就靠到马尾去。”

周开锡说:“我无所谓,怎么着都行,可这样就与吴总督闹僵了。我有个建议,吴总督委的署藩,必定是他的心腹,大人可否给吴总督个面子,出个札子,任命署藩为船政提调,或许这个扣就解开了。将来办事方便,于船政也有利。”

“吴总督打算委谁为署藩,你有点消息没有?”

“没有,无从打听,反正肯定是他从漕督上带过来的人,等着他提拔的人多着呢。就是福建的官员,也有不少人巴结得很。”周开锡说,“李中丞唯吴督之命是从,福建的局面,是吴总督说什么是什么,官场中人都明白。”

新任巡抚李福泰是广东布政使任上调任,到任不到一月,身单势孤,唯有巴结好吴棠为立身之基,督抚和睦,吴棠更有底气压住船政的气焰。

“我也想好好与吴总督相处,他递条子来,我已经给他安排了四五个亲朋,几乎都是拿干薪,无奈人心不足蛇吞象!”沈葆桢说,“我知道他觊觎提调的位子,极力插手船政。可是,提调的位子怎能轻易予人!如果我弄个与我异心的提调,处处与我作对,那可真是搬起石头砸自己的脚!我不能办这种糊涂事。我这船政大臣有专折专奏之权,不受督抚节制,大不了,我与他吴某人井水不犯河水,各办各事就是。”

“大人的担心也不是没有道理。不过,吴总督这边还是要尽量维持。”周开锡说，“既然吴总督让我继续养病，我如果到马尾去办差，倒好像专门与他作对。我看可否这样，我闭门养病，但大人有何吩咐，我无不照办。马尾那边，大人可札委李太守代为提调，以总其责。”

李太守是延平知府李庆霖，他是福州通商局委员，与洋人打交道多年，左宗棠创办船政后，就委任他为船政局委员，专门负责购地设厂事宜。后来朝廷擢他为延平知府，左宗棠北上后，英桂、周开锡联名上奏，船政接办乏人，奏调李庆霖回任船政，延平知府则派人暂署。李庆霖延平知府的位子还没坐热，就重新回到船政，自从船政开工后，就一直驻在马尾，未有提调之名，却有提调之实。沈葆桢从未与李庆霖谋面，但已听周开锡多次赞扬，他同意周开锡的提议，写一封信给李庆霖，叮嘱他暂负总责。

隔一天，盐法道夏献纶到沈府来见沈葆桢。沈葆桢从左宗棠口中听说过此人，一直跟着左宗棠办理军务，很受赏识，几年间，从一名六品主事升到了正四品盐法道，不过见到其人，今天还是第一次。

“沈大人，我实在没想到，吴总督和李中丞会让我署理藩台。”夏献纶也是直来直去的性格，见到沈葆桢，来个开门见山。

交浅难以言深，沈葆桢呵呵一笑说：“当然是辅臣有能干之名，才得督抚青眼。你署理藩司，我当然高兴，船政经费有着落了。”

夏献纶摇头说：“没那么简单。吴总督的师爷找到我，说了半天话，无非就是两个字，省钱！今年年底要解清同治五年来所欠京饷，十几万两；应解内务府经费每年五万两，已经欠了两年；还有剿捻协饷，积年所欠五六十万两……”

沈葆桢说：“辅臣，怎么筹钱，那是你的事。你只要能帮着船政筹足经费，我就高枕无忧了。”

“帮船政筹经费，这没问题。左宫保起程前，专门有交代，让我们务必支持大人办船政。”夏献纶说，“可是，我担心吴总督让我署理藩司，醉翁之意不在酒。我和寿山藩台都是左宫保赏识的人，被福建官场称为‘左党’，吴总督也心知肚明。一面排挤寿山，一面又拉拢我，目的恐怕是让我们这些左党先内讧。”

沈葆桢点头笑道：“辅臣，你是这样认识。这件事是有点奇怪，寿山已经病痊，正准备销假，可是忽然又接李中丞札，让他继续养病。”

“吴总督的算盘,拨拉的是船政提调的位子。”夏献纶说,“吴总督的师爷让我来见大人,是求大人提拔我任船政提调。另外,还推荐了一人,是吴督从漕督任上带来的。为我谋提调是假,顺便带上吴总督的心腹才是本意。”

夏献纶这样的直言,说明他还是心向船政的。沈葆桢也就不能再一副拒人于千里之外的语气,于是说:“辅臣,你说得有道理,吴总督想让他的人出任提调,我早就知道,可是,我没有松口。船政委员可以略略通融,唯有提调事关紧要,不可能迁就。不过,你毕竟是左宫保看重的人,情形又有不同。”

夏献纶摇手说:“大人不要对我另眼相看, 除非您想把我们两个都提拔为提调,否则就一块拒绝。不然提一个拒一个,可就与吴总督撕破脸面了。我的意见,一视同仁,我们两个都不任提调,以免给船政留下隐患。”

沈葆桢起身对夏献纶重重一揖,说:“辅臣一心为船政着想,沈某感激不尽。不知你想过没有,吴总督有利用你的一面,但也有真心借重的意思。正如你所说,‘左党’如果内讧,有人真心投靠,吴总督何乐而不为!如果你帮着吴总督谋得一个提调的位子,不难视为心腹,于你的前程来说,也大有好处。”

“不瞒大人说,我也想到了。身在官场,谁能视顶戴如无物?我也不能免俗。可是转念一想,我受左宫保信任和重托,明明知道不利船政,却为了头上的顶戴而昧心行事,将来顶戴变红,心却变黑,深夜难眠,扪心有愧。还是算了,不如坦坦荡荡做人的好。要说左宫保任人唯亲,有那么一点,但左宫保所图均是国事,公事,我辈没别的本事,这一点胸襟,还是学到了。”

沈葆桢说:“辅臣,听君一席言,真是感佩莫名!我与你一样,既然受人重托,就不再反悔,我是打算拼却了性命,也要保住船政。”

沈葆桢不识趣,无异于打了吴棠的脸。十几天,他都闷闷不乐。这天师爷对他说:“东翁,现在海观察手里有一样东西,如果用好了,可为您出一口恶气,福建官场局面将为之一新。”

师爷从靴筒里抽出一本小册子,双手呈给吴棠。

这是十几首竹枝词,全都是讽刺福建官场的,每一首后面,还附有简要注释。第一首就是讽刺船政:

抽收厘税不为难,欲造轮船观大观。
利少害多终周济,空输百万入和兰。

还有一首把船政骨干周开锡、李庆霖、夏献纶都骂了进去：

周号抽筋李剥皮，夏名刮骨更稀奇。
三人声势常相倚，聚敛鸿名遍天际。
……

更有一首近二十句的长诗，写的是延平知府李庆霖，送了个十六岁的婢女巴结时任护理巡抚的周开锡，随后就当上了船政委员。而且还把福州将军英桂也牵连了进去，说他受了周开锡、李庆霖的厚礼，周开锡因此当上了护理巡抚。

这十几首竹枝词，闽浙地界上，上自将军，下至知府道员，整个官场都成为讥讽对象，不过，被点名举报的人，大都是“左党”。

吴棠看完了，说：“这真是无稽之谈——这东西是哪里来的？”

“是盐场的一位丁姓委员——是捐了道台的，呈给海观察的。”

“海钟刚署理盐道，对福建情形一无所知，怎能收这样的东西？”吴棠说，“你告诉他，让姓丁的呈给夏辅臣好了，盐场一直是他在管。再说，里面也涉及他，交给他，看他怎么办理再说。”

署理盐道海钟是吴棠从漕运上带来的心腹，不愿让他牵连其中。

“还有，如果夏辅臣把这东西交给李中丞或者交到督署来，一概不受，这里面不涉现任督抚。”

师爷听了吴棠的吩咐，说：“东翁放心，我让夏辅臣呈给英将军好了，如何处置，让英将军视情况办理。”

“就是这意思！毕竟涉及香岩将军，我们说多说少都不合适。”

周开锡一脸愁容来见沈葆桢，他是来说竹枝词的事情。

“我已经知道了，辅臣已经给我说过了。”沈葆桢说，“寿山，我问你一句话，竹枝词所说送婢女的事情，到底是怎么回事？”

“完全是张冠李戴。”周开锡说，“去年我是新收了个婢女，但那是小妾在娘家时的随侍丫头，本来是回了娘家的，后来家中生了变故，无以为生，又前来投奔。至于当初我护理巡抚,何曾给英将军送过礼?徐巡抚病故后,当时英将军署理总督,自然不能再署理巡抚,因此朝廷明谕,李巡抚到任前,由我署理,朝廷循的是常例,英将军既未奏请,我更没有向英将军行贿。此事很简单就能弄明白。”

“那就好,清者自清,浊者自浊。”沈葆桢说,“这种匿名揭帖,不同于具名弹劾,朝廷一般是留中的。”

“明眼人一看就明白,这纯粹是有人想官想疯了,搞这么个匿名诬陷,想浑水摸鱼。”周开锡说,“其实压下来就完了,可英将军呈奏朝廷,这就有点复杂了。”

“事涉香岩,他为了避嫌,只能如实呈奏。”沈葆桢说,“能压下来,一语定乾坤的,只有吴总督。可是他不肯出声,让辅臣把册子呈给英将军,就是为了捅到朝廷那里! 而且,这匿名册子的来历就有些莫名其妙。”

周开锡很灰心,说:“大人,我如今成了人家的眼中钉,我有个想法,与其让他诬陷整倒,不如以退为进,投奔宫保,在军前效力。”

“万万不可。”沈葆桢说,“这样,正中人家下怀。有人想把持船政,你们要是撂了挑子,不正好给人家腾位子? 你们且都等等,朝廷会有个说法的。”

六月十六日,沈葆桢为母亲守孝满二十七个月,丁忧结束,第二天前往拜见福州将军英桂、闽浙总督吴棠、福建巡抚李福泰,同时向他们辞行——他将于十八日到马尾任事。

周开锡说好陪他一起去,李庆霖则专程从马尾赶来迎接。船靠码头,沈葆桢为首,正要上船,臬司率人赶到码头,急匆匆到沈葆桢面前一甩马蹄袖见过礼,说:“沈大人,吴部堂刚接到上谕,竹枝词所涉官员由吴部堂和英将军严加查办,卑职奉吴部堂宪令,前来请周藩台、李知府到司里问话。”

沈葆桢一听气得脑袋嗡嗡响,他冷着脸说:“我今天正式接手办事,你把他俩带走了,船政那边我找谁去?”

臬司连忙赔着笑脸说:“这话我已经对吴总督说过, 无奈吴总督奉旨办差,不敢耽搁,卑职也只有奉命。周藩台和各位大人,到司里去问几句话,事情说清楚了,也许下午就回来了,明天再陪大人去马尾也还来得及。”

但事情没那么简单,当天下午周开锡、李庆霖都没有回来。次日一早,沈葆桢派人拿他的名帖去臬司衙门询问,回话说两人都在问话,事情一时弄不清楚。臬司捎话给沈葆桢，他最好能亲自去见一见吴总督当面求情，或许能通融。

沈葆桢上任的时间已经奏报朝廷，迟迟不上任肯定不妥，他只好硬着头皮去见吴棠。吴棠很给面子，说："好说，给他们两人三天时间，先陪幼丹上任，再回来说说清楚，谅也没多大事情。奉旨办差，还请幼丹能体谅。"

沈葆桢在周开锡、李庆霖的陪同下前往马尾。路上说起这两天在臬司衙门的遭遇，两人都说，没受任何难为，好吃好喝供着，根本连问也没问。

马尾船政工地一片忙碌，船政衙门再有个把月就可入驻，由木工做临时搭建的数间木板房供沈葆桢办公起居。船政前后学堂大约秋后就可启用，其他工程都紧张施工中。周开锡、李庆霖陪着沈葆桢一处处巡视，有什么问题随时商量安排下去。隔日臬司衙门的公差就乘船前来，说是奉命请周开锡、李庆霖回衙门问话。好在还有总工程师叶文澜，对各处工程施工及采办，也能应付得过去。

叶文澜是厦门人，早年曾赴美国旧金山开矿，回厦门后创立源通钱庄、瑞云茶栈，与美国商人做茶叶生意，同时经营美国货，生意遍布厦门、台湾、南洋等地，数年间成了厦门巨贾。左宗棠入闽后在漳州与太平军作战，聘叶文澜为粮台，不但粮草无忧，军火也得以源源补充。等左宗棠创办船政后，就聘他为总稽查，负责监督施工及与洋人交涉。如今周开锡、李庆霖都不在马尾，叶文澜成了沈葆桢的臂膀，从早忙到晚，脚后跟快踢到后脑勺了。

沈葆桢以为周开锡、李庆霖很快就能回来，当初吴棠也说得很轻松，问问清楚就行。可是却一去无回，杳无音信，派人回福州询问，回话说两人的事情复杂，尚未询问清楚。沈葆桢这才知道，事情并不简单。他亲自回福州一趟，拜访英桂。竹枝词事涉英桂，按他的说法，他也是不尴不尬之人，完全是吴棠在操控。反正身正不怕影子歪，他劝沈葆桢耐心等等。

这一等，就又过了二十多天，周开锡这才一身布衣，满面憔悴到马尾来了，见面第一句话就是："大人，我不能再帮您了。"

原来，在臬司衙门这些天，问来问去，竹枝词影射事件均查无实据，但最后臬司衙门说周开锡官声不佳，且身体多病，吴棠已经上奏朝廷，准回原籍休致。而李庆霖被吴棠以趋承、巧滑的罪名弹劾，革职罢斥。此外受竹枝词案牵连的还有十几人，都被停职查办，其中多是左宗棠所重用的人。

沈葆桢勃然大怒,要上折弹劾吴棠。周开锡连忙劝阻,不要轻易与吴棠闹翻。他打算给左宗棠写封信,把这边的实情相告,看他有什么好办法。他还恳请到左宗棠行辕效力,只求离开福建。

此时西捻军已经调头东进,左宗棠正在湖北督师,因为捻军多次突围而走,他和李鸿章接连受到上谕斥责;而他的楚军粮饷,还要依赖闽浙,必须好好敷衍吴棠,不想与他闹僵。他回信告诫周开锡,不要因为他人的诽谤而退缩,也不要去跟小人争执,“我辈肝肠如雪,何惧造作言语?如果你们都要离开福建,我们对轮船事业的一腔热血,将洒向何处呢”?他在给沈葆桢的信中,除了感慨之外,也无良策,反而还要给吴棠一封亲笔信,盛赞他在漕运上的功绩。

周开锡对沈葆桢说:“左宫保何曾这样低眉顺眼过,这实在出乎意料。”

沈葆桢说:“宫保是为了船政,不得不忍气吞声。且看吴某人接下来怎么行事,如果他肯给左宫保面子,不至于闹得太过分,我也就将就将就。如果他变本加厉,我只有和他撕破脸了!”

左宗棠的信在吴棠那里没起多大作用,他所委派的人看事不好,纷纷辞差,到湖北去投奔他。而臬司衙门三番两次来催,要周开锡即刻回籍。英桂捎信给沈葆桢,劝他委派吴棠的亲信为提调,也许事情会有转圜。沈葆桢赌了气,坚决不肯通融。他让周开锡留下来,不要去理臬司衙门,出了事由他兜着。

过了几天,日意格乘轮船到了马尾,同行的铁工、木工、制模、装配等洋员洋匠十二人,还有女眷四口,幼童一人。他告诉沈葆桢,所有采办的各厂器具及轮机,共计一千余吨,比原计划多出二百余吨,均已采办妥当,第一批已经于六月中旬由一艘夹板轮船起运;八月中旬和十月中旬,第二、三批起运,还有轮机两副,也将于十二月起运。夹板船速度慢,航程大约需要五个月。聘请的洋员洋匠,下月还到一批,最后一批则与德克碑一起,于明年正月前后带来。

日意格比原来的计划晚到了两个多月,原因是“因为我国朝廷误听了巴尔栋的谎言,船厂器具虽已购妥,却不允起行。后来国王接到了驻华公使和驻沪领事的报告,这才消除了误会,准许起运”。

沈葆桢说:“果然是巴尔栋误事!”

“不过一切都妥当了,我和德克碑还受到了国王的召见。国王谕令我们好好帮中国建船厂,还饬令法国水师随时照料。”

当天下午,日意格就到江边查看,他告诉沈葆桢,在机器轮机到来前,可先行搭建船台,船台大约三四个月可以搭建完成,船台搭好,即可赶造船身,轮机一到,就可进行装配。赶造船身所需的龙骨、肋木必须到南洋去采购,来回总要两三个月,必须立即派人前往。叶文澜在南洋有生意,从前经常往返,他自告奋勇,陪洋员前往采购。明天是船政衙署正式启用的日子,他决定参加完仪式后就起程南下。

第二天上午巳正(上午10时),仪式正式开始。福州将军英桂和巡抚李福泰专程前来参加仪式。船政衙门在马尾东北山脚下,是一座严格按照大清会典规章法度建设的三进院落。大门面阔五间,进深三柱,设有三门,中间两根门柱上刻一副长联——且慢道见所未见,闻所未闻,即此是格致关头,认真下手处;何以能精益求真,密益求密,定须从鬼神屋漏,仔细扪心来。

英桂说:“这必是幼丹的大作。”

沈葆桢说:“让将军见笑了,我草就这副对联,是提醒船政上下,务必精益求精。”

正门两边也有一副对联,也是沈葆桢撰写,“以一篑为始基,从古天下无难事;致九译之新法,于今中国有圣人”。他向英桂解释说:“船政是古今所无的创兴,自然会遇到重重困难,国人应有信心,自信天下无难事。”

进了大门,便是第一进院子,主体建筑是正堂,东西有厢房数十间,是收支、文书、采办各处办公地方。正堂面阔五间,进深七柱,前廊后堂,用于审理案件和举办重要仪式。廊柱上也有一副对联,“见小利则不成,去苟且自便之私,乃臻神妙;取诸人以为善,体宵旰勤求之意,敢惮艰难”。

英桂说:“这副对联倒很见幼丹的心性。”

沈葆桢说:“我最看重的是敢惮艰难四字。无论多么艰难,我沈某人也不会退缩。”

英桂说:“咳,你和吴总督可是针尖对着麦芒了。幼丹,有时不妨退一步。退一步,海阔天空。”

沈葆桢说:“香帅,你也不妨劝吴督一句,得饶人处且饶人,何必拿着几首竹枝词大兴冤狱?”

英桂说:“我的话要是有用,何至于闹到目前的局面!”

仪式就在正堂举行,堂上设香案,沈葆桢与英桂、李福泰及船政各员向着香案磕头,日意格等洋人则行鞠躬礼。沈葆桢宣读一篇祭文,告祭山水诸神,请护佑船政顺利,员匠平安。英桂宣布船政衙署正式启用,一时间鞭炮齐鸣,锣鼓喧天。仪式结束,由总稽查叶文澜引导到后两进院子参观。

第二进院子主体建筑是二堂,东西有厢房十余间,是沈葆桢和提调办公、会客的地方。第三进院子与二进规制相仿,是总稽查办公和收藏档案、书籍的地方。

午饭就在衙门里吃,沈葆桢特意把日意格安排到英桂身边,让他讲讲巴黎见闻。这顿饭吃了个把时辰。饭后英桂到沈葆桢的签押房密谈,说起吴棠的态度,颇为忧虑。吴棠的成见难以消解,无人可劝,除非上边说话,否则麻烦不断。

沈葆桢说:“如今将军不便说话,左宫保也多有顾虑,实在不行,我就单衔上奏。这样子下去,船政无法正常运转。两位提调,周寿山被强逼休致,胡雪岩吓得不敢来福州。下面的委员、局员、发审、采办,有一半被牵连进竹枝词案中,弄得人人自危,尤其是湖南人,一概被停职免职。现在坞外工程还未全部完工,机器轮机正陆续运来,坞内各厂,包括铸铁厂、拉铁厂、锤铁厂、轮机厂、水缸厂都要立即开工,采办物料,招募工匠,正是需要人手的时候,吴督来这一套,这不是釜底抽薪吗?我是无路可退了,也不能退,我一退,便开了督抚干预船政的恶例,往后船政岂不要听命于督抚?朝廷还要我这船政大臣何干!我要把吴总督所为上奏朝廷,请朝廷明断!”

英桂手指轻敲着几案,点头复又摇头道:“这是最后的办法,实在是没办法的办法。我担心的是,万一朝廷偏向吴总督,那可就置船政于绝地了。”

最后两人商定,由英桂出面,劝说吴棠,尽快结案,或者先把查无实证的人放出来办事。

然而,第二天上午,臬司衙门人又到马尾来了,领头的是经历司的经历,实际主事的是臬司的亲信师爷。他们奉臬司之命,前来请叶文澜到臬司衙门问话。原来,从前涉及叶文澜的一件讼案,本来已经结案,可是原讼见当初左宗棠的红人一个个倒霉,如今又改口再讼。

当时叶文澜正与洋员在码头等待轮船,准备下南洋购买木材,沈葆桢亲自相送。一听吴棠竟然又对叶文澜下手，勃然变色，指着臬司的师爷斥责道："堂堂臬司，掌一省刑名按劾之事，负振风纪澄吏治之责，竟然不问是非曲直，唯总督之命是从，真是令人汗颜！你回去告诉你们臬台，要拿叶文澜，先把我沈葆桢拿问！"

师爷连忙解释说："沈大人息怒，我家东翁何敢拿问您呢！只是奉吴总督之命，不敢不从。请叶观察到臬司问几句话，很快就会回来的。"

沈葆桢说："你住口，回去告诉你们臬台，让他转告吴某人，就说沈葆桢忍无可忍，要上折弹劾！谁是谁非，让朝廷明断！但船政的大业，谁也别想阻拦！叶文澜已经下南洋采办木材，有本事臬司衙门到南洋去捕人好了！"转头对叶文澜吼道，"你们还不上船起程？！"

臬司衙门的人看沈葆桢面色狰狞，无人敢再置一语，眼睁睁看着叶文澜等人乘船而去。师爷对众人说："名位都看见了，我们来晚一步，叶文澜已经乘船下南洋了，问话之事，只能等来日再说。"

众人"嗻"了一声。

沈葆桢把臬司衙门的人晾在码头，气咻咻回到衙门，立即亲自起草奏折，"奏为船政创始需才，宜固人心以全大局，恭折沥陈，仰祈圣鉴事"。

先说人才的重要。"窃唯为政在人，古有明训，事关创始，尤藉群策群力，况驽钝如臣，若非广益集思，何以上承朝廷付畀之重！"接下来直陈吴棠到任后，对船政人员的打击，"讵意周开锡为匿名揭帖所牵涉者，督臣吴棠明知其诬，以业经病痊之员，谕令续假，另委藩司。叶文澜为讼棍陈永禄所翻控，督臣吴棠明知其诬，以业经咨结之案，任听狡展，致滋拖累。李庆霖以咸丰年间入通商局，至今已十有余年，是以左宗棠与臣会商，委为总稽查，督臣吴棠却以著名巧滑，专事趋承，着即革职，勒令回籍"。

接下来简叙船政进展情形，尤其是日意格到来后，殚精竭思，孜孜如治其家事，如能和衷共济，船政必将有成。如果人人自危，船政半途而废，将令外人嗤笑，且事关自强大业，为臣者宜激发天良，以副宵旰勤求之望。

最后沈葆桢表明自己的态度，"船政系臣专责，死生以之，与其终误国家、百身莫赎，何如倾竭愚憨，自明于君父之前？合无仰恳天恩，谆谕周开锡终始其事、专意从公，毋畏浮言辄萌退志，饬督、抚臣将叶文澜被控之案秉公断结，并准将李庆霖留局差遣，饬下浙江巡抚催胡光墉即日前来，俾臣获收指臂之助”。

然而,彻查竹枝词案毕竟是奉有上谕,如果不能证明竹枝词多系诬陷,则朝廷也无法转圜。但竹枝词牵涉甚广,要一件件证明其诬,则根本不可能。李庆霖送婢女给周开锡一事已经查清,并无其事,沈葆桢决定以点带面,予以辩驳。于是又专上《李庆霖留局差遣片》,以送婢女一事为突破口,为他开脱罪名。

这一折一片,次日一早便放炮拜发。

令沈葆桢欣慰的是,在日意格带来的洋匠指挥下,第一个船台开始搭建。工人们先搭起高高的云梯,数十人奋力拽动七八百斤的铁锤,将一根根长达五六米甚至十余米的木桩一锤锤砸入地下,直到与地平为止,星罗棋布,以固其基。船台地基夯实后,又在上面交叉叠放巨大的枕木,枕木间用长一米多的铁钉钉连,架成一个长达七十余米的枕木船台。船台一头高,一头低,便于船体建后,自动滑入江中。

中外匠作日夜赶工,马江之滨,数里之内都可以听到船政厂区传出的打桩声、工人的喊号声,在沈葆桢听来,比家乡的闽剧还要动听。

这一阵,慈禧感到有点累,主要是看的折子太多了,而且每份折子都是长篇大论。

当年签订中英《天津条约》时约定,“此次新定税则并通商各款,日后两国再欲重修,以十年为限,期满须于六个月之前先行知照,酌量更改”。中法约定是二十年一修,中美、中俄没有约定修约日期,但根据利益均沾的条款,少不了也会提出要求。明年就要到期了,恭亲王给将军督抚们打了预防针,提醒他们不要寄望于通过修约倒退回闭关的老路去,目前已经开埠通商十余年,想不与洋人打交道已经不可能,开放的大方向不能变。他预计英法等国可能提出的要求是请求觐见皇上、互相派遣使臣、开办电报、开通铁路、内河通轮船、机器采矿、扩大传教,等等,让大家就这些事项各抒己见。

各地的折子陆续上来了,真正是议论纷歧。湖广总督官文主张绝对不能再扩大开放,而应借修约收回利权;其他人主张在原来的基础上适当扩大开放,但主张开放的项目各不相同,而理由也是五花八门。李鸿章胆子最大,除了扩大传教外,一概支持,他认为引进外国技术,只要“权自我操”就行。

对慈禧太后来说,洋务并不陌生,但都是纸上读来,并未亲见。该办或不该办的理由,公说公有理,婆说婆有理,要下个判断实在很难。但偏偏她又是要强的性子,不愿让别人左右。所以她要费好大的工夫,每晚都要看到很晚。

这天晚上慈禧看的是左宗棠的折子,出乎意料的简短,而且一开始不谈修约,谈的却是船政。"臣于海疆只历闽浙两省,仅与海口领事、税务司交涉,事务简少,未睹其全。西行以后,距闽、浙太远。又吴棠到任后,务求反臣所为,专听劣员怂恿,凡臣所进之人,所用之将弁,无不纷纷求去;所筹之饷需,所练之水陆兵勇,窃拟为一日之备者,皆不可复按矣。船局一事,蒙皇上天恩,交沈葆桢经理,事有专司。专就船政而言之,沈葆桢自能体察情形,据实具奏,臣亦毋庸渎陈。"

这哪里是议修约,完全是告了吴棠的状!前几天收到了沈葆桢的一折一片,也是告了吴棠的状。当时慈禧做了留中的处理,想保全吴棠的体面,等他办完竹枝词案再说。没想到左宗棠也告了吴棠的状,"务求反臣所为,专听劣员怂恿",话虽不多,分量却极重!于是她改了主意,把沈葆桢的折子发下去,明天见起的时候议。

第二天见起,第一件事就是议沈葆桢和左宗棠的折子。

慈禧太后说:"老六,吴棠是怎么弄的,和沈葆桢、左宗棠都僵到这种地步。英桂对他评价如何?"

恭亲王如实回答说:"听英桂的语气,也颇不以为然。"

"沈葆桢、左宗棠因为同办船政,声气相通,他们态度一致可想而知。连英桂也不说吴棠的好话,那就说明吴棠办事确实有不是的地方。"慈禧并没有因为吴棠当年有恩于她,特意护短,"他们闹到目前局面,都是源于竹枝词。沈葆桢言之凿凿,周开锡等人都是受了不白之冤,那这竹枝词的可信度到底有多少?"

恭亲王明白,吴棠与沈葆桢过不去,并不是因竹枝词才开始,而是借竹枝词大做文章罢了。如今见慈禧对吴棠已经流露出不满,他也不必再为吴棠弥缝。

"这竹枝词的可信度,实在无从揣测,只能等吴棠审理清楚。"恭亲王说,"不过,就其来历而言,已经是疑窦重重。"

"怎么说?"

“这册竹枝词，是福建署理盐法道呈给藩台衙门的，而盐法道又是从一名叫丁杰的候补道手里拿到的。这位候补道说，是他坐轿过街，有人扔进轿子里的，到底撰者何人，无法查核。”恭亲王说，“这与半夜城门粘揭帖无异。”

“原来是这样的来历，你们怎么没早查清楚？”慈禧一脸愠色。

恭亲王说：“这是后来英桂在给臣的信中报告的，当初没说到这一层。”

“吴棠也是糊涂，对这样的东西也值得兴师动众。”慈禧说，“左宗棠的意思，他所用的人才，都被吴棠排挤掉了，这又是怎么回事？”

恭亲王说：“竹枝词牵连的人，大部分是左宗棠在浙江所重用的人，尤其是湖南人居多。”

左宗棠任用私人，这是肯定的。可是如今的封疆大吏，哪一个又不任用私人？而且湘军淮军能够打胜仗，就是因为多用老乡、亲戚，上了战场才能拼命相救。真是利害相生，这也就带来了近十余年来湘淮官遍天下的局面。关键是如今左宗棠正在前线督师，后方不安，事涉船政，他的情绪不能不特别照顾。

“还有一层意思，左宗棠没在折子里说。吴棠借竹枝词案，变革闽浙抽收厘税的办法，商人负担减轻了，都称赞吴棠是好官。可是厘税减少，闽浙的西北协饷无法保证，这才是左宗棠最担忧的事情。”恭亲王说，“左宗棠十分生气，在给臣的信中说，平生志事，百无一就，一腔热血，将付东流。”

“闽浙的厘税办法，当初左宗棠都是奏报过的吧？吴棠这样弄，几近沽名钓誉！不必再查，吴棠急于在福建树口碑，而福建官场的人想把左宗棠的人挤走，双方这才不拍自合。吴棠也真是糊涂，被人当枪使却不自知。”慈禧当即下了决断，“这件案子必须尽快了结，不能再拖下去。船政不能误，沈葆桢的要求都准了。他点名的那些人先复了职，将来查有实据，再办不迟。”

恭亲王“嗻”了一声。

这样一来，吴棠与沈葆桢之争，无疑一败涂地。

“吴棠在福建混到这样，他怕是没法再混下去了。”慈禧也想到了，“等有合适的机会，立即把他调走。老六，你们也都想着点。”

一下朝回到军机处，恭亲王立即安排人写旨，对竹枝词中涉及周开锡、李庆霖、叶文澜等人的罪名“均着毋庸置议”，对相关人员严厉警告——

按察使衔候选道丁杰所呈竹枝词,查系不知姓名人投入轿中,唯于例应销毁之件,不行毁弃,辄复送入官司,实属不合。着交部照例议处,饬令回籍听候部议。左宗棠前在闽省,办理军需厘捐等事,均系地方要务,岂可任令无知之人,信口雌黄,所有编造竹枝词之人,仍着英桂等严拿究办,以儆刁顽。

## "万年青"试航之际,法国总工程师罢工要挟

沈葆桢每天黎明即起,洗漱完毕,便出衙门后侧门,向北而行。衙门建在山脚,北行不远,便开始登山。山腰有船政驻防营,营外旗台有一片空地,沈葆桢每次到旗杆下面,便回首南望,居高临下,船政一览无余。这时候往往朝阳初露,空气清新,风轻鸟鸣,坞内则是各种机器发出高低不同的噪音,在他听来都是那样悦耳。往往,这是一天中他最惬意的时候。

而今天,他心情格外地痛快。

一再给船政出难题的吴棠调任四川总督,昨天已经从福州起程赴任了,接任闽浙总督的是与他声气相投的英桂。四川天高皇帝远,而且只设总督不设巡抚,正好任吴棠去闹腾。而且四川产盐,总督兼着盐政,收入不菲,也正合吴棠所好。朝廷这样安排,可算得上皆大欢喜。昨天沈葆桢还专程到福州为吴棠践行。虽然两人曾是势不两立的政敌,但一样执手言欢。

二则今天要给万年青号轮船安装龙骨,船政正式开始造船了!沈葆桢站在旗杆下,向江边望去,滨江的船台隐约可见,影影绰绰人来人往,那是工人们在为安装龙骨做准备。船台往后,由南而北,有铸铁厂、轮机厂、合龙厂、水缸厂、拉铁厂、锤铁厂,此外还有钟表厂、模具厂、帆缆厂,等等。坞外部分,由远而近,则有考工所、木料厂、洋匠房、通事房、前后学堂、监督住宅、船政衙门。整个船政,坞内坞外,衙、厂、屋、所八十余处,他每天都站在这里看一遍,看见山下的建筑一幢幢建起来,厂里冒出烟来,传出咣咣当当的声响,他心里越来越踏实。他有种感觉,就像父母看着孩子长大一样,船政可不就是他沈葆桢的孩子吗?

还有,船政局从香港买的教练轮船"华福宝"号,由贝锦泉率人管驾到了马尾,管驾学堂的孩子们可以登舰实习,只能纸上谈兵的局面将由此改变。

他在旗杆下活动一番腰身,准备下山,这时驻防营的统领才出来向他见礼。这是老规矩了,以免打扰他的思路。统领说:“沈大人,兄弟们听说今天要给轮船安龙骨了,这可真是八辈子没听说过的事,兄弟们都想去看看热闹,您看可否赏个面子。”

沈葆桢说:“好啊,你带着你的营哨官们都去,来看热闹的不少,也得你们来维持一下秩序。还有,英制军也要来参加典礼,护卫的事情你可要上心安排妥当,出了差池,可别怪我不保你的老脸。”

“您老放心好了,有我呢,保准万无一失。”

安装龙骨仪式安排在巳正,这时候,七十多米长的龙骨已经放在船台上,工人也已经就位。船政各厂及学堂的学生都来看热闹,再加附近百姓,真称得上人山人海。沈葆桢向英桂介绍,将要建造的是艘木壳轮船,船身长二百三十八尺,宽二十七尺有余,吃水十四尺多,排水量一千三百余吨,可载重四百五十吨。螺旋桨推进,同时有风帆助力。

“英制台,洋人对我说,这艘船已经接近他们欧洲的先进水平。现在日本正在制造的千代田号,无论功率还是吨位,都比我们的逊色不少。”沈葆桢得意地向英桂介绍。

英桂说:“这就好,幼丹从此可以安枕了。”

“制台说得不错。”沈葆桢说,“我给制台讲个笑话,刚开始机器声没日没夜咣咣当当,晚上根本无法入眠。现在是,一听不到咣当声,我反而睡不着了。”

英桂哈哈一笑,说:“幼丹,告诉你个好消息,那个巴尔栋被免去了福州税务司了,换了另一个法国人。”

“好极了,让他滚得越远越好,这人简直就是个跳梁之辈。”

“没那么如愿。”英桂说,“据说法国要在福州设领事馆,巴尔栋正在争领事一职。”

“这可真是美中不足。”沈葆桢说,“不过,他这条泥鳅,谅也掀不起多大的浪。”

这时,吉时已到,沈葆桢、英桂,提调周开锡、夏献纶,监督日意格和总工程师达士博一起走上船台,共同搭手抬起龙骨。其实,出力的都是两头的工人,他们只是象征性地搭把手。龙骨架到了船台上,立时锣鼓齐鸣,鞭炮大作。众人在鞭炮声中走下船台,在日意格的带领下,前往参观各厂。

首先参观的并不是厂房,而是一排木栈房。走进栈房,木地板上竟然是轮船的施工图。

沈葆桢指指身边的法国人说:“这是总工程师达士博的杰作, 他是法兰西罗什福尔船厂的工程师,是一流造船巧匠。这地板上画的,是制造一百五十匠马力的船式图,凡是船身衔接处,都按照尺寸、曲直画清楚,让中国的匠徒们一一辨识,以便将来按图仿造。”

英桂直向达士博竖大拇指。

接下来参观的水缸厂,是专门制造船用锅炉,由一台十五马力的蒸汽机提供动力,推动鼓风炉和两个车间机器运转。它除了装配从国外购买的锅炉外,将来还要自造锅炉。随后参观的轮机厂,制造轮船的核心部件轮机,厂内装配三十四马力蒸汽机一座,每年可制造总动力五百匹的轮机。打铁车是专门制造各种小型铁件,装有四十多座炼炉,重三千公斤的铁锤一个。最后参观的是转锯厂,装有十五匹马力的蒸汽机一台,大小直锯和圆锯各一把,砂轮、钻机各一个,还有车床、钳床三十多张,锯凿、铲、削皆能从事。

此外还有钟表厂、帆缆厂、木模厂等没有参观,此外厂外的砖、炭、石灰等配套的小厂,不值得一观。锤铁厂和拉铁厂是铁厂的关键,原来也是建在江边,但到来后,认为滨江地基太软,而锤铁厂备有六七千公斤的铁锤,落下时震动非常厉害,因此建议改到山脚下,正在加紧施工。

英桂连连说:“大开眼界,大开眼界,这样的奇技淫巧,真是闻所未闻。”

看看时间,已经是正午,沈葆桢非要英桂去参观学堂。

“一定是有你得意的拿手戏,不然何必非要我参观。”

沈葆桢说:“学堂的艺童就是船政的宝贝,也是船政的未来,制台大人前来巡视,他们必将加倍勤奋。”

学堂是新建的校舍,前面是课堂,后面是寝室。学生们多是十五六岁的孩子,也有二十岁左右的小青年,个个精神饱满。沈葆桢告诉英桂,第一批招考的学生不够数,后来又到广州、香港招了一批:“这些地方领风气之先,报名的多,招了十几个,大都曾经学过外语,基础很好。邓世昌、张成、林国祥、吕瀚等学生,都是佼佼者。”

“外国聘来的洋教师,肯不肯用心教?”

“非常用心，这些洋教师有些方面比咱们的私塾先生都用心。”沈葆桢说，“他们提出了一个要求，希望能够建一所图书馆，不光洋教师这样提，那些工程师、洋匠也都有这个要求。洋人说，他们城市、厂局，都有公共图书馆，供大家闲余阅读，我想尽快建起来。”

“这个要求不过分，建起来也花不了多少银子。”

“还有，我发现洋人造船的诀窍，不在于挥锤运凿的操作，而在于画图定式，心通其理。图一定，接下来就是照葫芦画瓢。可是中国匠人多目不知书，又各有分工，恐怕将来船成时仍然不能掌握全船技巧。我打算开两个画馆，一个专门学习绘制船图，一个专门学习绘制轮机诸机器图，选一批聪颖少年进馆学习。这样，又需要再招一批艺童。”

英桂说：“啊，这画馆花费就大了，是从前未曾预算到的。”

两人边说边走，已经到了宴会厅，这是学习洋人的方式，三间打通的宽敞大厅。里面有三张桌子，两张中式圆桌，一张长条西式餐桌。沈葆桢把英桂让到主位，特意把日意格也请到这一桌上来，就坐在英桂身边。

“还有一件事，木材不够数，需要派人再到泰国去坐收。”沈葆桢说，“这件事，日意格总监督最清楚。”

据日意格说，从南洋购买的曲木、直木七百余件已经运到，龙骨、横梁、肋骨足用，可是封板需用量巨大，本地无法解决。福建虽是著名的木材产区，可是杉木轻软，不适于造轮船；樟木质坚而多弯曲，只适于做肋骨杂具；造轮船最好的木材是楢木，材质细硬，长期浸水而不膨胀变形，但中国并未发现何处出产，必须派专人到暹罗山中坐收，又因为交通不便，又须派人专门负责运输。

“如今已经安装龙骨，必须立即派人起程。我打算派叶总稽查和数名洋员再辛苦一趟，必须携部分现银前往。另外，今年下半年洋员分批赶到，集中发放安家费，这几件事凑到一起，船政经费不敷，目前急需五万两。”沈葆桢同时声明，“不过这五万两还是统算在船政经费里面，当前运转不灵，算船政向藩司借用。”

英桂说：“那你去与周藩司商议就是，他也是你的提调嘛。”

沈葆桢以为英桂打官腔，连忙说：“寿山不敢私自做主，从前超过一万两的银子，都必须向抚台、制台禀报。”

“那不必，抚台那里该报还是要报，我这里就不必了——只要我需要银子的时候，藩库不拿空话搪塞我就行。”

沈葆桢连忙起座拱手，向英桂致谢。他挽留英桂在马尾住一宿，次日第一批机器就到了，让他看看新鲜。

英桂摇摇手说：“幼丹，等你们安装好了我再来开开眼界，俗务缠身，今天无论如何得回福州。”

第二天下午一点多，一艘巨大的法国货轮趁涨潮赶到马尾，沈葆桢迫不及待在日意格的陪同下登船查看机器。这次运到的有火锯、钻铁机、劈铁机、砂轮、洋秤及大小铁片、铁条等，尤其是为铁厂配套的锅炉，高近三米，沈葆桢是第一次见到如此巨大的铁器。

当天下午，数百名工人登船，开始往下搬运机器设备，沈葆桢在岸上盯着，一直到天黑下工，才恋恋不舍回到船政衙门。

来年春末，德克碑率领最后一批工匠赶到马尾，各种机器物料也分四批先后运到，锤铁厂、拉铁厂立即安装设备，“万年青”号也加紧建造船身，船肋、底骨、压丝、缝节，中国工匠在法国工匠的指导下，边学边干。不过因为中国工匠年龄偏大，又多不识字，学起来有点慢。学堂的艺童都在学堂学习，根本没有动手能力。沈葆桢便提议学堂改变授课办法，前学堂的学生轮流到造船现场学习；又建了考工所，里面安装了设备，提供了工具，让艺童们实际操作木铁各工。真正是好事多磨，夏天雨水特别大，闽江数次发大洪水，滨江船台险被冲毁，坞内数厂积水盈尺。终日阴雨连绵，中外工匠们烟蓑雨笠，运斤挥斧，冒雨造船。原本计划同治七年底“万年青”号就出洋，现在看，连下水都不可能了。

到了十月上旬，叶文澜他们从泰国采购的楢木分批运到，沈葆桢派人从广东、浙江添募了部分熟练工匠，加紧施工，到年底，轮船骨架完工，开始外肋封板，分段镶嵌，鳞次而上，进展顺利。总工程师达士博向沈葆桢保证，至迟明年三月，全部木工可完工，五月铁工可完工，七八月就可放洋出航！

然而，一过了年，添堵的事情来了，法国将设在宁波的领事馆改设到福州，出任领事的果然是讨人厌的巴尔栋。他次日就到马尾拜访沈葆桢，开门见山说：“从前福州绝少有法国商船，法国人也不多，故而未设领事。现在，造船厂所用的外籍职工中,法国人居多,所以新任驻华公使罗淑亚奉我国外交部之命,已将领事馆由宁波迁了过来,负责本地本国侨民相关事务。"

沈葆桢一眼看穿,这位巴尔栋是想把船政局的法国人纳到他手下,根本目的还是要插手船政局的管理。他非常警惕,不想让巴尔栋钻了空子,立即拒绝说:"根据万国外交惯例,领事是为通商而设。鄙局并非商务机构,似乎与贵领事不相干,对吗?"

巴尔栋说:"贵局的确不是商务机构,不过,根据领事裁判权,鄙国侨民不幸涉及诉讼事件,本领事有权裁判。这也有助于贵局生产秩序的维护。"

沈葆桢说:"贵国匠人及教师都奉公守法,并无涉及诉讼事件。"

巴尔栋又详细询问船政的有关规章,并刻意打听日意格和德克碑两位监督有无违反规章的事宜。沈葆桢微笑着问:"当年贵领事就有意谋求监督一职,如今已是领事,该不会还要与同胞争此权利吧?"

巴尔栋连忙声明:"不,不,绝无此意。本领事如今已经是鄙国政府派驻福州的代表,不似从前税务司为贵国雇员的处境,对监督一职概无兴趣。"

沈葆桢说:"那就好。"

沈葆桢心里厌恶巴尔栋,但如今他是法国派出的官员,不能不以礼相待,特意设宴相请。

饭后,巴尔栋提出在船厂贴一张告示,让法国侨民周知本国已经在福州设立领事馆的消息。沈葆桢又予拒绝:"船政不是领事管辖之地,张贴告示似有不妥。如在福州张贴,本大臣绝无他言。"

巴尔栋仍不死心,提出新要求:"我看到本国侨民名单中,有一位是我的老朋友,我想会见一下,大人该不会拒绝吧?"

这个要求实在没法拒绝,沈葆桢只好答应,但示意提调夏献纶立即派前学堂学法语的一名学生陪同,听听他们会说什么。

大约两刻钟,夏献纶回来复命。巴尔栋会见的是铁匠白尔思拔,两人都曾经在法军服过役,当时巴尔栋是少尉,白尔思拔是随军铁匠。如今地位悬殊,两人并未长谈,巴尔栋只是礼节性地邀请白尔思拔到领事馆去做客。

沈葆桢稍稍放心,但叮嘱夏献纶巴尔栋不是省油的灯,不能掉以轻心,要提防他从中作梗。

沈葆桢的担心并非多余,巴尔栋对普通铁匠白尔思拔的确别有用心。他对这位七八年早就不通音讯的部下表现出了异乎寻常的热情，亲笔写信，再次邀请他到领事馆做客。白尔思拔受宠若惊，不再像第一次相见那样隔膜，礼拜日就向铁匠头巴士芒请了假，买上礼品登门拜访老上司。

巴尔栋十分热情，拍着白尔思拔的肩膀说："老朋友，我记得当年你铁匠的手艺就很好，在全团都是顶尖的，不明白为什么你到中国船厂，仍然是个普通的铁匠。"

"总监督到巴黎招聘的时候，主要看推荐人的身份确定受聘人的职务，我没有贵人推荐，只能当个普通的铁匠。"

"咳，这对你实在有点不公道。"巴尔栋说，"我当时不知道你有兴趣到中国来，不然我会请当时驻华公使伯若内爵士推荐，我和他的私交相当不错。让我意外的是，以一个普通的铁匠身份，你竟然也肯不远万里到中国来，真是为你可惜啊。"

"还不是看在薪水的分上，不然我怎么会跑到中国来！"

白尔思拔告诉巴尔栋，他每月薪水九十两白银，而在法国，他每月薪水折合白银也就二十多两。而且五年合同期满，还有一笔丰厚的赏银，来往的船票也都是船政局报销。

一个普通的铁匠工资都是巴黎的三四倍，那么监督的薪水自然会更加优厚，巴尔栋旁敲侧击向白尔思拔打听。白尔思拔告诉他，匠首、教师的工资每月二百到二百五十两，监工三四百两，总工程师的月薪六百两，监督和副监督分别为一千两和八百两，比沈葆桢月薪还高，沈葆桢每月是六百两。合同到期后的奖金，越是职位高，越是优厚。

"老朋友，以你的能力当个监工也不过分，最起码当个匠首应该没有问题！"巴尔栋是一副惋惜的神情，"老朋友，我想帮帮你的忙，不知你有没有兴趣。"

白尔思拔当然是求之不得。

"是这样，如今你们都是中国的雇员，我作为领事，不便插手。但是根据领事裁判制度，只要本国侨民涉及诉讼中，我就可以出面。比如，本国侨民之间的民刑案件，都归本领事裁判；本国侨民与中国人发生了民刑案件，无论是原被告，本领事都参与裁判。"巴尔栋说，"我的意思是，以后你对自己的权利一定努力争取，无论是与中国人还是本国侨民发生争执，都要大胆主张自己的权利,那时候我就主持裁判,还愁不为你争取权益吗?”

白尔思拔这个没有多少文化的铁匠,深受鼓舞,也深感委屈,觉得自己以匠首的才能拿着铁匠的薪水,真是莫大不公。如今有领事撑腰,他要尽快寻回公道。他本来性格就有些执拗,说话鲁莽讨人嫌,如今更是有恃无恐。他所在的拉铁厂,就是把锤铁厂初步加工的部件再进行轧制,需要有相当的工作经验和技术。跟着他工作的中国铁匠,何曾做过这样精细的活?白尔思拔从前动辄呵斥,如今更是过分,甚至用拗口的中国话骂中国工匠是“蠢猪”。中国工匠告到匠首巴士芒那里,巴士芒就找白尔思拔,告诫他不要辱骂中国人。没想到白尔思拔并不服气,甚至讥讽巴士芒说:“中国人是一帮蠢猪,你们这些调度的,也都是些不中用的人,我们这些能工巧匠算是掉进茅厕里了。”

巴士芒十分生气,到总工程师达士博那里告状。达士博把白尔思拔叫到他的办公室,想好好教训教训他。白尔思拔说:“我说得有错吗?中国人不是蠢猪吗?他们那样愚蠢,我们骂一声都不行,那以后工作还怎么办?我们法国人就是四十几个,中国人却是好几千,我们不自己保护自己,却一再巴结中国人,真是丢尽了法兰西人的脸!”

达士博知道白尔思拔是个无赖脾气,不想与他闹僵,说:“我不是说中国人的事,我要说的是你对巴士芒应有的尊重。”

“我是想尊重他,可是,他要拿出让我尊重他的本事来。”白尔思拔说,“像总工程师这样的人,我从心底里尊重,您无论造船还是制造轮机,在整个法兰西都是一流的,您的才能当个监督都是应当的。”

白尔思拔本是无意的一句恭维,不想却正说到达士博的心里,因为当初为了说动他到中国来,日意格曾经向他夸口,先干总工程师,有机会一定为他争取副监督的位置,至少拿到副监督的工资。可是,来到船政局才发现,中国的船政大臣非常精明,事事拿合同说事,副监督是没有指望,就是副监督的工资也根本拿不到,他比副监督每月少二百两。而他在船政中的作用,比德克碑甚至比日意格都重要。如果没有他,船厂永远造不出轮船来!

如今眼前这个鲁莽的铁匠,倒更像知己。他感叹说:“在这个中国工厂里,根本没有公平可言,每个人的职位、报酬和他的能力及发挥的作用毫无关系。”

白尔思拔本来以为必定受到训斥，没想到两人竟惺惺相惜。他兴奋地说:“事情不会总是这样下去的,领事有办法为我们做主。”

达士博很感兴趣,问:“怎么,你和领事见过面了？”

“不仅是见过面,领事还带来了好消息。”白尔思拔说,“领事是代表法兰西帝国政府专为保护我们的利益而来,不像有些人,专为驯服我们为中国人服务。作为总工程师的您,真应该会见一下我们的领事。”

“我与领事从未晤面,不好贸然拜访。”

“这有什么,我与领事曾经在陆军同一个连队,那时候他还是少尉,如今他虽然是领事了,可还没有忘记我这个铁匠兄弟。”白尔思拔向达士博一番猛吹。

礼拜天达士博的到访让巴尔栋了解了船政上层的实情，尤其是副监督德克碑也有怨言,更让他兴奋。德克碑无论在法国海军还是在中国雇佣军的职务,都高于日意格,可是他竟然屈居副监督。当时左宗棠向他做过解释,看在不菲的薪水和赏银的分上,他勉强接受了。可是回到中国后才发现,在中国人眼里,十个副职也不顶一个正职,在船政大臣面前能说上话的法国人,只有日意格！而且“万年青”上龙骨后,沈葆桢又奏请朝廷,给日意格讨来提督衔,并赏加花翎,显然是为了压制他这总兵职务的副监督。

“我作为法兰西的驻外领事，职责就是保护本国侨民和法兰西的利益。你们应当团结起来,维护自己的利益,那些不与同胞站在一起的人,要与他们斗争。”巴尔栋说,“我奉到本国命令,要设法加大法兰西人对船厂的控制力。英国人踏入中国比我们早,他们在商务和洋务上都占有优势,船厂牢牢控制在我们手中,意义特别重大。”

最后他们商定,首先要把德克碑团结过来,尽快提高法国人在船政说话的分量。

“技术掌握在我们手里,那位傲慢的船政大臣最终会向现实低头的。技术就是我们最大的筹码,法兰西就是最强大的靠山。”巴尔栋说,“你们放心好了,中国朝廷对这个船厂非常重视,他们投入了几百万两银子,造船一旦不顺利,这位船政大人比谁都着急。船厂主动权应当掌握在我们手中,也一定能够掌握在我们手中。”

有巴尔栋挑拨,德克碑、达士博和白尔思拔很快抱成一团。当然,在前台唱戏的，还是这个铁匠。如今总工程师、副监督都在背后支持，他更加放肆了。骂中国工匠成了家常便饭，整个拉铁厂的铁匠也都跟着他挑三拣四，迟到，早退，上班闲聊，工作效率严重降低。“万年青”号马上下水，接下来铁工成为重点，拉铁跟不上，将影响整个工程的进展。

巴士芒几次提醒都不管用，反映到总工程师达士博那里，达士博说：“不能光听你说，你得有证据。你有吗？”

当天巴士芒下班回家，路上被白尔思拔拦住，先是遭到辱骂，继而受到威胁。他忍无可忍，将相关情况写出报告，呈给副监督德克碑，德克碑十分冷淡，说都是法国人，何必如此内斗。巴士芒最后把报告递到日意格手上。日意格亲自找白尔思拔谈，警告他要严守工作纪律，不然会按当初的合同撤差回国。

打发走白尔思拔，日意格找德克碑谈话，希望他协助管理同胞，不要事事都推上来。德克碑说，他正要请病假，每年夏天到来前，他旧伤会复发，他要到上海去住院治疗。日意格汇报沈葆桢，准他一个月假。

白尔思拔没有任何收敛，不但拉铁厂洋匠怠工，木匠们也受影响，上班懒散。封板到了船尾，要将坚硬的木料弯曲，使相距数尺的尾肋合拢，是件难事。木匠们受白尔思拔挑拨，有意“要中国人的好看”。匠头提出，让中国木匠们想办法，也算作对中国人的激发和考验。中国木匠们明显感到洋人居心不善，他们团结起来想办法，又向制造学堂的学生请教。很快，他们拿出了方案，并由绘图馆的学生画出图样。他们创设了一个长达三丈的木制气筒，放在船尾，两头各戴巨型帽笠，旁结板棚，安置汤锅，再用铜管与气筒连接，然后将长长的楢木板伸入筒中，用汽蒸约两小时，坚硬的木板就柔韧如牛皮，曲折随心，不烦绳削，合拢加钉，变难为易。

木工匠首告诉白尔思拔，千万不要小看中国人，他们智慧并不输法兰西人，只是他们受教育太少太迟罢了。

白尔思拔不以为然。此时，“万年青”号木工已经完成，转入以铁工为中心的工程。铁匠们打镶铁梁、铁肋、铁条各件。轮机工将早就拆开的轮机、锅炉搬到船上安装，并编嵌泡钉、螺饼，安装铜管、气筒和螺旋桨等件，船内船外各项工程同时并进。

在这关键时刻，白尔思拔要求给发赏银，被日意格一口回绝。次日，他竟然约定工段三名铁匠,一起迟到一个小时。到了后,又对中国铁匠的工作鸡蛋里挑骨头,结果激怒了中国铁匠。他们一起去找巴士芒,巴士芒早已束手无策,与中国铁匠一起去找日意格。日意格答复他们,一定会有一个满意的解决。

日意格已经发现最近工作气氛非常不正常,同胞不听约束,已经严重影响了工程进展和法兰西人的形象。他决定杀一儆百,辞退白尔思拔。他报告沈葆桢获得完全支持,正式下达了书面通知,限白尔思拔领取到本月工资后立即乘船回国,而且船票自理。

这一措施果然有效,无论铁匠还是木匠,都恢复了从前的严谨。白尔思拔一看真被辞退,傻了眼,去找达士博帮忙,到日意格那里求情。日意格不但未答应,而且严厉地批评了达士博。

白尔思拔赖在船厂不走,说是与监督日意格还有旧账未了。他想复工,被巴士芒严词拒绝。白尔思拔说:“等你们瞧好了,我不在,有你们玩不转的时候。”

他太高估自己了。离了他,铁工反而更顺畅了。十几天后,所有工程都完成了,工匠们将牛膏、猪油、胰皂油等数各十斤,用大锅煮沸灌到船台凹槽,凝结一寸左右。这条凹槽就是轮船入水的滑道。木工们又将船体两侧的木块一层层卸下,船底便落到凹槽中。滑道两侧各有一排木墩,支撑船体,在船头则打入木楔,横上一根托钢,以免船体滑走。五月底,日意格向船政大臣报告,船上大小工程一切告竣,请择期下水!

沈葆桢与英桂商定的日期是五月初一日。这天闽浙总督英桂、浙江巡抚卞宝弟及司道府县官员都云集马尾,观看千吨轮船下水。法国驻福州领事巴尔栋,是英桂说服沈葆桢,由总督衙门下帖子邀请前来。沈葆桢率船政提调周开锡、夏献纶和各员绅先祭妈祖,再祭江神、土神、船神,然后陪英桂等人赶到船台。正午时分,马尾潮汐达到最高,水涨数丈。日意格已经指挥工匠将船体两侧的支撑枝拔除,又将船体与船台间的木楔用巨斧敲掉,只余船头托钢阻拦,船体发出吱吱嘎嘎的声音,就像一只猛兽要挣脱船台的束缚。沈葆桢请示了英桂,一声令下,铁匠将船头托钢锯断,“万年青”号轮船呼啸着冲向江中,随着众人的惊呼声,船头激起数丈高的巨浪。“华福宝”管驾贝锦泉事先就带着水手们上了船,此时他指挥众人乘势下碇,将船驶入江心。看着

“万年青”号在水中稳稳航行，众人都舒了一口气，随即大声欢呼。

午宴前，趁着大家高兴，巴尔栋给白尔思拔说情，希望不要解雇他：“白尔思拔我太了解他了，他就是性格直爽，说话有些鲁莽，并没有大毛病，日意格监督辞退他是不妥当的。”

沈葆桢说：“我支持日意格总监督的行使职权。他受雇于中国，随时稽查贵国员匠是否称职，对违反合同，不受约束的员匠予以辞退，是他的权利，也是职责和义务。白尔思拔多次辱骂工人和匠头，不服从工作调度，对总工程师和总监督的训诫不能听从，必须辞退，以儆效尤。”

巴尔栋说：“可是白尔思拔给我写了一封信，诉说他的冤枉，希望大人给他一个机会。”

沈葆桢说：“由于受他的影响，贵国员匠工作态度已经大不如前，如果这样的人都不能辞退，那以后日意格监督如何管理贵国人员？”

巴尔栋碰了一鼻子灰，说：“那我就行使领事的职责，维护本国侨民的权益。”

沈葆桢十分不满，说：“悉听尊便。”

两人当天未再说一句话。

船身下水，并不意味着轮船已经造成，还有不少收尾工程，大自桅舵、烟筒、煤舱、舢板，小到明窗、水管、缆索、栏梯；再到舵表、汽表、望远镜、量天尺、号汽钟；还有帆旗、衣装、床位、椅几，无不需要配制、安装，日意格大多数时候要住到船上。

然而，此时领事馆的一纸应诉通知，给日意格带来了无穷麻烦。铁匠白尔思拔以无故解雇为由，把他告到领事馆。巴尔栋要日意格到领事馆去接受调查。沈葆桢说：“真是岂有此理，他有何资格调查船政的雇员？你不要去，把辞退白尔思拔的理由写封信给巴尔栋，看他有何话说。”

过了几天，闽浙总督衙门送来咨文，原来，巴尔栋将开除白尔思拔一事告到英桂那里，表示要组成法庭，审讯日意格。随文还附了三份文件。一份是铁匠头巴士芒证明白尔思拔并无辱骂之事；一份是总工程师达士博，证明白尔思拔并无不听调遣、迟到之事；还有一份是德克碑的，说明辞退白尔思拔他并不知情，当时他在上海养病，辞退书的签字也是日意格代签，从法律上讲，这个决定无效。

沈葆桢立即找日意格来商议,问:“怎么回事,匠头、总工程师怎么都向着白尔思拔说话？还有德克碑不是在上海治病吗,他是什么时候回来的？”

日意格也是一脸诧异，沈葆桢让他赶紧打探清楚。第二天日意格来回话,匠头巴士芒改口,是因为白尔思拔苦苦哀求,不想看他丢掉工作;总工程师达士博则是因他并没有直接与白尔思拔交往，确实不掌握他不听调遣情况;德克碑据说刚从上海回来,在福州下船时被领事馆的人请了去。

“哼,我看这几个人穿一条裤子了。”沈葆桢说,“尤其德克碑,他坐船回来,先经过马尾,怎么跑到福州去了?事情那么巧,一下船就被领事馆的人请了去,没有事先谋划,这种鬼话谁信？”

“他们现在的意思,除非收回辞退的决定,否则领事就组建法庭审判。”

“此例不能开,不然朝令夕改,一发不可收拾！”沈葆桢说,“他们能睁着眼睛说瞎话,我们有工人可以证明。铁厂的中国工人不会说瞎话,白尔思拔辱骂工人和匠头,迟到早退的情况他们都清楚,我会安排人让他们来证明,把材料交给巴尔栋,看他有何话说。”

当天下午,工人的证明材料准备好了,沈葆桢又让文案处以船政名义出一份说明,总监督日意格系中国雇员,为船政服务,听命于船政大臣,辞退白尔思拔,虽是日意格出具决定,实是听命于沈大臣。船政是按章程办事,白尔思拔咎有应得,不可收回成命。

隔一天,领事馆派员送来照会,请匠头巴士芒、总工程师达士博和中国工人前往领事馆出庭作证。沈葆桢不同意中国工人前往,法国领事有何权力要求中国工人随叫随到？真是岂有此理！但巴士芒和达士博都表示必须去,因为他们是法国人,必须遵守法国法律。

日意格决定不出庭。

不出庭,巴尔栋来了个缺席审判。判定日意格的辞退决定无效,要么三日内恢复白尔思拔铁匠身份,立即上工,并补发近一个月来的工资及相关福利;如果不允许白尔思拔恢复工作,日意格则必须交出罚金三千两,用于赔偿白尔思拔从福州到香港、从香港回法国的船票，以及满工五年应得的工资。

沈葆桢说:“船政已经具文，辞退决定是本大臣的决定，巴尔栋想要罚款,让他找我好了。”

“巴尔栋领事不这样认为。”日意格把领事馆的照会呈给沈葆桢。该照会认为,虽然日意格受雇于中国,但管理洋员是他的职责,平时中国官员并不了解洋员的情况,因此辞退决定系日意格做出无疑,因此必须由日意格承担相应责任。

沈葆桢恨得牙痒,这个巴尔栋真是狡诈刁蛮!

日意格的意思,巴士芒出庭作证,是老好人想法,另外又受到达士博和德克碑的胁迫, 而达士博和德克碑作梗, 是分别觊觎副监督和总监督的位子。

“他们真是白日做梦! 再不听招呼,连总工程师和副监督也保不住! ”沈葆桢说,“依我看, 都是这个巴尔栋捣的鬼。自从他出任领事, 就尽出幺蛾子。”

“我认倒霉,宁愿出了这三千两银子,也要辞退白尔思拔。本来我还打算如果他诚恳地认错,就向大人求情,放他一马,可是他毫无悔过之心。”

沈葆桢说:“此人是害群之马,必须辞退! 至于这三千两银子,你可拖一拖再说。如果实在拖不过,将来合同到期,我一定为你多争取赏银,补齐这三千两。”

日意格说:“谢大人体恤。我薪水已经很高,这三千两我负担得起。他们就是看我薪水高,眼红了。”

“有些人是眼红你的薪水,有的则不是。比如你们这位巴尔栋领事,他的目的还是想控制船政。”沈葆桢说,“当初他在福州税关,就屡次三番打船政主意,被我识破奸谋。有我在一天,他休想得逞。我要上书总理衙门,请求撤回此辈。”

沈葆桢认为,德克碑尤为可恶,本应当配合监督管理洋员,他反而与巴尔栋串通一气,处处作梗,必须把他晾起来,免得他再生是非。沈葆桢下个札子,委德克碑为教练轮船监督,专门负责下水轮船的教练监督。文字上却说得很漂亮,“造船与驾船,为船政之双翼,有船而不能驾,形如无船,此事关系极重。万年青即将下水,故特委德克碑为教练轮船监督,专事此后所有下水轮船的教练监督,若中国员匠管驾无成,则唯该监督是问”。

这个札子一下,可真是一喜一忧。忧的当然是德克碑,他心里清楚,在船政局他靠边站了。喜的则是达士博,他以为空出的副监督非他莫属。他一改从前对日意格不冷不热的态度,天天往日意格办公室里跑,脸上堆着笑,说话的语气里透着巴结。日意格知道他的意图,答复他呈一份报告给沈大臣,为他争取副监督之职。

沈葆桢抖着手里的报告,问日意格:“前门驱狼,后门纵虎,你真的要弄这么个副监督?”

日意格说:“他天天往我屋里跑,烦死了。我们都是法国人,实在不好得罪他。”

沈葆桢说:“好,我来做这个恶人。”提笔在日意格的报告上批道——造船之事日意格一人监督足矣,无须再增副监督。

达士博看到沈葆桢的指示,脸色灰暗,说:“好,等着瞧吧,他们还有用得着我的时候。”

用到达士博的时候,很快就到了。八月初,“万年青”号所有内外大小设备一概安装调试完成,决定正式出洋试航。日意格要求总工程师达士博登船验收,并准备随同一起出海。达士博提出,第一次试航,无论管驾还是引水,一概用洋人,否则,他不予验收。贝锦泉已经率水手在船上操练一个多月,管驾轮船毫无问题;按照国际惯例,在哪国行船,就用哪国引水员,这在一定程度上关系国家主权,而且闽江航道复杂,用中国引水员更安全,达士博却提出这样不通情理的要求,沈葆桢当然不答应。

到了试航那天,达士博不肯登船验收,而且放出话来,没有他到场,其他洋员一律不准前往。

日意格报告沈葆桢,沈葆桢说:“我们做到仁至义尽,把试航日期再推一周,你去劝劝他,全部用洋员不可能,管驾必须以中国人为主,洋员为辅,主要做顾问之备,一旦有问题帮忙解决。引水员必须用中国人,中国渔民长期出入闽江,形势熟悉,且事关中国主权,没有用洋员的道理。希望他按期登船验收,否则一切后果自负。”

然而,达士博仍然寸步不让,要求非全部用洋员不可,他的理由是现在试航太过仓促,首次出洋,用中国人没有把握,成功的可能很小。而且他还要求日意格,船政必须出具公文,保证以后不再出现未经他同意就出航的情况。

“死了张屠夫,照样不吃带毛猪!”沈葆桢说,“日意格你说,没有你们法国人上舰，中国人能不能出海？”

日意格说，出海没有问题，但没有绝对把握。关键是总工程师如果不登舰验收，新舰是不能试航的。

沈葆桢让日意格立即寻找一位有才能堪当总工程师的人，现在就任命为新的总工程师，替代达士博上船验收。

日意格推荐了他的好朋友、铁厂厂长斯恭塞格。斯恭塞格不敢独担其责，推荐总装配师舒斐和他一起登舰验收。

沈葆桢立即下札子，委派斯恭塞格为总工程师负责验收，舒斐为助手参与验收。两人带着自己的手下登舰，一项项查验，费时一天一夜，对发现的问题及时解决，全面完成验收，并在文件上签字。

八月十三日，贝锦泉管驾“万年青”正式出海试航，而且舰上没用一名洋人。

达士博这时候才发现情形不妙，来找日意格理论，没有总工程师验收，轮船轻率出航，如果出了问题谁负其责？日意格告诉他，新任总工程师斯恭塞格已经在验收报告上签字，而且此次试航不用一名外国人，出了问题中国人负全责。

八月十六日，“万年青”号驶回马尾，贝锦泉报告一切都极为顺利，中途没出任何问题。轮船入港再做一次检查，定于二十一日沈葆桢亲自登舰出海。当天下午申时，沈葆桢率领日意格及提调夏献纶等人登舰。周开锡因为奉左宗棠令押解军饷前往金积堡，当天起解，所以未能登舰随行。

因为已经落潮，闽江水浅，轮船放慢航速，异常平稳。当天晚上，寄泊熨斗洋。沈葆桢心情激动，毫无睡意，与日意格等人在甲板上一直谈到深夜。

子夜时分，大海涨潮，轮船乘潮出海，星月在天，巨浪迭起，轮船披涛斩浪，向大海深处航行。海上行船不同于江中，起伏不定，很快沈葆桢就晕船了，他在管驾室里强撑着。其他的人却都若无其事。他下令试炮，大炮轰鸣，脚下甲板为之震动。他晕头转向，心情却很振奋，他对夏献纶说：“你该把轮船出洋的情形，写一封信详细报告左宫保，让他也高兴高兴，咱们终于有了自己的洋轮了。”

夏献纶说：“好，我回去就写信给宫保。”

轮船在附近海面进行了两个多时辰的演练，午初趁涨潮回航，不到一个时辰就回到了马尾。沈葆桢晕船已经好多了,当天晚上就写奏折,奏报入海演练情况,奏请八月下旬由台湾兵备道吴大廷带轮北上到天津,请朝廷派员勘验。

## 天津发生教案

满族来自白山黑水的满洲,入主中原定都北京后,受不了北京夏季的燥热,因此历代都大修园林。尤其圆明三园,每年春末开始到深秋时节,整个朝廷几乎都搬过来了。可惜庚申年一把大火,几乎把圆明三园烧为白地。慈禧太后屡次动了修园子的念头,无奈战事不断,水旱灾害相继,户部捉襟见肘,也就只能一拖再拖,暂将西苑做淀园。

召见军机的地方在中海南海相交处的勤政殿东暖阁。

今天首议船政局首条轮船派员勘验的事。先要决定下来,谁去勘验,这是件举朝振奋的大事。按理说,派直隶总督曾国藩去最合适。可是,他身体很不好,一只眼睛几乎失明,经常头疼、气短。

“臣等商议以为,可派三口通商大臣崇厚勘验。他人在天津,也方便。”

“我看派崇厚去就行。”慈禧转头征求慈安的意见,“姐姐你看呢?”

慈安自然是点头同意。

接下来要议这艘轮船的命名,慈安这次先发话了:“这条船下水时沈葆桢就拟名‘万年青’,我看蛮好,含着大清万年的意思。”

大家都无异议,就叫“万年青”。

这件事算是议完了,不过慈禧意犹未尽,又问:“老六,沈葆桢在折子里说,万年青船身长二十三丈多,宽接近三丈,船头高两丈六尺,这得多大!”

恭亲王说:“就拿这勤政殿来比的话,万年青比这殿要窄,高度不相上下,但要比这殿长得多。”

两宫几乎同声惊呼:“哦,这么大!”

“要论装货能力,‘万年青’能装七十万斤,此外可装煤二十五万斤,顶咱们最大的漕船四五条。”恭亲王补充说,“主要是速度快,因为有蒸汽推动,无论顺风逆风、逆水还是顺水,都比单靠风帆的漕船快得多。按沈葆桢的说法,逆风逆水,一小时可行七十里,顺风顺水,一小时可行九十里。”

慈禧说:“啊,这样算起来,一天一夜那得走两千多里,比六百里加急快两三倍!”

众人都很兴奋,虽然没见到“万年青”,但有勤政殿比照,极其壮观可想而知。

慈禧太后问:“老六,如今咱们也造出洋轮来了,那是不是说,以后洋人再来撒野,就可以不用怕他了?”

事情当然没那么简单。恭亲王说:“太后圣明,咱们刚开始造,比洋人的兵舰还有差距。但与庚申年比,肯定要好多了,不至于一任洋轮纵横海上。”

“这是实在话,刚开始学人家,差距自然小不了。”慈禧说,“你告诉沈葆桢他们,好好学,把洋人的本事学到手,将来造出与洋人不相上下的兵轮来,咱们的腰杆子才能硬起来。”

接下来议中外修约的情况,恭亲王对这次修约很满意。

“经过与英国人反复争论,磨了一年多的牙,总算有了个结果,新修条约和善后章程近期就可签订。英国人原先要求开埠至少四处,最后结果开放温州和芜湖,而原先的琼州不再要求开埠,所以实际是新增一处。另外海关税又有所增加,鸦片进口税由每担纳税三十两增加至五十两,出口生丝每提增加了十两。这两项都是大宗,海关每年可多增数百万两。”

“英国人要求修铁路、电线、机器采煤这几条,是什么结果?”

恭亲王说:“铁路、电线,英人不再强求开通。机器采煤议定在福建、台湾等地试行,但主权在我。这一条对我们也是有利的,随着轮船渐造渐多,需要煤也多,仅靠土煤无法满足。”

慈禧松了口气说:“这就好,我听说火车在铁路上呼啸而过,沿路鸡不下蛋,牛不吃食。电线也是好多弊处,电气纵横,惊扰先人。洋人不认祖宗,无所谓,可是咱大清讲究敬天法祖,惊扰了祖宗那怎么成?洋人不再强求,那再好不过。”

等散了朝,回到军机处,把该拟的旨拟完了,恭亲王抽过一袋水烟,与文祥商议如何对付法国驻福州领事巴尔栋。商量来商量去,没有好办法,沈葆桢想把巴尔栋调走行不通。

“京里有罗淑亚,福州有巴尔栋,都够让人头疼的。要论起变通来,法国人比英国人差远了。”恭亲王说,“博川,你亲笔写封信给沈幼丹,让他且忍忍吧,好在当初伯若内公使有照会,表示法国政府不过问船政事宜,就让幼丹拿这一条去对付巴尔栋。他想让法国公使出面约束巴尔栋,他不知道罗淑亚正想四处插手,咱们不能让罗淑亚想打瞌睡,就送上枕头。”

文祥说:“好,我给幼丹说明白朝廷的难处。”

恭亲王说:“至于他想辞退总工程师，聘请新的副监督，让他看着办好了。船政是中国的船政,不是法国的船政;法国人是中国雇的伙计,拿工钱干活,别想插手控制船政,这一条没得商量。”

权自我操,这是洋务自强的一个重要原则。可是,话好说,具体办起来就没那么容易。李鸿章多么精明,他用的那些英国人,也是总想控制中国的局厂。

“原来以为,洋人还是肯讲道理的。路遥知马力,日久见人心,一涉及利益,洋人何曾讲道理。他们讲的是势,左宗棠说得不错,洋人论势不论理!”恭亲王感慨说,“咱们有时候欠理,但最主要的是欠势。势力不行,说什么也是枉然,这也是咱们总是受气的根本原因。福建那边,第二条兵轮很快就要下水了,第三条已经上封板,第四条也装备上龙骨。照这个速度,五年造出十五六条轮船有把握。等咱有十几条兵轮摆在海口,哪怕比洋轮差一些,怎么着也有点底气了。”

当天下午,英国公使阿礼国出京回国,恭亲王到英国使馆送他。两人关系比较密切,他对阿礼国说:“你要走我倒是真有点舍不得。不过,你如果能把你们的鸦片和传教士带走,我就高兴多了！”

阿礼国则是一副认真的表情:“王爷,条约俱在,鸦片和传教士,一样我也不会带走的。鸦片在欧洲是用于治疗疾病,无奈中国人过量吸食,以致成瘾至毒。这实在是变利为害,其过不在我们。至于传教士,是传播上帝的福音,中国人都皈依上帝,那是一件多么美好的事情。”

恭亲王说:“打住,打住,我来给你送行,你就别再拿出公使腔调和我说话好不好？”

鸦片和传教士都让恭亲王头疼。尤其是传教士,自打到中国来,惹出的麻烦最多,几乎三天两头出教案。洋人的宗教,信上帝不信祖宗,这与中国人的传统格格不入。中国人不理解,就是信上帝再供奉祖宗有何不可？中国人可以信玉皇大帝,也可以信太上老君,还可以供奉关帝、土地、药王以至送子娘娘，读书人则供奉孔圣人、孟亚圣，哪里像洋人一根筋，上帝而外一概无神。而且洋人宗教习俗，做礼拜的时候男女混杂，成何体统？所以本分的中国人不会入教。传教士只好吸收游棍滑痞之辈入教，此辈寡廉少耻，难免挟洋自重，欺压良善。教民与百姓发生纠纷，教堂就出面袒护教民，民教相仇，于是百姓捣毁教堂殴打传教士就时有发生。地方官当然是向着百姓，拖着不办，然后洋人使领馆就向总理衙门或地方督抚施压，甚至调动兵舰示威，结果是官方被迫处分地方官和百姓，赔偿教会、教民损失。百姓被硬压下去，心中不满更甚。层出不穷的教案基本就是这样循环往复，每年都要有几百起，把总理衙门熬得精疲力竭。都知道这不是办法，都知道这样下去非出大乱子不可，但实在又没有更好的办法。

大乱子首先在天津爆发了。

英国人重商务，法国人重传教。法国传教士在天津最繁华的三岔河口建造教堂，拆除了原有的崇禧观和望海楼及附近一带的民房店铺。这里原本是大清皇帝巡幸天津的行宫，后来改为道观，法国人改为教堂，已经让中国人很不舒服。何况拆屋毁店，又使许多百姓流离失所，无家可归，所以望海楼教堂从开建时就惹来天津人愤恨的目光。教堂建成以后，法国传教士又网罗了一批无良教民，常给百姓气受。

教堂为了从欧洲争取经费，办起育婴堂，收养弃婴。中国人每送弃婴前来，就有几两银子的酬谢。天下哪有这样的好事？天津人一直怀疑，洋人传教士收养婴孩，是挖眼剖心，制作洋药。事有凑巧，同治九年(1870 年)四五月间，天津发生多起儿童失踪绑架案。后来查实有几宗系人贩子为从教堂赚几两银子而诱拐。这让天津人对教堂更加憎恨。六月初，天气炎热，疫病流行，法国天主教办的仁慈堂发生瘟疫，幼童大批死亡，被葬于河东，每二三人一棺。结果暴雨冲毁墓地，尸骸暴露，肚破肠流，惨不忍睹。民情汹汹，聚集望海楼教堂外讨说法，法国领事丰大业向中国地方官开枪，结果激怒了中国人，局面失控，丰大业及其秘书被打死后，又有十几名修女、神父被杀，而且洋人在中国人眼里都一样，结果有几名倒霉的俄国人也被当成法国人被杀，不但望海楼教堂被烧，美国、英国等传教士开的教堂也被烧掉四五座。其间自然会有匪类混杂，趁机抢劫。

教案发生后，法、英、美、俄、普、比、西七国联合向朝廷提出抗议。当时恭亲王因为吃冰镇西瓜引起肠胃不适,已经请假十几天;最稳重的文祥在籍丁母忧。主持其事的军机处是宝鋆,总理衙门是董恂,两人都算不上足智善谋的人,手忙脚乱,急令病中的曾国藩立即从保定赴天津处理教案。“务当体察情形,迅速持平办理,以顺舆情,而维大局。”这是两面光的说法,但核心其实就是一贯的办理方针:息事宁人。

曾国藩拖着病体到天津,一看形势相当严峻,各国都调兵舰,虎视眈眈,处理不好,再来一次联军进京,那可就是国难当头!尤其是刚有起色的洋务自强也将因此搁置,十几年心血化为乌有。所以他快刀斩乱麻,审讯后决定处死为首杀人者二十人,充军流放二十九人,并将天津知府张光藻、知县刘杰革职充军发配到黑龙江,赔偿外国人的损失四十九万两白银,并由三口通商大臣崇厚出使法国道歉。

对曾国藩的处理办法,法国人不满意,要求必须处死知府、知县;中国人更愤怒,朝中的强硬派更是要求严惩曾国藩以谢国人。在大清官场德高望重的直隶总督曾国藩遭千夫所指,甚至有人寄给他一副对联:

杀贼功高,百战余生真福将
和戎罪大,三年早死是完人

朝廷举行廷议,慈禧问:“福州船政局造的轮船能不能到天津来阻挡洋人兵轮?”

恭亲王说:“能北上的只有两艘,根本无法与洋舰对阵。”

当然有强硬主战的,但只是嘴上硬,并无御敌良策。两宫太后十分忧虑,只怕再来次北狝热河,当庭流涕:“我们孤儿寡母,只求天下太平。”

这时候两江总督马新贻被刺身亡,两江湘军遗勇遍地,只有曾国藩这样的湘军领袖才能镇得住,而且正好让他脱离苦海;而湖广总督李鸿章奉命带淮军到天津布防,正在路上,顺理成章改任天下第一督直隶总督,师生二人再次湘淮以代。

李鸿章运气好,他刚接手,普法战争爆发,法国很快战败,法国皇帝拿破仑三世在色当被俘,法国人无力东顾,法国公使罗淑亚的气焰立即收敛,李鸿章将斩首的国人改为十六人,法国人竟然接受了,也不再提处死知府、知县;国人气也略平,李鸿章因此则得了能办外交的美名。而且朝廷撤销了三口通商大臣,改由直隶总督兼署,李鸿章因此获得了办理外交的大权。

外国军舰撤离天津,一切又恢复平静。虚惊一场的两宫太后心有余悸,尤其是慈禧,挤对恭亲王说:“你们搞洋务自强,搞了十年了,结果还是束手无策,船政局造的轮船,连北上天津都不敢,真是让人齿冷。”

恭亲王有苦说不出,凭两条新造的轮船,北上那不是当活靶子吗?他还无法与太后一争,年轻时的锐气早就快消磨光了。

处理完教案,李鸿章进京请训,出宫后赴恭王府宴请。恭亲王请李鸿章,是真心实意地请教:“少荃,日本也在早年前开埠了,洋人也建了不少教堂,却很少有教案发生,这是为什么?

“王爷,要论原因,我私下揣度,不外乎两个。一个是文化方面。中国文教灿烂,数千年来雄视中外,一向都是外人学我,我何曾学习外人?何况洋人教义,与中国格格不入,尤其是与我国儒学正宗相抵牾,国人全力排斥,也就可想而知。而日本不同,日本是从唐朝才开始引入中华文明,脱离愚昧,他自己的东西很少,学中国是学,学洋人也是学,所以在他们那里,洋教也就容易接受,不会像中国人一样抵触。”

这种见解,的确是别开生面。恭亲王点头说:“少荃,你的意思是,中国教案频发,是中国文化从前太过灿烂的缘故,我可以这么理解吗?”

李鸿章说:“不错,就是这个意思。这就像老财主,看不起新暴发户。或者我打个比方,中国文化汗牛充栋,是载重的大车,而日本,充其量是小独轮车。载重的大车因为惯性大,要改改方向就要费大力气,而独轮小车,轻松一拨便可改弦易辙了。”

“这可真是茅塞顿开!少荃的这个比喻实在是太贴切生动了。”恭亲王说,“不过,少荃,我还有点不明白。我有一次和倭艮峰争论,我说坚持中学原没有错,可太固执未见得好。他说,中华文明兼收并蓄,远有汉唐佛教东传、近有伊儒会通,从来不固执。那我就不明白,既然是兼收并蓄,为什么洋人的一些东西咱们如今就不能兼收并蓄了?”

“王爷,不是不能兼收并蓄,是需要时间,需要辨别,合则收,不合则弃,需要融汇,化彼为此,化异为我,不会照单全收。我想,假以时日,就是顽固的清流,想法也会变的。不过,必须有足够的耐心,需要时间。”

“人生不满百,少荃,时间太久,我们这帮人岂不就搭不上这辆车了?”

“搭得上搭不上说不准,我们能做的,就是尽量把这大车往新路上推一推。咱们中国这辆大车改弦易辙固然没有小车容易,但一旦吸收进新的文明,再借着它的巨大惯性,它前行的力量便无可阻挡,其速度也为区区独轮车所望尘莫及,这一点我深信不疑。”

“我们是想往前推,无奈有一帮人专门使反劲,要往后推。”恭亲王叹息一声,“少荃,日本朝野上下也有清流派吗?”

李鸿章说:“这正是我要说的第二点,日本朝廷上下,都是一心效法欧洲,心无旁骛。日本帮着天皇推翻幕府的,大都是对欧洲有所了解的洋务派,其中不少还是出过洋的,他们以西洋为师,有什么洋务举措,从天皇到朝中大臣再到地方,很少有阻力。最近我听说,日本成立了殖产省,专门研究举办洋务企业。”

“就像咱们的总理衙门喽?”恭亲王说。

“像,但也不全像。”李鸿章说,“日本有专办外交的机构,殖产省是专办洋务企业。日本提出来搞维新不过是近两年的事,但要论办洋务企业,他们并不比我们晚,幕府被推翻前,不少幕藩就开了洋炮厂、纺织厂、造船厂。明治朝廷接手这些新企业,立即改为官办,千方百计投资,扩建了关口制造所、长崎铁所、横须贺制铁所,还有石川造船所四个西洋式军械局厂,规模直追我们的江南制造总局、福州船政局,目前虽然不及我们,但日本野心不小,又上下一心,不久会超过我们,也未可知。”

“你这么一说,我倒是真有些羡慕倭国了。咱们的洋务自强,是五个人往前拉车,四个人往后拽,使十分力,只有五六分的效果。真是让人气短!而且上边的意思也不坚定,忽冷忽热,三进两退。”恭亲王忧心忡忡,“少荃,京中洋务力量势单力孤,除了我和总理衙门的一帮人,真正支持的少之又少,这你也是知道的。总理衙门想推动一件洋务,非靠地方督抚支持不行。如今你主政直隶,是天下第一督,你不但要把直隶洋务搞好,将来各直省洋务,你都要从旁助力。这也是我支持你兼三口通商大臣的原因。”

李鸿章说:“王爷放心好了,支持洋务,我是义不容辞。”

恭亲王说:“我有种预感,将来洋务会遇到大挫折。”

李鸿章说:“我朝办洋务,哪一件利索过,都是要过五关斩六将才得推行。”

“这回不大一样。”恭亲王说，“从前只要向两宫剖明利害，就容易获得支持。可是，近年来内务府有一帮人，为了发财，总是借机鼓动修西苑，修淀园，两宫——主要是西边的很是动心，这意思都露了好几次了，都是我硬着头皮劝回去。办洋务就要花钱，一花钱，就与太后的愿望背离，少荃你想，这是不是个大难题？”

李鸿章说：“办洋务固然需要花钱，但也未必尽是花钱，将来不妨办些能挣钱的洋务。”

“能挣钱固然好！”恭亲王说，“少荃，这你可要上心了。”

李鸿章说：“这也是我最近的想法。我听说洋人的洋务，军械局厂固然是花钱的，但他们更多的局厂是挣钱的，比如采矿、纺织、轮运、电报、铁路，都很挣钱，纳税也多。听说日本正在赶修铁路。”

恭亲王说：“少荃，铁路、电报这些你暂时不必考虑，两宫不支持，清流更是极力反对。其他方面，你在直隶可以放手一试。”

## 宋晋上疏，掀起停造轮船风波

同治十年，船政局经费已经十分紧张，到了年底，几乎到了揭不开锅的地步。经费紧张，一方面是当初为了获得朝廷支持，左宗棠有意少报费用，根本原因则是规模比计划扩大，开支自然浩繁。

就工厂而言，原计划是铸铁厂、打铁厂、模子厂、水缸厂、轮机厂共五个。可是实际上新增了拉铁厂、锤铁厂、钟表厂、帆缆厂、火砖厂、舢板厂六个。而且打铁、轮机、钟表又各有分厂，实际建成的厂子有十四个，且缺一不可。就学堂而言，原来本计划建前后两个学堂，前学堂学制造，后学堂学驾驶。可是后来发现，要真正自驾自造，仅有两学堂很难胜任，为了培养设计制造能力，添设绘事院，专门学习制图；为了增强动手能力，又专门开了艺圃，招收年轻学徒学习。工厂增加机器必然增加，中外工匠必然也要增加，学堂规模扩大，艺童和老师也必然要增加。原来计划洋人用三十八人，实际五十余人；原计划学堂六十人，现在艺童加艺徒有三百余人。此外，朝廷及地方大员都向船政荐人，沈葆桢无论如何抵制，各类委员一增再增，吃闲饭生闲事，让他苦不堪言,还无法在奏折中明言。

还有一项支出,非常浩繁,从前无论如何没想到:造出的船全由船政局养护维持。如今船政局已经造成的船有五艘,将要下水的还有两艘。但大清并未建海军,所以船政局每造出一艘船,立即会增加一笔费用。每艘兵轮大者兵夫一百四五十人,少者七八十人,俸银再加维护,“扬武”每月三千二百两,“万年青”“飞云”每月两千一百余两,“建威”练船每月一千四百余两,“镇海”每月六百四十余两。养这五艘船,每月便需银九千五百余两,还未算煤炭、修理费用。一项项算下来,每月缺口两万余两。

沈葆桢当时尚在丁父忧,不在马尾出头露面,但实际上还是主持人,大主意都要他来拿。他把船政经费窘迫的情形写好奏折,但他在丁忧,只能请人代奏。左宗棠远在西北,代奏不便;而对船政一直十分支持的闽浙总督英桂已经内召出任兵部尚书,新任闽浙总督李鹤年年后才能到任,如今由福州将军文煜兼署。文煜好财货,世人皆知。他出任福州将军兼管海关,见海关能动用的银子被船政划去大部分,早有异议。可是,代为出奏,又实在绕不过他。沈葆桢写一封亲笔信,让船政提调夏献纶去见巡抚王凯泰,让他从中帮忙,说动文煜痛快出奏。

沈葆桢翘首以待,只盼年前朝廷准奏拨款,他好渡过年关,没想到,等来的是内阁学士宋晋要求停办船政局和江南制造总局的上疏。原来,江南制造总局都遇到经费支绌的问题,原本就反对洋务的清流们一嗅到气息,觉得是停办洋务的好机会,以宋晋为首,出头上疏。

浙江巡抚王凯泰奉闽浙总督文煜之命,带着抄件来见沈葆桢。

宋晋在奏疏中说:

> 闽省连年制造轮船,闻经费已拨用至四五百万,未免靡费太重。此项轮船,将谓用以制夷,则早经议和,不必为此猜嫌之举,且用之外洋交锋,断不能如各国轮船之利便,名为远谋,实同虚耗;将谓用以巡捕洋盗,则外海本设有水师船只,如果制造坚实,驭以熟悉沙线之水师将弁,未尝不可制胜。何必于师船之外更造轮船,转增一番耗费。将欲用以运粮,而敷其水脚数目,更比沙船倍费。每年闽关及厘捐拨至百万,是以有用之帑金,为可缓可无之经费,较之直隶之大灾赈及京城部中用款,其缓急实有天渊之别。此在

国家全盛时,帑项充盈,或可以此创制新奇,示斗智角胜之用;今则军务未已,费用日绌,殚竭脂膏,以争此未必果胜之事,殊为无益。且闻一切采办杂料,皆系委员四出办理,即官为给价,民间亦不无扰动。闻历任督臣将军吴棠、英桂、文煜,亦多不以为然。江苏上海制造轮船局亦同此情形。应请饬下闽浙、两江督臣,将两处轮船局暂行停止,其每年额拨之款,即以转解户部,俾充目前紧急之用,其已经造成船只,似可拨给殷商驾驶,收其租价,以为修理之费,庶免船无可用之处,又靡费库款修葺也。

针对宋晋上疏,廷寄上谕说,“宋晋奏,闽省制造轮船,经费已拨用至四五百万,名为远谋,实同虚耗。制造轮船,原为绸缪未雨力图自强之策,如果制造合宜,可以御侮,自不应惜小费而堕远谋。若如宋晋所奏,是徒费帑金,未操胜算,即应迅筹变通。着文煜、王凯泰通盘筹划,应否将轮船局暂行停止之处,斟酌情形,奏明办理。其上海轮船,应否一律停造,并着曾国藩、张之万、何璟妥筹熟计,据实奏闻。原片均着抄给阅看。”

沈葆桢没想到宋晋竟有这样的上疏,气得只想骂娘,说:“这可真是满纸荒唐言!议和了就不必备战了吗?要论议和,早在道光年间就与英国人签过南京和约,不照样有庚申之变?就是用脚后跟想想,也不至于说出这样不通的话来!还有,咱们造的轮船暂时不如洋人,就是虚耗吗?谁家的孩子生下来就能成人,不是一口奶一口米饭长大的吗?”

王凯泰说:“幼翁,不必生气,也不必着急,咱们应该商量怎么复奏。”

沈葆桢说:“当然不能停办!文帅的意思呢?”

王凯泰说:“文帅的意思,如果朝廷一心办船政,宋晋的上疏自然可以留中,如今发下征询,可见朝廷有停办之意。文帅以为应当善体朝廷用心,能停则停。另外,文帅心疼银子,当然求之不得,这是我私下的揣度。”

沈葆桢叫着王凯泰的字说:“幼轩抚台,千千万万要打消文帅这个念头。如今几百万两银子花上了,半途而废,岂不全打水漂?而且要停办,必然要先遣返洋人及中国匠作,咱们违约在先,洋人的赏银、薪俸及中国匠作的工食银都要发给,没有七八十万两打发不下来。文帅为了省银子,先要搭上七八十万两,这账可不上算!”

“好,好,我尽量劝说文帅,怎么劝,咱们好好商议一下。”

京中的恭亲王,急切地等着大家的回奏。两江总督曾国藩距离最近,他的复奏应该最先到,而且恭亲王估计,他肯定反对停造轮船。然而,曾国藩的复奏没等到,却等到他去世的消息。

曾国藩因为处理天津教案,惹怒国人,遭千夫所指。他是自律极严的人,事后反省,自己也觉得对洋人太过软弱。“外惭清议,内疚神明”,他一直无法释然。尤其“早死三年是完人”的诅咒,更让他心情郁结。结果饮食日减,又增脚麻、舌蹇新症。二月初四日,在督署花园散步,忽然感到脚麻,众人把他扶到椅上稍坐,坐下不久,便气息全无。

恭亲王闻报,心疼得落泪,喃喃自语:“是天津教案害死了他!国家柱石摧折,往后办事更难了!”

等处理完曾国藩的丧事,闽浙总督文煜和福建巡抚王凯泰的复奏到了。这个复奏,一方面承认船厂确实已经超支,所造轮船的确没有外洋轮船坚固,用以御侮确无把握。另一方面,奏折又说左宗棠创议轮船立意深远,沈葆桢总理船政极精详。目前所造轮船都是兵轮,并不长于运货,若给商人雇领殊为可惜。结论是“应否即将闽省轮船暂行停工以节帑金之处,伏候圣裁”。不过又特别指出,如果停办,遣散洋人工匠“约需银七十余万两”。

恭亲王本希望闽浙方面坚决反对停造,没想到文煜来了个快刀切豆腐——两面光。

文祥说:“王爷,要想扭转局面,必须让左季高、沈幼丹说话,他们是船政创始者,才最有资格说话。”

恭亲王说:“是,当初我也提议过,不过两宫坚持先听听两江和闽浙督抚意见再说,就是知道季高和幼丹必然反对停造。如今曾文忠未及复奏,闽浙又是模棱两可,非让左、沈说话不可了。还有直隶李少荃,他也是江南局的创办者,也应该让他复奏。明天见起我就奏请。”

次日见起,该议的事情议完,恭亲王借曾国藩身后事,说起停造轮船之议,说:“曾国藩未及复奏就去世。但他接旨后曾先给总署写来一函,他的意思,目前应该设法解决造船不精的问题,而不能认为造船为失策;应该设法节省费用,而不能因费绌而中止。半途而废,至为可惜。他还说如今日本不惜经费,大造轮船,其野心不可小觑。中国一刻不能忘记备御外侮,仇不可忘,气不可懈,而后一朝决裂,方不致仓皇失措。尤其江南制造总局,半途而废,将为终生之憾。”

曾国藩刚刚去世,两宫还在忧戚之中,他的遗愿不能不顾。

慈安太后说:“曾国藩是大忠臣,他的话你们得好好想想。”

慈禧太后说:“那就再听听左宗棠、沈葆桢的意见。”

恭亲王说:“江南制造总局是李鸿章与曾国藩师生联手创办, 也该听听他的想法。”

“好,你们拟旨就是。”慈禧痛快地答应了。

等出了宫回到军机处,恭亲王对文祥说:“廷寄怎么起草,得用番心思,虽说是征求意见,但总署的意思必须不着痕迹透露给他们。”

按照恭亲王的意思,文祥在改旨稿的时候,颇费了一番心思,旨稿中有这样几句,“天下事创始甚难,即裁撤亦不可草率从事,且当时设局,意主自强。此时所造轮船,既据奏称较之外洋兵船,尚多不及,自应力求制胜之法,若遽从节用起见,恐失当日经营缔造之苦心。着李鸿章、左宗棠、沈葆桢通盘筹划,现在究竟应否裁撤,或不能即时裁撤,并将局内浮费如何减省以节经费,轮船如何制造方可以御外侮各节,悉心酌议具奏。如船局暂可停止,应给洋员洋匠辛工并回国盘费加奖银两,局中机器物料应如何安置存储之处,即着会商文煜、王凯泰妥筹办理”。

恭亲王看罢,说:“也只有这样了,他们三个应该能够明白咱们的一番苦心。”

左宗棠其时正在肃州督战,接到廷寄很快于三月二十五日拜发复奏,四月初七日到京。他的复奏开宗明义说,“制造轮船,实中国自强要着”。先简要回顾创办船政的经过及意图,而后再说目前造船成果。开工三年,如今已经造成九号,五年之期造出十六号的任务必能完成。而且“近来船式愈造愈精,原拟配炮三尊者,今可配炮八尊,续造二百五十四马力轮船,竟配新式大炮十三尊。此成效之可考者也”。然后又述学童造船管驾均有成,“宽以时日,严其程督,加以鼓舞,则以机器造机器,以华人学华人,以新法变新法,似制造、驾驶之才,固不可胜用也”。现在说自造轮船是虚靡国帑,毫无道理,“泰西各国制造轮船,自始至今,阅数十年,所费何可胜计! 今学造三年之久,耗费数百万之多,闻西人议论,佥谓中国制造、驾驶必可有成,后效之必可期也”。至于说闽省所造轮船，制胜有无把握，“此时海上无警，轮船虽成，未曾见仗，若预决其必有把握，固属无据之谈；但就目前言之，制造轮船已见成效，管驾、掌轮均渐熟习，并无洋人掺杂其间，一遇有警，指臂相连，绝非从前有防无战可比”。而后又分析如果停止自造，从外洋购买，洋人奇货可居，必然哄抬价格，想省钱也没那么容易。

最后，左宗棠总结说：

> 窃维此举为沿海断不容已之举，此事实国家断不可少之事。若如言者所云即行停止，无论停止制造，彼族得据购雇之永利，国家旋失自强之远图，堕军实而长寇仇，殊为失算；且即原奏因节费起见言之，停止制造，已用之三百余万能复追乎？已购之器三十余万及洋员洋匠薪工等项能复扣乎？所谓节省者又安在也？臣于同治五年奏试造轮船时，即预陈非常之举，谤议易兴，事败垂成，公私两害，所虑在此。兹幸朝廷洞瞩情形，密交疆臣察议，成效渐著，公论尚存，微臣稍申惓惓不尽之意。否则，微臣虽失以身家性命殉之，究于国事奚所裨益？兴念及此，实可寒心！

十几天后，沈葆桢的奏折也到了。他与左宗棠风格相似，开门见山地说，“伏维自强之道，与好大喜功不同。自固藩篱，为民御灾捍患，是时势所不可缺”。针对宋晋认为已经议和，不必造船行此猜嫌之举，反驳说，“果如所言，则道光年间已议和矣，此数十年来列圣所宵旰焦劳者何事，天下臣民所痛心疾首不忍言者何事，耗数千万金于无底之壑、公私交困者何事？若以造船为猜嫌，有碍和议，是必尽撤藩篱，并水陆各营尽去之而后可也”。

接下来，又针对宋晋奏疏中称所造轮船用之处洋交锋，断不如各国轮船之利，各为远谋，实同虚耗，批驳道，“以数年草创伊始之船，比之百数十年孜孜汲汲精益求精之船，是诚不待较量，利钝可知。然彼之坚船利炮，亦是苦心孤诣，不胜靡费而得之。譬如读书，读至数年，谓弟子当胜于师者，妄也；谓弟子既不如师者，莫若废书不读，不益妄乎？且各国之船，亦有利与不利之别。久于其道，熟能生巧者则利；鲁莽行事，浅尝辄止则不利；勇猛精进，则为远谋，因循苟且，则为虚耗”。

而后分析造船情况及经费增加的原因，指出如果船政停办，不但机器积日朽坏,且轮船无处维修,必导致厂废而轮船俱废。而且警告说,外人垂涎船厂已久,我朝弃彼夕取。而且中国办事毫无恒心,必启轻视之心。因此他得出结论,“窃以为轮船不特不能即时裁撤,即五年后亦无可停,当与我国家亿万年之长,永垂不朽者也”。

两江总督兼署五口通商大臣何璟、江苏巡抚张之万复奏也都到了,也是支持自造轮船。

恭亲王说:“有此四人复奏,这场争议可以盖棺定论了。”

没想到向两宫面奏后,慈禧说:“道理讲清了,形势也说明白了,可李鸿章的复奏不是还没到吗?且等李鸿章复奏到后,才下定论不迟。”

回到军机处,恭亲王对李鸿章很不满,对宝鋆发牢骚说:“佩衡,李少荃是怎么回事,他离京最近,可他的复奏却迟迟不来。当初他对我说,对洋务自强大业,一定全力支持,他是拿现成话当三岁小孩哄我不成?”

宝鋆和李鸿章私交不错,见恭亲王生气,连忙为李鸿章周旋说:“少荃向来在洋务上是最有见识的,他怎么敢哄王爷。王爷放心好了,他的复奏一定快到了。他这个人好面子,不鸣则已,一鸣惊人。我推测,他是等看了众人议论,再想他的说辞,务求别开生面。”

恭亲王说:“你也不必给他抹划光滑墙。你给他去封信,不妨明白告诉他,我很生气。”

宝鋆笑嘻嘻地说:“嗻,我这就去写信,替王爷教训他。”

等宝鋆去了自己的值庐,文祥说:“王爷,李少荃有私心,他的小九九,我略知一二。”

文祥分析,英国人赫德一直反对中国造船,认为不如直接从欧洲买合算。李鸿章与赫德关系最密切,深受他的影响,主张买洋船建水师,尤其是福州船政是左宗棠创办,他更是不以为然。

“李少荃如果因此装聋作哑,那就是鼠目寸光!这岂止是福州船政一家之事!福州船政停办了,江南制造总局、金陵机器局、天津机器局,都没他们好果子吃。”

隔了几天,文祥拿着一张《上海新报》到恭王府,喜滋滋地说:“王爷,这下李少荃非支持船政不可了。”

《上海新报》是英国人在上海创办的报纸,除刊登商业消息,还登中外见闻。其中有一篇洋人写的文章，谈论宋晋停造轮船引起的争议，从官场党派斗争的角度，分析李鸿章的态度，文章说，宋晋攻击福州船厂，有助于李鸿章谋断军火供应，并从而控制军队。假如削弱马尾造船厂在军事上的地位，无疑会增加李鸿章的势力。李鸿章一直主张从国外购雇轮船，一方面是省钱，另一方面也存削弱马尾造船厂的意图在内。

恭亲王说："洋人写文章，都是这么直白，哪怕是猜测，也敢白纸黑字照写不误。"

文祥说："洋人文章，难免有小人之见。李少荃最关注洋人舆论，专门有人为他搜集各商埠洋人消息，这篇文章他一定能够看到。他为了撇清自己，也得赶紧上奏。"

不知是凑巧还是李鸿章真看到了这篇文章，五天后李鸿章的复奏到了。这个复奏洋洋数千言，也是开门见山，立意相当高远：

臣窃维欧洲诸国数百十年来，由印度而南洋，由南洋而东北，闯入中国边界腹地，凡前史之所未载，亘古之所未通，无不款关而求互市。我皇上如天之度，概与通商以牢笼之，合地球东西南朔九万里之遥，胥聚于中国，此三千余年一大变局也。

西人专恃其枪炮轮船之精利，故能横行于中土。中国向用之弓、矛、小枪、土炮，不敌彼后门进子来福枪炮，向用之帆篷舟楫、艇船炮划，不知彼轮机兵船，是以受制于西人。居今日而曰攘夷、曰驱逐出境，固虚妄之论，即欲保和局、守疆土，亦非无具而能保守之也。彼方日出其技与我争雄竞胜，挈长较短以相角而相凌，则我岂可一日无之哉！

自强之道在乎师其所能，夺其所恃耳。况彼之枪炮轮船，亦不过创制于百数十年间，若我果深通其数，愈学愈精，愈推愈广，安见百数年后不能攘夷而自立也。日本小国耳，近与西洋通商，添设铁厂，多造轮船，变用西洋军器，彼岂有图西国之志，盖欲自保而逼视中国。中国可不自为计乎？

士大夫囿于章句之学，而昧于数千年来一大变局，狃于目前苟安而遂忘前二三十年之何以创巨而痛深，后千百年之何以安内而制外，此停造轮船之议所由起也。臣愚以为国家诸费可省，唯养兵、设防、练习枪炮、制造兵轮之费万不可省，求省费则必屏除一切，国无与立，终不得强矣！

恭亲王读到这里,对李鸿章的不满早就抛到了九霄云外,拍案赞叹说:“李少荃的文章,真是痛快至极,深刻至极。”

李鸿章接下来又详述他在天津见识的洋人最新式铁甲舰,比现在马尾船厂和江南制造总局所造轮船都大得多,轮机动力到了上千匹马力,备炮三四十门,水线以上全是铁甲,一般炮弹根本无可奈何。他不厌其烦讲铁甲舰,一则为他购买洋轮打下伏笔,二则表示洋轮日新月异,如果我们现在停造,则只能与外国差距越拉越大。

对造船经费,他指出,洋轮有兵轮和商轮之分,兵轮不便用于运货,建议将来可以多造商轮,卖给商人用于运输,所得利润可补兵船之不足。已造兵轮,可令沿海各省认领,以后不得再添置木船。同时他又指出,船炮机器之用,非铁不成,非煤不济,英国所以雄强于列国,唯借此二端。中国土法采煤只能采表层,质量无法与洋煤比;中国土法炼铁不但产量低,而且质量差。现在日本采用西法开煤铁之矿以兴大利,中国宜用西法采煤、炼铁,既可用于机器制造、轮船之用,又可获利而助军需民生。

恭亲王安排,把这次停造轮船之争做个梳理,正式出奏。

慈禧看了复奏,次日见起时说:“多造商轮以供民间雇领,不失为筹款一法,不过缓不济急。马尾船政每月缺款两万两,怎么解决,你们可有筹划?”

恭亲王说:“左宗棠致书总署,愿意从闽浙协解甘饷中每月拨出两万两,给船政造船用。”

慈禧嘴角一翘,问:“老六,左宗棠是实心实意,还是赌气呢?”

慈禧有此一问,是因今年春天左宗棠与户部赌气,闹得沸沸扬扬。左宗棠收复肃州后,修复了肃州城墙,然后奏请户部报销,他这是先斩后奏。先斩后奏也就罢了,户部报销,都有抽成,天下督抚人尽皆知。左宗棠偏不理会,装聋作哑。结果户部那些滑吏,鸡蛋里挑骨头,一驳再驳。最后左宗棠生了气,修城墙费用自掏腰包。然后致函总署和户部,把户部书吏骂了个狗血喷头。甚至把宝鋆弟弟到西北军营他未予关注的事情也扯了出来,意思是宝鋆有挟私报复之嫌,故意与他为难。气得宝鋆大骂左宗棠是疯狗,胡乱咬人。